Robert Jordan
Schattensaat

Zu diesem Buch

Der Dunkle König ist tot – aber ist er damit wirklich besiegt? Unbeirrt bereiten die Schattenfreunde die Rückkehr ihres Herrn vor, und die brutalen Trollocs, Tiermenschen mit Schnäbeln und Hörnern, ziehen mordend durch das Land. Rand al'Thor und seine Gefährten stehen vor einer ihrer größten Herausforderungen: Nicht nur müssen sie die Häscher des Königs zurückschlagen. Auch gilt es, sich den »Kindern des Lichts« zu stellen, religiösen Ordenskriegern, die die Schattenfreunde und die Aes Sedai vernichten wollen. Am Ende muß der Sieg des Wiedergeborenen Drachen stehen – oder die ganze Welt wird in Dunkelheit und Chaos versinken …

Robert Jordan, geboren 1948 in Charleston, US-Bundesstaat South Carolina, begeisterte sich seit seiner Jugend für die phantastische Literatur und schrieb zunächst erfolgreiche »Conan«-Romane. In den neunziger Jahren begann er seinen weltberühmten Zyklus »Das Rad der Zeit«, ein in der Fantasy einzigartiges Werk epischer Breite, das inzwischen knapp dreißig Bände umfaßt und Millionen Fans in der ganzen Welt gefunden hat.

Robert Jordan

Schattensaat

DAS RAD DER ZEIT 7

Aus dem Amerikanischen von
Uwe Luserke

Piper München Zürich

Von Robert Jordan liegen in der Serie Piper vor:
Drohende Schatten (8551)
Schattensaat (8557)
Der Sturm bricht los (8559)
Zwielicht (8560)
Die Herrschaft der Seanchaner (8575)

Als Hardcover-Broschur bei Piper:
Das Rad der Zeit 1. Das Original. Die Suche nach dem Auge der Welt
Das Rad der Zeit 2. Das Original. Die Jagd beginnt

Deutsche Erstausgabe
August 2004

Titel der amerikanischen Originalausgabe:
»The Shadow Rising 1«, Tom Doherty Associates (TOR Books),
New York 1992

Deutsche Erstausgabe:
Wilhelm Heyne Verlag GmbH & Co. KG, München 1994
Umschlagkonzept: Büro Hamburg
Umschlaggestaltung: Nele Schütz Design, München
Umschlagabbildung: Geoff Taylor, England
Innenillustrationen: Johann Peterka
Karte: Erhard Ringer
Autorenfoto: Agentur Luserke, Friolzheim
Satz: Schaber Satz- und Datentechnik, Wels
Druck und Bindung: Clausen und Bosse, Leck
Printed in Germany ISBN 3-492-28557-0

www.piper.de

Inhalt

Gewidmet

Robert Marks

Schriftsteller, Lehrer, Gelehrter, Philosoph, Freund
und Quelle der Inspiration

Der Schatten wird sich erheben über die Welt
und alle Länder verdunkeln bis hin zum letzten,
und es wird weder Licht geben noch Sicherheit.
Und er, der aus der Morgendämmerung geboren
wurde,
aus einer Tochter des Speers, wie es prophezeit
wurde, wird seine Hände ausstrecken, um den
Schatten zu fangen, und die Welt wird aufschreien
im Schmerz der Erlösung. Aller Ruhm gebührt dem
Schöpfer
und dem Licht und ihm, der wiedergeboren wird.
Möge uns das Licht vor ihm beschützen.

– aus *Kommentaren zum Karaethon-Zyklus*
SEREINE DAR SHAMELLE MOTARA
Ratsschwester der Comaelle, Hochkönigin von Jaramide
(ca. 325 NZ im Dritten Zeitalter)

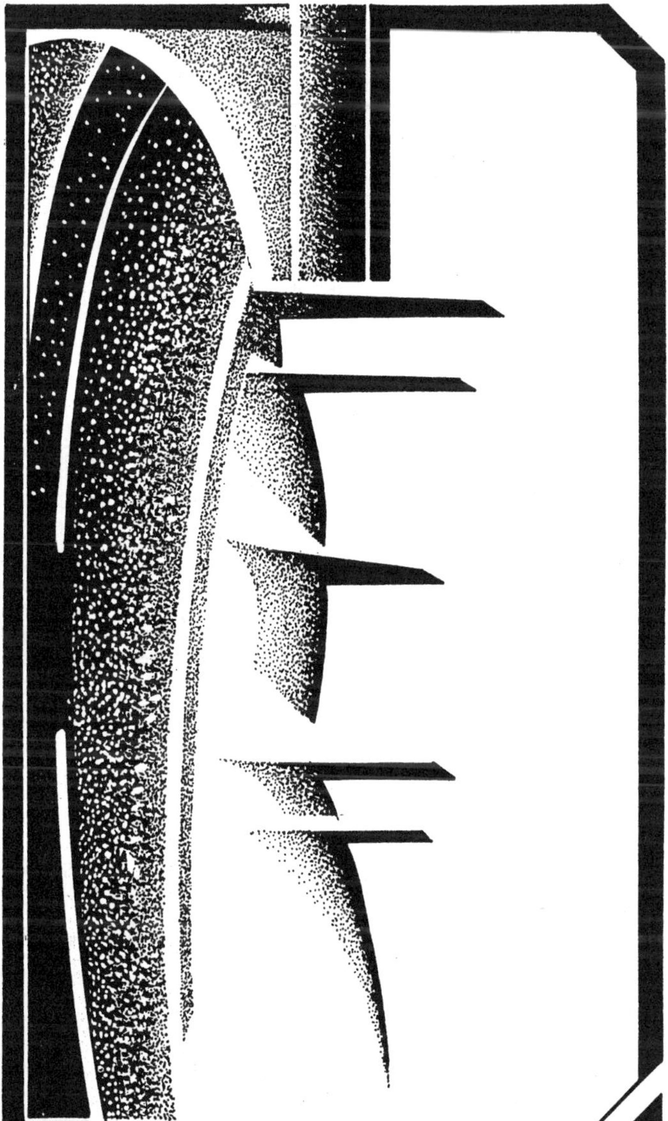

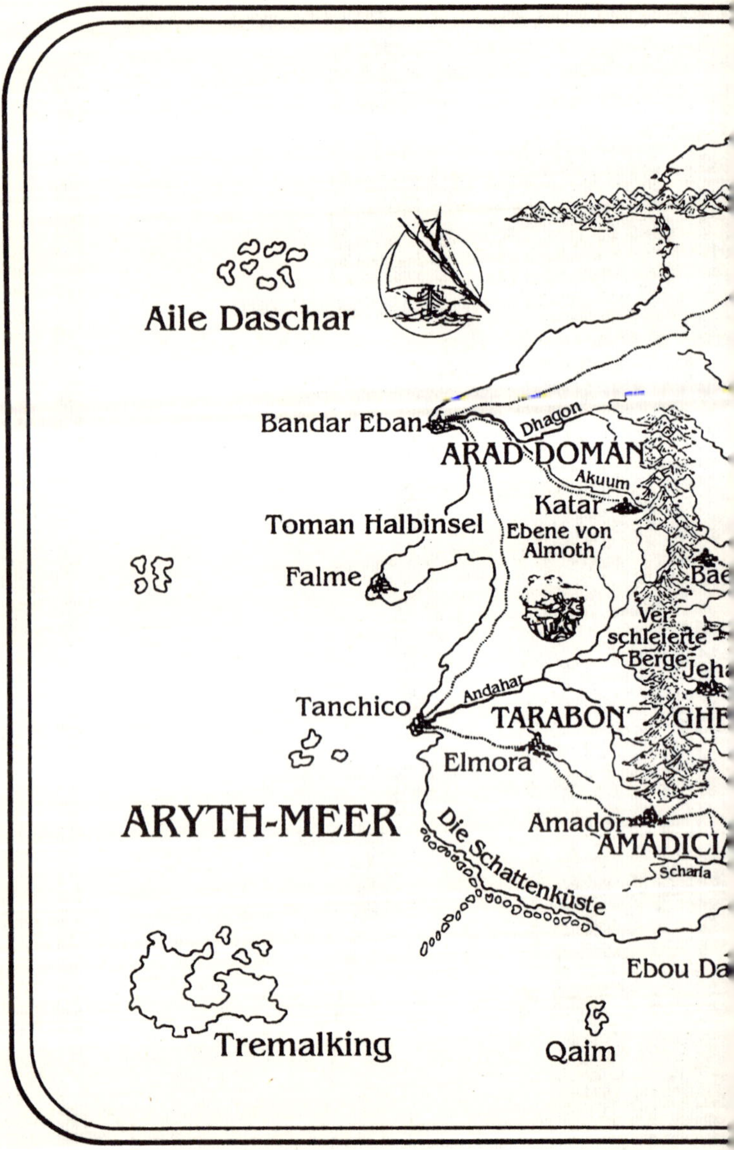
Aile Daschar
Bandar Eban
Dhagon
ARAD DOMAN
Akuum
Katar
Toman Halbinsel
Ebene von
Almoth
Falme
Ver-
schleierte
Berge
Tanchico
Andahar
TARABON
Elmora
ARYTH-MEER
Die Schattenküste
Amador
Scharla
Tremalking
Qaim

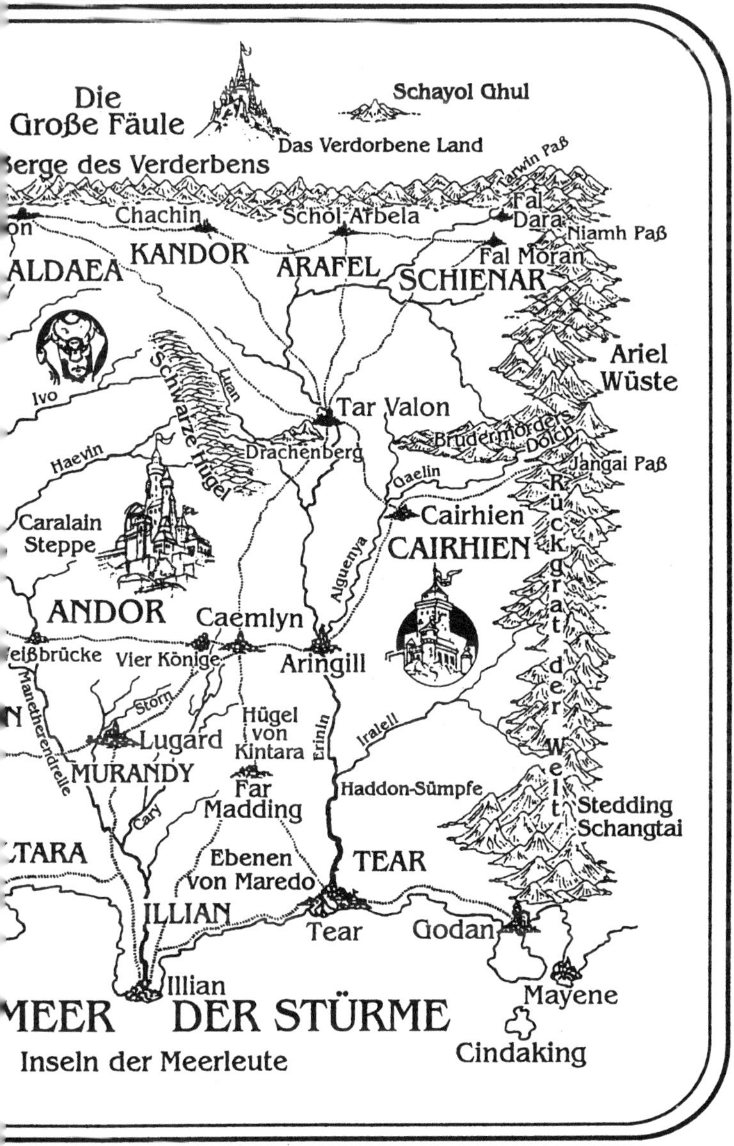

Die
Große Fäule
Schayol Ghul
Das Verdorbene Land
Berge des Verderbens
Tarwin Paß
Fal
Dara
Niamh Paß
Chachin
Schol Arbela
Fal Moran
KANDOR
ARAFEL
SCHIENAR
ALDAEA
Ariel
Wüste
Ivo
Luan
Schwarze Hügel
Tar Valon
Brudermörders Dolch
Haevin
Drachenberg
Jangai Paß
Gaelin
Cairhien
Caralain
Steppe
CAIRHIEN
Alguenya
Rückgrat der Welt
ANDOR
Caemlyn
Weißbrücke
Vier Könige
Aringill
Manetherendrelle
Storn
Hügel
von
Kintara
Erinin
Iralell
Lugard
MURANDY
Far
Madding
Haddon-Sümpfe
Cary
Stedding
Schangtai
TARA
Ebenen
von Maredo
TEAR
ILLIAN
Tear
Godan
Illian
Mayene
MEER DER STÜRME
Cindaking
Inseln der Meerleute

KAPITEL 1

Schattensaat

Das Rad der Zeit dreht sich, und die Zeitalter kommen und gehen, hinterlassen Erinnerungen, die zu Legenden werden, verblassen zu bloßen Mythen und sind längst vergessen, wenn dieses Zeitalter wiederkehrt. In einem Zeitalter, von einigen das Dritte genannt, einem Zeitalter, das noch kommen wird und das schon lange vorbei ist, erhob sich ein Wind über der Steppe von Caralain. Der Wind stand nicht am Anfang. Es gibt weder Anfang noch Ende, wenn sich das Rad der Zeit dreht. Aber es war *ein* Anfang.

Nach Norden und Westen wehte der Wind unter der Morgensonne, über endlose Meilen wogenden Grases und verstreuter Baumgruppen hinweg, über den Fluß Luan, der eilig dahinströmte, an dem zerklüfteten Zahn des Drachenberges vorbei, dem legendären Fels, der über der welligen Ebene so hoch aufragte, daß die Wolken auf halber Höhe zu seinem rauchenden Gipfel einen Kranz um ihn bildeten. Der Drachenberg, wo der Drache gestorben war und mit ihm, wie viele behaupteten, das Zeitalter der Legenden, und wo er der Prophezeiung nach wiedergeboren wird. Oder wiedergeboren wurde. Nach Norden und Westen wirbelte der Wind, über die Dörfer Jualdhe und Darein und Alindaer, von wo aus sich Brücken wie steinerne Spinnweben hinüber zur Leuchtenden Mauer schwangen, der großen Stadtmauer um Tar Valon, das manche die größte Stadt der Welt nannten. Eine Stadt, die jeden Abend gerade noch vom weit hinausgreifenden Schatten des Drachenberges berührt wurde.

Innerhalb dieser Mauer schienen von Ogiern erbaute mehr als zweitausend Jahre alte Gebäude fast aus dem Erdboden herauszuwachsen, so als seien sie nicht von Menschenhand erbaut worden. Eher schienen Wind und Wasser sie geformt zu haben als die berühmten Hände der Ogier-Steinmetzen. Einige davon wirkten wie aufflatternde Vögel oder wie riesige Muscheln aus fernen Ozeanen. Hoch aufragende Türme, sich nach oben weitend oder gleichmäßig schmal und kanneliert, oder gar sich schraubenförmig emporwindend, wurden durch Brücken in Hunderten von Fuß Höhe und oft ohne jedes Geländer miteinander verbunden. Nur diejenigen, die sich schon lange in Tar Valon aufhielten, sah man nicht ständig mit offenem Mund hochgaffen wie die Bauern, die zum erstenmal in ihrem Leben eine Stadt sahen.

Die Weiße Burg beherrschte die ganze Stadt. Sie schimmerte wie polierte Knochen im Sonnenschein. *Das Rad der Zeit dreht sich um Tar Valon,* sagten die Leute in der Stadt, *und Tar Valon dreht sich um die Burg.* Der erste Anblick Tar Valons für einen Reisenden, noch bevor die Pferde die Brücken erreichten, noch bevor die Kapitäne auf den Flußschiffen die Insel erspähten, war der Turm der Weißen Burg, der das Sonnenlicht wie ein Leuchtfeuer widerspiegelte. Kein Wunder, daß der große Vorplatz der Burg unter deren mächtigen Wänden erheblich kleiner wirkte, als er war, und daß die Menschen auf dem Platz zu bloßen Insekten schrumpften. Doch selbst wenn die Weiße Burg das kleinste Gebäude ganz Tar Valons gewesen wäre – durch die Tatsache, daß sie das Herz der Macht der Aes Sedai darstellte, hätte sie die Inselstadt in jedem Fall beherrscht.

Trotz der vielen Menschen füllte die Menge den Vorplatz nicht einmal annähernd. Am äußeren Rand schubsten sich die Menschen gegenseitig, so viele drängten sich dort, die alle ihren täglichen Geschäften nachgingen. Näher am Burgbereich selbst fanden sich weniger Leute, und auf den letzten fünfzig Schritt vor den hohen weißen Mauern war das Pflaster menschenleer. Natürlich wurden die Aes Sedai in Tar Valon mehr als nur respektiert, und die Amyrlin regierte die Stadt genau wie ihre Aes Sedai, aber nur wenige wollten sich der Macht der Aes Sedai mehr als notwendig nähern. Es gab eben einen Unterschied, ob man auf einen großen, offenen Kamin einfach stolz war oder geradewegs in die Flammen hineinspazierte.

Nur ein paar kamen der Burg näher und betraten die breiten Treppenstufen, die hinauf zur Burg selbst und den ungeheuren, kunstvoll geschnitzten Torflügeln führten. Sie waren so breit, daß ein Dutzend Menschen nebeneinander hindurchschreiten konnte. Das Tor stand einladend offen. Es gab immer einige Menschen, die dort Hilfe suchten oder eine Antwort, von der sie glaubten, nur eine Aes Sedai könne sie ihnen geben, und sie kamen oft von weit her, aus Arafel und Ghealdan, aus Saldaea und Illian. Viele fanden Hilfe oder Anleitung, aber manchmal nicht genau die, auf die sie gehofft oder die sie erwartet hatten.

Min hatte ihre Kapuze ganz weit nach vorn gezogen, so daß ihr Gesicht in deren Schatten verborgen blieb. Trotz der Wärme dieses Tages war der Umhang leicht genug, um keine Aufmerksamkeit zu erregen, jedenfalls nicht bei einer offensichtlich so schüchternen Frau. Und die meisten Menschen waren verschüchtert, wenn sie sich in die Burg begaben. Es war nichts an ihr, was besondere Aufmerksamkeit hätte erregen können. Ihr dunkles Haar war länger als bei ihrem letzten Aufenthalt in der Burg, auch wenn es noch nicht bis an ihre Schultern reichte, und ihr Kleid in Mittelblau mit weißen Jaerecuz-Spitzen am Hals und an den Manschetten mochte durchaus zu einer wohlhabenden Bauerntochter passen, die wie jede andere auch ihre festlichste Kleidung angelegt hatte, wie sie so auf die breiten Stufen zuschritt. Min hoffte jedenfalls, diesen Eindruck zu erwecken. Sie mußte sich ständig zurückhalten, um nicht stehenzubleiben und die anderen anzusehen, ob sie sich anders verhielten. *Ich schaffe das schon,* sagte sie sich.

Sie war sicher nicht den ganzen Weg hierher gekommen, um jetzt noch umzukehren. Das Kleid war bereits Verkleidung genug. Diejenigen in der Burg, die sich noch an die junge Frau mit dem kurzgeschnittenen Haar erinnerten, wußten, daß sie immer in Jacke und Hose eines Jungen umherlief und niemals ein Kleid trug. Also mußte schon das als Verkleidung genügen. Sie hatte, was immer auch geschehen mochte, keine andere Wahl.

Ein flaues Gefühl breitete sich in ihrem Magen aus, je näher sie der Burg kam, und sie verkrampfte immer mehr ihren Griff an dem Bündel, das sie an die Brust gedrückt hielt. Darin befanden sich ihre normalen Kleidungsstücke, ihre guten Stiefel und all ihre Habseligkeiten bis auf das Pferd, das sie in einer Schenke unweit des Vorplatzes zurückgelassen hatte. Mit etwas Glück konnte sie in ein paar Stunden bereits wieder auf dem Wallach sitzen und zur Ostreinbrücke und der Straße nach Süden unterwegs sein.

Sie freute sich wohl keineswegs darauf, schon so bald wieder auf dem Rücken eines Pferdes zu sitzen, nachdem sie ohne größere Unterbrechung mehrere Wochen lang geritten war, aber hier wollte sie auch nicht bleiben. Sie hatte die Weiße Burg noch nie als gastfreundlichen Ort empfunden, und im Augenblick erschien sie ihr genauso erschreckend wie das Gefängnis des Dunklen Königs im Shayol Ghul. Schaudernd verwünschte sie sich, weil sie an den Dunklen König gedacht hatte. *Ob Moiraine wohl glaubt, ich sei nur ihretwegen hierhergekommen? Licht, hilf mir, ich benehme mich wie eine doofe Ziege. Närrische Dinge tun, bloß wegen eines idiotischen Mannes!*

Sie schritt unsicher die Stufen hinauf. Jede war so tief, daß sie zwei Schritte brauchte, um die nächste zu erreichen. Aber dann ging sie im Gegensatz zu den anderen einfach weiter und starrte nicht beeindruckt nach oben die helle Masse der hoch aufragenden Burg an. Sie wollte das hinter sich bringen.

Die große, runde Eingangshalle wurde fast vollständig von einem Säulengang umschlossen. Doch die mit ihren Petitionen angetretenen Menschen drückten sich in der Mitte ängstlich aneinander und schoben sich langsam unter der leicht gewölbten Decke vorwärts. Der helle Steinboden war durch die Jahrhunderte von unzähligen nervösen Füßen ausgetreten worden. Keiner konnte an etwas anderes denken, als daran, wo sie sich befanden und warum. Ein Bauer und seine Frau, beide in grober Wollkleidung, hatten sich an den schwieligen Händen gefaßt und standen Schulter an Schulter mit einer Kauffrau im Seidenkleid mit Samtbesatz, und ihnen wieder folgte eine Zofe mit einem kleinen silberbeschlagenen Kästchen in den verkrampften Händen, das sie wahrscheinlich als Geschenk ihrer Herrin in die Burg bringen sollte. In anderer Umgebung hätte die Kauffrau sicher auf dieses Bauernvolk herabgesehen, das sich so nahe herandrängte, und sie hätten wahrscheinlich entschuldigend die Hände an die Stirn gehoben und sich vor ihr zurückgezogen. Aber nicht jetzt. Nicht hier.

Unter den Bittstellern waren nur wenige Männer, was Min aber nicht weiter überraschte. Die meisten Männer hielten es in der Umgebung einer Aes Sedai einfach nicht aus. Jeder wußte ja, daß damals, als es noch männliche Aes Sedai gab, gerade die für die Zerstörung der Welt verantwortlich gewesen waren. Dreitausend Jahre hatten die Erinnerung daran nicht verblassen lassen, wenn auch der zeitliche Abstand viele Einzelheiten verändert hatte. Die Kinder wurden immer noch eingeschüchtert, indem man ihnen von

Männern erzählte, die die Eine Macht benützen konnten, Männer, die dazu verflucht waren, durch das vom Dunklen König befleckte *Saidin,* die männliche Hälfte der Wahren Quelle, zum Wahnsinn getrieben zu werden. Am schlimmsten war die Geschichte von Lews Therin Telamon, dem Drachen, Lews Therin Brudermörder, der die Zerstörung eingeleitet hatte. Was das betraf, packte auch die Erwachsenen bei dieser Geschichte das kalte Grauen. Es war prophezeit worden, daß der Drache in der schlimmsten Stunde der Not wiedergeboren würde, um in Tarmon Gai'don, der Letzten Schlacht, gegen den Dunklen König zu kämpfen, aber das änderte wenig daran, wie die Menschen die Verbindung von Männern mit der Einen Macht betrachteten. Jede Aes Sedai jagte nun gnadenlos jeden Mann, der die Macht lenken konnte, und unter den sieben Ajahs waren es besonders die Roten, die kaum je etwas anderes taten.

Natürlich war es noch immer so, daß man sich an die Aes Sedai wandte, wenn man ihre Hilfe brauchte, aber nur wenige Männer konnten sich darüber hinwegsetzen, auf irgendeine Art mit den Aes Sedai und der Macht in Verbindung zu treten. Eine Ausnahme bildeten natürlich die Behüter, aber jeder von ihnen war durch einen Eid an eine Aes Sedai gebunden und konnte wohl kaum mit den anderen Männern in einen Topf geworfen werden. Es gab ein Sprichwort: »Ein Mann wird eher den eigenen Kopf abschneiden, um einen Splitter loszuwerden, als eine Aes Sedai um Hilfe zu bitten.« Frauen sagten das, wenn sie die Dummheit der Männer betonen wollten, aber Min hatte von einigen Männern gehört, daß es immer noch besser sei, eine Hand loszuwerden …

Sie fragte sich, was diese Menschen wohl tun würden, wenn sie wüßten, was sie wußte. Vielleicht schreiend davonrennen? Und wenn sie den Grund kannten, der sie hierher führte, würde sie wohl nicht einmal mehr lange genug überleben, um von der Burgwache verhaftet und ins Verlies geworfen zu werden. Sie hatte Freundinnen in der Burg, doch keine mit Macht oder Einfluß. Wenn man von ihrer Absicht erfuhr, würden sie kaum Gelegenheit haben, ihr zu helfen. Im Gegenteil, vermutlich würden sie zusammen mit ihr dem Henker ausgeliefert – falls sie überhaupt lange genug am Leben bliebe, um noch vernommen oder vor einen Richter gestellt zu werden. Die Wahrscheinlichkeit war größer, daß ihr Mund lange vorher für immer verstummen würde.

Sie sagte sich, daß sie aufhören müsse, an so etwas auch nur zu denken. *Ich komme hinein, und ich werde auch wieder herauskommen. Licht, verseng Rand al'Thor dafür, daß er mich in diese Lage gebracht hat!*

Drei oder vier Aufgenommene, junge Frauen in Mins Alter, schritten von einem zum anderen durch den runden Raum und sprachen leise mit den Bittstellern. Ihre weißen Kleider wiesen keinen Zierrat auf, bis auf die sieben Farbbänder am Saum, von denen jedes die Farbe einer Ajah repräsentierte. Von Zeit zu Zeit erschien eine Novizin, ein Mädchen oder eine junge Frau ganz in Weiß, und führte jemanden weiter in die Burg hinein. Die Bittsteller folgten immer diesen Novizinnen mit einer eigenartigen Mischung von erregtem Eifer und ängstlichem Zögern.

Min ergriff ihr Bündel noch fester, als eine der Aufgenommenen vor ihr stehenblieb. »Das Licht erleuchte Euch«, sagte die Frau mit dem Lockenkopf in geschäftsmäßigem Tonfall. »Ich heiße Faolain. Wie kann Euch die Burg behilflich sein?«

Auf Faolains dunklem runden Gesicht stand deutlich die Geduld eines Menschen geschrieben, der eine anstrengende Arbeit erledigt, obwohl er viel lieber etwas anderes täte. Vielleicht studieren; das konnte sich Min bei einer Aufgenommenen gut vorstellen. Lernen, um selbst eine Aes Sedai zu werden. Wichtiger für sie war aber, daß die Aufgenommene sie offensichtlich nicht erkannte. Die beiden hatten sich bei Mins früherem Aufenthalt in der Burg kennengelernt, wenn auch nur flüchtig.

Trotzdem senkte Min in gespielter Unterwürfigkeit den Kopf. Das war nicht unnatürlich; viele Leute vom Land verstanden nicht, daß es von einer Aufgenommenen bis zur Aes Sedai noch ein Riesenschritt war. Hinter der Kante ihrer Kapuze war ihr Gesicht gut verborgen, und sie blickte auch noch von Faolain weg.

»Ich habe eine Frage an die Amyrlin selbst«, begann sie, und dann hörte sie mit einemmal mit Sprechen auf, als drei Aes Sedai gleichzeitig innehielten, um einen Blick in die Halle zu werfen; zwei standen unter einem Bogen und eine weitere etwas abseits.

Aufgenommene und Novizinnen knicksten, wenn sie an einer der Aes Sedai vorbeikamen, ließen sich aber ansonsten nicht in ihrer Beschäftigung stören. Sie bewegten sich höchstens ein bißchen schneller. Das war alles. Aber nicht für die Bittsteller. Die schienen alle auf einmal nach Luft zu schnappen. Außerhalb der Weißen Burg, außerhalb Tar Valons, hätten sie vielleicht die Aes Sedai nur für drei Frauen gehalten, deren Alter schwer einzuschätzen war, drei Frauen in der Blüte ihrer Jahre, wenn auch etwas reifer, als ihre roten Wangen erkennen ließen. In der Burg aber gab es keinen Zweifel. Eine Frau, die sehr lange mit der Einen Macht gearbeitet hat, wurde von der Zeit nicht in demselben Maße gezeichnet wie andere Frauen. In der Burg mußte niemand erst nach einem goldenen Ring mit der Großen Schlange Ausschau halten, um eine Aes Sedai zu erkennen.

Eine Welle von Knicksen ging durch die Ansammlung, und die wenigen anwesenden Männer verbeugten sich steif. Zwei oder drei Leute fielen sogar auf die Knie nieder. Die reiche Kauffrau blickte erschrocken drein, während das Bauernpaar an ihrer Seite mit großen Augen lebende Legenden betrachtete. Wie man mit einer Aes Sedai umging, wußten die meisten nur vom Hörensagen. Es war unwahrscheinlich, daß irgend jemand von den Anwesenden, außer jenen, die in Tar Valon wohnten, schon jemals eine Aes Sedai gesehen hatte, und möglicherweise waren auch die wenigen Bewohner Tar Valons ihnen noch nie so nahe gekommen.

Aber es waren nicht die Aes Sedai selbst, die Min zum Schweigen brachten. Manchmal, wenn auch nicht oft, sah sie Dinge um Menschen herum, die sie anblickte, Bilder und Auren, die gewöhnlich aufflackerten und Augenblicke später wieder verschwunden waren. Gelegentlich war ihr klar, was sie bedeuteten. Dieses Wissen kam ihr nur selten – viel seltener, als sie solche Dinge sah –, aber wenn ihr etwas klar geworden war, hatte sie immer recht damit.

Im Gegensatz zu anderen Menschen waren um die Aes Sedai und auch um ihre Behüter herum immer Bilder und Auren zu sehen, die manchmal so wild tanzten und sich änderten, daß es Min schwindlig wurde. Die Vielfalt dieser Bilder spielte allerdings keine Rolle, soweit es darum ging, sie zu verstehen; bei den Aes Sedai wußte sie genauso wenig wie bei anderen, was sie bedeuteten. Aber diesmal erkannte sie mehr, als ihr lieb war, und das ließ sie erschauern.

Die einzige der drei, die sie erkannte, war Ananda, eine schlanke Frau, deren Haar ihr bis zur Taille reichte. Sie war eine Gelbe Ajah, und ein krankhaft brauner Schimmer hüllte sie ein, verdorrt und von fauligen Rissen überzogen, die tief und tiefer wurden und schließlich in sich zusammenfielen. Die kleine blonde Aes Sedai neben Ananda war eine der Grünen Ajah; das sah sie an den grünen Fransen ihrer Stola. Als sie sich einen Augenblick lang umdrehte, erstrahlte die Weiße Flamme von Tar Valon auf ihrem Rücken. Und auf ihrer Schulter, als ruhe er zwischen den Ranken und blühenden Apfelbaumzweigen, mit denen ihre Stola bestickt war, thronte ein menschlicher Schädel. Der kleine Schädel einer Frau, sauber aus dem Fleisch gelöst und von der Sonne gebleicht. Die dritte, eine mollige, hübsche Frau, die den halben Raum von ihr entfernt stand, trug keine Stola. Die meisten Aes Sedai legten sie nur für irgendwelche Feierlichkeiten um. Die Haltung ihres Kinns und ihrer Schultern sprach für Willensstärke und Stolz. Sie schien die Bittsteller mit kühlen blauen Augen durch einen Schleier von Blut hindurch anzusehen. Rote Rinnsale überzogen ihr Gesicht.

Blut, Schädel und Strahlenkranz verblaßten im Tanz der Visionen um die drei herum, kehrten zurück und verblaßten erneut. Die Bittsteller schauten ehrfürchtig zu ihnen auf. Sie sahen nur drei Frauen, die die Wahre Quelle berühren und die Eine Macht lenken konnten. Niemand außer Min sah das andere. Niemand außer Min wußte, daß diese drei Frauen sterben würden. Alle am gleichen Tag.

»Die Amyrlin kann nicht jeden empfangen«, sagte Faolain mit kaum verhohlener Ungeduld. »Ihre nächste öffentliche Audienz wird erst in zehn Tagen stattfinden. Sagt mir, was Ihr wünscht, und ich werde veranlassen, daß Ihr mit der Schwester sprecht, die Euch am besten helfen kann.«

Min blickte auf das Bündel in ihren Armen hinunter, zum Teil einfach deshalb, damit sie nicht wieder sehen mußte, was sie bereits gesehen hatte. *Alle drei! Licht!* Was konnte das bedeuten, wenn drei Aes Sedai am gleichen Tag starben? Aber sie wußte, daß es so sein würde. Sie war ganz sicher.

»Ich habe das Recht, mit der Amyrlin persönlich zu sprechen.« Es war ein Recht, auf das selten jemand bestand – wer wagte das schon –, aber es existierte. »Jede Frau hat dieses Recht, und ich bestehe darauf.«

»Glaubt Ihr, daß die Amyrlin persönlich mit allen

sprechen kann, die zur Weißen Burg kommen? Sicher kann Euch auch eine andere Aes Sedai helfen.« Faolain betonte die Titel so, als könne allein ihr Klang Min von ihrem Vorhaben abbringen. »Nun sagt mir, worum es Euch geht. Und nennt mir Euren Namen, damit die Novizin weiß, wen sie holen muß.«

»Ich heiße … Elmindreda.« Min zuckte dabei innerlich unwillkürlich zusammen. Sie hatte diesen Namen immer gehaßt, aber die Amyrlin war einer der wenigen lebenden Menschen, die ihn schon einmal gehört hatten. Wenn sie sich nur daran erinnerte. »Ich habe das Recht, mit der Amyrlin zu sprechen. Und meine Frage ist allein für ihre Ohren bestimmt. Das Recht habe ich.«

Die Aufgenommene zog die Augenbrauen hoch. »Elmindreda?« Ihr Mund zuckte, und sie lächelte ganz leicht und amüsiert. »Und Ihr besteht auf Euren Rechten. Nun gut. Ich werde der Behüterin der Chronik mitteilen lassen, daß Ihr die Amyrlin persönlich zu sprechen wünscht, Elmindreda.«

Min hätte der Frau am liebsten eine Ohrfeige verpaßt, so, wie sie den Namen ›Elmindreda‹ betonte, aber statt dessen zwang sie sich zu einem gemurmelten »Dankeschön«.

»Dankt mir noch nicht. Zweifellos wird es Stunden dauern, bis die Behüterin die Zeit findet, Euch zu antworten, und sicherlich wird sie Euch mitteilen lassen, daß Ihr Eure Frage bei der nächsten öffentlichen Audienz stellen sollt. Wartet nur geduldig. Elmindreda.« Sie lächelte Min beinahe spöttisch an und wandte sich ab.

Min biß die Zähne aufeinander und ging mit ihrem Bündel hinüber zur Wand, wo sie sich bemühte, zwischen zwei Bögen möglichst wenig aufzufallen. *Traue niemandem und vermeide alle Aufmerksamkeit, bevor du die Amyrlin erreichst.* Das hatte ihr Moiraine noch mitgegeben. Moiraine war die einzige Aes Sedai, der sie Vertrauen schenkte. Meistens jedenfalls. Es war so oder so ein guter Ratschlag gewesen. Sie mußte lediglich bis zur Amyrlin kommen, und dann war es vorbei. Sie konnte dann wieder ihre eigene Kleidung anlegen, ihre Freundinnen begrüßen und davonreiten. Kein Grund mehr, sich zu verstecken.

Sie war erleichtert, als sie bemerkte, daß die Aes Sedai gegangen waren. Drei Aes Sedai, die am gleichen Tag sterben würden. Das war unmöglich; sie fand kein anderes Wort. Und doch würde es so geschehen. Nichts, was sie sagte oder unternahm, konnte daran etwas ändern. Sobald ihr klar war, was ein Bild bedeutete, geschah es auch so. Aber sie mußte der Amyrlin davon berichten. Das konnte möglicherweise, auch wenn das fast unvorstellbar war, genauso wichtig sein wie die Botschaft, die sie von Moiraine überbrachte.

Eine weitere Aufgenommene erschien, um eine der Anwesenden abzulösen, und in Mins Augen schwebten vor ihrem blühenden Gesicht Gitterstäbe wie die eines Käfigs. Sheriam, die Oberin der Novizinnen, betrat die Halle. Nach einem kurzen Blick begann Min, den Boden vor ihren Füßen angeregt zu mustern. Sheriam kannte sie nur zu gut – und das Gesicht der rothaarigen Aes Sedai war verschrammt und verschwollen. Natürlich war das wieder eine ihrer Visionen, aber Min mußte sich auf die Unterlippe beißen, um ein Stöhnen zu unterdrücken. Sheriam mit ihrer ruhigen Autorität und Selbstsicherheit erschien immer so unzerstörbar wie die Burg. Offenbar nichts konnte Sheriam etwas anhaben. Aber irgend etwas würde ihr doch zustoßen.

Eine Aes Sedai, die Min nicht kannte und die eine Stola der Braunen Ajah trug, begleitete eine stämmige, in feine rote Wolle gekleidete Frau zum Ausgang. Die stämmige Frau schritt leichtfüßig wie ein Mädchen einher. Ihr Gesicht strahlte. Sie lachte beinahe vor

Freude. Auch die Braune Schwester lächelte, doch ihre Aura verlosch wie die Flamme einer Kerze.

Tod. Verwundungen, Gefangenschaft und Tod. Min erschien das so klar, als hätte sie es geschrieben vor sich stehen.

Sie blickte auf ihre Füße hinunter; sie wollte einfach nicht noch mehr sehen. *Wenn sie sich bloß erinnert,* dachte sie. Auf ihrem langen Ritt von den Verschleierten Bergen hatte sie niemals Verzweiflung empfunden, nicht einmal dann, als jemand versucht hatte, ihr Pferd zu stehlen, doch jetzt war es soweit. *Licht, wenn sie sich nur an den verdammten Namen erinnert!*

»Frau Elmindreda?«

Min fuhr zusammen. Die schwarzhaarige Novizin, die vor ihr stand, war kaum alt genug, von zu Hause wegzugehen, vielleicht fünfzehn oder sechzehn, gab sich aber alle Mühe, würdevoll zu erscheinen. »Ja? Ich bin... So heiße ich.«

»Ich heiße Sahra. Wenn Ihr bitte mitkommen würdet...« – Sahras Stimme klang erstaunt –, »die Amyrlin wird Euch jetzt in ihren Arbeitsräumen empfangen.«

Min seufzte erleichtert und folgte ihr.

Die Kapuze ihres Umhangs verbarg nach wie vor ihr Gesicht, doch das hinderte sie nicht daran zu sehen, und je mehr sie sah, desto stärker wurde ihr Wunsch, zur Amyrlin zu kommen. Nur wenige Menschen gingen durch die breiten, nach oben führenden Korridore mit ihren in leuchtend bunten Fußbodenkacheln und ihren Wandbehängen und goldenen Lampenhaltern. Die Burg war für eine viel größere Zahl von Menschen erbaut worden, als sich jetzt darin befanden. Doch beinahe jeder Mensch, den sie erblickte, trug eine Aura von Gewalt und Gefahr mit sich herum.

Behüter eilten vorbei und schenkten den beiden Frauen keinerlei Aufmerksamkeit. Diese Männer bewegten sich mit der Grazie pirschender Wölfe. Ihre Schwerter schienen ihre Gefährlichkeit noch zu unterstreichen. Aber für Min hatten sie blutige Gesichter oder trugen klaffende Wunden. Schwerter und Speere tanzten bedrohlich um ihre Köpfe. Ihre Auren blitzten wild auf, tanzten flackernd am Abgrund des Tods. Sie sah tote Männer umhergehen, wußte, sie würden am gleichen Tag sterben wie die Aes Sedai im Foyer oder höchstens einen Tag später. Selbst einige der Bediensteten, Männer und Frauen mit der Flamme von Tar Valon auf der Brust, die geschäftig ihren Aufgaben nachgingen, trugen Anzeichen von Gewalt. Eine Aes Sedai, die sie ganz kurz in einem Seitengang erspähte, schien Ketten zu tragen, und eine andere, die den Korridor vor Min und ihrer Führerin überquerte, trug deutlich zu erkennen ein silbernes Halsband. Min stockte der Atem, als sie das sah. Sie hätte am liebsten geschrien.

»Das wirkt wohl alles überwältigend auf jemanden, die es nie zuvor gesehen hat«, sagte Sahra, die sich erfolglos bemühte, das alles so selbstverständlich klingen zu lassen, als spreche sie über ihr Heimatdorf. »Aber Ihr seid hier in Sicherheit. Die Amyrlin wird schon alles in Ordnung bringen.« Ihre Stimme quiekste ein wenig, als sie die Amyrlin erwähnte.

»Licht, hoffentlich kann sie das«, murmelte Min. Die Novizin lächelte sie an. Es sollte wohl beruhigend wirken.

Als sie schließlich das Vorzimmer zu den Arbeitsräumen der Amyrlin erreichten, fühlte Min sich sterbenselend, und sie trat Sahra fast auf die Fersen. Nur weil sie ja vorgeben mußte, hier fremd zu sein, rannte sie nicht voraus.

Ein Türflügel zu den Gemächern der Amyrlin öffnete sich, und ein junger Mann mit rotgoldenem Haar trat heraus. Er prallte fast mit Min und ihrer Begleiterin zusammen. Hochgewachsen und kräftig, angetan mit einem blauen, reich bestickten Mantel mit Gold an Ärmeln und Kragen, so war Gawyn aus dem Hause

Trakand, der älteste Sohn der Königin Morgase von Andor: jeder Zoll ein stolzer junger Lord. Ein wütender junger Lord. Sie hatte keine Zeit, den Kopf zu senken. Er blickte direkt unter ihre Kapuze in ihr Gesicht.

Vor Überraschung riß er die Augen auf, doch dann verengten sie sich zu schmalen Schlitzen aus blauem Eis. »Also seid Ihr zurück. Wißt Ihr vielleicht, wohin meine Schwester und Egwene gegangen sind?«

»Sind sie nicht hier?« Min vergaß alles und wurde von Panik ergriffen. Bevor ihr klar wurde, was sie tat, packte sie ihn an den Ärmeln, sah ihm eindringlich in die Augen und drängte ihn einen Schritt zurück. »Gawyn, sie haben sich schon vor Monaten auf den Weg zurück zur Burg gemacht! Elayne und Egwene und auch Nyaneve. Mit Verin Sedai und… Gawyn, ich… ich…«

»Beruhige dich«, sagte er und löste sanft ihre Hände von seinen Ärmeln. »Licht! Ich wollte dir keine Angst einjagen. Sie sind sicher angekommen. Und sie sagten kein Wort darüber, wo sie gewesen sind und warum. Jedenfalls nicht zu mir. Ich glaube, es besteht auch wenig Hoffnung, daß du es mir sagen wirst, oder?« Sie glaubte, ein nichtssagendes Gesicht zu machen, doch er sah sie kurz an und sagte dann: »Das dachte ich mir. An diesem Ort gibt es mehr Geheimnisse, als… Sie sind schon wieder verschwunden. Und Nynaeve mit ihnen.« Nynaeves Namen fügte er beinahe beiläufig hinzu. Sie mochte eine von Mins Freundinnen sein, aber ihm lag nichts an ihr. Seine Stimme wurde wieder rauher und klang mit jeder Sekunde ärgerlicher. »Wieder, ohne ein Wort zu sagen. Kein Wort! Angeblich befinden sie sich auf irgendeinem Bauernhof, um ihre Strafe für ihr Weglaufen abzuarbeiten, aber ich kann einfach nicht herausbekommen, wo! Die Amyrlin gibt mir keine einzige vernünftige Antwort.«

Min zuckte zusammen. Einen Moment lang hatten Spuren getrockneten Blutes sein Gesicht zu einer

Maske des Schreckens gemacht. Das war wie ein doppelter Hammerschlag für sie. Ihre Freundinnen waren weg. Es hatte ihre Aufgabe sehr erleichtert, zu wissen, daß sie hier auf sie warteten. Und nun wußte sie: Gawyn würde an dem Tag verwundet werden, an dem die Aes Sedai starben.

Trotz alledem, was sie gesehen hatte, seit sie die Burg betreten hatte, trotz ihrer Furcht hatte nichts davon sie persönlich getroffen – bis jetzt. Eine Katastrophe, die die Burg bedrohte, würde auch das ganze Land um Tar Valon bedrohen, doch sie gehörte der Burg nicht an und würde ihr auch niemals angehören. Aber Gawyn war jemand, den sie kannte, jemand, den sie gut leiden konnte, und er würde tiefer verwundet werden, als ihr das Blut verraten hatte, tiefer als durch bloße Wunden seines Fleisches. Nun wurde ihr erst richtig klar, daß die Katastrophe, wenn sie die Burg erfaßte, nicht nur irgendwelche entfernten Aes Sedai treffen würde, Frauen, denen sie sich niemals nahe fühlen konnte, sondern genauso ihre Freunde. Sie *gehörten* zur Burg.

Auf gewisse Weise war sie ja froh darüber, daß sich Egwene und die anderen nicht mehr hier befanden, froh, sie nicht ansehen und vielleicht Anzeichen des Todes an ihnen entdecken zu müssen. Und doch wollte sie ihre Freundinnen sehen und sichergehen, daß sie nichts entdeckte oder wenn schon, dann wenigstens Anzeichen für ihr Überleben. Wo, beim Licht, waren sie? Wohin waren sie gegangen? Da sie die drei gut genug kannte, hielt sie es für möglich, daß Gawyn nichts wußte, weil sie nicht gewünscht hatten, daß er Bescheid wußte. Das war es bestimmt.

Plötzlich erinnerte sie sich daran, wo sie sich befand und warum und daß sie nicht allein war mit Gawyn. Sahra schien vergessen zu haben, daß sie Min zur Amyrlin bringen sollte. Sie schien überhaupt alles vergessen zu haben, bis auf den jungen Lord, dem sie schöne Augen machte, ohne von ihm bemerkt zu werden. Trotzdem hatte es keinen Zweck mehr, vorzutäuschen, daß sie eine Fremde in der Burg sei. Sie stand vor der Tür der Amyrlin und nichts konnte sie jetzt noch aufhalten.

»Gawyn, ich weiß nicht, wo sie stecken, aber falls sie wirklich zur Strafe auf einem Bauernhof arbeiten, sind sie vermutlich verschwitzt und bis zu den Hüften mit Schlamm verspritzt und du wärst der letzte, von dem sie so gesehen werden möchten.« In Wirklichkeit war ihr keineswegs leichter ums Herz als Gawyn. Zuviel war geschehen und zuviel geschah noch immer, was mit ihnen oder mit ihr selbst zu tun hatte. Aber natürlich war es nicht unmöglich, daß sie zur Strafe fortgeschickt worden waren. »Du hilfst ihnen bestimmt nicht, indem du den Zorn der Amyrlin erregst.«

»Ich weiß nicht, ob sie wirklich auf einem Bauernhof sind. Ob sie überhaupt noch leben. Warum dieses ganze Versteckspiel und diese Ausweichmanöver, wenn sie bloß Unkraut jäten? Wenn meiner Schwester etwas passiert... Oder Egwene...« Er blickte finster auf seine Stiefelspitzen herab. »Ich soll schließlich auf Elayne aufpassen. Wie kann ich sie beschützen, wenn ich nicht einmal weiß, wo sie ist?«

Min seufzte. »Glaubst du, daß man auf sie aufpassen muß? Auf eine von ihnen?« Aber falls die Amyrlin sie irgendwohin geschickt hatte, brauchten sie möglicherweise wirklich einen Aufpasser. Die Amyrlin war durchaus fähig, eine Frau mit lediglich einer Rute bewaffnet in eine Bärenhöhle zu schicken, falls es ihren Zwecken diente. Und sie würde von der Frau auch noch erwarten, entweder mit einem Bärenfell zurückzukommen, oder den Bären an der Leine zu führen, so wie ihr aufgetragen worden war. Aber wenn sie das Gawyn sagte, würde es nur doch seinen Zorn und seine Sorgen schüren. »Gawyn, sie haben ihren Eid auf die Burg geleistet. Sie werden dir nicht dankbar sein, wenn du dich einmischst.«

»Ich weiß, Elayne ist kein Kind mehr«, sagte er ungeduldig, »auch wenn sie manchmal wie eines davonläuft und dann wiederkommt und die Aes Sedai spielen will. Aber sie ist schließlich meine Schwester und außerdem noch die Tochter-Erbin von Andor. Sie wird Mutters Nachfolgerin als Königin. Andor braucht sie sicher und wohlbehalten, wenn sie den Thron besteigen soll, und nicht statt dessen wieder einen Streit um die Nachfolge.«

Die Aes Sedai *spielen?* Offensichtlich war ihm die Tragweite des Talents seiner Schwester nicht klar. Die Tochter-Erbinnen von Andor waren seit Menschengedenken zur Ausbildung in die Burg gesandt worden, aber Elayne war die erste, die befähigt war, zur Aes Sedai erhoben zu werden, und zu einer mächtigen noch dazu. Sehr wahrscheinlich war ihm auch nicht klar, daß Egwene mindestens genauso stark war.

»Also willst du sie beschützen, ob sie will oder nicht?« Sie sagte das in einem Tonfall, der ihm deutlichmachen sollte, daß er einen Fehler beging, doch ihm entging das offensichtlich, und er nickte zustimmend.

»Das ist meine Pflicht gewesen, seit sie geboren wurde. Mein Blut muß vor ihrem fließen, mein Leben vor ihrem geopfert werden. Ich habe diesen Eid geleistet, als ich noch kaum über den Rand ihrer Wiege hinwegblicken konnte. Gareth Bryne mußte mir die Bedeutung erklären. Ich werde diesen Eid doch jetzt nicht brechen. Andor hat sie nötiger als mich.«

Er sprach mit einer ruhigen Bestimmtheit, nahm gelassen etwas als natürlich und richtig hin, was ihr einen Schauer über den Rücken jagte. Sie hatte ihn immer für jungenhaft gehalten, wie er so gern lachte und alle neckte, aber jetzt war er wie ein Fremder für sie. Sie glaubte, der Schöpfer müsse wohl müde gewesen sein, als er die Männer schuf. Manchmal erschienen sie ihr kaum noch menschlich. »Und Egwene? Welchen Eid hast du ihretwegen geleistet?«

Sein Gesichtsausdruck änderte sich nicht, nur trat er nervös von einem Fuß auf den anderen. »Ich mache mir natürlich auch Sorgen um Egwene. Und um Nynaeve. Was mit Elaynes Begleiterinnen geschieht, könnte auch Elayne passieren. Ich denke, sie sind noch immer beieinander. Als sie noch hier waren, habe ich nur selten die eine ohne die anderen zu Gesicht bekommen.«

»Meine Mutter hat mir immer geraten, ich solle einen schlechten Lügner heiraten. Du kommst dafür sicherlich in Frage. Allerdings glaube ich, daß jemand anders mich da ausstechen wird.«

»Manche Dinge sind vorbestimmt«, sagte er ruhig, »und manche können niemals sein. Galad hat großen Kummer, weil Egwene weg ist.« Galad war sein Halbbruder. Die beiden waren nach Tar Valon gesandt worden, um unter Anleitung der Behüter zu lernen. Das war eine weitere Tradition in Andor. Galadedrid Damodred war in Mins Augen ein Mann, der bis zum Erbrechen immer nur das Richtige tat, aber Gawyn sah darin nichts Schlechtes. Und er sprach nicht über seine Gefühle für eine Frau, auf die Galad ein Auge geworfen hatte.

Sie hätte ihn am liebsten geschüttelt, etwas Vernunft in ihn hineingeprügelt, aber dazu war jetzt nicht die Zeit. Nicht, wenn die Amyrlin wartete, und nicht bei dem, was sie der wartenden Amyrlin zu berichten hatte. Und ganz bestimmt nicht, wenn Sahra danebenstand, ob sie ihn nun anhimmelte oder nicht. »Gawyn, ich bin zur Amyrlin bestellt. Wo kann ich dich finden, wenn sie mit mir fertig ist?«

»Ich werde auf dem Übungsgelände sein. Die einzige Zeit, wo ich mir keine Sorgen mache, ist beim Üben mit dem Schwert, wenn mich Hammar hart rannimmt.« Hammar war ein Schwertmeister und der

Behüter, der dieses Können an die Schüler weitergeben sollte. »An den meisten Tagen bin ich bis Sonnenuntergang dort.«

»Also gut. Ich komme, sobald ich kann. Und gib acht, was du sagst. Wenn du die Amyrlin zu sehr aufregst, müssen Elayne und Egwene vielleicht darunter leiden.«

»Das kann ich nicht versprechen«, entgegnete er mit fester Stimme. »Irgend etwas stimmt mit der Welt nicht mehr. Bürgerkrieg in Cairhien. Das gleiche und noch schlimmeres in Tarabon und Arad Doman. Falsche Drachen. Auseinandersetzungen und Gerüchte und Probleme, wohin man schaut. Ich behaupte nicht, daß die Burg dahintersteckt, aber selbst hier läuft nicht alles, wie es sein soll. Oder wie es den Anschein hat. Das Verschwinden Elaynes und Egwenes ist ja nicht alles. Aber sie sind natürlich das, was mich am meisten bewegt. Ich *werde* herausfinden, wo sie sich aufhalten. Und falls sie verletzt wurden … Falls sie tot sind …«

Er machte eine finstere Miene, und einen Augenblick lang war sein Gesicht für sie wieder eine blutige Maske. Mehr: Über seinem Kopf schwebte ein Schwert und dahinter wehte eine Flagge im Wind. Auf der leicht gekrümmten Klinge des Schwertes mit dem langen Griff, wie es die Behüter benützten, war ein Reiher eingraviert, das Kennzeichen eines Schwertmeisters, und Min wußte nicht, ob es Gawyn gehörte oder ihn bedrohte. Die Flagge trug Gawyns Wappen mit dem angreifenden Weißen Keiler, aber der Untergrund war grün und nicht rot wie auf der Flagge Andors. Sowohl Schwert wie auch Flagge verblaßten zusammen mit dem Blut.

»Sei vorsichtig, Gawyn.« Das war auf zwei verschiedene Dinge gemünzt. Vorsichtig mit dem, was er sagte, und vorsichtig auf eine Art, die sie ihm nicht erklären konnte, die ihr selbst unerklärlich war. »Du mußt sehr vorsichtig sein.«

Er suchte in ihrem Gesicht nach einer Andeutung dessen, was er herauszuhören geglaubt hatte. »Ich ... werde mir Mühe geben«, sagte er schließlich. Er grinste. Es war beinahe das jungenhafte Grinsen, an das sie sich noch erinnerte, aber es war ganz eindeutig gekünstelt. »Ich denke, ich sollte nun besser wieder auf das Übungsgelände zurückkehren, wenn ich mit Galad schritthalten will. Ich habe heute morgen zwei von fünf Gängen gegen Hammar gewonnen, aber Galad hat tatsächlich dreimal gesiegt, beim letztenmal, als er sich herabließ, auf dem Übungsgelände zu erscheinen.« Mit einem Mal schien er sie erst richtig zu bemerken, und sein Grinsen wurde ehrlich. »Du solltest öfters Kleider tragen. Das steht dir gut. Denk daran, ich werde bis Sonnenuntergang dort sein.«

Als er ging und dabei ein wenig von der tödlichen Grazie der Behüter verströmte, wurde Min bewußt, daß sie sich das Kleid an der Hüfte glattstrich, und sie hörte sofort damit auf. *Licht, versenge alle Männer!*

Sahra atmete tief aus, als habe sie die ganze Zeit über die Luft angehalten. »Er sieht sehr gut aus, nicht wahr?« sagte sie verträumt. »Nicht so gut wie Lord Galad natürlich. Und Ihr kennt ihn ja tatsächlich!« Das war zur Hälfte als Frage gemeint, aber nur zur Hälfte eben.

Min ahmte das Seufzen der Novizin nach. Das Mädchen würde in den Quartieren der Novizinnen mit ihren Freundinnen klatschen. Der Sohn einer Königin war ein natürliches Gesprächsthema, besonders wenn er auch noch gut aussah und etwas von den Helden aus den Geschichten der Gaukler an sich hatte. Eine fremde Frau machte das Ganze nur noch interessanter. Nun ja, sie konnte nichts dagegen machen. Und es konnte jetzt wohl auch kaum mehr schaden.

»Die Amyrlin wird sich schon fragen, wo wir nur bleiben«, sagte sie.

Sahra kam plötzlich wieder zur Besinnung. Die

Augen weit aufgerissen, fuhr sie zusammen und schluckte vernehmlich. Dann packte sie mit einer Hand Min am Ärmel, zerrte sie zur Tür, öffnete hastig einen Flügel und zog Min hinter sich her hinein. In dem Augenblick, als sie drinnen waren, knickste die Novizin eiligst und plapperte voller Panik: »Ich habe sie gebracht, Leane Sedai. Frau Elmindreda? Die Amyrlin will sie wirklich sehen?«

Die hochgewachsene Frau mit der kupferfarbenen Haut im Vorraum trug die Stola der Behüterin der Chronik, und zwar in Blau, um zu zeigen, daß sie der Blauen Ajah entstammte. Mit den Fäusten auf die Hüften gestützt wartete sie, bis das Mädchen fertig war, und dann entließ sie die Novizin mit einem knappen: »Hast lange genug gebraucht, Kind. Jetzt zurück an deine Arbeit.« Sahra knickste wieder und trippelte genauso schnell hinaus, wie sie eingetreten war.

Min stand da, den Blick gesenkt und die Kapuze immer noch weit nach vorn gezogen. Vor Sahra einen Fehler zu begehen war schon schlimm genug gewesen, obwohl die Novizin wenigstens ihren Namen nicht kannte, aber Leane kannte sie besser als jede andere in der Burg bis auf die Amyrlin. Min war sicher, daß das jetzt keine Rolle mehr spielte, aber nach dem, was sie draußen im Flur erfahren hatte, wollte sie sich besser an Moiraines Anweisungen halten, bis sie mit der Amyrlin allein war.

Diesmal halfen ihr die guten Absichten jedoch nicht. Leane war mit zwei Schritten bei ihr, schob die Kapuze zurück und knurrte, als habe man ihr einen Schlag in den Magen versetzt. Min hob den Kopf und sah sie trotzig an, als wolle sie ihr zeigen, daß sie sich nicht hatte an ihr vorbeistehlen wollen. Glattes, dunkles Haar, nur ein wenig länger als ihr eigenes, umrahmte das Gesicht der Behüterin, das nun sowohl Überraschung zeigte wie auch Ärger darüber, daß sie überrascht war.

»Also bist du doch Elmindreda, oder?« sagte Leane knapp. Sie sprach immer in kurzen, knappen Sätzen. »Ich muß schon sagen, in diesem Kleid siehst du auch eher so aus als in deinem normalen ... Kostüm.«

»Nur Min, Leane Sedai, wenn es Euch recht ist.« Min brachte das mit steinernem Gesicht heraus, aber es fiel ihr schwer, die Aes Sedai nicht anzufunkeln. Im Tonfall der Behüterin hatte zuviel Spott gelegen. Wenn ihre Mutter sie schon nach jemandem aus einer Legende nennen mußte, warum dann ausgerechnet nach einer Frau, die die meiste Zeit über irgendwelchen Männern schöne Augen gemacht hatte oder sie dazu brachte, Lieder über ihre Augen oder ihr Lächeln zu komponieren.

»Also gut. Min. Ich werde auch nicht fragen, wo du gewesen bist oder warum du in einem Kleid zurückkehrst und offensichtlich der Amyrlin eine Frage stellen willst. Jedenfalls jetzt nicht.« Ihrem Gesicht war anzumerken, daß sie diese Fragen später stellen würde und auch Antworten erwartete. »Ich schätze, die Mutter weiß, wer diese Elmindreda ist? Natürlich. Ich hätte das wissen müssen, als sie befahl, dich sofort herzubringen, und noch dazu allein. Das Licht mag wissen, warum sie sich mit dir abgibt.« Sie unterbrach ihren Redefluß und machte ein besorgtes Gesicht. »Was ist los, Mädchen? Bist du krank?«

Min gab sich Mühe, ihre Gesichtszüge zu glätten. »Nein. Nein, es geht mir gut.« Einen Augenblick lang hatte die Behüterin ihre Maske durchschaut, eine Maske des Schreckens. »Darf ich hineingehen, Leane Sedai?«

Leane musterte sie noch einen Moment lang und bedeutete ihr dann mit einem Ruck ihres Kopfes, zum inneren Arbeitszimmer zu gehen. »Hinein mit dir.« Mins Eifer, ihrem Auftrag Folge zu leisten, hätte auch die gnadenloseste Aufseherin mit Zufriedenheit erfüllt.

Der Arbeitsraum der Amyrlin war im Laufe der

Jahrhunderte von vielen großen und mächtigen Frauen benützt worden, und die Andenken daran beherrschten nun sein Bild. Der große offene Kamin war aus dem Goldmarmor Kandors gefertigt. Jetzt brannte kein Feuer darin. Die Wände waren mit einem hellen, eigenartig marmorierten Holz getäfelt, das wohl eisenhart war, aber dennoch Schnitzereien von Fabeltieren und Vögeln mit phantastischem Federkleid aufwies. Diese Täfelungen waren vor weit mehr als tausend Jahren aus den geheimnisvollen Ländern jenseits der Aiel-Wüste hergebracht worden, und der Kamin war mehr als doppelt so alt. Der geschliffene Sandstein des Fußbodens stammte aus den Verschleierten Bergen, und hohe Bogenfenster gaben den Blick auf einen Balkon frei. Wie Perlen funkelten unzählige Glitzerpunkte im Stein der Fensterrahmen, der aus den Überresten einer während der Zerstörung der Welt untergegangenen Stadt im Meer der Stürme gerettet worden war. Niemand hatte je desgleichen irgendwo sonst entdeckt.

Die augenblickliche Benützerin, Siuan Sanche, war allerdings als Tochter eines Fischers in Tear geboren worden, und die Möbel, die sie bevorzugte, waren einfach, wenn auch solide gebaut und auf Hochglanz poliert. Sie saß auf einem wuchtigen Stuhl an einem großen Tisch, der auch in einem Bauernhaus hätte stehen können. Der einzige andere Stuhl im Raum, genauso schmucklos und gewöhnlich zur Seite gestellt, stand nun auf einer kleinen, einfachen, in Blau, Braun und Gold gehaltenen und offensichtlich in Tear geknüpften Brücke direkt vor dem Tisch. Ein halbes Dutzend geöffneter Bücher lag auf verschiedenen Lesepulten im Raum verteilt. Das war alles. Über dem Kamin hing eine Zeichnung von winzigen Fischerbooten, die zwischen den hohen Schilfhalmen in den Fingern des Drachen bei der Arbeit waren, so wie ihr Vater einst ausgefahren war.

Auf den ersten Blick wirkte auch Siuan Sanche selbst, trotz ihrer glatten Aes-Sedai-Gesichtszüge, genauso einfach wie ihre Möbel. Sie war durchaus kräftig, nicht schön, sah aber doch recht gut aus, und das einzig Auffallende an ihrer Kleidung war die breite Stola des Amyrlin-Sitzes in den sieben Farbstreifen aller Ajahs. Wie bei jeder Aes Sedai war es nicht möglich, ihr Alter abzuschätzen. Jedenfalls zeigte sich in ihrem dunklen Haar noch keine Andeutung von Grau. Der scharfe Blick aus ihren blauen Augen schien alles zu durchdringen und die Kinnpartie sagte etwas über die Entschlußkraft der jüngsten Frau aus, die je für den Amyrlin-Sitz erwählt worden war. Seit mehr als zehn Jahren hatte Siuan Sanche selbst Herrscher herbeizitiert, auch die mächtigen, und sie waren gekommen, obwohl sie die Weiße Burg haßten und sich vor den Aes Sedai fürchteten.

Als die Amyrlin um den Tisch herum auf sie zuschritt, legte Min ihr Bündel weg und knickste ungeschickt, wobei sie leise fluchte, daß so etwas sein mußte. Sie wollte durchaus ihren Respekt bezeugen, wie es einer Frau wie Siuan Sanche gegenüber selbstverständlich war, aber die Verbeugung, die sie gewöhnlich machte, hätte in einem Kleid ausgesprochen dumm gewirkt. Nun ja, und mit dem Knicksen hatte sie keine Erfahrung.

Auf halbem Weg in die Hocke erstarrte sie mit bereits ausgebreitetem Rock. Siuan Sanche stand wohl so würdevoll wie eine Königin vor ihr, doch einen Augenblick lang lag sie gleichzeitig nackt auf dem Fußboden. Abgesehen von der Tatsache, daß sie nichts anhatte, war an der Vision noch etwas Eigenartiges, doch bevor Min sich darüber klar werden konnte, was daran so seltsam war, verschwand das Bild wieder. Die Vision war so eindringlich gewesen wie selten eine, aber sie hatte keine Ahnung, was sie bedeuten sollte.

»Schon wieder Visionen, habe ich recht?« sagte die Amyrlin. »Nun, diese Fähigkeit kann ich jetzt wirklich gut gebrauchen. Ich hätte dich gerade in jenen Monaten gebrauchen können, die du weg warst. Aber sprechen wir nicht mehr darüber. Was geschehen ist, ist geschehen. Das Rad webt, wie das Rad es wünscht.« Sie lächelte verkrampft. »Aber wenn du so etwas noch einmal machst, lasse ich dir die Haut abziehen und mache Handschuhe daraus. Steh auf, Mädchen. Leane zwingt mir sowieso schon in einem Monat mehr zeremonielles Gehabe auf, als eine normale Frau in einem Jahr ertragen kann. Ich habe keine Zeit dafür. Heutzutage nicht. Also, was hast du gerade gesehen?«

Min richtete sich langsam auf. Es war eine Erleichterung, mit jemandem zusammenzusein, die von ihrem Talent wußte, auch wenn es die Amyrlin selbst war. Sie mußte das Gesehene vor der Amyrlin nicht verbergen. Im Gegenteil. »Ihr habt… Ihr habt keine Kleider getragen. Ich… ich weiß nicht, was es bedeutet, Mutter.«

Siuan lachte kurz und trocken auf. »Zweifellos nehme ich mir einen Liebhaber. Aber dafür habe ich leider auch keine Zeit. Es ist keine Zeit, den Männern auch nur zuzuzwinkern, wenn du das Boot leerschöpfen mußt.«

»Vielleicht«, sagte Min bedächtig. Es konnte so etwas bedeuten, aber sie bezweifelte das. »Ich weiß es einfach nicht. Aber, Mutter, ich habe Visionen gehabt, seit ich die Burg betrat. Etwas Schlimmes wird geschehen, etwas Schreckliches!«

Sie begann bei den Aes Sedai im Foyer und berichtete alles, was sie gesehen hatte, alles, was sie an Bedeutungen erkannt hatte, soweit sie sich sicher sein konnte. Sie behielt das meiste dessen, was Gawyn gesagt hatte, für sich. Sie mußte nicht erst ihn ermahnen, daß er die Amyrlin nicht ärgern solle, wenn sie anschließend eben dieses selbst tat. Den Rest berichtete sie so nüchtern wie möglich. Einiges von ihrer Angst wurde trotzdem deutlich, als sie alles wieder vor sich sah. Ihre Stimme zitterte hörbar, noch bevor sie fertig war.

Der Gesichtsausdruck der Amyrlin änderte sich nicht. »Also hast du mit dem jungen Gawyn gesprochen«, sagte sie, als Min geendet hatte. »Na, ich glaube, ich kann ihn dazu bringen, daß er den Mund hält. Und wenn ich mich richtig an Sahra erinnere, könnte das Mädchen durchaus für eine Weile auf dem Land arbeiten. Wenn sie einen Gemüsegarten bearbeitet, kann sie keine Gerüchte verbreiten.«

»Ich verstehe nicht«, sagte Min. »Warum soll Gawyn den Mund halten? Worum geht es? Ich habe ihm nichts gesagt. Und Sahra ...? Mutter, vielleicht habe ich mich nicht klar genug ausgedrückt. Aes Sedai und Behüter werden sterben! Das dürfte bedeuten, daß ein Kampf stattfinden wird. Und wenn Ihr nicht eine Menge Aes Sedai und Behüter irgendwohin schickt – und auch Diener, denn ich habe auch tote und verwundete Diener gesehen –, wenn Ihr also das nicht tut, dann wird dieser Kampf hier stattfinden! In Tar Valon!«

»Hast du das gesehen?« wollte die Amyrlin wissen. »Einen Kampf? Weißt du das sicher, oder rätst du nur?«

»Was könnte es sonst sein? Mindestens vier Aes Sedai sind so gut wie tot. Mutter, ich habe seit meiner Rückkehr nur neun von Euch gesehen, und vier davon werden sterben! Und die Behüter ... Was könnte es sonst bedeuten?«

»Da gibt es mehr Möglichkeiten, als mir lieb sind«, sagte Siuan grimmig. »Wann? Wie lange, bis das ... Ereignis ... eintritt?«

Min schüttelte den Kopf. »Ich weiß es nicht. Das meiste wird sich innerhalb eines oder zweier Tage abspielen, aber das kann morgen sein oder in einem oder zehn Jahren.«

»Laß uns hoffen, daß es erst in zehn Jahren passiert. Wenn es morgen bereits geschieht, kann ich nicht viel dagegen unternehmen.«

Min verzog das Gesicht. Nur zwei Aes Sedai außer Siuan Sanche kannten ihre Fähigkeiten: Moiraine und Verin Mathwin, die sich bemüht hatte, ihr Talent zu erforschen. Keiner wußte mehr darüber, wie es funktionierte, als sie. Nur eines war klar: Es hatte nichts mit der Einen Macht zu tun. Vielleicht hatte deshalb auch nur Moiraine akzeptiert, daß etwas ganz gewiß eintraf, wenn sie sich dessen sicher war.

»Vielleicht hat es mit den Weißmänteln zu tun, Mutter. Sie waren überall in Alindaer zu finden, als ich die Brücke überquerte.« Sie glaubte nicht daran, daß die Kinder des Lichts etwas mit den vorhergesehenen Ereignissen zu tun hätten, aber sie zögerte, das auszusprechen, was sie wirklich glaubte. Wohlgemerkt: glaubte, nicht ›wußte‹. Aber das war schon schlimm genug.

Doch die Amyrlin schüttelte schon den Kopf, bevor sie ausgesprochen hatte. »Sie würden schon etwas versuchen, wenn sie könnten. Da habe ich keinen Zweifel. Sie würden nichts lieber tun als die Burg angreifen. Aber Eamon Valda wagt keinen offenen Angriff ohne ausdrücklichen Befehl des kommandierenden Lordhauptmanns, und Pedron Niall wird erst zuschlagen, wenn er glaubt, daß wir angeschlagen seien. Er kennt unsere Stärke zu gut, um etwas so Dummes zu wagen. Seit tausend Jahren halten das die Weißmäntel so. Wie ein Hecht im Schilf warten sie auf die Blutspur der Aes Sedai im Wasser. Doch bisher haben wir ihnen keine gezeigt, und das werden wir auch nicht, wenn ich es verhindern kann.«

»Und wenn Valda etwas auf eigene Faust probiert…«

Siuan unterbrach sie: »Er hat nicht mehr als fünfhundert Mann in der Nähe Tar Valons, Mädchen. Den

Rest hat er bereits vor Wochen weggeschickt, zweifellos, um irgendwo anders Unruhe zu stiften. Die Leuchtende Mauer hat die Aiel zurückgehalten und auch Artur Falkenflügel. Valda wird niemals nach Tar Valon hereinkommen, wenn die Stadt nicht von innen her auseinanderbricht.« Ihr Tonfall änderte sich nicht, als sie fortfuhr: »Du willst mich unbedingt glauben machen, daß die Gefahr von den Weißmänteln herrührt. Warum?« In ihrem Blick lag nichts Sanftes mehr.

»Weil ich es gern glauben möchte«, murmelte Min betreten. Sie leckte sich die Lippen und sprach die Worte aus, die sie vermeiden wollte: »Das silberne Halsband, das ich bei der einen Aes Sedai sah. Mutter, es sah aus ... Es sah aus wie eines der Halsbänder, die ... von den Seanchan benützt werden, um ... Frauen zu beherrschen, die mit der Einen Macht umgehen können.« Ihre Stimme wurde immer leiser, und Siuans Mund verzog sich angewidert.

»Schmutzige Dinger«, grollte die Amyrlin. »Nur gut, daß die meisten Leute nicht einmal ein Viertel von dem glauben, was sie über die Seanchan hören. Aber da ist es noch wahrscheinlicher, daß die Weißmäntel dahinterstecken. Wenn die Seanchan wieder irgendwo an Land gehen, weiß ich darüber per Brieftaube innerhalb weniger Tage Bescheid, und es ist ein langer Weg vom Meer bis Tar Valon. Wenn sie wirklich wieder auftauchen, habe ich lange genug Zeit, mich darauf einzustellen. Nein, ich fürchte, was du siehst, bedeutet etwas viel Schlimmeres als die Seanchan. Ich fürchte, es können nur die Schwarzen Ajah sein. Nur eine Handvoll von uns wissen überhaupt von ihnen, und ich freue mich nicht gerade darauf, was passiert, wenn diese Kunde sich ausbreitet. Aber sie stellen die größte unmittelbare Bedrohung der Burg dar.«

Min wurde sich bewußt, daß sie ihre Hände so sehr in ihren Rock verkrampft hatte, bis sie schmerzten. Ihr

Mund war staubtrocken. Die Weiße Burg hatte immer kaltschnäuzig die Existenz einer versteckten Ajah abgeleugnet, die angeblich dem Dunklen König diente. Der sicherste Weg, eine Aes Sedai zu ärgern, war, so etwas auch nur zu erwähnen. Daß nun die Amyrlin selbst die Existenz einer Schwarzen Ajah zugab, jagte Min einen eiskalten Schauer über den Rücken.

Die Amyrlin fuhr fort, als habe sie nichts Außergewöhnliches gesagt: »Aber du bist nicht den ganzen Weg hergekommen, um hier deine Visionen zu haben. Was gibt es Neues von Moiraine? Ich weiß, daß von Arad Doman bis Tarabon reines Chaos herrscht, um es milde auszudrücken.« Das war allerdings milde ausgedrückt. Anhänger des Wiedergeborenen Drachen kämpften dort gegen seine Gegner und hatten beide Länder in einen Bürgerkrieg gestürzt, während sie immer noch um die Herrschaft auf der Ebene von Almoth stritten. Siuans Tonfall tat das alles als unwichtige Einzelheiten ab. »Aber ich habe schon monatelang nichts mehr von Rand al'Thor gehört. Er steht im Brennpunkt aller Ereignisse. Wo steckt er? Was läßt Moiraine ihn tun? Setz dich hin, Mädchen. Setz dich.« Sie deutete auf den Stuhl am Tisch.

Min ging mit wackligen Beinen hin und fiel fast auf den Stuhl. *Die Schwarzen Ajah! O Licht!* Man erwartete von den Aes Sedai, daß sie für das Licht kämpften. Das auf jeden Fall, auch wenn sie ihnen sonst keineswegs immer traute. Die Aes Sedai und all ihre Macht traten für das Licht und gegen den Schatten ein. Und nun stimmte sogar das nicht mehr. Sie hörte sich selbst sagen: »Er ist auf dem Weg nach Tear.«

»Tear! Dann also *Callandors* wegen. Moiraine will, daß er das Unberührbare Schwert aus dem Stein von Tear holt. Ich schwöre, ich hänge sie zum Trocknen in die Sonne! Sie wird sich wünschen, wieder Novizin sein zu können! Dafür kann er noch nicht bereit sein!«

»Das war nicht...« Min hielt inne und räusperte

sich. »Das war nicht Moiraines Idee. Rand ist allein mitten in der Nacht weggelaufen. Die anderen folgten ihm, und Moiraine hat mich gesandt, um es Euch mitzuteilen. Sie könnten mittlerweile in Tear sein. Vielleicht hat er jetzt *Callandor* bereits in Händen.«

»Seng ihn!« fauchte Siuan. »Er kann genausogut jetzt auch tot sein! Ich wünschte, er hätte niemals den Wortlaut der Prophezeiungen des Drachen erfahren. Wenn ich ihn davon abhalten könnte, noch mehr darüber zu erfahren, dann würde ich es tun.«

»Aber muß er denn die Prophezeiungen nicht erfüllen? Ich verstehe das nicht.«

Die Amyrlin lehnte sich innerlich erschöpft an ihren Tisch. »Als könne irgend jemand das meiste daran überhaupt verstehen! Er wird nicht durch die Prophezeiungen zum Wiedergeborenen Drachen. Er muß es lediglich einsehen, und falls er hinter *Callandor* her ist, hat er das wohl auch. Die Prophezeiungen haben den Zweck, der Welt zu zeigen, wer er ist, ihn auf das Kommende vorzubereiten und die Welt auf sein Kommen vorzubereiten. Wenn Moiraine wenigstens ein bißchen Einfluß auf ihn hat, dann leitet sie ihn zu den prophezeiten Dingen hin, bei denen wir einigermaßen sicher sein können, und dann, wenn er bereit ist, sich diesen Herausforderungen zu stellen! Was die übrigen betrifft, hoffen wir, daß es ausreicht, was er sowieso tut. Hoffen wir! Was weiß ich, ob er nicht bereits Prophezeiungen erfüllt hat, die wir überhaupt nicht verstehen. Das Licht gebe, daß es ausreicht!«

»Also wollt Ihr ihn wirklich unter Kontrolle halten. Er sagte, Ihr würdet versuchen, ihn zu benützen, aber das ist das erste Mal, daß Ihr es zugegeben habt.« Min fror innerlich. Zornig fügte sie hinzu: »Bisher habt Ihr aber nicht gerade gut gearbeitet, Ihr und Moiraine.«

Siuans Erschöpfung schien von ihr abzufallen. Sie richtete sich auf und blickte auf Min hinunter. »Du solltest besser hoffen, daß wir damit Erfolg haben.

Hast du geglaubt, wir könnten ihn so einfach frei herumlaufen lassen? Starrköpfig und stur, unausgebildet, unvorbereitet und vielleicht bereits dabei, dem Wahn zu verfallen? Glaubst du, wir können einfach auf das Muster vertrauen, auf sein *Schicksal,* daß es ihn wie in einer Legende am Leben hält? Das ist keine Legende, und er ist kein unbesiegbarer Held, und wenn sein Faden aus dem Muster herausgeschnitten wird, dann bemerkt das Rad der Zeit seinen Abgang überhaupt nicht, und der Schöpfer wird auch keine Wunder tun, um uns zu retten. Wenn ihm Moiraine nicht die Flügel stutzen kann, könnte er sehr wohl durch eigene Schuld getötet werden, und was haben wir dann erreicht? Wo steht die Welt dann? Das Gefängnis des Dunklen Königs ist schwach geworden. Er *wird* die Welt wieder berühren – das ist nur eine Frage der Zeit. Wenn Rand al'Thor nicht da ist, um ihm in der Letzten Schlacht gegenüberzutreten, wenn sich der starrköpfige junge Narr vorher umbringen läßt, dann ist die Welt zum Untergang verdammt. Wieder ein Krieg um die Macht, aber diesmal ohne Lews Therin Telamon und seine Hundert Gefährten. Und dann Feuer und Schatten für alle Ewigkeit.« Sie hielt mit einem Mal inne und sah Mins Gesicht scharf an. »Ach so, daher weht der Wind? Du und Rand? Das hatte ich nicht erwartet.«

Min schüttelte lebhaft den Kopf und spürte, wie ihre Wangen rot anliefen. »Natürlich nicht! Ich war … Es ist diese Letzte Schlacht. Und der Dunkle König. Licht, allein schon daran zu denken, daß der Dunkle König frei ist, reicht aus, um selbst einem Behüter das Mark in den Knochen gefrieren zu lassen. Und die Schwarzen Ajah …«

»Versuche nicht, abzulenken«, sagte die Amyrlin scharf. »Glaubst du, das sei das erste Mal, wo ich erlebe, daß eine Frau Angst um ihren Mann hat? Du kannst es genausogut zugeben.«

Min wand sich auf ihrem Stuhl. Siuans Blicke durchbohrten sie, wissend und ungeduldig. »Na ja«, murmelte sie schließlich, »ich werde Euch alles sagen, und es wird uns beiden nicht weiterhelfen. Beim erstenmal, als ich Rand kennenlernte, sah ich die Gesichter dreier Frauen, und eine davon war ich. Ich habe weder vorher noch nachher jemals etwas über mich selbst gesehen, aber ich wußte, was es zu bedeuten hatte. Ich würde mich in ihn verlieben. Alle drei würden wir uns in ihn verlieben.«

»Drei. Die beiden anderen. Wer sind sie?«

Min lächelte sie bitter an. »Die Gesichter waren verschwommen. Ich weiß nicht, wer sie sind.«

»Nichts, was darauf schließen ließe, daß er deine Liebe erwidert?«

»Nichts! Er hat mich noch nie richtig angeschaut. Ich glaube, er sieht mich als ... als eine Schwester an. Also glaubt nicht, daß Ihr mich als Leine für ihn benützen könnt, denn das wird nicht funktionieren!«

»Aber du liebst ihn.«

»Ich habe wohl keine Wahl.« Min bemühte sich, nicht zu mürrisch zu klingen. »Ich habe versucht, das Ganze als Scherz zu betrachten, aber ich kann nicht mehr darüber lachen. Ihr glaubt mir vielleicht nicht, aber sobald ich weiß, was etwas bedeutet, geschieht es auch.«

Die Amyrlin legte einen Finger nachdenklich an ihre Lippen und musterte Min.

Dieser Blick machte Min Sorgen. Sie hatte sich eigentlich zurückhalten und nicht soviel sagen wollen, wie sie es nun tatsächlich getan hatte. Sie hatte immer noch nicht alles erzählt, aber eigentlich hätte sie wissen sollen, daß man einer Aes Sedai keine Gelegenheit nachzuhaken bieten durfte, auch wenn ihr nicht klar war, wie sie dieses Wissen benützen könnte. Doch die Aes Sedai hatten Übung darin. »Mutter, ich habe Moiraines Botschaft überbracht und Euch alles berichtet, was ich über die Bedeutung meiner Visionen weiß.

Jetzt gibt es keinen Grund mehr, warum ich nicht meine eigene Kleidung wieder anlegen und gehen kann.«

»Wohin willst du gehen?«

»Nach Tear.« Nachdem sie sich mit Gawyn unterhalten und sich versichert hatte, daß er nicht irgendwelche Narreteien vorhatte. Sie hätte ja am liebsten gefragt, wo sich Egwene und die anderen beiden befanden, aber wenn die Amyrlin das nicht einmal Elaynes Bruder sagen wollte, würde sie es wohl kaum ihr anvertrauen. Und in Siuan Sanches Augen lag noch immer dieser berechnende Blick. »Oder eben dorthin, wo Rand ist. Ich bin vielleicht närrisch, aber sicher nicht die erste Frau, die sich eines Mannes wegen zum Narren macht.«

»Aber die erste, die sich des Wiedergeborenen Drachens wegen zum Narren macht. Es wird gefährlich, sich in der Umgebung Rand al'Thors aufzuhalten, sobald die Welt einmal herausfindet, wer er ist und was er ist. Und falls er jetzt *Callandor* in Händen hält, wird es die Welt schnell genug erfahren. Die Hälfte wird sowieso versuchen, ihn umzubringen, in der Hoffnung, daß sie dadurch die Letzte Schlacht vermeiden können und den Dunklen König daran hindern, wieder freizukommen. Viele, die sich in seiner Nähe aufhalten, werden sterben. Es könnte besser für dich sein, wenn du hierbleibst.«

Die Amyrlin klang verständnisvoll, doch Min nahm ihr das nicht ab. Sie glaubte einfach nicht, daß Siuan Sanche viel Verständnis für andere aufbringen könne. »Ich riskiere es; vielleicht kann ich ihm helfen. Mit meinen Visionen. Und es ist ja nicht so, daß er in der Burg sicherer wäre, solange es auch nur noch eine Rote Schwester hier gibt. Sie würden nur einen Mann sehen, der mit der Macht umgehen kann, und darüber die Letzte Schlacht und die Prophezeiungen des Drachen vergessen.«

»Viele andere auch«, unterbrach Siuan sie gelassen. »Alte Denkweisen werden nur schwer abgelegt, bei den Aes Sedai genau wie anderswo.«

Min sah sie fragend an. Sie schien nun auf einmal auf ihrer Seite zu stehen. »Es ist kein Geheimnis, daß ich mit Egwene und Nynaeve befreundet bin, und auch keines, daß sie aus dem gleichen Dorf kommen wie Rand. Für die Roten Ajah wird diese Verbindung völlig ausreichen. Wenn die Burg herausfindet, was er ist, dann werde ich wahrscheinlich noch vor Ende dieses Tages festgenommen. Egwene und Nynaeve auch, falls Ihr sie nicht irgendwo versteckt habt.«

»Dann darf man dich eben nicht erkennen. Man fängt keinen Fisch, der das Netz sieht. Ich schlage vor, du vergißt deinen Mantel und die Hosen für eine Weile.« Die Amyrlin lächelte sie an wie eine Katze die Maus.

»Welchen Fisch wollt Ihr denn mit mir als Köder fangen?« fragte Min mit schwacher Stimme. Sie glaubte, es bereits zu wissen, und hoffte verzweifelt, unrecht zu haben.

Ihre Hoffnung hielt jedoch die Amyrlin nicht davon ab, zu sagen: »Die Schwarzen Ajah. Dreizehn von ihnen flohen, aber ich fürchte, es sind noch einige hier übrig. Ich kann nicht sicher sein, wem ich vertrauen kann. Eine Weile lang habe ich überhaupt niemandem mehr vertraut. Du bist kein Schattenfreund, das weiß ich, und dein ganz besonderes Talent mag vielleicht hilfreich sein. Zumindest aber habe ich mit dir ein weiteres Paar vertrauenswürdiger Augen.«

»Das habt Ihr doch geplant, seit ich hier hereinspaziert bin, oder? Deshalb wollt Ihr, daß Gawyn und Sahra schweigen.« Der Zorn begann in Min zu kochen wie das Wasser im Kessel. Die Frau sagte: ›Frosch‹ und erwartete, daß die Leute hüpften. Daß sie das gewöhnlich auch taten, machte die Dinge nur noch schlimmer. Sie war kein Frosch und keine Marionette. »Habt Ihr das mit Egwene und Nynaeve und Elayne gemacht? Sie hinter den Schwarzen Ajah hergejagt? Das würde ich Euch zutrauen.«

»Flick deine eigenen Netze, Kind, und laß diese Mädchen ihre Netze flicken. Soweit es dich betrifft, arbeiten sie zur Strafe auf einem Bauernhof. Drücke ich mich klar aus?«

Dieser unbeirrbare Blick ließ Min nervös auf ihrem Stuhl umherrutschen. Es war leicht, der Amyrlin zu widersprechen, bis sie anfing, einen mit diesen scharfen, kalten, blauen Augen festzunageln. »Ja, Mutter.« Die Demut in ihrer Antwort stank zum Himmel, aber ein Blick in die Augen der Amyrlin überzeugte sie, daß es besser sei, es damit bewenden zu lassen. Sie zupfte an der feingesponnenen Wolle ihres Kleides. »Ich denke, es wird mich nicht umbringen, wenn ich das hier noch ein Weilchen länger trage.« Plötzlich blickte Siuan amüsiert drein. Min spürte, wie sich ihr die Nackenhaare aufstellten.

»Ich fürchte, das reicht nicht. Min in einem Kleid ist immer noch Min für jede, die einigermaßen genau hinschaut. Du kannst nicht immer einen Umhang mit ins Gesicht gezogener Kapuze tragen. Nein, du mußt alles ändern, was geändert werden kann. Zum einen wirst du weiterhin den Namen Elmindreda benützen. Es ist schließlich auch dein Name.« Min zuckte zusammen. »Dein Haar ist beinahe so lang wie das Leanes, lang genug, um Locken hineinzubrennen. Was den Rest betrifft… Ich habe niemals Rouge und Puder und Schminke benützt, aber Leane weiß noch, wie man damit umgeht.«

Min hatte seit der Erwähnung der Locken immer größere Augen gemacht. »O nein«, brachte sie mühsam hervor.

»Keiner wird dich noch für die Min halten, die immer in Hosen herumlief, wenn Leane erst eine perfekte Elmindreda aus dir gemacht hat.«

»O NEIN!«

»Was den Grund deines Aufenthalts in der Burg betrifft – hmmm, ein Grund, der zu einer flatterhaften jungen Frau paßt, die in nichts wie Min wirkt – weder im Aussehen, noch im Benehmen.« Die Amyrlin runzelte nachdenklich die Stirn und ignorierte Mins Bemühungen, auch zu Wort zu kommen. »Ja. Ich werde verbreiten lassen, daß Frau Elmindreda gleich zwei Freier soweit ermutigte, daß sie sich jetzt in der Burg vor ihnen in Sicherheit bringen muß, bis sie sich zwischen ihnen entscheiden kann. Jedes Jahr bitten doch noch ein paar Frauen hier um Asyl, und die Gründe sind manchmal tatsächlich so idiotisch.« Ihr Gesicht verhärtete sich wieder, und ihr Blick wurde schärfer. »Wenn du immer noch an Tear denkst, überlege genau. Überlege, ob du hier oder dort für Rand von größerem Nutzen sein kannst. Wenn die Schwarzen Ajah die Burg stürzen oder, noch schlimmer, in ihre Hände bekommen, dann verliert Rand selbst die wenige Hilfe, die ich ihm zuteil werden lassen kann. Also. Bist du eine Frau oder ein liebeskrankes Mädchen?«

In der Falle gefangen. Min sah das genauso deutlich, als habe sie einen Fallstrick am Bein. »Setzt Ihr euch immer so bei anderen Menschen durch, Mutter?«

Das Lächeln der Amyrlin war diesmal sogar noch kälter. »Für gewöhnlich, mein Kind. Für gewöhnlich.«

Elaida rückte ihre Stola mit den roten Fransen zurecht und blickte nachdenklich die Tür zum Arbeitszimmer der Amyrlin an, durch die gerade eben zwei junge Frauen verschwunden waren. Die Novizin kam nur Augenblicke später wieder heraus, warf einen Blick auf Elaidas Gesicht und hätte beinahe losgeheult. Elaida glaubte, sie zu erkennen, obwohl ihr der Name des Mädchens nicht mehr einfiel. Sie hatte Wichtigeres zu tun, als unfolgsamen Kindern etwas beizubringen.

»Dein Name?«

»Sahra, Elaida Sedai.« Die Antwort des Mädchens kam als atemloses Quieken heraus. Elaida hatte vielleicht nicht viel Interesse an den Novizinnen, aber die Novizinnen kannten sie und ihren Ruf.

Nun erinnerte sie sich an das Mädchen. Eine Tagträumerin mit beschränkten Fähigkeiten, die niemals wirklich mächtig sein würde. Es war zweifelhaft, daß sie mehr wußte, als Elaida bereits gehört und gesehen hatte, oder daß sie sich an mehr als nur Gawyns Lächeln erinnerte. Eine Närrin. Elaida machte eine wegwerfende Handbewegung.

Das Mädchen knickste so tief, daß ihr Gesicht fast die Bodenplatten berührte, und dann floh sie im Laufschritt.

Elaida sah ihr nicht nach. Die Rote Schwester hatte sich abgewandt und die Novizin bereits vergessen. Als sie den Korridor entlangrauschte, war keine Falte auf ihren glatten Gesichtszügen zu entdecken, aber in ihrem Innern brodelte es. Sie bemerkte nicht einmal die Dienerinnen, die Novizinnen und Aufgenommenen, die ihr hastig auswichen und knicksten, wenn sie an ihnen vorbeilief. Einmal hätte sie beinahe eine Braune Schwester überrannt, die ihre Nase in ein Bündel Papiere gesteckt hatte und nichts sah oder hörte. Die mollige Braune sprang mit einem überraschten Aufschrei zurück, aber Elaida hörte nicht einmal das.

Kleid oder nicht, sie kannte die junge Frau, die zur Amyrlin hineingegangen war. Min, die bei ihrem ersten Besuch in der Burg bereits soviel Zeit mit der Amyrlin verbracht hatte, obwohl niemand den Grund dafür kannte. Min, die so eng mit Elayne, Egwene und Nynaeve befreundet war. Die Amyrlin hielt den Aufenthaltsort der drei geheim. Da war Elaida ganz sicher. Alle Berichte, sie arbeiteten zur Strafe auf einem Bauernhof, stammten über drei oder vier Ecken letzten

Endes von Siuan Sanche selbst. Aber durch diese Art der Verbreitung wurde alles so geschickt verschleiert, daß man ihr keine Lüge nachweisen konnte. Ganz zu schweigen von der Tatsache, daß Elaidas gesamte Bemühungen, diesen Bauernhof zu finden, umsonst gewesen waren.

»Licht, versenge sie!« Einen Augenblick lang stand offene Wut in ihrem Gesicht. Sie war sich dabei nicht einmal sicher, ob sie Siuan Sanche damit meinte, oder die Tochter-Erbin. Das nahm sich nichts. Eine schlanke Aufgenommene hörte sie sprechen, sah ihr ins Gesicht und wurde so weiß wie ihr Kleid. Elaida schritt an ihr vorbei, ohne sie zu bemerken.

Von allem anderen abgesehen, machte es sie wütend, daß sie Elayne nicht aufspüren konnte. Elaida konnte manchmal Zukünftiges vorhersagen. Es geschah selten und war nur schwach ausgeprägt, aber immer noch mehr, als irgendeine Aes Sedai seit Gitara Moroso, die vor zwanzig Jahren gestorben war, von sich behaupten konnte. Das erstemal, als eine solche Weissagung über sie gekommen war – sie war damals noch eine Aufgenommene gewesen, aber immerhin clever genug, es für sich zu behalten – hatte sie gesehen, daß die königliche Familie von Andor der Schlüssel zur Niederlage des Dunklen Königs in der Letzten Schlacht sein werde. Sie hatte sich Morgase angeschlossen, sobald klar war, daß diese den Thron besteigen würde, und dann hatte sie geduldig, Jahr für Jahr, ihren Einfluß ausgebaut. Und nun konnte es sein, daß all ihre Mühen und Opfer – hätte sie sich nicht auf Andor konzentriert, wäre sie womöglich längst auf dem Amyrlin-Sitz – umsonst gewesen waren, weil sie Elayne nicht mehr finden konnte.

Sie zwang sich, wieder nur an das zu denken, was jetzt wichtig war. Egwene und Nynaeve stammten aus dem gleichen Dorf wie dieser eigenartige junge Mann, Rand al'Thor. Und Min kannte ihn ebenfalls, auch wenn sie versucht hatte, diese Tatsache zu verheimlichen. Rand al'Thor war der Schlüssel zu allem.

Elaida hatte ihn nur einmal in Andor gesehen – als angeblichen Schafhirten von den Zwei Flüssen – aber er sah genau aus wie ein Aielmann. Als sie ihn damals gesehen hatte, war eine Weissagung über sie gekommen. Er war *ta'veren* und gehörte zu diesen höchst seltenen Menschen, die nicht dem Willen des Rads der Zeit entsprechend in das Große Muster verwoben werden, sondern die statt dessen das Muster zwangen, sich um sie herum neu zu formen, jedenfalls für eine bestimmte Zeit. Und Elaida hatte um ihn herum Chaos gesehen, Zersplitterung und Streit um Andor und vielleicht sogar noch größere Teile der Welt. Doch Andor mußte als Einheit erhalten bleiben, was auch geschehen mochte; davon hatte sie ihre allererste Weissagung überzeugt.

Es gab noch mehr Spuren, genug, um Siuan in ihrem eigenen Netz zu fangen. Wenn man den Gerüchten Glauben schenkte, gab es drei *Ta'veren* und nicht nur einen. Alle drei aus dem gleichen Dorf, diesem Emondsfeld, und alle drei beinahe im gleichen Alter. Dieser seltsame Zufall hatte schon genug Gerede in der Burg ausgelöst. Und anläßlich Siuans Reise nach Schienar vor fast einem Jahr hatte sie alle drei gesehen und sogar mit ihnen gesprochen. Rand al'Thor. Perrin Aybara. Matrim Cauthon. Man schrieb es immer noch einem Zufall zu. Einfach ein ganz verrückter Zufall. Sagte man. Diejenigen, die das behaupteten, wußten nicht, was Elaida wußte.

Als Elaida den jungen al'Thor kennengelernt hatte, war es Moiraine gewesen, die ihn verschwinden ließ. Moiraine, die ihn und die anderen beiden *Ta'veren* in Schienar begleitet hatte. Moiraine Damodred, die Siuan Sanches engste Freundin in ihrer gemeinsamen Novizinnenzeit gewesen war. Wäre Elaida jemand gewesen, der Wetten abschließt, dann hätte sie darauf gewettet, daß sich niemand sonst in der Burg an diese Freundschaft erinnerte. An dem Tag, als sie zur Aes Sedai erhoben worden waren, am Ende des Aielkriegs, waren Siuan und Moiraine auseinandergegangen und hatten sich später wie eine Fremde gegenüber der anderen verhalten. Aber Elaida war eine der Aufgenommenen gewesen, die sich um diese beiden Novizinnen zu kümmern hatten, hatte sie unterrichtet und sie gescholten, wenn sie schlampig gearbeitet hatten, und sie erinnerte sich noch daran. Sie konnte kaum glauben, daß die beiden ihre Intrige damals bereits geplant hatten – al'Thor war bestimmt erst kurz davor geboren –, aber er war das Bindeglied zwischen ihnen. Das zu wissen, genügte ihr vollauf.

Was Siuan auch vorhaben mochte, sie mußte unbedingt daran gehindert werden. Aufruhr und Chaos verbreiteten sich auf allen Seiten. Es war sicher, daß der Dunkle König freikommen würde. Bei dem bloßen Gedanken daran schauderte Elaida und zog die Stola enger um ihre Schultern. Und die Burg war so in kleinliche Streitereien verwickelt, daß sie dem nichts entgegenzusetzen hatten. Die Burg mußte wieder frei sein, um die Fäden zu spinnen, an denen ganze Nationen hingen, und sie mußte frei sein von all den Schwierigkeiten, die Rand al'Thor aufbeschwor. Die Welt mußte jetzt zusammenstehen. Irgendwie mußte er daran gehindert werden, Andor zu zerstören.

Sie hatte niemandem anvertraut, was sie über al'Thor wußte. Sie hatte vor, wenn möglich, in aller Stille mit ihm fertigzuwerden. Der Saal der Burg sprach bereits davon, diese *Ta'veren* zu beobachten und sogar zu führen. Sie würden niemals zustimmen, die drei oder speziell diesen einen zu beseitigen, aber er mußte beseitigt werden. Zum Besten der Burg. Zum Besten der ganzen Welt.

Sie gab einen kehligen Laut von sich, fast ein Grollen. Siuan war immer schon eigensinnig gewesen, selbst als Novizin, und hatte sich für die Tochter eines armen Fischers eine Menge herausgenommen, aber wie konnte sie es wagen, die Burg in so etwas zu verwickeln, ohne dem Saal davon zu berichten? Sie wußte genausogut wie die anderen, was ihnen bevorstand. Es konnte höchstens dann noch schlimmer kommen, wenn …

Mit einem Mal blieb Elaida stehen und starrte ins Leere. Konnte es sein, daß dieser al'Thor … die Macht benützte? Oder einer der anderen? Wenn, dann wahrscheinlich al'Thor. Nein. Sicher nicht. Nicht einmal Siuan würde sich mit einem von der Sorte abgeben. Das konnte sie nicht. »Wer weiß, was diese Frau fertigbringt?« murmelte sie. »Sie war noch nie für den Amyrlin-Sitz geeignet.«

»Führt Ihr Selbstgespräche, Elaida? Ich weiß ja, daß Ihr Roten außerhalb Eurer Ajah keine Freundinnen habt, aber sicher habt Ihr doch wenigstens Freundinnen innerhalb, mit denen Ihr reden könnt.«

Elaida wandte sich um und musterte Alviarin. Die Aes Sedai mit dem edlen Schwanenhals sah ihr mit dieser unerträglichen Kühle und Selbstsicherheit in die Augen, die alle Weißen Ajah auszeichnete. Die Roten und die Weißen liebten sich nicht gerade; sie hatten tausend Jahre lang auf gegenüberliegenden Seiten des Burgsaals gesessen. Die Weißen hielten mit den Blauen zusammen, und Siuan war eine Blaue gewesen. Doch die Weißen waren stolz darauf, leidenschaftslos logisch zu denken.

»Geht ein Stück mit mir«, sagte Elaida. Alviarin zögerte und schloß sich ihr dann doch an.

Zuerst zog die Weiße Schwester mißbilligend die Augenbrauen hoch, als Elaida ihr sagte, was sie von Siuan glaubte, aber später runzelte sie doch nachdenklich die Stirn. »Ihr habt keinen Beweis dafür, daß sie etwas so … Ungebührliches tut«, sagte sie, als Elaida schließlich schwieg.

»Noch nicht«, sagte Elaida mit fester Stimme. Sie gestattete sich ein verkrampftes Lächeln, als Alviarin nickte. Ein Anfang war gemacht. Auf welche Art auch immer, Siuan würde davon abgehalten, die Burg zu zerstören.

Dain Bornhald stand gut versteckt in einer Gruppe hoher Lederblattbäume über dem Nordufer des Taren. Er warf den weißen Umhang mit der strahlenden goldenen Sonne auf der Brust zurück und hob die feste Lederröhre des Fernrohrs an sein Auge. Eine Wolke von Stechmichs surrte um sein Gesicht herum, doch er ignorierte sie. Im Dorf Taren-Fähre auf der gegenüberliegenden Seite des Flusses standen hochgebaute Steinhäuser auf massiven Sockeln, die sie vor den Überflutungen in jedem Frühjahr schützten. Die Dorfbewohner hatten sich aus den Fenstern gelehnt oder standen auf Balkonen herum und beobachteten die dreißig Reiter in weißen Umhängen und glänzenden Rüstungen, die vor ihnen auf ihren Pferden saßen. Eine Delegation von Männern und Frauen aus dem Dorf verhandelte mit den Reitern. Genauer gesagt: sie lauschten Jaret Byar, soweit Bornhald erkennen konnte.

Bornhald konnte beinahe seines Vaters Stimme hören: *Wenn du sie in dem Glauben läßt, sie hätten eine Chance, wird irgend ein Narr sie zu ergreifen versuchen. Dann muß wieder getötet werden und ein weiterer Narr wird versuchen, den ersten zu rächen, und wieder wird es Tote geben. Mach ihnen von Anfang an angst vor dem Licht, laß sie wissen, daß niemandem etwas geschieht, solange sie tun, was man ihnen sagt, und du bekommst keine Schwierigkeiten.*

Seine Kiefer verkrampften sich bei dem Gedanken an seinen toten Vater. Er mußte deshalb noch etwas unternehmen, und zwar bald. Er war sicher, daß nur Byar wußte, warum er so bereitwillig dieses Kommando übernommen und sich in das fast vergessene Hinterland von Andor begeben hatte, und Byar würde den Mund halten. Byar war Dains Vater so treu ergeben gewesen wie ein Hund, und diese Loyalität hatte er nun auf Dain übertragen. Bornhald hatte keinen Augenblick lang gezögert, ihn zu seinem Stellvertreter zu ernennen, als Eamon Valda ihm dieses Kommando anvertraute.

Byar wendete sein Pferd und ritt auf die Fähre zurück. Sofort legten die Fährschiffer ab und begannen, den breitgebauten Kahn mit Hilfe eines über den Fluß gespannten schweren Seils hinüberzuziehen. Byar sah kurz die Männer am Seil an. Sie beobachteten ihn nervös, während sie die Fähre entlangstapften und dann zurückgingen, um das Seil erneut aufzunehmen. Es sah alles gut aus.

»Lord Bornhald?«

Bornhald senkte das Fernrohr und blickte sich um. Der Mann mit dem harten Gesicht, der neben ihm erschienen war, stand stramm und starrte unter seinem kegelförmigen Helm stur geradeaus hervor. Selbst nach der schweren Anreise von Tar Valon, auf der Bornhald die Truppe ständig zu größerer Eile angetrieben hatte, glänzte seine Rüstung genauso sauber und fleckenlos wie der schneeweiße Umhang mit der strahlenden goldenen Sonne.

»Ja, Kind Ivon?«

»Hundertschaftsführer Farran schickt mich, Lord Bornhald. Es sind die Kesselflicker. Ordeith sprach mit dreien von ihnen, Lord, und nun ist keiner der drei mehr auffindbar.«

»Blut und Asche!« Bornhald fuhr auf dem Fuß herum und schritt zwischen die Bäume zurück mit Ivon auf den Fersen.

Außer Sichtweite vom Fluß nahmen die Reiter in ihren weißen Umhängen den gesamten Raum zwischen den Lederblattbäumen und einer Gruppe von

Kiefern ein. Sie hielten ihre Lanzen mit der Lässigkeit langer Gewöhnung in den Händen oder hatten die Bögen über die Sattelhörner gehängt. Die Pferde stampften ungeduldig mit den Hufen und schlugen mit den Schweifen. Die Reiter warteten um einiges gelassener. Es war nicht das erste Mal, daß sie einen Fluß überqueren und ein unbekanntes Gelände betreten mußten, und diesmal würde sie niemand daran zu hindern suchen.

Auf einer großflächigen Lichtung hinter den Berittenen stand eine ganze Karawane der Tuatha'an, des Fahrenden Volks. Kesselflicker. Beinahe hundert pferdegezogene Wagen, wie kleine Schachtelhäuser auf Rädern, blendeten den Blick mit ihren unzähligen Farben und Farbtönen: Rot und Grün und Gelb und jede überhaupt vorstellbare Farbenkombination war da zu sehen, an der auch nur das Auge eines Kesselflickers seine Freude haben konnte. Die Menschen selbst trugen Kleidung, die ihre Wagen noch an Farbigkeit übertrafen. Sie saßen in einer großen Gruppe auf dem Boden und betrachteten die Berittenen mit eigenartig gelassenem Unbehagen. Ein weinendes Kind wurde schnell von seiner Mutter beruhigt. In der Nähe lag ein von Fliegen umschwirrter Haufen toter Hunde. Die Kesselflicker erhoben nicht einmal eine Hand, um sich zu verteidigen, und die Hunde waren wohl eher zur Abschreckung dagewesen, aber Bornhald wollte kein Risiko eingehen.

Er hatte nur sechs Mann für nötig gehalten, um die Kesselflicker zu bewachen. Doch sogar mit wachsam-unbeweglichen Mienen wirkten sie noch verlegen. Keiner sah den siebten Mann an, der in der Nähe der Wohnwagen auf seinem Pferd saß – einen knochigen, kleinen Mann mit großer Nase in einem dunkelgrauen Rock, der trotz der Qualität seines Zuschnitts zu groß an ihm wirkte. Farran, ein bärtiger Brocken von Mann, der trotz seiner Größe und Breite leichtfüßig war, stand da und funkelte wütend alle sieben an. Der Hundertschaftsführer drückte eine im Kampfhandschuh steckende Hand zum Gruß ans Herz, überließ aber Bornhald das Reden.

»Auf ein Wort, Meister Ordeith«, sagte Bornhald ruhig. Der knochige Mann neigte den Kopf und sah Bornhald eine Weile stumm an, bevor er vom Pferd stieg. Farran grollte, doch Bornhald sprach leise weiter: »Drei der Kesselflicker sind unauffindbar, Meister Ordeith. Habt Ihr vielleicht Euren eigenen Vorschlag in die Tat umgesetzt?« Die ersten Worte, die Ordeith beim Anblick der Kesselflicker ausgesprochen hatte, waren gewesen: »Tötet sie. Sie sind zu nichts zu gebrauchen.« Bornhald hatte schon genug Männer getötet, aber die Nebensächlichkeit, mit der der kleine Mann das abtat, war ihm doch unheimlich.

Ordeith rieb sich mit dem Finger einen Nasenflügel. »Also, warum sollte ich sie wohl töten? Und das, nachdem Ihr mich derart angegangen seid, nur, weil ich es vorschlug.« Sein Lugarder Dialekt war heute besonders deutlich – auch etwas an dem Mann, das Bornhald störte.

»Dann habt Ihr ihnen wohl zu entkommen gestattet?«

»Was das betrifft, habe ich ein paar von ihnen mitgenommen, so daß ich in Erfahrung bringen konnte, was sie wußten. Ungestört, versteht sich.«

»Was sie wußten? Was beim Licht können Kesselflicker wissen, das uns nützen könnte?«

»Das kann man nie sagen, bevor man sie nicht befragt hat, oder?« sagte Ordeith. »Ich habe keinem von ihnen besonders weh getan, und ich sagte ihnen, sie sollten sich zu ihren Wohnwagen zurückbegeben. Wer hätte auch gedacht, daß sie die Frechheit besitzen, trotz Eurer vielen Männer wegzulaufen?«

Bornhald wurde bewußt, daß er mit den Zähnen knirschte. Seine Befehle hatten gelautet, daß er so schnell wie möglich mit diesem eigenartigen Burschen zusammentreffen solle, der ihm dann weitere Befehle übermitteln werde. Bornhald hatte nichts daran gepaßt, aber beide Papiere hatten das Siegel und die Unterschrift Pedron Nialls getragen, des kommandierenden Lordhauptmanns der Kinder des Lichts.

Zuviel war darin ungesagt geblieben, wie zum Beispiel Ordeiths genaue Bedeutung. Der kleine Mann befand sich hier, um Bornhald zu beraten, und Bornhald sollte mit ihm zusammenarbeiten. Ob Ordeith unter seinem Kommando stand, war offengeblieben. Zwischen den Zeilen war deutlich geworden, daß er die Ratschläge dieses Burschen beherzigen solle, und das gefiel ihm gar nicht. Selbst der Grund, warum man so viele Kinder in diese Hinterwäldlerregion sandte, war unklar. Natürlich sollte man Schattenfreunde aufspüren und das Licht ausbreiten – das war ja selbstverständlich. Aber beinahe eine halbe Legion ohne Erlaubnis in den Bereich Andors einzuschleusen ... Der Orden riskierte eine Menge, falls die Königin in Caemlyn davon erfuhr. Es war zuviel, als daß es von den wenigen Antworten aufgewogen würde, die Bornhald erhalten hatte.

Es hing letzten Endes alles mit Ordeith zusammen. Bornhald konnte nicht verstehen, wieso der kommandierende Lordhauptmann diesem Manne vertraute. Er grinste so hinterhältig, hatte dazwischen schlimme Launen, starrte einen durchdringend an, und man war sich nie sicher, mit welcher Art von Mensch man da eigentlich sprach. Ganz zu schweigen davon, daß er mitten im Satz den Dialekt wechselte. Die fünfzig Kinder, die Ordeith begleitet hatten, waren selbst schon derart mürrisch und unausgeglichen, wie Bornhald es noch nie erlebt hatte. Er glaubte, Ordeith habe die Männer wohl selbst ausgewählt, um immer finstere Mienen um sich zu haben, und diese Wahl war charakteristisch für den Mann. Selbst sein Name, Ordeith, bedeutete in der Alten Sprache soviel wie ›Wurmholz‹. Sicher hatte Bornhald seine eigenen Gründe, die ihn hierher führten. Und so würde er eben mit diesem Mann zusammenarbeiten, wenn es nicht zu umgehen war. Aber nur soweit, wie unbedingt nötig.

»Meister Ordeith«, sagte er mit sorgfältig beherrschter Stimme, »diese Fähre ist der einzige Weg in das Gebiet der Zwei Flüsse hinein und wieder heraus.« Das entsprach nicht ganz der Wahrheit. Der Landkarte nach, die er in seinem Gepäck hatte, gab es keinen anderen Übergang über den Taren als gerade hier, denn die oberen Bereiche des Manetherendrelle, der dieses Gebiet nach Süden hin abgrenzte, wiesen keine einzige Furt auf. Im Osten lagen Sumpfgebiete und Moore. Trotzdem mußte es einen Weg nach Westen geben, über die Verschleierten Berge. Seine Landkarte endete aber am Rand der Bergkette. Das wäre allerdings wohl ein ziemlich schwieriger Übergang, bei dem möglicherweise viele seiner Männer den Tod finden könnten, und er hatte nicht die Absicht, Ordeith gegenüber diese wenn auch noch so geringe Möglichkeit zu erwähnen. »Wenn es Zeit wird, wegzureiten, und wenn wir Soldaten aus Andor vorfinden, die das andere Ufer halten, werdet Ihr mit den allerersten hinüberreiten. Es wird euch sicher interessieren, aus der Nähe zu erleben, wie schwer es ist, sich den Übergang über einen solch breiten Fluß zu erzwingen, ja?«

»Das ist Euer erstes Kommando, nicht wahr?« In Ordeith' Tonfall lag eine Andeutung von Spott.

»Dies ist vielleicht der Karte nach ein Teil Andors, aber Caemlyn hat seit Generationen keinen Steuereinnehmer mehr so weit nach Westen geschickt. Selbst wenn diese drei plaudern… Wer glaubt schon drei Kesselflickern? Wenn Ihr glaubt, die Gefahr sei zu groß, dann vergeßt bitte nicht, wessen Siegel Eure Befehle tragen.«

Farran sah Bornhald an und war sichtlich kurz davor, nach seinem Schwert zu greifen. Bornhald schüttelte ganz leicht den Kopf, und Farran ließ seine Hand sinken. »Ich habe vor, den Fluß zu überqueren, Meister Ordeith. Ich werde ihn überqueren, auch wenn ich im nächsten Moment höre, daß Gareth Bryne mit der Königlichen Garde bis Sonnenuntergang hier sein wird.«

»Selbstverständlich«, sagte Ordeith, der sich plötzlich um Beruhigung bemühte. »Es wird hier genausoviel Ruhm zu ernten geben wie vor Tar Valon, das kann ich Euch versichern.« Seine tiefliegenden dunklen Augen schienen wieder ins Leere zu blicken. »Es gibt auch in Tar Valon Dinge, die ich haben will.«

Bornhald schüttelte den Kopf. *Und ich muß mit so was zusammenarbeiten.*

Jaret Byar ritt heran und schwang sich neben Farran aus dem Sattel. Byar war genauso groß wie der Hundertschaftsführer und hatte ein langes Gesicht mit dunklen, tiefliegenden Augen. Er sah aus, als habe man jedes bißchen Fett aus seinem Körper herausgekocht. »Das Dorf ist gesichert, Lord Bornhald. Lucellin paßt auf, daß niemand durchschlüpfen kann. Sie haben sich beinahe in die Hosen gemacht, als ich das Wort Schattenfreunde erwähnte. Gibt keinen in ihrem Dorf, sagten sie. Die Leute weiter im Süden, denen könne man das aber zutrauen, sagten sie.«

»Weiter im Süden also?« sagte Bornhald knapp. »Wir werden ja sehen. Führe dreihundert über den Fluß, Byar. Farrans Truppe zuerst. Der Rest soll hinter den Kesselflickern nachkommen. Und geht sicher, daß nicht noch mehr von denen verschwinden, ja?«

»Wir werden die Zwei Flüsse verheeren«, unterbrach Ordeith ihr Gespräch. Sein schmales Gesicht war verzerrt, und Speichel tropfte ihm von den Lippen. »Wir werden sie auspeitschen und ihnen die Haut abziehen und ihre Seelen verbrennen! Ich habe es ihm versprochen! Jetzt wird er zu mir kommen! Er wird kommen!«

Bornhald nickte Byar und Farran zu, sie sollten seinen Befehlen nachkommen. *Ein Verrückter,* dachte er. *Der kommandierende Lordhauptmann hat mir einen Verrückten beigeordnet. Aber wenigstens werde ich den Weg zu Perrin von den Zwei Flüssen auf diese Art finden. Was ich auch tun muß: Ich werde meinen Vater rächen!*

Von einer mit Säulen umgebenen Terrasse auf dem Gipfel eines Hügels aus blickte die Hochlady Suroth über das breite, unsymmetrische Becken des Hafens von Cantorin hinweg. Ihr Kopf war auf beiden Seiten glattrasiert, so daß nur in der Mitte ein übriggebliebener Streifen schwarzen Haares bis auf ihren Rücken fiel. Ihre Hände ruhten entspannt auf dem glatten Stein eines Geländers, das genauso jungfräulich weiß war wie ihre Robe mit ihren Hunderten von glitzernden Pailletten. Als sie unbewußt mit ihren beeindruckend langen Fingernägeln auf das Geländer klopfte, konnte man ein rhythmisches Klicken hören. Die Nägel an den beiden ersten Fingern jeder Hand hatte sie blau lackiert.

Eine leichte Brise wehte vom Aryth-Meer her und führte in ihrer Kühle mehr als nur einen Hauch von Salzgeruch mit sich. Hinter der Hochlady knieten zwei junge Frauen an der Mauer und hielten Fächer mit großen, weißen Federn bereit, falls die Brise sich legen würde. Zwei weitere Frauen und vier junge Männer vervollständigten die Reihe der niedergekauerten Dienstboten, die bereit waren, jeden ihrer Aufträge augenblicklich auszuführen. Alle acht waren barfuß und trugen durchscheinende Gewänder, um den Sinn der Hochlady für das Schöne durch die Grazie ihrer Bewegungen und die weichen Linien ihrer Körper zu erfreuen. Im Augenblick bemerkte Suroth die Diener jedoch nicht einmal, so als seien sie vertraute Möbelstücke.

Die sechs Totenwächter jedoch, die an jedem Ende der Säulenreihe aufgestellt waren, bemerkte sie sehr wohl. Sie standen starr wie Statuen da und hielten ihre Speere mit den schwarzen Quasten und die schwarzlackierten Schilde. Diese Wächter waren gleichzeitig Symbol ihres Triumphes und der Gefahr, in der sie sich befand. Die Totenwächter dienten ausschließlich der Kaiserin und ihren erwählten Vertretern, und sie würden mit gleicher Hingabe für sie töten oder sterben, was auch notwendig sein mochte. Es gab ein Sprichwort: »Hoch droben sind die Pfade mit Dolchen gepflastert.«

Ihre Fingernägel klickten auf der Steinbrüstung. Wie rasiermesserscharf doch die Schneide war, auf der sie wandelte.

Schiffe der Atha'an Miere, des Meervolks, füllten den inneren Hafen hinter dem Deich. Selbst die größten von ihnen wirkten viel zu schmal für ihre Länge. Ihre Takelage war durchtrennt, und die Masten und Ladebäume standen in verrückten Winkeln ab. Die Decks waren leer. Die Besatzungen befanden sich an Land und unter Bewachung, so wie alle von diesen Inseln, die in der Lage waren, auf die hohe See hinauszusegeln. Im Außenhafen lagen an die zwanzig plumpe, kastenförmige Schiffe der Seanchan. Weitere ankerten direkt vor der Hafeneinfahrt. Eines, die gerippten Segel voll im Wind gebläht, begleitete einen Schwarm kleiner Fischerboote zum Inselhafen zurück. Falls die kleinen Boote sich zerstreuen sollten, könnten vielleicht einige entkommen, aber auf dem Seanchan-Schiff fuhr eine *Damane* mit, und eine einzige Demonstration ihrer Kräfte hatte genügt, um jeden Gedanken an Flucht zu unterbinden. Auf einer Schlammbank in der Nähe der Hafeneinfahrt lag immer noch der verkohlte, zerschmetterte Rumpf eines der Schiffe des Meervolks …

Suroth wußte nicht, wie lange sie die Tatsache, daß sie diese Inseln besetzt hielt, vor dem übrigen Meervolk und den verfluchten Festländern noch geheimhalten konnte. *Lange genug,* sagte sie sich. *Es muß einfach ausreichen.*

Sie hatte so etwas wie ein Wunder vollbracht, als sie die meisten Überlebenden der Seanchan-Streitkräfte nach dem Debakel, in das Hochlord Turak sie geführt hatte, um sich sammelte. Fast alle der aus Falme entkommenen Schiffe hatten sich ihrem Kommando unterstellt, und niemand machte ihr das Recht streitig, die *Hailene,* die Vorgänger, zu befehligen. Falls ihr Wunder anhielt, würde niemand auf dem Festland auf die Idee kommen, daß sie sich hier befanden. Sie warteten, um schließlich doch die Länder wiederzugewinnen, zu deren Rückeroberung die Kaiserin sie ausgesandt hatte, um die *Corenne,* die Rückkehr, auf diese Art zu erzwingen. Ihre Spione erkundeten bereits die Möglichkeiten. Es würde nicht notwendig sein, zum Hof der Neun Monde zurückzukehren und sich bei der Kaiserin für ein Versagen zu entschuldigen, das nicht einmal ihres war.

Der Gedanke daran, sich vor der Kaiserin entschuldigen zu müssen, brachte sie zum Zittern. Eine solche Entschuldigung kam immer einer Demütigung gleich und war gewöhnlich schmerzlich, aber was sie so erzittern ließ, war die Möglichkeit, daß ihr am Ende der Tod verwehrt wurde und sie gezwungen sein könnte, weiterzumachen, als sei nichts geschehen, während jeder, Gemeine wie die vom Blute, von ihrer Erniedrigung wüßten. Ein gutaussehender junger Diener sprang auf und reichte ihr eine blaßgrüne Robe mit aufgestickten, leuchtend bunten Paradiesvögeln. Sie breitete ihre Arme aus, damit er sie ihr umlegen konnte, und nahm dabei kaum mehr von ihm wahr als von einem Staubkorn neben ihrem Samtpantoffel.

Um einer solchen Entschuldigung zu entgehen,

mußte sie wieder einnehmen, was vor tausend Jahren verloren gegangen war. Und zu diesem Zwecke mußte sie mit dem Mann fertigwerden, der, wie ihre Spione auf dem Festland berichteten, behauptete, der Wiedergeborene Drache zu sein. *Wenn ich keinen Weg finde, mit ihm fertigzuwerden, wird die Mißbilligung der Kaiserin noch meine geringste Sorge sein.*

Sie wandte sich mit einer geschmeidigen Bewegung ab und betrat den langen Raum am Rande der Terrasse. Dessen Seeseite bestand fast nur aus Türen und hohen Fenstern, um selbst noch die geringste Brise zu nutzen. Suroth gefiel das helle Holz der Wände. Es hatte eine glatte Oberfläche und schimmerte wie Satin. Sie hatte die Möbel des alten Eigentümers, des ehemaligen Atha'an Miere-Gouverneurs von Cantorin, entfernen lassen und statt dessen standen nun ein paar hohe Stellwände im Raum, meist mit Bildern von Vögeln oder Blumen geschmückt. Zwei davon unterschieden sich von den anderen: Eine zeigte eine große, gefleckte Katze von den Sen T'jore, so groß wie ein Pony, und die andere einen schwarzen Bergadler mit kronenförmig aufgestelltem Kamm und schneeweißen Flügelenden. Die ausgebreiteten Schwingen maßen bestimmt volle sieben Fuß von einem Ende zum anderen. Solche Stellwände galten eher als vulgär, doch Suroth liebte Tiere. Da sie nicht in der Lage gewesen war, ihren Privatzoo mit über das Aryth-Meer zu bringen, hatte sie sich diese Stellwände anfertigen lassen, die zwei ihrer Lieblinge zeigten. Es hatte ihr nie gepaßt, wenn ihr irgend etwas verwehrt wurde.

Drei Frauen erwarteten sie so, wie sie sie zurückgelassen hatte. Zwei knieten und eine lag ausgestreckt auf dem blanken, glänzenden, in hellem und dunklem Holz gemusterten Fußboden. Die knienden Frauen trugen die dunkelblauen Kleider der *Sul'dam.* Auf der Brust und an den Seiten der Röcke waren rote Abzeichen mit gespaltenen, silbernen Blitzen aufgenäht.

Eine der beiden, Alwhin, eine blauäugige Frau mit schmalem Gesicht und ewig mürrischer Miene, hatte die linke Hälfte ihres Kopfes kahlrasiert. Der Rest ihres Haares hing zu einem hellbraunen Zopf geflochten auf ihre Schulter herunter.

Suroth verzog kurz den Mund beim Anblick Alwhins. Keine *Sul'dam* war je zuvor zur *So'jhin* erhoben worden, einer der oberen Dienerinnen des Blutes, die diesen Rang weiter vererben durfte, und dann auch noch zur Stimme des Blutes! Doch in Alwhins Fall hatte es einen Grund gegeben. Alwhin wußte zuviel.

Trotzdem konzentrierte Suroth ihre Aufmerksamkeit auf die Frau in einfachem Dunkelgrau, die mit dem Gesicht nach unten auf dem Boden lag. Um den Hals der Frau lag ein weites Halsband aus silbrigem Metall, das durch eine glänzende Leine aus dem gleichen Material mit einem Armband am Handgelenk der zweiten *Sul'dam,* Taisa, verbunden war. Durch Leine und Halsband – den *A'dam* – konnte Taisa die in Grau gekleidete Frau vollkommen kontrollieren. Und sie mußte kontrolliert werden. Sie war eine *Damane,* eine Frau, die mit der Einen Macht umgehen konnte, und deshalb zu gefährlich, um frei herumzulaufen. Die Erinnerungen an die Heere der Nacht spukten auch nach tausend Jahren immer noch in den Köpfen der Seanchan herum, obwohl sie damals vernichtet worden waren.

Suroths Blick wanderte nervös zu den beiden *Sul'dam.* Sie vertraute keiner *Sul'dam* mehr, aber sie hatte keine andere Wahl. Keiner sonst konnte die *Damane* führen, und ohne die *Damane…* Das war undenkbar. Die Macht von Seanchan, ja die gesamte Macht des Kristallthrones, beruhte auf der Kontrolle über die *Damane.* Es gab zu viele Dinge, bei denen Suroth keine andere Wahl blieb, als daß sie sich gefügt hätte. So wie Alwhin, die zuschaute, als sei sie ihr ganzes Leben lang eine *So'jhin* gewesen. Nein: als sei sie selbst eine vom Blute und kniete nur dort, weil sie es so wollte.

»Pura.« Die *Damane* hatte einen anderen Namen gehabt, als sie, bevor sie in die Hände der Seanchan fiel, noch eine der verhaßten Aes Sedai gewesen war, aber Suroth kannte ihn nicht, und er war ihr auch gleich. Der Körper der grau gekleideten Frau spannte sich an, aber sie hob den Kopf nicht. Man hatte ihr auf besonders brutale Art das richtige Benehmen beigebracht. »Ich frage dich erneut, Pura. Wie hält die Weiße Burg diesen Mann unter Kontrolle, der sich der Wiedergeborene Drache nennt?«

Die *Damane* bewegte ihren Kopf ein ganz klein wenig, genug, um Taisa einen verängstigten Blick zuzuwerfen. Falls ihre Antwort nicht zur Zufriedenheit der Fragerin ausfiel, konnte ihr die *Sul'dam* Schmerzen zufügen, ohne einen Finger zu rühren, allein mit Hilfe des *A'dam*. »Die Burg würde niemals versuchen, einen falschen Drachen zu kontrollieren, Hochlady«, sagte Pura schwer atmend. »Sie würden ihn gefangennehmen und einer Dämpfung unterziehen.«

Taisa blickte Suroth verärgert und fragend an. Die Antwort war Suroths Frage ausgewichen und hatte vielleicht sogar angedeutet, daß eine vom Blute die Unwahrheit ausgesprochen habe. Suroth schüttelte leicht den Kopf, nur eine winzige seitliche Bewegung, da sie nicht warten wollte, bis sich die *Damane* von einer Strafe erholt hatte, und Taisa neigte unterwürfig den Kopf.

»Noch einmal, Pura: Was weißt du über Aes Sedai...« Suroth verzog den Mund, als sie sich durch das Aussprechen dieser Bezeichnung selbst beschmutzen mußte. »... Aes Sedai, die diesen Mann unterstützen? Ich warne dich. Unsere Soldaten kämpften in Falme gegen Frauen aus der Burg, Frauen, die dort die Macht einsetzten, also versuche nicht, das abzuleugnen.«

»Pura ... Pura weiß nichts davon, Hochlady.« Es lag Eindringlichkeit in der Stimme der *Damane* und auch Unsicherheit. Sie warf Taisa wieder einen ängstlichen Blick aus weit aufgerissenen Augen zu. Es war deutlich, daß sie verzweifelt darauf hoffte, daß man ihr Glauben schenke. »Vielleicht ... Vielleicht die Amyrlin oder der Burgsaal ... Nein, das würden sie nicht tun. Pura weiß es einfach nicht, Hochlady.«

»Der Mann kann die Macht lenken«, sagte Suroth kurz angebunden. Die Frau auf dem Boden stöhnte auf, obwohl sie die gleichen Worte schon zuvor von Suroth gehört hatte. Dasselbe wieder auszusprechen verursachte Suroth beinahe Magenkrämpfe, aber sie ließ sich keinerlei Unruhe anmerken. Nur wenig von dem, was in Falme geschehen war, konnte das Werk von Frauen gewesen sein, die die Macht als Waffe einsetzten. Das hatten die *Damane* gefühlt, und die *Sul'dam,* die das dazugehörige Armband trugen, wußten es im gleichen Moment, wie sie immer wußten, was ihre *Damane* fühlte. Das hieß aber, es mußte das Werk dieses Mannes gewesen sein. Und das wiederum bedeutete, daß er unglaublich mächtig sein mußte. So mächtig, daß Suroth sich bereits ein- oder zweimal mit flauem Gefühl im Magen gefragt hatte, ob er vielleicht wirklich der Wiedergeborene Drache sein könnte. *Das kann einfach nicht sein,* sagte sie sich dann aber entschlossen. Und letzten Endes spielte das für ihre Pläne auch keine Rolle. »Es ist unmöglich zu glauben, daß selbst die Weiße Burg einen solchen Mann frei herumlaufen lassen würde. Wie halten sie ihn unter Kontrolle?«

Die *Damane* lag schweigend da mit dem Gesicht am Boden. Ihre Schultern zuckten. Sie weinte.

»Antworte der Hochlady!« sagte Taisa in scharfem Ton. Taisa bewegte sich nicht, aber Pura keuchte und zuckte zusammen, als sei sie von einem Peitschenhieb getroffen worden. Der Schlag war durch den *A'dam* übermittelt worden.

»P-Pura weiß es n-nicht.« Die *Damane* streckte zögernd eine Hand aus, als wolle sie Suroths Fuß berühren. »Bitte. Pura hat gelernt, zu gehorchen. Pura sagt nur die Wahrheit. Bitte bestraft Pura nicht.«

Suroth trat geschmeidig einen Schritt zurück und ließ sich ihren Ärger nicht anmerken. Daß sie von einer *Damane* zu einer überflüssigen Bewegung gezwungen wurde! Daß sie beinahe von einer berührt wurde, die die Macht lenkte! Sie fühlte den Wunsch in sich aufsteigen, ein Bad zu nehmen, als habe die Berührung tatsächlich stattgefunden.

Taisas dunkle Augen quollen ihr ob der Frechheit dieser *Damane* beinahe aus dem Kopf. Ihre Wangen liefen rot an vor Scham, daß so etwas geschehen konnte, während sie das Armband dieser Frau trug. Sie konnte sich kaum entscheiden, ob sie sich neben der *Damane* auf den Boden werfen und um Verzeihung bitten oder die Frau gleich an Ort und Stelle bestrafen solle. Alwhin blickte mit zusammengepreßten Lippen verächtlich drein. Ihre Miene ließ jedermann wissen, daß solche Dinge bestimmt nicht geschehen würden, wenn sie ein Armband trug.

Suroth hob einen Finger ein winziges Stück und gab damit ein Zeichen, das jede *So'jhin* von Kindheit an kannte: Sie sollten gehen.

Alwhin zögerte ein wenig, bevor sie das Zeichen deutete, und dann bemühte sie sich, ihren Fehler damit zu überspielen, daß sie Taisa grob anfuhr: »Entferne diese… Kreatur aus der Gegenwart der Hochlady Suroth. Und wenn du sie bestraft hast, geh zu Surela und sage ihr, daß du deine Untergebenen so schlecht unter Kontrolle hast, als hättest du noch nie ein Armband getragen. Sage ihr, daß du…«

Suroth verbannte Alwhins Stimme aus ihrem Geist. Nichts davon war auf ihren Befehl hin gesagt worden, und Streitigkeiten zwischen den *Sul'dam* waren unter ihrer Würde. Sie wünschte, sie wüßte, ob Pura vielleicht doch irgend etwas verbarg. Ihre Spione hatten berichtet, daß die Frauen aus der Weißen Burg nicht lügen konnten. Es war nicht möglich gewesen, Pura auch nur zur einfachsten kleinen Lüge zu bewegen, zu sagen, daß ein weißer Schal schwarz sei, oder etwas Ähnliches. Doch daraus auf alle zu schließen war zu gefährlich. Manche mochten ja die Tränen der *Damane* akzeptieren und ihre Beteuerungen, nichts zu wissen, was auch ihre *Sul'dam* mit ihr anstellte. Aber keine von denen, die dazu bereit wären, hätte die Fähigkeiten, die notwendig waren, um die Seanchan bei der Rückkehr zu führen. Pura hatte vielleicht doch irgendwo noch eine kleine Kraftreserve und war schlau genug, um den Glauben auszunützen, daß sie nicht lügen könne. Keine der Frauen vom Festland, denen man das Halsband angelegt hatte, war wirklich in vollem Maße gehorsam und vertrauenswürdig, im Gegensatz zu den aus Seanchan mitgebrachten *Damane.* Keine von ihnen akzeptierte ihre neue Rolle wirklich endgültig wie die Seanchan-*Damane.* Wer wußte schon, welche Geheimnisse in einer verborgen lagen, die sich Aes Sedai genannt hatte?

Nicht zum erstenmal wünschte sich Suroth, sie hätte die andere Aes Sedai zur Verfügung, die man auf der Toman-Halbinsel gefangen hatte. Wenn sie zwei befragen könnte, wäre es einfacher, sie beim Lügen oder Ausweichen zu ertappen. Aber dieser Wunsch war sinnlos. Die andere war möglicherweise tot, im Meer ertrunken, oder sie wurde am Hof der Neun Monde zur Schau gestellt. Ein paar der Schiffe, die Suroth nicht hatte um sich sammeln können, hatten bestimmt die Rückreise über das Meer angetreten, und es war durchaus möglich, daß sich diese Frau auf einem davon befand.

Auch sie selbst hatte vor beinahe einem halben Jahr ein Schiff mit sehr sorgfältig verfaßten Berichten losgeschickt, sobald sie sich ihrer Führungsrolle unter den

›Vorgängern‹ sicher war. Kapitän und Besatzung kamen aus Familien, die ihrer eigenen Familie gedient hatten, seit Luthair Paendrag sich zum Kaiser ausgerufen hatte, und das war vor beinahe tausend Jahren gewesen. Dieses Schiff auszusenden war ein reines Glücksspiel gewesen. Es konnte durchaus sein, daß die Kaiserin daraufhin jemand anderes herüberschickte, um Suroths Platz einzunehmen. Aber es nicht auszusenden wäre ein noch größeres Wagnis gewesen. Dann hätte nur ein totaler und überwältigender Sieg sie retten können. Und vielleicht nicht einmal der. Also wußte die Kaiserin, was in Falme geschehen war, wußte von Turoks vernichtender Niederlage und Suroths Absicht, weiterzumachen. Aber was hielt sie wohl von dem allem, und was beabsichtigte sie, daraufhin zu unternehmen? Das war ein größeres Problem als irgendeine *Damane,* was sie auch vorher gewesen sein mochte.

Und doch wußte die Kaiserin nicht alles. Das Schlimmste konnte man keinem Kurier anvertrauen, auch nicht dem loyalsten. Das würde nur zwischen Suroth und der Kaiserin selbst ausgesprochen werden, und Suroth hatte sich alle Mühe gegeben, diese Dinge geheimzuhalten. Nur vier waren noch am Leben, die das Geheimnis kannten, und zwei davon würden es niemals an jemand anderen weitergeben, jedenfalls nicht freiwillig. *Nur drei weitere Tote könnten die Sache noch sicherer machen.*

Suroth war nicht bewußt gewesen, daß sie diese letzten Worte laut ausgesprochen hatte, bis Alwhin sagte: »Und doch benötigt die Hochlady alle drei.« Die Frau zeigte die angemessen demütige Körperhaltung bis hin zu dem zu Boden gerichteten Blick. Trotzdem brachte sie es fertig, Suroth im Auge zu behalten und auf ein Zeichen zu warten, wie es sich gehörte. Auch ihre Stimme klang demütig. »Wer weiß schon, Hochlady, was die Kaiserin – möge sie ewig leben! – tun würde, wenn sie von dem Versuch erführe, ihr solches Wissen vorzuenthalten?«

Statt ihr zu antworten, machte Suroth wieder diese kleine Geste, die ihr sagen sollte, sie müsse sich entfernen. Wieder zögerte Alwhin. Diesmal aber mußte es Absicht sein. Die Frau nahm sich zuviel heraus! Dann verbeugte sie sich tief und schob sich rückwärts aus dem Raum.

Mit Mühe zwang Suroth sich wieder zur Ruhe. Die *Sul'dam* und die beiden anderen stellten ein Problem dar, das sie jetzt nicht lösen konnte, aber Geduld war eine Eigenschaft, die jemand vom Blute einfach besitzen mußte. Diejenigen, denen diese fehlte, endeten höchstwahrscheinlich im Turm der Raben.

Auf der Terrasse beugten sich die Diener ein wenig vor, um ihre Bereitschaft zu zeigen, als sie wieder hinausschritt. Die Soldaten standen weiter Wache, damit sie ungestört blieb. Suroth nahm ihren Platz an der Balustrade ein und blickte auf See hinaus in Richtung des Festlandes, das Hunderte von Meilen entfernt im Osten lag.

Diejenige zu sein, die die Vorgänger anführte und die Rückkehr einleitete, würde viel Ehre bringen. Vielleicht war sogar eine Adoption in die Kaiserliche Familie möglich, obwohl dieser Vorzug nicht ganz unproblematisch war. Gleichzeitig diejenige zu sein, die diesen Drachen gefangennahm, ob er nun falsch oder echt war, und dazu die Möglichkeit besaß, seine unglaubliche Macht zu beherrschen …

Aber falls … wenn ich ihn gefangen habe, übergebe ich ihn dann der Kaiserin? Das ist die Frage.

Wieder begann sie, mit ihren langen Fingernägeln auf das breite Steingeländer zu trommeln.

KAPITEL 2

Störungen im Muster

Der heiße Nachtwind wehte aufs Festland zu, nach Norden über das ausgedehnte Delta hinweg, das man die Finger des Drachen nannte, ein unübersehbares Gewirr von breiten und schmalen Flußarmen, von denen einige fast mit Schilf zugewachsen waren. Riesige schilfbewachsene Flächen verbanden Gruppen kleiner, niedriger Inseln miteinander, auf denen Bäume mit spinnenartigen Luftwurzeln wuchsen, die man nur hier finden konnte. Schließlich verengte sich das Delta zu seinem eigentlichen Ursprung, dem Strom des Erinin. Die ganze Breite des Flusses war mit den Lichtern der kleinen Boote übersät, die hier im Laternenschein fischten. Plötzlich und unerwartet schwankten Boote und Laternen wild umher, und einige ältere Männer murmelten etwas von bösen Dingen, die in der Nacht einhergingen. Die jungen Männer lachten, aber auch sie holten ihre Netze hastiger ein als zuvor, damit sie heimfahren und die Dunkelheit hinter sich lassen konnten. In den Legenden hieß es, das Böse könne eine Schwelle nicht überschreiten, wenn es nicht eingeladen werde. Doch das waren Legenden. Hier draußen in der Dunkelheit …

Der Salzgeruch war verflogen, als der Wind schließlich die große Stadt Tear erreichte, die direkt am Strom lag. Schenken und Läden mit Ziegeldächern lagen dort neben den Türmen von Schlössern, die im Mondschein schimmerten. Doch keiner der Paläste war auch nur annähernd so hoch wie der mächtige Klotz, beinahe schon ein Berg, der sich vom Herzen der Stadt bis zum

Flußufer erstreckte: der Stein von Tear, die legendäre Festung, die älteste Feste der Menschheit, in den letzten Tagen der Zerstörung der Welt errichtet. Während Nationen und Reiche aufblühten und fielen, ersetzt wurden und wieder zerfielen, stand der Stein unverrückbar. An diesem Felsen waren dreitausend Jahre lang Speere und Schwerter und Herzen und ganze Armeen zerbrochen. Und durch alle Zeiten hindurch war er niemals einem Feind in die Hände gefallen. Bis jetzt.

In dieser schwülen Nacht waren die Straßen der Stadt, die Tavernen und Schenken beinahe leer, und die Menschen hielten sich lieber in den eigenen vier Wänden auf. Wer den Stein beherrschte, war Herr von Tear, Herr der Stadt und der Nation. So war es immer gewesen, und die Einwohner Tears hatten das auch immer hingenommen. Bei Tage würden sie ihrem neuen Herrn genauso begeistert zujubeln wie vorher dem alten. Bei Nacht drückten sie sich aneinander und zitterten trotz der Hitze, wenn der Wind wie tausend schreiende Klageweiber über die Dächer heulte. Eigenartige, ganz neue Hoffnungen tanzten durch ihre Köpfe, Hoffnungen, die Hunderte von Generationen lang niemand in Tear zu empfinden gewagt hatte, Hoffnungen, die mit Ängsten durchsetzt waren, so alt wie die Zerstörung der Welt.

Der Wind peitschte die lange, weiße Flagge, die über dem Stein im Mondschein schimmerte, als wolle er sie zerreißen. Über ihre ganze Länge zog sich eine wellenförmige Gestalt wie eine Schlange mit vier Beinen, mit einer goldenen Löwenmähne, mit roten und goldenen Schuppen, und sie schien auf dem Wind zu reiten. Das Banner aus der Prophezeiung, erhofft und gefürchtet. Das Banner des Drachen. Des Wiedergeborenen Drachen. Des Herolds der Rettung der Welt und des Herolds einer kommenden neuen Zerstörung. Als sei er über soviel Widerstand erzürnt, warf sich der Wind gegen die harten Wände des Steins. Doch die Flagge des Drachen flatterte ungerührt durch die Nacht und wartete auf größere Stürme.

In einem Zimmer, daß sich auf etwas mehr als halber Höhe am Südabfall des Steins befand, saß Perrin auf der Truhe am Fuß seines Himmelbetts und beobachtete die dunkelhaarige junge Frau, die im Raum auf und ab tigerte. In seinen goldenen Augen lag eine Spur von Erschöpfung. Gewöhnlich frotzelte Faile mit ihm herum und spottete ein wenig über seine langsame Art, aber heute abend hatte sie noch keine zehn Worte gesprochen, seit sie eingetreten war. Er roch die Rosenblütenblätter, die man nach dem Waschen in ihre Kleider gestreut hatte, und den Duft ihres Körpers. Und in einer Spur von Schweißgeruch witterte er Nervosität. Faile zeigte sonst fast nie Nerven. Er fragte sich, warum sie ihn nun so kribbelig machte. Das hatte nichts mit der Hitze der Nacht zu tun. Ihr enger Hosenrock gab beim Gehen leise raschelnde Geräusche von sich.

Er kratzte sich unruhig in seinem Zwei-Wochen-Bart. Der wurde noch krauser als sein Kopfhaar. Und warm war er außerdem. Zum hundertstenmal nahm er sich vor, ihn abzurasieren.

»Er steht dir«, sagte Faile und blieb dabei stehen.

Unsicher zuckte er die Achseln. Seine Schultern waren von den langen Arbeitsstunden an Esse und Amboß noch breiter geworden. Das geschah manchmal zwischen ihnen, daß sie zu wissen schien, woran er dachte. »Es juckt«, knurrte er und bereute es, nicht nachdrücklicher gesprochen zu haben. Es war sein Bart, und er konnte ihn abrasieren, wann er wollte.

Sie musterte ihn mit schräg gehaltenem Kopf. Ihre auffallende Nase und die hohen Backenknochen erinnerten an den grimmigen Blick eines Raubvogels, doch ihre sanfte Stimme widersprach diesem Eindruck: »Es sieht gut an dir aus.«

Perrin seufzte und zuckte noch mal die Achseln. Sie

hatte ihn nicht darum gebeten, sich diesen Bart stehen zu lassen. Das würde sie auch nie tun. Und doch war ihm klar, daß er das Abrasieren wieder hinausschieben würde. Er fragte sich, wie sich sein Freund Mat in einer solchen Lage wohl verhielt. Vielleicht ins Hinterteil kneifen und einen Kuß geben und sie zum Lachen bringen, bis er sie herumbekam? Aber Perrin wußte, daß ihm Mats leichte Art bei den Mädchen einfach nicht gegeben war. Mat würde doch niemals unter einem Bart schwitzen, nur weil eine Frau der Meinung war, er sollte Haare im Gesicht tragen. Außer vielleicht, wenn die Frau eben Faile war. Perrin vermutete, daß ihr Vater es bitter bereute, daß er sie hatte gehen lassen, und das nicht nur, weil sie seine Tochter war. Er sei der größte Pelzhändler von Saldaea, behauptete sie, und Perrin war sich sicher, daß sie immer ihre Preisvorstellungen bei den Käufern durchsetzte.

»Etwas macht dir Kummer, Faile, und es ist bestimmt nicht mein Bart. Was ist los?«

Ihr Gesicht nahm einen verschlossenen Ausdruck an. Sie blickte überallhin, nur nicht zu ihm. Statt dessen betrachtete sie verächtlich die Einrichtung des Zimmers.

Alles war von Schnitzereien bedeckt, von dem hohen Kleiderschrank und den oberschenkeldicken Bettpfosten bis hin zu der Polsterbank vor dem kalten Marmorkamin. Leoparden und Löwen, sich herabstürzende Habichte und andere Jagdszenen waren da zu sehen. Ein paar der geschnitzten Tiere hatten Augen aus Karneolen eingesetzt bekommen.

Er hatte sich bemüht, die Majhere davon zu überzeugen, daß er ein ganz einfaches Zimmer haben wolle, doch sie schien ihn nicht zu verstehen. Nicht, daß sie dumm oder begriffsstutzig gewesen wäre. Die Majhere befehligte eine Armee von Dienern, größer als die Anzahl der Verteidiger des Steins. Wer auch immer im Stein das Sagen hatte, wer die Festungsmauern hielt, dem half sie in allen Fragen des alltäglichen Lebens. Ohne sie funktionierte nichts. Doch sie betrachtete die Welt mit den Augen einer Frau aus Tear. Trotz seiner Kleidung mußte er eben mehr sein als der junge Bauer, der zu sein er vorgab. Gemeine wurden schließlich niemals im Stein untergebracht, es sei denn, sie gehörten zu den Verteidigern oder der Dienerschaft. Darüber hinaus gehörte er zu den Leuten um Rand, war ein Freund oder Anhänger, und in jedem Fall stand er dem Wiedergeborenen Drachen auf irgendeine Art nahe. Für die Majhere stellte ihn das zumindest auf eine Stufe mit einem der Lords vom Lande, wenn nicht sogar mit einem Hochlord. Sie war reichlich entsetzt gewesen, als er sich hier einquartierte. Er hatte hier nicht einmal ein eigenes Wohnzimmer. Wenn er auf einem noch einfacheren Quartier bestanden hätte, wäre sie wahrscheinlich in Ohnmacht gefallen, dachte er sich. Wenn es außer den Zimmern der Verteidiger und der Diener überhaupt noch ein einfacheres gab. Wenigstens war hier außer den Kerzenhaltern nichts vergoldet.

Faile war da aber ganz anderer Meinung. »Du solltest wirklich etwas Besseres haben. Das verdienst du schließlich. Du kannst deinen letzten Kupferpfennig darauf verwetten, daß Mat ein besseres Quartier hat.«

»Mat mag eben auffallende Sachen und Glitzerkram«, sagte er schlicht.

»Du stellst dich einfach nicht auf die Hinterbeine!«

Er gab keine Antwort. Es war auch nicht sein Zimmer, was sie so nervös machte, genausowenig wie sein Bart.

Nach einem Augenblick sagte sie: »Der Lord Drache scheint alles Interesse an dir verloren zu haben. Jetzt verbringt er seine ganze Zeit mit den Hochlords.«

Das Jucken zwischen seinen Schulterblättern verstärkte sich. Jetzt wußte er, was an ihr nagte. Er bemühte sich, leichthin zu sprechen: »Der Lord Drache? Du sprichst schon wie jemand aus Tear. Er heißt Rand.«

»Er ist dein Freund, Perrin Aybara, und nicht meiner. Falls ein Mann wie er überhaupt Freunde hat.« Sie atmete tief durch und fuhr in gemäßigterem Tonfall fort: »Ich habe daran gedacht, den Stein zu verlassen. Aus Tear abzureisen. Ich glaube nicht, daß Moiraine mich aufhalten würde. Die Berichte über … über Rand sind seit zwei Wochen überall herum. Sie kann nicht glauben, daß alles noch länger geheimzuhalten ist.«

Es gelang ihm gerade noch, einen weiteren Seufzer zu unterdrücken. »Ich glaube auch nicht, daß sie dich aufhalten würde. Ich denke, sie sieht in dir nur eine zusätzliche Komplikation. Sie wird dir vielleicht noch Geld geben, damit du abreist.«

Sie stützte die Arme auf die Hüften und blickte auf ihn herab. »Ist das alles, was du dazu zu sagen hast?«

»Was soll ich denn sagen, damit du zufrieden bist? Daß ich dich hierbehalten möchte?« Der Ärger in seiner Stimme überraschte ihn selbst. Er ärgerte sich aber nicht über sie, sondern über sich selbst, weil er das nicht vorhergesehen hatte und nicht wußte, wie er damit fertigwerden konnte. Er wollte die Dinge lieber vorher gründlich durchdenken. Es war so leicht, Menschen weh zu tun, wenn man überhastet sprach oder handelte. Das war ihm nun passiert. Sie hatte ihre dunklen Augen vor Schreck aufgerissen. Er bemühte sich, die Wogen zu glätten. »Natürlich will ich, daß du hierbleibst, Faile, aber vielleicht solltest du wirklich abreisen. Ich weiß, du bist kein Feigling, aber der Wiedergeborene Drache, dann die Verlorenen …« Nicht, daß man irgendwo wirklich sicher wäre. Jedenfalls nicht lange und nicht gerade jetzt. Aber es gab durchaus sicherere Orte als den Stein. Wenigstens eine Zeitlang. Aber er war nicht so dumm, daß er ihr das geradeheraus sagte.

Doch sie schien es nicht zu interessieren, wie er sich

ausdrückte. »Bleiben? Licht, erleuchte mich! Alles wäre besser, als hier herumzuhocken wie angewurzelt, aber …« Sie kniete sich graziös vor ihn hin und legte ihm die Hände auf die Knie. »Perrin, es paßt mir nicht, wenn ich mich immer fragen muß, ob nicht im nächsten Moment einer der Verlorenen vor mir um die Ecke kommt oder wann der Wiedergeborene Drache uns alle umbringen wird. Schließlich hat er das damals bei der Zerstörung der Welt getan. Hat alle umgebracht, die ihm nahestanden.«

»Rand ist nicht Lews Therin Brudermörder«, protestierte Perrin. »Ich meine, klar ist er der Wiedergeborene Drache, aber er ist nicht … er würde nicht …« Er ließ die Worte verklingen, weil er nicht wußte, was er noch sagen sollte. Rand war der wiedergeborene Lews Therin Telamon. Deshalb war er ja der Wiedergeborene Drache. Aber mußte das heißen, daß Rand zum gleichen Schicksal verdammt war? Nicht nur wahnsinnig zu werden – jeder Mann, der die Macht gebrauchte, mußte damit rechnen, und daß er hinterher lebendig verfaulte –, sondern auch noch jeden zu töten, dem etwas an ihm lag?

»Ich habe mit Bain und Chiad geredet, Perrin.«

Das war keine Überraschung. Sie verbrachte sehr viel Zeit mit den Aielfrauen. Diese Freundschaft brachte ihr einige Probleme ein, aber sie schien eben die Aielfrauen ebenso gern zu haben, wie sie die adligen Damen des Steins verachtete. Doch nun konnte er keine Verbindung zu ihrem Gesprächsthema erkennen, und das sagte er ihr.

»Sie sagen, daß Moiraine manchmal fragt, wo du seist. Oder wo Mat sei. Merkst du nichts? Das würde sie doch nicht tun, wenn sie dich mit Hilfe der Macht überwachen könnte.«

»Mich mit Hilfe der Macht überwachen?« brachte er mit schwacher Stimme heraus. Daran hatte er überhaupt noch nie gedacht.

»Das kann sie nicht. Komm mit mir, Perrin. Wir können schon zwanzig Meilen jenseits des Flusses sein, bevor sie uns vermißt.«

»Ich kann nicht«, sagte er unglücklich. Er versuchte, sie mit einem Kuß abzulenken. Aber sie sprang auf und trat so schnell zurück, daß er beinahe aufs Gesicht gefallen wäre. Es hatte keinen Zweck, ihr zu folgen. Sie hatte die Arme abwehrend unter der Brust verschränkt.

»Sag mir nicht, daß du vor ihr Angst hast. Ich weiß, daß sie eine Aes Sedai ist und daß sie euch alle wie die Puppen tanzen läßt. Vielleicht hat sie den ... Rand ... so am Wickel, daß er sich nicht von ihr lösen kann, und das Licht weiß, daß Egwene und Elayne und sogar Nynaeve gar nicht von ihr weg wollen, aber du kannst ihr Netz zerreißen, wenn du es versuchst.«

»Das hat nichts mit Moiraine zu tun. Ich muß es einfach so machen. Ich ...«

Sie unterbrach ihn: »Wage es ja nicht, mir irgend etwas wie diesen haarsträubenden Unsinn aufzutischen, daß ein Mann einfach seine Pflicht tun müsse. Ich kenne Pflichtgefühl genau wie du, aber du hast hier keine Pflichten. Du bist vielleicht *ta'veren,* auch wenn ich nichts davon merke, aber er ist der Wiedergeborene Drache, und nicht du.«

»Hörst du mir jetzt endlich zu!« brüllte er mit finsterem Gesicht, und sie fuhr zusammen. Er hatte sie noch nie angeschrien, jedenfalls nicht so. Sie hob das Kinn und straffte die Schultern, sagte aber nichts. Er fuhr fort: »Ich glaube, ich bin irgendwie ein Teil von Rands Schicksal. Mat genauso. Ich glaube, er kann nicht vollbringen, was er muß, wenn wir nicht genauso unseren Teil dazu beitragen. Das ist die Pflicht, von der ich geredet habe. Wie kann ich fortgehen, wenn das dazu führen könnte, daß Rand versagt?«

»Könnte!« Etwas Forderndes lag in ihrem Tonfall,

aber nur eine Andeutung. Er fragte sich, ob er es nicht fertigbringen könne, sie öfter mal anzuschreien. »Hat dir Moiraine das eingeredet, Perrin? Du solltest mittlerweile wissen, daß du bei einer Aes Sedai besonders genau hinhören mußt.«

»Darauf bin ich von allein gekommen. Ich glaube, *Ta'veren* ziehen sich gegenseitig an. Oder vielleicht zieht Rand uns beide an, Mat und mich. Er ist angeblich der stärkste *Ta'veren* seit Artur Falkenflügel, vielleicht sogar seit der Zerstörung. Mat gibt nicht einmal zu, daß er ein *Ta'veren* ist, aber so sehr er auch auszubrechen versucht: am Ende wird er doch zu Rand zurück gezogen. Loial sagt, er habe noch nie von drei *Ta'veren* auf einmal gehört, und dann noch alle gleich alt und aus demselben Ort.«

Faile rümpfte die Nase. »Loial weiß auch nicht alles. Er ist nicht gerade sehr alt für einen Ogier.«

»Er ist über neunzig«, sagte Perrin entschuldigend, und sie lächelte ihn verkniffen an. Für einen Ogier bedeuteten neunzig Jahre nicht mehr als Perrins Alter für einen Menschen. Vielleicht betrachtete man ihn sogar als noch jünger. Er wußte nicht viel über die Ogier. Jedenfalls hatte Loial mehr Bücher gelesen, als Perrin je sich hätte vorstellen können. Manchmal glaubte er, Loial müsse wohl jedes Buch gelesen haben, daß jemals geschrieben worden war. »Und er weiß mehr als du oder ich. Er glaubt, daß ich wahrscheinlich recht habe. Moiraine ist der gleichen Meinung. Nein, ich habe sie nicht gefragt, aber warum paßt sie sonst so gut auf mich auf? Hast du geglaubt, sie wollte, daß ich ihr ein Küchenmesser schmiede?«

Sie schwieg einen Augenblick lang, und als sie dann sprach, klang es verständnisvoll: »Armer Perrin. Ich habe Saldaea verlassen und bin auf Abenteuer ausgezogen, und jetzt, wo ich mich mitten in einem befinde, dem größten seit der Zerstörung der Welt, will ich plötzlich woandershin. Du willst einfach nur ein

Schmied sein, und du wirst in die Legenden eingehen, ob du willst oder nicht.«

Er sah zur Seite, aber ihr Duft ließ seinen Kopf noch immer schwirren. Er hielt es nicht für wahrscheinlich, daß man sich jemals Geschichten über ihn erzählen würde, jedenfalls nicht, solange sein Geheimnis nicht weit über die wenigen hinausdrang, die im Augenblick Bescheid wußten. Faile glaubte, alles über ihn zu wissen, und doch hatte sie keineswegs recht.

Ihm gegenüber an den Wand standen eine Axt und ein Hammer, beide einfach und schmucklos mit unterarmlangen Schäften. Die Axt hatte eine tückische Halbmondschneide und auf der anderen Seite einen dicken Dorn. Sie war für das Töten geschaffen. Mit dem Hammer konnte er Dinge herstellen, hatte er schon Dinge hergestellt damals in der Schmiede. Der Kopf des Hammers wog mehr als doppelt soviel wie die Axtklinge, aber trotzdem schien ihm die Axt viel schwerer, wenn er sie anhob. Mit der Axt hatte er ... Er verzog schmerzhaft das Gesicht und wollte lieber nicht daran denken, was er mit ihr gemacht hatte. Sie hatte recht. Alles, was er wollte, war, als Schmied zu arbeiten, heimzukehren, seine Familie wiederzusehen und in der Schmiede zu schaffen. Doch dazu würde es niemals kommen, soviel wußte er.

Er stand auf, um den Hammer in die Hand zu nehmen, und dann setzte er sich wieder. Es lag etwas Beruhigendes darin, ihn zu halten. »Meister Luhhan sagt immer, man kann sich dem nicht entziehen, was getan werden muß.« Er fuhr schnell fort, weil er spürte, daß dies schon wieder nach dem klang, was sie haarsträubenden Unsinn genannt hatte: »Er ist der Schmied zu Hause, und ich war sein Lehrling. Ich habe dir ja von ihm erzählt.«

Zu seiner Überraschung nutzte sie die Gelegenheit nicht, ihn noch einmal wegen seiner angeblichen Pflichten aufzuziehen. Statt dessen sagte sie nichts, sah ihn nur an und wartete auf etwas. Einen Moment später dämmerte es ihm.

»Willst du also wirklich gehen?« fragte er.

Sie stand auf und strich sich den Hosenrock glatt. Sie schwieg noch immer und überlegte sich wohl ihre Antwort. »Ich weiß nicht«, sagte sie schließlich. »Das ist ein schöner Schlamassel, in den du mich gebracht hast.«

»Ich? Was habe ich denn getan?«

»Also wenn du das nicht weißt, werde ich es dir auch nicht sagen.«

Er kratzte sich erneut am Bart und betrachtete den Hammer in seiner anderen Hand. Mat wüßte vielleicht genau, was sie eigentlich meinte. Oder auch der alte Thom Merrilin. Der weißhaarige Gaukler behauptete zwar, daß niemand die Frauen verstünde, aber wenn er aus dem winzigen Zimmer im Bauch des Steins hervorkam, saßen bald ein halbes Dutzend Mädchen um ihn herum, jung genug, um seine Enkelinnen zu sein, seufzten und lauschten, wie er auf seiner Harfe spielte und von großartigen Abenteuern und Liebesgeschichten erzählte. Faile war die einzige Frau, die Perrin haben wollte, aber manchmal fühlte er sich wie ein Fisch, der einen Vogel verstehen möchte.

Er wußte, sie wollte, daß er sie zu bleiben bat. Soviel wenigstens war ihm klar. Vielleicht würde sie es ihm sagen, vielleicht auch nicht, aber sie erwartete auf jeden Fall von ihm, daß er sie darum bat. Also schwieg er stur wie ein Hammel. Diesmal wollte er, daß sie sich zuerst äußerte.

Draußen in der Dunkelheit krähte ein Hahn.

Faile schauderte und schloß die Arme um ihren Oberkörper. »Meine Amme hat immer gesagt, das hieße, ein Tod stünde kurz bevor. Nicht, daß ich das glaube, klar?«

Er öffnete den Mund, um ihr zuzustimmen, daß so etwas idiotisch sei, obgleich ihm selbst ein kalter

Schauder den Rücken hinunterlief, doch da riß ihm ein Knirschen und ein dumpfer Aufschlag den Kopf herum. Die Axt war zu Boden gefallen. Er hatte gerade noch Zeit, die Stirn zu runzeln und sich zu fragen, wie sie herunterfallen könne, da bewegte sie sich erneut, ohne daß eine Hand sie berührt hätte, und flog plötzlich direkt auf ihn zu.

Ohne zu überlegen schwang er den Hammer. Metall kreischte auf Metall. Faile schrie auf. Die Axt flog durch das Zimmer, prallte von der gegenüberliegenden Wand zurück und schoß – Schneide nach vorn – erneut auf ihn zu. Er hatte das Gefühl, daß ihm jedes Haar an seinem Körper zu Berge stand. Als die Axt an ihr vorbeizischte, sprang Faile vor und packte den Schaft mit beiden Händen. Die Axt drehte sich in ihrem Griff herum und hieb nach ihrem Gesicht mit den weit aufgerissenen Augen. Gerade noch rechtzeitig sprang Perrin auf, ließ den Hammer fallen, um die Axt zu ergreifen, und schaffte es gerade noch, die halbmondförmige Klinge festzuhalten. Er glaubte, sterben zu müssen, wenn diese Axt – seine Axt – ihr etwas zuleide täte. Er riß sie so heftig von ihr weg, daß der dicke Dorn ihn beinahe an der Brust verletzte. Er hätte das gern in Kauf genommen, um sie vor einer Verletzung zu bewahren, aber mit flauem Gefühl im Magen mußte er sich eingestehen, daß vielleicht alles nichts mehr helfen würde.

Die Waffe wand sich in seinem Griff wie ein lebendiges und noch dazu ein bösartiges Wesen. Es hatte es auf Perrin abgesehen; das war ihm so klar, als hätte es die Axt ihm zugerufen. Aber sie kämpfte durchaus raffiniert. Als er sie von Faile wegriß, nutzte sie seine eigene Bewegung, um ihn wieder anzugreifen. Als er sie von sich wegdrückte, versuchte sie, Faile zu erreichen, als wisse sie, daß dann sein Druck nachlassen würde. Gleich, wie fest er den Schaft zu halten versuchte, wand sie sich doch in seinem Griff herum und bedrohte ihn entweder mit dem Dorn oder der gekrümmten Schneide. Seine Hände schmerzten bereits vor Anstrengung. Seine Muskeln verkrampften sich. Schweiß rann ihm über das Gesicht. Er wußte nicht, wie lange es noch dauern würde, bis die Axt sich von ihm losriß. Das war alles blanker Wahnsinn, reiner Wahnsinn, und er hatte keine Zeit zu überlegen.

»Raus!« knurrte er zwischen zusammengebissenen Zähnen hervor. »Raus aus dem Zimmer, Faile!«

Ihr Gesicht war totenblaß, aber sie schüttelte den Kopf und griff wieder nach der Axt. »Nein! Ich werde dich nicht im Stich lassen!«

»Dann wird sie uns beide umbringen!«

Wieder schüttelte sie den Kopf.

Er grollte tief in seiner Kehle und ließ mit einer Hand los. Sein Arm bebte, als er das Ding mit einer Hand festzuhalten versuchte, und der sich drehende Schaft brannte auf seiner Handfläche. Mit der freien Hand stieß er Faile weg. Sie schrie leicht auf, als er sie zur Tür drängte. Er beachtete ihre Schreie nicht und auch nicht ihre auf ihn eintrommelnden Fäuste und preßte sie schließlich mit der Schulter gegen die Wand. Dann endlich gelang es ihm, die Tür zu öffnen und sie in den Flur zu stoßen.

Er knallte die Tür hinter ihr zu und stemmte sich mit dem Rücken dagegen. Mit Mühe konnte er den Riegel vorschieben, und dann packte er die Axt wieder mit beiden Händen. Die schwere, schimmernde, messerscharfe Klinge zitterte nur wenige Handbreit von seinem Gesicht entfernt. Mühsam schob er sie auf eine Armlänge Entfernung von sich weg. Failes gedämpfte Schreie drangen durch die dicke Tür, und er fühlte förmlich, wie sie von außen dagegenschlug, doch das alles geschah nur am Rande seines Bewußtseins. Seine gelben Augen schienen zu leuchten, als reflektierten sie jedes bißchen Licht im Zimmer.

»Nur noch ich und du«, fauchte er die Axt an. »Blut

und Asche, wie ich dich hasse!« In seinem Innern war etwas nahe daran, hysterisch zu lachen. *Rand ist derjenige, von dem man annimmt, daß er verrückt wird, und nun stehe ich hier und spreche mit einer Axt! Rand! Seng dich!*

Er fletschte vor Anstrengung die Zähne und zwang die Axt einen ganzen Schritt weit von der Tür weg. Die Waffe vibrierte, kämpfte darum, seine Haut zu erreichen; er konnte ihren Blutdurst beinahe schmecken. Mit einem Aufbrüllen riß er plötzlich die gekrümmte Schneide auf sich zu und warf sich gleichzeitig zurück. Wäre die Axt wirklich ein lebendiges Wesen, dann hätte er nun bestimmt einen Triumphschrei gehört, als sie auf seinen Kopf zuschoß. Im letzten Moment schwang er sich herum. Mit einem dumpfen Schlag grub sich die Klinge ins Holz der Tür.

Er spürte deutlich, wie alles Leben – anders konnte er es nicht bezeichnen – aus der festsitzenden Waffe wich. Langsam nahm er die Hände weg. Die Axt blieb, wo sie war. Sie bestand nur noch aus Holz und Stahl. Die Tür schien ihm nun ein guter Platz, sie vorerst stecken zu lassen. Er wischte sich mit einer zitternden Hand den Schweiß von der Stirn. *Wahnsinn. Wo immer sich Rand befindet, ist der Wahnsinn nicht weit.*

Plötzlich wurde ihm bewußt, daß er Failes Schreie und an die Tür trommelnden Fäuste nicht mehr hörte. Er schob den Riegel zurück und zog schnell die Tür auf. An der Außenseite stand eine schimmernde Stahlschneide hervor. Sie glänzte im Schein der in weiten Abständen an den Wänden des mit Gobelins geschmückten Ganges befestigten Lampen. Faile stand da, mit erhobenen Fäusten, als sei sie im Stehen erstarrt. Mit weit aufgerissenen, staunenden Augen berührte sie ihre Nasenspitze. »Ein Stückchen weiter«, sagte sie mit schwacher Stimme, »und …«

Mit einemmal warf sie sich auf ihn, umarmte ihn ungestüm, und es regnete Küsse auf seinen Hals und

Bart. Genauso schnell ging sie jedoch wieder auf Abstand und strich ihm mit den Händen über Brust und Arme. »Bist du verletzt? Tut dir was weh? Hat sie …?«

»Mir geht's gut«, sagte er. »Aber was ist mit dir? Ich wollte dir keine Angst einjagen.«

Sie spähte zu ihm hoch. »Wirklich? Du bist kein bißchen verletzt?«

»Vollkommen unverletzt. Ich …« Eine beherzte Ohrfeige ließ seinen Kopf dröhnen wie einen Amboß.

»Du großer, haariger Ochse! Ich habe geglaubt, du wärst tot! Ich fürchtete, daß sie dich umgebracht hat! Ich dachte …« Sie brach ab, als er ihren zweiten Schlag gerade noch abfing.

»Tu das bitte nie wieder«, sagte er ruhig. Ihr Handabdruck brannte auf seiner Wange, und er hatte das Gefühl, sein Kiefer würde wohl den Rest der Nacht über schmerzen.

Er hatte ihr Handgelenk so zart ergriffen, wie einen ängstlichen Vogel, doch so sehr sie sich auch mühte, ihre Hand aus seinem Griff zu winden: seine Hand rührte sich nicht vom Fleck. Wenn er daran dachte, wie er in der Schmiede den ganzen Tag einen Hammer schwang, dann kostete es ihn überhaupt keine Mühe, sie festzuhalten, nicht einmal nach seinem Kampf gegen die Axt. Plötzlich schien sie aufzugeben und sah ihm in die Augen. Weder die dunklen, noch die goldenen Augen blinzelten. »Ich hätte dir helfen können. Du hattest kein Recht …«

»Ich hatte jedes Recht dazu«, sagte er mit fester Stimme. »Du hättest mir nicht helfen können. Wärst du geblieben, wären wir beide jetzt tot. Ich hätte nicht kämpfen – jedenfalls nicht so, wie es sein mußte – und dich gleichzeitig beschützen können.« Sie öffnete den Mund, aber er erhob die Stimme und fuhr fort: »Ich weiß, daß du das haßt. Ich werde mich auch nach besten Kräften bemühen, dich nicht wie eine Porzellanpuppe zu behandeln, aber wenn du von mir verlangst, daß ich zuschaue, wie du stirbst, werde ich dich vorher verschnüren wie ein Lamm, das zum Markt gebracht wird, und dann schicke ich dich zu Frau Luhhan. Sie wird solchen Unsinn gar nicht erst aufkommen lassen.«

Während er mit der Zunge vorsichtig gegen einen Zahn drückte, um festzustellen, ob er lose saß, wünschte er sich beinahe, zuschauen zu können, wie Faile sich gegen Alsbet Luhhan durchzusetzen versuchte. Die Frau des Schmieds wurde mit ihrem Mann genauso leicht fertig wie mit ihrem Haushalt. Selbst Nynaeve hatte ihre spitze Zunge in der Nähe von Frau Luhhan im Zaum gehalten. Der Zahn wackelte nicht, stellte er fest.

Faile lachte plötzlich. Es war ein tiefes, kehliges Lachen. »Das bringst du tatsächlich fertig, ja? Aber glaube nicht, daß du mit dem Dunklen König genauso leicht fertig würdest.«

Perrin war so überrascht über ihre Äußerung, daß er ihr Handgelenk losließ. Er sah eigentlich keinen großen Unterschied zwischen dem, was er vorher gesagt hatte, und dem gerade eben, aber das erste hatte sie hochgehen lassen, während sie das letztere ... gutmütig hinnahm. Er war auch nicht ganz sicher, wie sauer sie vielleicht noch reagieren mochte. Schließlich trug sie immer versteckte Messer mit sich herum, und sie wußte sehr gut damit umzugehen.

Sie rieb sich betont das Handgelenk und knurrte leise etwas. Er verstand die Worte ›haariger Ochse‹ und beschloß, daß er jede noch so kleinen Bartstoppel abrasieren würde. Ganz bestimmt.

Laut sagte sie: »Diese Axt. Das war er, nicht wahr? Der Wiedergeborene Drache, der versucht hat, uns zu töten.«

»Es muß Rand gewesen sein.« Er betonte den Namen. Er wollte von Rand als nichts anderem denken. Er zog es auch vor, sich an den Rand zu erinnern, mit dem zusammen er in Emondsfeld aufgewachsen war. »Aber er hat nicht versucht, uns zu töten. Er nicht.«

Sie lächelte ihn krampfhaft an. Es war schon beinahe eine Grimasse. »Wenn er es vorhin nicht bewußt versucht hat, dann hoffe ich, er wird es niemals tun.«

»Ich weiß nicht, was er angestellt hat. Aber ich habe vor, ihm zu sagen, daß er damit aufhören soll, und zwar sofort.«

»Ich weiß nicht, warum ich mir Gedanken um einen Mann mache, der so sehr um die eigene Sicherheit besorgt ist«, murmelte sie.

Er sah sie mit gerunzelter Stirn fragend an, da ihm nicht klar war, wie sie das gemeint hatte, doch sie schob nur einfach ihren Arm unter seinen. Er wunderte sich noch immer, als sie durch den Stein schritten. Er ließ die Axt, wo sie war. In der Tür steckend würde sie niemandem etwas antun.

Die langstielige Pfeife in den Mundwinkel geklemmt, öffnete Mat seine Jacke ein bißchen weiter und versuchte, sich auf die Karten, die verdeckt vor ihm lagen, und die auf den Tisch geworfenen Münzen zu konzentrieren. Er hatte sich die leuchtend rote Jacke im für Andor typischen Schnitt anfertigen lassen, aus bester Wolle, mit goldenen Stickereien an Manschetten und Kragen, aber jeden Tag wurde er aufs neue daran erinnert, daß Tear eben doch viel weiter südlich lag als Andor. Der Schweiß lief ihm über das Gesicht, und das Hemd klebte an seinem Rücken.

Keiner seiner Mitspieler am Tisch schien die Hitze überhaupt zu bemerken, obwohl ihre Jacken noch dicker schienen als seine mit ihren weiten Puffärmeln, dem Futter und den Verzierungen aus Seide, Brokat und Satin. Zwei Männer in roter und goldener Livree sorgten dafür, daß die silbernen Becher der Spieler immer mit Wein gefüllt waren, und boten ihnen dazwischen glänzende Silberschalen mit Oliven, Käse und Nüssen an. Auch die Diener waren von der Hitze unbeeindruckt. Nur manchmal gähnte einer von ihnen hinter vorgehaltener Hand, wenn er glaubte, daß gerade niemand hersah. Die Nacht war nicht mehr jung.

Mat ließ seine Karten liegen, wie sie waren, ohne nochmals nachzusehen. Sie konnten sich wohl kaum geändert haben. Drei Könige, die höchsten Karten bei drei von fünf Farben waren schon gut genug, um zu gewinnen.

Er hätte sich beim Würfelspiel wohler gefühlt. An den Orten, wo er gewöhnlich spielte, fand man nur selten Karten vor. Statt dessen wechselte Silber die Besitzer bei fünfzig verschiedenen Würfelspielen. Doch diese jungen Lordchen aus Tear trugen lieber Lumpen, als daß sie würfelten. Bauern spielen mit Würfeln, meinten sie, aber sie sagten das lieber nicht in seiner Hörweite. Sie fürchteten nicht seinen Zorn, wohl aber diejenigen, die sie als seine Freunde betrachteten. So spielten sie dieses Spiel, das sie Hacken nannten, Stunde um Stunde, Abend auf Abend. Sie benützten handgemalte Karten dazu. Ein Mann in der Stadt fertigte sie an, und diese Burschen hier und andere von ihrer Sorte hatten ihn reich gemacht. Nur Frauen oder Pferde konnten sie von diesem Spiel weglocken, und das auch nur für kurze Zeit.

Trotzdem hatte er das Spiel schnell genug erlernt, und wenn sein Glück auch nicht so ausgeprägt war wie beim Würfeln, war es doch nicht schlecht. Neben seinen Karten lag ein fetter Geldbeutel, und ein noch dickerer steckte in seiner Tasche. Damals in Emondsfeld hätte er sich damit für reich gehalten, und es hätte wohl auch genügt, um den Rest seines Lebens im Luxus zu verbringen. Doch seine Auffassung von Luxus hatte sich seit der Abreise von den Zwei Flüssen wesentlich geändert. Die jungen Lords ließen ihre Münzen achtlos als funkelnde Häufchen herumliegen, doch er änderte seine alte Gewohnheit nicht. In den Tavernen und Schenken war es manchmal notwendig, sehr schnell zu verschwinden. Besonders dann, wenn sein Glück am ausgeprägtesten war.

Wenn er genug hatte, um den Lebenswandel zu führen, den er im Sinn hatte, würde er den Stein genauso schnell verlassen – bevor Moiraine etwas davon ahnte. Er wäre jetzt schon mehrere Tagesreisen entfernt, wenn es nach ihm ginge. Aber hier gab es eben einiges an Gold zu gewinnen. Eine Nacht an diesem Tisch konnte ihm mehr einbringen als eine Woche beim Würfeln in den Tavernen. Wenn er Glück hatte.

Er runzelte ein wenig die Stirn und zog besorgt an seiner Pfeife, um den Eindruck zu erwecken, seine Karten seien doch vielleicht nicht gut genug. Auch zwei der jungen Lords hatten Pfeifen zwischen den Zähnen, doch ihre waren mit Silber eingelegt und mit Bernsteinstückchen verziert. In der heißen, unbewegten Luft roch es durch ihren parfümierten Tabak wie ein Feuer im Boudoir einer Lady. Nicht, daß Mat jemals im Boudoir einer Lady gewesen wäre. Eine Krankheit, die ihn beinahe umgebracht hätte, hatte Lücken in seinem Gedächtnis hinterlassen, so groß wie Scheunentore, aber er war sicher, daß er sich an so etwas hätte erinnern können. *Nicht einmal der Dunkle König wäre so gemein, mich das vergessen zu lassen.*

»Schiff der Meerleute hat heute angelegt«, murmelte Reimon über seinen Pfeifenstiel hinweg. Der Bart des breitschultrigen jungen Lords war eingeölt und ganz spitz zurechtgestutzt. Das war unter den jüngeren Adligen gerade große Mode, und Reimon war neuen Moderichtungen gegenüber genauso empfänglich wie für Frauen. Und das betrieb er dann kaum weniger gründlich als das Kartenspiel. Er warf eine Silberkrone auf den Haufen in der Mitte der Tischplatte, um eine weitere Karte zu kaufen. »Eine Brigg. Die schnellsten Schiffe, die es gibt, sagt man. Fahren schneller als der

Wind, sagt man. Das würde ich gern erleben. Seng meine Seele, es würde mir Spaß machen.« Er sah die Karte gar nicht an, die er bekam. Das tat er nie, bis er alle fünf zusammenhatte.

Der mollige Mann mit den rosa Wangen zwischen Reimon und Mat schmunzelte amüsiert. »Du willst das Schiff sehen, Reimon? Du meinst doch sicher damit eher die Mädchen, oder? Die Frauen. Exotische Meervolk-Schönheiten mit ihren Ringen und Halsketten und dem beschwingten Gang, eh?« Er legte eine Krone auf und nahm seine Karte entgegen. Als er sie betrachtete, verzog er grimmig sein Gesicht. Das hatte aber nichts zu bedeuten; Edorions Blätter waren immer niedrig und paßten nicht zusammen. Trotzdem gewann er öfter, als daß er verlor. »Na ja, vielleicht habe ich bei den Meermädchen auch mehr Glück.«

Der Bankhalter, ein großer, schlanker Mann mit einem noch spitzeren Bart als Reimon, der an Mats anderer Seite saß, legte sich einen Finger auf die Nase. »Glaubst du, daß du bei denen Glück haben wirst, Edorion? So, wie die sich von allen anderen fernhalten, brauchst du schon Glück, um wenigstens ihr Parfum riechen zu können.« Er wedelte mit der Hand und tat so, als atme er genüßlich den Duft ihres Parfums ein; die anderen jungen Adligen lachten nur, selbst Edorion.

Ein Junge mit wenig ansprechendem Gesicht namens Estean lachte am lautesten von allen und fuhr mit einer Hand durch sein dünnes Haar, das ihm immer wieder in die Stirn fiel. Hätte man seine feine gelbe Jacke durch eine aus grober Wolle ersetzt, dann hätte er sehr wohl ein Bauer sein können und nicht der Sohn eines Hochlords mit den reichsten Gütern von ganz Tear. Doch so war er bereits selbst der reichste Mann an diesem Spieltisch. Er hatte außerdem mehr Wein getrunken als jeder andere.

Er beugte sich schwankend über den Mann neben

ihm, einen eingebildeten Kerl namens Baran, der immer auf alle anderen herunterzuschauen schien, und piekste den Bankhalter mit einem zitternden Finger in die Seite. Baran lehnte sich zurück und verzog angewidert seinen Mund um den Pfeifenstiel herum, als fürchte er, daß Estean sich über ihm übergeben werde.

»Das ist gut, Carlomin«, gurgelte Estean. »Das denkst du doch auch, was, Baran? Edorion kriegt nicht mal ihr Parfum mit. Wenn er sein Glück versuchen will … ein Spielchen wagen … dann soll er sich mal an diese Aielschlampen heranmachen wie Mat hier. All diese Speere und Messer. Seng meine Seele. Als ob man einen Löwen zum Tanz auffordert.« Es wurde totenstill am Tisch. Estean war der einzige, der über seinen Scherz lachte. Dann blinzelte er und fuhr sich wieder mit den Fingern durch das fettige Haar. »Was ist los? Habe ich was gesagt? Oh! O ja. Die!«

Mat konnte sich gerade noch zurückhalten, bevor sich seine Miene zu sehr verfinsterte. Dieser Narr mußte das Gespräch auf die Aiel bringen. Das einzige noch schlimmere Gesprächsthema wären die Aes Sedai gewesen. Da war es ihnen noch lieber, wenn Aiel durch die Gänge schritten und auf jeden Tairener herunterblickten, der ihnen nicht rechtzeitig auswich, als auch nur eine einzige Aes Sedai hierzuhaben. Und die Männer glaubten, daß sie zumindest vier davon mitgebracht hätten. Er zog eine andoranische Silberkrone aus dem Geldbeutel und schob sie zu dem Haufen hin. Carlomin rückte bedächtig eine neue Karte heraus.

Mat hob sie vorsichtig mit einem Daumennagel an und zwang sich dazu, nicht einmal mit der Wimper zu zucken. Der Herr der Pokale, ein Hochlord von Tear. Die Könige in einem Spiel richteten sich nach dem Land, in dem die Karten hergestellt worden waren, und der Herrscher in einem Land war immer Herr der Pokale, die höchste Karte also. Diese Karten hier waren alt. Er hatte bereits neue gesehen mit Rands Gesicht oder etwas Ähnlichem auf dem Herrn der Pokale und sogar mit der Drachenflagge darauf. Rand als Herrscher von Tear, das erschien ihm immer noch so lächerlich, daß er in Versuchung war, sich zu kneifen, um aufzuwachen. Rand war Schafhirte, ein prima Bursche, mit dem man sich prächtig amüsieren konnte, wenn er nicht gerade zu ernsthaft und pflichtbewußt tat. Rand nun als Wiedergeborenen Drachen ansehen zu müssen, das machte ihn zum kompletten Idioten, wenn er hier hockenblieb, wo Moiraine ihn in der Hand hatte und er abwarten mußte, was Rand als nächstes einfiel. Vielleicht würde Thom Merrilin ihn begleiten. Oder Perrin. Nur schien sich Thom hier im Stein allmählich breitzumachen, als wolle er ihn nie wieder verlassen, und Perrin ging nirgendwohin, wenn nicht Faile einen Finger krumm machte. Na ja, wenn es sein mußte, würde Mat eben alleine durch die Weltgeschichte ziehen.

Aber auf dem Tisch lag genug Silber, und vor diesen jungen Adligen lag auch noch Gold, und wenn er nun dazu den fünften König bekommen würde, gab es niemanden, der dieses Blatt schlagen konnte. Nicht, daß er es wirklich nötig gehabt hätte. Plötzlich fühlte er, wie das Glück seinen Geist kitzelte. Es kitzelte natürlich nicht in dem Maße wie beim Würfeln, aber er war auch so schon sicher, mit vier Königen zu gewinnen. Die Tairer hatten die ganze Nacht über wild gewettet. Der Gegenwert von zehn Bauernhöfen hatte bereits die Besitzer gewechselt.

Aber Carlomin starrte lediglich die Karten in seiner Hand an, ohne eine vierte zu kaufen, während Baran wild an seiner Pfeife paffte und vor sich Münzen aufstapelte, als wolle er sie sich gleich in die Tasche stopfen. Reimon machte hinter seinem Bart eine finstere Miene, und Edorion studierte betont seine Fingernägel. Nur Estean schien unberührt von allem. Er sah sich unsicher grinsend am Tisch um und hatte wohl bereits die eigenen Worte vergessen. Normalerweise machten sie gute Miene zum bösen Spiel, wenn jemand das Gespräch auf die Aiel gebracht hatte, aber es war nun schon sehr spät in der Nacht, und es war eine Menge Wein geflossen.

Mat zermarterte sein Gehirn, wie er es fertigbringen konnte, sie und ihr Gold bei der Stange zu halten und dieses verdammte Spiel zu beenden. Ein Blick auf ihre Gesichter überzeugte ihn davon, daß es nicht ausreichen würde, einfach das Gesprächsthema zu wechseln. Aber es gab einen anderen Weg. Wenn er sie über die Aiel zum Lachen brachte ... *Ist es wert, daß sie mich dann auch auslachen?* Er kaute auf seinem Pfeifenstiel herum und bemühte sich, auf etwas anderes zu kommen.

Baran nahm ein Häufchen Goldmünzen in jede Hand und schickte sich an, sie in seine Taschen zurückzustecken. »Vielleicht probiere ich's mal bei diesen Meervolkfrauen«, sagte Mat schnell, wobei er die Pfeife aus dem Mund nahm und mit ihr gestikulierte. »Wenn Ihr hinter Aielmädchen her seid, können Euch die seltsamsten Sachen passieren. Sehr seltsame. Wie das Spiel, das sie ›Kuß einer Jungfrau‹ nennen.« Nun hatte er ihre Aufmerksamkeit gewonnen, aber Baran hielt die Goldmünzen immer noch in der Hand, und Carlomin machte nach wie vor keine Anstalten, eine Karte zu kaufen.

Estean lachte betrunken. »Küssen dich und hauen dir gleichzeitig Stahl in die Rippen, schätze ich. Töchter des Speers. Stahl. Speer in die Rippen. Seng meine Seele.« Keiner der anderen lachte. Aber sie lauschten.

»Nicht ganz.« Mat brachte ein Grinsen zustande. *Seng mich. Jetzt habe ich so viel angedeutet, da kann ich auch gleich den Rest erzählen.* »Rhuarc sagte mir, wenn ich mit den Töchtern des Speers klarkommen wolle, dann müßte ich sie fragen, wie man den ›Kuß einer

Jungfrau‹ spielt. Er sagte, das sei der beste Weg, um sie kennenzulernen.« Das klang immer noch nach einem der Kußspiele zu Hause, wie zum Beispiel ›Küß das Gänseblümchen‹. Er hatte nie geglaubt, daß ihm der Aiel-Clanhäuptling einen Streich spielen würde. Das nächste Mal würde er sich in acht nehmen. Er gab sich Mühe, sein Grinsen noch breiter erscheinen zu lassen. »Also ging ich mit zu Bain und ...« Reimon runzelte ungeduldig die Stirn. Keiner kannte irgendeinen Aiel-Namen außer dem Rhuarcs und niemand wollte das auch überhaupt. Mat ließ die Namen also beiseite und fuhr fort: »... ging mit wie ein Lamm zur Schlachtbank und bat sie, mir das Spiel beizubringen.« Er hätte etwas ahnen müssen, so, wie sie ihn alle angelächelt hatten. Wie Katzen, die von einer Maus zum Tanzen aufgefordert wurden. »Bevor ich wußte, was geschah, hatte ich ein Handvoll Speere am Hals wie eine Halskrause. Ich hätte mich mit einem Nieser rasieren können.«

Die anderen am Spieltisch wieherten vor Lachen. Bei Reimon klang es eher wie Keuchen und bei Estean wie ein weindurchtränktes Bellen, aber sie lachten schallend.

Mat ließ sie. Er spürte beinahe noch einmal die Speerspitzen an der Kehle, wie sie ihn piekten, wenn er auch nur einen Finger rührte. Bain, die die ganze Zeit gelacht hatte, sagte ihm damals, daß sie noch nie davon gehört habe, irgendein Mann würde je darum bitten, den Kuß einer Jungfrau spielen zu dürfen.

Carlomin strich sich über den Bart und sprach in Mats Zögern hinein: »Du kannst jetzt nicht einfach aufhören. Erzähl weiter! Wann war das? Ich wette, vor zwei Nächten. Als du nicht zum Spielen gekommen bist und keiner wußte, wo du warst.«

»In dieser Nacht habe ich mit Thom Merrilin gespielt«, sagte Mat schnell. »Das ist schon Tage her.« Er war froh, lügen zu können, ohne eine Miene zu verziehen. »Jede von ihnen mußte ich küssen. Das war alles. Wenn sie der Meinung war, es sei ein guter Kuß gewesen, haben sie die Speere ein Stück zurückgezogen. Wenn nicht, drückten sie ein bißchen fester damit zu, sozusagen um mich zu ermuntern. Das war alles. Ich kann euch sagen: Ich habe beim Rasieren schon mehr abbekommen.«

Er steckte sich wieder die Pfeife zwischen die Zähne. Wenn sie mehr wissen wollten, konnten sie ja hingehen und das Spiel selber spielen. Er hoffte beinahe, daß vielleicht ein paar von ihnen dumm genug wären. *Verfluchte Aielfrauen und ihre verdammten Speere!* Er war erst bei Tagesanbruch wieder ins eigene Bett gekommen.

»Das würde mir ganz gewiß reichen«, sagte Carlomin trocken. »Das Licht soll meine Seele verbrennen, wenn es mir nicht gereicht hätte.« Er warf eine Silberkrone auf den Tisch und holte sich eine neue Karte. ›Kuß einer Jungfrau.‹ Er schüttelte sich vor Lachen, und eine neue Welle des Gelächters schwappte über den ganzen Tisch hinweg.

Baran kaufte seine fünfte Karte, und Estean zog mit zittrigen Fingern eine Münze aus dem Stapel vor ihm. Er blickte sie angestrengt an, um festzustellen, was für eine es sei. Jetzt würden sie nicht mehr aufhören.

»Wilde«, murmelte Baran mit der Pfeife im Mund. »Unwissende Wilde. Das ist alles, seng meine Seele. Leben in Höhlen draußen in der Wüste. In Höhlen! Niemand außer einem Wilden würde dort draußen in der Wüste leben wollen.«

Reimon nickte. »Wenigstens dienen sie dem Lord Drachen. Wenn das nicht wäre, würde ich hundert Verteidiger nehmen und den Stein von ihnen befreien.« Baran und Carlomin nickten nachdrücklich zu seinen Worten.

Es bereitete Mat einige Mühe, keine Miene zu verziehen. Er hatte dasselbe schon öfters gehört. Angeben war leicht, wenn niemand von einem verlangte, auch wirklich zu seinem Wort zu stehen. Hundert Verteidiger? Selbst wenn sich Rand aus irgendeinem Grund aus allem heraushalten sollte, wären die paar hundert Aiel in der Lage, den Stein gegen jedes Heer zu verteidigen, das Tear auf die Beine bringen konnte. Nicht, daß sie es auf den Stein abgesehen hatten. Mat vermutete, sie seien nur da, weil eben Rand hier war. Er glaubte nicht, daß irgendeiner dieser jungen Adligen auf diese Idee gekommen war. Sie ignorierten die Aiel soweit wie möglich. Außerdem hätte dieser Gedanke sie auch nicht gerade beruhigt.

»Mat.« Estean fächerte die Karten in seiner Hand auf und steckte sie dann um, als könne er sich nicht entschließen, wohin sie gehörten. »Mat, du wirst doch mit dem Lord Drachen sprechen, oder?«

»Worüber?« fragte Mat mißtrauisch. Zu viele dieser Leute aus Tear wußten mittlerweile, daß Rand und er zusammen aufgewachsen waren. Das paßte ihm nicht. Sie schienen sich vorzustellen, daß er Arm in Arm mit Rand herumlief, wenn sie nicht hinsahen. Keiner von denen hätte seinen eigenen Bruder noch angesehen, wenn der die Macht benutzen könnte. Er wußte nicht, warum sie ihn als noch größeren Narren betrachteten.

»Hab' ich es nicht gesagt?« Der Mann mit dem abstoßenden Gesicht blinzelte seine Karten an und kratzte sich am Kopf. Dann hellte sich seine Miene auf. »O ja. Seine Proklamation, Mat. Was der Lord Drache gesagt hat. Das letztemal. Wo er gesagt hat, Gemeine hätten das Recht, Lords vor dem Magistrat anzuklagen. Wer hat je so etwas gehört, daß ein Lord vor den Magistrat gerufen wird? Und das wegen irgendeinem Bauern!«

Mats Hand verkrampfte sich um den Geldbeutel, bis die Münzen darin aneinander knirschten. »Wäre es nicht eine Schande«, sagte er leise, »wenn man dich vor Gericht bringen und verurteilen würde, bloß, weil du es mit der Tochter eines Fischers getrieben hast, obwohl sie nicht wollte, oder weil du irgendeinen Bauern hast auspeitschen lassen, weil er Schlamm auf deinen Umhang gespritzt hatte?«

Die anderen rutschten unruhig auf ihren Stühlen umher, weil sie seine Stimmung spürten, aber Estean nickte so heftig, daß sein Kopf auf und ab hüpfte, als ob er ihn wegwerfen wolle. »Genau. Aber dazu würde es natürlich gar nicht erst kommen. Ein Lord, und vom Magistrat verurteilt! Niemals. Natürlich nicht.« Er lachte betrunken seine Karten an. »Keine Fischertöchter. Die riechen nach Fisch, und wenn man sie noch so wäscht. Ein molliges Bauernmädchen ist am besten. Kann ich nur empfehlen.«

Mat redete sich ein, daß er zum Spielen hier sei. Er zwang sich dazu, das Geschwätz dieses betrunkenen Narren zu ignorieren, und bemühte sich, daran zu denken, wieviel Gold er Estean noch aus der Tasche ziehen könne. Aber seine Zunge folgte seinen Gedanken eben nicht. »Wer weiß, wohin das führen könnte? Vielleicht würde man jemand aufhängen?«

Edorion warf ihm einen besorgten Seitenblick zu. »Müssen wir unbedingt über … über dieses gewöhnliche Volk reden, Estean? Wie steht es mit den Töchtern des alten Astoril? Hast du dich schon entschieden, welche du heiraten wirst?«

»Was? Ach, ich werde wahrscheinlich eine Münze werfen.« Estean blickte seine Karten finster an, verschob eine und runzelte wieder die Stirn. »Medore hat zwei oder drei hübsche Zofen. Vielleicht nehme ich Medore.«

Mat nahm einen tiefen Zug aus seinem silbernen Becher, um sich selbst davon abzuhalten, dem Kerl in sein Bauerngesicht zu schlagen. Es war immer noch sein erster Becher. Die Diener hatten das Nachfüllen bei ihm mittlerweile aufgegeben. Wenn er Estean schlug, würde keiner von denen auch nur eine Hand erheben, um ihn aufzuhalten, nicht einmal Estean selbst. Weil er der Freund des Lord Drachens war. Er wünschte sich in eine Taverne irgendwo außerhalb der Stadt, wo irgendein Hafenarbeiter sein Glück in Frage stellen würde und wo ihn nur sein schnelles Mundwerk oder seine flinken Beine und Hände ungeschoren wieder hinausbringen würden. Na ja, das war wirklich ein närrischer Wunsch.

Edorion blickte Mat wieder forschend an, um festzustellen, wie weit er ansprechbar sei. »Ich habe heute ein Gerücht gehört. Ich hörte, der Lord Drache werde uns zum Krieg mit Illian führen.«

Mat erstickte fast an seinem Wein. »Was?« sprudelte er heraus.

»Krieg«, stimmte Reimon fast glücklich trotz des Pfeifenstiels in seinem Mund zu.

»Bist du sicher?« fragte Carlomin und Baran fügte hinzu: »Ich habe keine Gerüchte gehört.«

»Ich habe es auch erst heute mitbekommen, aber gleich von drei oder vier verschiedenen Leuten.« Edorion schien in die Betrachtung seiner Karten versunken. »Wer weiß schon, was wirklich daran ist?«

»Es muß stimmen«, sagte Reimon. »Wenn der Lord Drache uns führt mit *Callandor* in der Hand, dann wird es noch nicht einmal zum Kampf kommen. Er wird ihre Heere zerstreuen, und wir marschieren geradewegs nach Illian hinein. Auf gewisse Weise schade. Seng meine Seele, aber es ist tatsächlich schade. Ich hätte gern eine Chance, mich mit dem Schwert in der Hand mit den Illianern zu messen.«

»Wenn der Lord Drache uns führt, wirst du keine Gelegenheit dazu haben«, sagte Baran. »Sie werden auf die Knie fallen, sobald sie das Drachenbanner sehen.«

»Und wenn nicht«, fügte Carlomin lachend hinzu, »wird er sie mit Blitzen an Ort und Stelle zerschmettern.«

»Zuerst Illian«, sagte Reimon. »Und dann... Dann erobern wir die Welt für den Lord Drachen. Erzähle ihm nur, daß ich das gesagt habe, Mat. Die ganze Welt!«

Mat schüttelte den Kopf. Noch vor einem Monat wären sie entsetzt gewesen, zu erfahren, daß ein Mann die Macht in diesem Ausmaße benützen konnte, ein Mann, dessen Schicksal es sein würde, wahnsinnig zu werden und auf furchtbare Art zu sterben. Jetzt waren sie bereit, Rand in jede Schlacht zu folgen, und vertrauten auf seine Macht, den Kampf für sie zu entscheiden. Der Einen Macht vertrauen, auch wenn sie es nicht so ausdrücken würden. Andererseits brauchten sie wohl etwas, an dem sie sich festhalten konnten. Der unbesiegbare Stein von Tear befand sich in den Händen der Aiel. Der Wiedergeborene Drache schlief in seinen Gemächern hundert Fuß über ihren Köpfen und hatte *Callandor* bei sich. Dreitausend Jahre tairenischer Anschauungen und Geschichte lagen in Trümmern, und die Welt war auf den Kopf gestellt worden. Er fragte sich, ob er anders denken würde. Auch seine eigene Welt war innerhalb eines Jahres aus den Angeln gehoben worden. Er ließ eine tairenische Goldkrone über seine Fingerrücken rollen. Wie er das auch alles bewältigt hatte – ein Zurück gab es nicht.

»Wann marschieren wir los, Mat?« fragte Baran.

»Ich weiß nicht«, antwortete er bedächtig. »Ich glaube nicht, daß Rand einen Krieg anfängt.« Es sei denn, er war bereits dabei, verrückt zu werden. Dieser Gedanke war kaum erträglich.

Die anderen sahen ihn an, als habe er ihnen versichert, die Sonne werde morgen nicht aufgehen.

»Wir stehen natürlich alle dem Lord Drachen loyal gegenüber.« Edorion blickte finster seine Karten an. »Aber draußen auf dem Land... Ich hörte, daß ein paar der Hochlords, nur wenige allerdings, versucht haben, dort ein Heer aufzustellen, das den Stein zurückerobern soll.« Plötzlich sahen alle an Mat vorbei. Nur Estean bemühte sich immer noch, seine Karten richtig einzuordnen. »Wenn der Lord Drache uns in den Krieg führt, wird davon natürlich nichts mehr übrigbleiben. Auf jeden Fall sind wir hier im Stein loyal. Die Hochlords auch, da bin ich sicher. Es sind nur ein paar, draußen auf dem Land.«

Ihre Loyalität würde ihre Angst vor dem Wiedergeborenen Drachen nicht überdauern. Einen Augenblick lang hatte Mat das Gefühl, er lasse Rand inmitten einer Schlangengrube im Stich. Dann erinnerte er sich daran, wer Rand war. Es war eher, als lasse er ein Wiesel auf einem Hühnerhof zurück. Rand war sein Freund gewesen. Aber der Wiedergeborene Drache ... Wer kann schon ein Freund des Wiedergeborenen Drachen sein? *Ich lasse niemanden im Stich. Er könnte wahrscheinlich den Stein über ihren Köpfen zusammenstürzen lassen, wenn er wollte. Über meinem Kopf auch.* Er sagte sich wieder, es sei höchste Zeit, zu gehen.

»Keine Fischertöchter«, murmelte Estean. »Du wirst mit dem Lord Drachen sprechen.«

»Du bist dran, Mat«, sagte Carlomin schüchtern. Er wirkte zumindest halbwegs verängstigt, obwohl Mat nicht sagen konnte, wovor er Angst hatte – daß Estean Mat wieder wütend machen werde oder daß ihr Gespräch auf das Thema Loyalität zurückkommen könne? »Kaufst du die fünfte Karte, oder steigst du aus?«

Mat wurde bewußt, daß er nicht aufgepaßt hatte. Jeder außer ihm selbst und Carlomin hatte fünf Karten. Nur Reimon hatte seine umgedreht auf den Tisch gelegt, um zu zeigen, daß er ausgestiegen war. Mat zögerte, gab vor, zu überlegen, seufzte dann und warf eine weitere Münze auf den Stapel.

Als die Silberkrone sich auf dem Tisch überschlug, fühlte er plötzlich, wie sein Glück sich von einem Rinnsal zu einem reißenden Strom verstärkte. Jedes

Klimpern von Silber auf der hölzernen Tischfläche hallte in seinem Kopf nach. Er hätte bei jedem Überschlag der Münze voraussagen können, auf welche Seite sie fallen werde. Genauso wußte er bereits, welche Karte er als letzte von Carlomin erhalten werde.

Er schob seine Karten auf dem Tisch zusammen und breitete sie dann in der Hand zum Fächer aus. Neben den anderen vier stand da nun der Herr der Flammen, und der wurde dargestellt von der Amyrlin, die eine Flamme auf der Handfläche hielt. Sie sah allerdings überhaupt nicht wie Siuan Sanche aus. Welche Gefühle die Tairener auch den Aes Sedai gegenüber hegten, zumindest erkannten sie die Macht von Tar Valon an, auch wenn der Herr der Flammen der niedrigste der Könige war.

Wie hoch war die Wahrscheinlichkeit, alle fünf Könige in die Hand zu bekommen? Sein Glück war am stärksten ausgeprägt, wo der Zufall herrschte, wie beim Würfeln, aber nun wurde es anscheinend auch beim Kartenspielen immer besser. »Das Licht soll meine Knochen zu Asche verbrennen, wenn das nicht hinhaut«, knurrte er. Oder zumindest wollte er das sagen.

»Da!« Estean schrie es beinahe heraus. »Diesmal kannst du es nicht verleugnen! Das war die Alte Sprache. Irgend etwas von Brennen und Knochen.« Er sah sich grinsend am Tisch um. »Mein Hauslehrer wäre stolz auf mich. Ich sollte ihm ein Geschenk schicken. Falls ich herausfinden kann, wohin er gezogen ist.«

Von Adligen erwartete man, daß sie die Alte Sprache beherrschten, obwohl in Wirklichkeit die meisten auch nicht mehr davon kannten als Estean. Die jungen Lords stritten sich offensichtlich darum, was genau Mat gesagt hatte. Sie schienen zu glauben, er habe über die Hitze geflucht.

Mat bekam eine Gänsehaut, als er sich ins Gedächtnis zurückzurufen versuchte, welche Worte er gerade benützt hatte. Unverständliches Zeug, aber fast schien er es doch zu verstehen! *Seng Moiraine! Wenn sie mich in Ruhe gelassen hätte, hätte ich nicht diese Gedächtnislücken, so groß, daß ein Planwagen mitsamt Gespann hindurchpaßt, und ich würde nicht so ein ... was es auch, verflucht noch mal, ist, daherquatschen!* Er würde außerdem die Kühe seines Vaters melken, anstatt mit einer Tasche voll Gold durch die Weltgeschichte zu spazieren, doch er schaffte es, diesen letzten Gedanken noch einmal beiseite zu lassen.

»Seid ihr zum Spielen hier«, fragte er grob, »oder um wie die alten Weiber über ihrem Strickzeug zu klatschen?«

»Um zu spielen«, antwortete Baran knapp. »Drei Kronen, Gold!« Er warf die Münzen auf den Haufen in der Mitte des Tisches.

»Und noch mal drei dazu!« Estean bekam einen Schluckauf, warf aber seinerseits sechs Goldkronen auf den Tisch.

Mat unterdrückte ein Grinsen und vergaß die Alte Sprache. Es war einfach genug: Er wollte schlicht nicht mehr daran denken. Außerdem: Wenn sie jetzt wirklich mit den Einsätzen in die Vollen gingen, würde er vielleicht genug gewinnen, um am Morgen abreisen zu können. *Und wenn er wirklich verrückt genug ist, einen Krieg anzufangen, dann haue ich ab, auch wenn ich den ganzen Weg laufen muß.*

Draußen in der Dunkelheit krähte ein Hahn. Mat wurde unruhig, auch wenn er sich selbst einen Narren schimpfte. Niemand würde sterben.

Sein Blick fiel auf die Karten, und dann kniff er erstaunt die Augen zu. Die Flamme der Amyrlin war durch ein Messer ersetzt worden. Während er sich sagte, er sei übermüdet und sehe schon Gespenster, hob sie die winzige Klinge und stieß sie ihm in den Handrücken.

Mit einem heiseren Aufschrei warf er seine Karten

weg und ließ sich nach hinten fallen, wobei sein Stuhl umstürzte und er mit beiden Füßen im Fallen gegen den Tisch trat. Die Luft schien sich wie zu Honig zu verdichten. Alles bewegte sich nur noch wie in Zeitlupe, und trotzdem schien alles zur gleichen Zeit zu geschehen. Andere Schreie erklangen wie ein Echo der seinen, und sie verhallten wie in einer Höhle. Er fiel unendlich langsam zusammen mit dem Stuhl nach hinten und in die Tiefe, während der Tisch nach oben schwebte.

Der Herr der Flammen hing in der Luft, wurde immer größer und betrachtete ihn mit einem grausamen Lächeln. Sie aber, nun beinahe schon lebensgroß, trat aus der Karte heraus; noch immer eine gemalte Gestalt ohne Tiefe, stach sie mit dem Messer nach ihm, und das Messer war rot von Blut, seinem Blut, als habe es bereits in seinem Herzen gesteckt. Neben ihr begann der Herr der Pokale zu wachsen, und der tairenische Hochlord zog sein Schwert.

Mat schwebte, doch schaffte er es irgendwie, den Dolch in seinem linken Ärmel zu erreichen und ihn mit einer flüssigen Bewegung direkt in Richtung auf das Herz der Amyrlin zu werfen. Falls dieses Ding ein Herz hatte. Das zweite Messer rutschte glatt in seine linke Hand, und er warf es noch geschmeidiger. Die beiden Messer schwebten wie Daunenfedern durch die Luft auf ihre Ziele zu. Er hätte gern geschrien, aber dieser erste Aufschrei aus Schreck und Zorn hatte seinen Mund noch nicht einmal ganz verlassen. Die Herrin der Ruten wuchs nun neben den beiden anderen empor. Es war die Königin von Andor, die ihre Rute wie einen Knüppel in der Hand hielt. Unter ihrem rotgoldenen Haar war die verzerrte Fratze einer Wahnsinnigen zu sehen.

Er fiel noch immer und schrie noch immer diesen einen, ersten, langgezogenen Schrei. Die Amyrlin war aus ihrer Karte herausgekommen, und der Hochlord verließ gerade die seine mit dem gezogenen Schwert in der Hand. Die flachen Gestalten bewegten sich beinahe so langsam wie er. Beinahe. Er war sich sicher, daß der Stahl in ihren Händen schneiden konnte, und zweifellos würde die Rute einen Schädel zu Brei hämmern. Seinen Schädel.

Seine Dolche bewegten sich wie durch Gelatine. Er wußte nun, daß der Hahn für ihn gekräht hatte. Was sein Vater auch immer sagen mochte, dieses Omen war etwas Wirkliches. Doch er würde nicht aufgeben und sterben. Irgendwie gelang es ihm, zwei weitere Dolche aus seiner Jacke hervorzuholen und einen in jede Hand zu nehmen. Er wand sich in der Luft herum, um seine Füße unter sich zu bekommen, und warf ein Messer auf die Gestalt mit dem goldenen Haar und dem Knüppel. Das andere behielt er in der Hand, während er sich zu drehen versuchte und auf den Füßen landen wollte, damit er …

Die Welt schwankte, und alle Bewegungen liefen wieder in normaler Geschwindigkeit ab. Er landete schwerfällig und so hart auf der Seite, daß ihm zuerst die Luft wegblieb. Verzweifelt bemühte er sich, auf die Beine zu kommen, und zog ein weiteres Messer aus der Jacke hervor. Man kann nicht zu viele davon bei sich tragen, hatte Thom immer behauptet. Aber er benötigte keines mehr.

Einen Augenblick lang glaubte er sogar, die Karten und die Gestalten seien verschwunden. Oder daß er sich alles nur eingebildet habe. Vielleicht war auch er derjenige, der wahnsinnig wurde. Dann erblickte er die Karten, wieder in normaler Größe. Sie waren von seinen noch zitternden Messern an die dunkle Holztäfelung genagelt worden. Er atmete tief und ächzend ein.

Der Tisch lag umgekippt auf der Seite. Münzen rollten noch immer über den Fußboden, auf dem die jungen Adligen und die Diener gleichermaßen herumkrochen. Sie starrten Mat und seine Messer mit weit aufgerissenen, verängstigten Augen an – sowohl die Messer in seinen Händen wie auch die an der Wand. Estean schnappte sich einen silbernen Krug, der aus irgendwelchen Gründen nicht mit umgestürzt war, und begann, sich den Wein in den Mund zu kippen. Ein Teil des Weins lief ihm über das Kinn und auf die Brust hinunter.

»Nur weil dein Blatt nicht gut genug ist, um zu gewinnen«, sagte Edorion heiser, »mußt du nicht gleich...« Er brach schaudernd ab.

»Ihr habt es doch auch gesehen.« Mat steckte die Messer wieder in ihre Scheiden zurück. Ein dünnes Rinnsal Blut lief ihm von der winzigen Wunde über den Handrücken. »Tut nicht so, als wärt ihr blind!«

»Ich habe nichts gesehen«, sagte Reimon hölzern. »Nichts!« Er begann, über den Boden zu kriechen, Gold und Silber aufzusammeln, wobei er sich so auf die Münzen konzentrierte, als seien sie das Wichtigste auf der Welt. Die anderen machten es ihm nach, bis auf Estean, der herumkrabbelte und alle Becher untersuchte, ob in einem vielleicht noch etwas Wein übriggeblieben sei. Einer der Diener hatte das Gesicht in den Händen verborgen, der andere betete leise in weinerlichem, atemlosem Ton mit geschlossenen Augen.

Mat knurrte einen Fluch und ging hinüber, wo seine Messer die drei Karten an die Wand genagelt hatten. Sie waren nur noch gewöhnliche Spielkarten, einfach Pappe mit leicht gesprungenen Lackfarben. Aber die Gestalt der Amyrlin hielt noch immer den Dolch anstelle der Flamme in der Hand. Er schmeckte Blut und ihm wurde bewußt, daß er an dem Schnitt in seinem Handrücken saugte.

Hastig riß er seine Messer heraus und zerriß jede Karte in zwei Hälften, bevor er das entsprechende Messer wegsteckte. Nach einem Augenblick des Überlegens suchte er die Karten auf dem Fußboden ab, bis er die Herren der Münzen und des Windes aufgespürt hatte. Die zerriß er ebenfalls. Er fühlte sich dabei wohl etwas närrisch, da ja alles vorüber war, und die Karten wieder nur Karten, aber er konnte nicht anders.

Keiner der jungen Adligen, die auf den Knien herumrutschten, versuchte, ihn aufzuhalten. Sie krabbeltem ihm aus dem Weg und blickten ihn nicht einmal an. Heute nacht würde es keine Kartenspiele mehr geben und vielleicht auch an den nächsten Abenden nicht. Auf jeden Fall nicht mit ihm. Was auch geschehen war, es hatte eindeutig ihm gegolten. Und was noch eindeutiger war: Es hatte mit der Einen Macht zu tun. Und damit wollten sie nichts zu tun haben.

»Seng dich, Rand!« knurrte er leise. »Wenn du schon verrückt wirst, dann laß mich aus dem Spiel!« Seine Pfeife lag in zwei Teilen am Boden. Er hatte den Stiel glatt durchgebissen. Wütend schnappte er sich seinen Geldbeutel vom Fußboden und stolzierte aus dem Raum.

In seinem dunklen Schlafgemach wälzte sich Rand unruhig auf einem Bett herum, das breit genug war für fünf. Er träumte.

Moiraine trieb ihn mit einem spitzen Stock durch einen düsteren Wald zu einer Lichtung, auf der die Amyrlin ihn schon erwartete. Sie saß auf einem Baumstumpf und hatte ein für ihn bestimmtes Henkerseil in der Hand. Zwischen den Bäumen bewegten sich dunkle Gestalten, die er nur undeutlich wahrnehmen konnte, lauerten, hetzten ihn. Hier blinkte ein Dolch im Dämmerlicht, dort wartete ein Strick, um ihn zu fesseln. Moiraine, schlank und so klein, daß sie ihm kaum bis an die Schulter reichte, ließ einen Gesichtsausdruck erkennen, den er bei ihr noch nie gesehen hatte. Angst. Sie schwitzte, stieß ihn fester, versuchte, ihn dem Henkerseil der Amyrlin schneller zuzutreiben. Schattenfreunde und die Verlorenen lauerten im Wald, die Leine der Weißen Burg vor und Moiraine hinter ihm. Er duckte sich unter Moiraines Stock hindurch und floh.

»Dazu ist es zu spät!« rief sie ihm nach, aber er mußte zurück. Zurück.

Im Schlaf vor sich hin murmelnd, wälzte er sich herum, lag still, und dann atmete er kurze Zeit etwas leichter.

Er befand sich zu Hause im Wasserwald. Der Sonnenschein trieb breite Lichtbalken zwischen den Bäumen hindurch und glitzerte auf dem Teich vor ihm. Die Felsbrocken auf seiner Seite des Teichs waren grün bemoost, und dreißig Schritt entfernt am anderen Ufer blühten Blumen. Hier hatte er als Kind schwimmen gelernt.

»Du solltest jetzt ein wenig schwimmen.«

Er fuhr erschrocken herum. Da stand Min in ihrer Jungenkleidung und grinste ihn an. Daneben stand Elayne. Ihr rotgoldenes Haar leuchtete über einem grünen Seidenkleid, das auch in den Palast ihrer Mutter gepaßt hätte.

Min war diejenige, die gesprochen hatte. Nun fügte Elayne hinzu: »Das Wasser wirkt einladend, Rand. Niemand wird uns hier stören.«

»Ich weiß nicht«, begann er leise, doch Min unterbrach ihn, legte ihm die Arme um den Hals und zog sich auf die Zehenspitzen hoch. Dann gab sie ihm einen Kuß.

Sie wiederholte Elaynes Worte sanft und leise: »Niemand wird uns hier stören.« Dann trat sie zurück und warf ihren Mantel zur Seite, begann, die Bänder ihres Hemdes zu lösen.

Rand starrte sie entgeistert an, und seine Augen wurden noch größer, als er bemerkte, daß Elaynes Kleid auf dem moosbewachsenen Waldboden lag. Die Tochter-Erbin beugte sich gerade mit überkreuzten

Armen vor, um sich das Hemd über den Kopf zu ziehen.

»Was macht ihr da?« fragte er mit erstickter Stimme.

»Wir machen uns fertig, um mit dir schwimmen zu gehen«, antwortete Min.

Elayne lächelte ihn an und zog das Hemd hoch.

Er drehte ihr schnell den Rücken zu, obwohl er eigentlich gern zugeschaut hätte. Und da fiel dann sein Blick auf Egwene, deren große, dunkle Augen ihn traurig anblickten. Wortlos wandte sie sich um und verschwand im Wald.

»Warte!« rief er ihr nach. »Ich kann es erklären!«

Er fing an zu rennen. Er mußte sie finden. Aber als er den Waldrand erreichte, ließ Mins Stimme ihn stehenbleiben.

»Geh nicht, Rand!«

Sie und Elayne befanden sich bereits im Wasser. Nur ihre Köpfe waren zu sehen, als sie sich entspannt in die Mitte des Teichs treiben ließen.

»Komm zurück«, rief Elayne und hob einen schlanken Arm, um ihm zuzuwinken. »Hast du nicht zur Abwechslung einmal verdient, was du gern haben möchtest?«

Er trat unsicher von einem Fuß auf den anderen. Er wollte sich bewegen, war aber nicht in der Lage, sich für eine Richtung zu entscheiden. Was er gern haben wollte. Das klang eigenartig. Was wollte er eigentlich? Er hob eine Hand an sein Gesicht, um wegzuwischen, was ihm als Schweiß von der Stirn zu rinnen schien. Verfaulendes Fleisch hatte beinahe den in seine Handfläche gebrannten Reiher ausgelöscht. Zwischen den eklig-roten Wundrändern blitzten weiße Knochen.

Mit einem Ruck fuhr er hoch und war wach. Er lag vor Kälte zitternd in der dunklen Nachthitze. Seine Unterwäsche war schweißgetränkt, genau wie das leinene Bettuch unter seinem Rücken. Seine Seite brannte, wo die alte Wunde noch immer nicht richtig verheilt war. Er fuhr mit den Fingern die Narbe nach – einen Kreis von mehr als zwei Finger Durchmesser, wo die Haut nach all dieser Zeit noch immer empfindlich war. Selbst Moiraines Aes-Sedai-Heilkunst konnte die Heilung nicht bewerkstelligen. *Aber noch verfaule ich nicht. Und ich bin auch noch nicht wahnsinnig. Noch nicht.* Noch nicht. Das sagte alles. Er hätte gern gelacht, fragte sich aber gleichzeitig, ob das ein Anzeichen für den beginnenden Wahnsinn sei.

Von Min und Elayne zu träumen, und dann noch auf diese Art und Weise ...

Nun ja, Wahnsinn war es nicht, aber verrückt schon. Keine der beiden hatte ihn je auf diese Art angesehen, wenn er wach war. Er war beinahe mit Egwene verlobt gewesen, und das seit ihrer Kindheit. Sicher war die Verlobungsformel nicht vor der Versammlung der Frauen gesprochen worden, aber jeder in und um Emondsfeld herum hatte gewußt, daß sie eines Tages heiraten würden.

Natürlich würde dieser Tag nun niemals kommen, nicht bei dem Schicksal, das einen Mann erwartete, der die Macht lenkte. Auch Egwene mußte das begriffen haben. Sie war vollauf damit beschäftigt, zur Aes Sedai zu werden. Trotzdem – Frauen waren schon seltsam: Vielleicht dachte sie, sie könne Aes Sedai sein und ihn dennoch heiraten, ob er nun die Macht benutzen konnte oder nicht. Wie konnte er ihr sagen, daß er sie nicht mehr heiraten wollte, daß er sie wie eine Schwester liebte? Aber es war sicher nicht mehr notwendig, ihr das zu sagen. Er konnte sich hinter dem verstecken, was er war; das mußte sie verstehen. Denn welcher Mann konnte eine Frau bitten, ihn zu heiraten, obwohl er wußte, daß er mit Glück nur ein paar Jahre vor sich hatte, bevor er wahnsinnig wurde, bevor er bei lebendigem Leib zu verfaulen begann? Er schauderte trotz der Hitze.

Ich brauche Schlaf. Die Hochlords würden am Morgen zurückkehren und wieder um seine Gunst buhlen – um die Gunst des Wiedergeborenen Drachen. *Vielleicht träume ich diesmal nicht.* Er rollte sich herum und suchte nach einem trockenen Fleck auf dem Bettuch. Doch dann erstarrte er und lauschte einem leichten Rascheln in der Dunkelheit. Er war nicht allein.

Das Schwert, Das Kein Schwert War, lag auf der anderen Seite des Zimmers, außerhalb seiner Reichweite, auf einem thronähnlichen Ständer, den ihm die Hochlords verehrt hatten, zweifellos in der Hoffnung, daß er *Callandor* irgendwo außer Sicht aufbewahren werde. *Jemand will* Callandor *stehlen.* Ein neuer Gedanke kam ihm. *Oder den Wiedergeborenen Drachen töten.* Er brauchte Thoms heimlich zugeflüsterte Warnungen nicht, um zu wissen, daß das Geschwätz der Hochlords von Loyalität nur der augenblicklichen Notwendigkeit entsprang.

Er löste sich von allen Gedanken und Gefühlen und suchte das Nichts. Das ging mühelos. Als er in der kalten Leere in seinem Innern schwebte, Gedanken und Gefühle außerhalb zurücklassend, griff er nach der Wahren Quelle. Diesmal berührte er sie leicht, was nicht immer der Fall war.

Saidin erfüllte ihn wie ein Strom weißer Glut, ließ ihn vor Leben sprühen, machte ihn krank mit der Fäulnis, mit der es der Dunkle König vergiftet hatte. Es war wie Schmutz, der an der Oberfläche klaren, sauberen Wassers schwamm. Der Strom drohte, ihn wegzuschwemmen, ihn zu verbrennen, ihn einzuschließen.

Er kämpfte gegen die Flut an und meisterte sie mit reiner Willenskraft. Er ließ sich aus dem Bett fallen, landete auf den Füßen, benützte die Macht und nahm sofort eine Haltung ein, die er beim Schwertkampf unter dem Namen ›Apfelblüten im Wind‹ kennengelernt hatte. Es konnten sich nicht viele Feinde im Raum befinden, sonst hätten sie mehr Lärm gemacht; seine Haltung, die so wohlklingend umschrieben wurde, war aber trotzdem die eines Schwertkämpfers, der mehr als einem Gegner gegenübersteht.

Als seine Füße den Teppich berührten, hielt er ein Schwert in der Hand. Es hatte einen langen Griff und eine leicht gekrümmte Klinge, die an einer Seite geschliffen war. Es sah aus, als sei es aus Feuer geschmiedet worden, fühlte sich aber nicht einmal warm an. Die Gestalt eines Reihers hob sich schwarz vom Gelb-Rot der Klinge ab. Im gleichen Moment entzündete sich jede Kerze, jede vergoldete Lampe im Raum, und die kleinen Spiegel hinter jeder einzelnen verstärkten den Lichtschein. Große Spiegel an den Wänden und zwei Spiegelständer reflektierten das Licht erneut, bis er bequem in jeder Ecke des großen Raums hätte lesen können.

Callandors Ständer war mannshoch, aus kunstvoll geschnitztem Holz, vergoldet und mit kostbaren Edelsteinen eingelegt. Dort stand unberührt das Schwert, das ganz aus Glas angefertigt zu sein schien. Auch die übrige Einrichtung war vergoldet und mit Gemmen besetzt, selbst Bett und Stühle und Bänke, Kleiderschrank, Truhen und Waschtisch. Krug und Waschschüssel bestanden aus dem goldenem Porzellan der Meerleute und waren so dünn wie ein Blatt. Von dem breiten Teppich aus Tarabon mit seinen roten, goldenen und blauen Mustern hätte ein ganzes Dorf monatelang leben können. Auf beinahe jeder freien Fläche stand weiteres zerbrechliches Meervolk-Porzellan der Pokale und Schüsseln aus Gold, mit Silber eingelegt, oder aus vergoldetem Silber. Auf dem breiten Marmorsims über dem Kamin jagten zwei Silberwölfe mit Rubinaugen einen gut drei Fuß hohen goldenen Hirsch. Vor den engen Fenstern hingen Vorhänge aus scharlachroter Seide mit aufgestickten Adlern aus Goldfäden. Sie blähten sich leicht im nachlassenden Nachtwind. Wo noch Platz war, lagen Bücher, in Leder gebunden, in Holz gebunden, manche zerfleddert und noch voller Staub, wie er sie von den hintersten Regalbrettern der Bibliothek des Steins hatte herholen lassen.

Wo er nun Attentäter oder Diebe zu sehen erwartet hatte, stand allein eine schöne junge Frau zögernd und überrascht in der Mitte des Raums. Das schwarze Haar fiel ihr in sanften Wellen auf die Schultern. Ihr dünner weißer Umhang enthüllte mehr, als er verbarg. Berelain, die Herrscherin des Stadtstaates Mayene, war die letzte Person, die er hier zu sehen erwartet hatte.

Zuerst fuhr sie zusammen und riß die Augen auf, doch dann machte sie einen tiefen, graziösen Knicks, bei dem sich ihr Umhang noch straffte. »Ich bin unbewaffnet, Lord Drache. Ich unterwerfe mich Eurer Untersuchung, wenn Ihr an meinen Worten zweifelt.« Ihr Lächeln machte ihn nervös und darauf aufmerksam, daß er nichts als Unterwäsche an hatte.

Ich will versengt sein, wenn ich ihretwegen herumrenne und versuche, mir etwas anzuziehen. Der Gedanke schwebte jenseits des Nichts. *Ich habe sie nicht gebeten, zu mir hereinzukommen. Sich einzuschleichen!* Auch Ärger und Verlegenheit trieben am Rande der Leere entlang, doch er errötete trotzdem, war sich dessen auch vage bewußt, und dieses Bewußtsein trieb ihm die Röte noch tiefer ins Gesicht. So kaltblütig und ruhig innerhalb des Nichts, aber draußen… Er nahm jeden einzelnen Schweißtropfen wahr, der ihm über Brust und Rücken rann. Es kostete ihn ungeheure Mühe und Willenskraft, hier vor ihren Augen stehenzubleiben. *Sie durchsuchen? Licht, hilf mir!*

Er entspannte sich und ließ das Schwert verschwinden, doch den engen Strom, der ihn mit *Saidin* verband, unterbrach er noch nicht. Das war so, als trinke er aus einem Loch im Deich, obwohl der ganze Dammbau nachgeben wollte. Und das Wasser war süß wie Honigwein und machte ihn krank wie ein Bach, der sich aus einem Misthaufen ergoß.

Er wußte nicht viel über diese Frau, nur, daß sie durch den Stein schritt, als sei es ihr Palast in Mayene. Thom sagte, die Erste von Mayene stelle pausenlos Fragen an jedermann, vor allem aber erkundige sie sich überall nach Rand. Was vielleicht ganz normal war, wenn man bedachte, was er war, doch leichter machte es ihm die Sache nicht. Und sie war nicht nach Mayene zurückgekehrt. Das war unnatürlich. Sie war monatelang praktisch gefangen gehalten worden, auch wenn man es nicht so nannte, bis er ankam – abgeschnitten von ihrem Thron und der Herrschaft über ihr kleines Volk. Die meisten Menschen hätten in ihrer Lage die erste Gelegenheit ergriffen, um vor einem Mann wegzulaufen, der die Macht benutzte.

»Was macht Ihr hier?« Er wußte, das klang grob, aber es war ihm gleich. »Als ich schlafen ging, standen Aiel an meiner Tür Wache. Wie seid Ihr an ihnen vorbeigekommen?«

Berelains Lächeln verstärkte sich noch etwas. Rand schien es, als sei es im Raum noch ein wenig heißer geworden. »Sie haben mich sofort durchgelassen, als ich sagte, der Lord Drache habe mich zu sich bestellt.«

»Bestellt? Ich habe niemanden zu mir bestellt.« *Hör auf damit,* sagte er sich. *Sie ist Königin oder beinahe so etwas. Du weißt ebensoviel über den Umgang mit Königinnen wie über das Fliegen.* Also bemühte er sich, höflich zu sein, nur, wußte aber nicht einmal, wie man die Erste von Mayene anredete. »Lady ...« Das mußte eben reichen. »... warum sollte ich Euch um diese Zeit in der Nacht zu mir bestellen?«

Sie lachte mit tiefer, wohltönender Stimme – ein kehliges Lachen. Sogar in das Nichts gehüllt, schien es ihn zu erregen, sträubten sich ihm die Härchen auf Armen und Beinen. Plötzlich wurde ihm ihr durchscheinendes, enges Gewand erst richtig bewußt, und er spürte, wie er erneut rot anlief. *Sie kann doch nicht meinen ...*

Oder doch? Licht, ich habe mit ihr doch noch keine zwei Worte gesprochen.

»Vielleicht möchte ich mich mit Euch unterhalten, mein Lord Drache.« Sie ließ die helle Robe zu Boden fallen und enthüllte ein noch dünneres weißes Seidengewand darunter, das man kaum noch Nachthemd nennen konnte. Ihre Schultern waren nun völlig unbedeckt, und ein großer Teil ihres weißen Busens bot sich nun seinen Blicken dar. Er ertappte sich bei der Frage, was diesen Busen wohl hielt. Es fiel ihm schwer, nicht zu deutlich hinzustarren. »Ihr seid weit weg von zu Hause, genau wie ich. Besonders die Nächte sind einsam.«

»Morgen werde ich mich glücklich schätzen, mit Euch zu reden.«

»Aber den Tag über seid Ihr von Leuten umgeben. Bittsteller. Hochlords. Aiel.« Sie schauderte. Er sagte sich, er solle eigentlich nun woandershin schauen, aber genausogut hätte er das Atmen aufgeben können. Noch niemals zuvor, wenn er sich im Nichts befand, hatte er seine körperlichen Reaktionen so deutlich zu spüren bekommen. »Die Aiel ängstigen mich, und ich mag keinen dieser Lords aus Tear.«

Das mit den Tairenern nahm er ihr ab, aber andererseits glaubte er nicht, daß diese Frau vor irgend jemandem Angst hatte. *Seng mich, sie befindet sich mitten in der Nacht im Schlafzimmer eines fremden Mannes, ist nur dürftig angezogen und ich bin derjenige, der Angst hat wie ein Katze im Hundezwinger, Nichts hin oder her.* Es wurde Zeit, diesen Zustand zu beenden, bevor er zu weit führte.

»Es ist besser, wenn Ihr nun in Eure eigenen Gemächer zurückkehrt, Lady.« Etwas in ihm wollte ihr auch noch empfehlen, einen Umhang anzulegen. Einen weniger dünnen Umhang. Etwas – aber… »Es.,. es ist wirklich zu spät, um sich zu unterhalten. Morgen. Bei Tageslicht.«

Sie sah ihn fragend von der Seite her an. »Habt Ihr bereits die steifen Sitten von Tear angenommen, Lord Drache? Oder rührt diese Zurückhaltung von Euren Zwei Flüssen her? Wir sind nicht so ... formell ... in Mayene.«

»Lady ...« Er bemühte sich, förmlich und distanziert zu sprechen. Wenn sie das abschreckte, war es genau richtig. »Ich bin Egwene al'Vere versprochen, Lady Berelain.«

»Ihr meint die Aes Sedai, Lord Drache? Falls sie wirklich eine ist. Sie ist ziemlich jung – vielleicht zu jung –, um Ring und Stola zu tragen.« Berelain sprach von ihr, als sei Egwene ein Kind, obwohl sie selbst kaum ein Jahr älter als Rand sein konnte, wenn überhaupt, und er war nur wenig mehr als zwei Jahre älter als Egwene. »Lord Drache, ich wollte mich nicht zwischen Euch drängen. Heiratet sie, wenn sie eine Grüne Ajah ist. Ich würde niemals wagen, den Wiedergeborenen Drachen heiraten zu wollen. Vergebt mir, falls ich mich zu weit vorwage, aber ich habe Euch ja gesagt, daß wir in Mayene nicht so ... formell sind. Darf ich Euch Rand nennen?«

Rand ertappte sich dabei, daß er bedauernd seufzte. In ihrem Blick hatte etwas geglitzert, der Ausdruck ihrer Augen hatte sich ein wenig verändert, aber nur ganz kurz, als sie davon sprach, den Wiedergeborenen Drachen zu heiraten. Falls sie zuvor nicht daran gedacht hatte, hatte sie das jetzt aber bestimmt getan. Den Wiedergeborenen Drachen, nicht Rand al'Thor; die Gestalt aus den Prophezeiungen und nicht den Schäfer von den Zwei Flüssen. Er war darüber nicht weiter schockiert: Auch zu Hause himmelten die Mädchen denjenigen an, der sich als der schnellste oder stärkste bei den Spielen an Bel Tein erwies, und gelegentlich warfen die Frauen ein Auge auf den Mann mit den größten Feldern oder Herden. Es wäre aber doch nett gewesen, glauben zu dürfen, daß sie

Rand al'Thor begehre. »Es ist Zeit, daß Ihr geht, Lady Berelain«, sagte er ruhig.

Sie trat näher an ihn heran. »Ich fühle Eure Blicke auf mir, Rand.« Ihre Stimme klang rauchig und erhitzt. »Ich bin kein Mädchen vom Dorf, das seiner Mutter am Schürzenzipfel hängt, und ich weiß, daß Ihr eine Frau ...«

»Glaubt Ihr, daß ich aus Stein bestehe, Frau?« Sie fuhr zusammen, als er sie anbrüllte, aber im nächsten Moment war sie schon bei ihm, faßte nach ihm, und ihre Augen waren dunkle Teiche, die einen Mann unwiderstehlich in ihre Tiefen zogen.

»Eure Arme wirken so stark wie Stein. Wenn Ihr glaubt, mich grob behandeln zu müssen, dann seid grob zu mir, aber haltet mich fest, bitte.« Ihre Hände berührten sein Gesicht. Von ihren Fingerspitzen schienen Funken zu sprühen.

Ohne zu überlegen, lenkte er eine winzige Menge der Macht, die ihn noch durchströmte, und plötzlich taumelte sie mit weit aufgerissenen Augen rückwärts, als stoße die Luft selbst sie weg. Ihm wurde bewußt, daß er tatsächlich Luft dazu benützt hatte. Häufiger, als ihm bewußt war vollbrachte er Dinge, ohne zu wissen, was er eigentlich tat. Aber wenigstens konnte er sich gewöhnlich hinterher daran erinnern, wie er es künftig anstellen mußte.

Der unsichtbare Luftschwall warf Wellen in dem Teppich, ließ Berelains abgelegtes Gewand davongleiten, ebenso einen seiner beim Ausziehen weggeworfenen Stiefel und ein rotes Lederpolster, auf dem ein geöffnetes Exemplar von Eban Vandes *Geschichte des Steins von Tear* lag. Berelain wurde fast bis zur Wand zurückgedrängt und dort festgehalten. In sicherem Abstand von ihm. Er nabelte den winzigen Machtstrom ab – ihm fiel kein anderer Ausdruck dafür ein – und mußte nun seine Abschirmung nicht mehr aufrecht erhalten. Einen Augenblick lang prägte er sich genau ein, was er getan hatte, um es später wiederholen zu können. Es schien etwas Nützliches zu sein, besonders das Abnabeln am Ende.

Mit immer noch weit aufgerissenen dunklen Augen tastete Berelain mit zittrigen Händen nach den Wänden ihres unsichtbaren Gefängnisses. Ihr Gesicht war fast so weiß wie ihr spärliches Seidenhemd. Polster, Stiefel und Buch lagen samt ihrem Gewand in wildem Durcheinander zu ihren Füßen.

»So sehr ich das auch bedaure«, sagte er zu ihr, »aber wir werden uns künftig nur noch in der Öffentlichkeit unterhalten, Lady Berelain.« Er bedauerte es tatsächlich. Was sie auch vorhatte – sie war wirklich schön! *Seng mich, was bin ich doch für ein Narr!* Er war sich selbst nicht ganz im klaren darüber, wie er das gemeint hatte: ihrer Schönheit wegen oder weil er sie wegschickte. »Es ist wahrscheinlich sogar besser, Ihr arrangiert Eure Rückreise nach Mayene so bald wie möglich. Ich verspreche Euch, daß Tear Mayene künftig keine Schwierigkeiten mehr bereiten wird. Ihr habt mein Wort darauf.« Das Versprechen konnte höchstens zeit seines Lebens Gültigkeit haben, oder möglicherweise nur, solange er sich im Stein befand, doch irgend etwas mußte er ihr nun bieten. Ein Pflaster für verletzten Stolz, ein Geschenk, um sie von ihrer Angst abzulenken.

Aber zumindest äußerlich hatte sie sich bereits wieder unter Kontrolle. Ehrlichkeit und Offenheit standen nun in ihrem Gesicht geschrieben, und alles Bemühen, ihn zu verführen, war daraus verschwunden. »Vergebt mir. Ich habe das sehr schlecht angefangen. Ich wollte Euch nicht beleidigen. In meinem Land sagt eine Frau einem Mann ganz offen, was sie will, und umgekehrt natürlich auch. Rand, Ihr müßt doch wissen, daß Ihr ein gutaussehender Mann seid, groß und stattlich. Ich wäre diejenige, die aus Stein bestünde, wenn mir das nicht aufgefallen wäre. Bitte schickt mich nicht weg.

Wenn Ihr wünscht, bitte ich Euch auf Knien darum.« Mit einer geschmeidigen, tänzerischen Bewegung kniete sie in ihrem Gefängnis nieder. Ihr Gesichtsausdruck besagte immer noch, daß sie ganz offen sei, alles gestehe, aber andererseits hatte sie es fertiggebracht, im Niederknien ihr sowieso schon knappes Hemd noch weiter herabzuziehen, bis es den Eindruck erweckte, jeden Moment ganz herunterfallen zu können. »Bitte, Rand?«

Sogar so im Nichts geborgen, starrte er sie mit offenem Mund an, und das hatte nichts mit ihrer Schönheit zu tun oder mit dem Zustand ihrer Bekleidung. Oder nur ein wenig. Wären die Verteidiger des Steins nur halb so entschlossen in den Kampf gegangen wie diese Frau, nur halb so standhaft wie sie, dann hätten auch zehntausend Aiel den Stein nicht erobert.

»Ihr schmeichelt mir, Lady Berelain«, sagte er diplomatisch. »Glaubt mir, Ihr schmeichelt mir wirklich. Aber es wäre nicht fair Euch gegenüber. Ich kann Euch nicht geben, was Ihr verdient.« *Und das kann sie verstehen, wie sie will.*

Draußen in der Dunkelheit krähte ein Hahn.

Zu Rands Überraschung starrte Berelain plötzlich an ihm vorbei etwas mit weit aufgerissenen Augen an. Ihr Mund öffnete sich und ihr Hals zog sich in einem Schrei zusammen, der nicht herauskam. Er wirbelte herum, und das gelbrote Schwert flammte wieder in seiner Hand auf.

Auf der anderen Seite des Zimmers warf einer der hohen Standspiegel sein Bild zurück, das eines hochgewachsenen jungen Mannes mit rötlichem Haar und grauen Augen, der nur dünne Leinenunterwäsche trug und ein aus Flammen geschmiedetes Schwert in Händen hielt. Das Spiegelbild trat aus der glänzenden Glasfläche heraus und hob das Schwert.

Ich bin übergeschnappt! Der Gedanke trieb am Rande

des Nichts entlang. *Nein! Sie hat es auch gesehen. Es ist Wirklichkeit.*

Eine Bewegung zu seiner Linken ließ ihn herumfahren. Er bewegte sich automatisch und vollführte mit dem Schwert ›Der Mond erhebt sich über den Wassern‹. Die Klinge schlitzte die Gestalt auf – seine Gestalt –, die aus einem Spiegel an der Wand geklettert war. Ihr Umriß verschwamm, zerfiel in durch die Luft treibende Staubkörner und verschwand. Rands Spiegelbild erschien wieder im Spiegel selbst, ergriff aber im gleichen Moment schon wieder mit beiden Händen den Spiegelrahmen. Überall im Raum kam Bewegung in die Spiegel.

Verzweifelt stach er in den nächststehenden Spiegel. Das versilberte Glas splitterte, doch ihm schien es, daß die Gestalt darin zuerst zersplittert war. Er glaubte, einen fernen Schrei in seinem Kopf gehört zu haben, den verklingenden Schrei seiner eigenen Stimme. Noch in dem Moment, als die Scherben herunterfielen, schlug er mit der Einen Macht zu. Jeder Spiegel im Raum explodierte lautlos, und Scherben spritzten durch die Luft und auf den Teppich. Wieder und wieder ertönte der Todesschrei in seinem Kopf und jagte ihm Schauder über den Rücken. Es war seine Stimme. Er konnte kaum glauben, daß nicht er selbst diese Schreie ausstieß.

Er wirbelte herum, um denjenigen abzufangen, der herausgekommen war, und schaffte es gerade noch rechtzeitig. ›Den Fächer öffnen‹, um damit ›Steine rollen den Hang herab‹ zu parieren. Die Gestalt sprang zurück und plötzlich merkte Rand, daß sie nicht allein war. So schnell er auch die Spiegel zerschmettert hatte, waren doch zwei weitere Spiegelbilder entkommen. Nun standen sie ihm gegenüber, drei Doppelgänger seiner selbst, bis hin zu der runden Narbe an der Seite, und sie alle blickten ihn an, die Gesichter haßverzerrt, voller Verachtung und auf eigenartige Weise hungrig.

Nur ihre Augen erschienen leer, leblos. Bevor er Luft holen konnte, stürmten sie auf ihn ein.

Rand sprang zur Seite. Spiegelscherben schnitten ihm in die bloßen Füße. Immer wieder wich er seitlich aus, glitt aus einer Fechtfigur in die andere und versuchte, sie so zu lenken, daß er immer nur einem gegenüberstand. Er benützte alles, was Lan, Moiraines Behüter, ihm bei ihren täglichen Übungen mit dem Schwert beigebracht hatte.

Wenn die drei gemeinsam gekämpft hätten, sich gegenseitig ergänzt, dann wäre er nach einer Minute tot gewesen, aber jeder focht allein für sich gegen ihn, als existierten die anderen gar nicht. Doch auch so konnte er ihren Klingen nicht ganz entgehen. Nach kurzer Zeit rannen ihm Blutspuren über Wange, Brust und Arme. Die alte Wunde riß wieder auf und trug das Ihrige dazu bei, daß seine Unterwäsche sich rot färbte. Sie besaßen nicht nur sein Gesicht, sondern auch seine Geschicklichkeit, und sie waren immerhin drei gegen einen. Stühle und Tischchen stürzten um; kostbares Meervolk-Porzellan zerbrach auf dem Teppich.

Er fühlte, wie seine Kraft schwand. Keine der Schnittwunden war für sich selbstgefährlich, außer natürlich der alten Wunde, aber alle zusammen... Er dachte überhaupt nicht daran, die Aiel vor der Tür zur Hilfe zu rufen. Die dicken Wände würden selbst einen Todesschrei zurückhalten. Was auch vollbracht werden mußte – er allein war dafür verantwortlich. Er kämpfte, in die kalte Gefühllosigkeit des Nichts gehüllt, doch an dessen Oberfläche kratzte die Furcht wie vom Wind gepeitschte Zweige in der Nacht über ein Fenster schaben.

Seine Klinge fuhr an einem Gegner vorbei und zerschnitt ein Gesicht gerade unterhalb der Augen. Er konnte nicht anders, als die Zähne zusammenzubeißen, denn es war sein Gesicht. Der dieses Gesichts schreckte gerade weit genug zurück, um einen tödlichen Schnitt zu vermeiden. Blut quoll aus der Wunde. Mund und Kinn wurden von einem dunkelroten Schleier überzogen, aber der Gesichtsausdruck der Gestalt änderte sich nicht im geringsten. Der Blick aus den leeren Augen blieb stetig. Er wünschte seinen Tod herbei, so, wie ein verhungernder Mann sich nach Essen sehnt.

Kann denn nichts sie umbringen? Alle drei bluteten aus Wunden, die er ihnen beigebracht hatte, doch das schien sie keineswegs zu behindern, so wie seine Wunden ihn langsamer werden ließen. Sie bemühten sich, sein Schwert zu meiden, schienen aber gar nicht zu bemerken, daß sie verwundet waren. *Wenn sie überhaupt verletzt wurden,* dachte er grimmig. *Licht, wenn sie bluten, kann man sie auch verletzen. So muß es sein!* Er brauchte eine Pause, um Luft zu holen, um Kraft zu schöpfen und sich zu sammeln. Mit einemmal sprang er von ihnen weg auf das Bett und rollte sich darüber hinweg ab. Er fühlte mehr, als daß er sie sehen konnte, die Klingen, die seine Bettücher zerschnitten und seine Haut knapp verfehlten. Taumelnd landete er auf den Füßen und hielt sich an einem kleinen Tisch fest. Die glänzende, mit Gold eingelegte Silberschüssel darauf schwankte. Einer seiner Doppelgänger war auf das aufgeschlitzte Bett geklettert und trat Gänsefedern hoch, als er vorsichtig mit bereitgehaltenem Schwert darüberschritt. Die anderen beiden kamen langsam um das Bett herum auf ihn zu, ignorierten sich aber gegenseitig und hatten nur Augen für ihn. Diese Augen funkelten wie Glas.

Rand zuckte zusammen, als er den Stich in seiner auf der Tischfläche liegenden Hand wahrnahm. Da stand ein weiterer Doppelgänger, nicht mehr als eine Handbreit groß, und zog gerade sein Schwert zurück, um neu auszuholen. Instinktiv packte er die kleine Gestalt, bevor sie wieder zustechen konnte. Sie wand sich in seinem Griff und fletschte die Zähne. Er bemerkte nun viele kleine Bewegungen im ganzen Raum. Eine Menge winziger Doppelgänger stieg aus den Spiegelscherben hervor. Seine Hand wurde taub und kalt, als sauge das Dinge die Wärme aus seinem Fleisch. Die Hitze *Saidins* schwoll in ihm an. Das Blut rauschte in seinem Kopf, und die Hitze floß in seine eisige Hand.

Plötzlich zerbarst die kleine Gestalt wie eine Blase, und er spürte, wie etwas in ihn hineinströmte, vielleicht ein kleiner Teil seiner verlorengegangenen Stärke. Er zuckte, und sein Körper wurde von kleinen Blitzschlägen neuer Lebenskraft erschüttert.

Als er den Kopf hob und sich dabei fragte, wieso er eigentlich noch nicht tot sei, waren die kleinen Doppelgänger, die er aus dem Augenwinkel gesehen hatte, alle verschwunden. Die drei größeren standen schwankend da, als habe er ihnen diese neue Kraft abgewonnen. Doch während er sich noch umsah, faßten sie wieder Fuß und kamen erneut, wenn auch vorsichtiger als zuvor, auf ihn zu.

Er trat zurück und zermarterte sich das Hirn. Sein Schwert bedrohte erst den einen und dann den anderen. Wenn er so weiterkämpfte wie vorher, würden sie ihn früher oder später töten. Das war ihm genauso klar, wie die Tatsache, daß er blutete. Aber seine Doppelgänger wurden durch irgend etwas miteinander verbunden. Als er die Kraft des Winzlings in sich aufgesogen hatte – der bloße Gedanke daran ließ in ihm Übelkeit aufsteigen, aber es war Tatsache –, hatte er damit nicht nur die anderen kleinen Spiegelbilder gleich mitgenommen, sondern auch, zumindest einen Augenblick lang, die größeren geschwächt. Wenn er das gleiche bei einem von ihnen fertigbrachte, wären vielleicht alle drei vernichtet.

Bei dem Gedanken daran, sie in sich hineinzusaugen, wurde ihm schlecht, aber etwas anderes fiel ihm nicht ein. *Aber ich weiß nicht, wie! Wie habe ich das angestellt? Licht, was genau habe ich getan?* Er mußte mit einem davon ringen, ihn wenigstens berühren; irgendwie war er sich dessen sicher. Aber wenn er versuchte, sich einem so weit zu nähern, würde er innerhalb eines Herzschlags von drei Schwertern durchbohrt. *Spiegelbilder. Inwieweit sind sie immer noch Spiegelbilder?*

Er hoffte, sich damit nicht selbst zum Narren zu machen – dann wäre er nämlich im Handumdrehen ein toter Narr – und ließ sein Schwert verschwinden. Er war bereit, es innerhalb eines Augenblicks wieder erscheinen zu lassen, aber als seine flammengeschmiedete Klinge verlosch, geschah das gleiche mit den Klingen der anderen. Diesen einen Moment lang zeichnete Verwirrung die drei Kopien seines Gesichts, von denen eine nur noch eine blutige Grimasse darstellte. Doch bevor er einen von ihnen packen konnte, sprangen sie alle auf ihn zu und stürzten in einem wilden Haufen um sich schlagender Gliedmaßen zu Boden. Sie rollten über den scherbenübersäten Teppich.

Kälte sickerte in Rand ein. Seine Gliedmaßen wurden taub, seine Knochen ebenfalls, bis er die Scherben kaum noch spürte, die Glasscherben der Spiegel und die Porzellanscherben, die sich in seine Haut bohrten. Etwas wie Panik flackerte durch die ihn umgebende Leere. Möglicherweise hatte er einen tödlichen Fehler begangen. Sie waren viel größer als derjenige, den er in sich aufgenommen hatte. Sie entzogen seinem Körper auch viel mehr Wärme. Und nicht nur Wärme. In dem Maße, wie sein Körper erkaltete, nahmen ihre glasigen Augen Leben an. Mit kalter Sicherheit wurde ihm klar, daß sein Tod diesen Kampf nicht beenden würde. Sie würden untereinander weiterkämpfen, bis nur noch einer übrig blieb, und der würde dann sein Leben führen, seine Erinnerungen besitzen, *er* sein.

Verzweifelt kämpfte er weiter. Je schwächer er wurde, desto mehr strengte er sich an. Er sog Saidin in sich auf und versuchte, sich mit dessen Wärme aufzuladen. Selbst das Würgen ob *Saidins* Verderbtheit war ihm jetzt willkommen, denn je stärker er das empfand, desto mehr der Macht nahm er in sich auf. Wenn sein Magen rebellierte, zeigte das ja, daß er noch am Leben war und kämpfen konnte. *Aber wie? Wie? Was habe ich vorhin nur gemacht? Saidin* tobte durch seinen Körper. Wenn er diesen Kampf überlebte, so schien es ihm, würde die Macht ihn verschlingen. *Wie habe ich das angestellt?* Alles, was ihm übrig blieb, war, *Saidin* an sich zu reißen... zu versuchen... die Angreifer damit zu packen... in einer Gewaltanstrengung...

Einer der drei verschwand. Rand spürte, wie die Gestalt in ihn hineinglitt. Es war, als sei er aus großer Höhe herabgestürzt, direkt auf den steinernen Boden. Und dann kamen die beiden anderen zur gleichen Zeit. Der Aufschlag warf ihn auf den Rücken, und so lag er da und starrte die Stuckdecke mit den vergoldeten Ecken an. Er genoß die Tatsache, daß er immer noch atmete.

Immer noch schwoll die Macht in jeder Faser seines Seins an. Er hätte am liebsten jedes Mahl herausgewürgt, das er je gegessen hatte. Er fühlte sich so voller sprühenden Lebens, daß im Vergleich dazu ein nicht von *Saidin* erfülltes Leben wie eine Schattenexistenz schien. Er roch das Bienenwachs der Kerzen und das Öl der Lampen. Er fühlte jede Faser des Teppichs an seinem Rücken. Er spürte jeden Schnitt, jeden Riß, jede Schramme in seiner Haut. Aber er klammerte sich an *Saidin.*

Einer der Verlorenen hatte versucht, ihn zu töten. Oder sogar alle zusammen. Das mußte es gewesen sein, es sei denn, der Dunkle König wäre bereits in Freiheit, aber dann hätte er wohl kaum nur einem einfachen Angriff wie diesem trotzen müssen. Also blieb er in Verbindung mit der Wahren Quelle. *Und wenn ich das alles selbst getan habe? Kann ich das, was ich bin, so sehr hassen, daß ich versuche, mich selbst auf diese Art zu töten? Ohne daß ich es weiß? Licht, ich muß endlich lernen, meine Kräfte unter Kontrolle zu bringen. Ich muß!*

Schmerzerfüllt drückte er sich hoch. Er hinterließ auf dem Teppich blutige Fußabdrücke, als er zu dem Ständer hinüberhumpelte, auf dem *Callandor* ruhte. Blut aus Hunderten von Schnitten lief über seinen Körper. Er hob das Schwert auf, und seine glasige Länge wurde von der Macht erleuchtet, die hineinfloß. Das Schwert, Das Kein Schwert War. Die Klinge, augenscheinlich aus Glas gefertigt, konnte genau wie der beste Stahl schneiden, und doch war *Callandor* kein wirkliches Schwert, sondern ein Überbleibsel aus dem Zeitalter der Legenden, ein *Sa'Angreal.* Mit Hilfe der wenigen erhalten gebliebenen *Angreal,* die den Schattenkrieg und die Zerstörung der Welt überstanden hatten, war es möglich, Ströme der Macht zu beherrschen, die ohne diese Hilfe jeden zu Asche verbrannt hätten. Mit einem der noch selteneren *Sa'Angreal* konnte man den Strom der Macht noch einmal um genauso vieles mehr verstärken, wie mit einem *Angreal* dem Menschen gegenüber, der keine solchen Helfer hatte. Und *Callandor,* das nur von einem Mann zu gebrauchen war, und das über dreitausend Jahre von Legenden und Prophezeiungen hinweg mit dem Wiedergeborenen Drachen verknüpft gewesen war, war einer der stärksten *Sa'Angreal,* die man jemals angefertigt hatte. Mit *Callandor* in der Hand konnte er eine Stadtmauer mit einem Schlag einebnen. Mit *Callandor* in der Hand konnte er sogar einem der Verlorenen gegenübertreten. *Das waren sie. Es muß so sein.*

Plötzlich fiel ihm ein, daß er von Berelain die ganze Zeit über keinen Laut vernommen hatte. Er fürchtete beinahe, sie tot daliegen zu sehen, als er sich zu ihr umdrehte.

Sie zuckte unter seinem Blick zusammen. Wohl lag sie noch immer auf den Knien, hatte aber ihr Gewand wieder angelegt und um sich zusammengezogen wie einen schützenden Stahlpanzer oder wie eine Steinmauer. Ihr Gesicht war schneeweiß, und sie fuhr sich mit der Zunge über die ausgetrockneten Lippen. »Welcher seid …?« Sie schluckte und fing noch einmal von vorne an: »Welcher von denen …?« Sie war nicht in der Lage, ihre Frage auszusprechen.

»Ich bin der einzige«, sagte er sanft. »Derjenige, den Ihr behandelt habt, als seien wir verlobt.« Er wollte sie damit beruhigen und vielleicht zum Lächeln bringen. Sicher war doch eine so starke Frauenpersönlichkeit, als die sie sich erwiesen hatte, imstande, auch einen blutüberströmten Mann anzulächeln. Doch sie beugte sich vor und drückte ihr Gesicht auf den Fußboden.

»Ich bitte Euch untertänigst um Verzeihung, weil ich Euch so ungeheuerlich beleidigt habe, Lord Drache.« Ihre rauchige Stimme hörte sich demütig an und verängstigt dazu. Ganz anders als zuvor. »Ich bitte Euch, meine Beleidigung zu vergessen und zu vergeben. Ich werde Euch nicht mehr belästigen. Das schwöre ich, Lord Drache. Beim Namen meiner Mutter und beim Licht schwöre ich es Euch.«

Er löste den vernabelten Strom der Macht. Aus den unsichtbaren Wänden um sie herum wurde wieder Luft. Ihr Gewand wurde einen Moment lang vom Luftzug bewegt. »Es gibt nichts, das ich Euch vergeben müßte«, sagte er erschöpft. Er war sehr, sehr müde. »Geht, wohin Ihr wollt.«

Sie richtete sich zögernd auf, streckte eine Hand aus und seufzte erleichtert auf, als diese Hand auf keinen Widerstand traf. Sie hob ihr Gewand etwas an und begann, vorsichtig über den scherbenbedeckten Teppich zu gehen. Unter ihren Samtpantoffeln knirschte es gelegentlich. Kurz vor der Tür blieb sie noch einmal stehen und blickte ihn an, was ihr offensichtlich schwerfiel. Ihr Blick traf den seinen nicht ganz. »Wenn Ihr wünscht, schicke ich die Aiel herein. Ich kann auch nach einer der Aes Sedai schicken, damit sie sich um Eure Wunden kümmert.«

Sie könnte sich genausogut mit einem Mydrdraal im gleichen Raum befinden oder gar mit dem Dunklen König selbst, so wie sie mich ansieht. Aber sie ist kein Feigling. »Ich danke Euch«, sagte er ruhig, »aber – nein. Es wäre mir lieber, wenn Ihr niemandem davon erzähltet, was sich hier abgespielt hat. Noch nicht. Ich werde selbst veranlassen, was notwendig ist.« *Es müssen die Verlorenen gewesen sein.*

»Wie mein Lord Drache befiehlt.« Sie knickste leicht und eilte hinaus. Vielleicht fürchtete sie, er könne seine Ansicht ändern und sie doch nicht gehen lassen.

»Als sei ich der Dunkle König selbst«, knurrte er, als sich die Tür hinter ihr schloß.

Er humpelte zum Fuß des Betts und setzte sich mühsam auf die Truhe, die dort stand. *Callandor* legte er sich über die Knie. Seine blutigen Hände ruhten auf der glühenden Klinge. Solange er dieses Schwert in Händen hielt, würde selbst ein Verlorener ihn fürchten. Noch ganz kurz, dann würde er Moiraine holen lassen, um seine Wunden zu heilen. Danach würde er wieder mit den Aiel draußen sprechen und wäre wieder ganz der Wiedergeborene Drache. Aber jetzt wollte er nur einfach dasitzen und sich an einen Schafhirten namens Rand al'Thor erinnern.

KAPITEL 3

Überlegungen

Trotz der späten Stunde eilten immer noch viele Menschen geschäftig durch die breiten Gänge des Steins; ein stetiges Kommen und Gehen von Männern und Frauen im Schwarz und Gold der Diener oder in der Amtstracht irgendeines Hochlords. Von Zeit zu Zeit ließ sich auch einer der Verteidiger sehen, mit bloßem Kopf und unbewaffnet, ein paar sogar mit geöffnetem Mantel. Die Diener verbeugten sich und die Dienerinnen knicksten vor Perrin und Faile und eilten dann sofort weiter. Die meisten Soldaten zuckten erst einmal zusammen, wenn sie die beiden sahen. Ein paar verbeugten sich steif mit der Hand auf dem Herzen, aber jeder von ihnen beschleunigte dann seine Schritte, als sei er froh, von ihnen wegzukommen.

Nur jede dritte oder vierte Lampe brannte. In den dämmrigen Zonen zwischen ihren hohen Ständern lagen Schatten auf den Wandbehängen und über den wenigen Truhen und Kommoden. Jedenfalls konnte bei dieser Beleuchtung kaum ein gewöhnliches Auge etwas wahrnehmen. Perrins Augen dagegen glühten wie schimmerndes Gold in diesen trüb beleuchteten Gängen. Er schritt schnell von Lampe zu Lampe und hatte den Blick zu Boden gerichtet, wenn er sich nicht gerade im hellen Lampenschein befand. Die meisten Menschen im Stein wußten ja ohnehin von seinen eigenartig gefärbten Augen, hatten es auf die eine oder andere Art erfahren. Keiner erwähnte es natürlich ihm gegenüber. Selbst Faile schien zu glauben, seine Augenfarbe habe mit der Zusammenarbeit mit einer

Aes Sedai zu tun, etwas, das man einfach akzeptieren mußte, ohne eine Erklärung zu erwarten. Trotzdem lief es ihm immer kalt über den Rücken, wenn ihm bewußt wurde, daß ein Fremder seine Augen im Dunklen hatte leuchten sehen. Wenn sie auch kein Wort darüber verloren, unterstrich gerade dieses Schweigen seine Außenseiterrolle.

»Ich wünschte, sie würden mich nicht so ansehen«, murmelte er, als ein grauhaariger Verteidiger, der bestimmt mehr als doppelt so alt war wie er, beinahe zu laufen begannen, nachdem er sie erblickt hatte. »Als hätten sie Angst vor mir. So haben sie sich zuvor doch nicht benommen. Warum liegen all diese Leute nicht in ihren Betten?« Eine Frau, die einen Mop und einen Eimer in der Hand trug, knickste hastig und eilte mit gesenktem Kopf weiter.

Faile hatte sich bei ihm untergehakt und blickte zu ihm auf. »Ich würde sagen, daß die Wachen sich in diesem Teil des Steins nur dann aufhalten, wenn sie im Dienst sind. Um diese Nachtzeit ist es doch schön, auf dem Stuhl eines Lords zu sitzen, mit einer Zofe auf dem Schoß, und vorzugeben, sie seien Lord und Lady, während die echten schlafen. Sie haben möglicherweise Angst, daß du sie meldest. Und die Diener erledigen die meisten Arbeiten bei Nacht. Wer will schon, daß sie tagsüber ständig herumwuseln, fegen und Staub wischen und polieren?«

Perrin nickte zweifelnd. Von zu Hause her wußte sie sicher über solche Dinge Bescheid. Ein erfolgreicher Kaufmann wie ihr Vater hatte Diener und Wächter für seine Wagenzüge. Wenigstens waren diese Leute nicht aus dem gleichen Grund auf den Beinen wie er. Falls sie erlebt hätten, was ihm widerfahren war, befänden sie sich nicht mehr im Stein und wären vermutlich immer noch auf der Flucht. Aber warum hatte ausgerechnet ihm allein dieser Angriff gegolten? Er freute sich nicht gerade auf die Konfrontation mit Rand, aber es mußte sein. Faile machte größere Schritte, um mit ihm mitzuhalten.

Trotz all der Pracht, all des Golds und der schönen Schnitzereien und Einlegearbeiten war das Innere des Steins genau wie das Äußere für den Krieg geschaffen worden. Schächte waren über jeder Kreuzung von Korridoren in der Decke zu sehen. Noch nie benützte Schießscharten öffneten sich in den Gängen an Stellen, von wo aus sie den gesamten Gang bestreichen konnten. Faile und er kletterten eine enge Wendeltreppe nach der anderen empor, alle in die dicken Wände eingebaut oder auf andere Art durch Mauern geschützt, in denen sich weitere Schießscharten befanden, die auf den Gang darunter wiesen. Natürlich hatte nichts davon die Aiel aufhalten können, den ersten Feind, den die äußere Mauer nicht zurückgehalten hatte.

Als sie eine der Wendeltreppen hinaufhasteten, wobei Perrin gar nicht merkte, daß sie überhaupt rannten, und er noch schneller gemacht hätte, wenn sich nicht Faile an seinen Arm gehängt hätte, roch er eine Wolke alten Schweißes und süßlichen Parfums, aber das nahm er nur schwach im Hinterkopf wahr. Er konzentrierte sich darauf, zurechtzulegen, was er Rand sagen würde. *Warum hast du versucht, mich umzubringen? Wirst du etwa schon wahnsinnig?* Es gab keine einfache Formulierung für eine solche Frage, und er erwartete auch keine klaren Antworten.

Als sie fast ganz oben im Stein in einen dämmrigen Korridor traten, erblickten sie die Rücken eines Hochlords und zweier seiner Leibwächter. Nur den Verteidigern war es gestattet, innerhalb des Steins gerüstet herumzulaufen, doch die drei trugen Schwerter an den Hüften. Das war natürlich nicht ungewöhnlich, aber daß sie sich hier auf diesem Stockwerk im Schatten halb verborgen aufhielten und aufmerksam das helle Licht am hinteren Ende des Flurs unter Beobachtung hielten, das war nun ganz und gar nicht normal. Die

Beleuchtung kam aus dem Vorraum der Gemächer, die man Rand überlassen hatte. Oder die er erwählt hatte. Oder vielleicht hatte ihn Moiraine auch dazu gedrängt.

Perrin und Faile hatten sich keine Mühe gegeben, besonders leise zu sein, als sie die vielen Treppen erklommen, aber die drei Männer beobachteten den Vorraum so intensiv, daß keiner von ihnen die Neuankömmlinge im ersten Moment bemerkte. Dann schüttelte der eine blau gekleidete Leibwächter seinen Kopf, als wolle er seine vom Beobachten starren Halsmuskeln lockern, und als er sie sah, fiel ihm beinahe die Kinnlade herunter. Der Bursche unterdrückte einen Fluch und wirbelte zu Perrin herum. Er brachte seine Schwertklinge vielleicht eine Handbreit aus der Scheide. Der andere war nur einen Herzschlag langsamer. Beide standen angespannt und kampfbereit da, aber ihre Blicke waren unstet und mieden Perrins Augen. Er roch an ihnen den sauren Geruch von Angst. Genauso stank auch der Hochlord, doch er hatte sich besser unter Kontrolle.

Hochlord Torean, dessen Spitzbart von Grau durchsetzt war, bewegte sich träge und entspannt wie auf einem Ball. Er zog ein viel zu süßlich parfümiertes Taschentuch aus dem Ärmel und betupfte eine Knollennase, die aber im Vergleich zu seinen Ohren nicht besonders groß erschien. Ein feiner Seidenmantel mit roten Satinmanschetten ließ sein grobes Gesicht noch mehr abstechen. Er musterte den in Hemdsärmeln dastehenden Perrin und betupfte noch einmal seine Nase, bevor er den Kopf leicht neigte. »Das Licht leuchte Euch«, sagte er höflich. Sein Blick berührte Perrins gelben Augen und zuckte weg, aber sein Gesichtsausdruck änderte sich nicht. »Es geht Euch gut, hoffe ich?« Vielleicht etwas zu höflich.

Perrin war der Tonfall des Mannes gleich, aber die Art, wie Torean Faile von oben bis unten interessiert musterte, ließ ihn die Fäuste ballen. Er brachte es aber fertig, beherrscht zu sprechen: »Das Licht leuchte Euch, Hochlord Torean. Ich freue mich, daß Ihr mithelft, den Lord Drachen zu beschützen. Einige Männer an Eurer Stelle hätten bestimmt etwas gegen seine Anwesenheit einzuwenden.«

Toreans schmale Augenbrauen zuckten. »Die Prophezeiung wurde erfüllt, und Tear hat seinen Platz darin. Vielleicht wird der Wiedergeborene Drache Tear zu noch größerem Ruhm führen. Welcher Mann könnte dagegen etwas einzuwenden haben? Aber es ist schon spät. Ich wünsche Euch eine gute Nacht.« Er beäugte Faile noch einmal, spitzte die Lippen und schritt ein wenig zu betont forsch den Gang hinunter, weg von den Lichtern des Vorraums. Seine Leibwächter folgten ihm auf den Fersen wie gut dressierte Hunde.

»Es war aber nicht nötig, unhöflich zu sein«, sagte Faile etwas verkrampft, als sich der Hochlord außer Hörweite befand. »Es hat geklungen, als ob deine Stimme aus gefrorenem Eisen geschmiedet sei. Wenn du hier bleiben willst, solltest du lernen, mit den Lords auszukommen.«

»Er hat dich angeschaut, als wolle er dich gleich auf den Schoß nehmen. Und nicht gerade auf väterliche Art.«

Sie schniefte verächtlich. »Er ist nicht der erste Mann, der mich so anschaut. Wenn er die Frechheit aufgebracht hätte, mehr zu versuchen, hätte ich ihn schon mit einem entsprechenden Blick in die Schranken gewiesen. Ich habe es nicht nötig, dich für mich sprechen zu lassen, Perrin Aybara.« Trotzdem klang es nicht so, als sei sie böse darüber.

Er kratzte sich am Kopf und sah Torean nach. Der Hochlord und seine Leibwächter verschwanden um die nächste Biegung. Er fragte sich zum wiederholten Mal, wie die Lords von Tear so herumlaufen konnten, ohne sich zu Tode zu schwitzen. »Hast du es bemerkt, Faile? Seine Wachhunde haben die Hände nicht von den Schwertern genommen, bis er mindestens zehn Schritt weit von uns weg war.«

Sie runzelte die Stirn, blickte dann den Gang hinunter den dreien nach und nickte schließlich bedächtig. »Du hast recht. Ich verstehe das nicht. Sie verbeugen sich nicht so unterwürfig wie bei *ihm,* aber jeder benimmt sich in deiner und Mats Gegenwart genauso vorsichtig wie bei den Aes Sedai.«

»Vielleicht ist die Tatsache, mit dem Wiedergeborenen Drachen befreundet zu sein, nicht mehr der gleiche Schutzfaktor wie vorher.«

Sie schlug nicht schon wieder vor, von hier fortzugehen, jedenfalls nicht in Worten, doch ihre Augen sprachen Bände. Er wurde aber mit dieser unausgesprochenen Aufforderung besser fertig als zuvor mit der ausgesprochenen.

Bevor sie das Ende des Flurs erreicht hatten, hastete plötzlich Berelain aus dem hellen Lichtschein des Vorraums heraus und zog ihre dünne, weiße Robe so eng um sich zusammen, als fröre sie. Wäre die Erste von Mayene noch schneller gegangen, hätte man meinen können, sie renne vor etwas davon.

Um Faile zu zeigen, daß er ihrem Wunsch nach mehr Höflichkeit entsprechen wolle, verbeugte er sich mit einem Schwung, den auch Mat nicht hätte übertreffen können. Im Gegensatz dazu war Failes Knicks lediglich ein leichtes Kopfnicken, verbunden mit einem Zucken eines Knies. Er bemerkte es kaum. Als Berelain vorbeirauschte, ohne ihnen einen Blick zuzuwerfen, war der Gestank der Angst, so übel wie der einer offenen, eiternden Wunde, so stark, daß seine Nasenflügel bebten. Dagegen war Toreans Furcht überhaupt nichts. Das hier war absolute Panik, mit dem dünnen Faden der Beherrschung lediglich äußerlich unterdrückt. Er richtete sich langsam auf und sah ihr nach.

»Interessanter Anblick, ja?« sagte Faile leise.

Er war ganz mit Berelain beschäftigt und mit der Frage, was sie so in Panik versetzt haben mochte, daß er ohne nachzudenken sagte: »Sie roch nach ...«

Weit hinten im Korridor trat plötzlich Torean aus einem Seitengang hervor und packte Berelain am Arm. Er redete heftig auf sie ein. Perrin verstand nur ein paar Bruchstücke seines Redeflusses. Er machte ihr anscheinend Vorwürfe, daß sie in ihrem Stolz zu weit gegangen sei, und irgendwie schien er ihr seinen Schutz anzubieten. Ihre Antwort war kurz, scharf und noch weniger hörbar. Dann riß sie sich grob los und schritt weiter, hochaufgerichtet und offensichtlich wieder beherrscht. Torean wäre ihr beinahe nachgegangen, dann aber erblickte er Perrin. So betupfte sich der Hochlord wieder die Nase mit seinem Taschentuch und verschwand in dem Seitengang.

»Es ist mir gleich, und wenn sie wie das Wesen der Dämmerung röche!« sagte Faile bissig. »Die ist nicht daran interessiert, einen Bären zu jagen, auch wenn sich sein Fell gut an ihrer Wand machen würde. Sie will die Sonne selbst haben.«

Er runzelte die Stirn. »Die Sonne? Einen Bären? Wovon sprichst du?«

»Geh nur allein weiter. Ich denke, ich werde jetzt doch ins Bett gehen.«

»Wenn du willst«, sagte er bedächtig. »Aber ich dachte, du wolltest genau wie ich herausfinden, was eigentlich geschehen ist.«

»Ach, jetzt nicht mehr. Ich will nicht so tun, als freue ich mich darauf, den ... Rand ... zu treffen, nachdem ich es bisher vermeiden konnte. Und jetzt habe ich schon gar keine Lust mehr. Zweifellos werdet ihr beide euch ohne mich prächtig unterhalten. Besonders, wenn auch noch Wein da sein sollte.«

»Du redest ziemlichen Unsinn«, knurrte er und fuhr sich mit der Hand durch das Haar. »Wenn du ins Bett gehen willst, na fein, aber ich wünschte, du würdest dich auf eine Art ausdrücken, die ich verstehen kann.«

Einen langen Augenblick betrachtete sie sein Gesicht, und dann biß sie sich plötzlich auf die Unterlippe, wohl, um ein Lachen zu unterdrücken. »O Perrin, manchmal glaube ich, das Beste an dir ist deine Unschuld.« Ihre Stimme war von unterdrücktem Lachen durchsetzt. »Geh nur weiter zu … deinem Freund und erzähle mir am Morgen davon. Jedenfalls soviel du willst.« Sie zog seinen Kopf herab und küßte ihn flüchtig auf die Lippen, und dann lief sie genauso schnell und leichtfüßig davon.

Er schüttelte den Kopf und blickte ihr hinterher, bis sie die Wendeltreppe hinunterging. Von Torean war nichts zu sehen. Manchmal war es ihm, als spreche sie eine andere Sprache. Er ging weiter auf die Lichter zu.

Der Vorraum war rund und bestimmt fünfzig Schritt breit. Hundert vergoldete Lampen hingen an goldenen Ketten von der hohen Decke. Glänzende Sandsteinsäulen bildeten einen inneren Ring, und der Fußboden schien aus einer einzigen riesigen schwarzen Marmorplatte zu bestehen, die mit goldenen Schlieren durchsetzt war. Es war der Vorraum zu den Gemächern des Königs gewesen in jener Zeit, als Tear noch von Königen regiert wurde, bevor Artur Falkenflügel alle Länder vom Rückgrat der Welt bis zum Aryth-Meer unter seine Herrschaft brachte. Als Falkenflügels Reich zusammenbrach, hatte es in Tear keine Könige mehr gegeben, und tausend Jahre lang waren die einzigen Bewohner dieser Räume Mäuse gewesen, die ihre Spuren im Staub hinterließen. Kein Hochlord hatte je soviel Macht besessen, daß er es wagen konnte, diese Gemächer zu beziehen.

Ein Ring von fünfzig Verteidigern stand steif in der Mitte des Saales. Die Brustpanzer und Helme schimmerten im Lampenschein, und ihre nach außen gerichteten Speere standen alle im genau gleichen Winkel ab.

So, wie sie gleichzeitig in alle Richtungen blickten, hatten sie die Aufgabe, alle Eindringlinge vom augenblicklichen Herrn des Steins fernzuhalten. Ihr Kommandant, ein Hauptmann, den man an zwei kurzen, weißen Federn auf dem Helm erkannte, stand fast genauso steif da wie seine Soldaten. Eine Hand auf dem Schwertgriff und die andere auf die Hüfte gestützt, so hatte er sich in Positur geworfen, damit auch dem letzten die Bedeutung seiner Pflichten klar wurde. Aber alle rochen nach Furcht und Unsicherheit, wie Menschen, die unter einer überhängenden Felswand wohnen und sich beinahe selbst davon überzeugt hatten, daß sie niemals herabstürzen werde. Oder jedenfalls nicht heute nacht. Nicht während der nächsten Stunde.

Perrin schritt an ihnen vorbei. Seine Stiefeltritte warfen Echos. Der Offizier wollte schon auf ihn zugehen, zögerte aber dann, als Perrin keineswegs stehenblieb, um sich überprüfen zu lassen. Natürlich wußte er, wer Perrin war, wenn auch nicht mehr als jeder andere in Tear: Ein Reisegefährte der Aes Sedai und Freund des Lord Drachen; kein Mann, mit dem sich ein einfacher Offizier der Verteidiger des Steins anlegen sollte. Sicher hatte er die Aufgabe, über die Ruhe des Lord Drachen zu wachen, aber auch wenn er es nicht einmal insgeheim zugeben würde, war das, was er da in seiner glänzenden Rüstung darstellte, nichts als reines Theater. Die wirklichen Wächter traf Perrin erst, als er zwischen den Säulen hindurchgeschritten war und sich der Tür zu Rands Gemächern näherte. Sie hatten so bewegungslos hinter den Säulen gesessen, daß sie mit dem Stein zu verschmelzen schienen, obwohl sich nun, da sie sich bewegten, ihre Hosen und Mäntel deutlich abhoben. Sie waren in Grau- und Brauntönen gehalten, damit man sie in der Wüste nicht sehen konnte. Sechs Töchter des Speers, Aielfrauen, die sich gegen den Herd und für das Leben eines Kriegers entschieden hatten, glitten auf weichen, kniehoch geschnürten Stiefeln zwischen ihn und die Tür. Es waren hochgewachsene Frauen. Die größte war kaum eine Handbreit kleiner als er, sonnengebräunt, mit kurzgeschnittenem Haar, dessen Farbe irgendwo zwischen blond und rot lag. Zwei von ihnen hielten gekrümmte Hornbögen in der Hand und hatten die Pfeile aufgelegt. Die anderen trugen kleine Lederschilde und jede von ihnen drei oder vier kurze Speere. Die Schäfte waren kurz, aber die Spitzen lang genug, um sich ganz und gar durch den Körper eines Mannes hindurchzubohren und noch ein Stück herauszuragen.

»Ich glaube nicht, daß ich Euch einlassen kann«, sagte eine Frau mit flammenfarbigem Haar. Aber sie lächelte leicht dabei. Die Aiel grinsten nicht so oft wie andere Leute und zeigten auch sonst äußerlich kaum Gefühlsbewegungen. »Ich glaube, heute nacht will er niemanden sehen.«

»Ich gehe hinein, Bain.« Er ignorierte die Speere und packte sie an den Oberarmen. In diesem Moment allerdings konnte er die Speere nicht mehr ignorieren, da eine Speerspitze seinen Hals an der Seite berührte. Und dann hatte er auch noch plötzlich den Speer einer etwas blonderen Frau namens Chiad an der anderen Seite, als wollten sich die beiden irgendwo in der Mitte seines Halses treffen. Die anderen Frauen sahen lediglich zu, da sie sicher waren, daß Bain und Chiad mit allem fertig würden, was zu tun sei. Aber er gab sich trotzdem alle Mühe. »Ich habe keine Zeit, mich mit euch herumzustreiten. Allerdings hört ihr ja sowieso nicht auf die Argumente anderer Leute, wie ich sehr gut weiß. Ich gehe jetzt rein.« So sanft er nur konnte, hob er Bain hoch und setzte sie an der Seite ab, so daß sein Weg frei war.

Chiad hätte nur auf ihren Speer hauchen müssen und es wäre Blut geflossen, aber nach einem überraschten Blick aus ihren aufgerissenen dunkelblauen

Augen nahm Bain plötzlich ihren Speer von seinem Hals und grinste ihn an. »Möchtet Ihr gern ein Spiel lernen, das man den ›Kuß einer Jungfrau‹ nennt, Perrin? Ich glaube, Ihr könntet das sehr gut. Und zumindest würdet Ihr einiges lernen.« Eine der anderen lachte laut los. Chiads Speerspitze schwenkte beiseite.

Er atmete tief durch und hoffte, es möge ihnen nicht auffallen, daß es sein erster Atemzug war, seit die Speerspitzen ihn berührt hatten. Sie hatten ihre Gesichter nicht verschleiert. Ihre Schufas hatten sie wie dunkle Halstücher umgebunden. Aber er wußte nicht, ob die Aiel das unbedingt tun mußten, bevor sie jemanden töteten. Was er wußte, war lediglich, daß ihr Verschleiern bedeutete, sie seien kampfbereit.

»Ein andermal vielleicht«, sagte er höflich. Sie grinsten nun alle, als habe Bain etwas Lustiges gesagt und als sei sein Unverständnis ein Teil des Grundes ihrer Belustigung. Thom hatte recht. Ein Mann konnte wirklich verrückt werden, wenn er die Frauen verstehen lernen wollte, gleich aus welchem Land oder aus welcher sozialen Schicht sie stammten. Das hatte Thom schon oft behauptet.

Als er nach dem Türknauf in Gestalt eines sich aufbäumenden goldenen Löwen griff, fügte Bain hinzu: »Auf Eure eigene Verantwortung. Er hat bereits hinausgescheucht, was die meisten Männer für viel bessere Gesellschaft halten würden als Euch.«

Natürlich, dachte er. *Berelain. Sie kam ja hier heraus. Heute nacht dreht sich wohl alles um …*

Die Erste von Mayene war aus seinen Gedanken verschwunden, als er einen Blick in den Raum warf. Zerbrochene Spiegel hingen an den Wänden, und Glas- und Porzellanscherben bedeckten den Fußboden. Dazwischen lagen Federn aus dem aufgeschlitzten Bett. Geöffnete Bücher lagen zwischen umgestürzten Stühlen und Bänken. Und Rand saß mit geschlossenen Augen am Fuß seines Bettes, an einen Bettpfosten gelehnt, die schlaffen Hände auf *Callandor,* das auf seinen Knien lag. Er sah aus, als habe er in Blut gebadet.

»Holt Moiraine!« fuhr Perrin die Aielfrauen an. Lebte Rand überhaupt noch? Wenn ja, dann benötigte er dringend die Heilkunst einer Aes Sedai. »Sagt ihr, sie soll sich beeilen!« Er hörte, wie jemand hinter ihm nach Luft schnappte, und dann schnelle Stiefelschritte.

Rand hob den Kopf. Sein Gesicht war eine blutverschmierte Maske. »Mach die Tür zu.«

»Moiraine wird gleich hier sein, Rand. Entspanne dich. Sie wird ...«

»Mach die Tür zu, Perrin.«

Die Aielfrauen sprachen leise miteinander, traten dann aber unwillig zurück. Perrin zog die Tür zu und schnitt damit einen fragenden Ruf des Offiziers mit den Federn am Helm ab.

Glas knirschte unter seinen Sohlen, als er zu Rand hinüberging. Er riß einen Streifen von einem sowieso wüst zerschnittenen Leinenbettuch ab und preßte ihn auf die Wunde an Rands Seite. Rands Hände verkrampften sich einen Moment lang vor Schmerz um das durchsichtige Schwert, doch dann entspannten sie sich. Sofort drang Blut durch den Stoff. Rand war von Kopf bis Fuß mit Schnitten und Rissen übersät, und in vielen davon glitzerten Glasscherben. Perrin zuckte hilflos die Achseln. Er wußte nicht, was er dagegen tun sollte. Es blieb ihm nichts anderes übrig, als auf Moiraine zu warten.

»Was beim Licht hast du denn machen wollen, Rand? Du siehst aus, als wolltest du dir selber die Haut abziehen. Und du hättest mich auch noch fast umgebracht.« Er glaubte einen Augenblick lang, Rand würde nicht antworten.

»Ich nicht«, sagte er aber doch schließlich im Flüsterton. »Einer der Verlorenen.«

Perrin bemühte sich, Muskeln zu entspannen, von denen er sich gar nicht bewußt war, sie verkrampft zu haben. Er hatte nur teilweise Erfolg damit. Wohl hatte er Faile gegenüber die Verlorenen erwähnt, und das durchaus im Ernst, aber im großen und ganzen hatte er sich doch bemüht, nicht daran zu denken, was die Verlorenen unternehmen könnten, wenn sie wüßten, wo Rand sich aufhielt. Wenn einer von ihnen den Wiedergeborenen Drachen zur Strecke brächte, würde er weit über den anderen stehen, sobald einmal der Dunkle König endgültig frei war. Der Dunkle König in Freiheit und die Letzte Schlacht verloren, bevor sie überhaupt ausgetragen werden konnte.

»Bist du sicher?« fragte er genauso leise.

»Es muß so sein, Perrin. Es kann nicht anders sein.«

»Wenn einer von ihnen genauso mich angriff wie dich …? Wo steckt Mat, Rand? Wenn er am Leben ist und das erlebte, was ich durchgemacht habe, dann wird er auch dasselbe glauben wie ich. Daß du schuld warst. Er wäre jetzt bestimmt schon hier, um mit dir zu reden.«

»Oder auf einem Pferd auf halbem Weg zum Stadttor.« Rand mühte sich, aufrechter dazusitzen. Trocknende Blutschmierer sprangen auf, und über Brust und Schultern zeigten sich neue Rinnsale. »Wenn er tot ist, Perrin, solltest du dich künftig so weit wie möglich von mir fernhalten. Ich glaube, Loial und du, ihr habt recht damit.« Er schwieg und betrachtete Perrin. »Du und Mat, ihr müßt euch doch wünschen, ich sei niemals geboren worden. Oder zumindest, daß ihr mich nie kennengelernt hättet.«

Es hatte keinen Zweck, jetzt hinzugehen und nachzusehen; wenn Mat etwas passiert war, dann war es jetzt längst vorüber und ausgestanden. Und er hatte das Gefühl, seine improvisierte Bandage, die er gegen die Wunde an Rands Seite preßte, würde ihn gerade lange genug am Leben halten, bis Moiraine kam. Ohne die … »Dir scheint es ja gleich zu sein, ob er wirklich weg ist. Seng mich, er hat doch schließlich auch Bedeutung. Was wirst du machen, wenn er weg ist? Oder tot, das Licht möge es verhüten?«

»Was sie am wenigsten erwarten.« Rands Augen wirkten wie ein vom Morgennebel überzogener Sonnenaufgang – blaugrau, durch das ein fieberhaftes Glühen drang. Seine Stimme klang hart. »So muß ich es auf jeden Fall halten. Was *jeder* am wenigsten von mir erwartet.«

Perrin atmete langsam durch. Rand hatte ein Recht darauf, zu zeigen, daß seine Nerven bis zum Zerreißen gespannt waren. Das war kein Anzeichen für den herannahenden Wahnsinn. Er mußte endlich aufhören, immer nach solchen Anzeichen zu suchen. Die würden sich schon früh genug zeigen, und jetzt ständig darauf zu warten, brachte ihm höchstens Magenkrämpfe ein. »Was soll das heißen?« fragte er leise.

Rand schloß die Augen. »Ich weiß nur, daß ich sie überraschen muß. Jeden überraschen muß«, murmelte er trotzig.

Die Türe öffnete sich, und ein hochgewachsener Aiel trat ein. Sein dunkelrotes Haar war mit Grau durchsetzt. Hinter ihm hüpften die Federn des tairenischen Offiziers auf und ab, als er sich mit den Töchtern des Speers herumstritt. Er fuchtelte immer noch wild herum, als Bain die Tür wieder zuschob.

Rhuarc blickte sich mit scharfen, blauen Augen im Raum um, als vermute er hinter einem Vorhang oder einem umgestürzten Stuhl versteckte Feinde. Der Clanhäuptling der Taardad Aiel war unbewaffnet bis auf das Messer mit der schweren Klinge am Gürtel, aber seine Autorität und sein ruhiges Selbstvertrauen waren wie zusätzliche Waffen. Und seine Schufa hing um seinen Hals, doch niemand, der auch nur ein wenig über die Aiel Bescheid wußte, hielt einen für weniger gefährlich, weil er das Gesicht nicht verschleiert hatte.

»Dieser tairenische Narr dort draußen hat seinem

Kommandanten mitteilen lassen, daß hier drinnen etwas passiert sei«, sagte Rhuarc, »und nun verbreiten sich bereits Gerüchte wie Flechten in einer Höhle. Das geht von der Weißen Burg, die dich angeblich umbringen lassen wollte, bis hin zur Letzten Schlacht, die in diesem Raum ausgetragen wurde.« Perrin öffnete den Mund, doch Rhuarc hob warnend die Hand. »Ich habe zufällig Berelain getroffen. Sie sah aus, als habe man ihr den Tag genannt, an dem sie sterben werde. Sie hat mir die Wahrheit gesagt. Ich hatte meine Zweifel, aber nun sieht es wirklich so aus, daß sie recht hatte.«

»Ich habe nach Moiraine geschickt«, sagte Perrin. Rhuarc nickte. Natürlich – die Töchter des Speers hatten ihm alles erzählt, was sie selbst wußten.

Rand lachte auf und zuckte gleichzeitig vor Schmerzen zusammen. »Ich hatte ihr gesagt, sie solle den Mund halten. Es scheint aber, daß der Lord Drache in Mayene nicht herrscht.« Die Heiterkeit in seiner Stimme klang reichlich gezwungen.

»Ich habe Töchter, die älter sind als diese junge Frau«, stellte Rhuarc fest. »Ich glaube nicht, daß sie es weitersagen wird. Ich glaube sogar eher, sie wird nur zu gern alles vergessen, was heute nacht geschehen ist.«

»Und ich wüßte gern, was passiert ist«, sagte Moiraine, die leise in den Raum trat. So klein und schlank sie auch war – Rhuarc überragte sie genauso wie der Mann, der ihr folgte: Lan, ihr Behüter –, so dominierte doch die Aes Sedai den ganzen Raum. Sie mußte gelaufen sein, so schnell war sie angekommen, doch nun war sie so ruhig wie ein zugefrorener See. Es mußte schon viel geschehen, um ihr die Ruhe und Gelassenheit zu nehmen. Ihre blaue Seidenrobe hatte einen hohen Spitzenkragen, und in die Ärmel waren Streifen dunkleren Samts eingenäht, aber trotzdem schienen ihr Hitze und Feuchtigkeit nichts auszumachen. Ein kleiner, blauer Edelstein, der auf ihrer Stirn an einer dünnen Goldkette hing, die sie durchs Haar gezogen hatte, glitzerte im Lampenschein und betonte noch die Glätte ihrer Stirn. Da war auch nicht der leichteste Hauch von Schweiß zu entdecken.

Wie immer, wenn sie sich trafen, sprühten die eisigblauen Augen Rhuarcs und Lans beinahe Funken. Lans dunkles Haar wurde von einem geflochtenen Lederband gehalten. An den Schläfen war bereits einiges Grau zu sehen. Sein Gesicht schien aus Fels gehauen, so hart und kantig war es. Sein Schwert hing wie ein zusätzlicher Körperteil an der Hüfte. Perrin konnte nicht sagen, welcher der beiden Männer der tödlichere war, aber er glaubte, daß sie sich gegenseitig nicht nachstanden.

Der Blick des Behüters wanderte zu Rand hinüber. »Ich glaubte, Ihr wärt alt genug, um Euch allein rasieren zu können.«

Rhuarc lächelte ein wenig, aber immerhin war es das erste Lächeln, das Perrin in Lans Anwesenheit bei ihm bemerkt hatte. »Er ist noch jung. Er wird es lernen.«

Lan erwiderte den Blick des Aielmannes und lächelte dann auf die gleiche Art zurück.

Moiraine warf den beiden Männern einen kurzen, mißbilligenden Blick zu. Sie schien sich keinen Weg durch die Scherben suchen zu müssen, als sie über den Teppich schritt, sondern raffte einfach nur ihren Rock ein wenig hoch. Unter ihren Pantoffeln knirschte keine einzige Scherbe. Sie sah sich dabei im ganzen Raum um. Perrin war sicher, daß ihr keine Einzelheit entging. Einen Augenblick lang musterte sie auch ihn, doch er mied ihren Blick. Sie wußte einfach zu viel von ihm, als daß er sich unter ihrer Betrachtung wohl gefühlt hätte. Doch trotz dieser stillen Musterung kam sie unbeirrbar wie eine lautlose, seidene Lawine auf Rand zu, eiskalt und unerbittlich.

Perrin ließ die Hand an der Bandage fallen und

wich ihr aus. Der blutgetränkte Leinenstreifen klebte an Rands Wunde fest. Von Kopf bis Fuß begann das Blut nun zu schwarzen Streifen und Schmierern anzutrocknen. Die Glassplitter in seiner Haut glitzerten im Lampenschein. Moiraine berührte die improvisierte Bandage mit den Fingerspitzen und zog dann die Hand zurück, als habe sie sich entschlossen, lieber doch nicht drunterzublicken. Perrin fragte sich, wie die Aes Sedai Rand ansehen konnte, ohne selbst bei dem Anblick Schmerzen zu empfinden, doch ihr Gesichtsausdruck änderte sich überhaupt nicht. Sie roch leicht nach Rosenölseife.

»Wenigstens seid Ihr am Leben.« Ihr Stimme war melodiös, doch im Augenblick war es eine eiskalte, zornige Melodie. »Was passiert ist, kann warten. Versucht, die Wahre Quelle zu berühren.«

»Warum?« fragte Rand mit mißtrauischer Stimme. »Ich kann mich nicht selbst mit Hilfe der Macht heilen, selbst wenn ich wüßte, wie man das macht. Niemand kann das. Soviel weiß ich mittlerweile.«

Einen Atemzug lang schien sich Moiraine am Rand eines Wutausbruchs zu befinden, so seltsam das bei ihr auch gewesen wäre, doch einen Atemzug später hatte sie wieder einen Panzer der Gelassenheit um sich gezogen, den kaum etwas erschüttern konnte. »Nur ein kleiner Teil der zum Heilen benötigten Kraft kommt vom Heiler. Die Macht kann das ersetzen, was von dem Kranken oder Verwundeten her kommen sollte. Ohne diese Hilfe werdet Ihr morgen und vielleicht auch noch übermorgen flach liegen. Also zieht jetzt etwas von der Macht an Euch, wenn Ihr könnt, aber tut nichts damit. Laßt sie nur ruhen. Wenn es sein muß, benützt das hier.« Sie mußte sich nicht weit vorbeugen, um *Callandor* zu berühren.

Rand zog das Schwert unter ihrer Hand weg. »Ich solle sie nur einfach ruhen lassen, sagt Ihr.« Es klang, als wolle er sie auslachen. »Also gut.«

Es geschah nichts, was Perrin irgendwie sehen konnte, aber das erwartete er auch nicht. Rand saß da wie der letzte Überlebende einer verlorenen Schlacht und blickte Moiraine an. Sie zuckte mit keiner Wimper. Zweimal rieb sie mit den Fingern unbewußt über ihre Handflächen.

Nach einer Weile seufzte Rand. »Ich kann noch nicht einmal das Nichts heraufbeschwören. Ich kann mich einfach nicht konzentrieren.« Ein kurzes Grinsen ließ das eingetrocknete Blut auf seinem Gesicht springen. »Ich verstehe es selbst nicht.« Ein dünnes, rotes Rinnsal lief neben seinem linken Auge herunter.

»Dann werde ich es so machen wie immer«, sagte Moiraine und nahm Rands Kopf in die Hände, ohne darauf zu achten, daß ihr das Blut über die Finger lief.

Rand keuchte laut und sprang schwerfällig auf. Es war, als werde ihm die ganze Luft auf einmal aus der Lunge gepreßt. Er bäumte sich so auf, daß er seinen Kopf beinahe aus ihrem Griff losgerissen hätte. Einen Arm hatte er mit gespreizten Fingern zur Seite weggestreckt. Die Finger bogen sich derart nach hinten, daß es schien, als würden sie gleich brechen. Die andere Hand verkrampfte sich um den Griff *Callandors.* Die Muskeln an diesem Arm verknoteten und verkrampften sich sichtlich. Er bebte wie ein Segel im Sturm. Dunkle Schichten getrockneten Blutes sprangen ab, und Glassplitter klimperten auf die Truhe und den Fußboden. Sie waren aus Schnittwunden herausgequollen, die sich nun schlossen und von selbst zu heilen schienen.

Perrin schauderte, als tobe dieser Sturm auch um ihn. Er hatte schon früher zugesehen, wenn jemand geheilt wurde, und sogar in schlimmeren Fällen, aber es ließ ihn niemals kalt, wenn er zusah, wie die Macht angewandt wurde, wenn er wußte, was geschah, und er schauderte, obwohl sie ja hier zum Guten verwandt wurde. Die Geschichten über die Aes Sedai, die ihnen früher von den Wächtern und Fahrern der Kaufleute lange Jahre vor seinem Zusammentreffen mit Moiraine erzählt worden waren, saßen immer noch tief. Rhuarc roch beißend nach Nervosität. Nur Lan nahm es wie selbstverständlich hin. Lan und Moiraine selbst natürlich.

Es war vorüber, so schnell wie es begonnen hatte. Moiraine nahm ihre Hände weg, und Rand sackte in sich zusammen. Er hielt sich am Bettpfosten fest, um überhaupt stehen bleiben zu können. Es war schwierig festzustellen, ob er den Bettpfosten oder *Callandor* fester umklammerte. Als Moiraine versuchte, ihm das Schwert wegzunehmen und es wieder auf seinen verzierten Ständer an der Wand zu legen, nahm er es ihr entschlossen und beinahe grob weg.

Sie verzog einen Moment lang ärgerlich den Mund, aber dann beließ sie es dabei, die Bandage von seiner Wunde herunterzunehmen und damit ein paar der Blutspritzer wegzuwischen. Die alte Wunde war nun wieder eine gerade einigermaßen verheilte Narbe. Die übrigen Verletzungen waren einfach verschwunden. Das angetrocknete Blut auf seinem gesamten Körper hätte auch von jemand anderem stammen können.

Moiraine runzelte die Stirn. »Sie spricht einfach nicht darauf an«, murmelte sie in sich hinein. »Sie heilt einfach nicht vollständig.«

»Das ist die Wunde, die mich schließlich umbringen wird, oder?« fragte er sie leise. Dann zitierte er: »›Sein Blut auf den Felshängen des Shayol Ghul wäscht den Schatten weg. Sein Opfer zur Rettung der Menschheit.‹«

»Ihr lest zuviel«, sagte sie in scharfem Ton, »und versteht zu wenig.«

»Versteht Ihr mehr? Falls ja, sagt es mir.«

»Er versucht doch nur, den richtigen Weg zu finden«, sagte Lan plötzlich. »Kein Mann möchte blind einherrennen, wenn er weiß, daß irgendwo vor ihm eine Klippe ist.«

Perrin zuckte fast vor Überraschung zusammen. Lan widersprach Moiraine sonst nie oder jedenfalls nicht in Hörweite anderer. Allerdings hatte er viel Zeit mit Rand verbracht, um ihn im Schwertkampf auszubilden.

Moiraines dunkle Augen blitzten, doch dann sagte sie nur: »Er muß jetzt ins Bett. Sorge bitte dafür, daß man ihm Wasser zum Waschen bringt und ein anderes Schlafzimmer vorbereitet. Das hier muß gründlich gereinigt werden, und das Bett braucht eine neue Matratze und ein neues Oberbett.« Lan nickte und steckte einen Augenblick lang den Kopf zur Tür hinaus in den Vorraum. Er sprach leise mit jemandem.

»Ich werde hier schlafen, Moiraine.« Rand ließ den Bettpfosten los und hielt sich aufrecht, wobei er die Spitze *Callandors* auf den Teppich aufstellte und sich mit beiden Händen auf das Schwert stützte. So konnte man kaum sehen, wie schwach er wirklich war. »Ich lasse mich nicht mehr hin und her jagen. Nicht einmal aus einem Bett.«

»Tai'shar Manetheren«, murmelte Lan.

Diesmal blickte sogar Rhuarc überrascht drein, aber falls Moiraine gehört hatte, wie der Behüter Rand ehrte, zeigte sie keine Reaktion. Sie sah Rand an. Ihr Gesichtsausdruck war nichtssagend wie meistens, doch in ihren Augen glühte der Zorn. Rand lächelte leicht und irgendwie fragend, als überlege er, was sie sich wohl als nächstes einfallen lassen werde.

Perrin schob sich langsam auf die Tür zu. Falls Rand und die Aes Sedai streiten wollten, war es besser, den Rückzug anzutreten. Lan schien das nicht zu kümmern. Es war auch schwer zu sagen, was er dachte oder fühlte. Aus seiner Haltung, gerade aufgerichtet und doch vollständig entspannt, ließ sich nichts ablesen. Er konnte sowohl gelangweilt im Halbschlaf herumstehen, wie auch im nächsten Moment kampfbereit das Schwert ziehen – beides erschien gleich wahrscheinlich. Rhuarc stand ähnlich da, aber er beäugte wenigstens ebenfalls sehnsuchtsvoll die Tür.

»Bleibt, wo Ihr seid!« Moiraine wandte den Blick nicht von Rand, und ihr ausgestreckter Finger zeigte irgendwohin in die Mitte zwischen Perrin und Rhuarc, aber Perrin blieb trotzdem wie angewurzelt stehen. Rhuarc zuckte die Achseln und faltete die Arme vor der Brust.

»Stur«, knurrte Moiraine. Diesmal galt es Rand. »Also gut. Wenn Ihr so stehen bleiben wollt, bis Ihr umfallt, könnt Ihr wenigstens die Zeit bis dahin nützen und mir sagen, was hier vorgefallen ist. Ich kann Euch nichts beibringen, aber wenn ich Bescheid weiß, kann ich Euch vielleicht wenigstens sagen, was Ihr falsch gemacht habt. Es ist zwar nur eine geringe Möglichkeit, aber ...« Ihr Tonfall wurde schärfer. »Ihr müßt lernen, es zu beherrschen, und das nicht nur dieser Sache wegen. Wenn Ihr nicht lernt, die Macht unter Kontrolle zu halten, wird sie Euch umbringen. Das wißt Ihr. Ich habe es Euch oft genug gesagt. Ihr müßt es aber von allein lernen. Die Kraft dazu findet Ihr in Euch selbst.«

»Ich habe nichts angerichtet, außer eben zu überleben«, sagte er trocken. Sie öffnete den Mund, aber er fuhr fort: »Glaubt Ihr, ich würde die Macht anwenden, ohne daß ich selbst es merke? Ich habe das nicht im Schlaf angerichtet. Das ist geschehen, als ich wach war.« Er schwankte und fing sich gerade noch mit Hilfe des stützenden Schwerts.

»Selbst Ihr könntet im Schlaf nichts anderes lenken als bestenfalls das Element Geist«, sagte Moiraine kühl. »Und das hier wurde nicht mit Geist angestellt. Ich war dabei, Euch zu fragen, was wirklich geschah.«

Perrin sträubten sich die Haare, als Rand seine Geschichte erzählte. Das mit der Axt war schon schlimm genug gewesen, aber wenigstens war die Axt etwas Solides, Wirkliches. Doch die eigenen Spiegelbilder herauskommen zu sehen und ... Unbewußt trat er von einem Fuß auf den anderen, um nicht auf irgendwelchen Glassplittern zu stehen.

Kurz nachdem Rand zu erzählen begonnen hatte, warf er heimlich einen Blick über die Schulter auf die Truhe, so, als wolle er nicht, daß die anderen ihn bemerkten. Einen Moment später rührten sich die über den Deckel der Truhe verstreuten Glassplitter von allein, und sie rutschten hinunter auf den Teppich, als würden sie von einem unsichtbaren Besen weggekehrt. Rand und Moiraine blickten sich an, und dann setzte er sich zum Weitererzählen hin. Perrin war nicht sicher, wer von den beiden den Deckel der Truhe abgeräumt hatte. In Rands Bericht war nicht von Berelain die Rede.

»Es muß einer der Verlorenen gewesen sein«, stellte Rand am Ende fest. »Vielleicht Sammael. Ihr sagtet doch, er befinde sich in Illian. Oder einer von ihnen ist hier in Tear. Könnte Sammael von Illian so schnell herübergekommen sein?«

»Nicht einmal, wenn er selbst *Callandor* in Händen hielte«, antwortete Moiraine. »Es gibt Grenzen der Macht. Sammael ist nur ein Mensch und nicht der Dunkle König.«

Nur ein Mensch? Keine sehr gute Beschreibung, dachte sich Perrin. Ein Mann, der die Macht benützen konnte und trotzdem, aus welchen Gründen auch immer, nicht dem Wahnsinn verfallen war, oder zumindest noch nicht, soweit man das beurteilen konnte. Vielleicht war er genauso stark wie Rand, aber wo Rand sich zu lernen bemühte, kannte Sammael bereits jeden Trick und jede Möglichkeit, die Macht einzusetzen. Ein Mann, der dreitausend Jahre im Gefängnis des Dunklen Königs verbracht hatte und der aus freien Stücken einst zum Schatten übergelaufen war. Nein.

›Nur ein Mensch‹ kam einer Beschreibung Sammaels oder eines der anderen Verlorenen, sei es Mann oder Frau, nicht einmal nahe.

»Dann befindet sich einer von ihnen hier. In der Stadt.« Rands Kopf sank auf seine Hände herunter, aber er riß ihn sofort wieder hoch und blickte die anderen im Raum zornig an. »Ich lasse mich nicht noch einmal jagen. Zuerst werde ich der Jagdhund sein. Ich werde ihn – oder sie – finden und ...«

»Keiner der Verlorenen«, warf Moiraine ein. »Ich glaube das nicht. Das Ganze war zu einfach und doch auch wieder zu vielschichtig.«

Rand sagte ruhig: »Keine Rätsel, bitte, Moiraine. Wenn nicht einer der Verlorenen, wer dann? Oder was?«

Das Gesicht der Aes Sedai hätte gut ein Amboß sein können, doch sie zögerte und tastete sich nur an eine schlüssige Antwort heran. Man konnte auch nicht sagen, ob sie sich einfach nicht sicher sei in bezug auf die Antwort, oder ob sie lediglich überlegte, wieviel sie enthüllen sollte.

»Da die Siegel am Gefängnis des Dunklen Königs langsam bröckeln«, sagte sie nach einer Weile, »könnte es unvermeidlich sein, daß – etwas von seiner Persönlichkeit entkommt, während er selbst sich noch drinnen befindet. Wie Blasen, die aus etwas Verfaulendem am Grunde eines Teichs aufsteigen. Aber diese Art von Blasen treiben durch das Muster hindurch, bis sie sich an einen Faden anhängen und platzen.«

»Licht!« Das entschlüpfte Perrin, bevor er es verhindern konnte. Moiraines Blick wanderte zu ihm herüber. »Ihr meint, was Rand passierte, wird ... wird irgendwann jedem passieren?«

»Nicht jedem. Jedenfalls noch nicht. Am Anfang, denke ich, wird es nur ein paar Blasen geben, die durch Ritzen entschlüpfen, wo die Macht des Dunklen Königs bereits zugreifen kann. Und wer weiß schon, was später sein wird? Und weil die *Ta'veren* ja die anderen Fäden im Muster um sich herum neu knüpfen, so werden gerade sie wohl diese Blasen stärker anziehen als alle anderen.« Ihre Blicke sagten, sie wisse, daß Rand nicht der einzige war, dem ein wahr gewordener Alptraum widerfahren war. Ein kurzes Lächeln, schon wieder verschwunden, bevor er es richtig bemerkt hatte, sagte ihm, daß er das vor den anderen geheimhalten könne, wenn er es wünsche. Aber sie wußte Bescheid. »Doch in den kommenden Monaten – oder Jahren, falls wir das Glück haben, soviel Zeit gewinnen zu können – werden eine Menge Leute Dinge erleben, die ihnen graue Haare verschaffen, falls sie alles überleben sollten.«

»Mat«, sagte Rand. »Wißt Ihr, ob er …? Ist er …?«

»Das werde ich bald genug wissen«, antwortete Moiraine gelassen. »Was geschehen ist, kann nicht ungeschehen gemacht werden, aber wir können hoffen.« So ruhig sie auch sprach, roch sie doch für Perrin nach Nervosität, bis Rhuarc sagte: »Es geht ihm gut. Oder es ging ihm gut. Ich habe ihn gesehen, als ich hierher unterwegs war.«

»Wo ging er denn hin?« fragte Moiraine in etwas gereiztem Tonfall. »Es sah so aus, als gehe er zu den Quartieren der Diener hinüber«, berichtete der Aielmann. Er wußte, daß die drei *ta'veren* waren, auch wenn er sonst nicht soviel wußte, wie er selbst glaubte. Doch er kannte Mat gut genug, um hinzuzufügen: »Nicht zu den Ställen, Aes Sedai. In die andere Richtung, zum Fluß hin. Und an den Landungsstegen des Steins liegen gerade keine Schiffe.« Er hatte keine Probleme bei den Worten ›Schiffe‹ und ›Landungsstege‹, so wie sonst die meisten Aiel, obwohl in ihrer Wüste solche Dinge nur die Ausgeburten von Märchen zu sein schienen.

Sie nickte, als habe sie nichts anderes erwartet. Perrin schüttelte den Kopf. Sie war so daran gewöhnt, ihre wirklichen Gedanken anderen zu verheimlichen, daß sie das wohl mittlerweile schon aus purer Gewohnheit tat.

Plötzlich öffnete sich ein Türflügel, und Bain und Chiad schlüpften ausnahmsweise einmal ohne ihre Speere herein. Bain trug eine große weiße Schüssel und einen dicken Krug, aus dem Dampf aufstieg. Chiad hatte sich gefaltete Handtücher unter den Arm geklemmt.

»Warum bringt *Ihr* diese Sachen?« wollte Moiraine wissen.

Chiad zuckte die Achseln. »Sie wollte nicht hereinkommen.«

Rand lachte kurz auf. »Selbst die Diener sind schlau genug, sich von mir fernzuhalten. Stellt es irgendwo hin.«

»Eure Zeit hier wird knapp, Rand«, sagte Moiraine. »Die Tairener gewöhnen sich auf gewisse Weise an Euch, und was einem vertraut ist, das fürchtet man nicht mehr so wie das Unbekannte. Wie viele Wochen oder Tage wird es noch dauern, bis jemand Euch einen Pfeil in den Rücken schießt oder Gift in Euer Essen streut? Wie lange noch, bis einer der Verlorenen zuschlägt oder eine weitere Blase aus dem Gefängnis des Dunklen Königs entweicht und in das Muster eindringt?«

»Versucht nicht, mich zu hetzen, Moiraine.« Er war blutverkrustet und schmutzig, halb nackt, stützte sich mehr oder weniger auf *Callandor*, um überhaupt aufrecht sitzen zu können, aber er brachte es fertig, in ruhigem Befehlston zu sprechen. »Ich werde auch bei Euch nicht springen.«

»Wählt bald Euren weiteren Weg«, sagte sie. »Und informiert mich diesmal darüber, was Ihr vorhabt. Mein Wissen nützt Euch nichts, wenn Ihr euch weigert, meine Hilfe anzunehmen.«

»Eure Hilfe?« fragte Rand müde. »Ich werde Eure

Hilfe annehmen. Doch die Entscheidung darüber treffe ich, nicht Ihr.« Er sah Perrin an, als wolle er ihm wortlos etwas mitteilen, etwas, das die anderen nicht hören sollten. Perrin hatte keine Ahnung, was er wollte. Nach einem Augenblick seufzte Rand und ließ den Kopf ein wenig sinken. »Ich will schlafen. Geht nun bitte alle. Bitte. Wir reden morgen weiter.« Wieder traf sein Blick auf Perrin, als richteten seine Worte besonders an ihn.

Moiraine ging durch den Raum hinüber zu Bain und Chiad, und die drei steckten die Köpfe zusammen, um leise miteinander zu sprechen. Perrin hörte nur Gemurmel und fragte sich, ob sie vielleicht die Macht benützte, damit er nicht lauschen konnte. Sie wußte, wie gut er hörte. Dann war er sich dessen sicher, als Bain zurückflüsterte und er immer noch nichts verstand. Aber in bezug auf seinen Geruchssinn hatte die Aes Sedai nichts unternommen. Die Aielfrauen blickten beim Zuhören auf Rand, und sie rochen nach Wachsamkeit. Nicht nach Angst, aber so, als sei Rand ein großes Tier, das bei jedem Fehltritt plötzlich gefährlich werden könnte.

Die Aes Sedai wandte sich wieder Rand zu. »Wir werden uns morgen unterhalten. Ihr könnt nicht wie eine Wachtel dasitzen und auf das Netz des Jägers warten.« Sie ging zur Tür, bevor er antworten konnte. Lan sah Rand an, als wolle er ihm etwas sagen, aber dann folgte er ihr doch schweigend.

»Rand?« fragte Perrin.

»Wir tun, was wir tun müssen.« Rand blickte nicht von dem durchsichtigen Knauf in seinen Händen auf. »Wir tun alle, was wir müssen.« Er roch nach Angst.

Perrin nickte und folgte Rhuarc aus dem Raum. Moiraine und Lan waren nirgends mehr zu sehen. Der tairenische Offizier starrte aus zehn Schritt Entfernung die Tür an und versuchte den Eindruck zu erwecken, diese Entfernung entspräche seinem eigenen Wunsch und habe nichts mit der Anwesenheit der vier Aielfrauen zu tun, die ihn beobachteten. Die anderen beiden Töchter des Speers waren immer noch im Schlafzimmer, wie Perrin bemerkte. Er hörte drinnen Stimmen.

»Geht weg«, sagte Rand müde. »Stellt es einfach hin und geht.«

»Falls Ihr aufstehen könnt«, sagte Chiad fröhlich, »werden wir gehen. Steht nur auf.«

Man hörte, wie Wasser in eine Schüssel gegossen wurde. »Wir haben schon öfter Verwundete betreut«, sagte Bain in beruhigendem Ton. »Und ich habe immer meine Brüder gewaschen, als sie noch klein waren.«

Rhuarc schloß die Tür, und der Rest wurde abgeschnitten. »Ihr behandelt ihn nicht so wie die Tairener«, sagte Perrin ruhig. »Keine Verbeugungen und Kratzfüße. Ich glaube nicht, daß ich bei einem von Euch schon einmal den Ausdruck ›Lord Drache‹ gehört habe.«

»Der Wiedergeborene Drache ist eine Prophezeiung der Feuchtländer«, sagte Rhuarc. »In unserer heißt er ›Der Mit Der Morgendämmerung Kommt‹.«

»Ich dachte, das sei das gleiche. Warum seid Ihr sonst zum Stein gekommen? Seng mich, Rhuarc, Ihr Aiel seid das Volk des Drachen, so, wie es vorhergesagt wurde. Das habt Ihr doch praktisch schon zugegeben, auch wenn Ihr es nicht offen aussprecht.«

Rhuarc überhörte das letztere. »In Euren Prophezeiungen des Drachen wird durch den Fall des Steins und dadurch, daß er *Callandor* an sich nahm, die Wiedergeburt des Drachen bewiesen. In unserer Weissagung heißt es lediglich, daß der Stein fallen müsse, bevor er, Der Mit Der Morgendämmerung Kommt, erscheint und uns wieder zu dem verhilft, was einst unser war. Vielleicht sind beide der gleiche Mann, aber ich bezweifle, daß selbst die Weisen Frauen dies mit Bestimmtheit behaupten können. Falls Rand derjenige ist, muß er noch bestimmte Dinge vollbringen, um es zu beweisen.«

»Was denn?« wollte Perrin wissen.

»Falls er derjenige ist, weiß er es und wird sie vollbringen. Wenn nicht, geht unsere Suche weiter.«

Ein Unterton in der Stimme des Aielmannes störte Perrin. »Und wenn er nicht derjenige ist, nach dem Ihr sucht? Was dann, Rhuarc?«

»Schlaft gut und sicher, Perrin.« Rhuarcs weiche Stiefel verursachten kein Geräusch, als er über den schwarzen Marmorboden davonschritt. Der tairenische Offizier blickte immer noch an den Töchtern des Speers vorbei, roch nach Angst und brachte es nicht fertig, den Zorn und den Haß aus seinem Gesicht zu verbannen. Falls die Aiel zu dem Schluß kamen, daß Rand nicht Der Mit Der Morgendämmerung Kommt war...

Perrin betrachtete das Gesicht des Offiziers und überlegte, was geschähe, wenn die Töchter des Speers nicht da wären, wenn sich keine Aiel im Stein aufhielten. Er schauderte. Er mußte sichergehen, daß Faile abreiste. Es blieb ihm gar nichts anderes übrig. Sie mußte sich entschließen, ohne ihn abzureisen.

KAPITEL 4

Marionetten

Thom Merrilin streute Sand über das Geschriebene, um die Tinte zu löschen, und dann schüttete er sorgfältig den Sand wieder zurück in das Gefäß und schloß den Deckel. Er suchte unter den auf dem Tisch gestapelten Papieren herum und wählte schließlich ein leicht zerknülltes Blatt mit einem Tintenfleck aus. Sechs brennende Talgkerzen auf dem Tisch stellten bei soviel Papier eine echte Gefahr dar, doch er benötigte das Licht. Er verglich das herausgesuchte Blatt ganz genau mit dem Geschriebenen, und dann strich er sich zufrieden mit einem Daumen über den langen, weißen Schnurrbart und gestattete sich ein Lächeln auf seinen ledernen Gesichtszügen. Hochlord Carleon selbst würde glauben, es sei seine eigene Handschrift.

Seid vorsichtig. Euer Mann hat Verdacht geschöpft.

Nur diese Worte und keine Unterschrift. Wenn er jetzt dafür sorgte, daß Hochlord Tedosian diese Nachricht dort fand, wo seine Frau, Lady Alteima, sie unvorsichtigerweise zurückgelassen haben könnte ...

Es klopfte an die Tür, und er fuhr zusammen. Um diese Zeit in der Nacht kam doch sonst niemand zu Besuch.

»Einen Moment«, rief er und stopfte hastig Stifte und Tintenfaß und die ausgewählten Blätter in den abgenützten Schreibkasten. »Ein Moment. Ich ziehe mir nur schnell ein Hemd über.«

Er verschloß die Truhe und schob sie unter den

Tisch, wo sie einer flüchtigen Musterung vielleicht entging. Dann überblickte er schnell noch sein kleines, fensterloses Zimmer, um zu sehen, ob noch irgend etwas herumlag, was nicht gesehen werden sollte. Reifen und Bälle zum Jonglieren lagen auf seinem engen, ungemachten Bett herum und sogar zwischen seinem Rasierzeug auf dem einzigen Regalbrett. Dort lagen auch Feuerstäbe und kleinere Gegenstände, die er für Zaubertricks benötigte. Sein Gauklerumhang mit losen, an jeweils nur einer Stelle aufgenähten Flicken in hundert verschiedenen Farben hing zusammen mit seiner übrigen Kleidung und den festen Lederbehältern für Harfe und Flöte an einem Haken. Der durchscheinende rote Seidenschal einer Frau war um den Tragriemen des Harfenbehälters geknüpft.

Er war sich nicht mehr ganz sicher, wer ihn darangebunden hatte, da er sich bemühte, keiner Frau mehr Aufmerksamkeit zu widmen als jeder anderen. Und er war immer fröhlich bei ihnen und lachte viel. Bring sie zum Lachen und vielleicht auch zum Seufzen, aber vermeide Bindungen, war sein Wahlspruch. Für Bindungen hatte er keine Zeit. Zumindest redete er sich das ein.

»Ich komme schon.« Er humpelte nervös zur Tür. Einst hatte er die *Aaaahs* und *Oooohs* von Menschen gehört, die kaum glauben konnten, daß ein knochiger, weißhaariger alter Mann Rückwärtsüberschläge, Handstände und Flickflacks fertigbrachte, so flink und gelenkig wie ein Junge. Das Hinken hatte dem ein Ende bereitet, und er haßte es. Das Bein schmerzte am meisten, wenn er müde war. Er riß die Tür auf und zwinkerte überrascht. »Also, na, dann komm rein, Mat. Ich dachte, du wärst voll bei der Arbeit, den kleinen Lordchen die Börsen zu erleichtern?«

»Sie wollten heute nacht nicht mehr weiterspielen«, sagte Mat mürrisch und ließ sich auf den dreibeinigen Hocker fallen, der neben Thoms Stuhl die einzige Sitzgelegenheit im Zimmer darstellte. Sein Mantel stand offen, und die Haare waren verwirrt. Der Blick aus seinen braunen Augen war unstet und blieb nie länger als ein paar Sekunden an einem Fleck hängen. Das übliche Funkeln seiner Augen, das immer zu zeigen schien, er habe etwas Lustiges entdeckt, das niemand anders bemerkte, fehlte heute nacht.

Thom runzelte bei Mats Anblick nachdenklich die Stirn. Sonst überschritt Mat niemals diese Schwelle, ohne ihn des ärmlichen und schäbigen Zimmers wegen aufzuziehen. Er akzeptierte Thoms Erklärung, daß ein Quartier neben denen der Diener dazu beitragen werde, die Menschen vergessen zu lassen, daß der Schatten der Aes Sedai auf ihn gefallen war, aber Mat ließ sich nur selten die Möglichkeit entgehen, ihn deswegen aufzuziehen. Natürlich war ihm auch klar, daß dieses Zimmer eine gedankliche Verbindung mit dem Wiedergeborenen Drachen fast unmöglich machte, und da Mat eben Mat war, fand er auch diese Erklärung sehr wohl verständlich. Es hatte Thom allerdings nur zwei hastig hingeworfene Sätze gekostet in einem jener seltenen Momente, wo niemand anders ihnen lauschte, um Rand den wirklichen Grund klarzumachen. Jeder hörte einem Gaukler zu, jeder beobachtete ihn, aber trotzdem sah ihn keiner richtig an oder erinnerte sich später daran, mit welcher Person er gesprochen hatte. Solange er eben nur ein Gaukler war, unterhielt er mit seinen dürftigen Tricks die Leute vom Land und die Dienerschaft und vielleicht auch ein paar Damen der Gesellschaft. Er war ein Gaukler und keine Person. So sahen es die Tairener. Er war ja schließlich kein Hofbarde.

Was brachte den Jungen dazu, um diese Zeit hier herunterzukommen? Vielleicht die eine oder andere junge Frau – und ein paar davon waren alt genug, um es besser wissen zu müssen –, die sich von Mats spitzbübischem Grinsen hatte einfangen lassen? Nun, er würde eben so tun, als sei es einer von Mats gewöhnlichen Besuchen. Es sei denn, der Junge sagte etwas Gegenteiliges.

»Ich hole das Spielbrett. Es ist schon spät, aber für ein Spiel wird es schon noch reichen.« Er konnte der Versuchung nicht widerstehen und fügte hinzu: »Würdest du gern auf den Spielausgang wetten?« Er hätte niemals mit Mat beim Würfelspiel gewettet, aber bei diesem Spiel war es etwas anderes. Er glaubte, hier sei einfach zuviel Ordnung und Überlegung im Spiel, um Raum für Mats übliches eigenartiges Glück zu lassen.

»Was? O nein. Es ist zu spät zum Spielen. Thom, ist...? Ist irgend etwas... hier unten passiert?«

Thom lehnte das Spielbrett an ein Tischbein und kramte seinen Tabaksbeutel und die langstielige Pfeife aus dem Durcheinander auf dem Tisch heraus. »Zum Beispiel?« fragte er und stopfte die Pfeife. Er hatte Zeit, um ein Stück Papier in der Hand zu zwirbeln und es dann in die Flamme einer Kerze zu halten. Dann paffte er, bis die Pfeife richtig brannte, und spuckte Tabaksreste auf den Boden. Erst jetzt antwortete Mat.

»Zum Beispiel, daß Rand jetzt dem Wahnsinn verfällt! Nein, wenn etwas in der Art passiert wäre, hättest du nicht zu fragen brauchen.«

Thom juckte es zwischen den Schulterblättern, doch er blies so ruhig wie möglich einen blaugrauen Rauchring zur Decke und setzte sich auf seinen Stuhl. Dann streckte er seine knochigen Beine aus. »Was ist geschehen?«

Mat atmete tief ein, und dann brach alles aus ihm heraus: »Die Spielkarten haben versucht, mich umzubringen. Die Amyrlin und der Hochlord und... Ich habe das nicht geträumt, Thom. Deshalb wollen diese gespreizten Lackaffen nicht mehr weiterspielen. Sie fürchten, daß es wieder passiert. Thom, ich denke daran, aus Tear wegzugehen.«

Das Jucken verstärkte sich. Es war wie ein Wespennest auf Thoms Rücken. Warum war er selbst nicht schon lange aus Tear verschwunden? Das wäre doch das Klügste gewesen. Dort draußen lagen Hunderte von Dörfern und warteten darauf, von einem Gaukler unterhalten und verblüfft zu werden. Und in jedem standen ein oder zwei Schenken voll von Wein, um darin die Erinnerungen zu ertränken. Aber wenn er das tat, hätte Rand außer Moiraine niemanden mehr, der verhindern konnte, daß er von den Hochlords mit ihren Intrigen ausmanövriert wurde. Vielleicht würden sie ihm auch einfach die Kehle durchschneiden. Natürlich konnte sie ihm helfen, auch wenn sie andere Methoden dazu anwandte als er. Er glaubte schon, daß sie es schaffen konnte, Rand vor den Hochlords und ihren Machenschaften zu schützen. Sie stammte aus Cairhien, und das bedeutete, daß man ihr das Spiel der Häuser wohl schon mit der Muttermilch eingeflößt hatte. Und während sie ihm half, würde sie Rand noch fester an die Weiße Burg binden. Ihn in ein so starkes Aes-Sedai-Netz verstricken, daß er niemals mehr daraus entkommen würde. Doch falls der Junge ohnehin bereits wahnsinnig wurde …

Narr, schalt Thom sich selber. Ein reiner Narr, der sich in so etwas verwickeln ließ, nur wegen einer Sache, die bereits fünfzehn Jahre zurücklag. Sein Bleiben würde nicht viel daran ändern. Was geschehen war, war geschehen. Er mußte Rand persönlich sehen, gleich, was er ihm vorher in bezug auf das Fernhalten gesagt hatte. Vielleicht würde keiner es allzu eigenartig finden, wenn ein Gaukler darum bat, ein Lied vor dem Lord Drachen zum besten geben zu dürfen. Ein Lied, das er für diesen besonderen Anlaß komponiert hatte. Er hatte da eine fast völlig unbekannte Melodie aus Kandor im Sinn, in der irgendein ungenannter Lord für seine Größe und seinen Mut gepriesen wurde, und das wohl in schwülstigen Versen, aber ohne jemals Taten oder Schauplätze direkt zu erwähnen. Möglicherweise hatte irgendein Lord, der keine nennenswerten Taten vollbracht hatte, das im Auftrag für sich schreiben lassen. Nun, das würde ihm nun zugute kommen. Es sei denn, es fiel Moiraine irgendwie auf. Das wäre genauso schlimm wie die Aufmerksamkeit der Hochlords. *Ich bin wirklich ein Narr! Ich sollte noch heute nacht hier abhauen!*

In seinem Innern herrschte wilder Aufruhr. Sein Magen brannte, aber er hatte lange Jahre Übung darin, äußerlich keine Gefühlsregungen zu zeigen, und das schon vor der Zeit, als er Gaukler wurde. Er blies drei konzentrische Rauchringe und sagte: »Du hast daran gedacht, Tear zu verlassen, seit du den Stein betreten hast.«

Mat saß auf der Kante des Hockers und warf ihm einen bösen Blick zu. »Und das werde ich auch. Mit Sicherheit. Warum kommst du nicht mit, Thom? Es gibt Städte, wo die Leute glauben, der Wiedergeborene Drache habe seinen ersten Atemzug noch gar nicht getan, und wo jahrelang oder noch nie einer auch nur einen Gedanken an die verfluchten Prophezeiungen des verdammten Drachen verschwendet hat. Orte, wo sie glauben, der Dunkle König sei ein Märchen und Trollocs eine Art von Seemannsgarn und Myrddraal ritten auf den Schatten, um damit kleine Kinder zu erschrecken. Du könntest Harfe spielen und deine Geschichten erzählen, und ich könnte am Spieltisch hocken. Wir könnten wie die Lords leben, reisen, wohin wir wollen, bleiben, wo wir wollen, und niemand würde versuchen, uns umzubringen.«

Das ging ihm schon ziemlich ans Eingemachte. Na, er war eben ein Narr, und das stand nun im Raum und mußte verarbeitet werden. »Wenn du wirklich wegwillst, warum bist du dann nicht schon längst losgeritten?«

»Moiraine bewacht mich«, sagte Mat mit bitterer

Stimme. »Und wenn sie keine Zeit hat, läßt sie mich von jemand anderem überwachen.«

»Ich weiß. Die Aes Sedai wollen keinen wieder gehenlassen, den sie einmal in ihren Händen haben.« Es war mehr als das, wie er vermutete, mehr als alles, was nach außen hin bekannt war, aber Mat leugnete jede solche Vermutung strikt ab, und kein anderer, der eingeweiht war, redete darüber, falls überhaupt jemand außer Moiraine Bescheid wußte. Es spielte wohl kaum eine Rolle. Er mochte Mat und verdankte ihm auf gewisse Weise auch einiges, aber Mat und seine Probleme waren Kinkerlitzchen, verglichen mit denen Rands. »Ich kann nicht glauben, daß sie dich die ganze Zeit über beobachten läßt.«

»Beinahe jedenfalls. Sie fragt ständig die Leute aus, wo ich sei und was ich mache. Ich höre es dann natürlich wieder. Kennst du jemanden, der einer Aes Sedai *nicht* sagt, was sie wissen will? Ich nicht. Also werde ich praktisch doch überwacht.«

»Du kannst die Beobachter meiden, wenn du dir Mühe gibst. Ich habe noch nie jemanden gesehen, der sich so geschickt unsichtbar machen konnte wie du. Und das ist als Kompliment gedacht.«

»Irgend etwas kommt immer dazwischen«, knurrte Mat. »Hier gibt es soviel Gold zu gewinnen. Und in der Küche gibt es ein Mädchen mit großen Augen, das sich gerne küssen und kitzeln läßt, und eine der Zofen hat Haare wie Seide bis auf die Hüften und die rundesten …« Er ließ seine Worte verklingen, als sei ihm gerade klar geworden, daß sie sich närrisch anhörten.

»Hast du schon daran gedacht, daß es an etwas anderem liegen könnte, nämlich …«

»Wenn du das Wort *ta'veren* auch nur erwähnst, Thom, dann haue ich ab.«

Thom änderte also schnell, was er eigentlich hatte sagen wollen, und fuhr fort: »… nämlich, daß Rand eben dein Freund ist und du ihn nicht im Stich lassen willst?«

»Ihn im Stich lassen!« Der Junge sprang auf und stieß dabei den Hocker um. »Thom, er ist der verdammte Wiedergeborene Drache! Das behaupten er und Moiraine jedenfalls. Vielleicht ist er es wirklich. Er kann die Macht benützen und er hat dieses blutige Schwert, das wie aus Glas gemacht aussieht. Prophezeiungen! Ich weiß nicht. Aber ich weiß, daß ich genauso verrückt sein müßte, wie diese Tairener, wenn ich hierbliebe.« Er unterbrach sich. »Du glaubst doch nicht … Du glaubst doch nicht, daß Moiraine mich auch hier festhält, oder? Mit Hilfe der Macht?«

»Ich glaube nicht, daß sie das kann«, sagte Thom bedächtig. Er wußte eine ganze Menge über die Aes Sedai, genug jedenfalls, um sich darüber klar zu sein, was er alles nicht wußte, doch in diesem Falle glaubte er, recht zu haben.

Mat fuhr sich mit den Fingern durchs Haar. »Thom, ich denke die ganze Zeit ans Abreisen, aber … ich habe so eigenartige Gefühle. Beinahe, als ob etwas geschehen wird. Etwas … ganz Großes. Anders kann ich es nicht ausdrücken. Es ist, als wisse man, daß am Sonnentag ein Feuerwerk stattfinden wird, nur weiß ich in meinem Fall nicht, was ich eigentlich erwarte. Immer, wenn ich besonders intensiv daran denke, abzureisen, dann passiert es wieder. Und plötzlich finde ich wieder einen Grund, noch einen weiteren Tag zu bleiben. Immer noch einen weiteren verfluchten Tag. Klingt das in deinen Ohren nicht nach Machenschaften der Aes Sedai?«

Thom schluckte das Wort *ta'veren* herunter und nahm die Pfeife aus dem Mund, um den glimmenden Tabak zu betrachten. Er wußte nicht viel über *Ta'veren,* aber wer außer den Aes Sedai und vielleicht einigen Ogiern wußte schon etwas über sie. »Ich habe noch nie anderen Leuten besonders gut bei der Bewältigung ihrer Probleme helfen können.« *Und noch weniger mir selbst,* dachte er. »Wenn eine Aes Sedai in der Nähe ist, rate ich gewöhnlich den Leuten, sich um Hilfe an sie zu wenden.« *Den Rat würde ich selbst aber nicht befolgen.*

»Moiraine fragen!«

»Ich denke, das geht in diesem Falle wohl kaum. Aber Nynaeve war doch eure Seherin daheim in Emondsfeld. Dorfseherinnen sind ja daran gewöhnt, daß die Leute mit Fragen zu ihnen kommen und sie ihnen bei ihren Problemen helfen müssen.«

Mat lachte sarkastisch. »Und dann muß ich mir einen ihrer Vorträge anhören über das Trinken und Spielen und …! Thom, sie benimmt sich, als sei ich zehn Jahre alt. Manchmal denke ich, sie glaubt tatsächlich, daß ich ein nettes Mädchen heiraten und die Felder auf dem Hof meines Vaters bestellen werde.«

»Einige Männer würden das als durchaus angenehmes Leben empfinden«, sagte Thom ruhig.

»Aber ich nicht. Ich will mehr als Kühe und Schafe und Tabak den Rest meines Lebens über. Ich will …« Mat schüttelte den Kopf. »All diese Gedächtnislücken. Manchmal glaube ich, wenn ich sie füllen könnte, wüßte ich … Ach, seng mich, ich weiß nicht, was ich dann wüßte, aber ich weiß, daß ich es wissen will. Das ist eine verdrehte Angelegenheit, nicht wahr?«

»Ich bin nicht sicher, ob selbst eine Aes Sedai dir dabei helfen könnte. Ein Gaukler kann es bestimmt nicht.«

»Ich habe gesagt: keine Aes Sedai.«

Thom seufzte. »Beruhige dich, Junge. Ich habe das nicht im Sinn gehabt.«

»Ich *werde* fortgehen. Sobald ich meine Sachen gepackt und ein Pferd aufgetrieben habe. Keine Minute später.«

»Mitten in der Nacht? Der Morgen kommt bald genug.« Er vermied es, hinzuzufügen: *Falls du wirklich weggehst.* »Setz dich. Entspanne dich. Wir spielen eine

Runde, ja? Ich habe hier irgendwo auch noch einen Krug Wein.«

Mat zögerte und blickte zur Tür. Schließlich zog er seine Jacke zurecht. »Ja, also dann am Morgen.« Es klang unsicher, aber er hob den umgestürzten Hocker auf und stellte ihn an den Tisch. »Aber kein Wein für mich«, fügte er beim Hinsetzen hinzu. »Wenn ich einen klaren Kopf habe, passieren ja schon die eigenartigsten Dinge. Ich möchte den Unterschied genau kennen.«

Thom stellte gedankenverloren die Spielfiguren auf den Tisch. Wie leicht man den Burschen doch von seinem Vorhaben ablenken konnte. Er wurde von einem noch viel stärkeren *Ta'veren* namens Rand al'Thor mitgezogen, wie Thom die Dinge sah. Ihm kam der Gedanke, daß vielleicht auch er auf die gleiche Art mitgerissen wurde. Als er Rand zum erstenmal traf, war sein Leben bestimmt nicht auf den Stein von Tear und dieses Zimmer hin ausgerichtet gewesen, aber seither war er wie an einer Drachenschnur hin und her getrieben worden. Falls er sich auch zum Gehen entschloß, falls zum Beispiel Rand wirklich verrückt geworden war, würde er dann auch Gründe finden, es immer wieder aufzuschieben?

»Was ist los, Thom?« Mats Stiefel war an die Truhe mit Schreibutensilien unter dem Tisch gestoßen. »Ist es in Ordnung, wenn ich die aus dem Weg schiebe?«

»Natürlich. Mach nur.« Er zuckte innerlich zusammen, als Mat den Kasten grob mit dem Fuß wegstieß. Er hoffte, alle Tintenfäßchen gut verkorkt zu haben. »Wähle«, sagte er und hob Mat die geschlossenen Fäuste hin.

Mat tippte mit dem Finger an die linke, und Thom öffnete sie. Ein glatter, schwarzer Stein, flach und abgerundet, kam zum Vorschein. Der Junge schnaubte vergnügt, weil er nun den ersten Zug hatte, und stellte den Stein auf die Kreuzung einiger Linien des Spielbrettes. Keiner, der nun den Eifer in seinen Augen sah, würde glauben, daß er noch Augenblicke vorher viel stärker darauf erpicht gewesen war, sofort abzureisen. Eine Größe, die anzuerkennen er sich weigerte, und eine Aes Sedai, die ihn als Schützling bei sich halten wollte. Der Bursche steckte wirklich und wahrhaftig in der Klemme.

Falls auch er im gleichen Netz gefangen war, so entschloß sich Thom, wollte er wenigstens einem Mann dabei helfen, sich den Aes Sedai zu entziehen. Das wäre dann die Bezahlung für eine fünfzehn Jahre alte Schuld.

Plötzlich auf seltsame Art zufriedengestellt, plazierte er einen weißen Stein auf dem Brett. »Habe ich dir jemals erzählt«, fragte er um seinen Pfeifenstiel herum, »wie ich einmal mit einer Domani-Frau gewettet habe? Sie hatte Augen, die einem Mann die Seele stehlen konnten, und einen eigenartigen roten Vogel, den sie von einem Schiff des Meervolks gekauft hatte. Sie behauptete, er könne die Zukunft vorhersagen. Dieser Vogel hatte einen dicken, gelben Schnabel, der beinahe so lang war wie sein ganzer Körper, und er...«

KAPITEL 5

Verhör

»Sie sollten jetzt eigentlich schon zurücksein.« Egwene wedelte lebhaft mit dem bemalten Seidenfächer und war froh, daß wenigstens die Nächte etwas kühler waren als die Tage. Die tairenischen Frauen trugen ihre Fächer die ganze Zeit über bei sich, jedenfalls die adligen und reichen, aber soweit sie das beurteilen konnte, halfen sie auch nicht viel und falls überhaupt, dann höchstens, wenn die Sonne untergegangen war. Selbst die Lampen, große, goldene Dinger mit Spiegeln dahinter, die an silbernen Wandhaltern hingen, schienen zu der Hitze beizutragen. »Was kann sie nur aufgehalten haben?« Moiraine hatte ihnen zum erstenmal nach Tagen eine Stunde ihrer Zeit versprochen, und dann war sie bereits nach fünf Minuten ohne jede Erklärung verschwunden. »Hat sie irgend etwas herausgelassen, wozu sie weggeholt wurde, Aviendha? Oder auch, wer sie rufen ließ?«

Die Aielfrau saß im Schneidersitz auf dem Fußboden neben der Tür. Die großen, grünen Augen leuchteten aus ihrem braungebrannten Gesicht heraus. Sie zuckte die Achseln. Mit Mantel und Hose und weichen Stiefeln bekleidet, die Schufa um den Hals gewickelt, schien sie völlig unbewaffnet zu sein. »Careen hat Moiraine Sedai ihre Nachricht zugeflüstert. Es wäre nicht recht gewesen, zu lauschen. Es tut mir leid, Aes Sedai.«

Mit schlechtem Gewissen streichelte Egwene den Ring mit der Großen Schlange, der goldenen Schlange, die den eigenen Schwanz verschlang, an ihrer rechten

Hand. Als Aufgenommene sollte sie ihn eigentlich am Ringfinger ihrer linken Hand tragen, aber sie wollten ja die Hochlords in dem Glauben lassen, daß sich vier ausgebildete Aes Sedai im Stein aufhielten, damit sie nichts Dummes anstellten und auf das achteten, was bei den tairenischen Adligen als gute Manieren galt. Moiraine log natürlich nicht. Sie behauptete nie, daß die drei mehr als nur Aufgenommene seien. Aber sie sagte auch nicht, daß sie Aufgenommene seien, und ließ statt dessen jeden glauben, was er oder sie mochte. Und die hielten eben das für wahr, was sie zu sehen glaubten. Moiraine konnte überhaupt nicht lügen, aber sie strapazierte manchmal die Wahrheit bis zum letzten.

Es war nicht das erste Mal, seit sie die Burg verlassen hatten, daß Egwene und die anderen vorgegeben hatten, bereits vollwertige Schwestern zu sein, aber es wurde ihr ständig unangenehmer, Aviendha so zu täuschen. Sie mochte die Aielfrau und glaubte, sie würden bestimmt Freundinnen werden, sobald sie sich einmal besser kannten, doch das war wohl kaum möglich, solange Aviendha Egwene für eine Aes Sedai hielt. Die Aielfrau befand sich im Moment auf Befehl Moiraines bei ihnen. Erklärt hatte Moiraine nichts. Egwene vermutete, sie wolle ihnen auf diese Art eine Leibwächterin unter den Aiel verschaffen, als hätten sie noch nicht gelernt, sich selbst zu schützen. Trotzdem: Obwohl Aviendha und sie dabei waren, Freundschaft zu schließen, konnte sie ihr nicht die Wahrheit sagen. Man bewahrte ein Geheimnis am besten, wenn man es niemanden wissen ließ, der es nicht unbedingt wissen mußte. Auch etwas, das ihnen Moiraine beigebracht hatte. Manchmal hatte Egwene den Wunsch, die Aes Sedai möge sich einmal vollkommen irren, ganz und gar danebenliegen – nur ein einziges Mal. Natürlich bei keiner lebenswichtigen Sache. Das war Vorbedingung.

»Tanchico«, knurrte Nynaeve. Ihr dunkler, armdicker Zopf hing ihr bis zur Hüfte hinunter. Sie blickte aus einem der engen Fenster, dessen Flügel sie weit geöffnet hatte, in der Hoffnung, ein wenig kühlen Nachtwind einzufangen. Auf dem breiten Erinin tief unter ihnen hüpften die Laternen einiger Fischerboote auf und ab, die nicht wie die anderen flußabwärts gefahren waren, doch Egwene glaubte, daß Nynaeve sie gar nicht bemerkte. »Es bleibt nichts anderes übrig, als nach Tanchico zu reisen, wie es scheint.« Nynaeve zupfte unbewußt an ihrem grünen Kleid herum. Der weite Ausschnitt ließ ihre Schultern unbedeckt. Das gefiel ihr. Sie hätte sich geweigert, dieses Kleid speziell für Lan Moiraines Behüter anzuziehen, hätte Egwene ihr das vorgeschlagen, aber Grün, Blau und Weiß schienen Lans Lieblingsfarben in bezug auf Frauenkleider zu sein, und so war plötzlich jedes Kleid, das nicht grün, blau oder weiß gewesen war, auf geheimnisvolle Weise aus Nynaeves Kleiderschrank verschwunden. »Bleibt nichts anderes übrig.« Es klang nicht gerade erfreut.

Egwene ertappte sich dabei, wie auch sie ihr Kleid ein Stück hochzog. Es war ein seltsames Gefühl, diese Kleider zu tragen, die nur an ihren Schultern hingen. Andererseits glaubte sie nicht, es ertragen zu können, sich bei dieser Hitze mehr zu bedecken. So leicht es auch war, fühlte sich dieses hellrote Leinenkleid nun doch wie Wolle an. Sie wünschte, sie könnte es über sich bringen, ein solch leichtes und durchscheinendes Gewand zu tragen wie Berelain. Natürlich war das nicht für die Öffentlichkeit geeignet, aber es schien ziemlich kühl.

Hör auf, immer nur an dein Wohlergehen zu denken, ging sie streng mit sich selbst ins Gericht. *Konzentriere dich lieber auf deine Aufgaben.* »Vielleicht«, sagte sie laut. »Ich bin aber noch nicht ganz überzeugt.«

In der Mitte des Zimmers stand ein langer, schmaler

Tisch, den man lackiert und auf Hochglanz poliert hatte. Am Tischende in Egwenes Nähe stand ein großer Stuhl mit hoher Lehne, elegant geschnitzt und an ein paar Ecken vergoldet, aber für die Verhältnisse in Tear war er fast schon einfach zu nennen. Die anderen Stühle hatten viel niedrigere Lehnen, und die am hinteren Ende waren nicht viel mehr als gepolsterte Bänke. Egwene hatte keine Ahnung, wozu dieser Raum bisher gedient hatte. Sie und die anderen benützten ihn, um die beiden Gefangenen zu verhören, die bei der Eroberung des Steins in ihre Hände gefallen waren.

Sie konnte sich nicht dazu überwinden, in den Kerker hinunter zu gehen, obwohl Rand angeordnet hatte, daß man alle Folterwerkzeuge, mit denen die Wände der Wachräume dekoriert waren, entweder einschmolz oder verbrannte. Weder Nynaeve noch Elayne hatten besondere Lust verspürt, dorthin zurückzukehren. Außerdem bildete dieser hellbeleuchtete Raum mit seinen sauberen, grünen Bodenfliesen und der Wandverkleidung mit den eingeschnitzten drei Halbmonden Tears einen deutlichen Kontrast zu den düsteren, grauen Steinwänden der Kerkerzellen. Die waren nicht nur düster, sondern auch feucht und schmutzig. Dieser Raum hier sollte ein wenig dazu verhelfen, die beiden Frauen in der groben Wollkleidung von Gefangenen weich zu bekommen.

Nur an diesem fadbraunen Kleid überhaupt hätten die meisten Leute erkannt, daß Joiya Byir, die auf der anderen Seite des Tisches stand und ihnen den Rücken zugewandt hatte, eine Gefangene war. Sie hatte zu den Weißen Ajah gehört und nichts von deren kühlen Arroganz verloren, als sich ihre Sympathien den Schwarzen zuwandten. Ihre gesamte Körperhaltung drückte aus, daß sie ganz bewußt und ohne dazu gezwungen zu werden, die Rückwand des Raumes anstarrte. Nur eine Frau, die selbst die Macht lenken konnte, hätte die daumendicken Stränge verfestigter Luft bemerkt, die ihre Arme und Beine fesselten. Ein ebenfalls aus Luft gewebter Käfig hielt ihren Kopf gerade, so daß sie nur nach vorn blicken konnte. Selbst ihre Ohren waren mit Luft verstopft, damit sie nur das hören konnte, was man zu ihr sagte.

Noch einmal überprüfte Egwene die Abschirmung, die sie aus dem Element Geist gewoben hatten, um Joiya von der Wahren Quelle abzublocken. Sie hielt, wie sie fest angenommen hatte. Sie selbst hatte all die Stränge um Joiya gewoben und verknotet, damit sie sich von allein aufrechterhielten, aber sie fühlte sich doch nicht wohl in einem Raum mit einer Hörigen des Dunklen Königs, die ebenfalls die Macht benützen konnte. Trotz der Abschirmung war es ihr unangenehm. Und Joiya war ja nicht nur eine Schattenfreundin, sondern auch noch eine Schwarze Ajah. Mord war noch das geringste ihrer Verbrechen. Sie hätte unter dem Gewicht ihrer gebrochenen Eide, der durch sie verdammten Seelen und zerstörten Leben eigentlich zusammenbrechen müssen.

Joiyas Mitgefangene, ihre Schwarze Schwester, besaß nicht die Kraft der anderen. Mit hängenden Schultern und gesenktem Kopf stand Amico Nagoyin am hinteren Ende des Tisches und schien unter Egwenes Blick noch kleiner zu werden. Es war nicht notwendig, sie abzuschirmen. Amico war während ihrer Gefangennahme einer Dämpfung unterzogen worden. Sie war immer noch in der Lage, die Wahre Quelle wahrzunehmen, doch sie würde sie nie wieder berühren, nie wieder lenken. Der Wunsch, die Sehnsucht danach würden bleiben, so unausweichlich wie die Notwendigkeit zu atmen, und sie würde den Verlust fühlen, solange sie lebte, doch *Saidar* war ihrem Zugriff auf ewig entzogen. Egwene hätte gern so etwas wie Mitleid mit ihr empfunden, konnte sich aber nicht dazu überwinden.

Amico murmelte etwas in Richtung Tischfläche.

»Was?« wollte Nynaeve wissen. »Sprecht gefälligst deutlich!«

Amico hob demütig den Kopf auf dem eleganten Schwanenhals. Sie war immer noch eine schöne Frau mit großen, dunklen Augen, aber an ihr war etwas, was Egwene nicht ganz genau definieren konnte. Es war nicht die Angst, die sie ihre Hände in den groben Stoff ihres Gefängniskleides verkrampfen ließ. Irgend etwas anderes.

Amico schluckte schwer und sagte: »Ihr solltet nach Tanchico gehen.«

»Das habt Ihr uns schon zwanzigmal erzählt«, sagte Nynaeve grob. »Fünfzigmal. Sagt uns lieber etwas Neues. Namen, die wir noch nicht kennen. Welche von denen, die sich noch in der Weißen Burg befinden, gehört zu den Schwarzen Ajah?«

»Ich weiß es nicht. Das müßt Ihr mir glauben.« Amicos Stimme klang müde und resigniert. Gar nicht so, wie sie geklungen hatte, als die Rollen umgekehrt verteilt gewesen waren – sie die Wächterin und die drei jungen Frauen ihre Gefangenen. »Bevor wir die Burg verließen, kannte ich nur Liandrin, Chesmal und Rianna. Keine kannte mehr als höchstens zwei oder drei andere, glaube ich. Außer Liandrin. Ich habe Euch wirklich alles gesagt, was ich weiß.«

»Dann wißt Ihr verdammt wenig für eine Frau, die damit rechnete, nach der Befreiung des Dunklen Königs einen Teil der Welt zu regieren«, sagte Egwene trocken. Um ihren Worten Nachdruck zu verleihen, wedelte sie heftig mit ihrem Fächer. Es verblüffte sie selbst, wie leicht ihr solche Worte mittlerweile über die Lippen kamen. Ihr Magen verkrampfte sich bei diesem Gedanken immer noch, und eisige Finger glitten ihr Rückgrat hinunter, doch sie verspürte nicht mehr den Wunsch, zu schreien oder weinend hinauszurennen. Man konnte sich wohl an nahezu alles gewöhnen.

»Ich habe einmal Liandrin belauscht, als sie mit Temaile sprach«, sagte Amico müde. So begann sie erneut, die Geschichte zu erzählen, die sie schon viele Male zum besten gegeben hatte. In den ersten Tagen ihrer Gefangenschaft hatte sie versucht, ihre Geschichte auszuschmücken, aber je mehr sie hinzugefügt hatte, desto stärker hatte sie sich in Lügen verstrickt. Nun erzählte sie jedesmal fast genau das gleiche, Wort für Wort. »Wenn Ihr Liandrins Gesicht gesehen hättet, als sie mich erblickte ... Sie hätte mich auf der Stelle umgebracht, wenn sie geahnt hätte, daß ich etwas gehört hatte. Und Temaile fügt anderen gern Schmerzen zu. Es macht ihr Spaß. Ich hatte auch nur wenig gehört, bevor sie mich sahen. Liandrin meinte, da gebe es etwas in Tanchico, was gefährlich sei für ... für ihn.« Sie meinte Rand damit. Seinen Namen konnte sie nicht über die Lippen bringen und jede Erwähnung des ›Wiedergeborenen Drachen‹ ließ sie in Tränen ausbrechen. »Liandrin sagte auch, es sei genauso gefährlich für jeden, der es benützen wollte. Beinahe so gefährlich jedenfalls wie für ... ihn. Deshalb war sie noch nicht selbst hingereist. Und sie sagte, seine Fähigkeit, die Macht zu gebrauchen, würde ihn nicht schützen. Sie sagte: ›Wenn wir es finden, wird ihn seine schmutzige Fähigkeit selbst fesseln und uns die Arbeit abnehmen.‹« Schweiß rann ihr über das Gesicht, doch sie zitterte fast unkontrolliert dabei.

Kein Wort hatte sich geändert.

Egwene öffnete den Mund, doch Nynaeve kam ihr zuvor: »Ich habe genug davon. Wir sollten hören, ob uns die andere etwas Neues zu sagen hat.«

Egwene sah sie böse an, und Nynaeve erwiderte den Blick. Keine von beiden gab nach. *Manchmal hält sie sich immer noch für unsere* Seherin, dachte Egwene grimmig, *und ich bin immer noch das Dorfmädchen, dem sie etwas über Kräuter beibringen will. Sie sollte langsam merken, daß sich die Lage geändert hat.* Nynaeve war stark, wenn es um die Verwendung der Macht ging, stärker als Egwene, doch nur dann, wenn sie es tatsächlich fertigbrachte, mit der Macht zu arbeiten. Doch wenn sie nicht gerade wütend war, ging bei Nynaeve gar nichts.

Elayne wirkte meistens als das ausgleichende Element, wenn es zu Auseinandersetzungen kam, was sowieso viel zu häufig der Fall war. Bis Egwene gewöhnlich auf den Gedanken kam, Kompromisse einzugehen und die Lage zu entspannen, war ihr Temperament meist schon mit ihr durchgegangen, und dann wollte sie nicht mehr nachgeben. So mußte es Nynaeve auch empfinden, soviel war ihr klar. Sie konnte sich nicht daran erinnern, daß Nynaeve einmal auch nur den Ansatz eines Nachgebens gezeigt hatte. Warum also sollte sie nachgeben? Diesmal war Elayne nicht dabei, denn Moiraine hatte die Tochter-Erbin mit einer kurzen Geste und einem leisen Wort gebeten, der Tochter des Speers zu folgen, die die Aes Sedai abholen wollte. Ohne ihre Anwesenheit stieg die Anspannung deutlich und jede der beiden Aufgenommenen wartete nur darauf, daß die andere ein Zeichen der Schwäche zeigte. Aviendha wagte kaum zu atmen. Sie hielt sich strikt aus den Auseinandersetzungen heraus; zweifellos schien ihr das schlicht das Klügste.

Seltsamerweise war es Amico, die diesmal die Auseinandersetzung beendete, obwohl sie sicher damit offensichtlich nur ihre Bereitschaft zur Mitarbeit demonstrieren wollte. Sie wandte sich zur Wand um und wartete geduldig darauf, wieder gebunden zu werden.

Egwene kam die Widersinnigkeit der Situation urplötzlich zu Bewußtsein. Sie war die einzige Frau im Raum, die im Moment die Macht gebrauchen konnte – es sei denn, Nynaeve wurde wütend oder Joiyas Abschirmung versagte, weshalb sie das Gewebe aus Geist noch einmal ganz unbewußt überprüfte – und da ließ sie sich auf ein stummes Kräftemessen ein, während

Amico darauf wartete, daß man sie fesselte. Zu einem anderen Zeitpunkt hätte sie schallend gelacht, doch nun öffnete sie sich *Saidar,* der unsichtbaren Macht, der immer spürbaren Wärme, die sich gerade außerhalb ihrer bewußten Wahrnehmung breit machte. Die Eine Macht erfüllte sie, ihre Lebenskraft verdoppelte sich in einem warmen Glücksgefühl, und sie webte die Stränge um Amico.

Nynaeve knurrte lediglich. Sie war wohl kaum wütend genug, um zu spüren, was Egwene tat, aber sie sah, wie sich Amico versteifte, als sie von den Strängen aus Luft berührt wurde, wie sie in sich zusammensackte, halb durch die Stränge aufrecht gehalten, als wolle sie zeigen, daß sie keinen Widerstand leistete.

Aviendha schauderte. Das passierte ihr immer, wenn sie wußte, daß in ihrer Umgebung die Macht benützt wurde.

Egwene webte Abschirmungen für Amicos Ohren, damit die beiden beim Verhör nicht hören konnten, was die jeweils andere sagte, und wandte sich Joiya zu. Sie wechselte den Fächer von einer Hand in die andere, um sie sich am Kleid trockenwischen zu können, und verzog dabei angewidert das Gesicht. Daß ihre Handflächen schweißnaß waren, lag nicht an den Temperaturen.

»Ihr Gesicht«, sagte Aviendha plötzlich. Das kam überraschend, denn sie sagte sonst nichts, außer sie wurde von Moiraine oder einer der anderen dazu aufgefordert. »Amicos Gesicht. Sie sieht nicht so aus wie vorher, als wäre sie vom Alter unberührt. Jedenfalls nicht in dem gleichen Maße wie vorher. Hat das damit zu tun, daß sie… einer Dämpfung unterzogen wurde?« endete sie atemlos. Sie hatte ihnen in dieser gemeinsamen Zeit einige Angewohnheiten abgeschaut. Keine Frau aus der Weißen Burg konnte ohne Schaudern von einer Dämpfung sprechen.

Egwene ging ein Stück am Tisch entlang, so daß sie

Amicos Gesicht sehen konnte, ohne von Joiya beobachtet zu werden. Joiyas Blicke verwandelten ihren Magen immer wieder aufs neue in einen Eisklumpen.

Aviendha hatte recht: Genau das war der Unterschied, den sie selbst bemerkt hatte, ohne ihn freilich erklären zu können. Amico sah jung aus, vielleicht jünger, als sie tatsächlich war, aber es war nicht mehr ganz die glatte Alterslosigkeit der Aes Sedai, die schon jahrelang mit der Einen Macht gearbeitet hatte. »Du hast scharfe Augen, Aviendha, aber ich weiß nicht, ob es etwas mit der Dämpfung zu tun hat. Obgleich – es muß eigentlich schon daran liegen. Ich wüßte nicht, was das sonst ausgelöst haben könnte.«

Ihr war klar, daß sich ihre Worte nicht nach denen einer Aes Sedai anhörten, die normalerweise sprach, als wüßte sie alles. Wenn eine Aes Sedai einmal zugab, daß sie etwas nicht wußte, dann verlieh sie ihren Worten ein Gewicht, als stecke ein enormes Wissen dahinter. Während sie sich das Gehirn zermarterte, weil ihr nichts einfiel, das beeindruckend genug geklungen hätte, kam ihr Nynaeve zur Hilfe: »Nur wenige Aes Sedai sind jemals ausgebrannt, und noch viel weniger hat man einer Dämpfung unterzogen.«

›Ausgebrannt‹ nannte man es, wenn es durch einen Unfall passiert war, eine ›Dämpfung‹, wenn es nach ordentlicher Gerichtsverhandlung als Strafe durchgeführt wurde. Egwene sah eigentlich keinen Sinn in dieser Unterscheidung. Es war für sie, als gebe es zwei verschiedene Ausdrücke für das Treppe-Herunterfallen, je nachdem, ob man stolperte oder gestoßen wurde. Die meisten Aes Sedai waren wohl der gleichen Meinung, außer wenn sie Novizinnen oder Aufgenommene unterrichteten. Nun, sie dachte sowieso nicht gern daran, besonders jetzt, wo es Rand gab und die Burg – hoffentlich – nicht wagte, ihn einer Dämpfung zu unterziehen.

Nynaeve hatte wieder in ihrem belehrenden Tonfall

gesprochen, zweifellos, damit sie sich wie eine ausgebildete Aes Sedai anhörte. Sie ahmte Sheriam nach, ging es Egwene plötzlich durch den Sinn. Sheriam, wie sie vor der Klasse stand, die Hände in Hüfthöhe gefaltet, und leicht lächelte, als sei alles so schrecklich einfach, wenn man sich nur Mühe gab.

»Die Dämpfung ist kein Thema, dem sich irgend jemand gerne widmen würde, mußt du wissen«, fuhr Nynaeve fort. »Man hält sie im allgemeinen für endgültig. Was einer Frau die Fähigkeit verleiht, die Macht zu benützen, kann nicht ersetzt werden, sobald es einmal entfernt wurde, genausowenig wie man eine abgeschlagene Hand wieder ersetzen kann.« Zumindest war bisher niemand in der Lage gewesen, eine Dämpfung wieder rückgängig zu machen. Es hatte schon Versuche gegeben. Was Nynaeve sagte, entsprach also im allgemeinen der Wahrheit, doch einige der Braunen Schwestern würden alles studieren, wenn man ihnen die Möglichkeit gab, und einige Gelbe Schwestern, die besten Heilerinnen, würden nur zu gern alles heilen können. Aber es gab bisher eben noch nicht den geringsten Hinweis darauf, daß man eine Frau heilen konnte, die einer Dämpfung unterzogen worden war. »Abgesehen von dieser Tatsache weiß man noch sehr wenig. Frauen, die man einer Dämpfung unterzogen hat, leben selten länger als noch ein paar Jahre. Sie scheinen allen Lebensmut zu verlieren und geben auf. Wie ich sagte: Es ist ein unangenehmes Thema.«

Aviendha rutschte unruhig hin und her. »Ich dachte eben nur, es könne daher rühren«, sagte sie mit leiser Stimme.

Egwene hielt das für sehr wohl möglich. Sie beschloß, Moiraine danach zu fragen – falls sie die Aes Sedai jemals antraf, wenn Aviendha nicht zugegen war. Ihr schien, daß ihr Täuschungsmanöver langsam ebenso hinderlich wurde, wie nützlich.

»Sehen wir zu, ob Joiya noch immer die gleiche Geschichte erzählt wie vorher.« Allerdings mußte sie sich selbst erst wieder unter Kontrolle bringen, bevor sie daran gehen konnte, die Stränge von Luft um die Schwarze Schwester herum zu lockern.

Joiya hätte eigentlich ganz steif sein müssen von dem langen Stillstehen, aber sie drehte sich ungerührt zu ihnen um. Der Schweiß auf ihrer Stirn tat ihrer Würde und Ausstrahlung keinen Abbruch, und nicht einmal das fade, grobe Kleid hätte den Eindruck geschmälert, daß diese Frau sich aus freiem Willen und nicht als Gefangene hier befand. Sie war eine recht gut aussehende Frau, die trotz der Alterslosigkeit ihres glatten Gesichts etwas Mütterliches an sich hatte, etwas Beruhigendes. Doch die dunklen Augen ließen die eines Habichts noch freundlich erscheinen. Sie lächelte sie an, aber das Lächeln erreichte die Augen nicht. »Das Licht leuchte Euch. Möge Euch die Hand des Schöpfers beschützen.«

»Das will ich nicht noch mal von Euch hören!« Nynaeves Stimme klang ruhig und leise, doch sie warf mit einem Kopfrucken ihren Zopf nach vorn und packte das Ende mit der Faust. Das tat sie nur, wenn sie entweder unsicher oder zornig war, und Egwene glaubte nicht an Unsicherheit in diesem Fall. Joiya schien auf Nynaeve nicht so beängstigend zu wirken wie auf Egwene.

»Ich habe meine Sünden bereut«, sagte Joiya verbindlich. »Der Drache wurde wiedergeboren und hält *Callandor* in Händen. Die Prophezeiung wurde erfüllt. Der Dunkle König muß untergehen. Das sehe ich jetzt ein. Meine Reue ist echt. Niemand kann so lange im Schatten wandeln, daß er nicht wieder zum Licht zurückkehren könnte.«

Nynaeves Gesicht war bei jedem Wort dunkler angelaufen. Egwene war sicher, daß sie nun wütend genug war, um die Macht benützen zu können, aber falls sie das tat, würde sie möglicherweise lediglich

Joiya erwürgen. Egwene glaubte natürlich genausowenig wie Nynaeve an Joiyas Reue. Aber die Worte von dieser Frau konnten durchaus auch der Wahrheit entsprechen. Man konnte ihr durchaus zutrauen, daß sie kaltblütig umschwenkte auf die Seite, von der sie glaubte, sie werde am Ende gewinnen. Oder sie wollte sich Zeit erkaufen und lügen in der Hoffnung, doch noch gerettet zu werden.

Lügen sollten einer Aes Sedai eigentlich nicht möglich sein, selbst einer, die alles Anrecht auf diesen Titel verwirkt hatte. Jedenfalls offene Lügen. Dafür hätte der erste der Drei Eide sorgen sollen, den man mit der Eidesrute in der Hand schwören mußte. Aber welche Eide man auch als Schwarze Ajah auf den Dunklen König leisten mußte, sie schienen jedenfalls alle Bindungen an die Drei zertrennt zu haben.

Nun gut. Die Amyrlin hatte sie ausgesandt, um die Schwarzen Ajah zu jagen, Liandrin und die zwölf anderen, die gemordet hatten und dann aus der Burg geflohen waren. Und alles, woran sie sich nun halten konnten, waren die Aussagen dieser beiden Gefangenen.

»Erzählt uns noch mal Eure Geschichte«, befahl Egwene. »Benützt diesmal aber andere Worte. Ich habe es satt, auswendig gelernte Geschichten anzuhören.« Falls sie gelogen hatte, war es möglich, daß sie ins Stolpern kam, wenn sie die Geschichte anders erzählen mußte. »Wir werden Euch genau zuhören.« Das letzte galt Nynaeve, die daraufhin vernehmlich schniefte, aber schließlich kurz nickte.

Joiya zuckte die Achseln. »Wie Ihr wünscht. Laßt mich sehen. Andere Worte. Der falsche Drache, Mazrim Taim, der in Saldaea gefangengenommen wurde, kann die Macht mit unglaublicher Stärke gebrauchen. Vielleicht ist er sogar genauso stark wie Rand al'Thor, oder jedenfalls nicht viel weniger, wenn man den Berichten Glauben schenken kann. Liandrin will ihn befreien, bevor man ihn nach Tar Valon bringen und einer Dämpfung unterziehen kann. Dann wird er zum Wiedergeborenen Drachen ausgerufen – unter dem Namen Rand al'Thor. Er wird eine Welle der Zerstörung einleiten, wie sie die Welt seit dem Hundertjährigen Krieg nicht mehr erlebt hat.«

»Das ist unmöglich«, fiel ihr Nynaeve ins Wort. »Das Muster nimmt keinen falschen Drachen an, schon gar nicht jetzt, wo Rand sich erklärt hat.«

Egwene seufzte. Sie hatte das nun schon einige Male erlebt, und jedesmal stritt Nynaeve deswegen herum. Dabei war sie nicht sicher, ob Nynaeve wirklich daran glaube, daß Rand der Wiedergeborene Drache sei, gleich, was sie sagte, gleich, was die Prophezeiung in bezug auf *Callandor* und den Fall des Steins vorhergesagt hatte. Nynaeve war gerade alt genug, um auf Rand aufgepaßt zu haben, als er noch ein Kind war, genauso wie bei Egwene. Er war ein Emondsfelder, und immer noch sah Nynaeve es als ihre oberste Pflicht an, die Menschen von Emondsfeld zu schützen.

»Hat Euch Moiraine das weisgemacht?« fragte Joiya mit einem Unterton der Verachtung. »Moiraine hat seit ihrer Erhebung zur Aes Sedai nur wenig Zeit in der Burg oder überhaupt mit ihren Schwestern verbracht. Ich schätze, sie weiß einiges über das Dorfleben, und vielleicht versteht sie sogar etwas von Politik, aber sie behauptet, Dinge ganz sicher zu wissen, die man nur durch ständiges Studium und durch Diskussionen mit anderen lernen kann. Trotzdem hat sie vielleicht recht. Es kann schon sein, daß Mazrim Taim nicht dazu kommen wird, sich zu erklären. Aber wenn andere das für ihn tun, wo liegt dann der Unterschied?«

Egwene wünschte, Moiraine käme endlich zurück. Die Frau würde nicht so selbstbewußt sprechen, wäre Moiraine zugegen. Joiya wußte sehr gut, daß sie und Nynaeve nur Aufgenommene waren. Da lag ein gewaltiger Unterschied.

»Macht weiter«, sagte Egwene beinahe im gleichen groben Tonfall wie Nynaeve. »Und denkt daran: Drückt Euch anders aus.«

»Selbstverständlich«, antwortete Joiya, als nehme sie eine großzügige Einladung an, doch ihre Augen glitzerten wie Scherben schwarzen Glases. »Ihr könnt das Ergebnis selbst vorhersagen. Rand al'Thor wird man für die Untaten von... Rand al'Thor verantwortlich machen. Selbst der Beweis, daß es sich nicht um denselben Mann handelt, wird dabei untergehen. Wer weiß denn schließlich, welche Intrigen ein Wiedergeborener Drache spinnen kann? Vielleicht kann er gleichzeitig an zwei verschiedenen Orten erscheinen? Selbst diejenigen, die sonst bedenkenlos jedem falschen Drachen folgen, würden zögern, wenn sie von den Untaten erfahren, die in seinem Namen und von ihm vollbracht werden. Und diejenigen, die vor so etwas nicht zurückschrecken, denen Blutvergießen Spaß macht, werden sich um diesen Rand al'Thor scharen, der anscheinend von ihrer Art ist. Die Länder werden sich vereinigen wie im Aielkrieg...« Sie lächelte Aviendha entschuldigend an, doch ihre Augen straften das Lächeln Lügen. »... und zweifellos diesmal noch um einiges schneller. Selbst der Wiedergeborene Drache kann dem nicht auf Dauer widerstehen. Er wird vernichtet, noch bevor die Letzte Schlacht überhaupt beginnt, und zwar von denen, die er eigentlich retten sollte. Der Dunkle König wird aus seinem Gefängnis entkommen. Der Tag von Tarmon Gai'don wird herannahen und der Schatten die Erde bedecken und das Muster für alle kommenden Zeiten umgestalten. Das ist Liandrins Plan.« In ihrem Tonfall lag keine Befriedigung, aber auch keine Furcht.

Es war eine plausible Geschichte, glaubwürdiger als Amicos Erzählung von ein paar zufällig aufgeschnappten Sätzen, aber Egwene glaubte Amico und nicht Joiya. Vielleicht, weil sie ihr mehr glauben wollte. Eine ungewisse Bedrohung in Tanchico war leichter hinzunehmen als ein solch ausgereifter Plan, die ganze Welt gegen Rand zu mobilisieren. *Nein,* dachte sie. *Joiya lügt. Da bin ich sicher.* Aber sie konnten es sich nicht leisten, eine der beiden Geschichten einfach zu ignorieren. Und doch konnten sie nicht beides gleichzeitig zu verhindern versuchen und dabei noch auf Erfolg hoffen.

Die Tür schlug auf, und Moiraine stürmte herein mit Elayne im Kielwasser. Die Tochter-Erbin blickte finster zu Boden, in düstere Gedankengänge versunken, während Moiraine… Ausnahmsweise einmal war alle Würde aus dem Gesicht der Aes Sedai gewichen und hatte blanker Wut Platz gemacht.

KAPITEL 6

Tore

Rand al'Thor«, sagte Moiraine mit leiser, angespannter Stimme zu niemandem direkt, »ist ein wollköpfiger Maulesel, ein sturer Bock, ein Narr von einem ... einem Mann!«

Elayne hob zornig den Kopf. Ihr Kindermädchen Lini hatte immer gesagt, man könne eher Seide aus Schweineborsten weben, als aus einem Mann etwas anderes machen als eben einen Mann. Aber das war natürlich keine Entschuldigung für Rand.

»An den Zwei Flüssen züchtet man sie so.« Nynaeve machte plötzlich einen zufriedenen Eindruck und unterdrückte sichtlich ein Lächeln. Sie verbarg ihre Abneigung gegen die Aes Sedai nur selten so gut, wie sie selbst glaubte. »Die Frauen der Zwei Flüsse haben keine Probleme mit ihnen.« Dem überraschten Blick Egwenes nach zu schließen, war das eine so gewaltige Lüge, daß man ihr eigentlich hätte den Mund auswaschen müssen.

Moiraines Augenbrauen zogen sich zusammen, als wolle sie Nynaeve noch um einiges härter antworten. Elayne machte eine abwehrende Bewegung, doch ihr fiel nichts ein, was sie zur Beruhigung der Lage sagen konnte. Ihr ging immer nur Rand durch den Kopf. Er hatte kein Recht dazu! Aber mit welchem Recht beurteilte sie das?

Statt dessen sagte Egwene: »Was hat er getan, Moiraine?«

Der Blick der Aes Sedai wandte sich Egwene zu, und er war so scharf, daß die junge Frau einen Schritt zurücktrat und ihren Fächer wieder aufklappte, um sich nervös Luft zuzufächeln. Dann traf Moiraines Blick auf Joiya und Amico. Die erstere beobachtete sie mißtrauisch, während die andere gebunden war und nichts sah als die hintere Wand des Raumes.

Elayne fuhr ein wenig zusammen, als ihr klar wurde, daß Joiya nicht gebunden war. Hastig überprüfte sie die Abschirmung, die die Frau von der Wahren Quelle abschneiden sollte. Sie hoffte, daß keine der anderen ihr Erschrecken bemerkt hatte. Sie selbst hatte Todesangst vor Joiya, aber weder Egwene und Nynaeve noch Moiraine schienen sie zu fürchten. Manchmal war es schon schwer, so tapfer zu sein, wie sie es als Tochter-Erbin von Andor sein sollte. Sie wünschte sich oft, damit ebenso gut fertigwerden zu können wie die beiden.

»Die Wachen«, knurrte Moiraine in sich hinein. »Ich habe sie immer im Korridor gesehen und mir daher nichts weiter dabei gedacht.« Sie strich ihr Kleid glatt und gab sich die größte Mühe, ihre Beherrschung wiederzufinden. Elayne konnte sich nicht erinnern, Moiraine jemals so erregt gesehen zu haben wie an diesem Abend. Aber natürlich hatte die Aes Sedai auch einen guten Grund dafür. *Nicht mehr als ich. Oder?* Sie ertappte sich dabei, daß sie Egwenes Blick zu meiden versuchte.

Wären es Egwene, Nynaeve oder Elayne gewesen, die ihre Beherrschung verloren, hätte Joiya ganz sicher etwas von sich gegeben, irgend etwas Subtiles, Doppelzüngiges, dazu geeignet, sie noch ein bißchen mehr aus dem Gleichgewicht zu bringen. Zumindest, wenn sie allein gewesen wären. Aber in Moiraines Fall blickte sie nur verstört drein und schwieg.

Moiraine ging mit beinahe wiederhergestellter äußerlicher Ruhe am Tisch entlang. Joiya war wohl fast einen Kopf größer, aber selbst wenn sie ebenfalls in Seide gekleidet gewesen wäre, so hätte es doch keinen Zweifel daran gegeben, wer hier die Lage beherrschte. Joiya wich zwar nicht zurück, aber ihre Hände verkrampften sich einen Moment lang in ihren Rock, bevor sie sich wieder im Griff hatte.

»Ich habe Vorkehrungen getroffen«, sagte Moiraine leise. »In vier Tagen bringt man Euch mit dem Schiff flußaufwärts nach Tar Valon zur Burg. Dort wird man nicht so sanft mit Euch verfahren wie wir. Wenn Ihr bisher noch nicht zur Wahrheit gefunden habt, dann findet dazu, bevor Ihr den Südhafen erreicht habt, oder Ihr werdet todsicher den Weg zum Galgen im Hof Der Verräter antreten. Ich werde nicht mehr mit Euch sprechen, bis Ihr mir eine Nachricht senden laßt, daß Ihr mir etwas Neues zu sagen habt. Und ich will kein Wort von Euch hören – kein einziges Wort – das nicht neu ist. Glaubt mir, das wird Euch in Tar Valon Schmerzen ersparen. Aviendha, sagt Ihr bitte dem Hauptmann, daß er zwei seiner Männer hereinschicken soll?« Elayne blinzelte, als sich die Aielfrau aufrichtete und durch die Tür verschwand. Manchmal verhielt sich Aviendha so still, daß man sie gar nicht bemerkte.

Joiya verzog das Gesicht, als wolle sie etwas sagen, doch Moiraine starrte sie schweigend an, bis die Hörige des Schattens ihren Blick abwandte. Ihre Augen glitzerten wie die eines Raben. Ihr Blick sprach von Mord, doch sie blieb stumm.

In Elaynes Augen umgab plötzlich ein goldenweißes Glühen Moiraine, das Glühen einer Frau, die *Saidar* berührte. Nur eine Frau, die selbst im Gebrauch der Macht ausgebildet war, konnte das wahrnehmen. Die Stränge, die Amico banden, wickelten sich schneller auf, als Elayne das geschafft hätte. Dabei war sie von den Anlagen her stärker als Moiraine. In der Burg hatten die Frauen, die sie unterwiesen, kaum glauben können, welches Potential in ihr steckte und genauso in Egwene und Nynaeve. Nynaeve war die stärkste von allen, wenn sie es einmal fertigbrachte, die Macht zu lenken. Aber Moiraine hatte eben sehr viel Erfahrung. Was sie erst noch lernen mußten, konnte Moiraine fast im Schlaf bewältigen. Und doch gab es bereits einige Dinge, die Elayne und die anderen beiden beherrschten, die aber Moiraine nicht gelangen. Das verschaffte ihr ein klein wenig Befriedigung, obwohl Moiraine Joiya so schnell zum Nachgeben gezwungen hatte.

Befreit und wieder in der Lage, zu hören, drehte sich Amico um und wurde zum erstenmal Moiraines gewahr. Mit einem Quieken knickste sie so schnell und tief wie eine gerade aufgenommene Novizin. Joiya blickte zornig zur Tür hinüber und mied die Blicke der anderen. Nynaeve, die ihre Arme vor der Brust verschränkt hatte und deren Knöchel weiß waren vor Anstrengung, so fest umklammerte sie ihren Zopf, warf Moiraine einen beinahe genauso mörderischen Blick zu wie Joiya zuvor. Egwene strich über ihr Kleid und funkelte Joiya an. Elayne runzelte die Stirn und wünschte sich, genauso tapfer wie Egwene zu sein. Sie hatte das Gefühl, ihre Freundinnen mit ihrer Feigheit zu verraten. Und in diese Situation hinein schritten der Hauptmann und zwei Verteidiger in Schwarz und Gold. Aviendha war nicht mit ihnen gekommen; es schien, sie habe die Gelegenheit benützt, um der Aes Sedai zu entfliehen.

Der ergraute Offizier mit den beiden kurzen weißen Federn auf dem Helm scheute zurück, als sein Blick sich mit dem Joiyas kreuzte, obwohl sie ihn gar nicht bewußt wahrzunehmen schien. Dann glitt sein Blick unsicher von einer Frau zur anderen. Die Stimmung im Raum war geladen, und ein kluger Mann mied diese Art von Streitigkeiten zwischen Frauen. Die beiden Soldaten umklammerten ihre Hellebarden so fest, als rechneten sie damit, sie gebrauchen zu müssen. Vielleicht fürchteten sie das tatsächlich.

»Ihr bringt diese beiden in ihre Zellen zurück«, sagte Moiraine kurz angebunden zu dem Offizier. »Wiederholt Euren Befehl. Es darf keine Fehler geben.«

»Ja, Ae…« Der Hauptmann schien plötzlich einen Kloß im Hals zu haben. Er atmete hastig durch. »Ja, Lady«, sagte er und beobachtete sie ängstlich, um zu sehen, ob er vielleicht einen Fehler gemacht habe. Als sie ihn lediglich wartend anblickte, seufzte er hörbar erleichtert auf. »Die Gefangenen dürfen mit niemandem außer mir sprechen, auch nicht miteinander. Zwanzig Mann im Wachraum und zwei grundsätzlich immer vor jeder Zelle, und falls aus irgendeinem Grund die Tür geöffnet werden muß, vier Mann davor. Ich bin persönlich dabei, wenn ihr Essen zubereitet wird und bringe es ihnen selbst. Wie Ihr befohlen habt, Lady.« Die Andeutung einer Frage schwang in seinem Tonfall mit. Hundert Gerüchte in bezug auf die Gefangenen gingen im Stein um. Vor allem fragte man sich, wieso zwei Frauen so streng bewacht werden mußten. Und man flüsterte sich düstere Geschichten über die Aes Sedai zu, eine schlimmer als die andere.

»Sehr gut«, sagte Moiraine. »Bringt sie weg.«

Es wurde nicht klar, wer den Raum lieber verließ – die Gefangenen oder die Wächter. Selbst Joiya schritt schnell hinaus, als könne sie es keinen Augenblick länger ertragen, schweigend vor Moiraine stehen zu müssen.

Elayne war im festen Glauben, keine Miene verzogen zu haben, seit sie den Raum betreten hatte, aber nun kam Egwene zu ihr herüber und legte den Arm um sie. »Was ist los, Elayne? Du siehst aus, als wolltest du weinen.«

Die Sorge in ihrer Stimme allein schon reichte fast, um Elayne in Tränen ausbrechen zu lassen. *Licht*, dachte sie. *Ich werde mich nicht so töricht benehmen! Niemals! »Eine weinende Frau ist wie ein Eimer ohne Boden.«* Lini war vollgewesen von Redensarten wie dieser.

»Dreimal…«, brach es aus Nynaeve heraus, und dann fuhr sie Moiraine an: »Nur dreimal habt Ihr euch dazu herabgelassen, uns beim Verhör zu helfen. Diesmal verschwindet Ihr sogar, bevor wir überhaupt anfangen, und nun verkündet Ihr so einfach und gelassen, daß Ihr sie nach Tar Valon schickt! Wenn Ihr schon nicht helft, dann mischt Euch wenigstens nicht ein!«

»Strapaziert die Autorität der Amyrlin nicht zu sehr«, sagte Moiraine kühl. »Sie hat Euch wohl ausgesandt, um Liandrin zu jagen, aber Ihr seid trotzdem nur Aufgenommene und ziemlich unwissende dazu, welche Briefe Ihr auch mitführen mögt. Oder wolltet Ihr sie ewig weiter verhören, bevor Ihr euch zu einer Entscheidung durchringt? Ihr Leute von den Zwei Flüssen scheint groß darin zu sein, Euch vor notwendigen Entscheidungen zu drücken.« Nynaeve öffnete mit herausquellenden Augen den Mund und schloß ihn dann wieder, als könne sie sich nicht entscheiden, auf welche dieser Anschuldigungen sie zuerst eingehen solle, doch Moiraine wandte sich bereits Egwene und Elayne zu. »Reißt Euch zusammen, Elayne. Wie könnt Ihr den Auftrag der Amyrlin ausführen, wenn Ihr glaubt, jedes Land müsse sich nach Euren Sitten richten? Und ich weiß auch nicht, warum Ihr euch so aufregt. Laßt andere nicht so unter Euren Gefühlen leiden.«

»Was meint Ihr damit?« fragte Egwene. »Welche Sitten? Wovon sprecht Ihr?«

»Berelain hielt sich in Rands Gemächern auf«, platzte Elayne in anklagendem Ton heraus, bevor sie es verhindern konnte. Ihr schuldbewußter Blick traf Egwene. Sie hatte doch wohl hoffentlich ihre eigenen Gefühle verborgen?

Moiraine sah sie mißbilligend an und seufzte: »Ich hätte Euch das gern erspart, Egwene. Wenn Elayne nicht ihre Vernunft an den Nagel gehängt hätte, weil sie Berelain so verachtet. Die Sitten in Mayene entspre-

chen nunmal überhaupt nicht denen, in die Ihr beide hineingeboren wurdet. Egwene, ich weiß, was Ihr für Rand empfindet, aber mittlerweile sollte Euch ja auch klar sein, daß das zu nichts führen wird. Er gehört dem Muster und der Geschichte.«

Egwene schien die Aes Sedai zu ignorieren und sah statt dessen Elayne in die Augen. Elayne wollte wegschauen, konnte aber nicht. Plötzlich beugte sich Egwene näher zu ihr herüber und flüsterte ihr hinter vorgehaltener Hand zu: »Ich liebe ihn. Wie einen Bruder. Und dich wie eine Schwester. Ich wünsche dir Glück mit ihm.«

Elayne riß die Augen auf und langsam breitete sich ein Lächeln über ihr Gesicht aus. Sie antwortete Egwene mit einer wilden Umarmung. Dann flüsterte sie leise: »Danke dir. Ich liebe dich auch, Schwester. Oh, danke.«

»Sie hat sich tatsächlich geirrt«, sagte Egwene ins Leere hinein, und dabei grinste sie in höchstem Maße erfreut. »Seid Ihr jemals verliebt gewesen, Moiraine?«

Was für eine überraschende Frage! Elayne konnte sich keine verliebte Aes Sedai vorstellen. Moiraine gehörte zu den Blauen Ajah, und man sagte den Blauen Schwestern nach, daß all ihre Liebe ihren Aufgaben gelte.

Die schlanke Frau war aber keineswegs erschüttert. Einen langen Augenblick über sah sie die beiden ruhig an, wie sie Arm in Arm dastanden. Schließlich sagte sie: »Ich könnte wetten, daß ich das Gesicht des Mannes besser kenne, den ich einmal heiraten werde, als Ihr zwei das Eures zukünftigen Ehemannes kennt.«

Egwene schnappte überrascht nach Luft.

»Wer?« schluckte Elayne.

Die Aes Sedai schien bereits zu bereuen, daß sie soviel gesagt hatte. »Vielleicht wollte ich damit nur sagen, daß wir in dieser Hinsicht gleich unwissend sind. Lest nicht zuviel aus ein paar Worten heraus.«

Nachdenklich blickte sie Nynaeve an. »Sollte ich aber jemals einen Mann erwählen – sollte, habe ich gesagt –, dann wird es nicht Lan sein. Soviel steht fest.«

Das war an sich Seelenbalsam für Nynaeve, doch die schien es nicht gern zu hören. Nynaeve hatte noch ein hartes Stück Arbeit vor sich, weil sie nicht nur einen Behüter liebte, sondern mit ihm eben einen Mann, der sich bemühte, zu verbergen, daß er ihre Liebe erwiderte. Narr, der er war, sprach er doch von dem Krieg gegen den Schatten, in den er verwickelt sei und den er nicht gewinnen könne, und daß er sich weigere, Nynaeve schon zu ihrer Hochzeit das Witwenkleid überstreifen zu lassen. Dummes Zeug dieser Art hatte er auf Lager. Elayne wußte nicht, wie Nynaeve damit fertigwerden konnte. Sie war keine sehr geduldige Frau.

»Wenn Ihr mit dem Thema Männer fertig seid«, sagte Nynaeve ätzend, als wolle sie gleich den Beweis antreten, »können wir uns vielleicht wieder Wichtigem zuwenden?« Sie hatte ihren Zopf wieder fest in der Faust, und nun kam immer mehr Schwung in sie, wie bei einem Mühlrad, das man von der Mühle abgekoppelt hatte. »Wie können wir entscheiden, ob Joiya lügt oder Amico, wenn Ihr sie wegschickt? Oder ob beide lügen? Es paßt mir nicht, hier müßig herumzuhocken, Moiraine, gleich, was Ihr jetzt glaubt, aber ich bin schon in so viele Fallen getappt, daß ich nicht wieder hereinfallen möchte. Und ich will auch keine Irrlichter jagen. Ich ... wir ... sind diejenigen, die von der Amyrlin hinter Liandrin und ihren Hexen hergejagt wurden. Da Ihr zu denken scheint, sie seien nicht wichtig genug, um uns zu helfen und wenigstens ein paar Augenblicke dafür zu erübrigen, könntet Ihr euch wenigstens bemühen, uns keinen Knüppel zwischen die Beine zu werfen!«

Sie schien bereit, ihren Zopf auszureißen und die Aes Sedai damit zu erwürgen. Moiraine ihrerseits befleißigte sich einer gefährlich kalten Ruhe, die andeutete, daß sie drauf und dran war, auch Nynaeve dieselbe Lektion über das Schweigen zu erteilen wie vorher Joiya. Elayne entschied, es sei höchste Zeit für sie, mit Schmollen aufzuhören und etwas zu unternehmen. Sie hatte keine Ahnung, wie sie eigentlich in diese Rolle der Vermittlerin zwischen drei Frauen hineingetrieben worden war, und gelegentlich hätte sie ja gern alle drei am Kragen gepackt und geschüttelt, aber ihre Mutter hatte immer gesagt, im Zorn könne niemand eine gute Entscheidung fällen. »Fügt Eurer Liste dessen, was wir wissen möchten, noch etwas hinzu: Warum wurden wir zu Rand gerufen? Denn dorthin hat uns Careen gebracht. Jetzt geht es ihm natürlich wieder gut. Moiraine hat ihn geheilt.« Sie konnte ein Schaudern nicht unterdrücken, wenn sie sich an den kurzen Blick erinnerte, den sie in Rands Zimmer geworfen hatte, aber das Ablenkungsmanöver schlug derweil voll ein.

»Geheilt?« Nynaeve schnappte nach Luft. »Was ist mit ihm geschehen?«

»Er wäre beinahe umgekommen«, sagte die Aes Sedai so gelassen, als erzähle sie, daß sie eine Tasse Tee getrunken habe.

Elayne spürte, wie Egwene zitterte, als sie sich Moiraines leidenschaftslosen Bericht anhörten, aber vielleicht war es zum Teil auch ihr eigenes Zittern, das sie spürte. Blasen des Bösen, die durch das Muster trieben. Doppelgänger, die aus Spiegeln stiegen. Rand über und über von Blut und Wunden bedeckt. Fast nebensächlich erwähnte Moiraine noch, sie sei sicher, daß Perrin und Mat etwas Ähnliches durchgemacht haben mußten, doch unbeschadet davongekommen seien. Die Frau mußte Eis in den Adern haben statt Blut. *Nein, sie war wütend genug über Rands Sturheit. Und sie klang nicht kalt, als sie vom Heiraten sprach, auch wenn sie sich Mühe gab, ihre innere Beteiligung zu verber-*

gen. Aber nun klang es, als spreche sie darüber, ob ein Ballen Seide die richtige Farbe für ein bestimmtes Kleid habe.

»Und diese ... diese *Dinge* werden so weitergehen?« fragte Egwene, als Moiraine geendet hatte. »Könnt Ihr nichts tun, damit das aufhört? Oder kann Rand nichts tun?«

Der kleine blaue Edelstein, der auf Moiraines Stirn hing, schaukelte wild, als sie den Kopf schüttelte. »Nicht, bis er gelernt hat, seine Fähigkeiten unter Kontrolle zu halten. Vielleicht auch dann noch nicht. Ich weiß nicht, ob er selbst stark genug ist, um diese – Ausdünstungen des Bösen – von sich fernzuhalten. Zumindest aber wird er besser in der Lage sein, sich dagegen zu verteidigen.«

»Könnt Ihr ihm nicht irgendwie zur Hilfe kommen?« wollte Nynaeve wissen. »Ihr seid diejenige unter uns, die angeblich alles weiß oder zumindest so tut. Könnt Ihr ihm nichts beibringen? Wenigstens einen Teil dessen, was er wissen muß? Und zitiert nicht wieder Sprichwörter über Vögel, die Fischen das Fliegen beibringen wollen.«

»Ihr würdet es besser wissen«, antwortete Moiraine, »wenn Ihr mehr Zeit mit Euren Studien verbracht hättet. Ihr solltet es wirklich besser wissen. Ihr wollt wissen, wie man die Macht anwendet, Nynaeve, aber Ihr wollt nichts *über* die Macht selbst erfahren. *Saidin* ist nicht *Saidar.* Die Ströme fließen anders, die Art zu weben ist eine andere. Der Vogel hat eine größere Chance.«

Diesmal übernahm es Egwene, die Lage zu entspannen. »Inwiefern ist Rand denn wieder stur?« Nynaeve öffnete den Mund und so fügte sie schnell hinzu: »Manchmal ist er so stur wie ein Felsblock.« Nynaeve klappte den Mund wieder zu, denn sie alle wußten, wie sehr dies der Wahrheit entsprach.

Moiraine betrachtete sie nachdenklich. Gelegentlich war sich Elayne nicht sicher, ob ihnen die Aes Sedai ganz und gar traute. Ob sie überhaupt jemandem vertraute. »Er muß sich bewegen«, sagte die Aes Sedai schließlich. »Statt dessen sitzt er hier herum, und die Tairener beginnen bereits, ihre Angst vor ihm abzubauen. Er sitzt hier, und je länger das so weitergeht, desto eher werden die Verlorenen das als Zeichen der Schwäche werten. Das Muster bewegt sich und fließt; nur die Toten liegen still. Er muß handeln oder sterben. Durch einen Armbrustbolzen im Rükken oder Gift im Essen, oder die Verlorenen schließen sich zusammen, um ihm die Seele aus dem Körper zu reißen. Er muß handeln oder sterben.« Elayne zuckte bei jeder der aufgezählten Gefahren zusammen. Daß sie durchaus wirklich waren, machte alles nur noch schlimmer.

»Und Ihr wißt, was er zu tun hat, nicht wahr?« sagte Nynaeve nervös. »Ihr habt bereits alles für ihn geplant.«

Moiraine nickte. »Wäre es Euch lieber, wenn er wieder ins Blaue hinein und allein loszöge? Das wage ich nicht zu riskieren. Diesmal stirbt er vielleicht dabei, oder es geschieht ihm noch schlimmeres, bevor ich ihn finde.«

Das stimmte natürlich. Rand wußte kaum, was er da eigentlich tat. Und Elayne war sicher, daß Moiraine das bißchen Einfluß nicht aufgeben wollte, das sie noch auf Rand hatte. Das Wenige, was er ihr noch gestattete.

»Werdet Ihr eure Pläne im Hinblick auf ihn mit uns teilen?« wollte Egwene wissen. Jetzt trug sie nichts mehr zur Beruhigung bei.

»Ja, tut das«, sagte Elayne, wobei sie selbst über das kühle Echo von Egwenes Tonfall in ihrer eigenen Stimme erstaunt war. Sie liebte normalerweise die Auseinandersetzung nicht, wenn es sich vermeiden ließ. Ihre Mutter hatte ihr beigebracht, es sei besser, die

Menschen anzuleiten, als sie mit dem Holzhammer zur Folgsamkeit zu erziehen.

Falls Moiraine ihretwegen irritiert war, ließ sie es sich nicht anmerken. »Solange Ihr versteht, daß Ihr es für Euch behalten müßt. Ein verratener Plan ist zum Scheitern verurteilt. Ja, ich sehe schon, daß Euch dies klar ist.«

Elayne verstand sie jedenfalls sehr gut: Der Plan war gefährlich und Moiraine wußte nicht, ob er funktionieren würde.

»Sammael befindet sich in Illian«, fuhr die Aes Sedai fort. »Die Tairener sind immer zum Krieg mit Illian bereit, ebenso umgekehrt. Sie haben sich tausend Jahre lang immer wieder gegenseitig die Köpfe eingeschlagen, und sie sprechen von der Möglichkeit eines neuen Krieges wie andere vom nächsten Feiertag. Ich bezweifle, daß dies anders wäre, wenn sie von Sammaels Anwesenheit wüßten; jedenfalls nicht, solange der Wiedergeborene Drache sie anführt. Bei dieser Unternehmung wird Tear hinter Rand stehen, und wenn er Sammael stürzt, dann ...«

»Licht!« rief Nynaeve. »Ihr wollt nicht nur, daß er einen Krieg beginnt, sondern auch noch, daß er sich mit einem der Verlorenen anlegt! Kein Wunder, wenn er stur ist. Für einen Mann ist er wirklich nicht dumm.«

»Er muß am Ende dem Dunklen König selbst gegenübertreten«, sagte Moiraine ruhig. »Glaubt Ihr wirklich, daß er jetzt die Verlorenen noch meiden könnte? Und was Kriege betrifft, gibt es auch ohne ihn schon genug, und jeder davon nutzloser als der andere.«

»Jeder Krieg ist nutzlos«, begann Elayne, aber dann versagte ihre Stimme, als sie die Vernunft hinter Moiraines Plan einsah. Auf ihrem Gesicht standen Trauer und Bedauern, aber eben auch Verständnis. Ihre Mutter hatte ihr viele Vorträge darüber gehalten, wie man eine Nation führte und wie man sie regierte – zwei ganz verschiedene Dinge und beide notwendig. Und manchmal mußte man in beiden Fällen Dinge tun, die mehr als nur unangenehm waren. Doch der Preis dafür, sie nicht zu unternehmen, war manchmal noch viel höher.

Moiraine warf ihr einen verständnisvollen Blick zu. »Es ist nicht immer angenehm, ja? Eure Mutter hat wohl damit begonnen, Euch beizubringen, was Ihr später als Herrscherin einmal wissen müßt, sobald Ihr auch nur alt genug wart, um zu verstehen, was sie sagte.« Moiraine war im Königspalast von Cairhien aufgewachsen, nicht dazu bestimmt, einmal zu regieren, doch mit der Herrscherfamilie verwandt, und zweifellos hatte sie einiges mitbekommen. »Manchmal scheint es einem besser, nichts zu wissen, vielleicht lieber ein Bauernmädchen zu sein, das nicht über die Grenzen ihrer Felder hinwegblicken kann.«

»Noch mehr Rätsel?« fragte Nynaeve verächtlich. »Krieg war sonst etwas für mich, von dem die fahrenden Händler berichteten, das fern von uns stattfand und das ich eigentlich gar nicht verstand. Jetzt weiß ich, was er bedeutet. Männer töten andere Männer. Männer benehmen sich wie die Tiere, werden selbst zu Tieren. Dörfer werden verbrannt, Bauernhöfe und Felder verwüstet. Hunger, Krankheiten und Tod für die Unschuldigen genau wie für die Schuldigen. Was macht diesen Euren Krieg zu etwas Besserem, Moiraine? Wodurch wird er sauberer?«

»Elayne?« forderte Moiraine sie ruhig auf.

Sie schüttelte den Kopf. Sie wollte nicht diejenige sein, die ihr das erklären mußte. Aber sie war nicht sicher, ob selbst ihre Mutter auf dem Löwenthron ruhig geblieben wäre, wenn Moiraine sie mit ihren großen, dunklen Augen so auffordernd angeblickt hätte. »Der Kriegt kommt, ob Rand ihn nun beginnt oder nicht«, sagte sie zögernd. Egwene trat einen Schritt zurück und sah sie genauso ungläubig an wie Nynaeve. Doch als sie weitersprach, verschwand das Unverständnis aus den Gesichtern der beiden. »Die Verlorenen werden nicht ruhig bleiben und zuschauen. Sammael kann nicht der einzige von ihnen sein, der die Führung eines Staates an sich gerissen hat. Er ist eben nur der einzige, von dem wir es wissen. Sie werden schließlich alle hinter Rand hersein, vielleicht persönlich, aber auf jeden Fall mit Hilfe der Heere, die sie anführen. Und die Länder, die frei sind von den Verlorenen? Wie viele davon werden Loblieder auf den Wiedergeborenen Drachen singen und seiner Flagge bis Tarmon Gai'don folgen, und wie viele werden sich täuschen, glauben, der Fall des Steins sei eine Lüge und Rand nur ein neuer falscher Drache, den man besiegen müsse, vielleicht ein so starker, daß man gegen ihn sofort losschlagen muß, bevor er zu einer Bedrohung werden kann? So oder so *wird* dieser Krieg kommen.« Sie brach abrupt ab. Es war noch mehr dazu zu sagen, doch sie konnte und wollte ihnen den Rest nicht erzählen.

Moiraine hatte da keine Hemmungen. »Sehr gut«, sagte sie und nickte, »aber unvollständig.« Der Blick, den sie Elayne zuwarf, sagte, sie habe bemerkt, daß sie diesen Teil absichtlich weggelassen hatte. Mit vor ihrem Mieder gefalteten Händen wandte sie sich ruhig an Nynaeve und Egwene. »Es gibt nichts, was diesen Krieg sauberer und besser werden ließe. Außer, daß er die Tairener an ihn binden wird, und am Ende werden ihm die Illianer genauso folgen, wie jetzt Tear. Wie könnten sie es auch verweigern, wenn die Drachenflagge über Illian flattert? Allein die Nachricht von seinem Sieg könnte die Kriege in Tarabon und Arad Doman zu seinen Gunsten entscheiden. Und damit würden diese Kriege *beendet!*

Mit einem Schlag kann er dadurch, soweit es Männer und Schwerter betrifft, so stark werden, daß nur noch eine Koalition *aller* übriggebliebenen Nationen von hier bis zur Fäule ihn besiegen könnte, und mit dem gleichen Schlag würde er den Verlorenen beweisen, daß er keine fette Wachtel ist, die auf dem Ast sitzt und auf das Netz des Jägers wartet. Das wird sie vorsichtig machen und ihm Zeit verschaffen, in der er lernen kann, seine Stärke richtig einzusetzen. Er muß zuerst losschlagen, der Hammer sein und nicht der Nagel.« Die Aes Sedai verzog leicht das Gesicht, und eine Andeutung des vorherigen Zorns schlich sich in die Gelassenheit ihrer Miene. »Er *muß* einfach zuerst handeln. Und was macht er? Er liest. Liest und bringt sich damit immer mehr in Schwierigkeiten.«

Nynaeve wirkte erschüttert, als sehe sie all diese Schlachten und Tode vor sich. Egwenes dunkle Augen waren in erschrecktem Verstehen weit aufgerissen. Elayne schauderte beim Anblick ihrer Mienen. Die eine hatte Rand aufwachsen sehen, die andere war mit ihm zusammen aufgewachsen. Und nun sahen sie zu, wie er Kriege in Gang brachte. Nicht einfach der Wiedergeborene Drache, sondern Rand al'Thor.

Egwene kämpfte sichtlich mit sich und verlegte sich schließlich darauf, den kleinsten Teil, das Unwichtigste von dem aufzugreifen, was Moiraine gesagt hatte. »Wie kann Lesen ihn in noch größere Schwierigkeiten bringen?«

»Er hat sich entschlossen, selbst herauszufinden, was die Prophezeiungen des Drachen vorhersagen.« Moiraines Gesichtsausdruck blieb kühl und unberührt, doch mit einemmal hörte sie sich so müde an, wie Elayne sich fühlte. »Sie waren in Tear vielleicht verboten, aber der Vorsteher der Bibliothek hatte neun verschiedene Übersetzungen in einer verschlossenen Truhe. Rand hat sie jetzt alle bei sich. Ich habe ihm den Teil gezeigt, der uns hier angeht, und er hat ihn mir auswendig hergesagt, wie er früher einmal in Kandor übersetzt wurde:

Die Macht des Schattens erweckte das menschliche
Fleisch
zu Aufruhr, Rivalität und Ruin.
Der Wiedergeborene, gezeichnet und blutend,
tanzt in Träumen und Nebel den Tanz des Schwerts,
bindet die dem Schatten Zugeschworenen an seinen
Willen,
die aus der Stadt, der verirrten und verlorenen,
führt wieder die Speere in den Krieg,
zerbricht die Speere und zeigt ihnen die Wahrheit,
die lange schon in uralten Träumen verborgen lag.«

Sie verzog das Gesicht. »Man kann das auf diese Situation genauso beziehen wie auf jede andere. Illian unter Sammael ist bestimmt eine verlorene Stadt. Führe die Speere Tears in den Krieg, leg Sammael in Ketten, und er hat die Weissagung erfüllt. Der uralte Traum vom Wiedergeborenen Drachen. Aber er will das nicht sehen. Er hat sogar ein Exemplar in der Alten Sprache, als verstünde er die. Er verfolgt Schatten, und Sammael oder Rahvin oder Lanfear haben ihn vielleicht schon an der Kehle gepackt, bevor ich ihn davon überzeugen kann, daß er einen Fehler gemacht hat.«

»Er ist verzweifelt.« Nynaeves sanfter Tonfall galt nicht Moiraine, da war Elayne sicher, sondern Rand. »Verzweifelt sucht er nach seiner Bestimmung.«

»Ich bin auch verzweifelt«, sagte Moiraine mit fester Stimme. »Ich habe mein Leben der Aufgabe gewidmet, ihn zu finden, und ich werde nicht zulassen, daß er versagt, wenn ich es verhindern kann. Ich bin fast schon verzweifelt genug, um...« Sie brach ab und schürzte die Lippen. »Belassen wir es dabei, daß ich tun werde, was ich tun muß.«

»Aber das reicht nicht«, sagte Egwene in scharfem Ton. »Und was werdet Ihr tun?«

»Ihr habt andere Dinge, um die Ihr euch kümmern müßt«, sagte die Aes Sedai. »Die Schwarzen Ajah ...«

»Nein!« Elaynes Stimme klang eisenhart und ließ keinen Widerspruch zu. Wo ihre Hand sich in den hellblauen Rock verkrampfte, war ihr Knöchel vor Anstrengung weiß. »Ihr haltet vieles geheim, Moiraine, aber sagt uns dies: Was wollt Ihr ihm antun?« Ein Bild ging ihr durch den Kopf, wie sie Moiraine packte und die Wahrheit aus ihr herausschüttelte, falls das notwendig war.

»Ihm antun? Nichts. Ach, nun denn. Es gibt keinen Grund, warum Ihr das nicht wissen könnt. Ihr habt gesehen, was von den Tairenern als die Große Sammlung bezeichnet wird?«

Es war eigenartig bei einem Volk, das die Macht derart fürchtete, aber im Stein befand sich eine Sammlung von Objekten, die alle mit der Macht zu tun hatten. Nur in der Weißen Burg fand man eine noch größere Ansammlung solcher Dinge. Elayne glaubte, es liege daran, daß sie so lange Zeit über gezwungen gewesen waren, *Callandor* aufzubewahren, ob sie nun wollten oder nicht. Sogar das Schwert, Das Kein Schwert Ist sah nach weniger aus, wenn es sich unter vielen anderen ähnlichen Dingen befand. Aber die Tairener hatten es niemals übers Herz gebracht, ihre Schätze herzuzeigen. Die Große Sammlung wurde in schmutzigen und vollgestopften Räumen noch unterhalb der Kerker aufbewahrt. Als Elayne sie zum erstenmal gesehen hatte, waren alle Türschlösser längst zugerostet, soweit die Türen nicht sowieso schon vermodert waren.

»Wir haben einen ganzen Tag dort unten verbracht«, sagte Nynaeve. »Um herauszufinden, ob Liandrin und ihre *Freundinnen* etwas gestohlen haben. Ich glaube aber nicht. Alles war unter Schichten von Staub und Moder begraben. Man wird drei Schiffe brauchen, um alles zur Burg zu transportieren. Vielleicht können sie dort mehr herausfinden; ich war nicht dazu in der Lage.« Die Versuchung, zu sticheln, war offensichtlich so stark, daß sie nicht vermeiden konnte, hinzuzufügen: »Aber das wüßtet Ihr alles längst, wenn Ihr uns ein wenig mehr von Eurer Zeit gewidmet hättet.«

Moiraine nahm keine Notiz davon. Sie schien in sich hineinzublicken, ihre eigenen Gedanken zu überprüfen, und sie führte beinahe ein Selbstgespräch. »Es gibt einen besonderen *Ter'Angreal* in der Sammlung, der aussieht, wie ein aus Sandstein gefertigter Türrahmen, der dem Auge jedoch seltsam verdreht erscheint. Wenn ich ihn nicht zu einem Entschluß treiben kann, muß ich vielleicht hindurchgehen.« Der kleine blaue Edelstein auf ihrer Stirn bebte und funkelte. Offensichtlich war sie nicht erpicht darauf, diesen Schritt zu unternehmen.

Bei der Erwähnung des *Ter'Angreal* hatte Egwene instinktiv das Oberteil ihres Kleids berührt. Sie hatte eine kleine Tasche dort eingenäht, um den Steinring darin aufzubewahren. Der Ring war ein *Ter'Angreal,* wohl klein, aber trotzdem sehr stark, und Elayne war eine von nur drei Frauen, die wußten, daß sie ihn in Besitz hatte. Moiraine gehörte nicht zu den dreien.

Es waren schon eigenartige Dinge, diese *Ter'Angreal,* Bruchstücke aus dem Zeitalter der Legenden, so wie ein *Angreal* und ein *Sa'Angreal,* wenn auch häufiger. *Ter'Angreal* gebrauchten die Eine Macht, anstatt sie zu verstärken. Jeder war offensichtlich angefertigt worden, um eine Aufgabe, und wirklich nur eine einzige zu erfüllen, aber obwohl man einige davon jetzt benützte, war niemand sicher, ob man nun das gleiche mit ihnen unternahm wie damals, als man sie hergestellt hatte. Die Eidesrute zum Beispiel, die eine Frau beim Schwören der Drei Eide halten mußte, wenn sie zur Aes Sedai erhoben wurde, war ein *Ter'Angreal,* der diese Eide den Frauen in Fleisch und Blut übergehen ließ. Die letzte Prüfung, die eine Novizin hinter sich bringen mußte, um zur Aufgenommenen erhoben zu werden, fand innerhalb eines *Ter'Angreal* statt, der ihre innersten Ängste herauskehrte und wirklich werden ließ – oder sie vielleicht auch auf eine Welt transportierte, in der sie Wirklichkeit *waren.* Seltsame Dinge konnten einem mit einem *Ter'Angreal* passieren. Aes Sedai waren schon ausgebrannt oder gestorben oder einfach verschwunden, als sie Ter'Ang*real* untersuchten und benützten.

»Dieses Tor habe ich auch gesehen«, sagte Elayne. »Im letzten Raum am Ende des Flurs. Meine Lampe ist ausgegangen, und ich bin dreimal hingefallen, bevor ich wieder an der Tür war.« Eine leichte Schamröte überzog ihre Wangen. »Ich habe mich davor gefürchtet, dort die Macht zu benützen, und sogar davor, die Lampe wieder anzuzünden. Vieles, was dort liegt, sieht mir nach Schrott aus. Ich glaube, die Tairener haben sich einfach alles geschnappt, was aussah, als habe es mit der Macht zu tun. Doch dort drinnen fürchtete ich, wenn ich die Macht benützte, etwas auszulösen, etwas noch Funktionierendes in Gang zu setzen, und wer weiß, was dann geschehen wäre.«

»Und wenn Ihr im Dunklen gestolpert und durch dieses verdrehte Tor gefallen wärt?« fragte Moiraine trocken. »Dazu muß man die Macht nicht gebrauchen; es genügt, wenn man hindurchgeht.«

»Zu welchem Zweck?« fragte Nynaeve.

»Um Antworten zu erhalten. Drei Antworten, jede davon wahr, über die Vergangenheit, die Gegenwart und die Zukunft.«

Elayne dachte unwillkürlich an die Kindergeschichte *Bili unter dem Hügel,* aber nur der drei Antworten wegen. Ein zweiter Gedanke folgte dem jedoch, und das offensichtlich nicht nur bei ihr. Sie sprach ihn bereits aus, während Nynaeve und Egwene den Mund noch nicht ganz aufbekamen: »Moiraine, das löst unser Problem. Wir können fragen, ob Joiya oder Amico die Wahrheit gesagt haben. Wir können fragen, wo sich Liandrin und die anderen aufhalten.

Die Namen der Schwarzen Ajah, die sich noch in der Burg befinden …«

»Wir können fragen, was das ist, das für Rand so gefährlich sein soll«, warf Egwene ein, und Nynaeve setzte die Liste fort: »Warum habt Ihr uns davon nicht früher berichtet? Warum mußten wir uns Tag für Tag die gleichen Geschichten anhören, wenn wir alles längst hätten entscheiden können?«

Die Aes Sedai verzog das Gesicht und hob abwehrend die Hände. »Ihr drei wollt blind in etwas hineinrennen, wo Lan mit hundert Behütern noch größte Vorsicht walten lassen würde. Warum, glaubt Ihr, bin ich selbst noch nicht hindurchgeschritten? Schon vor Tagen hätte ich fragen können, was Rand tun muß, um zu überleben und zu siegen, wie er die Verlorenen und den Dunklen König schlagen kann, wie er lernen kann, die Macht zu beherrschen und den Wahnsinn lange genug von sich fernzuhalten, bis er vollbracht hat, was sein muß.« Sie wartete, die Hände in die Hüften gestützt, während ihre Worte wirkten. Keine sagte ein Wort. »Es gibt Regeln«, fuhr sie fort, »und Gefahren. Niemand darf mehr als einmal hindurchtreten. Nur ein einziges Mal. Ihr dürft drei Fragen stellen, aber Ihr müßt alle drei gestellt und die Antworten vernommen haben, bevor ihr wieder hinausgehen dürft. Fragen, die Ihr nicht ernst gemeint habt, werden anscheinend bestraft, aber es scheint auch, daß, was dem einem ernst ist, bei einem anderen wieder als Anmaßung betrachtet wird. Und was am wichtigsten ist: Fragen, die den Schatten betreffen, ziehen ernste Konsequenzen nach sich.

Wenn Ihr eine Frage in bezug auf die Schwarzen Ajah stellt, könnte es sein, daß Ihr tot herausfallt oder als geifernde Irre, falls Ihr überhaupt noch einmal herauskommt. Was Rand betrifft … Ich glaube nicht, daß es möglich ist, eine Frage über den Wiedergeborenen Drachen zu stellen, die nicht in irgendeiner Form auch den Schatten berührt. Merkt Ihr etwas? Es gibt manchmal gute Gründe für Vorsicht.«

»Woher wißt Ihr das alles?« verlangte Nynaeve zu wissen. Sie stützte die Hände in die Hüften und baute sich vor der Aes Sedai auf. »Die Hochlords haben garantiert keine Aes Sedai an die Große Sammlung herangelassen, um die Gegenstände zu untersuchen. Dem Schmutz dort unten nach zu urteilen, hat nichts davon seit hundert Jahren oder länger das Licht der Sonne erblickt.«

»Länger, denke ich«, antwortete Moiraine gelassen. »Sie haben mit Sammeln vor beinahe dreihundert Jahren aufgehört. Und gerade kurz davor haben sie diesen besonderen *Ter'Angreal* in die Hände bekommen. Bis dahin war er im Besitz der Ersten von Mayene, die seine Antworten dazu benutzten, um Mayene vor der Herrschaft Tears zu bewahren. Und sie hatten den Aes Sedai gestattet, ihn zu untersuchen. Geheim natürlich. Mayene hat nie gewagt, Tear offen zu verärgern.«

»Wenn er für Mayene so wichtig war«, sagte Nynaeve mißtrauisch, »warum befindet er sich dann hier im Stein?«

»Weil die Ersten sowohl richtige wie auch falsche Entscheidungen getroffen haben, wenn es um die Abhängigkeit von Tear ging. Vor dreihundert Jahren planten die Hochlords den Bau einer Flotte, die den Schiffen Mayenes folgen sollte, um die Ölfisch-Schwärme aufzuspüren. Halvar, der zu dieser Zeit der Erste war, hob den Preis für Lampenöl aus Mayene stark an, so daß es teurer war als das Olivenöl Tears, und um die Hochlords des weiteren davon zu überzeugen, daß Mayene die Interessen Tears über die eigenen stellt, schenkte er ihnen diesen *Ter'Angreal*. Er hatte ihn bereits benützt, und so konnte er ihn nicht mehr gebrauchen. Außerdem war er fast genauso jung wie Berelain jetzt, hatte offensichtlich eine lange Herrschaftsperiode vor sich, und würde den guten Willen Tears viele Jahre lang benötigen.«

»Er war ein Narr«, murmelte Elayne. »Meine Mutter hätte einen solchen Fehler niemals begangen.«

»Vielleicht nicht«, sagte Moiraine. »Aber Andor ist eben auch kein kleines Land, das von einem viel größeren und mächtigeren an die Wand gedrückt wird. Halvar war tatsächlich ein Narr, wie sich herausstellte, denn die Hochlords ließen ihn nur ein Jahr später ermorden, aber sein Fehler verschafft mir eine Möglichkeit, die ich ausnützen werde, wenn es sich als notwendig erweist. Eine gefährliche Chance vielleicht, aber besser als nichts.«

Nynaeve knurrte etwas in sich hinein. Möglicherweise war sie enttäuscht darüber, daß die Aes Sedai nicht ins Stolpern geraten war.

»Das bringt uns auf den gleichen Stand von vorher zurück«, seufzte Egwene. »Nicht zu wissen, welche von beiden lügt, oder ob sie vielleicht sogar beide lügen.«

»Verhört sie noch einmal, wenn Ihr wünscht«, sagte Moiraine. »Ihr habt Zeit, bis sie sich auf dem Schiff befinden, aber ich bezweifle, daß eine von ihnen ihre Geschichte noch einmal revidieren wird. Mein Rat wäre, Euch auf Tanchico zu konzentrieren. Wenn Joiya die Wahrheit sagt, brauchen wir Aes Sedai und Behüter, um Mazrim Taim zu bewachen, und nicht nur Euch drei. Ich habe der Amyrlin eine Warnung per Brieftaube zukommen lassen, als ich Joiyas Geschichte das erste Mal hörte. Ich habe sogar drei Brieftauben abgeschickt, um sicher zu gehen, daß eine davon die Burg erreicht.«

»Sehr nett von Euch, daß Ihr uns immer so gut informiert«, knurrte Elayne. Diese Frau ging wohl immer ihren eigenen Weg. Nur, weil sie lediglich vorgaben, bereits Aes Sedai zu sein, mußte sie sie ja nicht derart im Dunkeln lassen. Schließlich waren sie von der Amyrlin geschickt worden, um die Schwarzen Ajah aufzuspüren.

Moiraine neigte kurz den Kopf, als akzeptiere sie den Dank ernsthaft. »Ist schon in Ordnung. Denkt aber daran, daß Ihr die Jagdhunde seid, die von der Amyrlin auf die Spur der Schwarzen Ajah angesetzt wurden.« Ihr leichtes Lächeln sagte Elayne, daß Moiraine genau wußte, was sie gedacht hatte. »Die Entscheidung, wohin Euch diese Jagd führen soll, ist allein Eure. Das habt Ihr mir ja bereits klargemacht«, fügte sie trocken hinzu. »Ich denke, diese Entscheidung wird leichter als die, vor der ich stehe. Und ich hoffe, Ihr werdet gut schlafen, obwohl bis Tagesanbruch nicht mehr viel Zeit ist. Gute Nacht!«

»Diese Frau ...«, fauchte Elayne, als sich die Tür hinter der Aes Sedai geschlossen hatte. »Manchmal könnte ich sie fast erwürgen.« Sie ließ sich auf einen der Stühle am Tisch fallen, legte die Hände in den Schoß und saß mit nachdenklich gerunzelter Stirn da.

Nynaeve knurrte etwas, das wohl Zustimmung bedeuten sollte, und ging zu einem kleinen Tischchen an der Wand hinüber, auf dem einige Silberpokale neben Gewürzbehältern standen. Auch zwei Krüge standen dort. Der eine war mit Wein gefüllt und ruhte in einer Schüssel mit mittlerweile fast geschmolzenem Eis, wie es vom Rückgrat der Welt aus in Sägemehl eingepackt hertransportiert wurde. Eis für die Getränke der Hochlords, und das bei den Temperaturen in Tear. Elayne hatte sich das vorher kaum vorstellen können.

»Ein kühles Getränk vor dem Einschlafen wird uns gut tun«, sagte Nynaeve. Sie füllte drei Pokale mit Wein und fügte Wasser und Gewürze hinzu.

Elayne hob den Kopf, als Egwene sich neben sie setzte. »War das ernst, was du vorhin gesagt hast, Egwene? Mit Rand?« Egwene nickte, und Elayne seufzte auf. »Erinnerst du dich daran, was Min immer gesagt hat? All ihre Scherze darüber, ihn miteinander zu teilen? Ich habe mich schon gefragt, ob sie etwas gesehen hat, wovon sie uns nichts erzählte. Ich glaubte, sie meinte damit, daß wir beide ihn lieben und sie davon wisse. Aber du hattest ein Recht auf ihn, und ich wußte nicht, was tun. Ich weiß es immer noch nicht. Egwene, er liebt dich.«

»Man muß ihm den Kopf zurechtrücken«, sagte Egwene mit fester Stimme. »Wenn ich heirate, wird es geschehen, weil ich es will und nicht bloß, weil ein Mann vor mir erwartet, daß ich ihn liebe. Ich werde es ihm sanft beibringen, Elayne, aber noch bevor ich mit ihm fertig bin, wird er wissen, daß er frei ist. Ob er will oder nicht. Meine Mutter sagt, daß sich Männer von uns unterscheiden. Sie sagt, wir wollen lieben, aber nur den, den wir uns in den Kopf gesetzt haben. Ein Mann muß sich zuerst verlieben, aber das wird bereits bei der ersten Frau geschehen, die sein Herz an die Kette legt.«

»Das ist alles schön und gut«, sagte Elayne nervös, »aber Berelain befand sich in seinen Gemächern.«

Egwene schniefte. »Was sie auch vorhat – Berelain kann sich nicht lange genug mit einem Mann aufhalten, daß er sich auch wirklich in sie verliebt. Vor zwei Tagen hat sie noch Rhuarc schöne Augen gemacht. In zwei Tagen wird sie ihr Auge auf jemand anderen werfen. Sie ist wie Else Grinwell. Erinnerst du dich noch an sie? Die Novizin, die ständig draußen auf dem Übungsgelände war und den Behütern schöne Augen machte?«

»Sie hat ihm aber nicht bloß schöne Augen gemacht in seinem Schlafzimmer und um diese Zeit! Sie hat sogar noch weniger Kleidung als sonst getragen, falls das überhaupt möglich ist.«

»Willst du ihn denn ihr überlassen?«

»Nein!« Elayne sagte das wild entschlossen, aber schon im nächsten Moment versank sie wieder in tiefste Verzweiflung. »Ach, Egwene, ich weiß nicht, was ich machen soll. Ich liebe ihn. Ich möchte ihn heiraten. Licht! Was wird Mutter dazu sagen? Ich würde lieber eine Nacht in Joiyas Zelle verbringen, als mir anhören, was Mutter mir zu sagen haben wird.« Adlige in Andor, selbst Mitglieder der königlichen Familie, heirateten öfter Gemeine und das erregte kaum viel Aufsehen. Aber Rand war nicht gerade von der üblichen Sorte. Ihre Mutter war durchaus im Stande, Lini zu ihr zu schicken, daß sie sie am Ohr packte und nach Hause schleifte.

»Morgase darf gar nicht viel sagen, wenn man Mat glauben kann«, sagte Egwene beruhigend. »Oder wenn man ihm auch nur die Hälfte glauben kann. Dieser Lord Gaebril, mit dem deine Mutter herummacht, klingt auch nicht unbedingt nach der Sorte von Mann, die eine Frau bei klarem Verstand erwählt.«

»Ich bin sicher, daß Mat übertrieben hat«, erwiderte Elayne pikiert. Ihre Mutter war doch wohl zu clever, um sich eines Mannes wegen zum Narren zu machen. Sie hatte noch nie von dem Burschen gehört, bevor Mat davon erzählte. Falls dieser Lord Gaebril davon träumte, durch Morgase an Macht zu gewinnen, dann würde er eines Tages ziemlich unsanft geweckt werden.

Nynaeve brachte die drei Pokale mit Gewürzwein zu ihrem Tisch herüber. An den glänzenden Bechern lief das Kondenswasser herunter. Sie legte kleine grüngoldene Strohuntersetzer unter die Pokale, damit keine Feuchtigkeit auf die hochglänzende Tischfläche kam. »Also«, sagte sie, während sie sich hinsetzte, »du hast herausgefunden, daß du in Rand verliebt bist, Elayne, und du, Egwene, hast herausgefunden, daß du ihn nicht liebst.«

Die beiden jüngeren Frauen, die eine dunkel, die andere blond, starrten sie mit offenem Mund an – jede ein Spiegelbild der Überraschung der anderen.

»Ich habe Augen im Kopf«, sagte Nynaeve friedlich.

»Und Ohren, wenn ihr euch schon nicht die Mühe macht, zu flüstern.« Sie schlürfte ein wenig Wein und ihr Tonfall wurde kälter, als sie fortfuhr: »Was wollt ihr nun in bezug auf ihn unternehmen? Falls diese Schlampe Berelain ihre Klauen in ihn geschlagen hat, wird es nicht einfach werden, sie wieder wegzureißen. Seid ihr sicher, daß es die Mühe wert ist? Ihr wißt, was er ist. Ihr wißt, was ihm bevorsteht, die Prophezeiungen einmal ganz beiseite gelassen. Wahnsinn. Tod. Wie lange hat er noch? Ein Jahr? Zwei? Oder wird es anfangen, bevor noch der Sommer endet? Er ist ein Mann, der die Macht gebrauchen kann.« Jedes Wort klang wie ein Schlag mit dem Hammer auf den Amboß. »Denkt daran, was man euch beigebracht hat. Denkt daran, was er ist.«

Elayne hatte den Kopf hoch erhoben und sah Nynaeve in die Augen. »Es spielt keine Rolle. Vielleicht sollte es, aber – nein. Vielleicht bin ich eine Närrin. Es ist mir gleich. Ich kann mein Herz nicht zwingen, wie mein Verstand zu urteilen, Nynaeve.«

Plötzlich lächelte Nynaeve. »Ich mußte sichergehen«, sagte sie mit warmer Stimme. »Du mußt dir sicher sein. Es ist wahrhaftig nicht leicht, einen Mann zu lieben, aber diesen einen Mann zu lieben wird noch viel schwerer.« Ihr Lächeln verflog beim Weitersprechen. »Meine erste Frage ist aber noch unbeantwortet. Was wollt ihr seinetwegen unternehmen? Berelain wirkt wohl sehr sanft, und sie will ja, daß die Männer sie so sehen, doch ich glaube nicht daran. Sie wird um das kämpfen, was sie haben will. Und sie ist die Art von Frau, die um etwas mit letztem Einsatz kämpfen wird – selbst wenn sie gar nicht so sehr daran interessiert ist – nur damit eine andere es nicht bekommt!«

»Ich würde sie gern in ein Faß stecken«, sagte Egwene. Sie packte ihren Pokal, als sei es der Hals der Ersten von Mayene. »Und dann schicke ich es nach Mayene zurück. Ganz unten im Laderaum.«

Nynaeves Zopf schwenkte herum, als sie den Kopf schüttelte. »Alles schön und gut, aber bemühe dich lieber, einen Rat zu erteilen, der tatsächlich hilft. Wenn du das nicht kannst, halte lieber den Mund und laß sie selbst entscheiden, was zu tun ist.« Egwene sah sie mit großen Augen an, und so fügte sie hinzu: »Jetzt ist Rand Elaynes Angelegenheit und nicht mehr deine. Du bist zurückgetreten, falls du dich noch daran erinnerst.«

Die Bemerkung hätte eigentlich Elayne zum Lächeln bringen sollen, tat es aber nicht. »Das hätte alles anders ablaufen sollen.« Sie seufzte. »Ich glaubte, ich würde einen Mann kennenlernen, über Monate oder Jahre hinweg kennenlernen, wohlgemerkt, und schließlich erkennen, daß ich ihn liebe. So hatte ich mir das immer vorgestellt. Ich kenne Rand ja kaum. Ich habe mich innerhalb eines Jahres vielleicht gerade ein halbes Dutzend Male mit ihm unterhalten. Aber ich wußte, daß ich ihn liebe, fünf Minuten, nachdem ich ihn das erste Mal erblickt hatte.« Das war nun wirklich närrisch. Nur war ihr das gleich, denn es entsprach nun mal der Wahrheit. Das würde sie auch ihrer Mutter ins Gesicht sagen und Lini ebenso. Nun, Lini vielleicht nicht. Die hatte ihre eigene Art, mit dem fertigzuwerden, was sie als Idiotie betrachtete, und sie schien zu glauben, Elayne sei immer noch nicht älter als zehn. »Wie die Dinge liegen, habe ich aber noch nicht einmal das Recht, auf ihn wütend zu sein. Oder auf Berelain.« Trotzdem war sie es. *Ich würde ihm gern eine verpassen, daß ihm die Ohren ein Jahr lang klingeln! Sie würde ich gern mit der Rute zu dem Schiff treiben, das sie nach Mayene zurückbringt!* Nur hatte sie kein Recht dazu, und das machte alles viel schlimmer. Sie war wütend auf sich selbst, und ihre Stimme klang ziemlich kläglich: »Was kann ich denn machen? Er hat mich nie wirklich beachtet.«

»An den zwei Flüssen«, sagte Egwene bedächtig,

»ist es so: Wenn eine Frau einem Mann zeigen will, daß sie sich für ihn interessiert, steckt sie ihm an Bel Tein oder am Sonnentag Blumen ins Haar. Oder sie stickt ein schönes Festtagshemd für ihn. Oder sie bittet gerade ihn zum Tanz und niemand anderen.« Elayne sah sie fast mitleidig an und so fügte sie schnell hinzu: »Ich will damit ja nicht vorschlagen, daß du ihm ein Hemd bestickst, aber es gibt Methoden, ihm zu zeigen, was du fühlst.«

»Die Leute in Mayene sprechen alles offen aus.« Elaynes Stimme klang scharf. »Vielleicht ist das das Beste. Es ihm einfach geradeheraus zu sagen. Dann weiß er wenigstens, was ich für ihn empfinde. Dann habe ich wenigstens ein Recht darauf ...«

Sie schnappte sich ihren Pokal, legte den Kopf zurück und trank mit langen Zügen. So etwas einfach aussprechen? Wie so eine Mayene-Hure? Als sie den leeren Pokal auf den Untersetzer zurückstellte, atmete sie tief ein und murmelte: »Was wird nur Mutter dazu sagen?«

»Was wichtiger wäre«, stellte Nynaeve sanft fest, »ist, was du tun wirst, wenn wir von hier fortmüssen. Ob nun nach Tanchico oder zur Burg oder sonstwohin, gehen müssen wir auf jeden Fall. Was machst du, wenn du fortmußt, kaum daß du ihm beigebracht hast, wie sehr du ihn liebst? Wenn er dich bittet zu bleiben? Wenn du das möchtest?«

»Ich werde mitkommen.« Elaynes Antwort kam ohne Zögern, beinahe sogar ein wenig gekränkt. Die andere hätte wirklich nicht fragen brauchen. »Wenn ich schon akzeptieren muß, daß er der Wiedergeborene Drache ist, muß er mich auch als das akzeptieren, was ich bin, und daß ich Aufgaben zu erfüllen habe. Ich will Aes Sedai werden, Nynaeve. Das sage ich nicht nur so leichthin. Und wir drei haben eine wichtige Arbeit zu erledigen. Hast du im Ernst geglaubt, ich würde dich und Egwene im Stich lassen?«

Egwene beeilte sich, ihr zu versichern, der Gedanke sei ihr niemals gekommen, und Nynaeve schloß sich dem an, doch langsam genug, um selbst ihre eigene Lüge besser schlucken zu können.

Elayne blickte von der einen zur anderen. »In Wirklichkeit habe ich gefürchtet, ihr würdet mir Vorwürfe machen, weil ich mich mit so etwas beschäftige, obwohl wir doch wahrhaftig genug mit den Schwarzen Ajah am Hals haben.«

Egwenes unsteter Blick verriet, daß sie daran tatsächlich gedacht hatte, aber Nynaeve sagte: »Rand ist nicht der einzige, der nächstes Jahr oder auch nächsten Monat sterben könnte. Das kann auch uns widerfahren. Die Zeiten sind nicht so wie früher, und auch wir müssen dem Rechnung tragen und uns ändern. Wenn du nur dasitzt und von dem träumst, was du gern haben möchtest, kann es geschehen, daß du es auf dieser Seite des Todes nicht mehr findest.«

Das war schon eine erschreckende Art von Bestätigung, aber Elayne nickte. Sie würde sich nicht wie eine dumme Gans anstellen. Wenn sie die Sache mit den Schwarzen Ajah nur schnell hinter sich bringen könnten. Sie drückte den leeren Silberpokal gegen ihre Stirn und genoß die Kühle. Was sollten sie nur tun?

KAPITEL 7

Spiel mit dem Feuer

Die Sonne hatte sich am nächsten Morgen kaum über den Horizont erhoben, da erschien Egwene am Eingang zu Rands Gemächern. Elayne folgte ihr schlurfend. Die Tochter-Erbin trug ein blaßblaues Seidenkleid mit langen Ärmeln. Es war der tairenischen Mode entsprechend schulterfrei, und nach langer Diskussion hatte sie es noch ein wenig heruntergezogen. Das Blau ihrer Augen wurde noch unterstrichen von einer Halskette aus Saphiren von der Farbe des Morgenhimmels und einer weiteren solchen Kette, die sie durch ihre rotgoldenen Locken gezogen hatte. Trotz der Wärme trug Egwene einen einfachen, dunkelroten Schal, beinahe so breit wie eine Stola, um die Schultern. Aviendha hatte ihr den gegeben, genauso wie die Saphire. Überraschenderweise besaß die Aielfrau einen ganzen Vorrat an Schmuck.

Obwohl sie ja um ihre Anwesenheit gewußt hatte, erschrak Egwene doch, als die Aiel-Wachen plötzlich geschmeidig aufsprangen. Elayne gab ein kurzes Keuchen von sich, aber dann musterte sie die Wachen würdevoll, wie sie das so gut beherrschte. Es schien aber auf diese sonnenverbrannten Männer keine Wirkung zu haben. Die sechs waren *Shae'en M'taal*, Steinhunde, und erschienen für Aiel geradezu entspannt. Das hieß, sie schienen gleichzeitig alles wahrzunehmen und bereit zu sein, in jeder Richtung losschlagen.

Egwene machte es Elayne nach und richtete sich gerade auf. Sie wünschte, sie könne das so gut wie die

Tochter-Erbin. Dann verkündete sie: »Ich … wir wollen nach den Wunden des Lord Drachen sehen.«

Ihre Bemerkung war an sich dumm, falls sie etwas über die Heilkräfte der Aes Sedai wußten, aber das war eher unwahrscheinlich. Nur wenige Menschen wußten darüber Bescheid und die Aiel möglicherweise noch weniger als andere. Sie hatte gar nicht geplant, einen Grund für ihre Anwesenheit zu nennen. Es genügte schon, daß sie sie für Aes Sedai hielten. Aber als sich die Aiel mit einemmal beinahe aus dem schwarzen Marmorboden zu erheben schienen, hielt sie es doch für besser. Nicht, daß sie irgendwelche Anstalten machten, Elayne und sie aufzuhalten. Doch diese Männer waren alle so groß, hatten solch steinharte Gesichter und trugen diese Kurzspeere und Hornbögen, als wäre deren Gebrauch ihre zweite Natur … Wenn man von diesen grauen Augen so eindringlich gemustert wurde, erinnerte man sich nur zu schnell an die Geschichten über schwarz-verschleierte, gnaden- und mitleidslose Aiel, an den Aielkrieg und Männer wie diese, die jedes gegen sie ausgesandte Heer bis hin zum letzten vernichteten und erst in ihre Wüste zurückgekehrt waren, nachdem sie das Heer der vereinigten Nationen während dreier blutgetränkter Tage und Nächte vor den Mauern Tar Valons zurückgeschlagen hatten. Beinahe hätte sie *Saidar* gesucht.

Gaul, der Anführer der Steinhunde, nickte. Er blickte voller Respekt auf Elayne und sie herab. Er war ein gutaussehender Mann, wenn er auch etwas rauh in der Schale wirkte, ein wenig älter als Nynaeve, mit Augen, so grün wie geschliffene Gemmen, und langen Wimpern, die so dunkel waren, daß sie wie ein schwarzer Kontrapunkt die Farbe seiner Augen zur Geltung brachten. »Sie schmerzen ihn möglicherweise noch. Er hat heute morgen ganz schlechte Laune.« Gaul grinste. Es war nur ein kurzes Aufblitzen weißer Zähne. Aber er hatte Verständnis für schlechte Launen, wenn man verwundet war und Schmerzen ausstehen mußte. »Er hat bereits eine Gruppe dieser Hochlords verjagt und einen davon sogar persönlich hinausgeworfen. Wie hieß er gleich wieder?«

»Torean«, antwortete ein anderer, noch größerer Mann. Er hielt lässig seinen kurzen Bogen mit aufgelegtem Pfeil in der Hand. Der Blick aus seinen grauen Augen ruhte einen Moment lang auf den beiden Frauen und huschte dann zurück zu den Säulen des Vorraums und den dunklen Zwischenräumen, die er unter Beobachtung halten mußte.

»Torean«, bestätigte Gaul. »Ich glaubte schon, er werde bis zu diesen hübschen Schnitzereien hinüberrutschen ...« Er deutete mit dem Speer auf die Gruppe strammstehender Verteidiger, die sich nicht vom Fleck rührte. »... aber drei Schritt davor war die Rutschpartie zu Ende. Ich habe einen schönen tairenischen Wandbehang mit Habichten aus Goldfäden an Mangin verloren.« Der größere Mann lächelte kurz und zufrieden.

Egwene riß die Augen auf, als sie sich vorstellte, wie Rand persönlich einen Hochlord auf den Flur beförderte. Er hatte nie zu Gewalt geneigt – ganz im Gegenteil! Inwieweit hatte er sich verändert? Sie war zu sehr mit Joiya und Amico beschäftigt gewesen und er zu sehr mit Moiraine oder Lan oder den Hochlords, als daß sie mehr als ein paar Worte im Vorübergehen gewechselt hätten. Und in diesen kurzen Gesprächen war es um die Heimat gegangen, wie wohl das Bel-Tein-Fest dieses Jahr ausgefallen sein mochte und wie es am Sonnentag würde. Alles nur hastig und nebenher. Inwieweit hatte er sich wohl verändert?

»Wir müssen zu ihm«, sagte Elayne mit leicht zitternder Stimme.

Gaul verbeugte sich und stellte einen Speer mit der Spitze nach unten auf den schwarzen Marmorboden. »Selbstverständlich, Aes Sedai.«

So betrat Egwene Rands Gemächer mit einem unangenehmen Gefühl im Magen und Elaynes Gesicht sprach Bände, welche Überwindung sie diese wenigen Schritte kostete.

Vom Schrecken der vergangenen Nacht war nichts mehr zu entdecken, außer vielleicht der Abwesenheit von Spiegeln. Helle Flecken an der Wand zeigten, wo welche abgenommen worden waren. Der Raum wirkte trotzdem keineswegs ordentlich; überall lagen Bücher, auf jeder möglichen Fläche, manche davon geöffnet, als habe er sie beim Nachlesen einfach liegen lassen. Das Bett war auch noch nicht gemacht. An allen Fenstern hatte er die tiefroten Vorhänge weggezogen. Sie zeigten nach Westen und erlaubten den Blick auf die Schlagader Tears: den Fluß. *Callandor* glitzerte wie ein geschliffener Kristall von einem hohen, vergoldeten und überreich verzierten Ständer herunter. Egwene hielt ihn für das kitschigste und häßlichste Objekt, das je einen Raum hatte schmücken sollen, bis sie auf dem Kaminsims die silbernen Wölfe erblickte, die einen goldenen Hirsch rissen. Das war denn doch noch schlimmer. Eine leichte Brise vom Fluß her kühlte den Raum überraschend stark ab, wenn man es mit dem übrigen Stein verglich.

Rand lag in Hemdsärmeln auf einem Stuhl, hatte ein Bein über die Lehne gehängt und ein ledergebundenes Buch an sein Knie gestützt. Beim Geräusch ihrer Schritte klappte er das Buch zu und ließ es zu den anderen auf den mit Runen verzierten Teppich fallen. Er sprang kampfbereit auf. Doch der düstere Gesichtsausdruck hellte sich auf, sobald er sah, wer ihn besuchte.

Zum erstenmal, seit sie sich im Stein aufhielten, suchte Egwene in seinem Gesicht nach Veränderungen und fand sie auch.

Wie viele Monate war es her, seit sie ihn zum letztenmal vor den Erlebnissen im Stein gesehen hatte?

Lange genug jedenfalls, um sein Gesicht härter erscheinen zu lassen. Die Offenheit, die einst in seinen Zügen gelegen hatte, war verblaßt. Er bewegte sich auch anders – ein bißchen wie Lan, ein bißchen wie die Aiel. Bei seiner Größe, dem rötlichen Haar und den je nach Beleuchtung einmal blau und dann wieder grau erscheinenden Augen wirkte er nur zu sehr wie ein Aielmann. Die Ähnlichkeit war beunruhigend. Doch hatte er sich auch innerlich verändert?

»Ich glaubte, jemand ... anders käme«, murmelte er in die allgemeine Verlegenheit hinein. Das war wieder der Rand, wie sie ihn kannte, bis hin zu den geröteten Wangen, jedesmal, wenn er Elayne oder sie direkt anblickte. »Manche ... manche Leute wollen Dinge, die ich ihnen nicht geben kann. Nicht geben *werde.*« Mit erschreckender Plötzlichkeit wandelte sich sein Gesichtsausdruck zu einer Maske des Mißtrauens und sein Tonfall verschärfte sich: »Was wollt *ihr* denn nun? Hat Moiraine euch geschickt? Sollt ihr mich dazu bringen, daß ich tue, was sie will?«

»Sei kein Idiot«, entschlüpfte es Egwene, bevor sie sich unter Kontrolle hatte. »Ich will auf keinen Fall, daß du einen Krieg anfängst.«

Elayne fügte bittend hinzu: »Wir sind gekommen, um ... um dir zu helfen, wenn wir können.« Das war auch einer ihrer Gründe und der am leichtesten einsehbare. Dazu hatten sich beim Frühstück entschieden.

»Ihr kennt ihre Pläne bezüglich ...«, fing er grob an, doch dann wechselte er mit einem Mal das Thema. »Mir helfen? Wie? Das sagt Moiraine auch immer.«

Egwene faltete mit strengem Blick die Arme unter der Brust und packte fest ihren Schal, so wie Nynaeve das immer getan hatte, wenn sie vor der Ratsversammlung des Dorfes gesprochen hatte und sich unbedingt durchsetzen wollte, gleich, wie stur sie auch sein mochten. Jetzt war es zu spät, noch einmal von vorn zu beginnen. Es blieb ihr nur übrig, auf dem einmal eingeschlagenen Weg fortzufahren. »Ich habe dir doch gesagt, du sollst dich nicht wie ein Narr benehmen, Rand al'Thor! Die Leute aus Tear küssen dir ja vielleicht die Stiefel, aber ich erinnere mich nur zu gut daran, wie dir Nynaeve einmal das Hinterteil versohlt hast, als du dich von Mat hattest überreden lassen, einen Krug Apfelschnaps zu stehlen.« Elayne bemühte sich, ihr Gesicht nicht zu verziehen. Zuviel der Mühe. Egwene konnte deutlich sehen, wie sie sich das Lachen verbiß.

Rand bemerkte das natürlich nicht. Männern entging so etwas gewöhnlich. Er grinste Egwene an und hätte selbst beinahe laut losgelacht. »Da waren wir gerade dreizehn geworden. Sie hat uns hinter dem Stall deines Vaters schlafend gefunden, und uns taten die Köpfe so weh, daß wir ihre Rute kaum gespürt haben.« So war das aber Egwenes Erinnerungen nach nicht gewesen. »Im Gegensatz zu dem Tag, als du ihr diese Schüssel an den Kopf geworfen hast. Denkst du noch daran? Sie hatte dich mit Hundskrauttee beruhigt, nachdem du die ganze Woche liebeskrank herumgehangen hattest, und mit dem Geschmack auf der Zunge hast du ihre beste Schüssel genommen und nach ihr geworfen. Licht, hast du vielleicht gekreischt! Wann war das? Muß fast zwei Jahre her sein…«

»Wir sind nicht hier, um über alte Zeiten zu klatschen«, sagte Egwene und rückte unangenehm berührt ihren Schal zurecht. Die Wolle war zwar nur dünn, aber dennoch zu heiß. Er erinnerte sich tatsächlich an die unmöglichsten Sachen.

Er grinste, als habe er ihre Gedanken erraten, und fuhr erheblich besser gelaunt fort: »Ihr seid hier, um mir zu helfen, sagt ihr? Womit? Ich nehme nicht an, daß ihr wißt, wie man einen Hochlord dazu bringt, sein Wort zu halten, sobald man ihm nicht mehr über die Schulter schaut. Oder wie man unerwünschte

Träume abbricht. Ich könnte nun wirklich Hilfe gebrauchen bei …« Sein Blick wanderte zu Elayne und dann zurück zu ihr. Er wechselte abrupt wieder das Thema. »Wie ist das mit der Alten Sprache? Habt ihr die in der Weißen Burg gelernt?« Er wartete nicht auf ihre Antwort, sondern kramte statt dessen zwischen den auf dem Teppich verstreuten Büchern herum. Auf den Stühlen und den zerknüllten Bettüchern lagen noch mehr. »Ich habe hier ein Exemplar … irgendwo … von …«

»Rand.« Egwene wiederholte es noch einmal lauter: »Rand, ich kann die Alte Sprache nicht lesen.« Sie warf Elayne einen Blick zu, der sie warnen sollte, ihre Kenntnisse nicht preiszugeben. Sie waren nicht gekommen, um für ihn die Prophezeiungen des Drachen zu übersetzen. Die Saphire im Haar der Tochter-Erbin schwangen hin und her, als sie zustimmend nickte. »Wir mußten andere Sachen lernen.«

Er richtete sich seufzend auf. »Es wäre auch zuviel des Guten gewesen.« Einen Moment lang schien er noch etwas sagen zu wollen, doch dann blickte er nur auf seine Stiefel herunter. Egwene fragte sich, wie er es fertiggebracht hatte, diese arroganten Hochlords hinauszuwerfen, wenn Elayne und sie ihn bereits aus dem Gleichgewicht brachten.

»Wir sind gekommen, um dir bei der Beherrschung der Macht zu helfen«, sagte sie zu ihm. Man hielt wohl allgemein Moiraines Behauptung für wahr, daß eine Frau einem Mann das Lenken der Macht genausowenig beibringen konnte wie das Kinderkriegen, doch Egwene war sich da nicht so sicher. Sie hatte einmal etwas gespürt, was aus *Saidin* gewoben war. Oder richtiger, sie hatte nichts gefühlt, wo etwas hätte sein sollen. Ihre eigenen Machtströme waren abgeblockt gewesen wie von einem Damm, der das Wasser zurückhält. Aber sie hatte sowohl in der Burg wie auch außerhalb vieles gelernt, und sicher war irgend etwas dabei, was sie ihm vermitteln konnte, eine Anleitung, die sie ihm geben konnte.

»Falls uns das möglich ist«, fügte Elayne hinzu.

Mißtrauen flackerte wieder über sein Gesicht. Es war nervtötend, wie schnell seine Launen wechselten. »Da sind meine Chancen ja noch besser, ein Buch in der Alten Sprache zu lesen, als ... Seid ihr sicher, nicht in Moiraines Auftrag zu handeln? Hat sie euch hergeschickt? Glaubt, sie kann mich auf einem Umweg herumkriegen, ja? Eine so geschickt gesponnene Intrige der Aes Sedai, daß ich nichts merke, bis ich schon mittendrin stecke?« Er knurrte empört und hob eine dunkelgrüne Jacke vom Boden hinter einem der Stühle auf. Hastig zog er ihn an. »Ich habe zugestimmt, heute morgen noch ein paar weitere Hochlords zu empfangen. Wenn ich sie nicht ständig im Auge behalte, finden sie irgendeinen Weg, sich um meine Anordnungen herumzudrücken. Sie werden noch einiges zu lernen haben. Ich herrsche jetzt in Tear. Der Wiedergeborene Drache. Das muß ich ihnen noch beibringen. Jetzt müßt ihr mich entschuldigen.«

Egwene hätte ihn am liebsten geschüttelt. Er herrschte in Tear? Nun ja, vielleicht war dem so, aber sie erinnerte sich noch an den Jungen mit einem Lamm, das er unter den Mantel gesteckt hatte, und wie stolz er darauf gewesen war, daß er den Wolf vertrieben hatte, der es reißen wollte. Er war Schafhirte und kein König, und selbst wenn er ein Recht auf ein gewisses Auftreten hatte, stand ihm das ganz und gar nicht zu Gesicht.

Sie war drauf und dran, ihm das zu sagen, als Elayne zornig herausplatzte: »Niemand hat uns geschickt. Niemand! Wir sind gekommen, weil ... weil uns etwas an dir liegt. Vielleicht klappt es nicht, aber du kannst es wenigstens versuchen. Wenn uns ... soviel daran liegt, es zu probieren, dann kannst du dir wenigstens Mühe geben. Ist dir das so unwichtig, daß du keine Stunde dafür erübrigen kannst? Für dein eigenes Leben?«

Er hörte damit auf, seine Jacke zuzuknöpfen, und blickte die Tochter-Erbin einen Augenblick lang so intensiv an, daß Egwene sich schon vergessen wähnte. Dann riß er sich unter leichtem Zittern von Elayne los. Er sah Egwene an, trat von einem Fuß auf den anderen und senkte die Augen. »Ich werde es versuchen«, sagte er kleinlaut. »Es wird nicht helfen, aber trotzdem... Was soll ich tun?«

Egwene atmete tief durch. Sie hatte nicht geglaubt, daß es so leicht würde, ihn zu überreden. Wenn er nicht wollte, war er immer wie ein Felsblock gewesen, der halb im Schlamm versunken war. Und das war viel zu oft der Fall gewesen.

»Sieh mich an«, sagte sie, wobei sie *Saidar* anzapfte. Sie ließ sich so vollständig von der Macht erfüllen, wie noch nie zuvor, sog jeden Tropfen des Stroms in sich auf, den sie überhaupt halten konnte. Es war, als durchdringe das Licht jedes Teilchen ihres Ichs, als fülle es jede Ritze in ihrem Inneren. Das Leben sprühte in ihr wie ein Feuerwerk. Noch nie zuvor hatte sie sich so der Macht hingegeben. Sie erschrak, als ihr klar wurde, daß sie nicht einmal bebte; wie sollte sie soviel zärtliche Süße auf einmal ertragen. Sie wollte sich dem ganz hingeben, tanzen und singen, sich niederlegen und die Macht einfach durch sich hindurchbranden lassen. Sie zwang sich zum Sprechen: »Was siehst du? Was fühlst du? Sieh mich an, Rand!«

Er hob langsam den Kopf. Die Stirn hatte er gerunzelt. »Ich sehe dich. Was erwartest du, das ich sehen soll? Berührst du die Wahre Quelle? Egwene, Moiraine hat hundertmal in meiner Gegenwart die Macht benützt, und ich habe niemals etwas gesehen außer der Wirkungen ihrer Tätigkeit. Das geht so nicht. Selbst ich weiß wenigstens soviel.«

»Ich bin stärker als Moiraine«, erklärte sie ihm

selbstbewußt. »Sie läge wimmernd auf dem Boden oder wäre bereits bewußtlos, wenn sie soviel Macht in sich hielte wie ich jetzt.« Das stimmte, auch wenn sie noch nie zuvor die Fähigkeiten der Aes Sedai so eindeutig einzuschätzen versucht hatte.

Diese Macht durchpulste sie stärker als das Herzblut und verlangte danach, benutzt zu werden. Mit soviel Macht konnte sie Dinge tun, von denen Moiraine noch nicht einmal zu träumen in der Lage war. Die Wunde an Rands Seite, die Moiraine nie ganz heilen konnte. Sie wußte noch nicht, wie man Wunden heilte. Es war um vieles komplizierter als alles, was sie bisher unternommen hatte. Doch sie hatte Nynaeve beim Heilen zugesehen, und bei einem solchen Machtstrom in ihrem Innern konnte sie doch vielleicht herausfinden, wie man das anstellte. Nicht gleich selbst tun natürlich – nur herausfinden …

Vorsichtig sandte sie haarfeine Rinnsale der Elemente Luft, Wasser und Geist aus, die man zum Heilen benötigte, und fühlte damit nach seiner Wunde. Eine Berührung, und sie fuhr zurück, schauderte, riß ihr Machtgewebe fort, und ihr Magen revoltierte, als wolle sie sich endlos übergeben. Es schien, als ob alle Dunkelheit der Welt dort in Rands Körper ruhe, als lauere alles Böse der Welt in dieser nur mit einer dünnen Hautschicht bedeckten Wunde. Etwas wie das hier würde die heilenden Rinnsale der Macht in sich aufsaugen wie trockener Sand den Wassertropfen. Wie konnte er diesen Schmerz ertragen? Wieso weinte er nicht ständig?

Vom ersten Gedanken daran bis jetzt war kaum ein Augenblick vergangen. Erschüttert und in dem verzweifelten Versuch, ihre Gefühle zu verbergen, fuhr sie ohne Unterbrechung fort: »Du bist genauso stark wie ich. Das weiß ich – es muß so sein. Fühle, Rand! Was fühlst du?« *Licht, was könnte diese Wunde heilen? Kann sie überhaupt geheilt werden?*

»Ich fühle überhaupt nichts«, sagte er und trat von einem Fuß auf den anderen. »Gänsehaut. Und das ist kein Wunder. Es ist ja nicht so, daß ich dir nicht trauen würde, Egwene. Aber ich kann mir nicht helfen: Ich bin immer kribbelig, wenn eine Frau in meiner Umgebung die Macht benützt. Tut mir leid.«

Sie machte sich nicht die Mühe, ihm den Unterschied zwischen dem Gebrauch der Macht und ihrer bloßen Berührung klarzumachen. Er wußte so vieles nicht, selbst wenn man es mit ihren eigenen mageren Kenntnissen verglich. Er war wie ein blinder Mann, der einen Webstuhl nach dem Gefühl allein bedienen wollte, ohne zu wissen, welche Farbe die Fäden hatten oder wie Fäden und Webstuhl überhaupt aussahen.

Mit Mühe ließ sie *Saidar* wieder fahren. Es kostete sie wirklich Mühe. Ein Teil von ihr wollte des Verlustes wegen weinen. »Jetzt berühre ich die Quelle nicht mehr, Rand.« Sie trat näher an ihn heran und blickte zu ihm auf. »Hast du immer noch eine Gänsehaut?«

»Nein. Aber das ist nur, weil du es mir gesagt hast.« Er zuckte plötzlich die Achseln. »Siehst du? Ich habe daran denken müssen, und schon ist sie wieder da.«

Egwene lächelte triumphierend. Sie mußte sich gar nicht erst zu Elayne umdrehen, um zu bestätigen, was sie bereits gespürt hatte, worauf sie sich vorher schon für diesen Fall geeinigt hatten. »Du kannst es fühlen, wenn eine Frau die Quelle berührt, Rand. Elayne tut das nämlich gerade.« Er schielte die Tochter-Erbin an. »Es spielt keine Rolle, was du siehst oder nicht siehst. Du hast es gespürt. Soviel wissen wir jetzt. Sehen wir weiter, was wir sonst noch herausfinden. Rand, berühre die Quelle. berühre *Saidin*.« Die Worte klangen heiser aus ihrem Mund. Auch darauf hatten sie und Elayne sich vorher geeinigt. Er war Rand und kein Ungeheuer aus irgendeiner Sage, und sie waren sich einig gewesen. Trotzdem, einen Mann darum zu bitten … Es war ein Wunder, daß sie diese Worte überhaupt herausgebracht hatte. »Siehst du irgend etwas?« fragte sie Elayne. »Oder spürst du etwas?«

Rand blickte immer noch von einer zur anderen, und dazwischen wurde er rot und blickte zu Boden. Warum war er derart aus dem Gleichgewicht? Die Tochter-Erbin musterte ihn eindringlich und schüttelte den Kopf. »Nein. Er steht einfach nur so da, soweit ich das beurteilen kann. Bist du sicher, daß er überhaupt etwas tut?«

»Er ist vielleicht stur, aber nicht blöd. Jedenfalls stellt er sich die meiste Zeit über nicht unbedingt dumm an.«

»Na ja, stur oder dumm oder sonst was, jedenfalls spüre ich absolut nichts.«

Egwene runzelte die Stirn. »Du sagtest doch, du würdest tun, was wir verlangen, Rand. Wie ist das jetzt? Wenn du etwas gespürt hast, sollten wir das eigentlich auch, und ich ...« Sie brach mit einem kaum unterdrückten Schmerzensschrei ab. *Irgend etwas* hatte sie gewaltig in ihr Hinterteil gezwickt. Rands Lippen zuckten. Er kämpfte gegen ein breites Grinsen an. »Das«, sagte sie ihm kurz angebunden, »war nicht sehr nett von dir.«

Er bemühte sich, eine Unschuldsmiene aufzusetzen, aber das Grinsen ließ sich nicht ganz unterdrücken. »Du sagtest, du wolltest etwas spüren, und ich dachte doch nur ...« Sein plötzliches Aufbrüllen ließ Egwene zusammenfahren. Er hielt sich mit der Hand die linke Hinterbacke und hüpfte auf einem Bein vor Schmerz im Kreis herum. »Blut und Asche, Egwene! Das war nicht notwendig ...« Er knurrte Unverständliches in sich hinein. Egwene war ganz froh, daß sie seine Flüche nicht verstehen konnte.

Sie nahm die Gelegenheit wahr und fächelte sich mit dem Ende ihres Schals ein wenig Luft zu und lächelte Elayne leicht an, worauf diese das Lächeln erwiderte. Das Glühen um die Tochter-Erbin herum verblaßte.

Beide hätten fast losgekichert, als sie sich verstohlen die Hände rieben. Das sollte wohl reichen. Hundert zu eins für sie, schätzte Egwene.

Sie wandte sich Rand zu und machte ein strenges Gesicht. »So etwas hätte ich vielleicht von Mat erwartet. Ich dachte, wenigstens du wärst inzwischen erwachsen geworden. Wir sind gekommen, um dir zu helfen, wenn es möglich ist. Versuche bitte, mit uns zusammenzuarbeiten. Mache irgend etwas mit Hilfe der Macht, aber nicht wieder etwas Kindisches wie vorhin. Vielleicht sind wir in der Lage, dann etwas zu spüren.«

Zusammengekrümmt funkelte er sie an. »Tu was«, knurrte er. »Ihr hattet kein Recht ... ich werde tagelang hinken ... Ihr wollt, daß ich etwas mit der Macht anfange?«

Plötzlich schwebte sie nach oben und Elayne mit ihr. Sie starrten sich mit weit aufgerissenen Augen an, als sie einen Schritt über dem Teppich schwebten. Nichts hielt sie dort, jedenfalls kein Strom, den Egwene fühlen oder sehen konnte. Nichts. Ihr Mund verzog sich ärgerlich. Er hatte kein Recht, so etwas zu tun. Nicht das geringste Recht, und es war Zeit, ihm das klarzumachen. Die gleiche Art von Abschirmung des Elements Geist wie bei Joiya sollte auch bei ihm wirken, ihn von der Quelle abschneiden. Die Aes Sedai benützten das bei den wenigen Männern, die sie aufgespürt hatten, weil sie mit der Einen Macht arbeiten konnten.

Sie öffnete sich *Saidar,* und ihre Stimmung sank auf den Nullpunkt. *Saidar* war schon da und seine Wärme und das Licht spürbar, doch zwischen ihr und der Wahren Quelle stand irgend etwas, ein Nichts, wie die Abwesenheit eines Trägerelements, das sie wie eine Steinmauer von der Quelle abschnitt. Es war ein hohles Gefühl in ihrem Innern, und schnell stieg Panik in ihr auf. Ein Mann gebrauchte die Macht, und sie war in seinem Strom gefangen. Natürlich war es Rand, aber so hilflos hier zu hängen und nur daran denken zu können, daß ein Mann die Macht benützte, und an das befleckte *Saidin* … Sie wollte ihn anschreien und brachte doch nur ein Krächzen zustande.

»Du willst, daß ich etwas mit Hilfe der Macht tue?« grollte Rand. Zwei kleine Tischchen streckten mühevoll und unter lautem Knarren die Beine und dann begannen sie, mit steifen Bewegungen einen Tanz aufzuführen, die Parodie eines Tanzes. Blattgold blätterte dabei von ihnen ab. »Gefällt euch das?« Feuer flammte im Kamin auf. Die Flammen erfüllten den Innenraum ganz und gar und brannten auf kahlem Stein ohne Holz und ohne Asche. »Oder das?« Der goldene Hirsch und die Wölfe auf dem Kaminsims wurden weich und fielen in sich zusammen. Dünne Rinnsale aus Gold und Silber flossen aus der zusammenfallenden Masse, in feinen, sich schlängelnden Linien, verwebten sich zu einem schmalen Streifen metallischen Stoffs. Das glitzernde Gewebe schwebte in der Luft und wuchs. Nur das hintere Ende hing noch an der schmelzenden Statue auf dem Kaminsims, wie der Faden an einem Wollknäuel, aus dem ein Kleidungsstück gestrickt wurde. »Tu etwas, Rand«, sagte Rand ironisch. »Tu etwas! Hast du eine Ahnung, wie das ist, *Saidin* zu berühren, zu halten? Ja? Ich kann spüren, wie dahinter der Wahnsinn auf mich wartet. In mich einsickert!«

Mit einem Schlag brannten die tanzenden Tischchen wie Fackeln, tanzten aber weiter. Bücher wirbelten durch die Luft; ihre Seiten wurden von unsichtbarer Hand durchgeblättert. Das Oberbett explodierte, und es schneite Federn im ganzen Raum. Als Federn auf die brennenden Tische fielen, füllte sich die Luft mit beißendem, rußigem Gestank.

Einen Augenblick lang sah Rand mit wilden Blicken die brennenden Tische an. Dann verschwand das, was Egwene und Elayne festgehalten hatte, und auch die

Abschirmung war weg. Ihre Füße schlugen im gleichen Moment auf dem Boden auf, in dem die Flammen erstarben, als würden sie in das Holz zurückgesaugt, das sie genährt hatte. Auch die Flammen im Kamin verschwanden, und die Bücher fielen zu einem noch schlimmeren Durcheinander als zuvor auf den Boden zurück. Und auch das aus Gold und Silber gewebte Tuch fiel herab. Es hingen noch lose Fäden aus halbgeschmolzenem Metall daran, die nun aber fest und kalt waren. Nur drei größere Klumpen, zwei aus Gold und einer aus Silber, waren kalt und völlig verformt auf dem Sims zurückgeblieben.

Egwene war bei der unsanften Landung taumelnd mit Elayne zusammengeprallt. Sie hielten sich aneinander fest, damit sie nicht umfielen, aber Egwene spürte, wie die andere blitzschnell das gleiche tat wie sie selbst, nämlich nach *Saidar* greifen. Augenblicke später stand ihre Abschirmung um Rand herum für den Fall, daß er noch einmal die Macht benützte, doch er stand nur wie betäubt da und starrte die verkohlten Tischchen und die herumfliegenden Federn an, die wie Schneeflocken auf seine Jacke landeten.

Er schien jetzt keine Gefahr mehr darzustellen, aber der Raum war ein einziges Durcheinander. Sie verwebte winzige Rinnsale des Elements Luft, um alle Federn zusammenzuholen, auch die auf dem Teppich liegenden. Dann dachte sie an die auf seinem Mantel und holte auch sie herbei. Den Rest mußte die Majhere herrichten lassen, oder er mußte eben selbst zupacken.

Rand zuckte zusammen, als die Federn an ihm vorbeischwebten und auf den Fetzen des Oberbettes landeten. Der Gestank wurde davon allerdings auch nicht besser. Verbrannte Federn und verbranntes Holz… Aber wenigstens machte der Raum nun einen etwas ordentlicheren Eindruck, und die schwache Brise, die durch die geöffneten Fenster drang, würde auch den Gestank schnell verfliegen lassen.

»Die Majhere wird mir nun wohl kein neues Oberbett mehr bringen«, meinte er unter gezwungenem Lachen. »Jeden Tag ein neues dürfte über dem liegen, was sie genehmigt…« Er vermied es, sie oder Elayne direkt anzuschauen. »Es tut mir leid. Ich wollte nicht… Manchmal geht es mit mir durch. Manchmal ist nichts da, wenn ich danach greife, und dann wieder geschehen Dinge, die ich… Tut mir leid. Vielleicht solltet ihr besser gehen. Das scheine ich auch recht oft zu sagen, nicht wahr?« Er errötete wieder und räusperte sich. »Ich berühre die Quelle jetzt nicht, aber trotzdem ist es wohl besser, wenn ihr geht.«

»Wir sind hier noch nicht fertig«, sagte Egwene sanft. Sanfter, als es ihren Gefühlen entsprach. Am liebsten hätte sie ihm rechts und links eine heruntergehauen. Was für eine Idee, sie und Elayne einfach schweben zu lassen und noch dazu abzuschirmen! Aber er war mit den Nerven völlig am Ende. Woher das rührte, wußte sie nicht, und sie wollte es jetzt und hier auch gar nicht wissen. So viele hatten über ihre Stärke gestaunt. Jede hatte behauptet, sie und Elayne gehörten zu den stärksten Aes Sedai seit über tausend Jahren, seien vielleicht sogar die stärksten! Sie hatte angenommen, daß sie genauso stark seien wie er. Oder wenigstens nahezu genauso stark. Und doch war sie gerade auf unsanfte Weise eines Besseren belehrt worden. Vielleicht konnte Nynaeve dem nahekommen, wenn sie wütend genug war, aber Egwene war klar, daß sie selbst, was er gerade geschafft hatte, niemals fertigbringen würde, nämlich ihre Ströme in viele kleine aufzuspalten und eine Unmenge verschiedener Dinge auf einmal zu tun. Schon allein zwei Ströme auf einmal zu jonglieren war mehr als doppelt so schwer wie bei einem der gleichen Stärke, und bei drei Strömen gleichzeitig potenzierte sich der notwendige Aufwand. Er mußte mindestens ein Dutzend verwoben haben. Und dabei wirkte er nicht einmal müde, obwohl dieser Aufwand an Macht ungeheure Kraft kostete. Sie fürchtete, er könne sowohl sie wie auch Elayne wie die kleinen Kätzchen herumreichen. Hoffentlich nicht wie Kätzchen, die er ertränken wollte, falls er dem Wahnsinn verfiel.

Aber sie wollte und konnte jetzt nicht einfach so gehen. Das würde ein Aufgeben bedeuten, und so etwas lag ihr fern. Sie wollte tun, was sie sich in den Kopf gesetzt hatte – alles –, und er würde sie nicht kurz vor dem Ziel davonjagen. Weder er noch irgend etwas anderes.

Elaynes blaue Augen blickten ebenso entschlossen drein, und in dem Augenblick, als Egwene mit Sprechen aufhörte, fuhr sie an ihrer Stelle mit noch festerer Stimme fort: »Und wir werden nicht eher gehen, bis wir fertig sind. Du hast gesagt, du wolltest es versuchen. Also mußt du dein Bestes geben, klar?«

»Habe ich das wirklich versprochen?« murmelte er nach einer Weile. »Nun, wenigstens könnten wir uns dabei hinsetzen.«

Er sah die verkohlten Tischchen oder das auf dem Boden liegende metallische Tuch nicht an, und führte sie statt dessen leicht hinkend zu hochlehnigen Stühlen an den Fenstern hinüber. Sie mußten erst Bücher von den rotseidenen Kissen nehmen, bevor sie sich setzen konnten. Auf Egwenes Stuhl hatte Band zwölf der *Schätze des Steins von Tear* gelegen, ein staubiges, in Holz gebundenes Buch mit dem Titel *Reisen in der Aiel-Wüste, mit verschiedenen Studien der wilden Einwohner dieses Gebiets,* und ein dicker, abgegriffener Lederband: *Die Politik Tears bezüglich des Territoriums von Mayene, 500 bis 750 NÄ.* Elayne mußte einen noch größeren Stapel wegräumen, aber Rand beeilte sich, ihr alles abzunehmen und zusammen mit denen, die auf seinem Stuhl gelegen hatten, auf den Boden zu legen, wo der ganze Stapel prompt umfiel. Egwene legte ihre ordentlich daneben.

»Was wollt ihr mich jetzt machen lassen?« Er saß auf der Stuhlkante und hatte die Hände auf die Knie gelegt. »Ich verspreche euch, daß ich diesmal nur das tue, was ihr wollt.«

Egwene biß sich auf die Zunge, um nicht herauszuplatzen, daß es für dieses Versprechen ein bißchen zu spät sei. Vielleicht hatte sie sich zuvor nicht klar genug ausgedrückt, aber das war keine Entschuldigung. Nun, darauf konnte sie ja ein andermal zurückkommen. Ihr wurde bewußt, daß sie in ihm wieder nur Rand sah. Er saß schuldbewußt da, als habe er gerade Schlamm auf ihr bestes Kleid gespritzt und fürchte, sie würde ihm nicht glauben, daß es aus Zufall geschehen war. Aber sie hatte *Saidar* inzwischen nicht losgelassen, genau wie Elayne. Besser war besser. »Diesmal«, sagte sie, »wollen wir lediglich, daß du erzählst. Wie berührst du die Quelle? Berichte einfach. Aber langsam, Schritt für Schritt.«

»Mehr ein Ringkampf als eine Berührung.« Er grollte ein wenig. »Schritt für Schritt? Na ja, zuerst stelle ich mir eine Flamme vor und dann schiebe ich alles da hinein: Haß, Furcht und Nervosität. Alles. Wenn alles von der Flamme verschlungen ist, ist in meinem Kopf eine Leere, ein Nichts. Ich befinde mich im Zentrum, aber ich bin gleichzeitig auch ein Teil dessen, worauf ich mich konzentriere.«

»Das klingt vertraut«, sagte Egwene. »Ich habe gehört, wie dein Vater von einer Konzentrationsübung sprach, die er verwendet, um jedesmal die Wettbewerbe im Bogenschießen zu gewinnen. Was er die Flamme und das Nichts nennt.«

Rand nickte – ein wenig traurig, wie es schien. Sie glaubte, daß er seine Heimat und seinen Vater sehr vermißte. »Tam hat es mir zuerst beigebracht. Und Lan benützt es genauso bei dem Schwert. Selene – die habe ich mal kennengelernt – nannte es das Einssein. Eine Menge Leute scheinen es zu kennen, wenn sie auch verschiedene Ausdrücke dafür verwenden. Aber ich habe selbst herausgefunden, daß ich *Saidin* berühren konnte, wenn ich mich im Nichts befand. Es war wie ein Licht gerade jenseits meines Gesichtsfeldes mitten in der Leere. Es gibt da nichts außer mir und dem Licht. Gefühle, selbst Gedanken, befinden sich außerhalb. Früher mußte ich mir eines nach dem anderen erringen, doch nun kommt es wie von selbst in einem Augenblick. Jedenfalls das meiste. Meistens.«

»Leere«, sagte Elayne schaudernd. »Kein Gefühl. Das klingt nicht so wie das, was wir tun.«

»Doch, es ist ähnlich«, beharrte Egwene eifrig. »Rand, wir stellen es nur ein wenig anders an, aber im Prinzip kommt es aufs gleiche hinaus. Ich stelle mir vor, eine Blume zu sein, eine Rosenknospe, und zwar so lange, bis ich die Rosenknospe *bin.* Das ist auch ein wenig wie dein Nichts. Die Rosenknospe öffnet sich unter dem Licht *Saidars,* und ich lasse mich davon erfüllen. Durch diese Selbstaufgabe aber beherrsche ich es. Das war am schwersten zu lernen: wie man *Saidar* beherrscht, indem man sich ihm hingibt, aber mittlerweile kommt es mir so natürlich vor, daß ich nicht einmal mehr darüber nachdenke. Das ist der Schlüssel, Rand. Da bin ich sicher. Du mußt lernen, dich hinzugeben …« Er schüttelte lebhaft den Kopf.

»Das entspricht überhaupt nicht dem, was ich tue«, protestierte er. »Mich von ihm erfüllen lassen? Ich muß hinausgreifen und *Saidin* packen. Manchmal befindet sich gar nichts dort, wenn ich danach zu greifen versuche, nichts, was ich berühren könnte, aber wenn ich nicht von allein danach griffe, würde ich für alle Ewigkeit dastehen, und nichts würde geschehen. Es erfüllt mich schon, wenn ich es einmal im Griff habe, aber mich dem hingeben?« Er fuhr sich mit den Fingern durchs Haar. »Egwene, wenn ich mich dem hingäbe, auch nur eine Minute lang, würde mich *Saidin* verschlingen. Es ist wie ein Strom aus geschmolzenem Metall, ein Feuermeer, alles Licht der Sonne, auf einen Fleck konzentriert. Ich muß darum kämpfen, daß es tut, was ich will, und dagegen ankämpfen, von ihm verschlungen zu werden.«

Er seufzte. »Ich weiß aber sehr wohl, was du damit meinst, von Leben erfüllt zu sein, auch wenn mir die Verderbnis den Magen umdreht. Die Farben sind klarer, die Gerüche. Alles ist irgendwie wirklicher. Ich will es nicht wieder loslassen, wenn ich es einmal ergriffen habe, selbst wenn es mich zu verschlingen droht. Aber was den Rest betrifft ... Sieh den Tatsachen ins Auge, Egwene. Die Burg hat recht in dieser Beziehung. Akzeptiere es als die Wahrheit, denn das ist es auch.«

Sie schüttelte den Kopf. »Das glaube ich erst, wenn es mir bewiesen wird.« Es klang nicht so sicher und selbstbewußt wie zuvor und wie es klingen sollte. Was er gesagt hatte, war wie ein verzerrtes Spiegelbild ihrer eigenen Erfahrungen. Die Ähnlichkeiten betonten gleichzeitig die Unterschiede. Aber es gab Ähnlichkeiten. Sie würde nicht aufgeben. »Kannst du die Ströme auseinanderhalten? Luft, Wasser, Geist, Erde und Feuer?«

»Manchmal«, sagte er bedächtig. »Gewöhnlich aber nicht. Ich nehme mir einfach, was ich brauche. Ich greife oft blind danach. Es ist schon seltsam. Manchmal muß ich etwas tun und schaffe es auch, aber ich weiß erst hinterher, was ich eigentlich gemacht habe und wie. Es ist, als erinnere ich mich an etwas, was ich schon vergessen hatte. Doch ich kann mich später dann daran erinnern, wie ich es anstellen muß. Meistens jedenfalls.«

»Aber du erinnerst dich daran, ja?« beharrte sie. »Wie hast du diese Tischchen entzündet?« Sie hätte ihn auch gern gefragt, wie er sie zum Tanzen gebracht hatte. Sie glaubte, eine Möglichkeit zu kennen mit Hilfe von Luft und Wasser. Aber sie wollte lieber doch mit etwas Einfachem beginnen; eine Kerze anzünden und wieder auslöschen gehörte zu den ersten Dingen, die jede Novizin beherrschte.

Rands Gesicht wirkte schmerzerfüllt. »Ich weiß nicht.« Es klang verlegen. »Wenn ich Feuer brauche, für eine Lampe oder einen Kamin, dann mache ich es einfach, aber wie weiß ich nicht. Ich muß gar nicht erst nachdenken, wenn es um Feuer geht.«

Das ergab beinahe einen Sinn. Von den Fünf Mächten waren Feuer und Erde bei den Männern am stärksten ausgeprägt gewesen während des Zeitalters der Legenden, Luft und Wasser dagegen bei den Frauen. Beim Element Geist hatte es sich die Waage gehalten. Egwene mußte auch kaum noch nachdenken, wenn sie Luft oder Wasser verwenden wollte, sobald sie eine Sache einmal erlernt hatte. Doch das half ihnen nun auch nicht weiter.

Diesmal war es Elayne, die nicht nachgab. »Weißt du, wie du sie wieder gelöscht hast? Du schienst nachzudenken, bevor sie ausgingen.«

»Daran erinnere ich mich, denn ich glaube nicht, daß ich so etwas zuvor schon einmal getan habe. Ich habe die Hitze der Tische genommen und auf die Steine des Kamins geleitet. Bei einem Kamin macht sich diese Hitze kaum überhaupt bemerkbar.«

Elayne schnappte nach Luft und hielt sich unbewußt einen Moment lang den linken Arm. Egwene verzog verständnisvoll den Mund. Sie erinnerte sich daran, wie dieser Arm von Brandblasen übersät gewesen war, als die Tochter-Erbin das gleiche versucht hatte, was Rand gerade beschrieben hatte, das aber nur mit der Lampe in ihrem Zimmer. Sheriam hatte gedroht, sie werde die Blasen auf natürliche Art heilen lassen, aber sie hatte die Drohung dann nicht wahrgemacht. Das war eine der Warnungen, die man den Novizinnen zukommen ließ: Nimm niemals Hitze in dich auf! Man konnte eine Flamme mit Hilfe von Luft oder Wasser löschen, aber Feuer zu benützen, um die Hitze wegzuziehen, führte bei einer Flamme jeder beliebigen Größe immer zu einem Unfall. Das habe nichts mit der eigenen Stärke zu tun, hatte Sheriam gesagt. Man könne einmal aufgenommene Hitze nicht mehr loswerden – auch nicht die stärkste Aes Sedai, die jemals von der Weißen Burg hervorgebracht worden war. Es hatte sogar schon Frauen gegeben, die sich auf diese Weise selbst verbrannten, die in Flammen aufgegangen waren. Egwene atmete tief, aber unruhig ein.

»Was ist los?« fragte Rand.

»Ich glaube, du hast mir gerade bewiesen, daß es wirklich einen Unterschied gibt.« Sie seufzte.

»Oh. Heißt das, du bist bereit, aufzugeben?«

»Nein!« Sie bemühte sich, ein wenig sanfter weiterzusprechen. Sie war nicht böse auf ihn. Genau. Sie wußte überhaupt nicht, auf wen sie eigentlich wütend war. »Vielleicht hatten meine Lehrerinnen recht, aber vielleicht gibt es eben doch einen Weg. Irgendeinen. Nur fällt mir gerade keiner ein.«

»Du hast es jedenfalls versucht«, sagte er einfach. »Dafür danke ich dir. Es ist nicht dein Fehler, wenn es nicht geht.«

»Es muß einen Weg geben«, murmelte Egwene, und Elayne sagte beruhigend: »Wir werden einen finden. Bestimmt.«

»Natürlich wird euch das gelingen«, sagte er mit gekünsteltem Optimismus. »Aber heute nicht.« Er zögerte. »Ich schätze, ihr werdet nun gehen?« Das klang zur Hälfte bedauernd und zur Hälfte froh. »Ich muß den Hochlords heute morgen noch einiges in bezug auf Steuern mitteilen. Sie scheinen der Meinung zu sein, sie könnten einem Bauern in einem schlechten Jahr genausoviel abnehmen wie in einem guten, ohne daß er dadurch zum Bettler wird. Und ich denke, ihr müßt diese Schattenfreunde wieder verhören.« Er runzelte die Stirn.

Er hatte wohl nichts gesagt, aber Egwene war sicher, daß er sie am liebsten so weit wie möglich von den Schwarzen Ajah ferngehalten hätte. Sie war ein wenig überrascht, daß er sie noch immer nicht gebeten hatte, zur Weißen Burg zurückzukehren. Vielleicht ahnte er, daß in diesem Fall sie und Nynaeve ihm ganz gewaltig den Kopf gewaschen hätten.

»Machen wir«, sagte sie mit fester Stimme. »Aber nicht sofort. Rand ...« Die Zeit war gekommen, den zweiten Grund für ihre Anwesenheit ins Spiel zu bringen, aber das war noch schwieriger, als sie geglaubt hatte. Es würde ihm weh tun, davon überzeugte sie ein Blick in diese traurigen, mißtrauischen Augen. Aber es mußte sein. Sie zog den Schal etwas fester zusammen, so daß er sie von den Schultern bis zur Hüfte einhüllte. »Rand, ich kann dich nicht heiraten.«

»Ich weiß«, sagte er.

Sie blinzelte überrascht. Er nahm es wohl nicht so schwer, wie sie erwartet hatte. Sie sagte sich, das sei doch gut. »Ich will dir nicht weh tun – wirklich nicht – aber ich will dich nicht heiraten.«

»Das verstehe ich, Egwene. Ich weiß, was ich bin. Keine Frau würde ...«

»Du wollköpfiger Idiot!« schimpfte sie. »Das hat nichts damit zu tun, daß du die Macht benützen kannst! Ich liebe dich einfach nicht! Jedenfalls nicht so, daß ich dich heiraten möchte.«

Rand fiel die Kinnlade herunter. »Du ... du liebst mich nicht?« Es klang so überrascht, wie er aussah. Und auch verletzt.

»Versuche das bitte zu verstehen«, sagte sie in sanfterem Tonfall. »Die Menschen ändern sich, Rand. Gefühle ändern sich. Wenn Menschen voneinander getrennt sind, leben sie sich manchmal auseinander. Ich liebe dich wie einen Bruder, vielleicht auch etwas mehr, aber heiraten würde ich dich nicht. Kannst du das verstehen?«

Er brachte ein bedauerndes Grinsen zuwege. »Ich bin wirklich ein Narr. Ich habe einfach nicht glauben können, daß du dich auch geändert hast. Egwene, ich will dich auch nicht heiraten. Ich wollte mich nicht ändern und habe mich auch nicht bemüht, aber es ist eben so gekommen. Wenn du wüßtest, wieviel mir das bedeutet! Dir nichts vormachen zu müssen. Keine Angst haben zu müssen, dir weh zu tun. Das wollte ich doch nie, Egwene. Ich wollte dir einfach nicht weh tun.«

Sie hätte beinahe gelächelt. Er überspielte es so tapfer, daß er beinahe überzeugend gewirkt hätte. »Ich bin froh, daß du es so ruhig hinnimmst«, sagte sie ihm mit weicher Stimme. »Ich wollte dir auch nicht weh tun. Und nun muß ich wirklich gehen.« Sie erhob sich von ihrem Stuhl und gab ihm einen flüchtigen Kuß auf die Wange. »Du findest bestimmt eine andere.«

»Sicher«, sagte er und stand ebenfalls auf. Die Lüge schwang deutlich in seiner Stimme mit.

»Warts nur ab!«

Sie schlüpfte zufrieden hinaus und eilte durch den Vorraum. Sie ließ *Saidar* los, während sie den Schal von den Schultern rutschen ließ. Das Ding war unwahrscheinlich heiß.

Er war bereit, Elayne wie ein verirrter Welpe in den Schoß zu fallen, wenn sie ihn so behandelte, wie sie es besprochen hatten. Sie glaubte, daß Elayne gut mit ihm umgehen werde, jetzt wie später. Jedenfalls solange, wie ihnen noch Zeit blieb. Es mußte aber etwas geschehen, damit er seine Gaben besser unter Kontrolle bekam. Sie war gewillt, zuzugeben, daß es stimmte, was man ihr beigebracht hatte: Keine Frau konnte ihn lehren, damit umzugehen – Fische und Vögel… Aber das bedeutete noch lange kein Aufgeben. Es mußte etwas geschehen, also mußte sie einen

Weg finden. Diese schreckliche Wunde und der drohende Wahnsinn waren Probleme für später, aber eines Tages mußten auch sie gelöst werden. Irgendwie. Jeder sagte, die Männer von den Zwei Flüssen seien stur, aber da kannten sie die Frauen von den Zwei Flüssen schlecht.

KAPITEL 8

Sturköpfe

Elayne war nicht sicher, ob Rand überhaupt bemerkt hatte, daß sie sich noch im Raum befand, so wie er Egwene mit einem leicht verwirrten Gesichtsausdruck nachblickte. Gelegentlich schüttelte er den Kopf, als werde er sich mit sich selbst nicht einig oder wolle einen klaren Kopf bekommen. Sie wollte gern warten, bis er mit sich selbst im reinen war. Alles war ihr recht, was den Augenblick der Wahrheit noch etwas hinauszögerte. Sie konzentrierte sich darauf, äußerlich gefaßt zu wirken und Haltung zu bewahren – Rücken gerade und hoch erhobener Kopf, die Hände im Schoß gefaltet... Die Gelassenheit ihrer Miene hätte der Moiraines Konkurrenz machen können. In ihrem Magen flatterten Schmetterlinge in Faustgröße herum.

Sie hatte keine Angst davor, daß er wieder die Macht benützen werde. Sie hatte *Saidar* fahren lassen, sobald Egwene aufgestanden war, um zu gehen. Sie wollte ihm einfach vertrauen und sie mußte ja wohl auch. Ihre innere Erregung rührte von dem her, was sie sich von ihm wünschte. Sie mußte sich beherrschen, um nicht ständig an ihrer Halskette oder den Saphiren in ihrem Haar herumzufummeln. War ihr Parfum zu auffallend? Nein. Egwene hatte gesagt, daß er Rosenduft mochte. Das Kleid? Sie hätte es am liebsten höhergezogen, doch...

Er drehte sich um und hinkte wieder ein klein wenig, was sie dazu brachte, nachdenklich die Lippen zu schürzen. Dann sah er sie auf dem Stuhl sitzen und fuhr zusammen. Er riß die Augen auf, als stünde er kurz vor einer Panik. Sie aber war sehr erleichtert darüber, denn als sein Blick sie berührt hatte, mußte sie sich selbst gewaltig zusammennehmen, um ruhig und würdevoll zu erscheinen. Seine Augen waren nun blau wie ein verhangener Morgenhimmel.

Er fing sich nach einem Augenblick wieder und verbeugte sich höchst überflüssigerweise. Dabei wischte er sich nervös die Hände an der Jacke ab. »Ich hatte nicht bemerkt, daß du noch ...« Er errötete und hörte mit Sprechen auf. Ihm war klar geworden, daß sie es als Beleidigung auffassen könnte, wenn er ihre Anwesenheit übersehen hatte. »Ich meine ... ich habe nicht ... das heißt, ich ...« Er atmete tief durch und begann von neuem: »Ich bin kein solch schlimmer Narr, wie es jetzt aussieht, Lady Elayne. Aber es passiert ja auch nicht jeden Tag, daß einem eine Frau erklärt, sie liebe mich nicht, Lady Elayne.«

Sie machte eine übertrieben ernste Miene. »Wenn Ihr mich jemals wieder so anredet, dann werde ich Euch künftig als Lord Drache bezeichnen. Und knicksen. Selbst die Königin von Andor würde einen Knicks vor Euch machen, und ich bin nur die Tochter-Erbin.«

»Licht! Bloß das nicht!« Er schien die Drohung übermäßig ernst zu nehmen.

»Das mache ich doch auch nicht im Ernst, Rand«, sagte sie in ruhigerem Ton. »Aber nur, wenn du mich mit meinem Namen anredest. Elayne. Sag es, ja?«

»Elayne.« Er sagte das ein wenig linkisch, doch schien er es auch zu genießen, diesen Namen auszusprechen.

»Gut.« Es war idiotisch, daß sie sich so freute, da er schließlich nichts anderes getan hatte, als ihren Namen auszusprechen. Aber es gab da etwas, das sie wissen mußte, bevor sie weitermachen konnte. »Hat es dir sehr weh getan?« Es wurde ihr klar, daß er ihre Worte auf zweierlei Art auslegen könne. »Ich meine, was Egwene dir gesagt hat.«

»Nein. Ja. Ein bißchen. Ich weiß nicht. Schließlich war es nur anständig.« Er grinste leicht, und sein Mißtrauen wich ein wenig. »Ich höre mich schon wieder wie ein Narr an, oder?«

»Nein. Für mich nicht.«

»Ich habe ihr die reine Wahrheit gesagt, aber sie hat mir wohl nicht geglaubt. Ich denke, ich habe es von ihr auch nicht glauben wollen. Nicht wirklich. Und wenn das nicht dumm ist, dann weiß ich auch nicht mehr.«

»Wenn du mir noch einmal sagst, du seist ein Narr, dann werde ich anfangen, es zu glauben.« *Er wird nicht versuchen, sie irgendwie festzuhalten; darüber muß ich mir also keine Gedanken machen.* Ihre Stimme klang ruhig, doch ihr Tonfall sagte ihm, daß sie nicht ganz ernst meinte, was sie ihm erklärte: »Ich habe einmal den Hofnarren eines Lords aus Cairhien gesehen. Er trug einen lustigen, gestreiften Mantel, der ihm viel zu groß war und auf den er Glöckchen genäht hatte. Du würdest reichlich blöd aussehen mit Glöckchen!«

»Das glaube ich auch«, sagte er reumütig. »Lektion akzeptiert.« Diesmal war sein Grinsen breiter und erfaßte sein ganzes Gesicht.

Die Schmetterlinge in ihrem Bauch drängten zur Eile, doch sie beschäftigte sich erst einmal damit, ihren Rock glattzustreichen. Sie mußte langsam und vorsichtig vorgehen. *Wenn nicht, glaubt er sicher, daß ich nur eine dumme Göre bin. Und er hat auch noch recht damit.* Jetzt flatterten bereits ganze Schwärme von Schmetterlingen durch ihren Bauch.

»Möchtest du eine Blume haben?« fragte er plötzlich, und sie zwinkerte verwirrt.

»Eine Blume?«

»Ja.« Er schritt zum Bett, hob eine Handvoll Federn von dem zerfetzten Oberbett auf und hielt sie ihr hin. »Ich habe gestern abend eine für die Majhere gemacht. Man hätte denken können, ich habe ihr den ganzen

Stein geschenkt. Aber deine wird viel hübscher«, fügte er eilends hinzu. »Viel hübscher, das verspreche ich.«

»Rand, ich …«

»Ich bin schon vorsichtig. Ich brauche nur ganz wenig von der Macht dazu. Nur einen dünnen Faden, und ich werde wirklich vorsichtig sein.«

Vertrauen. Sie mußte ihm vertrauen. Es kam aber doch als kleine Überraschung, als sie feststellte, daß sie ihm tatsächlich vertraute. »Das wäre schön, Rand.«

Eine Weile blickte er das flauschige Häufchen in seiner Hand an und runzelte langsam die Stirn. Mit einemmal ließ er dann die Federn fallen und klopfte sich die Hände ab. »Blumen«, sagte er, »sind kein würdiges Geschenk für dich.« Sie hatte Mitleid mit ihm; ganz offensichtlich hatte er *Saidin* berühren wollen und nichts erreicht. Er verbarg seine Enttäuschung damit, daß er schnell zu dem metallischen Tuch hinüberhinkte und es sich über den Arm legte. »Aber das hier ist ein würdiges Geschenk für die Tochter-Erbin Andors. Du könntest es von einer Schneiderin …« Offensichtlich fiel ihm nicht ein, was eine Schneiderin aus einem vier Schritt langen und kaum zwei Fuß breiten Stück Gold-und-Silber-Tuches machen könne.

»Ich bin sicher, daß einer Schneiderin eine Menge dazu einfällt«, sagte sie ihm diplomatisch. Dann zog sie ein Taschentuch aus dem Ärmel und kniete einen Moment nieder, um die fallengelassenen Federn darin aufzusammeln.

»Die Zimmermädchen werden das doch besorgen«, sagte er, als sie das kleine Bündel in ihrer Gürteltasche verstaute.

»So, das wäre erledigt.« Wie könnte er auch verstehen, daß sie die Federn nur aufheben wollte, weil er die Absicht gehabt hatte, ihr daraus eine Blume zu machen? Er trat von einem Fuß auf den anderen und hielt den glitzernden Stoff auf dem Arm, als wisse er nicht, was er damit anfangen solle. »Die Majhere muß bestimmt Schneiderinnen haben«, sagte sie zu ihm. »Ich gebe das einer von ihnen.« Seine Miene erhellte sich, und er lächelte. Sie hatte keinen Grund, ihm zu sagen, daß sie es verschenken wollte. Dieser Sturmwind von Schmetterlingen ließ sie nicht mehr ruhen. Es mußte nun sein. »Rand … magst du mich?«

»Dich mögen?« Er runzelte die Stirn. »Natürlich mag ich dich. Ich mag dich sehr.«

Mußte er dreinblicken, als habe er keine Ahnung, was sie meinte? »Ich hab' dich gern, Rand.« Sie war selbst überrascht, daß sie das so ruhig herausbrachte. Ihr Magen schien sich dabei ihrer Kehle zu nähern, während ihre Hände und Füße eiskalt waren. »Mehr als gern.« Das reichte. Sie würde sich nicht zum Narren machen. *Er muß zuerst mehr daraus machen als nur ›mögen‹.* Beinahe hätte sie hysterisch gekichert. *Ich werde mich beherrschen. Er wird nicht erleben, daß ich mich wie ein Bauernmädchen benehme, das ihm schöne Augen macht. Garantiert nicht.*

»Ich hab' dich auch gern«, sagte er bedächtig.

»Gewöhnlich falle ich ja nicht so mit der Tür ins Haus.« Nein, das erinnerte ihn nun vielleicht an Berelain. Seine Wangen hatten sich bereits gerötet. Er dachte *bestimmt* an Berelain! Seng ihn! Ihre Stimme klang glatt wie Seide: »Bald muß ich gehen, Rand. Tear verlassen. Vielleicht werden wir uns monatelang nicht mehr sehen.« *Oder niemals mehr,* sagte ein dünnes Stimmchen in ihrem Hinterkopf. Sie weigerte sich, darauf zu hören. »Ich konnte nicht weg, ohne dich wissen zu lassen, was ich dir gegenüber empfinde. Und ich … hab' dich sehr, sehr gern.«

»Elayne, ich habe dich wirklich auch sehr gern. Ich fühle … ich möchte …« Die hochroten Flecken auf seinen Wangen breiteten sich weiter aus. »Elayne, ich weiß nicht, was ich sagen soll, wie ich …«

Plötzlich brannte ihr ganzes Gesicht. Er mußte ja glauben, sie wolle ihn dazu drängen, mehr zu sagen.

Stimmt das denn nicht? spottete das kleine Stimmchen, und ihre Wangen wurden noch heißer. »Rand, ich will dich nicht...« Licht! Wie konnte sie das nur ausdrücken? »Ich wollte nur, daß du weißt, was ich empfinde. Das ist alles.« Berelain hätte es nicht dabei bewenden lassen. Berelain hätte sich jetzt wohl um ihn herumgewickelt. Sie sagte sich, daß sie sich nicht von dieser halbnackten Schlampe ausstechen lassen könne. Also trat sie näher an ihn heran, nahm ihm das glitzernde Tuch vom Arm und ließ es zu Boden fallen. Aus irgendeinem Grund kam er ihr größer vor als jemals. »Rand... Rand, ich möchte, daß du mich küßt.« So. Das war draußen.

»Dich küssen?« sagte er, als habe er niemals zuvor vom Küssen gehört. »Elayne, ich will dir nicht mehr versprechen, als ich... Ich meine, es ist nicht, als wären wir verlobt. Nicht, daß ich vorschlagen will, wir sollten uns verloben. Es ist nur... Ich mag dich schrecklich gern, Elayne. Mehr als gern. Ich will nur nicht, daß du glaubst, ich...«

Nun mußte sie doch lachen über seine verwirrte Ernsthaftigkeit. »Ich weiß ja nicht, wie das an den Zwei Flüssen ist, aber in Caemlyn wartet man nicht erst auf die Verlobung, bevor man ein Mädchen küßt. Und es bedeutet auch nicht, daß man sich nun verloben müßte. Aber vielleicht weißt du nicht, wie...« Seine Arme legten sich beinahe fordernd um sie, und seine Lippen drückten sich auf ihre. In ihrem Kopf wirbelte alles herum, während sich ihre Zehen in den Pantoffeln krümmten. Einige Zeit später – sie wußte nicht, wie lange – wurde ihr bewußt, daß sie sich an ihn schmiegte, an ihm festhielt, weil ihre Knie zitterten und sie nach Luft rang.

»Entschuldige, daß ich dich unterbrochen habe«, sagte er. Sie war froh, daß auch in seiner Stimme ein wenig Atemlosigkeit mitschwang. »Ich bin nur ein rückständiger Schafhirte von den Zwei Flüssen.«

»Du bist grob«, murmelte sie zu seinem Hemd hin, »und du hast dich heute morgen nicht rasiert, aber als rückständig würde ich dich nicht gerade bezeichnen.«

»Elayne, ich ...«

Sie legte eine Hand über seinen Mund. »Ich will nichts von dir hören, was du nicht aus ganzem Herzen so meinst«, sagte sie entschlossen. »Nicht jetzt und auch in Zukunft nicht.«

Er nickte, allerdings nicht so, als verstünde er den wahren Grund, sondern eher, als wisse er, daß sie auch meinte, was sie sagte. Sie strich sich durchs Haar, aber die Kette mit Saphiren war hoffnungslos verwickelt. Ohne Spiegel konnte sie sie unmöglich wieder richten. Zögernd entwand sie sich seinen Armen. Es wäre nur zu leicht, dort zu verweilen, und dabei war sie schon viel forscher gewesen, als sie jemals von sich selbst erwartet hatte. So mit ihm zu sprechen und sogar um einen Kuß zu bitten! Ihn aufzufordern! Sie war doch nicht Berelain.

Berelain. Vielleicht hatte Min etwas vorausgesehen. Was Min sah, geschah, aber sie würde ihn nicht mit Berelain teilen! Vielleicht mußte sie noch ein wenig deutlicher werden. Oder doch wenigstens annähernd deutlich. »Ich schätze, es wird dir nicht an weiblicher Gesellschaft fehlen, wenn ich weg bin. Denke nur daran, daß einige Frauen die Männer mit ihrem Herz anblicken, während andere nicht mehr in ihnen sehen als eine Art von Schmuckstück, kaum anders als eine Halskette oder einen Armreif. Denke auch daran, daß ich zurückkomme, und ich bin diejenige, die mit dem Herzen sieht!« Zuerst blickte er verwirrt drein und dann ein wenig erschrocken. Sie hatte zuviel und zu schnell gesagt. Nun mußte sie ihn ablenken. »Weißt du, was du mir nicht gesagt hast? Du hast nicht versucht, mich abzuschrecken, indem du erklärt hättest, wie gefährlich du seist. Versuch es jetzt bitte auch nicht mehr. Es ist zu spät.«

»Ich habe gar nicht daran gedacht.« Nun kam ihm aber ein anderer Gedanke, und sein Blick wurde plötzlich mißtrauisch. »Hast du das alles mit Egwene abgesprochen?«

Sie brachte es fertig, gleichzeitig mit großen Unschuldsaugen dreinzublicken und doch leicht erzürnt zu wirken. »Wie kannst du so etwas nur glauben? Denkst du, wir reichen dich wie ein Paket von der einen zur anderen weiter? Du denkst entschieden zuviel an dich selbst. Man kann auch übertrieben stolz sein.« Jetzt blickte er wieder verwirrt drein. Das war durchaus zufriedenstellend. »Tut es dir leid, was du mit uns gemacht hast, Rand?«

»Ich wollte euch nicht erschrecken«, sagte er zögernd. »Egwene hat mich aufgeregt. Das schafft sie immer mühelos. Ich weiß, eine Entschuldigung ist das nicht. Ich sagte ja, daß es mir leid tut, und das stimmt. Und schau mal, was es mir eingebracht hat: versengte Tische und noch ein kaputtes Oberbett.«

»Und was das … Zwicken betrifft?«

Er wurde wieder rot, sah ihr aber trotzdem gerade in die Augen. »Nein. Nein, das tut mir nicht leid. Ihr zwei habt einfach über meinen Kopf hinweg geredet, als sei ich ein Scheit Holz ohne Ohren. Ihr hattet das verdient, ihr beiden, und dazu stehe ich.«

Einen Augenblick lang sah sie ihn forschend an. Er rieb sich durch die Jackenärmel hindurch die Unterarme, als sie ganz kurz nach *Saidar* griff. Sie hatte eigentlich keine Ahnung, wie man mit Hilfe der Macht Wunden heilte, aber sie hatte wenigstens gelegentlich ein paar Bruchstücke mitbekommen. So lenkte sie einen dünnen Strom der Macht und nahm ihm den Schmerz, den sie ihm aus Rache für das Kneifen zugefügt hatten. Er riß überrascht die Augen auf und lief vorsichtig ein paar Schritte, um festzustellen, ob die Abwesenheit des Schmerzes keine Täuschung sei. »Als Dank für die Ehrlichkeit«, sagte sie schlicht.

Es klopfte an die Tür und Gaul steckte den Kopf herein. Zuerst hatte der Aielmann die Augen gesenkt, aber nach einem schnellen Blick in ihre Richtung hob er den Kopf. Elayne wurde knallrot, als ihr klar wurde, was er wohl vermutet hatte: daß er sie nämlich in einer verfänglichen Situation überrascht habe. Beinahe hätte sie noch einmal *Saidar* ergriffen und ihm eine Lektion erteilt.

»Die Tairener sind da«, sagte Gaul. »Die Hochlords, die Ihr erwartet hattet.«

»Dann gehe ich jetzt«, sagte sie zu Rand. »Du mußt mit ihnen über – was war es gleich? – Steuern sprechen, ja? Denke an das, was ich dir gesagt habe.« Sie sagte nicht: ›Denk an mich‹, aber sie war sicher, daß die Wirkung die gleiche sein würde.

Er streckte die Arme aus, als wolle er sie aufhalten, doch sie entschlüpfte ihm. Sie hatte nicht vor, Gaul ein Schauspiel zu liefern. Der Mann war ein Aiel, aber was mußte er von ihr denken, wenn sie um diese Zeit am Morgen nach Parfum duftete und Saphirschmuck trug? Es kostete sie wirklich Mühe, ihr Kleid nicht doch hochzuziehen, um mehr zu verbergen.

Die Hochlords traten ein, als sie die Tür erreichte – eine buntgemischte Gruppe ergrauter Männer mit Spitzbärten in farbenfrohen, kunstvoll bestickten Mänteln mit Puffärmeln. Unter zögernden Verbeugungen wichen sie ihr aus, und ihr höfliches Gemurmel konnte kaum die Erleichterung darüber verbergen, daß sie im Gehen begriffen war.

Sie sah sich von der Tür aus noch einmal um. Ein hochgewachsener, breitschultriger junger Mann in einer einfachen grünen Jacke inmitten der Hochlords mit all ihrer Seide und den Satinstreifen: So wirkte Rand wie ein Storch unter Pfauen, und doch war da etwas an ihm, eine Ausstrahlung, die bewies, daß er zu Recht hier der war, der die Befehle erteilte. Die Tairener erkannten das auch und neigten zögernd ihre

steifen Hälse. Er dachte vielleicht, sie beugten sich ihm nur, weil er der Wiedergeborene Drache war, und möglicherweise glaubten sie das selbst. Aber sie hatte Männer erlebt wie Gareth Bryne, den Kommandeur der Leibgarde ihrer Mutter, die auch in Lumpen noch einen Raum beherrscht hätten, ohne Titel und ohne Namen. Rand war das sicher nicht klar, doch er war ein solcher Mann. Er war es noch nicht gewesen, als sie ihn zum erstenmal gesehen hatte, doch mittlerweile war ein solcher Mann aus ihm geworden. Sie zog die Tür hinter sich zu.

Die Aiel um sie herum blickten sie neugierig an und der Hauptmann, der den Ring der Verteidiger in der Mitte des Vorraums kommandierte, starrte nervös herüber, doch sie bemerkte sie alle kaum. Es war vollbracht. Oder zumindest war ein Anfang gemacht. Vier Tage hatte sie noch, bevor Joiya und Amico auf das Schiff gebracht werden sollten, vier Tage also, um sich so in Rands Gedanken festzusetzen, daß darin kein Raum mehr für Berelain blieb. Und wenn sie das nicht erreichte, dann zumindest wollte sie in seinen Gedanken bleiben, bis sie mehr unternehmen konnte. Sie hatte nie geglaubt, daß sie so etwas fertigbringen würde – einen Mann zu jagen wie eine Jägerin den wilden Keiler. Die Schmetterlinge trieben sich immer noch in ihrem Magen herum. Aber wenigstens hatte sie sich ihm gegenüber nicht anmerken lassen, wie nervös sie tatsächlich gewesen war. Nun fiel ihr auch auf, daß sie kein einziges Mal daran gedacht hatte, was wohl ihre Mutter dazu sagen würde. Jetzt beruhigte sich ihr Magen endlich. Es war ihr gleich, was Mutter sagen würde. Morgase mußte ihre Tochter als Frau akzeptieren, und das war alles.

Die Aiel verbeugten sich, als sie davonschritt, und sie nahm es mit einem graziösen Nicken entgegen, das Morgase alle Ehre gemacht hätte. Selbst der tairenische Hauptmann sah sie an, als habe er ihre neugewonnene

Würde bemerkt. Sie glaubte nicht, daß ihr noch einmal diese Schmetterlinge im Magen Schwierigkeiten bereiten würden. Vielleicht, was die Schwarzen Ajah betraf, aber nicht Rands wegen.

Rand ignorierte zunächst die nervös im Halbkreis herumstehenden Hochlords und blickte die Tür mit staunenden Augen an, die sich hinter Elayne schloß. Träume, die wahr wurden, auch wenn es keine großen Dinge im Leben waren, machten ihn unruhig. Von dieser Schwimmerei im Wasserwald zu träumen war ja gut und schön, aber er hatte sich niemals erträumt, daß sie ihn wirklich so gern haben könnte. Sie war immer so kühl und beherrscht gewesen, während er ständig über die eigenen Füße stolperte. Und dann Egwene, die ihm seine eigenen Gedanken gewahr werden ließ und nur darum besorgt war, ihm nicht allzusehr weh zu tun. Wieso konnten Frauen bei der kleinsten Sache völlig aufgelöst sein oder aber einen Wutausbruch haben, wenn sie nicht einmal mit der Wimper zuckten bei anderen Sachen, die einen Mann total umwarfen?

»Lord Drache?« murmelte Sunamon noch unterwürfiger als sonst. Gerüchte über die Ereignisse dieses Morgens mußten wohl längst im ganzen Stein herum sein. Die erste Gruppe war ja fast im Laufschritt hinausgerannt, und es war zweifelhaft, ob Torean noch einmal sein Gesicht in Rands Gegenwart zeigen und seine schmutzigen Vorschläge unterbreiten würde.

Sunamon bemühte sich um ein dankbares Lächeln, aber als Rand ihn direkt anblickte, verlor sich das sofort wieder, und er rang statt dessen ängstlich die Hände. Die anderen taten so, als bemerkten sie die versengten Tische, das zerrissene Oberbett, die verstreuten Bücher und die halbgeschmolzenen, formlosen Klumpen auf dem Kaminsims, die einmal Wölfe und Hirsch dargestellt hatten, überhaupt nicht. Die

Hochlords hatten Erfahrung darin, nur zu sehen, was sie sehen wollten. Carleon und Tedosian, deren Haltung trotz ihrer Fettleibigkeit falsche Bescheidenheit ausdrücken sollte, war wohl selbst bewußt, daß es auch verdächtig war, wenn sie die ganze Zeit über stur aneinander vorbeischauten. Andererseits hätte Rand solche Kleinigkeiten vielleicht gar nicht bemerkt, wenn er nicht Thoms Zeilen gelesen hätte, die er nach dem Ausbürsten seiner Jacke in einer Tasche gefunden hatte. »Der Lord Drache wünschte, uns zu sehen?« brachte Sunamon heraus.

Konnten Egwene und Elayne das miteinander abgesprochen haben? Nein, natürlich nicht. Frauen taten so etwas genausowenig wie Männer. Oder doch? Es mußte ein Zufall gewesen sein. Elayne hörte, daß er frei sei, und hatte sich entschlossen, mit ihm darüber zu sprechen. Das war es. »Steuern!« fauchte er. Die Tairener rührten sich nicht und machten trotzdem den Eindruck, als träten sie einen Schritt zurück. Wie er es haßte, sich mit diesen Männern abgeben zu müssen. Er wollte sich viel lieber wieder in seinen Büchern vergraben.

»Es gibt ein schlechtes Beispiel, Lord Drache, wenn man die Steuern senkt«, sagte ein hagerer grauhaariger Mann mit öliger Stimme. Meilan war für einen Tairener ziemlich groß, nur eine Handbreit kleiner als Rand, und wirkte so hart wie einer der Verteidiger. In Rands Gegenwart lief er meistens leicht gebückt einher, und an seinen dunklen Augen konnte man ablesen, wie sehr er das haßte. Aber es hatte ihm auch nicht gepaßt, als Rand ihnen erklärt hatte, sie sollten nicht immer so um ihn herumkriechen. Kein einziger, der sich danach endlich aufgerichtet hätte. Gerade Meilan war es unangenehm gewesen, daran erinnert zu werden, wie er sich benahm. »Die Bauern haben immer mit Leichtigkeit zahlen können, aber wenn wir nun ihre Steuern senken und der Tag kommt, da wir sie wieder auf das jetzige Maß erhöhen, werden sich die Narren genauso bitter darüber beklagen, als hätten wir sie jetzt verdoppelt. Wenn der Tag kommt, könnte es sogar zu bewaffneten Unruhen kommen, Lord Drache.«

Rand schritt durch den Raum und stellte sich vor *Callandor.* Das Kristallschwert funkelte stärker als alles Blattgold und alle Edelsteine, mit denen sein Ständer verziert war. Es war ein Symbol dessen, was er darstellte, und der Macht, die er zur Verfügung hatte. Egwene. Es war wirklich närrisch, beleidigt zu sein, weil sie ihm gesagt hatte, daß sie ihn nicht mehr liebe. Wieso sollte sie ihm gegenüber Gefühle hegen, die er ihr gegenüber nicht empfand? Und doch schmerzte es. Es war eine Erleichterung, aber keine angenehme. »Es wird auch Unruhen geben, wenn Ihr Menschen durch Armut und Ruin von ihren Höfen vertreibt.« Drei Bücher lagen sauber aufgeschichtet neben Meilans Füßen: *Schätze des Steins von Tear, Reisen in der Aiel-Wüste* und *Die Politik Tears bezüglich des Territoriums von Mayene.* Die Schlüssel mußten darin verborgen sein und in den verschiedenen Übersetzungen des *Karaethon-Zyklus.* Wenn er sie nur finden und in die entsprechenden Schlösser stecken könnte. Er zwang sich wieder zur Aufmerksamkeit den Hochlords gegenüber. »Glaubt Ihr, sie sehen zu, wie ihre Familien verhungern, und unternehmen nichts?«

»Die Verteidiger des Steins haben schon früher Unruhen niedergeschlagen, Lord Drache«, sagte Sunamon beruhigend. »Unsere eigenen Garden könne auf dem Land für Ruhe sorgen. Die Bauern werden Euch nicht belästigen, das versichere ich Euch.«

»Es gibt sowieso schon zu viele Bauern.« Carleon zuckte unter Rands zornigem Blick zusammen. »Schuld ist der Bürgerkrieg in Cairhien, Lord Drache«, erklärte er schnell. »Die Leute aus Cairhien können kein Getreide kaufen, und die Silos quellen über. So, wie die Dinge liegen, bleibt die diesjährige Ernte liegen. Und nächstes Jahr …? Seng meine Seele, Lord Drache, aber was wir brauchen, ist etwas, um wenigstens einige dieser Bauern von ihrem ewigen Graben und Pflanzen abzubringen.« Er schien zu begreifen, daß er zu weit gegangen war, obwohl er offensichtlich den Grund nicht verstand. Rand fragte sich, ob er eine Ahnung davon hatte, wie die Speisen auf seinen Tisch gelangten. Sah er außer Gold und Macht überhaupt noch etwas?

»Was werdet Ihr machen, wenn Cairhien wieder Getreide kauft?« fragte Rand kühl. »Und außerdem, ist Cairhien vielleicht das einzige Land, das Getreide benötigt?« Warum hatte Elayne sich ihm gegenüber nur so erklärt? Was erwartete sie von ihm? Von gern haben hatte sie gesprochen. Frauen wie Aes Sedai spielten mit Worten wie diesen. Meinte sie damit, daß sie ihn liebte? Nein, das war denn doch zuviel verlangt. Er überschätzte sich tatsächlich manchmal ein wenig.

»Lord Drache«, sagte Meilan halb unterwürfig und halb belehrend wie zu einem Kind, »wenn der Bürgerkrieg heute zu Ende wäre, könnte Cairhien immer noch in den nächsten zwei, drei Jahren nicht mehr als ein paar Schiffsladungen Getreide kaufen. Wir haben unser Getreide immer nach Cairhien verkauft.«

Immer – also zwanzig Jahre lang, seit dem Aielkrieg. Sie waren so in das verstrickt, was sie angeblich *immer* getan hatten, daß sie den Wald vor Bäumen nicht mehr sahen. Oder nicht sehen wollten. Wenn die Kohlköpfe wie Unkraut auf den Feldern um Emondsfeld herum wucherten, war es beinahe sicher, daß Überschwemmungen oder die Wurmplage Devenritt oder Wachhügel betroffen hatten. Wenn in Wachhügel zu viele Zwiebeln angebaut worden waren, herrschte in Emondsfeld oder in Devenritt bestimmt gerade eine Knappheit.

»Bietet es in Illian zum Verkauf an«, sagte er ihnen. Was erwartete Elayne von ihm? »Oder in Altara.« Er hatte sie gern, aber Min hatte er genauso gern. Er glaubte es zumindest. Es war unmöglich, seine eigenen Gefühle beiden gegenüber auseinanderzuhalten. »Ihr habt genug Seeschiffe und Flußkähne und Leichter, und wenn sie nicht reichen, dann besorgt eben noch mehr aus Mayene.« Er hatte beide Frauen gern, aber darüber hinaus... Er hatte beinahe sein ganzes bisheriges Leben damit verbracht, Egwene anzuhimmeln. Auf so etwas würde er sich nicht mehr einlassen, bis er seiner selbst sicher war. Irgendwie sicher. Sicher. Wenn man den Ausführungen in *Die Politik Tears bezüglich des Territoriums von Mayene* Glauben schenkte... *Hör auf damit,* sagte er sich. *Konzentriere dich auf diese Wiesel, oder sie finden Lücken, um hindurchzuschlüpfen und dich auch noch zu beißen.* »Zahlt mit Getreide. Ich bin sicher, bei einem guten Preis spielt die Erste da mit. Und dazu vielleicht noch ein unterzeichnetes Dokument, irgendein Übereinkommen...« Das war eine gute Bezeichnung. So etwas benützten sie oft. »... in dem wir erklären, daß wir als Gegenleistung für die Schiffe Mayene in Ruhe lassen.« Das war er ihr schuldig.

»Wir treiben kaum Handel mit Illian, Lord Drache. Das sind Geier und wertloses Pack.« Tedosian hörte sich empört an, genau wie Meilan, als er sagte: »Wir haben mit Mayene immer von der Position des Stärkeren aus gehandelt, Lord Drache. Niemals mit gebeugtem Knie.«

Rand atmete tief durch. Die Haltung der Hochlords wurde sichtlich verkrampfter. Es kam jedesmal so. Er versuchte immer, ihnen Vernunft einzubleuen, und hatte niemals Erfolg damit. Thom sagte, die Hochlords seien Sturköpfe, so hart wie der Stein selbst, und damit hatte er recht. *Was empfinde ich für sie? Ich träume von ihr. Sie ist wirklich hübsch.* Er war sich nicht einmal sicher, ob er nun Elayne meinte oder Min. *Hör endlich auf damit! Ein Kuß ist nicht mehr als ein Kuß. Schluß jetzt!* Er verdrängte alle Frauen aus seinem Kopf und machte sich daran, diesen lichtverdammten Sturköpfen beizubringen, was sie zu tun hatten. »Zuerst werdet Ihr die Steuern der Bauern um drei Viertel senken und für jeden anderen um die Hälfte. Keine Widerrede! Führt lediglich meinen Befehl aus. Zweitens geht Ihr zu Berelain und fragt sie – fragen, wohlbemerkt! – was sie verlangt ...«

Die Hochlords hörten mit künstlich aufgesetztem Lächeln und knirschenden Zähnen zu, aber immerhin, sie hörten zu.

Egwene dachte gerade an Joiya und Amico, als Mat plötzlich auftauchte und neben ihr durch den Flur spazierte, als habe er nur zufällig den gleichen Weg wie sie. Er stierte ein wenig finster vor sich hin, und sein Haar mußte gekämmt werden. Es sah aus, als sei er mit seinen Fingern hindurchgefahren. Ein- oder zweimal sah er sie von der Seite her an, sagte aber nichts. Die Diener, an denen sie vorbeikamen, verbeugten sich oder knicksten, und die wenigen Hochlords und Ladies, die sie gelegentlich antrafen, taten dasselbe, wenn auch mit erheblich weniger Begeisterung. Mats verächtliche Blicke hätten ihm wohl Schwierigkeiten mit diesen Adligen eingebracht, wäre sie nicht dabeigewesen, ob er nun ein Freund des Lord Drachen war oder nicht.

Dieses Schweigen war vollkommen ungewohnt; so war Mat sonst nicht. Von seiner teuren roten Jacke, die allerdings auch verknittert war, als habe er darin geschlafen, abgesehen, schien er sich nicht vom alten Mat zu unterscheiden. Aber sie hatten sich alle verändert. Sein Schweigen war nervtötend. »Machst du dir Gedanken wegen letzter Nacht?« fragte sie schließlich.

Er geriet ins Stolpern. »Davon weißt du? Na ja, kein

Wunder. Stört mich nicht. War nicht so toll. Vorbei und erledigt.«

Sie gab vor, ihm zu glauben. »Nynaeve und ich sehen nicht viel von dir.« Das war die reinste Untertreibung.

»Ich war beschäftigt«, sagte er mit nervösem Achselzucken. Er blickte überallhin, nur nicht auf sie. »Würfeln?« fragte sie ganz nebensächlich.

»Karten.« Eine mollige Zofe, die mit einer Armladung zusammengelegter Handtücher vor ihr knickste, sah sie kurz an, glaubte offensichtlich, daß sie nicht hersah, und blinzelte Mat zu. Er grinste sie an. »Ich bin mit Kartenspielen beschäftigt gewesen.«

Egwene zog die Augenbrauen hoch. Die Frau mußte mindestens zehn Jahre älter als Nynaeve sein. »So, so. Es muß dich ja sehr viel Zeit kosten. das Kartenspielen. Zuviel, um ein paar Augenblicke für alte Freunde aufzubringen.«

»Als ich das letzte Mal Zeit für euch hatte, hast du mich gemeinsam mit Nynaeve mit Hilfe der Macht verschnürt und verpackt wie ein Schwein für den Markt, damit ihr ungestört mein Zimmer durchwühlen konntet. Freunde beklauen doch ihre Freunde nicht.« Er verzog das Gesicht. »Außerdem ist immer Elayne bei euch und trägt die Nase in der Luft. Oder Moiraine ist dabei. Ich mag sie nicht ...« Er räusperte sich und sah sie von der Seite her an. »Ich will aber deine Zeit nicht verschwenden. Was man so hört, bist du auch ziemlich beschäftigt. Schattenfreunde verhören. Alle möglichen wichtigen Dinge erledigen, schätze ich. Du weißt doch, daß diese Tairener euch für Aes Sedai halten, oder?«

Sie schüttelte bedauernd den Kopf. Er konnte Aes Sedai nicht leiden. Wieviel von der Welt Mat auch zu sehen bekam, er änderte sich doch nicht. »Es ist doch kein Klauen, wenn man sich etwas zurückholt, was man nur verliehen hatte«, sagte sie zu ihm.

»Ich kann mich nicht daran erinnern, daß du etwas von Ausleihen gesagt hast. Ach, was kann ich schon mit einem Brief von der Amyrlin anfangen? Würde mich höchstens in Schwierigkeiten bringen. Aber ihr hättet mich wenigstens fragen können.«

Sie sah davon ab, ihm anzudeuten, daß sie tatsächlich gefragt hatten. Sie wünschte weder einen Streit noch einen schmollenden Mat. Natürlich fand er immer Ausreden für alles. Diesmal würde sie es bei seiner Version bewenden lassen. »Nun, ich bin jedenfalls froh, daß du wenigstens noch mit mir sprichst. Gibt es heute einen besonderen Grund?«

Er strich sich mit den Fingern durchs Haar und knurrte etwas in sich hinein. Was er nötig hatte, war seine Mutter, die ihn beim Ohr packte und fortschleifte, um lange und eingehend mit ihm zu sprechen. Egwene zwang sich zur Geduld. Sie konnte ja geduldig sein, wenn sie wollte. Sie würde kein Wort sagen, bevor er mit dem Grund herausrückte, und wenn sie vor Neugier platzte.

Der Flur war zu Ende und führte auf eine Terrasse aus weißem Marmor mit einer Steinbrüstung und Säulen rundherum, von der aus man auf einen der wenigen Gärten im Stein hinunterblickte. Große weiße Blüten bedeckten ein paar kleine Bäume mit fleischigen Blättern und verströmten einen Duft, noch süßer als die Rabatten mit roten und gelben Rosen. Eine leichte Brise schaffte es nicht einmal, die Wandbehänge an der Innenseite der Terrasse zu bewegen, aber wenigstens half sie ein bißchen gegen die feuchte Wärme des Morgens. Mat setzte sich auf die breite Brüstung, lehnte sich gegen eine Säule und stellte einen Fuß hoch. Er blickte in den Garten hinunter und sagte schließlich: »Ich … brauche einen Rat.«

Er brauchte einen Rat von *ihr?* Sie machte große Augen. »Ich tue gern alles, um dir zu helfen«, sagte sie mit schwacher Stimme. Er wandte ihr sein Gesicht zu, und sie gab sich alle Mühe, um etwas von der Gelassenheit der Aes Sedai auszuströmen. »In welcher Hinsicht brauchst du einen Rat?«

»Ich weiß es nicht.«

Es war ein Fall von etwa zehn Schritt hinunter in den Garten. Außerdem befanden sich dort unten Männer, die zwischen den Rosen Unkraut jäteten. Wenn sie ihm einen Schubs gab, würde er vielleicht auf einem von ihnen landen. Auf einem Gärtner – keinem Rosenbusch. »Wie soll ich dir dann einen Rat geben?« fragte sie mit dünner Stimme.

»Ich versuche... mir klarzuwerden, was ich tun soll.« Er wirkte verschämt, was ihm auch ihrer Meinung nach gut zu Gesicht stand.

»Ich hoffe, du denkst nicht daran, von hier wegzugehen! Du weißt doch, wie wichtig du bist. Du kannst nicht einfach weglaufen, Mat.«

»Glaubst du, das wüßte ich nicht? Ich glaube nicht, daß ich fort könnte, selbst wenn Moiraine mir sagte, ich solle gehen. Glaub mir, Egwene, ich werde nirgendwohin gehen. Ich möchte nur wissen, was nun weiter wird.« Er schüttelte heftig den Kopf, und seine Stimme klang gepreßt: »Was kommt als nächstes? Was befindet sich in meinen Gedächtnislücken? Es gibt ganze Teile meines Lebens, die einfach nicht mehr da sind. Sie existieren nicht mehr, als wären sie nie geschehen. Wieso ertappe ich mich dabei, irgendwelches Kauderwelsch von mir zu geben? Die Leute sagen, es sei in der Alten Sprache, aber für mich ist es eben nur Kauderwelsch. Ich will es wissen, Egwene. Ich muß es wissen, bevor ich genauso verrückt werde wie Rand.«

»Rand ist nicht verrückt«, sagte sie automatisch. Also versuchte Mat nicht wegzulaufen. Das war eine angenehme Überraschung. Er hatte vorher nicht viel von Verantwortung gehalten. Doch in seiner Stimme lagen Schmerz und Kummer. Mat machte sich niemals Sorgen, oder zumindest ließ er sie sich nicht anmerken. »Ich kenne die Antworten nicht, Mat«, sagte sie mit sanfter Stimme. »Vielleicht weiß Moiraine …«

»Nein!« Er sprang mit einem Satz auf. »Keine Aes Sedai! Ich meine … Du bist etwas anderes. Ich kenne dich, und du bist keine … Haben sie dich in der Burg nicht irgendeinen Trick gelehrt, irgend etwas, das hier helfen könnte?«

»O Mat, es tut mir leid. Es tut mir so leid.«

Sein Lachen erinnerte sie an ihre Kindheit. Genauso hatte er immer gelacht, wenn seine größten Hoffnungen gerade baden gegangen waren. »Ach, na ja, ich schätze, es spielt keine Rolle. Es würde immer noch von der Burg herrühren, wenn auch aus zweiter Hand. Es ist nicht persönlich gemeint.« Auf die gleiche Art hatte er einen Splitter im Finger oder ein gebrochenes Bein abgetan, als sei es gar nichts.

»Es könnte vielleicht einen Weg geben«, sagte sie bedächtig. »Falls Moiraine sagt, es gehe in Ordnung. Schon möglich.«

»Moiraine! Hast du denn nicht gehört, was ich dir eben sagte? Das allerletzte, was ich haben will, ist, daß sich Moiraine wieder einmischt. Was für ein Weg soll das sein?«

Mat war immer geradewegs mit allem herausgeplatzt. Doch nun wollte er im Grunde das gleiche wie sie: Wissen. Wenn er nur endlich einmal vernünftig wäre und vorsichtig dazu. Eine adlige Dame, die ihr Haar in dunklen Zöpfen um den Kopf geschlungen trug und über gelbem Leinen die bloßen Schultern zeigte, beugte ein Knie ein wenig, sah sie ausdruckslos an und ging schnell mit steifem Kreuz weiter. Egwene beobachtete sie, bis sie sich außer Hörweite befand und sie wieder allein waren. Die Gärtner, dreißig Fuß unter ihnen, zählten nicht. Mat sah sie erwartungsvoll an.

Schließlich erzählte sie ihm von dem *Ter'Angreal,* diesem verdrehten Tor, auf dessen anderer Seite Antworten warteten. Sie betonte die Gefahren, die Folgen unbedachter Fragen, was geschah, wenn die Fragen mit dem Schatten zu tun hatten, und schließlich, daß es ja Gefahren geben könne, von denen die Aes Sedai nichts wußten. Sie war mehr als geschmeichelt, daß er mit seiner Frage zu ihr gekommen war, aber er mußte auch etwas Vernunft zeigen. »Du mußt an folgendes denken, Mat: Unbedachte Fragen könnten dich umbringen! Wenn du ihn also benützt, mußt du zur Abwechslung einmal ernst bleiben. Und du darfst keine Fragen stellen, die mit dem Schatten zu tun haben.«

Er hatte ihr mit immer ungläubigerer Miene zugehört. Als sie ausgeredet hatte, rief er: »Drei Fragen? Du gehst hinein wie Bili, schätze ich, verbringst eine Nacht drinnen und kommst zehn Jahre später heraus mit einem Beutel, in dem das Gold nie alle wird, und einem ...«

»Tu mir den Gefallen, Matrim Cauthon«, fauchte sie, »und rede einmal im Leben keinen Quatsch! Du weißt nur zu gut, daß *Ter'Angreal* keine Märchen sind. Du mußt dir der Gefahren bewußt sein. Vielleicht liegen die Antworten, die du suchst, gerade in diesem *Ter'Angreal,* aber du darfst es nicht ausprobieren, bevor Moiraine es dir erlaubt. Das mußt du mir versprechen, sonst werde ich dich wie eine Forelle an der Angel zu ihr schleifen. Du weißt, daß ich dazu in der Lage bin.«

Er schnaubte vernehmlich. »Ich wäre ein Narr, wenn ich das ausprobierte, gleich, was Moiraine dazu meint. In einen verdammten *Ter'Angreal* hineinmarschieren? Ich will *weniger* mit der verfluchten Einen Macht zu tun haben und nicht mehr! Vergiß es!«

»Es ist die einzige Möglichkeit, die ich kenne, Mat.«

»Nicht für mich; bestimmt nicht«, sagte er entschlossen. »Überhaupt keine Chance zu haben ist allemal besser als das.«

Trotz seines Tonfalls hätte sie ihn am liebsten in den Arm genommen. Nur würde er dann wahrscheinlich irgendeinen Witz über sie reißen und versuchen, sie abzuschrecken. Er war eben unbelehrbar seit dem Tag seiner Geburt. Aber er hatte sie immerhin um Hilfe gebeten. »Es tut mir leid, Mat. Was wirst du nun tun?«

»Ach, Karten spielen, denke ich. Falls noch irgend jemand mit mir spielt. Oder mit Thom ein Brettspiel spielen. Wenn nicht, gehe ich in ein paar Tavernen zum Würfeln. Ich kann doch wenigstens immer noch in die Stadt gehen.« Sein Blick wanderte hinüber zu einer vorbeischreitenden Dienerin, einem schlanken Mädchen mit dunklen Augen, etwa genauso alt wie er. »Ich finde schon etwas, womit ich mich beschäftigen kann.«

Es juckte sie gewaltig, ihm eine Ohrfeige zu versetzen, aber statt dessen sagte sie vorsichtig: »Mat, du denkst doch wirklich nicht daran, uns zu verlassen, oder?«

»Würdest du es Moiraine weitersagen, falls es so wäre?« Er hob die Hände, um ihrem Protest zuvorzukommen. »Nein, es ist nicht notwendig. Ich habe dir ja gesagt, daß ich es nicht vorhabe. Ich behaupte ja nicht, daß ich es nicht gern täte, aber ich bleibe. Reicht dir das?« Er runzelte nachdenklich die Stirn. »Egwene, wünschst du dir auch manchmal, wieder zu Hause zu sein? Daß nichts von alledem geschehen wäre?«

Das war eine überraschende Frage, da sie von ihm kam, aber sie hatte ihre Antwort parat: »Nein. Trotz allem – nein. Wie steht's mit dir?«

»Ich wäre dann doch ein Narr, oder?« lachte er. »Ich mag Städte, und die hier tut's im Moment für mich. Egwene, du erzählst doch Moiraine nichts von unserem Gespräch, oder? Daß ich dich um Rat gefragt habe und so?«

»Warum soll ich das nicht?« fragte sie mißtrauisch. Er war schließlich immer noch der alte Mat.

Er zuckte verlegen die Achseln. »Ich habe mehr Abstand von ihr gehalten, als… Was auch immer, ich habe mich von ihr ferngehalten, besonders, weil sie immer in meinem Kopf herumstöbern will. Sie könnte glauben, ich würde schwach. Also, du sagst ihr nichts, ja?«

»In Ordnung«, sagte sie. »Aber nur, wenn du mir versprichst, daß du nicht in die Nähe dieses *Ter'Angreals* kommst, ohne sie um Erlaubnis zu bitten. Ich hätte dir gar nichts davon erzählen dürfen.«

»Ich verspreche es.« Er grinste. »Ich nähere mich diesem Ding nur, wenn mein Leben auf dem Spiel steht. Ich schwöre.« Er tat übertrieben ernsthaft.

Egwene schüttelte den Kopf. Wie sehr sich auch alles andere veränderte: Mat änderte sich nie.

KAPITEL 9

Entscheidungen

Drei Tage vergingen in einer feuchten Hitze, die sogar die Tairener auszulaugen schien. Die Betriebsamkeit in der Stadt verlangsamte sich; Lethargie hatte sich über alles gesenkt. Im Stein ging alles noch schleppender voran. Die Diener schienen beim Arbeiten einzuschlafen. Die Majhere riß frustriert an ihren um den Kopf geschlungenen Zöpfen, hatte aber auch nicht mehr die Energie, um Kopfnüsse auszuteilen oder die Dienerinnen an den Ohren zu ziehen. Die Verteidiger des Steins hockten zusammengesunken wie halbgeschmolzene Kerzen auf ihren Posten, und die Offiziere hatten eindeutig mehr Interesse an gekühltem Wein als an ihren Inspektionsrunden. Die Hochlords hielten sich fast nur in ihren Gemächern auf, verschliefen die heißesten Tageszeiten, und einige verließen sogar den Stein, weil sie die relative Kühle ihrer Landgüter weit im Osten oder die Abhänge des Rückgrats der Welt bevorzugten. Seltsamerweise trieben sich nur die Ausländer, denen diese Hitze am meisten zu schaffen machte, dazu, so hart wie immer zu arbeiten, wenn nicht sogar härter. Sie spürten die drückende Last der Hitze nicht so sehr wie den zunehmenden Druck der verfliegenden Stunden.

Mat bemerkte schnell, daß er recht gehabt hatte in bezug auf die jungen Lords, die gesehen hatten, wie die Spielkarten versuchten, ihn zu töten. Nicht nur, daß sie ihn mieden. Sie erzählten alles brühwarm ihren Freunden, übertrieben natürlich, und nun sprach niemand im Stein, der auch nur zwei Silbermünzen in der Tasche hatte, mehr als ein paar Worte mit ihm. Sie entschuldigten sich vielmehr hastig und zogen sich zurück. Die Gerüchte verbreiteten sich selbstverständlich auch über die jungen Lords hinaus. Mehr als eine Dienerin, die sich vorher gern von ihm in den Arm nehmen lassen hatte, zuckte jetzt vor ihm zurück, und zwei davon erklärten ihm sogar ängstlich, daß sie gehört hatten, es sei gefährlich, mit ihm allein zu sein. Perrin schien in seinen eigenen Sorgen gefangen, und Thom war wie durch Zauberei ganz verschwunden. Mat hatte keine Ahnung, womit sich der Gaukler beschäftigte, aber er war nur sehr selten anzutreffen, tagsüber ebenso wie nachts. Moiraine, die einzige Person, von der Mat wünschte, sie würde sich nicht um ihn kümmern, tauchte statt dessen überall auf, wo er sich aufhielt. Entweder kam sie gerade vorbei, oder sie überquerte den Flur in einiger Entfernung, aber jedesmal traf ihn ihr Blick. Sie schien immer genau zu wissen, was er dachte und wünschte, und überzeugt zu sein, daß sie ihn auf jeden Fall dazu bringen werde, zu tun, was sie wollte. In einer Hinsicht aber spielte das keine Rolle: Er fand immer noch Ausreden, um seine Abreise einen Tag um den anderen hinauszuschieben. Wie er es auffaßte, hatte er Egwene wohl nicht *versprochen,* daß er bleiben würde, aber er blieb da.

Einmal trug er eine Lampe hinunter in den Bauch des Steins zur sogenannten Großen Sammlung bis vor die halbverfallene Tür am Ende des engen Ganges. Ein paar Minuten lang spähte er in das düstere Innere des Raumes, sah undeutliche Umrisse, mit staubigen Laken bedeckt, aufeinandergestapelte Kisten und Fässer, deren Oberseiten man benützt hatte, um ein Durcheinander von kleinen Statuen, Schnitzereien und seltsamen – Dingen – aus Glas und Kristall und Metall darauf abzustellen. Nach ein paar Minuten also hatte er genug und eilte zurück. »Ich müßte ja der größte aller Narren auf der ganzen verfluchten Welt sein!« knurrte er im Weggehen.

Nichts hielt ihn jedoch davon ab, in die Stadt zu gehen, und in den Tavernen des Hafenviertels Maule traf er Moiraine ganz bestimmt nicht an, genausowenig wie im Speicherviertel Chalm. Die Schenken dort waren schlecht beleuchtet, eng und oft schmutzig, stanken nach billigem Wein oder dünnem Bier; es gab häufig Raufereien und unendlich lange Würfelspiele. Die Einsätze beim Würfeln waren klein, verglichen mit denen, an die er sich im Stein gewöhnt hatte, aber das war nicht der Grund, warum er nach wenigen Stunden doch regelmäßig wieder oben in der Festung anzutreffen war. Er bemühte sich, nicht daran zu denken, was ihn immer zurückzog in Rands Nähe.

Perrin traf Mat manchmal in einer der Tavernen am Hafen und bemerkte, daß der Freund zuviel billigen Wein trank und würfelte, als sei es ihm völlig gleich, ob er gewann oder verlor. Einmal zog er sogar ein Messer, als ein stämmiger Seemann von ihm wissen wollte, wie oft er gewonnen hatte. Das sah Mat gar nicht ähnlich, daß er so leicht erregbar war, aber statt zu versuchen, die Gründe herauszufinden, mied ihn Perrin lieber. Perrin war nicht dort unten, um zu trinken oder zu spielen, und die rauflustigen Männer vergaßen ihre Absicht schnell, nachdem sie einen Blick auf seine Muskelpakete geworfen hatte – und in seine Augen. Doch er lud Seeleute in weiten Lederhosen oder Händlergehilfen mit dünnen Silberketten vorn am Mantel oftmals zu einem Bier ein – überhaupt jeden Mann, der aussah, als käme er aus einem fernen Land. Er suchte nach Gerüchten, nach irgendwelchen Neuigkeiten, die Faile vielleicht von Tear und von ihm weglocken könnten.

Er war sicher, wenn er für sie ein Abenteuer aufspürte, etwas, das ihr eine Chance verschaffte, ihren eigenen Namen in den Legenden zu verewigen, würde sie gehen. Sie gab wohl vor, zu verstehen, warum er bleiben mußte, aber gelegentlich deutete sie doch an, sie wolle lieber gehen und hoffe, er werde mitkommen. Er war sicher, der richtige Köder würde sie auch ohne seine Begleitung weglocken.

Bei den meisten Gerüchten wurde ihr genauso schnell wie ihm klar, daß es sich um verdrehte Wahrheiten handelte. Man sagte, der Krieg an der Küste des Aryth-Meeres sei das Werk eines bis dato unbekannten Volkes, das sich Schaukinn oder so ähnlich nannte. Der Name variierte von Erzähler zu Erzähler. Dieses seltsame Volk war möglicherweise der Nachfahre des Heeres, das Artur Falkenflügel vor über tausend Jahren ausgesandt hatte. Ein Bursche, er war aus Tarabon und trug einen runden, roten Hut und einen Schnurrbart, so dick wie die Hörner eines Stiers, erzählte ihm ganz ernsthaft, daß Falkenflügel selbst diese Leute anführe und dabei sein legendäres Schwert namens Gerechtigkeit in der Hand halte. Es gab Gerüchte, das berühmte Horn von Valere sei wiedergefunden worden, mit dem man tote Helden aus den Gräbern herbeirufen konnte, um in der Letzten Schlacht zu kämpfen. In Ghealdan war es überall im Land zu Aufständen gekommen; Illian litt unter Ausbrüchen von Massenhysterie; in Cairhien brachte die Hungersnot fast den Bürgerkrieg zum Erliegen, und irgendwo in den Grenzlanden begannen sich die Trolloc-Überfälle zu häufen. Dorthin konnte Perrin Faile nicht schicken, nicht einmal, um sie aus Tear wegzubringen.

Berichte über Unruhen in Saldaea schienen ihm vielversprechend. Sie mußte sich doch zu ihrer eigenen Heimat hingezogen fühlen, und er hatte überdies gehört, Mazrim Taim, der falsche Drache, befände sich fest in den Händen der Aes Sedai. Aber niemand wußte genau, was dort eigentlich los war. Etwas zu erfinden würde auch nicht helfen. Was er auch erfand, sie würde dem erst einmal selbst nachgehen, bevor sie aufbrach. Außerdem konnten natürlich die Unruhen in Saldaea genauso schlimm sein wie die anderswo, von denen er gehört hatte.

Er sagte ihr auch nicht, wo er seine Zeit verbrachte, denn sonst würde sie ihn auf jeden Fall fragen, warum er dorthin ging. Sie wußte, daß er nicht so wie Mat war, dem es Spaß machte, in den Tavernen herumzuhocken. Er hatte noch nie gut lügen können, also schwieg er sich bei ihr aus und riskierte, daß sie ihm lange, stille, nachdenkliche Blicke zuwarf. Alles, was er dagegen tun konnte, war, seine Anstrengungen zu verdoppeln, eine Neuigkeit aufzutreiben, die sie fortlockte. Er mußte sie von sich wegschicken, bevor er sie durch seine Nähe in den Tod trieb. Er mußte einfach.

Egwene und Nynaeve verbrachten weitere Stunden ohne Erfolg mit Joiya und Amico. Deren Geschichten blieben immer die gleichen. Nynaeve protestierte zwar, aber Egwene unternahm trotzdem einen Versuch und erzählte jeder, was die andere gesagt hatte. Sie hoffte, damit etwas Neues auszulösen. Amico jedoch starrte sie nur mit großen Augen an und winselte, sie habe nie etwas von einem solchen Plan gehört. Doch sie fügte hinzu, daß es möglich sei. Vielleicht. Sie schwitzte, so begierig war sie, ihnen zu Gefallen zu sein. Joiya riet ihnen nur kühl, sie sollten nach Tanchico gehen, wenn sie wünschten. »Es ist mittlerweile eine unangenehme Stadt geworden, wie man hört«, sagte sie verbindlich mit glitzernden Rabenaugen. »Der König hält höchstens noch die Stadt selbst, und wie ich weiß, hat der Panarch es aufgegeben, Ruhe und Ordnung zu wahren. In Tanchico herrschen starke Arme und schnelle Messer. Aber geht nur, wenn es Euch gefällt.«

Aus Tar Valon hörten sie nichts, auch nichts darüber, ob die Amyrlin Vorkehrungen traf, den Plan zur Befreiung Mazrim Taims zu vereiteln. Die Zeit hatte gut ausgereicht, um ihnen eine Botschaft zu senden, entweder mit einem schnellen Schiff oder einem Reiter, der unterwegs die Pferde wechselte, seit Moiraine die Amyrlin per Brieftaube benachrichtigt hatte – wenn das wirklich stimmte. Egwene und Nynaeve stritten sich darüber. Nynaeve gab wohl zu, daß eine Aes Sedai nicht lügen konnte, wollte aber trotzdem irgendeinen Haken in Moiraines Worten finden. Moiraine schien sich wegen dieses Mangels an Kommunikation mit der Amyrlin keine Sorgen zu machen, obwohl das bei ihrer kristallinen Ruhe schwer festzustellen war.

Egwene hielt sich damit nicht weiter auf. Sie grübelte nicht darüber nach, ob Tanchico eine falsche Spur darstellte oder eine echte, oder ob es eine Falle war. In der Bibliothek des Steins fand sie Bücher über Tarabon und Tanchico, doch obwohl sie las, bis ihr die Augen tränten, fand sie nichts, was irgendwie für Rand gefährlich werden konnte. Die Hitze und die Grübeleien taten ihrer Laune nicht gerade gut. Manchmal war sie genauso streitsüchtig wie Nynaeve.

Einige Dinge entwickelten sich natürlich auch gut. Mat hielt sich immer noch im Stein auf. Offensichtlich wurde er doch langsam erwachsen und begriff seine Verantwortung. Es tat ihr leid, daß sie ihm nicht hatte helfen können, aber sie wußte nicht, ob irgendeine Frau aus der Burg mehr für ihn tun könne. Sie verstand seinen Wissensdurst, denn auch sie teilte diese Gefühle, aber sie wollte andere Dinge wissen als er, Dinge, die sie nur in der Burg erfahren konnte, Dinge, die nur sie allein jemals wissen würde oder die schon lange in Vergessenheit geraten waren.

Aviendha begann, Egwene öfter zu besuchen, und zwar offensichtlich von sich aus. Falls die Frau anfangs noch mißtrauisch gewesen war, na gut, sie war eben eine Aiel, und sie glaubte nach wie vor, daß Egwene eine Aes Sedai sei. Aber Egwene genoß ihre Gesellschaft, obwohl sie manchmal glaubte, in den

Augen der anderen unausgesprochene Fragen zu entdecken. Doch trotz dieser Reserviertheit wurde Egwene schnell klar, daß sie einen hellen Verstand und einen Sinn für Humor ähnlich dem Egwenes besaß. Gelegentlich kicherten sie miteinander wie überkandidelte kleine Mädchen. Allerdings bekam Egwene auch zu spüren, daß die Sitten und Angewohnheiten der Aiel sich von den ihren stark unterschieden. So fühlte sich Aviendha absolut unwohl, wenn sie auf einem Stuhl sitzen mußte. Sie war auch mächtig erschrocken, als sie Egwene im Bad sitzend vorfand. Die Majhere hatte ihr eine versilberte Badewanne hinaufbringen lassen. Aviendhas Schreck galt nicht der Tatsache, daß Egwene nackt war, sondern daß sie bis zur Brust im Wasser saß. Ihr fielen fast die Augen heraus, daß man soviel Wasser auf einmal schmutzig machte. Ansonsten bemerkte sie, daß Egwene sich ihrer Nacktheit schämte, und so schälte sie sich selbst kurzerhand aus ihrer Kleidung und setzte sich nackt auf den Fußboden, damit sie sich unterhalten konnten. Aviendha konnte auch nicht verstehen, wieso sie und Elayne nicht zu drastischeren Mitteln Berelain gegenüber gegriffen hatten, obwohl sie sie doch aus dem Weg haben wollten. Es war natürlich einem Krieger verboten, eine Frau zu töten, die nicht dem Speer angetraut war, aber da sowieso weder Elayne noch Berelain Töchter des Speers waren, war es in Aviendhas Augen völlig normal, wenn Elayne die Erste von Mayene zu einem Messerduell herausforderte oder sie wenigstens mit Fäusten und Füßen traktierte. In ihrer Sichtweise waren Messer allerdings am besten. Berelain machte den Eindruck einer Frau, die man wohl mehrmals niederschlagen konnte, ohne daß sie aufgab. Am besten, sie einfach zu fordern und zu töten. Oder Egwene als Freundin und Beinahe-Schwester konnte das für sie erledigen.

Trotzdem war es ein Vergnügen, jemanden zum Unterhalten und Lachen dazuhaben. Elayne war natürlich die meiste Zeit über beschäftigt und Nynaeve, die genauso deutlich wie Egwene spürte, wie die Zeit verrann, verbrachte ihre freien Augenblicke mit Mondscheinspaziergängen auf den Festungsanlagen mit Lan oder kochte für den Behüter seine Lieblingsspeisen. Dabei fluchte sie manchmal derart, daß die Köche aus ihrer Küche flüchteten. Nynaeve verstand eben nicht viel vom Kochen. Ohne Aviendha hätte Egwene nichts mit den trüben Stunden zwischen den Verhören der Schattenfreunde anzufangen gewußt. Wahrscheinlich wäre sie beim Grübeln ins Schwitzen gekommen und hätte die ganze Zeit über gefürchtet, sie müsse etwas tun, was ihr schon beim bloßen Gedanken daran Alpträume verursachte.

Sie hatten sich darauf geeinigt, daß Elayne bei diesen Verhören nicht zugegen sein werde. Ein weiteres Paar Ohren hätte auch keinen Unterschied gemacht. Statt dessen war die Tochter-Erbin immer zufällig zugegen, wenn Rand etwas Zeit hatte, unterhielt sich mit ihm oder ging einfach an seinem Arm mit ihm spazieren, selbst wenn er nur von einer Zusammenkunft mit einem Hochlord kam und in einen Raum mußte, wo wieder andere auf ihn warteten, oder wenn er eine überraschende Inspektion der Quartiere der Verteidiger vornahm. Sie entwickelte viel Geschick darin, abgelegene Ecken aufzufinden, wo sie gemeinsam und ungesehen eine kleine Pause einlegen konnten. Natürlich wurde er immer in einigem Abstand von Aiel begleitet, aber das war ihr nach einiger Zeit genauso gleich wie die Meinung ihrer Mutter. Sie ging sogar eine Art von Verschwörung mit den Töchtern des Speers ein. Die kannten wohl jeden verborgenen Winkel im Stein und sie ließen sie wissen, wenn Rand allein war. Sie schienen das für ein prächtiges Spiel zu halten.

Das Überraschendste war, daß er ihren Rat in bezug

auf das Regieren eines Landes suchte und auch tatsächlich auf sie hörte. Sie wünschte, ihre Mutter hätte das miterlebt. Mehr als einmal hatte Morgase halb verzweifelt gelacht und ihr gesagt, sie müsse unbedingt lernen, sich besser zu konzentrieren. Es mochten wohl sehr trockene Entscheidungen sein, welches Handwerk man schützen mußte und wie und welches nicht und warum, aber sie waren genauso wichtig, wie zu wissen, wie man Kranke versorgt. Es mochte Spaß machen, einen starrköpfigen Lord oder Kaufmann dazu zu bringen, daß er Dinge tat, die er ablehnte, und dabei noch glaubte, die Idee entstamme dem eigenen Kopf, es mochte herzerwärmend sein, den Hungrigen Nahrung zu verschaffen, doch wenn man eben diese Hungrigen ernähren wollte, war es nötig, zu entscheiden, wie viele Beamte und Fahrer und Wagen man brauchte. Man konnte diese Entscheidungen anderen überlassen, doch dann erfuhr man erst, wenn es zu spät war, daß sie vielleicht einen Fehler begangen hatten. Er hörte ihr zu und befolgte oftmals ihren Ratschlag. Sie glaubte, ihn allein schon deshalb lieben zu müssen. Berelain wagte sich nicht aus ihren Gemächern heraus. Rand hatte angefangen, jedesmal zu lächeln, sobald er sie erblickte, und es gab nichts Schöneres auf der Welt. Außer, wenn die Zeit stillgestanden wäre.

Drei kurze Tage rannen ihr durch die Finger wie Wasser. Man würde Joiya und Amico nach Norden schicken, und damit bestand kein Grund mehr für sie, in Tear zu verweilen. Es war an der Zeit, daß sie, Egwene und Nynaeve abreisten. Natürlich würde sie gehen; sie hatte keinen Gedanken daran verschwendet, sich ihrer Aufgabe zu entziehen. Es war ihr bewußt und machte sie stolz, daß sie sich wie eine Frau verhielt und nicht wie ein kleines Mädchen, aber sie hätte am liebsten geweint.

Und Rand? Er empfing die Hochlords in seinen

Gemächern und gab Anordnungen. Er überraschte sie, indem er mehrfach bei heimlichen Treffen von drei oder vier Hochlords auftauchte, von denen Thom erfahren hatte. Dann gab er vor, lediglich irgendeinen Teilaspekt seiner Befehle noch einmal abklären zu wollen. Sie lächelten und verbeugten sich und schwitzten Blut und fragten sich, wieviel er wußte. Er mußte irgendein Ziel für ihre Energie finden, bevor einer von ihnen entschied, daß es Zeit sei, Rand zu töten, weil man ihn nicht manipulieren konnte. Aber was auch notwendig war, um sie abzulenken – einen Krieg würde er deshalb auf keinen Fall beginnen. Wenn er sich mit Sammael auseinandersetzen mußte, gut, aber er würde keinen Krieg anfangen.

Die Planung nahm den größten Teil seiner Zeit in Anspruch, soweit er nicht die Hochlords bei ihren Zusammenkünften überraschte. Er reimte sich Bruchstücke aus den Büchern zusammen, von denen er sich von Bibliothekaren ganze Armladungen in seine Gemächer bringen ließ, und aus seinen Gesprächen mit Elayne. Ihre Ratschläge hinsichtlich der Hochlords waren ausgesprochen nützlich. Er konnte beinahe zusehen, wie sie ihn langsam anders einschätzten, da er über Dinge Bescheid wußte, von denen sie selbst nur wenig verstanden. Elayne hielt ihn davon ab, zuzugeben, daß es ihr Wissen war, was er benützte.

»Ein weiser Herrscher hört auf gute Ratschläge«, sagte sie ihm lächelnd, »aber er läßt sich nicht dabei erwischen, wie er sich beraten läßt. Laß sie ruhig glauben, du wüßtest erheblich mehr, als du tatsächlich weißt. Das schadet ihnen nicht, aber es hilft dir.« Doch sie freute sich ganz offensichtlich, daß er den Vorschlag gemacht hatte.

Er war sich selbst nicht ganz sicher, ob er nicht ihretwegen eine Entscheidung immer weiter hinausschob. Drei Tage der Planung, des Versuchs, herauszufinden, was noch fehlte. Irgend etwas fehlte tatsächlich noch.

Er konnte nicht einfach nur auf die Verlorenen reagieren. Statt dessen mußte er sie dazu zwingen, auf seine Handlungen zu reagieren. Drei Tage, und am vierten würde sie abreisen – zurück nach Tar Valon, wie er hoffte –, aber sobald er etwas unternahm, wären ihre kurzen Momente miteinander beendet, soviel war sicher. Drei Tage heimlicher Küsse und zärtlicher Augenblicke, in denen er vergessen konnte, daß er etwas anderes war als ein Mann, der eine Frau in den Armen hielt. Er wußte, daß dieser Grund für sein Zögern närrisch war, aber so war es eben. Er war erleichtert, daß sie nicht mehr von ihm forderte als seine Gesellschaft, aber nur während dieser Augenblicke konnte er alle Entscheidungen vergessen, genau wie das Schicksal, das den Wiedergeborenen Drachen erwartete. Mehr als einmal überlegte er, ob er sie bitten sollte zu bleiben, aber es war nicht anständig, in ihr Erwartungen zu wecken, solange ihm selbst nicht einmal klar war, was er über ihre Gesellschaft hinaus eigentlich von ihr wollte. Falls sie überhaupt etwas von ihm erwartete. Viel besser, sich einfach nur vorzustellen, sie seien ein Mann und eine junge Frau, die gemeinsam einen festlichen Abend genießen wollten. Das machte es um vieles leichter. Er vergaß manchmal schon, daß sie die Tochter-Erbin war und er ein Schafhirte. Doch er wünschte, sie könnte bleiben. Drei Tage. Er mußte sich entscheiden. Er mußte den nächsten Zug machen. In einer Richtung, die niemand erwartete.

Die Sonne sank am Abend des dritten Tags langsam dem Horizont entgegen. Die halb zugezogenen Vorhänge von Rands Schlafzimmer dämpften das rotgelbe Glühen. *Callandor* funkelte wie der reinste aller Kristalle auf seinem verzierten Ständer.

Rand musterte Meilan und Sunamon, und dann warf er die dicke Mappe mit Pergamentbögen nach ihnen. Ein Vertrag, alles fein säuberlich ausgefüllt und fertiggestellt, so daß nur noch die Unterschriften und

Siegel fehlten. Er traf Meilan an der Brust, und der fing das Ganze mit einer Reflexbewegung auf. Er verbeugte sich, als fühle er sich geehrt, doch die zu einem Lächeln verzogenen Lippen enthüllten zusammengebissene Zähne.

Sunamon trat von einem Fuß auf den anderen und rang die Hände. »Alles ist so, wie Ihr befohlen habt, Lord Drache«, sagte er ängstlich. »Getreide im Austausch für Schiffe …«

»Plus zweitausend tairenische Soldaten«, unterbrach ihn Rand, »›um für die gerechte Verteilung des Getreides zu sorgen und die Interessen Tears zu schützen.‹« Seine Stimme klang eisig, doch in seinem Magen kochte es. Der Wunsch, diese beiden Narren mit den Fäusten zu bearbeiten, schien übermächtig, so daß er beinahe zitterte. »Zweitausend Mann. Unter dem Kommando Toreans!«

»Hochlord Torean hat ein Interesse an den Beziehungen zu Mayene, Lord Drache«, sagte Meilan verbindlich.

»Er hat ein Interesse daran, sich einer Frau aufzudrängen, die ihn nicht einmal anschaut!« schrie Rand. »Getreide gegen Schiffe, habe ich gesagt! Keine Soldaten! Und ganz sicher kein verfluchter Torean als Kommandant! Habt Ihr überhaupt mit Berelain darüber gesprochen?«

Sie sahen ihn mit großen Augen an, als verstünden sie ihn nicht. Das war denn doch zuviel. Er schnappte sich *Saidin,* und aus den Pergamenten in Meilans Armen schlugen Flammen. Mit einem Aufschrei warf Meilan das Flammenbündel in den leeren Kamin und wischte sich schnell die Funken und Rußflecken von seinem roten Seidenmantel. Sunamon starrte mit offenem Mund die brennenden Papiere an, die im Kamin knisterten und sich schwarz färbten.

»Ihr geht zu Berelain«, sagte er ihnen und war selbst überrascht, wie ruhig seine Stimme klang. »Bis morgen mittag habt Ihr entweder Berelain den Vertrag angeboten, den ich verlange, oder ich werde Euch beide bei Sonnenuntergang hängen lassen. Falls ich jeden Tag paarweise Hochlords aufhängen lassen muß, werde ich nicht zögern. Ich werde auch den letzten von Euch zum Galgen schicken, wenn Ihr mir nicht gehorcht. Und jetzt geht mir aus den Augen.«

Dieser ruhige Tonfall schien sie mehr zu erschrecken als das Schreien zuvor. Selbst Meilan blickte unruhig drein, als sie sich rückwärts hinausschoben, verbeugte sich bei jedem zweiten Schritt und murmelte etwas von lebenslanger Treue und Gehorsam. Es machte ihn krank.

»Hinaus!« brüllte er, und sie ließen alle Würde fahren und kämpften beinahe darum, wer sich zuerst durch die Tür drängte. Sie rannten weg. Einer der Aielwächter steckte einen Augenblick lang seinen Kopf herein, um zu sehen, ob es Rand gutgehe, und dann schloß er die Tür.

Rand zitterte heftig. Er ekelte sich beinahe genauso vor ihnen wie vor sich selbst. Männer zu bedrohen, er werde sie hängen, weil sie nicht machten, was er wollte! Und was noch schlimmer war: es war ihm ernst gewesen. Er konnte sich an Zeiten erinnern, als er keine Launen gehabt hatte oder wenigstens nur selten schlechte Laune, als er sich noch besser im Griff gehabt hatte.

Er ging durch den Raum hinüber zu *Callandor.* Das Schwert glitzerte im Sonnenschein, der zwischen den Vorhängen hindurchfiel. Die Klinge sah aus, als bestünde sie aus dem feinsten Glas. Sie war vollkommen klar und durchsichtig, und doch fühlte sie sich nach Stahl an und war rasiermesserscharf. Er hätte beinahe danach gegriffen, um auf Meilan und Sunamon loszugehen. Vielleicht hätte er es wie ein normales Schwert benützt, vielleicht aber auch so, wie es eigentlich vorgesehen war. Er wußte es selbst nicht. Jede der beiden

Möglichkeiten erschreckte ihn. *Ich bin doch noch nicht wahnsinnig. Nur wütend. Licht, so wütend!* Morgen. Morgen würde man die Schattenfreunde auf ein Schiff bringen. Elayne würde abreisen. Und natürlich auch Egwene und Nynaeve. Zurück nach Tar Valon, hoffte er inbrünstig. Schwarze Ajah oder nicht: Die Weiße Burg war bestimmt der sicherste Ort, den es heute noch gab. Morgen. Keine Ausreden mehr, um aufzuschieben, was er tun mußte. Nicht nach dem morgigen Tag.

Er drehte seine Hände um und betrachtete den Reiher, der in jede Handfläche eingebrannt war. Er hatte sie schon so oft betrachtet, daß er jede Linie auswendig nachzeichnen konnte. Die Prophezeiungen hatten auch sie vorhergesagt.

Zweimal und zweimal wird er gezeichnet,
zweimal zum Leben und zweimal zum Tod.
Einmal der Reiher, seinen Weg zu bestimmen,
wieder der Reiher, ihn beim wahren Namen zu nennen.
Einmal der Drache, der verlorenen Erinnerung wegen.
Zum zweiten der Drache für den Preis, den er zahlen muß.

Aber wenn die Reiher seine Echtheit bewiesen, wozu dann noch die Drachen? Und überhaupt, was war mit diesen Drachen gemeint? Der einzige Drache, von dem er bisher gehört hatte, war Lews Therin Telamon. Lews Therin Brudermörder war der Drache gewesen. Der Drache war der Brudermörder. Und nun war er selbst in dieser Lage. Aber er konnte ja schlecht mit sich selbst gezeichnet sein. Vielleicht war das Bild auf der Flagge der eine dieser Drachen, aber nicht einmal die Aes Sedai schienen genau zu wissen, was dieses Geschöpf genau darstellen sollte.

»Du hast dich geändert, seit ich dich das letzte Mal gesehen habe. Du bist stärker. Härter.«

Er fuhr herum und starrte die junge Frau an, die an der Tür stand. Ihr dunkles Haar und die dunklen Augen stachen von der blassen Haut ab. Sie war hochgewachsen und ganz in Weiß und Silber gekleidet. Nun zog sie eine Augenbraue hoch, als sie die halbgeschmolzenen Klumpen Gold und Silber auf dem Kaminsims erblickte. Er hatte sie dort gelassen, damit sie ihn daran erinnerten, was geschehen konnte, wenn er gedankenlos handelte und die Beherrschung verlor. Es war ihm eine Lehre gewesen.

»Selene!« Er schnappte nach Luft und eilte zu ihr hinüber. »Woher kommst du? Wie bist du hier hereingekommen? Ich glaubte, du seist immer noch in Cairhien oder …« Er blickte auf sie hinunter und wollte nicht mehr aussprechen, er habe gefürchtet, sie sei tot oder unter den verhungernden Flüchtlingen. Ihre schlanke Taille wurde von einem aus Silberfäden gewebten Gürtel umschlossen. Silberne Kämme mit eingravierten Sternen und Mondsicheln glänzten in ihrem Haar, das ihr wie ein Wasserfall der Nacht über die Schultern fiel. Sie war immer noch die schönste Frau, die er je gesehen hatte. Ihr gegenüber waren Elayne und Egwene bestenfalls hübsch zu nennen. Doch aus irgendeinem Grund berührte sie ihn nicht so wie früher. Vielleicht lag es an den langen Monaten, die seit ihrem letzten Zusammentreffen vergangen waren, damals in einem Cairhien, das noch nicht vom Bürgerkrieg zerrissen war.

»Ich gehe, wohin immer ich gehen will.« Sie runzelte die Stirn. »Du wurdest gezeichnet, aber das ist gleich. Du gehörtest mir, und du gehörst mir. Jede andere ist lediglich eine Art von Kindermädchen, dessen Zeit vorüber ist. Ich werde von nun an offen beanspruchen, was mein ist.«

Er sah sie mit großen Augen an. Gezeichnet? Meinte sie damit seine Hände? Und was sollte das bedeuten – er gehöre ihr? »Selene«, sagte er mit sanfter Stimme,

»wir haben schöne Tage miteinander verbracht – und schwere Tage. Ich werde deinen Mut und deine Hilfe nicht vergessen, aber zwischen uns war nie mehr als Kameradschaft. Wir sind miteinander durch das Land gezogen, aber das war auch alles. Du wirst hier im Stein bleiben, bekommst die schönsten Gemächer, und wenn in Cairhien wieder Friede herrscht, werde ich dafür sorgen, daß du deine Güter dort zurückbekommst, falls es möglich ist.«

»Du bist wirklich gezeichnet.« Sie lächelte verschmitzt. »Güter in Cairhien? Ich habe vielleicht einst Güter in diesen Ländern besessen. Die Erde hat sich derart verändert, daß nichts mehr so ist wie einst. Selene ist nur ein Name, den ich manchmal benutze, Lews Therin. Der Name, den ich wirklich für mich erwählte, ist Lanfear.«

Rand lachte gezwungen. »Ein müder Scherz, Selene. Ich würde weder über den Dunklen König noch über einen der Verlorenen Witze reißen. Und außerdem heiße ich Rand.«

»Wir nennen uns die Erwählten«, sagte sie gelassen. »Dazu erwählt, die Welt für ewig zu regieren. Wir werden wirklich ewig leben. Das kann auch für dich gelten.«

Er musterte sie mit besorgter Miene. Glaubte sie tatsächlich, sie sei …? Die Anstrengungen ihrer Reise nach Tear mußten sie nervlich zerrüttet haben. Doch sie wirkte auf ihn keineswegs verrückt. Sie war ruhig, kühl und selbstbewußt. Ohne nachzudenken, griff er nach *Saidin*. Er griff danach – und stieß gegen eine Mauer, die er weder sehen noch fühlen konnte, außer, daß sie ihn von der Quelle abschnitt. »Das kann doch nicht sein.« Sie lächelte. »Licht«, hauchte er, »du bist wirklich eine von ihnen!«

Langsam wich er vor ihr zurück. Falls er *Callandor* erreichte, hätte er wenigstens eine Waffe in der Hand. Möglicherweise würde das Schwert in diesem Fall nicht als *Angreal* funktionieren, doch es war ja immer noch ein Schwert. Konnte er mit dem Schwert in der Hand auf eine Frau losgehen, auf Selene? Nein, auf Lanfear, eine der Verlorenen?

Er stieß mit dem Rücken gegen etwas und blickte sich um. Da war nichts zu sehen. Eine Mauer aus nichts, gegen die er seinen Rücken preßte. *Callandor* glitzerte dahinter, keine drei Schritt entfernt, doch unerreichbar. Verzweifelt schmetterte er eine Faust gegen die Wand. Sie war unnachgiebig wie ein Felsen.

»Ich kann dir nicht voll vertrauen, Lews Therin. Noch nicht.« Sie kam näher und er überlegte, ob er sie einfach packen solle. Er war viel größer und stärker, und so abgeschirmt wie im Augenblick konnte sie ihn mit Hilfe der Macht verschnüren wie ein Kätzchen, das sich in ein Wollknäuel verstrickt hat. »Nicht, wenn du das da hast«, fügte sie hinzu und verzog das Gesicht beim Anblick *Callandors.* »Es gibt nur zwei noch mächtigere Dinge, die ein Mann benützen könnte. Von einem davon weiß ich, daß es auf jeden Fall noch existiert. Nein, Lews Therin. Soweit geht das Vertrauen noch nicht.«

»Hör auf, mich so zu nennen«, grollte er. »Ich heiße Rand. Rand al'Thor.«

»Du bist Lews Therin Telamon. Sicher, körperlich stimmt außer der Größe nichts überein, aber ich würde wissen, wer hinter diesen Augen steckt, und wenn ich dich in der Wiege vorfände.« Sie lachte plötzlich auf. »Um wie vieles leichter wäre alles gewesen, hätte ich dich damals gefunden. Wäre ich nur frei gewesen, und...« Das Lachen verflog und machte einem bösen Blick platz. »Willst du mein wirkliches Aussehen genießen? Daran kannst du dich wohl auch nicht mehr erinnern, oder?«

Er versuchte, nein zu sagen, doch seine Zunge rührte sich nicht. Einmal hatte er zwei der Verlorenen zusammen gesehen, Aginor und Balthamel, die ersten beiden, die sich wieder in Freiheit befanden nach dreitausend Jahren im versiegelten Kerker des Dunklen Königs. Der eine war geschrumpft und gealtert gewesen, wie etwas, das bestimmt nicht mehr am Leben sein konnte, und der andere hatte sein Gesicht hinter einer Maske verborgen, hatte jedes Fleckchen Haut verborgen, als könne er nicht ertragen, daß es jemand zu Gesicht bekäme.

Die Luft um Lanfear herum flimmerte, und sie veränderte sich. Sie war – ganz sicher älter als er, aber älter war nicht der richtige Ausdruck dafür. Reifer. Und wenn möglich, noch schöner als zuvor. Eine üppige Blüte verglichen mit einer Knospe. Obwohl ihm bewußt war, was sie war, trocknete sein Mund aus, und sein Hals war wie zusammengeschnürt.

Ihre dunklen Augen blickten forschend auf sein Gesicht. Der Blick war voller Stolz, und doch lag die Andeutung einer Frage darin, was er wohl sehen mochte. Was sie bei ihm auch wahrnahm, schien sie zufriedenzustellen. Sie lächelte wieder. »Ich war in einem tiefen, traumlosen Schlaf gefangen, in dem sich die Zeit nicht mehr bemerkbar machte. Die Drehungen des Rads haben mich nicht mehr betroffen. Nun siehst du mich, wie ich wirklich bin, und ich habe dich in der Hand.« Sie fuhr mit einem Fingernagel an seiner Kinnpartie entlang – so hart, daß er zusammenzuckte. »Die Zeit der Spiele und des Zurückziehens ist vorbei, Lews Therin. Lange vorbei.«

Sein Magen rebellierte. »Willst du mich nun also töten? Das Licht soll dich versengen, ich …«

»Dich töten?« rief sie ungläubig. »Dich töten? Ich will dich haben, und zwar für immer! Du hast mir gehört, lange bevor diese Schlampe mit den hellen Haaren dich mir stahl. Bevor sie dich je erblickt hatte. Du hast mich geliebt!«

»Und du liebtest die Macht!« Einen Augenblick lang war er wie vor den Kopf geschlagen. Die Worte klangen vollkommen wahr – er wußte, daß sie stimmten – aber woher waren sie gekommen?

Selene – Lanfear – schien genauso überrascht wie er, aber sie erholte sich schnell. »Du hast viel gelernt und mehr getan, als ich dir ohne jede Hilfe zugetraut hätte, aber du stolperst immer noch im Dunkeln durch ein Labyrinth, und dein Unwissen könnte dich umbringen. Einige der anderen fürchten dich zu sehr, um noch lange warten zu wollen. Sammael, Rahvin, Moghedien. Andere vielleicht auch, aber diese drei auf jeden Fall. Sie werden dich verfolgen. Sie werden nicht erst versuchen, dich zu überzeugen und zu gewinnen. Sie werden sich anschleichen und dich im Schlaf töten. Weil sie dich fürchten. Aber es gibt auch solche, die dir vieles beibringen würden, damit du wieder lernst, was du einst wußtest. Dann würde niemand mehr wagen, sich dir in den Weg zu stellen.«

»Mir beibringen? Du willst, daß mir einer der Verlorenen Unterricht erteilt?« Einer der Verlorenen. Ein Mann natürlich. Ein Mann, der im Zeitalter der Legenden zu den Aes Sedai gehört hatte, der wußte, wie man mit der Macht umging, der wußte, wie man mit Schwierigkeiten fertig wurde, der… Was war ihm nicht schon alles angeboten worden. »Nein! Selbst wenn man mir das anböte, würde ich ablehnen. Warum sollte ich so etwas annehmen? Ich bekämpfe sie schließlich – und dich auch. Ich hasse alles, was ihr getan habt, alles, wofür ihr steht.« *Narr!* dachte er. *Hier sitze ich in der Falle und führe große Reden, ohne daran zu denken, daß diejenige, die mich gefangenhält, so wütend werden könnte, daß sie mir etwas antut.* Aber er konnte sich einfach nicht zum Schweigen bringen oder die Worte zurücknehmen. Starrköpfig machte er weiter und alles noch schlimmer: »Ich werde euch vernichten, wenn ich kann. Dich und den Dunklen König und alle anderen Verlorenen!«

In ihren Augen blitzte es gefährlich auf und verschwand wieder. »Weißt du, warum einige von uns dich so fürchten? Hast du eine Ahnung, warum? Weil sie Angst haben, daß der Große Herr der Dunkelheit dir einen Platz über ihnen zuweisen wird.«

Rand überraschte sich selbst mit einem Auflachen. »Der Große Herr der Dunkelheit? Kannst selbst du seinen wirklichen Namen nicht aussprechen? Du fürchtest doch wohl nicht, daß er dadurch auf dich aufmerksam wird, so wie die anständigen Leute, oder?«

»Es wäre Blasphemie«, gab sie ihm einfach zur Antwort. »Sie haben recht mit ihrer Angst, Sammael und die anderen. Der Große Herr will dich tatsächlich haben. Er will dich über alle anderen Menschen stellen. Das sagte er mir.«

»Das ist lächerlich! Der Dunkle König ist immer noch im Shayol Ghul gefangen, sonst würde ich jetzt bestimmt in Tarmon Gai'don kämpfen. Und falls er überhaupt weiß, daß ich existiere, wünscht er meinen Tod. Ich habe vor, ihn weiterhin zu bekämpfen.«

»Oh, er kennt dich. Der Große Herr weiß mehr, als du vermutest. Und es ist durchaus möglich, mit ihm zu sprechen. Geh zum Shayol Ghul in den Krater des Verderbens, und du kannst ... ihn hören. Du kannst ... seine Gegenwart genießen.« Nun leuchtete etwas anderes aus ihrem Gesicht: Ekstase. Sie atmete durch halbgeöffnete Lippen und schien einen Augenblick lang etwas Fernes und Wunderbares zu sehen. »Das kann man ganz und gar nicht mit Worten beschreiben. Du mußt es erleben, um es zu verstehen. Du mußt!« Sie kehrte zurück und nahm wieder sein Gesicht wahr. Ihre Augen waren groß und dunkel und blickten intensiv in seine. »Knie vor dem Großen Herrn nieder, und er wird dich über alle anderen erheben. Er wird dir Freiheit lassen, so zu regieren, wie du willst, solange du auch nur einmal dein Knie vor ihm beugst. Ihn anerkennst. Nicht mehr als das. Er hat es mir gesagt. Asmodean wird dir beibringen, die Macht zu lenken, ohne in Gefahr zu geraten, daß du dich damit selbst umbringst, und wird dir zeigen, was du damit alles vollbringen kannst. Laß mich dir helfen. Wir können die anderen vernichten. Dem Großen Herrn wird das gleich sein. Wir können sie alle vernichten, auch Asmodean, wenn er dir alles beigebracht hat, was du wissen mußt. Du und ich, wir können gemeinsam die Welt unter dem Großen Herrn regieren – für immer und ewig.« Ihre Stimme senkte sich zu einem Flüstern, das zugleich von Gier und Angst erfüllt schien: »Ganz kurz vor dem Ende wurden zwei große *Sa'Angreal* hergestellt. Den einen kannst du benützen und ich den anderen. Sie sind viel mächtiger als dieses Schwert. Ihre Macht ist unvorstellbar. Mit ihrer Hilfe könnten wir sogar ... den Großen Herrn selbst bedrohen. Selbst den Schöpfer!«

»Du bist wahnsinnig«, sagte er, von ihren Worten abgestoßen. »Der Vater der Lügen behauptet, er werde mich in Freiheit lassen? Ich wurde geboren, um ihn zu bekämpfen. Deshalb bin ich hier – um die Prophezeiungen zu erfüllen. Ich werde gegen ihn kämpfen und gegen euch alle, bis hin zur Letzten Schlacht! Bis zu meinem letzten Atemzug!«

»Aber das mußt du nicht! Prophezeiungen sind nicht mehr als der in geheimnisvollen Worten ausgedrückte Wunsch der Menschen. Wenn du die Prophezeiungen erfüllst, zwingst du dich damit nur auf einen Weg, der zu Tarmon Gai'don und letztendlich zu deinem Tod führt. Moghedien oder Sammael können deinen Körper vernichten. Der Große Herr der Dunkelheit kann deine Seele vernichten. Das wäre dein vollständiges und endgültiges Ende. Du würdest nie mehr wiedergeboren, gleich, wie oft sich das Rad der Zeit noch dreht!«

»Nein!«

Sie betrachtete ihn eine – wie es ihm schien – endlos lange Zeit. Er konnte beinahe die Waagschalen sehen, auf denen die beiden so unterschiedlichen Möglichkeiten ruhten. »Ich könnte dich einfach mitnehmen«, sagte sie schließlich. »Ich könnte dich zum Großen Herrn bekehren, ob du willst oder nicht. Es gibt da Möglichkeiten.«

Sie schwieg, vielleicht um abzuwarten, ob ihre Worte irgendeine Wirkung zeigten. Schweiß rann ihm über den Rücken, doch er verzog das Gesicht nicht. Er würde etwas unternehmen müssen, ob er nun eine Chance hatte oder nicht. Ein zweiter Versuch, *Saidin* zu ergreifen, scheiterte wieder an dieser unsichtbaren Barriere. Er ließ seine Blicke wandern, als überlege er angestrengt. *Callandor* befand sich hinter ihm und so weit außerhalb seiner Reichweite, daß es sich genausogut jenseits des Aryth-Meeres hätte befinden können. Sein Messer lag auf einem Nachttisch am Bett neben einem halbfertigen Fuchs, den er zu schnitzen begonnen hatte. Die formlosen Metallklumpen grinsten ihn von ihrem Platz auf dem Kaminsims spöttisch an. Ein Mann in unauffälliger Kleidung mit einem Messer in der Hand schlüpfte durch die Tür herein. Überall lagen Bücher. Er straffte sich und wandte sich wieder zu Lanfear um.

»Du warst schon immer ein Sturkopf«, knurrte sie. »Ich werde dich diesmal noch nicht mitnehmen. Ich will, daß du freiwillig mitkommst. Ich will es! Was ist los? Was machst du für ein Gesicht?«

Ein Mann mit einem Messer, der durch die Tür schlüpft? Sein Blick war an ihm vorbeigewandert, ohne ihn wirklich bewußt wahrzunehmen. Instinktiv stieß er Lanfear aus dem Weg und griff nach der Wahren Quelle. Die Abschirmung, die ihn davon abgehalten hatte, verschwand bei der erneuten Berührung, und sein Schwert war wie eine rotgoldene Flamme in seiner Hand. Der Mann stürzte sich auf ihn. Er hielt das Messer tief, die Spitze aufwärts gerichtet, um es mit einem tödlichen Stoß in seinen Körper zu treiben.

Selbst jetzt war es noch schwierig, den Burschen im Auge zu behalten, aber Rand drehte sich geschmeidig weg. ›Der Wind, der über die Mauer streicht‹ hackte die Hand mit dem Messer ab. Die restliche Drehbewegung reichte, um dem Angreifer das Schwert ins Herz zu stoßen. Einen Moment lang blickte er in matte Augen, die bereits leblos wirkten, obwohl das Herz noch schlug, und dann riß er das Schwert wieder heraus.

»Ein Grauer Mann.« Rand atmete tief durch. Er hatte das Gefühl, es sei sein erster Atemzug seit Stunden. Die Leiche zu seinen Füßen war blutüberströmt. Auch der kostbare Teppich war schnell vom Blut durchtränkt. Jetzt war es nicht mehr schwierig, den Mann anzusehen. So war es aber immer mit den Attentätern des Schattens: Wenn man sie bemerkte, war es für gewöhnlich zu spät. »Das ergibt doch keinen Sinn. Du hättest mich mit Leichtigkeit töten können. Warum mich erst ablenken, damit sich ein Grauer Mann anschleichen kann?«

Lanfear musterte ihn mißtrauisch. »Ich benütze die Seelenlosen nicht. Ich sagte dir doch, daß es Unterschiede gibt bei den … Erwählten. Es scheint, daß ich einen Tag zu spät dran war, aber du hast immer noch Zeit, um mit mir zu kommen. Um zu lernen. Um zu leben. Dieses Schwert«, sagte sie beinahe verächtlich. »Du bringst noch nicht einmal den zehnten Teil von dem fertig, was du alles erreichen könntest. Komm mit mir und lerne es. Oder willst du mich jetzt töten? Ich habe dich freigelassen, damit du dich verteidigen kannst.«

Ihre Stimmung und ihre Haltung deuteten an, daß sie mit einem Angriff rechnete oder zumindest bereit war, einen möglichen Angriff abzuwehren, aber das hätte ihn nicht davon abgehalten, genausowenig wie die Tatsache, daß sie zuvor seine Fesseln gelöst hatte. Sie war eine der Verlorenen. Sie hatte dem Bösen so lange gedient, daß eine Schwarze Ajah gegen sie wie ein Neugeborenes gewirkt hätte. Und doch sah er in ihr eine Frau. Er verfluchte sich selbst, aber er brachte es nicht fertig. Vielleicht, wenn sie vorher versucht hätte, ihn zu töten. Vielleicht. Doch alles, was sie tat, war, dazustehen, ihn zu beobachten, abzuwarten. Zweifellos war sie bereit, Dinge mit Hilfe der Macht zu tun, die er noch nicht einmal für möglich hielt, falls er sie zu fesseln versuchte. Er hatte es fertiggebracht, Elayne und Egwene abzuschirmen, aber es war eines dieser Dinge gewesen, die er ohne zu denken getan hatte, nur einfach aus seinem Unterbewußtsein heraus. Er konnte sich nur daran erinnern, es getan zu haben, aber nicht, wie. Wenigstens hielt er jetzt *Saidin* fest im Griff. So würde sie ihn nicht noch einmal überraschen. Das Verderben, das ihm mit seiner süßlichen Fäule den Magen herumdrehte, war gar nichts; *Saidin* war das Leben, vielleicht auf mehr als nur eine Weise.

Ein plötzlicher Gedanke kochte in ihm hoch: die Aiel! Selbst einem Grauen Mann hätte es unmöglich sein sollen, sich durch eine Tür zu schleichen, die von einem halben Dutzend Aiel bewacht wurde.

»Was hast du mit ihnen gemacht?« krächzte er, als er sich in Richtung Tür zurückzog, ohne sie dabei aus den Augen zu lassen. Falls sie die Macht einsetzte, würde er vielleicht irgendein Zeichen entdecken, das ihn rechtzeitig warnte. »Was hast du mit den Aiel dort draußen gemacht?«

»Nichts«, antwortete sie kühl. »Geh nicht dort hinaus. Es mag nur ein Versuch sein, wie verwundbar du bist, aber selbst das könnte dich umbringen, falls du dich wie ein Narr verhältst.«

Er warf den linken Türflügel auf und erblickte eine Szene reinen Grauens.

KAPITEL 10

Widerstand

Zu Rands Füßen lagen tote Aiel und zwischen ihnen die Leichen dreier ganz durchschnittlich aussehender Männer mit unauffälligen Mänteln und Hosen. Total unauffällige Männer, und doch waren sechs Aiel, die gesamte Türwache, von ihnen getötet worden, ein paar davon offensichtlich, bevor sie überhaupt bemerkt hatten, was los war, und jeder dieser unauffälligen Männer war von mindestens zwei Aielspeeren durchbohrt worden.

Das war aber keineswegs alles. Sobald er die Tür aufzog, schlug eine Welle des Kampflärmes über ihn hinweg: Schreie, Heulen, das Dröhnen von Stahl auf Stahl unter den mächtigen Sandsteinsäulen. Die Verteidiger im Vorraum kämpften unter den vergoldeten Lampen um ihr blankes Leben gegen massige Gestalten in schwarzen Rüstungen, die sie um ein Beträchtliches überragten, Gestalten wie riesige Männer, doch mit Köpfen und Gesichtern, die von Hörnern und Federn verunstaltet waren, die Schnäbel oder Tierschnauzen aufwiesen, wo sich Mund und Nase befinden sollten. Trollocs. Man sah bei ihnen ebenso Pranken oder Hufe wie menschliche Füße mit Stiefeln daran. Sie hieben Männer mit ihren eigenartigen Dornenäxten nieder und mit Speeren, an denen sich Widerhaken befanden, oder mit Sichelschwertern, die sich seltsam nach der falschen Seite krümmten. Und unter ihnen war ein Myrddraal, ein Mann mit wurmblasser Haut unter schwarzem Panzer, der mit seinen geschmeidigen Bewegungen wie der leibhaftige Tod wirkte, dessen Skelett mit blutlosem Fleisch umhüllt war.

Irgendwo im Stein erklang ein Alarmgong, doch der dröhnende Klang erstarb mit erschreckender, tödlicher Plötzlichkeit. Dann nahm ein anderer den Alarmruf wieder auf und noch einer, und ihr Messingglockengeläut erschütterte den Stein.

Die Verteidiger kämpften verbissen, und sie waren den Trollocs gegenüber in der Überzahl, doch es lagen mehr Menschen am Boden als Trollocs. In dem Moment, als Rand das alles erblickte, riß der Myrddraal gerade dem tairenischen Hauptmann mit einer bloßen Hand die eine Gesichtshälfte ab, während er mit der anderen Hand eine tödlich-schwarze Klinge durch den Hals eines der Verteidiger stieß. Wie eine Schlange wand er sich zwischen den Speerstichen der Verteidiger hindurch. Die Verteidiger standen einem Gegner gegenüber, den sie bisher für ein Märchenwesen gehalten hatten, einen Kinderschreck, und sie waren dementsprechend mit ihren Nerven am Ende. Ein Mann, der seinen Helm verloren hatte, warf seinen Speer zu Boden und versuchte zu fliehen. Sein Kopf wurde durch die schwere Axt eines Trollocs wie eine reife Melone zerteilt. Wieder ein anderer Mann sah den Myrddraal an und rannte schreiend davon. Der Myrddraal eilte geschmeidig hinterher, um ihn abzufangen. Noch einen winzigen Augenblick, und die Menschen würden alle vor Entsetzen davonlaufen.

»Blasser!« schrie Rand. »Versuch's mal mit mir, Blasser!« Der Myrddraal blieb stehen, als habe er sich nie bewegt. Sein bleiches, augenloses Gesicht wandte sich ihm zu. Bei diesem Blick überlief Rand die Angst, doch sie glitt lediglich über die Blase der kalten Ruhe, die ihn einhüllte, wenn er *Saidin* ergriffen hatte. In den Grenzlanden sagte man: »Der Blick des Augenlosen bedeutet Angst.« Einst hatte auch er geglaubt, daß die Blassen auf Schatten ritten wie auf Pferden und verschwanden, wenn sie sich zur Seite wandten. Diese alten Vorurteile waren gar nicht so weit von der Wahrheit entfernt.

Der Myrddraal glitt auf ihn zu, und Rand sprang über die Toten vor der Tür hinweg ihm entgegen. Seine Stiefel rutschten auf dem blutverschmierten, schlüpfrigen schwarzen Marmorboden weg. »Für den Stein von Tear!« schrie er beim Vorwärtsspringen. »Der Stein widersteht!« Das waren die Kampfrufe, die er in jener Nacht gehört hatte, als der Stein ihnen nicht widerstehen konnte.

Er glaubte, von dem gerade verlassenen Raum her den gedämpften Ruf: »Narr!« zu hören, aber er hatte jetzt keine Zeit, nach Lanfear zu sehen oder sich darum zu kümmern, was sie vorhatte. Das Ausrutschen kostete ihn beinahe das Leben. Als er um sein Gleichgewicht kämpfte, konnte er gerade noch mit seinem rotgoldenen Schwert die schwarze Klinge des Myrddraal abwehren. »Für den Stein von Tear! Der Stein widersteht!« Er mußte die Verteidiger zusammenhalten, damit er nicht allein dem Myrddraal und zwanzig Trollocs gegenüberstand. »Der Stein widersteht!«

Er hörte, wie jemand seine Worte wiederholte: »Der Stein widersteht!« Und dann fiel ein weiterer ein: »Der Stein widersteht!«

Der Blasse bewegte sich schlangengleich, und dieser Eindruck noch von den schwarzen Schuppen seines Brustpanzers wurde verstärkt. Doch nicht einmal eine schwarze Viper konnte so schnell zuschlagen. Eine Weile lang war Rand nur mit Mühe in der Lage, sich der schwarzen Klinge zu erwehren, damit sie seine ungeschützte Haut nicht traf. Dieses schwarze Metall würde Wunden schlagen, die nicht zuheilten, die eiterten und schmerzten wie jene Wunde, die er an der Seite trug. Jedesmal, wenn der dunkle Stahl, der in Thakandar im Schatten des Shayol Ghul geschmiedet worden war, auf die rotgoldene Klinge traf, die er mit Hilfe der Macht erschaffen hatte, blitzte es im Raum wie bei einem Gewitter auf. Das grelle Blauweiß tat den Augen weh. »Diesmal wirst du sterben!« Die Stimme des Myrddraal hörte sich an wie knisternd zerbröckelnde abgestorbene Blätter im Spätherbst. »Ich werde dein Fleisch den Trollocs zum Fressen geben, und deine Frauen werden mir gehören.«

Rand kämpfte so kaltblütig und gleichzeitig verzweifelt wie noch nie. Der Blasse wußte mit seinem Schwert umzugehen. Dann kam jedoch ein Moment, in dem er mit Wucht das Schwert des anderen treffen konnte und nicht nur dessen Schlag abgleiten ließ. Es zischte, als fiele Eis auf geschmolzenes Metall, und die rotgoldene Klinge durchschnitt die schwarze. Sein nächster Schlag trennte den augenlosen Kopf von den Schultern. Der Schlag, mit dem er den Knochen des Myrddraal durchhackte, fuhr ihm selbst gewaltig in den Arm. Blut schoß wie ein Tintenstrahl aus dem Halsstumpf des Blassen. Trotzdem fiel das Ding noch nicht. Es fuchtelte wild mit dem Schwertstumpf herum, und so taumelte die kopflose Gestalt durch den Raum und hieb Löcher in die Luft.

Als der Kopf des Blassen fiel und über den Boden rollte, stürzten auch die übriggebliebenen Trollocs, kreischten, zuckten und rissen mit ihren fellbedeckten Händen an ihren Haaren oder Federn. Das war eine Schwäche der Myrddraal und Trollocs: Obwohl die Myrddraal den Trollocs nicht trauten, waren sie auf irgendeine Art mit ihnen verbunden, die Rand nicht verstand. Es schien die Trollocs an die Myrddraal zu binden, zur absoluten Loyalität zu zwingen, aber wenn der Blasse starb, überlebten ihn seine Trollocs nicht lange.

Die noch im Kampf befindlichen Verteidiger, weniger als zwei Dutzend, zögerten nicht. Zu zweit oder zu dritt stürzten sie sich auf die Trollocs und stachen mit ihren Speeren zu, bis sie sich nicht mehr rührten. Ein paar von ihnen hatten auch den kopflosen Myrddraal zu Fall gebracht, aber der schlug immer noch wild um sich, gleich, wie oft sie zustießen. Als die Trollocs still waren, hörte man das Stöhnen und Weinen der wenigen verwundet überlebenden Menschen. Immer noch lagen mehr Menschen als Schattenwesen auf dem Boden. Der schwarze Marmor war schlüpfrig vom Blut, das sich farblich kaum von dem dunklen Stein abhob.

»Laßt es sein«, sagte Rand zu den Verteidigern, die sich abmühten, den Myrddraal endgültig zu töten. »Es ist schon tot. Blasse wollen einfach nicht zugeben, daß sie tot sind.« Das hatte ihm Lan gesagt, vor, wie es schien, langer Zeit. Er hatte schon öfters den Beweis dafür gesehen. »Kümmert euch um die Verwundeten.«

Sie blickten nervös die kopflose Gestalt an, deren Torso von klaffenden Wunden übersät war, schauderten und zogen sich zurück, wobei sie irgend etwas über Lurks vor sich hin murmelten. So nannte man die Blassen in Tear, und zwar in Märchen, mit denen man Kinder erschrecken wollte. Einige suchten nun unter den gefällten Menschen nach denen, die noch am Leben waren, halfen ihnen auf die Beine oder betteten sie bequemer auf herumliegende Umhänge. Nur zu viele blieben liegen, wo sie gefallen waren. Man konnte den Verwundeten jetzt nicht mehr bieten als von ihren eigenen blutigen Hemden abgerissene Streifen, mit denen man die Wunden notdürftig verband.

Jetzt sahen diese Tairener nicht mehr so hübsch aus wie vorher. Ihr Harnisch glänzte nicht mehr und war verbeult und eingedellt; die einst so schönen schwarzroten Mäntel und Hosen waren zerrissen und schmutzig. Einige trugen keine Helme mehr und manch einer stützte sich auf seinen Speer, als könne ihn nur der allein noch aufrecht halten. Vielleicht war es tatsächlich so. Sie atmeten schwer, und ihre Gesichter waren verzerrt von dieser eigenartigen Mischung von nackter Angst und blinder Betäubung, die Männer in der Schlacht oft ergreift. Sie sahen Rand unsicher an. Ihre Blicke waren unstet und ängstlich, als könne es sein, daß er selbst diese Kreaturen aus der Fäule herbeigerufen habe.

»Wischt Eure Speerspitzen ab«, sagte er ihnen. »Das Blut eines Blassen brennt sich wie Säure in Stahl, falls es lange genug daran klebt.« Die meisten kamen dem Befehl nur langsam nach, benützten zögernd alles, was zu Hand war, vor allem die Mantelärmel ihrer eigenen Toten.

Die Geräusche weiterer Kämpfe drangen durch die Gänge, ferne Schreie und das gedämpfte Dröhnen von Metall auf Metall. Sie hatten ihm zweimal gehorcht, und nun war es an der Zeit, festzustellen, ob sie noch mehr tun würden. Er wandte ihnen den Rücken zu und ging durch den Vorraum in Richtung des Kampflärms. »Folgt mir«, befahl er. Er hob seine aus dem Feuer geborene Klinge, um sie daran zu erinnern, wer er war, und hoffte, daß ihm diese Geste keinen Speer in den Rücken einbringen würde. Er mußte es riskieren. »Der Stein widersteht! Für den Stein von Tear!«

Einen Moment lang waren seine eigenen hallenden Schritte das einzige Geräusch unter den Säulen des Raums, aber dann begannen andere Stiefeltritte, ihm zu folgen. »Für den Stein!« rief ein Mann, und ein anderer: »Für den Stein und den Drachen!« Weitere Männerstimmen nahmen den Ruf auf. »Für den Stein und den Drachen!« Rand begann zu laufen, und so führte er sein blutendes Herr von dreiundzwanzig Soldaten tiefer in den Stein hinein.

Wo war Lanfear, und welche Rolle hatte sie bei dem allen gespielt? Er hatte kaum Zeit zu überlegen. In den Sälen des Steins lagen tote Männer in ihrem eigenen

Blut, hier einer, weiter hinten zwei oder drei, Verteidiger, Diener, Aiel. Auch Frauen, Adelige in Linnengewändern und in Wolle gekleidete Dienerinnen, die man niedergestreckt hatte, als sie zu fliehen versuchten. Den Trollocs war es gleich, wen sie töteten. Es machte ihnen Spaß. Myrddraal waren aber noch schlimmer. Die Halbmenschen genossen Schmerz und Tod geradezu.

Ein Stückchen weiter drinnen im Stein brodelte es. Horden von Trollocs zogen durch die Säle, manchmal von einem Myrddraal angeführt, manchmal allein, kämpften gegen Aiel oder Verteidiger, erstachen Unbewaffnete und zogen weiter auf der Suche nach Menschen, die sie töten konnten. Rand führte seine kleine Streitmacht gegen alle Schattenwesen, die er antraf. Sein Schwert schnitt mit gleicher Leichtigkeit durch halbmenschliches Fleisch wie durch schwarze Harnische. Nur die Aiel allerdings wagten es, sich einem Blassen offen im Kampf zu stellen. Die Aiel und Rand. Er überließ die Trollocs den Verteidigern und griff stattdessen Blasse an. Manchmal nahm ein Myrddraal im Sterben ein oder zwei Dutzend Trollocs mit in den Tod, manchmal auch keinen.

Einige seiner Verteidiger fielen und standen nicht mehr auf, aber dafür schlossen sich ihnen ein paar Aiel an, so daß sich ihre Anzahl beinahe verdoppelte. Gruppen von Männern fielen von ihnen ab, als die wütenden Gefechte sie unter Schreien und dem Dröhnen aufeinandertreffender Schwerter wie in einer irren Schmiede von ihnen wegführten. Andere Männer kamen dafür hinzu, fielen wieder ab, wurden ersetzt, und so befand sich schließlich niemand von denen mehr bei ihm, die ursprünglich mit ihm gegangen waren. Manchmal kämpfte er auch ganz allein oder rannte durch einen Gang, der bis auf ihn und die Toten leer war. Immer folgte er dem Lärm entfernter Gefechte.

Einmal, als er mit zweien der Verteidiger einen Säulengang durchschritt, der den Blick nach unten in einen langen Saal mit vielen Türen freigab, sah er Moiraine und Lan, die von Trollocs umzingelt waren. Die Aes Sedai stand mit hoch erhobenem Kopf da wie eine der sagenhaften Königinnen in der Schlacht, und um sie herum barst Feuer aus tierähnlichen Gestalten. Während die einen verbrannten, kamen bereits weitere herbei, eilten zu sechst oder zu siebt aus einer der vielen Türen. Lans Schwert erledigte diejenigen, die Moiraines Flammen entkamen. Das Gesicht des Behüters war über und über mit Blut beschmiert, doch er vollführte die so lange geübten Fechtfiguren so kühl und selbstverständlich, als übe er lediglich vor einem Spiegel. Dann stieß ein wolfsschnäuziger Trolloc seinen Speer in Richtung auf Moiraines Rücken. Lan wirbelte herum, als hätte er auch hinten Augen und hackte dem Trolloc ein Bein unter dem Knie ab. Der Trolloc stürzte jaulend zu Boden, stieß aber trotzdem noch einmal mit dem Speer nach Lan. Im gleichen Moment versuchte ein anderer, den Behüter ungeschickt mit der Flachseite seiner Axt niederzuschlagen. Lan ging in die Knie.

Rand konnte ihnen nicht zur Hilfe kommen, denn in diesem Augenblick wurden er und seine beiden Begleiter von fünf Trollocs angefallen. Mit ihren Schnauzen und Hauern und Hammelhörnern stürmten sie heran und drückten die Menschen erst einmal aus dem Säulengang hinaus. Normalerweise wären fünf Trollocs mit Leichtigkeit in der Lage gewesen, drei Männer zu töten, doch einer dieser Männer war Rand, und er besaß ein Schwert, das ihre Rüstungen zu bloßem Tuch werden ließ. Einer der beiden Verteidiger starb, und der andere verschwand auf der Jagd nach einem verwundeten Trolloc, dem einzigen Überlebenden der fünf. Als Rand zurückeilte, roch er aus dem Saal unten verbranntes Fleisch und sah auf dem Fußboden einige mächtige verschmorte Leichen, doch von Moiraine und Lan war nichts mehr zu sehen.

So spielte sich der Kampf um den Stein ab. Oder der Kampf um Rands Leben. Gefechte brachen aus und trieben von ihrem ursprünglichen Ort hinweg oder erstarben ganz, wenn eine Seite gefallen war. Die Menschen kämpften dabei nicht nur gegen Trollocs und Myrddraal, sondern auch gegen andere Menschen, denn Seite an Seite mit den Schattenwesen fochten auch menschliche Schattenfreunde, grob gekleidete Burschen, die aussahen wie Söldner oder wie die typischen Tavernenraufer. Sie hatten offensichtlich genauso vor den Trollocs Angst wie die Verteidiger, aber sie mordeten genauso ungehemmt wie die Schattenabkömmlinge. Zweimal sah Rand sogar Kämpfe von Trollocs untereinander. Er nahm an, daß die Myrddraal die Kontrolle über sie verloren hatten und daß sie nur noch von ihrer Mordlust beherrscht wurden. Aber wenn sie sich gegenseitig umbringen wollten – bitte schön.

Dann war er wieder allein und kam auf seiner Suche um eine Ecke und stand plötzlich vor drei Trollocs. Jeder von ihnen war doppelt so breit und um die Hälfte größer als er. Einer von ihnen – mit einem gekrümmten Adlerschnabel in einem ansonsten menschlichen Gesicht – hackte gerade einen Arm von der Leiche einer tairenischen Lady, während die beiden anderen gespannt zusahen und sich die Schnauzen erwartungsvoll leckten. Trollocs fraßen alles, solange es nur Fleisch war. Ob nun sie oder er von diesem Zusammentreffen mehr überrascht waren – jedenfalls erholte er sich schneller von dem Schreck.

Derjenige mit dem Adlerschabel fiel unter Rands erstem Streich. Panzer und Bauch waren gleichermaßen aufgeschnitten. Eigentlich hätte die Fechtfigur ›Eidechse im Dornbusch‹ für die beiden anderen gereicht, doch der erste Trolloc schlug im Sterben noch um sich und trat Rand beinahe einen Fuß weg, so daß er ins Stolpern kam. Sein Schlag in Richtung des dritten Trollocs ging daneben und schnitt nur dessen Rüstung auf, während der zweite im Stürzen mit ins Leere schnappendem Wolfsrachen direkt auf ihn fiel. Der schwere Körper des Trollocs riß Rand mit zu Boden und begrub ihn halb unter sich. Schwertarm und Schwert waren darunter eingeklemmt. Der überlebende Trolloc hob seine Dornenaxt, und trotz seiner Keilerschnauze und den dicken Hauern verzerrte sich sein Gesicht zu einer Art von Lächeln. Rand rang um Luft und bemühte sich, unter dem toten Trolloc hervorzukriechen.

Ein sichelgleiches Schwert spaltete den Keilerkopf bis zum Hals hinunter.

Ein vierter Trolloc riß sein Schwert aus dem Körper des anderen und knurrte ihn mit gefletschten Bockszähnen an. Die Ohren neben den Hörnern zuckten. Dann rannte er weg. Seine scharfen Hufe klapperten auf den Fußbodenkacheln.

Rand hievte den Körper des toten Trollocs halb betäubt von sich herunter. *Ein Trolloc hat mich gerettet. Ein Trolloc?* Er war über und über mit dickem, dunklem Trollocblut beschmiert. Weiter unten im Gang, in entgegengesetzter Richtung zu der, in der der Trolloc mit den Bockshörnern geflüchtet war, blitzte es blauweiß auf, und zwei Myrddraal kamen in Sicht. Sie kämpften mit nicht endenwollenden, fließenden Bewegungen gegeneinander! Der eine drängte den anderen in einen Seitenkorridor, und das immer wieder aufblitzende Licht verschwand aus seiner Sicht. *Ich bin verrückt! Das muß es sein. Ich bin verrückt und das ist alles nur ein wahnwitziger Traum.*

»Du riskierst wirklich alles, wenn du so wild mit diesem ... diesem Schwert herumrennst.«

Rand wandte sich zu Lanfear um. Sie hatte sich wieder das Aussehen eines Mädchens zugelegt, nicht älter als er selbst, vielleicht sogar jünger. Sie hob ihren weißen Rock etwas an, um über den zerhackten Körper der tairenischen Lady hinwegsteigen zu können. Ihrem unbeteiligten Gesichtsausdruck nach hätte es auch ein Baumstamm sein können.

»Du baust dir eine Hütte aus Reisig«, sagte sie, »wenn du statt dessen mit einem Fingerschnippen Marmorpaläste haben könntest. Du hättest sie töten und ihnen das bißchen Seele nehmen können, das ein Trolloc besitzt, und doch hättest du dich beinahe von ihnen umbringen lassen. Du mußt lernen. Schließ dich mir an!«

»War das dein Werk?« wollte er wissen. »Dieser Trolloc, der mich gerettet hat? Diese Myrddraal? Stimmt's?«

Sie überlegte einen Augenblick lang und dann schüttelte sie ein wenig bedauernd den Kopf. »Wenn ich das für mich beanspruche, wirst du das nächstemal wieder auf so etwas warten, und das könnte sich als tödlich erweisen. Keiner der anderen ist sich vollkommen sicher, wo ich eigentlich stehe, und das paßt mir. Du kannst von mir keine offene Unterstützung erwarten.«

»Deine Unterstützung erwarten?« grollte er. »Du willst mich zum Schatten bekehren. Du willst mich mit schönen Worten davon ablenken, was du bist.« Er griff nach der Macht, und sie wurde so hart gegen einen Wandbehang geschleudert, daß sie aufstöhnte. Er hielt sie dort fest, mit gespreizten Beinen über einer gewebten Jagdszene hängend, die Füße ein paar Handbreit über dem Boden und das schneeweiße Kleid ausgebreitet und flach angedrückt. Wie hatte er nur Egwene und Elayne abgeschirmt? Er mußte sich daran erinnern.

Plötzlich flog er selbst durch den Gang und krachte gegen die gegenüberliegende Wand. Irgend etwas drückte ihn wie ein lästiges Insekt dagegen und erlaubte ihm kaum zu atmen.

Lanfear schien mit dem Luftholen keinerlei Schwierigkeiten zu haben. »Was du auch tun kannst, Lews Therin, das kann ich auch. Und sogar besser.« Obwohl sie an die Wand gepreßt war, schien sie von allem unberührt. In der Nähe erhob sich neuer Kampfeslärm, und dann wurde er wieder schwächer, als sich die Kämpfenden entfernten. »Du benützt nur den kleinsten Teil dessen, was dir zur Verfügung steht, und auch den nur zur Hälfte. Und dann rennst du weg vor dem, was dir ermöglichen würde, alle deine Gegner zu vernichten. Wo ist *Callandor,* Lews Therin? Immer noch oben in deinem Schlafzimmer wie nutzloser Zierat? Glaubst du, daß nur deine Hand es führen kann, nun, da du es befreit hast? Falls Sammael hier ist, wird er es an sich nehmen und gegen dich einsetzen. Sogar Moghedien würde es nehmen, damit du es nicht benützen kannst. Sie könnte viel gewinnen, wenn sie es einem der männlichen Erwählten zum Tausch anböte.«

Er kämpfte gegen die Kraft an, die ihn festhielt, doch nichts außer seinem Kopf bewegte sich. So drehte er den wütend nach der einen und dann nach der anderen Seite. *Callandor* in den Händen eines der männlichen Verlorenen: der Gedanke machte ihn verrückt vor Angst und Frustration. Er lenkte die Macht und versuchte, sich von dem loszureißen, was ihn band, fand aber nichts. Und dann war es mit einem Schlag weg und er taumelte von der Wand fort, bis er endlich begriff, daß er frei war. Und er hatte nichts dazu beigetragen.

Er sah Lanfear an. Sie hing noch immer in aller Ruhe dort, als nähme sie ein Sonnenbad neben einem Bach. Sie versuchte natürlich, ihn einzulullen, ihn dazu zu bringen, daß er ihr gegenüber schwach wurde. Er zögerte, als er die Stränge der Macht kontrollierte, die sie festhielten. Falls er sie abnabelte und einfach dort hängen ließ, würde sie vielleicht den halben Stein einreißen, wenn sie sich mit Gewalt zu befreien suchte –

falls sie nicht von einem vorbeikommenden Trolloc getötet würde, der glaubte, sie sei eine aus dem Stein. Es hätte ihn eigentlich nicht beunruhigen sollen, wenn eine der Verlorenen starb, aber der Gedanke daran, eine Frau oder überhaupt irgend jemanden hilflos den Trollocs zu überlassen, stieß ihn ab. Ein Blick auf ihre gelassene Miene allerdings ließ diesen Gedanken schnell verfliegen. Niemand und nichts im Stein würde ihr etwas antun, solange sie die Macht benutzen konnte. Wenn er Moiraine aufspüren könnte, um sie abzuschirmen …

Noch einmal nahm ihm Lanfear die Entscheidung ab. Das Reißen seiner eigenen Stränge schüttelte ihn kräftig durch, und sie fiel leichtfüßig herunter. Er machte große Augen, als sie von der Wand wegtrat und ruhig ihren Rock glattstrich. »Das kannst du nicht tun«, stotterte er dümmlich, und sie lächelte.

»Ich muß einen Strang nicht sehen, um ihn zu lösen, sobald ich weiß, was und wo es ist. Siehst du, du mußt eben noch viel lernen. Aber so gefällst du mir. Du warst immer zu stur und selbstsicher. Es war immer besser, wenn du dir deiner selbst nicht so sicher warst. Hast du also *Callandor* vergessen?«

Er zögerte noch. Da stand eine der Verlorenen vor ihm. Und es gab absolut nichts, was er tun konnte. Schließlich drehte er sich um und lief los, *Callandor* zu holen. Ihr Lachen schien ihm zu folgen.

Diesmal ließ er sich nicht ablenken und versuchte nicht, Trollocs und Myrddraal zu bekämpfen. Er verlangsamte sein wildes Klettern durch den Stein nur, wenn sie sich ihm in den Weg stellten. Dann öffnete sein aus Flammen geschmiedetes Schwert einen Weg für ihn. Er sah Perrin und Faile. Er trug die Axt in der Hand, und sie deckte mit ihren Messern seinen Rücken. Die Trollocs schienen genauso beim Anblick seiner gelben Augen zu zögern wie beim Anblick seiner Axt. Rand ließ sie zurück, ohne sich noch einmal umzublicken. Falls einer der Verlorenen *Callandor* in die Hände bekam, würde keiner von ihnen mehr die Sonne aufgehen sehen.

Atemlos stürzte er zwischen den mächtigen Säulen des Vorraums hindurch und sprang über die Leichen hinweg, die immer noch dort lagen. Verteidiger und Trollocs lagen da im Tod vereint. Er warf beide Türflügel auf. Das Schwert, Das Kein Schwert War hing in seinem vergoldeten und mit Gemmen besetzten Ständer und leuchtete im Schein der untergehenden Sonne. Es wartete auf ihn.

Jetzt, da er es sah und in Sicherheit wußte, fiel es ihm schwer, es zu berühren. Einmal bisher hatte er *Callandor* so benützt, wie es eigentlich sein sollte. Nur einmal. Er wußte, was ihn erwartete, wenn er es wieder aufnahm, wenn er es gebrauchte, um viel mehr Energie aus der Wahren Quelle zu schöpfen, als ein Mensch ohne Hilfe fertigbrachte. Es fiel ihm auch ungeheuer schwer, seine rotgoldene Klinge wieder verschwinden zu lassen, und als es geschah, hätte er sie beinahe zurückgeholt.

Er schlurfte zögernd um die Leiche des Grauen Mannes herum und legte seine Hände langsam um den Griff *Callandors.* Er war kalt, wie ein Kristall, der lange im Dunkeln geruht hatte, aber er war auch nicht so glatt, daß er seinem Griff hätte entschlüpfen können.

Ein Gefühl ließ ihn aufblicken. An der Tür stand zögernd ein Blasser, den augenlosen Blick aus seinem bleichen Gesicht auf *Callandor* gerichtet.

Rand zog *Saidin* an sich. *Callandor,* das Schwert, Das Kein Schwert War, flammte in seinen Händen auf, als enthalte es den Mittagssonnenschein. Die Macht erfüllte ihn, schlug wie mächtiger Donner über ihm zusammen. Das süße Verderben in *Saidin* durchströmte ihn wie eine schwarze Flut. Geschmolzener Fels pulsierte durch seine Adern. Die Kälte in ihm hätte die

Sonne erfrieren lassen können. Er mußte die Macht benützen, oder er würde bersten wie eine überreife Melone.

Der Myrddraal wandte sich zur Flucht, und plötzlich fielen die schwarzen Kleider und der Harnisch leer zu Boden und hinterließen nur in der Luft schwebende ölige Staubteilchen.

Rand war sich selbst nicht einmal im klaren darüber, daß er mit der Macht gearbeitet hatte, bis es vorbei war. Er hätte auch nicht mehr sagen können, was er eigentlich angestellt hatte, und wenn auch sein Leben davon abhinge. Doch nichts konnte sein Leben gefährden, solange er *Callandor* in der Hand hielt. Die Macht durchpulste ihn wie der Herzschlag der Welt. Mit *Callandor* in Händen würde ihm alles gelingen. Die Macht hämmerte auf ihn ein; ein Hammer, der Berge zerhauen konnte. Ein dünner Faden der Macht riß die durch die Luft treibenden Überreste des Myrddraal mit sich in den Vorraum hinaus, genau wie seine Kleidung und den Harnisch. Ein weiterer winziger Machtstrom ließ alles in Flammen aufgehen. Er schritt hinaus, um die zu jagen, die gekommen waren, ihn zu töten.

Ein paar davon waren immerhin bis zum Vorraum gekommen. Ein weiterer Blasser und eine Gruppe ängstlich-geduckter Trollocs standen auf der anderen Seite der Säulen und starrten die Ascheteilchen an, die durch die Luft flogen, die letzten Überreste des Myrddraal und seiner Kleidung. Beim Anblick Rands mit einem hell aufflammenden *Callandor* in der Hand heulten die Trollocs wie Tiere. Der Blasse stand vor Schreck wie gelähmt da. Rand ließ ihnen keine Chance wegzurennen. Er behielt seinen gemächlichen, zielbewußten Schritt bei, sammelte genug Macht in sich, und plötzlich prasselten aus dem blanken, schwarzen Marmorboden unter den Schattenwesen Flammen empor, so heiß, daß er die Hand hob, um sich dagegen zu schüt-

zen. Als er sie erreicht hatte, verschwanden die Flammen wieder, und nichts blieb von ihnen zurück als geschwärzte stumpfe Flecken auf dem Marmor.

Er ging den Weg zurück hinunter in den Stein, und jeder Trolloc, jeder Myrddraal, den er sah, starb in einem Feuersturm. Er verbrannte sie, ob sie nun gerade gegen Aiel oder Tairener kämpften oder ob sie Diener dahinschlachteten, die sich notdürftig mit Speeren und Schwertern verteidigten, die sie neben den Leichen gefunden hatten. Er verbrannte sie im Laufen, ob sie nun hinter Opfern herrannten oder selbst flohen. Er begann, sich schneller zu bewegen, im Laufschritt, dann hastend, vorbei an den Verwundeten, die oft alleingelassen und hilflos dalagen, vorbei an den Toten. Es reichte nicht, er kam einfach nicht schnell genug voran. Während er einen Trolloc nach dem anderen tötete, mordeten andere noch immer, wenn auch manchmal nur, um zu entkommen.

Plötzlich blieb er in einem breiten Korridor stehen, von Leichen umgeben. Er mußte etwas tun – mehr als bisher. Die Macht durchströmte seine Knochen mit der Urgewalt des Feuers. Noch mehr. Die Macht ließ sein Mark zu Eis erstarren. Etwas, um sie alle zu töten, alle auf einmal. Das süße Verderben in *Saidin* überrollte ihn wie ein Berg verfaulenden Unrats, der seine Seele unter sich begraben wollte. Er hob *Callandor* und zog Energie aus der Quelle, immer mehr und mehr, bis ihm schien, er müsse schreien, Schreie gefrorener Flammen ausstoßen. Er mußte sie alle töten.

Ganz oben unter der Decke, geradewegs über seinem Kopf, begann sich ein Luftwirbel zu bilden, drehte sich schneller, wirbelte in roten und schwarzen und goldenen Streifen um die eigene Achse. Dann brach der Wirbel in sich zusammen, kochte noch stärker auf, jaulte beim Herumwirbeln und wurde immer noch kleiner.

Schweiß rann Rand über das Gesicht, als er angestrengt nach oben blickte. Er hatte keine Ahnung, was das war, spürte aber, daß ihn unzählige Stränge der Macht mit dieser wirbelnden Masse verbanden. Sie hatte wirklich eine eigene Masse, und ihr Gewicht wurde immer größer, während sie in sich zusammensank. *Callandor* flammte immer heftiger und heller auf. Es war zu hell, um es noch ansehen zu können. Er schloß die Augen, und das Licht schien ihm durch die geschlossenen Lider zu brennen. Die Macht durchtobte ihn. Der rasende Strom drohte, ihn selbst, sein ganzes Wesen, mitzuschwemmen und in das Herumwirbeln hineinzuziehen. Er mußte loslassen. Er mußte. Er zwang sich, die Augen zu öffnen, und es war, als sehe er alle Gewitter der Welt auf einmal, auf die Größe eines Trolloc-Kopfes reduziert. Er mußte … mußte … mußte …

Jetzt. Der Gedanke trieb wie ein gackerndes Lachen am Rande seines Bewußtseins entlang. Er zertrennte die Stränge, die sich von ihm wegzogen, und ließ das Ding weiterwirbeln und jaulen wie ein Bohrer, der sich in einen Knochen hineinsägt. *Jetzt.*

Und dann zuckten die Blitze auf, rasten wie silberne Ströme nach links und rechts die Decke entlang. Ein Myrddraal trat aus einem Seitengang, und bevor er noch zurückweichen konnte, stachen ein halbes Dutzend flammender Speerspitzen von oben herunter und zerfetzten ihn. Die anderen Lichtströme rasten weiter, verteilten sich in jeden abzweigenden Korridor, wurden durch weitere ersetzt, und mehr und mehr Explosionen ertönten im Stein.

Rand fand keinen Hinweis darauf, was er getan hatte oder wie das zugehen mochte. Er konnte einfach nur dastehen und zittern unter dem Druck der Macht, die ihn erfüllte und dazu zwingen wollte, sie zu benützen. Selbst, wenn sie ihn dabei vernichtete. Er fühlte, wie Trollocs und Myrddraal starben, fühlte die Blitze zuschlagen und töten. Er konnte sie nun überall töten, überall auf der Welt. Das war ihm klar. Mit *Callandor* brachte er alles fertig. Und ihm war auch klar, daß er bei dem Versuch selbst genauso sicher sterben müßte.

Die Blitze verblaßten und erstarben mit den letzten der Schattenwesen. Die herumwirbelnde Masse stürzte mit einem lauten Schlag in sich zusammen, als die Luft hineinströmte. Doch *Callandor* gleißte immer noch wie die Sonne. Die Macht schüttelte ihn.

Moiraine war da, nur ein Dutzend Schritte entfernt, und sah ihn an. Ihr Kleid machte einen ordentlichen Eindruck. Jede Falte aus blauer Seide war am rechten Fleck, nur ein paar Strähnen ihres Haares waren verwirrt. Sie sah müde aus – und erschrocken. »Wie …? Was Ihr vollbracht habt, hätte ich nicht für möglich gehalten.« Lan erschien. Im Laufschritt kam er den Gang herauf, das Schwert in der Hand, das Gesicht blutverschmiert, die Kleidung zerrissen. Ohne den Blick von Rand zu wenden, streckte Moiraine eine Hand aus und brachte Lan kurz vor sich zum Stehen, ein gutes Stück von Rand entfernt. Als sei er so gefährlich, daß sich nicht einmal Lan ihm nähern dürfe. »Geht es … Euch gut, Rand?«

Rand riß seinen Blick von ihr los, und er fiel auf den Körper eines dunkelhaarigen Mädchens, kaum mehr als ein Kind. Sie lag auf dem Rücken, die Augen weit aufgerissen und zur Decke gewandt, während Blut das Mieder ihres Kleides dunkel färbte. Traurig beugte er sich herunter und wischte ihr eine Haarsträhne aus dem Gesicht. *Licht, sie ist doch nur ein Kind. Ich bin zu spät gekommen. Warum habe ich nicht früher angefangen? Ein Kind!*

»Ich werde dafür sorgen, daß sich jemand um sie kümmert, Rand«, sagte Moiraine mit sanfter Stimme. »Ihr könnt ihr jetzt nicht helfen.«

Seine Hand, mit der er *Callandor* hielt, zitterte derart, daß er das Schwert kaum noch halten konnte. »Hiermit kann ich alles vollbringen.« Seine Stimme klang sogar in den eigenen Ohren hart. »Alles!«

»Rand!« sagte Moiraine mahnend.

Er wollte nicht hören. Die Macht erfüllte ihn. *Callandor* gleißte, und er *war* die Macht. Er lenkte Ströme in den Körper des Kindes hinein, suchte, probierte, bewegte sie in ihrem Innern herum. Sie stand schwankend und mit ruckartigen Bewegungen auf, die Arme und Beine unnatürlich steif.

»Rand, das könnt Ihr nicht tun! Nicht das!«

Atmen. Sie muß atmen. Die Brust des Mädchens hob und senkte sich. *Herz. Muß schlagen.* Blut, daß bereits zähflüssig und dunkel war, quoll aus der Wunde an ihrer Brust. *Lebe. Lebe, seng Dich! Ich wollte nicht zu spät kommen.* Ihre Augen starrten ihn an. Verschleiert. Leblos. Unbeachtet rannen ihm Tränen über die Wangen. »Sie muß leben! Heilt sie, Moiraine. Ich weiß nicht, wie! Heilt sie!«

»Den Tod kann man nicht heilen, Rand. Du bist nicht der Schöpfer.«

Rand blickte in diese toten Augen und ließ langsam die Ströme der Macht absterben. Der Körper fiel steif zu Boden. Die Leiche. Er warf den Kopf zurück und heulte so wild wie ein Trolloc. Gebündelte Feuerstrahlen schlugen in Wände und Decke, als er sich enttäuscht und voller Schmerz Luft machte.

Er sackte in sich zusammen und ließ *Saidin* fahren, schob es weg von sich. Es war, als schiebe er einen Felsblock zur Seite, als schiebe er das Leben selbst von sich. Mit der Macht verließ ihn auch die Stärke. Nur dieses süße Verderben blieb wie ein Schmutzfleck, der ihn durch Dunkelheit und Schatten niederdrückte. Er mußte *Callandor* auf die Fußbodenkacheln stellen und sich daraufstützen, um auf den Beinen zu bleiben.

»Die anderen.« Das Sprechen fiel ihm schwer; sein Hals schmerzte. »Elayne, Perrin, alle die anderen? Kam ich für sie auch zu spät?«

»Ihr seid nicht zu spät gekommen«, sagte Moiraine ruhig. Aber sie hatte sich ihm immer noch nicht genähert und Lan wirkte, als sei er bereit, sich zwischen sie und Rand zu werfen. »Ihr dürft nicht …«

»Sind sie noch am Leben?« schrie Rand.

»Sie leben«, versicherte sie ihm.

Er nickte erschöpft und erleichtert zugleich. Er bemühte sich, die Leiche des Mädchens nicht mehr anzusehen. Drei Tage abgewartet wegen ein paar heimlicher Küsse. Hätte er vor drei Tagen bereits etwas unternommen … Und doch hatte er während dieser drei Tage einiges gelernt, was nützlich werden konnte, wenn er alles richtig verarbeitete und in den Griff bekam. Falls. Wenigstens war er nicht zu spät gekommen, was das Leben seiner Freunde betraf. Wenigstens das hatte er erreicht. »Wie sind die Trollocs hereingekommen? Ich glaube nicht, daß sie wie die Aiel die Mauern hochgeklettert sind. Außerdem war ja noch heller Tag. Wie spät ist es eigentlich?« Er schüttelte den Kopf, um ein wenig klarer denken zu können. »Spielt keine Rolle. Die Trollocs. Wie?«

Lan war derjenige, der ihm darauf antwortete: »Acht große Getreideleichter machten diesen Nachmittag im Hafen des Steins fest. Offensichtlich hat niemand daran gedacht, sich zu fragen, wieso vollbeladene Getreideschiffe den Fluß *hinunter* fuhren« – seine Stimme triefte vor Verachtung – »oder warum sie gerade am Stein festmachten, oder warum die Besatzungen die Luken beinahe bis Sonnenuntergang geschlossen ließen. Dann erschien auch ein Planwagenzug, das war vor etwa zwei Stunden, mit dreißig Wagen, die angeblich die Einrichtung eines Lords vom Land zurücktransportierten, da dieser sich wieder im Stein niederlassen wolle. Als die Planen zurückgeschlagen wurden, steckten auch sie voll Trollocs und Halbmenschen. Falls sie noch aus einer anderen Richtung Verstärkung erhielten, habe ich das bisher nicht erfahren.«

Rand nickte wieder, und selbst diese Anstrengung ließ ihn in die Knie gehen. Plötzlich war Lan bei ihm und zog Rands Arm über die eigene Schulter, um ihn zu stützen. Moiraine nahm sein Gesicht in die Hände. Ein Schauer durchlief ihn, nicht die eisige Kälte einer totalen Heilung, aber ein Schauer, die die Ermüdung mit sich nahm, als er verflog. Den größten Teil seiner Erschöpfung jedenfalls. Ein kleiner Teil verblieb, als habe er den ganzen Tag über mit der Hacke auf dem Tabaksfeld geschafft. Er zog seinen Arm von Lans Schultern, da er diese Stütze nun nicht mehr benötigte. Lan beobachtete ihn mißtrauisch, weil er wohl nicht sicher war, ob Rand wieder allein stehen konnte, oder vielleicht auch, weil der Behüter sich nicht im klaren darüber war, wie gefährlich und inwieweit er überhaupt noch normal sei.

»Ich habe absichtlich nicht alle Erschöpfung von Euch genommen«, sagte Moiraine zu ihm. »Ihr müßt unbedingt heute nacht schlafen.«

Schlafen. Es gab zuviel zu tun, um einfach zu schlafen. Aber er nickte erneut. Er wollte nicht, daß sie ihn beschattete. Doch dann sagte er: »Lanfear war da. Das hier hatte aber nichts mit ihr zu tun. Das sagte sie, und ich glaube ihr. Ihr scheint nicht überrascht, Moiraine?« Wäre sie von Lanfears Angebot überrascht? Konnte überhaupt irgend etwas sie überraschen? »Lanfear war hier und ich habe mit ihr gesprochen. Sie hat nicht versucht, mich zu töten, und ich habe nicht versucht, sie zu töten. Und Ihr seid gar nicht überrascht.«

»Ich bezweifle, daß Ihr in der Lage wärt, sie zu töten. Noch nicht.« Ihr Blick in Richtung *Callandor* war nicht mehr als ein kurzes Zucken ihrer Augen. »Nicht ohne Hilfe. Und ich bezweifle, daß sie Euch töten will. Wir wissen nur sehr wenig über die Verlorenen und über Lanfear am wenigsten von allen, aber es ist klar, daß sie Lews Therin Telamon liebte. Es wäre sicher vermessen, zu behaupten, Ihr wärt vor ihr sicher, denn es gibt eine Menge Dinge, mit denen sie Euch schaden könnte, ohne Euch gleich umzubringen, aber ich glaube nicht, daß sie versuchen wird, Euch zu töten, solange sie hofft, Lews Therin zurückzugewinnen.«

Lanfear wollte ihn haben. Die Tochter der Nacht, deren Name von Müttern benützt wurde, die gerade soweit an ihre Existenz glaubten, um ihre Kinder damit zu erschrecken. Er hatte jedenfalls Angst vor ihr. Es reichte beinahe, ihn zum Lachen zu bringen. Er hatte immer Schuldgefühle, wenn er eine andere Frau ansah als Egwene, und Egwene wollte ihn gar nicht haben, aber zumindest die Tochter-Erbin von Andor wollte ihn küssen, und eine der Verlorenen behauptete, ihn zu lieben. Das reichte doch wirklich beinahe, um einen Mann zum Lachen zu bringen, aber eben doch nur beinahe. Lanfear schien auf Elayne eifersüchtig zu sein. Sie hatte sie eine Schlampe mit hellen Haaren genannt. Wahnsinnig. Reiner Wahnsinn.

»Morgen.« Er schritt langsam weg.

»Morgen?« fragte Moiraine.

»Morgen sage ich Euch, was ich zu unternehmen gedenke.« Einen Teil davon würde er ihr sagen. Wenn er sich Moiraines Gesicht vorstellte, falls er ihr alles sagte, hätte er am liebsten gelacht. Falls ihm selbst überhaupt alles klar war. Lanfear hatte ihm unbewußt den letzten Hinweis gegeben. Nur noch ein weiterer Schritt heute abend. Die Hand, die *Callandor* hielt, zitterte. Damit konnte er alles vollbringen. *Ich bin noch nicht wahnsinnig. Nicht verrückt genug dafür.* »Morgen. Eine gute Nacht uns allen, falls das Licht es gestattet.« Morgen würde er damit beginnen, eine andere Art von Blitz zu schleudern. Eine Art von Blitz, die ihn vielleicht retten konnte. Oder töten. Aber wahnsinnig war er jedenfalls noch nicht.

KAPITEL 11

Was im verborgenen liegt

Egwene, nur mit ihrem Unterhemd bekleidet, atmete tief ein und legte den Steinring neben ein geöffnetes Buch auf den Nachttisch. Er war fleckig und braun, rot und blau gestreift und etwas zu groß für einen Fingerring. Außerdem hatte er die falsche Form, war flach und verdreht, so daß man mit der Fingerspitze seinen Rand nachfahren konnte und ohne abzusetzen wieder dort ankam, wo man begonnen hatte. Es gab nur eine Kante, auch wenn das unmöglich schien. Sie ließ den Ring deshalb dort liegen, weil sie ohne ihn möglicherweise keinen Erfolg haben würde, weil sie gar keinen haben wollte. Sie mußte es früher oder später auch ohne den Ring ausprobieren, sonst würde sie ewig nur die Zehenspitzen ins Wasser baumeln lassen, obwohl sie eigentlich schwimmen wollte. Warum also nicht jetzt? Das war der einzige Grund. In der Tat der einzige.

Das dicke, ledergebundene Buch war *Eine Reise nach Tarabon* von Eurian Romavni aus Kandor. Wenn man den Daten gleich in der ersten Zeile glauben konnte, war es vor dreiundfünfzig Jahren verfaßt worden, aber in solch kurzer Zeit würde sich nicht zuviel Wesentliches in Tanchico geändert haben. Außerdem war es das einzige Buch unter den aufgefundenen, das einige nützliche Zeichnungen enthielt. Die meisten dieser Bücher enthielten lediglich die Portraits von Königen oder phantasievolle Schlachtengemälde von Künstlern, die sowieso nicht dabei gewesen waren.

Hinter beiden Fenstern lag Dunkelheit, aber die

Lampen warfen genügend Licht in den Raum. Eine hohe Bienenwachskerze brannte in einem vergoldeten Kerzenhalter auf ihrem Nachttisch. Sie hatte Kerze und Halter selbst besorgt. Das war keine Nacht, in der man eine Dienerin nach einer Kerze schickt. Die meisten Angehörigen der Dienerschaft pflegten Verwundete, beweinten geliebte Menschen, die sie verloren hatten oder mußten sich selbst pflegen lassen. Es waren einfach zu viele gewesen, so daß sie nur diejenigen mit Hilfe der Macht hatten heilen können, die ansonsten gestorben wären.

Elayne und Nynaeve hatten ihre hochlehnigen Stühle auf jeder Seite an das Bett mit den hohen, mit Schwalbenschnitzereien verzierten Bettpfosten herangezogen und warteten. Sie bemühten sich, ihre Nervosität mehr oder weniger zu verbergen. Elayne machte äußerlich einen halbwegs ruhigen Eindruck, der nur durch ihre gerunzelte Stirn und das ständige Kauen auf ihrer Unterlippe etwas gestört wurde, obwohl sie das nur tat, wenn sie glaubte, daß Egwene gerade nicht hinsehe. Nynaeve wirkte hellwach und voller Selbstsicherheit. So flößte sie Vertrauen ein, wenn sie jemanden auf dem Krankenbett betreute, aber Egwene sah genauer hin und bemerkte auch ihre Blicke, die aussagten, daß Nynaeve Angst hatte.

Aviendha saß mit übergeschlagenen Beinen neben der Tür. Ihre graubraune Kleidung hob sich deutlich von dem tiefen Blau des Teppichs ab. Diesmal trug die Aielfrau ihr langes Messer an der einen Seite ihres Gürtels. An der anderen hing ein mit Pfeilen gespickter Köcher. Über die Knie hatte sie vier Kurzspeere gelegt. Ihr runder Lederschild lag neben ihr auf einem Hornbogen in einem gehämmerten Lederfutteral mit Riemen, mit denen sie es sich über den Rücken hängen konnte. Nach dem heutigen Abend würde Egwene ihr nie wieder vorwerfen, daß sie immer bewaffnet herumlief. Sie hätte am liebsten selbst noch immer einen

Blitz bereitgehalten, um ihn jeden Augenblick auf einen Gegner schleudern zu können.

Licht, was war das, was Rand tat? Seng mich, er hat mir fast ebensoviel Angst eingejagt wie die Blassen. Oder noch mehr. Es ist nicht fair, daß er so etwas fertigbringt und ich noch nicht einmal die Stränge sehen kann.

Sie kletterte auf das Bett und nahm das ledergebundene Buch auf die Knie. Dann blickte sie stirnrunzelnd einen Stich mit einem Stadtplan von Tanchico an. Es war nicht viel Nützliches eingezeichnet. Ein Dutzend Festungen, die den Hafen umstanden und die Stadt auf ihren drei hügeligen Halbinseln schützten – Verana im Osten, Maseta in der Mitte und Calpene dem Meer am nächsten. Ein paar große Plätze, mehrere Flächen, die wohl Parks darstellen sollten und eine Anzahl von Denkmälern von Herrschern, die schon längst zu Staub verfallen waren. Alles nutzlos. Ein paar Schlösser und einige seltsam anmutende Dinge. Der Große Kreis auf Calpene zum Beispiel. Auf der Karte war er einfach als Ring eingezeichnet, aber Meister Romavni beschrieb ihn als riesigen Versammlungsort, an dem sich Tausende einfanden, um Pferderennen zu beobachten oder die Feuerwerke der Gilde zu bestaunen. Es gab auf Maseta auch einen Königskreis, und der war größer als der Große Kreis, und auf Verana gab es den Kreis der Panarchen, der auch nicht viel kleiner war. Das Gildehaus der Feuerwerker war ebenfalls eingezeichnet. Das war alles nutzlos. Und auch im Text fand sich nichts Brauchbares. »Bist du sicher, daß du es ohne den Ring versuchen willst?« fragte Nynaeve leise.

»Ganz sicher«, antwortete Egwene so ruhig sie eben konnte. Ihr Magen flatterte genauso gequält wie heute abend, als sie den ersten Trolloc gesehen hatte, der eine arme Frau am Haarschopf gehalten und ihr die Kehle durchgeschnitten hatte wie bei einem Kaninchen. Die Frau hatte auch wie ein Kaninchen gequiekt.

Es hatte nichts gebracht, den Trolloc zu töten; die Frau war genauso tot gewesen. Nur ihr schrilles Schreien ging ihr nicht aus den Ohren. »Wenn es nicht klappt, kann ich es immer noch mit dem Ring probieren.« Sie beugte sich vor und kratzte mit dem Fingernagel eine Markierung in die Kerze. »Weckt mich, wenn sie so weit heruntergebrannt ist. Licht, ich wünschte, wir hätten eine Uhr.«

Elayne lachte sie aus. Es klang bei ihr heiter und ungezwungen. Beinahe. »Eine Uhr in einem Schlafzimmer? Meine Mutter hat ein Dutzend Uhren, aber ich habe noch nie von einer Uhr in einem Schlafzimmer gehört.«

»Also, mein Vater hat auch eine Uhr«, knurrte Egwene, »die einzige im ganzen Dorf, und ich wünschte, ich hätte sie jetzt hier. Glaubt ihr, sie wird eine Stunde brauchen, bis sie heruntergebrannt ist? Ich will nicht länger schlafen. Ihr müßt mich wecken, sobald die Flamme diese Markierung erreicht. Sofort!«

»Das werden wir«, sagte Elayne beruhigend. »Ich verspreche es.«

»Der Steinring«, sagte Aviendha plötzlich. »Da du ihn nicht benützt, Egwene, könnte dann nicht jemand – eine von uns – ihn benützen, um mit dir zu kommen?«

»Nein«, seufzte Egwene. *Licht, ich wünschte, sie würden alle mitkommen.* »Aber trotzdem vielen Dank, daß du daran gedacht hast.«

»Kannst nur du ihn benützen, Egwene?« fragte die Aielfrau.

»Jede von uns könnte das«, antwortete Nynaeve, »selbst du, Aviendha. Eine Frau muß dazu nicht die Macht benützen können. Sie muß nur schlafen, und der Ring sollte ihre Haut berühren. Soweit wir wissen, könnte auch ein Mann dasselbe fertigbringen. Aber wir alle kennen *Tel'aran'rhiod* nicht so gut wie Egwene, genausowenig wie die Naturgesetze dort.«

Aviendha nickte. »Das verstehe ich. Eine Frau könnte Fehler begehen, wenn sie sich nicht auskennt, und ihre Fehler könnten sich auch für andere tödlich auswirken.«

»Genau«, sagte Nynaeve. »Die Welt der Träume ist ein gefährlicher Ort. Soviel wissen wir.«

»Aber Egwene wird vorsichtig sein«, versicherte Elayne. Sie sprach wohl zu Aviendha gewandt, aber offensichtlich waren die Worte für Egwenes Ohren bestimmt. »Sie hat es versprochen. Sie wird sich umsehen – vorsichtig! – und nicht mehr.«

Egwene konzentrierte sich auf den Stadtplan. Vorsichtig. Wenn sie ihren verdrehten Steinring nicht so eifersüchtig bewacht hätte – sie betrachtete ihn als ihren Besitz, auch wenn ihr der Saal der Burg da nicht zugestimmt hätte, doch die wußten gar nicht, daß sie ihn hatte – wenn sie zugelassen hätte, daß Elayne und Nynaeve ihn mehr als nur ein- oder zweimal benutzt hätten, dann wüßten sie vielleicht genug, um sie jetzt zu begleiten. Doch es war nicht das Bedauern darüber, das sie die Blicke der anderen Frauen meiden ließ. Sie wollte nicht, daß sie die Furcht in ihren Augen bemerkten.

Tel'aran'rhiod. Die Unsichtbare Welt. Die Welt der Träume. Nicht der Träume gewöhnlicher Menschen, obwohl auch sie manchmal *Tel'aran'rhiod* für kurze Zeit streiften, wenn ihnen ihre Träume echt erschienen. Sie waren ja auch echt. In der Unsichtbaren Welt war das, was geschah, auf seltsame Art wirklich. Nichts von dem, was dort geschah, beeinflußte die Wirklichkeit an sich. Eine Tür, die man in der Welt der Träume öffnete, blieb in der Welt der Wirklichkeit deshalb immer noch geschlossen, und ein Baum, der dort gefällt wurde, stand hier nach wie vor, doch konnte es passieren, daß eine Frau dort getötet oder durch unglückliche Umstände einer Dämpfung unterzogen wurde. ›Seltsam‹ drückte kaum aus, was sich dort abspielte. In der Unsichtbaren Welt lag die Gesamtheit der Welten offen und vielleicht auch noch andere Welten dazu; man konnte jeden beliebigen Ort erreichen. Oder zumindest dessen Spiegelbild in der Welt der Träume. Dort konnte man das Gewebe des Musters erkennen – Vergangenheit, Gegenwart und Zukunft – wenn man wußte, wie. Ein Träumer konnte das. Es hatte in der Weißen Burg keinen Träumer seit Coreanin Nedeal vor etwa fünfhundert Jahren mehr gegeben.

Um genau zu sein, vor vierhundertdreiundsiebzig Jahren, dachte Egwene. Oder sind es jetzt schon vierhundertvierundsiebzig? Wann ist Coreanin gestorben? Falls Egwene eine Gelegenheit bekam, ihre Ausbildung in der Burg zu beenden, als Aufgenommene dort weiterzustudieren, würde sie es vielleicht erfahren. Es gab soviel, was sie dann erfahren konnte.

In Egwenes Beutel, in dem sie den *Ter'Angreal* aufbewahrte, steckte auch eine Liste, klein genug, um sie in jeder Tasche unterzubringen. Darauf stand alles, was die Schwarzen Ajah bei ihrer Flucht aus der Burg gestohlen hatten. Alle drei besaßen sie eine Abschrift davon. Bei dreizehn der gestohlenen *Ter'Angreal* war ›kein bekannter Zweck‹ eingetragen, und dazu: ›zuletzt von Coreanin Nedeal untersucht‹. Aber wenn Coreanin Sedai schon ihre Anwendung nicht herausbekommen hatte, dann war sich Egwene zumindest in einer Hinsicht sicher. Sie verschafften einem Eintritt in *Tel'aran'rhiod;* vielleicht nicht so leicht wie ihr Steinring und vielleicht auch nur unter Anwendung der Macht, aber immerhin.

Zwei hatten sie Joiya und Amico wieder abgenommen: eine eiserne Scheibe von einer Handbreit Durchmesser, in die man auf beiden Seiten eine enge Spirale eingraviert hatte, und eine Spange, nicht länger als ihre Hand, die anscheinend aus reinem Bernstein bestand, doch hart genug war, um selbst auf Stahl Kratzer zu hinterlassen. Trotzdem war irgendwie eine schlafende Frau eingraviert worden. Amico hatte sich freimütig dazu geäußert und Joiya schließlich auch, allerdings erst nach einer Sitzung allein in ihrer Zelle mit Moiraine, nach der die Schwarze Schwester blaß und mit beinahe höflichen Umgangsformen zurückgeblieben war. Wenn man ein kleines Rinnsal der Macht in jeden dieser *Ter'Angreal* lenkte, dann schläferte er einen ein und man befand sich in *Tel'aran'rhiod*. Elayne hatte beide kurz ausprobiert, und es hatte funktioniert, obwohl sie dort lediglich das Innere des Steins gesehen hatte und Morgases Königspalast in Caemlyn.

Egwene hatte nicht gewollt, daß sie die beiden ausprobierte, und wenn es auch nur für einen kurzen Besuch war, doch nicht aus Eifersucht. Allerdings hatte sie auch nicht sehr eindeutig erklären können, warum sie es nicht wünschte, denn sie fürchtete, Elayne und Nynaeve würden den furchtsamen Unterton in ihrer Stimme bemerken und verstehen.

Zwei zurückgewonnen bedeutete, daß die Schwarzen Ajah immer noch elf in ihrem Besitz hatten. Das war es, was Egwene hatte betonen wollen. Elf *Ter'Angreal* in der Hand der Schwarzen Schwestern, und jeder davon konnte eine Frau nach *Tel'aran'rhiod* bringen. Wenn Elayne ihre kurzen Abstecher in die Unsichtbare Welt unternahm, konnte sie durchaus dort Schwarze Ajah antreffen, die auf sie gewartet hatten, oder über eine stolpern, bevor sie es bemerkte. Bei dem Gedanken verkrampfte sich Egwenes Magen. Sie konnten ja auch jetzt auf sie warten. Es war nicht wahrscheinlich, und sicher wäre es auch keine Absicht, denn sie konnten kaum wissen, daß sie kommen werde, doch sie konnten durchaus dasein, wenn sie hindurchtrat. Sie konnte schon mit einer fertigwerden, wenn sie nicht gerade überrascht wurde, und das würde sie zu verhindern wissen. Aber wenn sie wirklich vollkommen überraschend auftauchten? Zwei oder drei zusammen? Liandrin und Rianna, Chesmal Emry und Jeane Caide und all die anderen zugleich?

Sie blickte finster den Stadtplan an und entspannte ihre verkrampften Hände. Die Ereignisse dieses Abends hatten allem noch größere Dringlichkeit verliehen. Wenn Schattenwesen den Stein angriffen, wenn eine der Verlorenen plötzlich mitten unter ihnen auftauchte, dann konnte sie sich nicht ihrer Angst einfach hingeben. Sie mußten erfahren, was zu tun sei. Sie mußten noch weitere Informationen haben außer Amicos vager Erzählung. Irgend etwas. Wenn sie nur erfahren könnte, wo genau sich Mazrim Taim unterwegs nach Tar Valon befand, oder wenn sie nur irgendwie in die Träume der Amyrlin hineinschlüpfen könnte, um mit ihr zu sprechen. Vielleicht war so etwas für einen Träumer möglich. Falls ja, dann wußte sie allerdings nicht, wie. Also mußte sie sich Tanchico widmen.

»Ich muß allein gehen, Aviendha. Ich muß.« Sie hielt ihren Tonfall für ruhig und gleichmäßig, doch Elayne tätschelte ihre Schulter beruhigend.

Egwene wußte nicht, warum sie überhaupt den Stadtplan anstarrte. Sie hatte ihn bereits genau im Kopf, selbst die Größenverhältnisse. Was in dieser Welt existierte, existierte auch in der Welt der Träume. Sie hatte ihr Ziel gewählt. Sie blätterte in dem Buch, bis sie den einzigen Stich vom Innern eines Gebäudes fand, das auf dem Plan als der Palast der Panarchen bezeichnet wurde. Es wäre nicht gut, sich in irgendeinem Saal wiederzufinden, von dessen Lage in der Stadt sie keine Ahnung hatte. Sicher, es konnte sein, daß sowieso alles umsonst war. Doch den Gedanken verdrängte sie schnell wieder. Sie mußte einfach daran glauben, daß etwas dabei herauskommen könne.

Der Stich zeigte einen großen Saal mit hoher Decke. Ein an hüfthohen Pfosten befestigtes Seil hielt die Menschen davon ab, den Dingen zu nahe zu kommen, die auf Tischchen und in Vitrinen an den Wänden ausgestellt waren. Die meisten Ausstellungsstücke waren nur undeutlich zu erkennen, bis auf das, was sich am hinteren Ende des Saals befand. Der Künstler hatte sich große Mühe gegeben, das massive Skelett, das dort stand, so genau wiederzugeben, als sei der Rest des Geschöpfes erst vor einem Augenblick verschwunden. Es hatte vier Beine mit mächtigen Knochen, doch ansonsten ähnelte es keinem Tier, das Egwene je gesehen hatte. Es mußte unter anderem mindestens zwei Spannen hoch sein, also mehr als doppelt so groß wie sie. Der abgerundete Schädel, der tief zwischen den Schultern lagerte wie bei einem Stier, sah groß genug aus, daß ein Kind hineinklettern konnte, und auf dem Bild schien er vier Augenhöhlen aufzuweisen. Dieses Skelett war ein so deutliches Kennzeichen, daß sie den Saal wohl kaum mit einem anderen verwechseln konnte. Was es auch gewesen sein mochte: falls Eurian Romavni es gekannt hatte, hatte er es in diesem Buch jedenfalls nicht erwähnt.

»Was ist eigentlich ein Panarch?« fragte sie, als sie das Buch zur Seite legte. Sie hatte dieses Bild schon ein dutzendmal betrachtet. »All diese Schreiber scheinen zu glauben, daß jeder darüber Bescheid weiß.«

»Die Panarchin von Tanchico ist an Einfluß und Macht dem König gleichgestellt«, zitierte Elayne. »Sie ist dafür verantwortlich, daß Steuern, Zölle und andere Abgaben eingetrieben werden, während er sie ausgeben darf. Sie befehligt die Miliz und die Gerichte, außer dem Höchsten Gerichtshof, der dem König untersteht. Das Heer untersteht natürlich auch ihm, abgesehen von der Legion der Panarchin. Sie …«

»Das wollte ich nicht so genau wissen«, seufzte Egwene. Sie hatte einfach nur irgend etwas sagen wollen, noch ein paar Minuten vertrödeln, bevor sie einschlafen mußte. Die Kerze brannte langsam herunter, und sie verschwendete vielleicht wertvolle Zeit. Sie wußte, wie sie aus dem Traum entkommen und sich selbst aufwecken konnte, aber in der Welt der Träume verlief die Zeit eben doch anders, und es konnte leicht passieren, daß man jedes Zeitgefühl verlor. »Sobald sie die Markierung erreicht«, sagte sie noch einmal, und Elayne und Nynaeve murmelten beruhigende Worte.

Sie legte sich auf ihr Federkissen zurück und starrte zuerst nur die Decke an, auf die blauer Himmel mit Wolken und fliegenden Schwalben gemalt war. Die bemerkte sie jedoch gar nicht.

Ihre Träume waren in letzter Zeit schon schlimm genug gewesen. Rand kam natürlich immer wieder darin vor. Rand, so groß wie ein Berg, der durch Städte marschierte, Gebäude unter seinen Füßen zermalmte und vor dem schreiende Menschen von Ameisengröße flohen. Rand in Ketten, und diesmal war er es, der schrie. Rand, der eine Mauer baute. Er befand sich auf der einen und sie auf der anderen Seite, sie und Elayne und andere, die sie nicht erkennen konnte. »Es muß vollbracht werden«, sagte er beim Aufschichten der Steine. »Ich lasse mich jetzt von euch nicht mehr aufhalten.« Doch das waren nicht die einzigen Alpträume. Sie hatte davon geträumt, daß sich die Aiel untereinander bekämpften, sich gegenseitig töteten, und sogar, daß sie ihre Waffen wegwarfen und wie die Wahnsinnigen fortrannten. Mat, wie er mit einer Seanchanfrau rang, die ihn an eine unsichtbare Leine legte. Ein Wolf, von dem sie sicher war, daß Perrin dahintersteckte, der gegen einen Mann mit sich ständig veränderndem Gesicht kämpfte. Galad, der sich ganz in Weiß hüllte, als lege er sein eigenes Leichentuch an, und Gawyn mit einem Blick voller Schmerz und Haß. Ihre Mutter, und sie weinte. Das waren die klaren Träume, von denen sie wußte, daß sie eine Bedeutung hatten. Sie waren schrecklich, und sie wußte von keinem, was er eigentlich bedeuten sollte. Wie konnte sie nur annehmen, sie werde in *Tel'aran'rhiod* irgendwelche verborgene Bedeutungen oder Hinweise finden und auch erkennen? Doch eine andere Möglichkeit gab es nicht. Höchstens die, eben nichts zu erfahren, und das wollte sie nicht akzeptieren.

Trotz ihrer Ängste fiel ihr das Einschlafen leicht; sie war erschöpft. Sie mußte lediglich die Augen schließen und tief und regelmäßig atmen. Den Raum im Panarchenpalast mit dem riesigen Skelett darin prägte sie sich ganz besonders ein. Tiefe, regelmäßige Atemzüge. Sie erinnerte sich daran, welches Gefühl es war, den Steinring zu benützen und in *Tel'aran'rhiod* hinauszutreten. Tiefe – gleichmäßige – Atemzüge.

Egwene trat einen Schritt zurück und schnappte nach Luft. Sie legte eine Hand an die Kehle. Aus dieser Nähe wirkte das Skelett noch größer, als sie geglaubt hatte. Die Knochen waren stumpf und trocken und von der Zeit gebleicht. Sie stand direkt davor, noch innerhalb der Seilbarriere. Es war ein weißes Seil, armdick und offensichtlich aus Seide gedreht. Sie hatte keinen Zweifel daran, daß sie sich in *Tel'aran'rhiod* befand. Alles war ganz real, selbst die Dinge, die sie nur aus den Augenwinkeln erkennen konnte. Daß sie in der Lage war, feine Unterschiede zu einem normalen Traum zu bemerken, zeigte ihr ganz klar, wo sie sich befand. Außerdem war es ein … sicheres Gefühl.

Sie öffnete sich *Saidar.* Ein Kratzer am Finger, den sie sich in der Welt der Träume zuzog, würde auch beim Erwachen noch vorhanden sein. Sie konnte sich also einem tödlichen Schlag mit Hilfe der Macht oder auch einem Schwerthieb oder einem Knüppelschlag nicht durch eine Flucht ins Erwachen entziehen. Sie hatte nicht vor, sich auch nur einen Augenblick lang eine Blöße zu geben.

Statt ihres Unterhemdes trug sie nun etwas, was der Kleidung der Aiel recht ähnlich sah, nur aus roter, mit Brokat besetzter Seide gefertigt. Selbst ihre bis zum Knie hochgeschnürten weichen Stiefel bestanden aus rotem Leder, das man mit seinen Goldstickereien und dem Spitzenbesatz gut hätte für Handschuhe benützen können. Sie lachte leise in sich hinein. Die Kleidung in *Tel'aran'rhiod* entsprach dem, was man sich wünschte. Offensichtlich wollte ein Teil ihrer Persönlichkeit beweglich und sprungbereit sein, während ein anderer Teil einen Ballabend bevorzugt hätte. Aber so ging das nicht. Das Rot verblaßte zu Grau- und Brauntönen; Mantel und Hose und Stiefel wurden zu genauen Kopien der Kleidung einer Tochter des Speers. Aber das war auch nicht besser, jedenfalls nicht in einer Stadt. Mit einemmal trug sie die Kopie eines der Kleider, in denen Faile immer herumlief: dunkel, mit einem engen Hosenrock, langen Ärmeln und einem bequemen, hochgeschnürten Oberteil. *Dumm, sich darüber Gedanken zu machen. Keiner wird mich sehen, außer im Traum, und hierher reichten wohl nur wenige normale Träume. Es würde überhaupt keinen Unterschied machen, wenn ich nackt wäre.*

Einen Augenblick lang war sie nackt. Ihr Gesicht lief vor Verlegenheit rot an. Es befand sich ja niemand hier, der sie unbekleidet wie im Bad sehen konnte, aber sie holte doch ganz schnell ihr Kleid zurück. Sie hätte sich daran erinnern sollen, wie schon flüchtige Gedanken hier die Dinge beeinflussen konnten, besonders wenn man von der Macht erfüllt war. Elayne und Nynaeve hielten sie wohl für allwissend. Sicher, sie kannte ein paar Naturgesetze der Unsichtbaren Welt, doch sie wußte auch, daß es hundert, ja tausend weitere gab, die sie nicht kannte. Das alles mußte sie lernen, falls sie der erste Träumer der Burg seit Coreanin werden wollte.

Sie betrachtete den riesigen Schädel ein wenig genauer. Sie war ja auf dem Land aufgewachsen und wußte, wie Tierknochen aussahen. Es waren doch keine vier Augenhöhlen. Zwei der Löcher schienen statt dessen einst Stoßzähne gehalten zu haben, und zwar auf jeder Seite der Nase einen. Vielleicht war es eine Art ungeheuer großer Keiler gewesen, obwohl das eigentlich nicht wie die Schweineschädel aussah, die sie kannte. Jedenfalls schien das Skelett alt, uralt sogar.

Hier und von der Macht erfüllt war sie in der Lage, so etwas zu spüren. Natürlich waren all ihre Sinne unter dem Einfluß der Macht geschärft. Sie spürte die winzigen Risse in den vergoldeten Gipsplatten an der Decke fünfzig Fuß über ihr genau wie die Glätte des weißen Steinbodens. Auch die Fußbodenplatten wiesen haarfeine, unsichtbare Risse auf.

Der Saal war riesig groß – vielleicht zweihundert Schritt lang und beinahe halb so breit. Reihen schlanker weißer Säulen zogen sich hindurch, und überall war die Außenseite mit diesem weißen Seil abgesperrt, außer dort, wo sich die hohen Doppelbogentüren befanden. Auch im Innern noch zogen sich weitere Seile um Holzregale und Vitrinen mit Ausstellungsstücken. Oben unter der Decke wies der Saal statt Fenstern rundherum kunstvoll durchbrochene Stuckarbeiten auf, die reichlich Licht durchließen. Offensichtlich hatte sie sich in ein Tanchico hineingeträumt, in dem es gerade heller Tag war.

›Eine großartige Ausstellung von Artefakten aus vergangenen Zeitaltern, aus dem Zeitalter der Legenden und noch früheren, für alle, auch für die einfachen Menschen, dreimal im Monat und an Festtagen geöffnet‹, hatte Eurian Romavni geschrieben. Er hatte in glühenden Farben die unglaublich kostbare Sammlung von *Cuendillar*-Figurinen beschrieben. Es waren sechs, die in einer Glasvitrine genau in der Mitte des Saals aufbewahrt und immer von vier Mann aus der Leibgarde der Panarchin bewacht wurden, wenn der Eintritt gestattet war. Dann hatte er weitere zwei Seiten lang geschwärmt von den Skeletten sagenhafter Tiere, ›die von Menschenaugen niemals lebendig gesehen wurden‹. Egwene konnte nun ein paar davon betrachten. An der einen Seite des Saals stand das Skelett eines Tiers, das ein wenig an einen Bären erinnerte, wenn es auch zwei unterarmlange Schneidezähne aufwies, und gegenüber auf der anderen Seite stand das Knochengerüst eines schlanken vierbeinigen Huftiers, dessen Hals so lang war, daß sich der Schädel oben auf halbem Weg zur Decke befand. Es gab noch mehr in regelmäßigen Abständen an den Wänden des Saals, und die anderen waren genauso phantastisch. Alle verströmten eine derartige Aura des Alters, daß der Stein von Tear dagegen wie ein Neubau wirkte. Sie bückte sich und schlüpfte unter dem Seil durch. Dann schlenderte sie mit großen Augen weiter durch den Saal.

Da stand eine verwitterte kleine Statue einer Frau, anscheinend unbekleidet, doch in langes Haar gehüllt, das ihr bis auf die Knöchel herunter reichte, die sich äußerlich kaum von den anderen in ihrer Vitrine unterschied. Jede war nicht viel größer als ihre Hand. Aber diese eine vermittelte einen Eindruck von sanfter Wärme, den sie erkannte. Es war ein *Angreal,* da war sie sicher. Sie fragte sich, warum die Burg ihn der Panarchin nicht abgekauft hatte. Ein fein gearbeiteter Halsring und zwei Armringe aus stumpfem schwarzen Metall auf einem eigenen Ständer ließen sie schaudern. Sie spürte, daß Dunkelheit und Schmerz damit verbunden waren – alter, alter und doch scharfer Schmerz. In einem anderen Schaukasten lag ein silbriger Gegenstand wie ein dreizackiger Stern innerhalb eines Rings. Er bestand aus keiner ihr bekannten Substanz, weicher als Metall, verkratzt und mit tiefen Rillen, und er war sogar noch älter als die ältesten der Skelette. Aus zehn Schritt Entfernung konnte sie noch Stolz und Eitelkeit darin fühlen.

Ein Gegenstand kam ihr tatsächlich bekannt vor, obwohl sie nicht wußte, woher. Man hatte ihn in die äußerste Ecke einer Vitrine gesteckt, als sei der, der ihn dorthin gelegt hatte, nicht von seinem Wert überzeugt gewesen. Da lag also die obere Hälfte einer aus glänzend weißem Stein gearbeiteten Frauenfigur, die in einer gehobenen Hand eine Kristallkugel trug. Ihr Gesicht war voller Ruhe, Würde und weiser Autorität. In vollständigem Zustand wäre sie wohl einen Fuß hoch gewesen. Aber warum kam sie ihr so bekannt vor? Sie schien Egwene beinahe zuzurufen, daß sie sie in die Hand nehmen solle.

Erst als Egwenes Hand sich um die zerbrochene Statue schloß, wurde ihr bewußt, daß sie über das Seil geklettert war. *So was Dummes, und dabei weiß ich noch nicht einmal, was es ist,* sagte sie sich, aber es war bereits zu spät.

Als ihre Hand die Figur ergriff, durchströmte sie die Macht. Sie floß in die Statue und von dort wieder in sie zurück, immer hin und her. Die Kristallkugel flackerte von unregelmäßigen, grellen Lichtblitzen, und bei jedem Aufblitzen stachen Nadeln in ihr Hirn. Mit einem schmerzerfüllten Schluchzen ließ sie los und schloß beide Hände um ihren Kopf.

Die Kristallkugel zersprang, als die Figur auf den Fußboden fiel, und damit verschwanden auch die Nadeln aus ihrem Hirn. Zurück blieb nur eine dumpfe Erinnerung an Schmerzen, und außerdem war ihr so schlecht, daß ihre Knie zitterten. Sie schloß Augen zu, damit sie nicht sehen müßte, wie der ganze Saal zu schwanken schien. Die Statue mußte ein *Ter'Angreal* gewesen sein, aber warum hatte er ihr so weh getan, als sie ihn lediglich berührte? Vielleicht, weil er zerbrochen war? Möglicherweise konnte er in diesem unvollständigen Zustand nicht vollbringen, wozu er geschaffen worden war. Sie wollte sich gar nicht erst vorstellen, welchem Zweck er gedient hatte. Einen *Ter'Angreal* zu untersuchen war eine gefährliche Angelegenheit. Nun mußte er allerdings wohl endgültig zerbrochen und außer Gefecht sein. Zumindest hier in dieser Welt. *Warum schien er mich zu rufen?*

Das Schwindelgefühl verflog, und sie öffnete die Augen. Die Figur stand wieder in der Vitrine, und zwar im gleichen Zustand, in dem sie sie erblickt hatte. Seltsame Sachen passierten in *Tel'aran'rhiod,* aber das hier war doch noch etwas seltsamer, als ihr lieb war. Und außerdem war sie ja nicht deshalb hergekommen. Zuerst mußte sie aus dem Panarchenpalast herauskommen. Sie kletterte über das Seil zurück und eilte aus dem Saal, wobei sie sich bemühen mußte, nicht zu laufen.

Der Palast war natürlich gänzlich unbelebt. Jedenfalls war kein menschliches Leben darin festzustellen. In großen Brunnenbecken schwammen farbenprächtige Fische herum. Die Brunnen plätscherten in Innenhöfen, die von schlanken Säulengängen umsäumt waren, und über denen Balkone hingen, deren Steingeländer so fein gearbeitet waren, daß sie wie geklöppelte Spitzen wirkten. Auf dem Wasser trieben Wasserlilien und weiße Blumen von mehr als Tellergröße. In der Welt der Träume waren die Gebäude und Orte genauso wie in Wirklichkeit. Nur eben die Menschen nicht. In den Fluren standen wundervoll verzierte goldene Lampenhalter. Die Dochte waren neu und hatten noch nie gebrannt, doch sie konnte das parfümierte Öl der Lampen riechen. Ihre Schritte wirbelten kein bißchen Staub von den bunten Teppichen auf, die man doch hier sicherlich nicht ausgeklopft hatte.

Einmal sah sie eine andere Person, die ein Stück vor ihr herschritt. Es war ein Mann in einem vergoldeten und kunstvoll verzierten Schuppenpanzer, der einen spitzen, goldenen Helm mit weißen Reiherfedern unter dem Arm trug. »Aeldra?« rief er lächelnd. »Aeldra, komm, schau mich an. Ich bin zum Lordhauptmann der Legion der Panarchin ernannt worden. Aeldra?« Er ging noch einen Schritt weiter, rief noch einmal und war plötzlich nicht mehr da. Kein Träumer. Noch nicht einmal jemand, der einen *Ter'Angreal* benützte wie ihren Steinring oder Amicos Eisenscheibe. Nur ein Mann, dessen Traum einen Ort berührt hatte, von dem er überhaupt nichts wußte und der Gefahren enthielt, von denen er keine Ahnung hatte. Menschen, die unerwartet im Schlaf starben, hatten sich oft nach *Tel'aran'rhiod* hineingeträumt und waren in Wirklichkeit hier gestorben. Er war aber wieder draußen und in einen normalen Traum zurückgekehrt.

Neben ihrem Bett in Tear brannte die Kerze immer weiter herunter. Ihre Zeit in *Tel'aran'rhiod* verrann.

Sie beschleunigte ihre Schritte und kam an eine hohe geschnitzte Tür, die nach draußen führte auf breite weiße Treppen und weiter zu einem riesigen, leeren Vorplatz. Tanchico erstreckte sich in allen Richtungen über steil ansteigende Hügel. Überall glänzten weiße Gebäude im Sonnenschein, dazu Hunderte von schlanken Türmchen und beinahe genauso viele spitz zulaufende Kuppeln, von denen einige vergoldet waren. Der Kreis der Panarchin, eine hohe, rund verlaufende weiße Steinmauer, war von hier aus gut zu sehen. Er befand sich vielleicht eine halbe Meile entfernt und war ein wenig niedriger als der Palast. Der Panarchenpalast erhob sich auf einem der höchsten Hügel. Vom oberen Ende der breiten Treppe aus, hoch auf der Hügelkuppe, konnte sie im Westen Wasser glänzen sehen, wo tief eingeschnittene Buchten sie von den anderen hügligen Landfingern trennten, auf denen die übrige Stadt lag. Tanchico war größer als Tear, vielleicht sogar größer als Caemlyn.

So vieles, was sie alles absuchen mußte, und dabei wußte sie noch nicht einmal, wonach sie suchte. Nach irgend etwas, das auf die Gegenwart der Schwarzen Ajah hinwies oder irgendeine Gefahr für Rand anzeigte, falls die hier existierte. Wäre sie bereits ein echter Träumer und im Gebrauch ihres Talents geschult, dann hätte sie bestimmt gewußt, wonach sie suchen mußte oder wie sie das Gesehene auslegen konnte. Aber es gab niemanden mehr, die sie darin unterrichten konnte. Die Weisen Frauen der Aiel konnten dem Hörensagen nach Träume deuten. Aviendha hatte so sehr gezögert, ihnen etwas über die Weisen Frauen zu erzählen, daß sie erst gar keine andere Aielfrau danach gefragt hatte. Vielleicht könnte ihr eine Weise Frau das Notwendige beibringen. Falls sie eine fand.

Sie tat einen Schritt auf den Vorplatz zu und befand sich mit einemmal woanders.

Um sie herum erhoben sich hohe Felsnadeln, und die Hitze sog jedes bißchen Feuchtigkeit aus ihrem Atem. Die Sonne schien sie durch ihr Kleid hindurch rösten zu wollen, und der Wind, der ihr Gesicht streichelte, kam wohl aus einem Backofen. Geduckte Bäume standen hier und da in einer Landschaft, die sonst kaum noch Pflanzenwuchs aufwies. Nur an ein paar Stellen hielt sich noch etwas zähes Gras und dazu einige wenige stachlige Pflanzen, die sie nicht kannte. Den Löwen allerdings erkannte sie, obgleich sie noch nie einen gesehen hatte. Er lag in einer Felsspalte keine zwanzig Schritt entfernt. Der Schwanz mit der schwarzen Quaste am Ende zuckte lässig, als das Tier nicht sie, sondern etwas anderes beobachtete, was sich hundert Schritt weiter entfernt befand. Der große, mit borstigem Haar bedeckte Keiler schnüffelte und grub an der Wurzel eines Dornbusches und bemerkte die Aielfrau gar nicht, die sich mit stoßbereitem Speer anschlich. Sie war wie die Aiel im Stein gekleidet, hatte die Schufa um den Kopf gewickelt, das Gesicht aber nicht bedeckt.

Die Wüste, staunte Egwene ungläubig. *Ich bin in die Aiel-Wüste gesprungen! Wann lerne ich endlich, auf das achtzugeben, was ich hier denke?*

Die Aielfrau erstarrte. Ihr Blick war nun auf Egwene

gerichtet und nicht mehr auf den Keiler. Falls es ein Keiler war; irgendwie erschien ihr seine Gestalt nicht ganz richtig geformt.

Egwene war sicher, daß die Frau keine Weise Frau war. Sie war auch nicht wie eine Tochter des Speers gekleidet, die eine Weise Frau werden wollte und dafür ›den Speer aufgab‹, wie man es Egwene geschildert hatte. Das mußte also lediglich eine Aielfrau sein, die ihren Weg im Traum nach *Tel'aran'rhiod* gefunden hatte, genau wie dieser Bursche im Palast. Er hätte sie auch gesehen, wenn er sich umgedreht hätte. Egwene schloß die Augen und konzentrierte sich auf den einzigen klaren und deutlichen Eindruck aus Tanchico, den sie im Gedächtnis hatte: dieses riesige Skelett im großen Saal.

Als sie die Augen wieder öffnete, fiel ihr Blick direkt auf das mächtige Knochengerüst. Man hatte die Knochen mit Draht aneinander befestigt. Diesmal bemerkte sie eine solche Einzelheit. Es war sehr geschickt gemacht, so daß man die Drähte kaum sah. Die halbe Statue mit ihrer Kristallkugel lag immer noch in ihrer Vitrine. Sie ging nicht in ihre Nähe und wagte sich auch nicht näher an den schwarzen Halsring mit den beiden Armbändern heran, von denen soviel Schmerz und Leid ausstrahlte. Der *Angreal,* diese Frauenfigur, stellte eine Versuchung dar. *Und was fängst du damit an? Licht, du bist hergekommen, um dich umzusehen und zu suchen! Nicht mehr als das. Mach endlich weiter damit, Frau!*

Diesmal fand sie schnell wieder auf den Vorplatz hinaus. Hier verging die Zeit anders als in der Welt der Wirklichkeit; Elayne und Nynaeve würden sie bald aufwecken, und sie hatte noch nicht einmal angefangen. Sie durfte keine Minute mehr verschwenden. Und sie mußte sich in acht nehmen, damit sie nicht wieder etwas dachte, was sie an einen anderen Ort beförderte. Nicht mehr an die Weisen Frauen denken. Selbst dieser Gedanke ließ die Welt um sie herum bereits wieder erzittern. *Konzentriere dich auf das, was zu tun ist,* sagte sie sich entschlossen.

Sie machte sich auf den Weg durch die menschenleere Stadt, schritt schnell aus und manchmal lief sie beinahe. Die gewundenen Pflasterstraßen zogen sich die Abhänge hoch und wieder herunter, kurvten einmal nach rechts und dann wieder nach links, und die einzigen Lebewesen, die sich ihr dort zeigten, waren Tauben mit grünen Schwanzfedern und blaßgraue Möwen, die sich bei jeder Annäherung in ganzen Schwärmen unter hallendem Flügelschlag in die Luft erhoben. Warum Vögel, aber keine Menschen? Fliegen summten vorbei, und im Schatten sah sie Asseln und Käfer herumkriechen. Ein Rudel abgemagerter Hunde, alle verschiedenfarbig, rannte ein Stück vor ihr über die Straße. Warum Hunde?

Sie riß sich zusammen und dachte wieder an den eigentlichen Zweck ihres Kommens. Was wäre wohl ein Anzeichen für die Anwesenheit Schwarzer Ajah? Oder eines für diese Gefahr, die Rand angeblich bedrohte? Die meisten der weißen Gebäude waren verputzt, doch der Putz war rissig und abgesprungen, und es zeigten sich an vielen Stellen verwittertes Holz oder blaßbraune Backsteine darunter. Nur die Türme und die größeren Bauwerke, die sie für Paläste hielt, bestanden aus Stein und waren ebenfalls weiß. Aber selbst ihre Steine zeigten bereits winzige Risse, wohl noch zu klein, um mit bloßem Auge erkennbar zu sein, doch mit Hilfe der Macht spürte sie alle auf. Wie Spinnweben überzogen sie Kuppeln und Türme. Vielleicht hatte das etwas zu bedeuten. Vielleicht bedeutete es, daß die Einwohner Tanchicos sich nicht genug um ihre Stadt kümmerten. Das war genauso wahrscheinlich wie jede andere Deutung. Sie fuhr mächtig zusammen, als plötzlich ein schreiender Mann direkt vor ihr vom Himmel fiel. Sie hatte gerade noch genug

Zeit, um seine weißen Pumphosen und den dicken, von einem Haarnetz festgehaltenen Schnurrbart zu bemerken, und dann verschwand er wieder, nur einen Schritt über dem Straßenpflaster. Wäre er hier in *Tel'aran'rhiod* auf dem Pflaster aufgeschlagen, hätte man ihn zu Hause tot im Bett aufgefunden.

Der hat wahrscheinlich genausoviel mit dem allem zu tun wie die Käfer, sagte sie sich.

Vielleicht fand sie etwas innerhalb der Gebäude. Die Chance war nur gering, die Hoffnung schwach, doch sie war verzweifelt genug, um alles zu versuchen. Fast alles. Zeit. Wie lange hatte sie noch? Sie fing an, von Tür zu Tür zu rennen, und steckte den Kopf in sämtliche Läden und Schenken und Wohnhäuser.

Tische und Bänke standen in den Schankräumen und warteten auf Gäste. Alles stand bereit – auch die Zinnkrüge und Teller auf ihren Regalen. Die Läden waren so ordentlich aufgeräumt, als hätten die Inhaber gerade erst frühmorgens ihre Geschäfte geöffnet, doch während auf den Tischen eines Schneiders Tuchballen lagen und bei einem Eisenwarengeschäft Messer und Scheren ausgelegt waren, hingen bei einem Metzger keinerlei Fleischstücke an den Haken, und der Ladentisch war leer. Wenn sie mit dem Finger irgendwo entlangfuhr, blieb allerdings kein Staubkörnchen daran hängen. Es war überall so sauber, daß selbst ihre Mutter zufrieden gewesen wäre. An den engeren Gassen standen die Wohnhäuser, kleine, einfache, weißgetünchte Gebäude mit flachen Dächern. Zur Straße zu hatten sie keine Fenster. Alles war bereit, daß nur noch die Familien eintreten mußten und sich auf die Bänke an den erkalteten Kaminen oder an die schmalen Tische mit den geschnitzten Beinen setzen, auf denen das beste Geschirr der Hausfrau stand. Kleider hingen an ihren Haken, Töpfe waren an den Decken der Küchen aufgehängt, und auf Bänken lagen Werkzeuge bereit und warteten.

Einmal hatte sie das Gefühl, zurückgehen und nochmals nachsehen zu müssen. Also schritt sie ein Dutzend Türen entlang den gleichen Weg zurück und blickte ein zweites Mal in ein Haus hinein, das in der wirklichen Welt wohl einer Frau gehörte. Alles war fast genauso wie vorher. Fast. Wo vorher auf dem Tisch eine rotgestreifte Schüssel gestanden hatte, befand sich jetzt eine schlanke blaue Vase. Auf einer der Bänke in der Nähe des Kamins hatten zuvor ein kaputtes Kummet und einige Werkzeuge zur Reparatur bereitgelegen, doch nun stand sie an der Tür und darauf lagen ein Handarbeitskörbchen und ein Kinderkleid mit schönen Stickereien.

Warum hat es sich geändert? fragte sie sich. *Aber andererseits, warum sollte es unverändert bleiben? Licht, ich weiß wirklich gar nichts!*

Auf der gegenüberliegenden Straßenseite befand sich ein Stall. Der weiße Verputz hatte große Lücken, durch die Backsteinmauern sichtbar waren. Sie schlenderte hinüber und öffnete einen der breiten Türflügel. Der ansonsten blanke Erdboden war von Stroh bedeckt, genau wie in jedem anderen Stall, aber die Boxen standen leer. Keine Pferde. Warum? Etwas raschelte im Stroh, und ihr wurde klar, daß die Boxen doch nicht gänzlich leer waren. Ratten. Dutzende von Ratten blickten sie furchtlos an und streckten die Schnauzen schnuppernd in die Luft. Keine einzige Ratte rannte fort oder scheute auch nur vor ihr zurück. Sie verhielten sich, als hätten sie hier mehr Rechte als sie. Unwillkürlich trat sie einen Schritt zurück. *Tauben und Möwen und Hunde, Fliegen und Ratten. Vielleicht wüßte eine Weise Frau, was das alles zu bedeuten hat.*

Und bei diesem Gedanken war sie plötzlich wieder in der Wüste. Mit einem Schrei fiel sie platt auf den Rücken, denn diese borstige, keilerähnliche Kreatur rannte plötzlich geradewegs auf sie zu. Sie war so groß wie ein kleines Pferd. Es war doch kein Schwein. Sie wußte das in dem Moment, als das Tier geschickt über sie hinwegsprang. Die Schnauze war zu lang und voller spitzer Zähne, und es hatte vier Zehen an jedem Fuß. In Gedanken war sie ganz ruhig, doch sie schauderte noch, während das Tier zwischen den Felsen hindurch davonrannte. Es war groß genug gewesen, um sie zu zertrampeln, um ihre Knochen zu brechen oder, noch schlimmer, um sie mit diesen Zähnen zu zerreißen, wie es auch ein Wolf nicht besser hätte fertigbringen können. Sie wäre dann mit Wunden bedeckt aufgewacht. Falls sie überhaupt noch einmal erwacht wäre.

Der bröcklige Felsboden unter ihrem Hinterteil war heiß wie eine Herdplatte. Sie rappelte sich hoch, wobei sie sich über sich selbst ärgerte. Wenn sie sich nicht auf das konzentrieren konnte, was sie gerade tat, würde sie nie etwas erreichen. Sie sollte sich in Tanchico befinden, und nur das durfte sie im Kopf haben. Sonst nichts.

Sie hörte auf, ihr Kleid auszuklopfen, als sie bemerkte, daß die Aielfrau sie aus zehn Schritt Entfernung mit ihren scharfen blauen Augen beobachtete. Die Frau war etwa genauso alt wie Aviendha und damit nicht älter als sie selbst. Die Haarsträhnen, die unter ihrer Schufa hervorschauten, waren allerdings bleich, beinahe weiß. Den Speer hielt sie wurfbereit in der Hand, und Egwene glaubte nicht, daß sie ihr Ziel auf so kurze Entfernung verfehlen würde.

Man sagte den Aiel nach, daß sie mit denjenigen kurzen Prozeß machten, die ohne Erlaubnis ihre Wüste betraten. Egwene wußte, daß sie wohl Frau und Speer in verfestigte Luft einschließen und dort festhalten konnte, aber würden die Stränge lang genug halten, wenn sie sich hier aufzulösen begann, um den Rückweg nach Tanchico anzutreten? Oder würde ihr Manöver die Frau so wütend machen, daß sie ihren Speer im ersten möglichen Augenblick warf, vielleicht, bevor sie vollends verschwunden war? Das müßte ja ein ganz tolles Gefühl sein, von einem Aielspeer durchbohrt nach Tanchico zurückzukehren! Doch wenn sie die Stränge abnabelte, wäre die Frau in *Tel'aran'rhiod* gefangen, bis sie sie wieder befreite. Sie wäre hilflos, falls der Löwe oder die keilerähnliche Kreatur zurückkämen.

Nein. Es war einfach notwendig, daß die Frau ihren Speer senkte, wenigstens lang genug, daß sie mit gutem Gewissen die Augen schließen konnte, um sich nach Tanchico zurückzuträumen. Zurück an ihre eigentliche Aufgabe. Sie hatte für solche Ausflüge einfach keine Zeit mehr. Sie war sich nicht einmal ganz sicher, ob ein Mensch, der genau wie sie selbst durch einen Traum den Weg nach *Tel'aran'rhiod* gefunden hatte, ihr genauso gefährlich werden konnte wie die anderen Dinge der Welt der Träume, aber sie wollte lieber jetzt nicht das Risiko eingehen, das mit Hilfe einer Aiel-Speerspitze herauszufinden. Die Aielfrau sollte eigentlich in wenigen Augenblicken wieder verschwinden. Also mußte sie sie bis dahin ablenken.

Ihre Kleidung zu wechseln war leicht. Sobald sie daran dachte, trug sie auch schon die gleichen Grau- und Brauntöne wie die andere Frau. »Ich will Euch nichts antun«, sagte sie äußerlich gelassen.

Die Frau senkte ihre Waffe keineswegs. Statt dessen runzelte sie die Stirn und sagte: »Ihr habt kein Recht, *Cadin'sor* zu tragen, Mädchen.« Und dann stand Egwene mit einemmal nackt da. Die Sonne brannte von oben auf sie herab, und der Boden versengte ihre bloßen Fußsohlen.

Einen Augenblick lang stand sie mit offenem Mund völlig ungläubig da und tanzte von einem Fuß auf den anderen. Sie hatte es nicht für möglich gehalten, daß man bei jemand anderem Änderungen vornehmen könne. Es gab so viele Möglichkeiten, so viele Regeln, die sie noch nicht kannte. In hektischer Eile dachte sie sich feste Schuhe und das dunkle Kleid mit dem Hosenrock an den Körper und ließ gleichzeitig die Kleider der Aielfrau verschwinden. Um das fertigzubringen, mußte sie *Saidar* benützen. Die Frau hatte sich wohl ganz darauf konzentriert, Egwene nackt zu halten. Nun hielt sie einen Strang der Macht bereit, um den Speer im Notfall zu packen, falls die andere Frau Anstalten machte, ihn zu werfen.

Nun war die Aielfrau mit dem Staunen an der Reihe. Sie ließ den Speer zur Seite sinken, und den Augenblick nützte Egwene, um die Augen zu schließen und sich nach Tanchico zurückzuträumen, zu dem riesigen Skelett im großen Saal. Diesmal schaute sie gar nicht mehr weiter hin. Sie hatte Dinge langsam satt, die zuerst wie Keiler aussahen und dann doch wieder nicht. *Wie hat sie das fertiggebracht? Nein! Ich komme immer wieder vom Weg ab, weil ich mir über das Wie und Warum Gedanken mache. Diesmal gehe ich einfach weiter.*

Und trotzdem zögerte sie. In dem Moment, als sie die Augen geschlossen hatte, schien es ihr, als habe sie eine andere Frau hinter der Aielfrau bemerkt, die sie beide beobachtete. Ein Frau mit goldenem Haar, die einen silbernen Bogen in der Hand hielt. *Jetzt läßt du aber deine Phantasie mit dir durchgehen. Du hast dir wohl schon zu viele von Thoms Legenden angehört.* Birgitte war schon lange tot. Sie konnte nicht wiederkehren, bis das Horn von Valere sie aus dem Grab zurückrief. Tote Frauen, selbst wenn sie legendäre Heldinnen gewesen waren, konnten sich nicht in *Tel'aran'rhiod* hineinträumen.

Die Unterbrechung dauerte allerdings wirklich nur einen Augenblick. Dann beendete sie diese nutzlose Spekulation und rannte zum Vorplatz zurück. Wieviel Zeit hatte sie noch übrig? Die ganze Stadt mußte sie absuchen, die Zeit verrann ihr unter den Fingern, und sie wußte immer noch nicht mehr als zu Beginn. Wenn sie nur einen blassen Schimmer davon hätte, wonach sie suchen mußte. Oder wo. Hier in der Welt der Träume schien das Laufen sie nicht soviel Kraft zu kosten wie zu Hause, doch so schnell sie auch lief, sie würde niemals die ganze Stadt durchforschen können, bevor Elayne und Nynaeve sie wieder aufweckten. Sie wollte auch möglichst nicht wieder hierher zurückkehren müssen.

Plötzlich erschien eine Frau mitten in dem Taubenschwarm, der sich auf dem Vorplatz versammelt hatte. Ihr Gewand war blaßgrün, dünn und so eng anliegend, daß sich Berelain wohl auch darin wohlgefühlt hätte. Das dunkle Haar hatte sie zu Dutzenden von dünnen Zöpfen zusammengeflochten, und ihr Gesicht war bis zu den Augen von einem durchsichtigen Schleier verdeckt, dem Haarnetz ähnlich, das der fallende Mann getragen hatte. Die Tauben flatterten auf, und die Frau flog mit ihnen hoch über die Hausdächer, bevor sie mit einem Schlag verschwand.

Egwene lächelte. Sie träumte die ganze Zeit davon, wie ein Vogel fliegen zu können, und das hier war ja schließlich ein Traum. Sie sprang in die Luft und flog weiter hoch auf die Dächer zu. Erst schwankte sie bei dem Gedanken daran, wie lächerlich das war – fliegen? Menschen können nicht fliegen! –, doch dann stabilisierte sich ihr Flug wieder, als sie sich zu mehr Selbstvertrauen zwang. Sie hatte es geschafft, und mehr war nicht zu sagen. Es war ein Traum, und sie konnte fliegen. Der Wind kühlte ihr Gesicht, und sie hätte am liebsten vor Begeisterung laut gelacht.

Sie überflog den Kreis der Panarchen. Von der Mauerkrone aus zogen sich Reihen von Steinbänken herunter bis zu einer breiten Manege im Mittelpunkt. Sie stellte sich das von Menschen gefüllt vor, wie sie ein Feuerwerk bestaunten, das die Gilde der Feuerwerker dort veranstaltete. Zu Hause waren Feuerwerke ein höchst seltenes Vergnügen. Sie erinnerte sich an die wenigen, die sie in ihrem Leben in

Emondsfeld gesehen hatte. Die Erwachsenen hatten genauso aufgeregt gestaunt wie die Kinder.

Sie segelte wie ein Falke über die Dächer, über Paläste und Herrenhäuser, über einfache Wohnhäuser und Geschäfte, Lagergebäude und Stallungen. Sie glitt an Kuppeln mit goldenen Spitzen und bronzenen Wetterhähnen vorbei, an Türmen mit beinahe freischwebenden Steinbalkonen. Auf den Stellplätzen warteten die Planwagen abfahrbereit. Schiffe drängten sich im großen Hafen und in den Wasserfingern, die sich zwischen die Halbinseln der Stadt schoben. Sie lagen vertäut an den Kaimauern. Alles schien in ziemlich schlechtem Zustand, von den Planwagen angefangen bis zu den Schiffen. Doch nichts von dem Gesehenen deutete irgendwie auf die Schwarzen Ajah hin. Jedenfalls, soweit sie es erkennen konnte.

Sie überlegte, ob sie sich Liandrin vorstellen solle. Sie kannte dieses Puppengesicht nur zu gut, mit der Unzahl goldener Zöpfe, den selbstzufrieden dreinblickenden braunen Augen und dem spöttisch verzogenen Rosenknospenmund. Wenn sie sich die Schwarze vorstellte, würde sie vielleicht dorthin gezogen, wo diese sich befand. Aber wenn es klappte, fand sie vielleicht Liandrin und die anderen ebenfalls in *Tel'aran'rhiod* vor. Darauf war sie noch nicht vorbereitet.

Mit einemmal wurde ihr klar, daß sie ja die Schwarzen *Ajah, falls sich eine davon im Tanchico von* Tel'aran'rhiod aufhielt, geradezu auf sich aufmerksam machte. Jeder, der auch nur einen Moment lang zum Himmel aufblickte, würde eine fliegende Frau entdecken, und noch dazu eine, die nicht nach ein paar Augenblicken wieder verschwand. Ihr flüssiges Dahinschweben stockte, und sie flog niedriger, unter der Dachgrenze, langsamer als vorher, aber immer noch schneller, als ein Pferd galoppieren konnte. Vielleicht flog sie ihnen nun direkt in die Arme, aber nur dasitzen und auf sie warten konnte sie nicht.

Dumme Gans! ging sie mit sich selbst zornig ins Gericht. *Närrin! Mittlerweile wissen sie vielleicht, daß ich hier bin. Möglich, daß die Falle für mich schon bereit ist.* Sie überlegte, ob sie einfach aus dem Traum aussteigen und zu ihrem Bett in Tear zurückkehren sollte, aber sie hatte ja immer noch nichts gefunden. Falls es überhaupt etwas zu finden gab.

Plötzlich stand eine hochgewachsene Frau vor ihr auf der Straße. Sie war schlank, obwohl sie einen bauschigen braunen Rock trug und darüber eine lose hängende weiße Bluse. Um die Schultern lag eine braune Stola, und um die Stirn hatte sie einen Schal gewickelt, der das weiße Haar zurückhielt, das ihr bis zur Taille hinunterreichte. Zu dieser einfachen Kleidung trug sie jedoch eine Menge Halsketten und Armreifen aus Gold oder Elfenbein oder beidem. Sie stemmte die Fäuste in die Hüften und sah Egwene mit gerunzelter Stirn an.

Noch so eine närrische Frau, die sich an einen Ort geträumt hat, wo sie gar nicht sein sollte, und die nun ihren Augen nicht traut, dachte Egwene. Sie hatte Beschreibungen aller Frauen, die mit Liandrin gegangen waren, und diese Frau entsprach keiner davon. Doch sie verschwand nicht einfach wieder, sondern blieb stehen, als Egwene schnell näher kam. *Warum verschwindet sie nicht? Warum …? O Licht! Das ist ja …!* Sie griff überhastet nach Strängen der Macht, um Blitze daraus zu weben oder die Frau mit verfestigter Luft zu fesseln, aber in ihrer Eile und Überraschung verhedderte sie sich selbst darin.

»Stellt Eure Füße endlich auf den Boden, Mädchen«, kommandierte die Frau. »Ich hatte schon genug Schwierigkeiten damit, Euch wiederzufinden, ohne daß Ihr auch noch wie ein Vogel wegflattern müßt, wenn ich es endlich geschafft habe.«

Plötzlich endete Egwenes Flug. Ihre Füße schlugen hart auf dem Pflaster auf, und sie kam ins Taumeln. Es war die Stimme der Aielfrau, doch dies hier war eine ältere Frau. Nicht ganz so alt, wie Egwene zuerst geglaubt hatte, da sie viel jünger aussah, als ihr weißes Haar andeutete, aber bei der Stimme und diesen scharf blickenden blauen Augen war sie sicher, daß es sich um dieselbe Frau handelte. »Ihr seid … anders«, sagte sie.

»Hier könnt Ihr sein, was Ihr wollt.« Die Frau klang verlegen, wenn auch nur ein wenig. »Manchmal erinnere ich mich gern … Aber das ist unwichtig. Ihr kommt von der Weißen Burg? Es ist schon lange her, daß sie eine Traumgängerin hatten. Sehr lange. Ich bin Amys von der Neun-Täler-Septime der Taardad Aiel.«

»Ihr seid eine Weise Frau? Tatsächlich! Und Ihr kennt Euch mit Träumen aus, kennt *Tel'aran'rhiod!* Ihr könnt … Ich heiße Egwene. Egwene al'Vere. Ich …« Sie holte tief Luft. Amys wirkte nicht wie eine Frau, die man anlügen sollte. »Ich bin eine Aes Sedai. Von den Grünen Ajah.«

Amys Gesichtsausdruck änderte sich nicht. Höchstens vertieften sich die Fältchen um ihre Augen ein wenig. Sie war wohl doch etwas skeptisch. Egwene sah kaum alt genug aus, um bereits zur Aes Sedai erhoben worden zu sein. Sie sagte dann aber nur: »Ich wollte Euch eigentlich nur in Eurer Haut stehenlassen, bis Ihr mich um angemessene Kleidung bittet. Einfach *Cadin'sor* anzuziehen, als wärt Ihr … Ihr habt mich damit überrascht, daß Ihr euch losreißen und meinen Speer gegen mich selbst wenden konntet. Aber Ihr seid noch ungeschult, nicht wahr, wenn auch sehr stark. Sonst wärt Ihr nicht so plötzlich in meine Jagd hineingeplatzt, wo Ihr offensichtlich gar nicht landen wolltet. Und diese Herumfliegerei? Seid Ihr nach *Tel'aran'rhiod* gekommen, wirklich nach *Tel'aran'rhiod!* –, um diese Stadt zu besichtigen, wie sie auch heißen mag?«

»Das ist Tanchico«, sagte Egwene mit schwacher

Stimme. *Sie wußte es nicht!* Aber wie war Amys ihr dann überhaupt gefolgt und hatte sie gefunden? Es war klar, daß sie bei weitem mehr über die Welt der Träume wußte als sie. »Ihr könnt mir helfen. Ich versuche, Frauen aufzuspüren, die zu den Schwarzen Ajah gehören. Schattenfreunde. Ich glaube, daß sie hier sind, und falls das stimmt, muß ich sie finden.«

»Dann existiert sie also wirklich.« Amys flüsterte diese Worte fast. »Eine Ajah von Schattenläufern in der Weißen Burg.« Sie schüttelte den Kopf. »Ihr seid wie ein Mädchen, das gerade dem Speer angetraut wurde, und das nun glaubt, sie müßte mit Männern ringen und Berge überspringen. Für sie bedeutet das lediglich ein paar Schrammen und eine wertvolle Lektion, was Demut bedeutet. Für Euch könnte es den Tod bedeutet.« Amys sah sich unter den weißen Gebäuden in ihrer Nachbarschaft um und verzog das Gesicht. »Tanchico? In … Tarabon? Diese Stadt liegt im Sterben. Sie frißt sich selbst auf. Es gibt eine Dunkelheit hier, etwas Böses. Schlimmer, als Männer anrichten können. Oder auch Frauen.« Sie blickte Egwene forschend an. »Ihr könnt es nicht sehen oder fühlen, ja? Und Ihr wollt Schattenläufer in *Tel'aran'rhiod* jagen.«

»Etwas Böses?« fragte Egwene schnell. »Das könnten sie sein. Seid Ihr sicher? Wenn ich Euch sage, wie sie aussehen, könnt Ihr dann sicher sein, daß es sie waren? Ich kann sie beschreiben. Eine kann ich Euch sogar bis hin zum kleinsten Zopf beschreiben.«

»Ein Kind«, murmelte Amys, »das von seinem Vater unbedingt jetzt gleich einen silbernen Armreif haben möchte, obwohl es weder vom Handel noch von der Anfertigung von Armreifen etwas versteht. Ihr müßt noch soviel lernen. Viel mehr, als ich jetzt auch nur beginnen kann, Euch beizubringen. Kommt ins Dreifache Land. Ich werde unter den Clans die Weisung verbreiten, daß man eine Aes Sedai namens Egwene al'Vere zu mir in die Kaltfelsenfestung bringt. Gebt Euren

Namen an und zeigt Euren Ring mit der Großen Schlange, dann läßt man Euch sicher durch. Ich bin jetzt nicht dort, aber ich werde aus Rhuidean zurückkehren, bevor Ihr ankommt.«

»Bitte, Ihr müßt mir helfen. Ich muß einfach wissen, ob sie hier sind. Ich muß es wissen.«

»Aber ich kann es Euch nicht sagen. Ich kenne weder sie noch diesen Ort, dieses Tanchico. Ihr müßt zu mir kommen. Was Ihr tut, ist gefährlich, viel gefährlicher, als Ihr annehmt. Ihr müßt... Wohin wollt Ihr? Bleibt!«

Irgend etwas schien Egwene zu packen und sie in die Dunkelheit hineinzuziehen.

Amys Stimme folgte ihr, hohl und immer leiser: »Ihr müßt zu mir kommen und lernen. Ihr müßt...«

KAPITEL 12

Nach Tanchico oder zur Burg?

Elayne atmete tief und erleichtert auf, als Egwene sich endlich rührte und die Augen öffnete. Am Fuß des Bettes saß Aviendha, und nun verloren ihre Gesichtszüge den Ausdruck von Niedergeschlagenheit und Angst, und sie lächelte sogar kurz die erwachende Egwene an. Die Kerze war schon vor Minuten über die Markierung hinaus heruntergebrannt. Es war ihnen wie eine Stunde vorgekommen.

»Du bist einfach nicht aufgewacht«, sagte Elayne mit leicht schwankender Stimme. »Ich habe dich gerüttelt und geschüttelt, aber du bist einfach nicht erwacht.« Sie lachte ein wenig. »O Egwene, du hast sogar Aviendha Angst eingejagt.«

Egwene legte einen Arm um sie und drückte sie beruhigend. »Jetzt bin ich ja wieder da.« Es klang müde, und sie hatte mittlerweile auch ihr Hemd durchgeschwitzt. »Ich hatte wohl einen Grund, etwas länger als geplant dort zu bleiben. Nächstesmal nehme ich mich mehr in acht. Versprochen.«

Nynaeve stellte ein wenig zu heftig den Wasserkrug wieder auf den Waschtisch zurück, so daß Wasser herausschwappte. Sie war drauf und dran gewesen, das Wasser auf Egwenes schlafendes Gesicht zu kippen. Ihre Miene war wohl äußerlich ruhig, doch der Krug stieß gegen die Waschschüssel, und sie ließ das übergeschwappte Wasser auf den Teppich tropfen, ganz entgegen ihrer sonstigen Ordnungsliebe. »Lag es daran, daß du etwas gefunden hast?

Oder waren es …? Egwene, falls die Welt der Träume dich irgendwie festhält, ist es möglicherweise zu gefährlich, noch mal hinzugehen, bevor du einiges dazugelernt hast. Vielleicht wird es immer schwerer, zurückzukehren, je öfter du hingehst. Vielleicht … ich weiß nicht. Aber ich weiß, daß wir es uns nicht leisten können, dich da drinnen zu verlieren.« Sie verschränkte entschlossen und kampfbereit die Arme vor der Brust.

»Ich weiß«, sagte Egwene beinahe zerknirscht. Elaynes Augenbrauen hoben sich. Nynaeve gegenüber tat Egwene sonst niemals schuldbewußt. Ganz im Gegenteil.

Egwene stand etwas schwankend aus dem Bett auf und ging auf unsicheren Beinen zum Waschtisch, um sich Gesicht und Arme in dem kühlen Wasser zu waschen. Elayne fand ein trockenes Hemd im Schrank, während Egwene das durchnäßte auszog.

»Ich habe eine Weise Frau getroffen. Sie hieß Amys.« Egwenes Stimme klang gedämpft, bevor ihr Kopf wieder aus dem frischen Hemd herauskam. »Sie sagte, ich solle zu ihr kommen, um mehr über *Tel'aran'rhiod* zu erfahren. Irgendwohin in der Wüste – die Kaltfelsenfestung oder so.«

Elayne hatte den überraschten Blick Aviendhas bemerkt, so kurz er auch gewesen war, als Egwene die Weise Frau erwähnte. »Kennst du sie? Amys?«

Das Nicken der Aielfrau konnte man nur als zögernd bezeichnen. »Eine Weise Frau. Sie ist eine Traumgängerin. Amys war eine *Far Dareis Mai,* bis sie den Speer aufgab und nach Rhuidean ging.«

»Eine Tochter des Speers!« rief Egwene. »Deshalb also … Spielt keine Rolle. Sie sagte, sie sei jetzt in Rhuidean. Weißt du, wo diese Kaltfelsenfestung ist, Aviendha?«

»Natürlich. Das ist Rhuarcs Festung. Rhuarc ist der Ehemann von Amys. Ich besuche sie manchmal.

Meine Schwestermutter Lian ist Amys' Schwesterfrau.«

Elayne tauschte verwirrte Blicke mit Egwene und Nynaeve. Einst hatte Elayne geglaubt, eine Menge über die Aiel zu wissen. Sie hatte alles von ihren Lehrern in Caemlyn gelernt. Aber seit sie Aviendha kannte, war ihr klar geworden, wie wenig sie wirklich wußte. Die Sitten und Verwandtschaftsgrade waren für sie ein undurchdringliches Durcheinander. Erstschwester bedeutete, daß man die gleiche Mutter hatte, aber es war für Freundinnen auch möglich, Erstschwestern zu *werden,* wenn sie vor den Weisen Frauen ein Gelübde ablegten. Zweitschwester bedeutet, daß die Mütter Schwestern waren. Falls die Väter Brüder waren, machte das zwei Frauen zu Vaterschwestern, und man betrachtete sie als weniger eng verwandt, als Zweitschwestern. Darüber hinaus wurde es dann erst wirklich verwirrend.

»Was bedeutet ›Schwesterfrau‹?« fragte sie zögernd.

»Daß man den gleichen Ehemann hat.« Aviendha runzelte irritiert die Stirn, als Egwene nach Luft schnappte und Nynaeve die Augen bis zum Äußersten aufriß. Elayne hatte diese Antwort schon beinahe erwartet, aber trotzdem ertappte sie sich dabei, wie sie an ihrem Rock herumfummelte, obwohl der perfekt saß.

»Ist das bei euch nicht so Sitte?« fragte die Aielfrau.

»Nein«, sagte Egwene mit schwacher Stimme. »Nein, bei uns nicht.«

»Aber du und Elayne, ihr fühlt euch doch wie Erstschwestern. Was hättet ihr denn getan, wenn keine von euch bereit gewesen wäre, Rand al'Thor aufzugeben? Seinetwegen kämpfen? Einen Mann das Band zwischen euch zerreißen lassen? Wäre es dann nicht besser gewesen, wenn ihr ihn beide heiratet?«

Elayne sah Egwene an. Der Gedanke daran … Hätte sie so etwas fertiggebracht? Selbst mit Egwene zusammen? Sie wußte, daß sie rot angelaufen war. Egwene blickte lediglich überrascht drein.

»Aber ich wollte ja auf ihn verzichten«, sagte Egwene.

Elayne wußte, daß diese Bemerkung sowohl für sie wie auch für Aviendha bestimmt war, aber der Gedanke an eine solche Doppelehe ließ sich nicht so schnell vertreiben. Hatte Min so etwas vorausgesehen? Was würde sie tun, wenn Min damit recht behielt? *Falls es sich um Berelain dreht, werde ich sie und ihn erwürgen! Wenn es schon sein muß, warum dann nicht Egwene? Licht, was denke ich da bloß?* Sie wußte, daß sie wie ein aufgescheuchtes Huhn wirken mußte, und so versuchte sie, ihre Erregung zu vertuschen und fragte in heiterem Tonfall: »Das klingt, als habe der Mann in solch einem Fall gar nichts zu sagen.«

»Er kann durchaus nein sagen«, sagte Aviendha, als teile sie ihnen etwas ganz Offensichtliches mit, »aber wenn er eine von ihnen heiraten möchte, muß er eben beide nehmen, falls sie es verlangen. Seid mir bitte nicht böse, aber ich war ganz schön schockiert, als ich hörte, daß bei euch ein Mann eine Frau bitten kann, ihn zu heiraten. Ein Mann sollte zeigen, daß er daran interessiert ist, und dann muß er warten, bis sich die Frau dazu äußert. Natürlich führen manche Frauen einen Mann solange, bis er weiß, was er eigentlich will, aber sie haben das alleinige Recht, einen Heiratsantrag zu machen. Ich weiß nicht so schrecklich viel darüber. Ich wollte seit meiner Kindheit eine *Far Dareis Mai* werden. Alles, was ich vom Leben will, sind mein Speer und meine Speerschwestern«, schloß sie ziemlich unwirsch.

»Keine von uns will dich dazu bringen, zu heiraten«, beruhigte Egwene sie. Aviendha blickte sie überrascht an.

Nynaeve räusperte sich vernehmlich. Elayne fragte sich, ob sie an Lan gedacht hatte. Auch ihre Wangen wiesen deutlich gerötete Flecken auf. »Ich schätze, Egwene«, sagte Nynaeve mit etwas übertrieben forscher Stimme, »daß du nicht gefunden hast, wonach du suchtest, sonst hättest du mittlerweile etwas davon erwähnt.«

»Ich habe nichts gefunden«, antwortete Egwene bedauernd. »Aber Amys sagte ... Aviendha, was für eine Art von Frau ist Amys?«

Die Aielfrau hatte begonnen, den Teppich einer genauen Musterung zu unterziehen. »Amys ist so hart wie die Berge und so gnadenlos wie die Sonne«, sagte sie, ohne aufzublicken. »Sie ist eine Traumgängerin. Sie kann dich unterrichten. Wenn sie dich einmal in die Hände bekommt, zerrt sie dich an den Haaren, wohin immer sie dich bekommen will. Rhuarc ist der einzige, der mit ihr fertig wird. Selbst die anderen Weisen Frauen hüten ihre Zunge, wenn Amys spricht. Aber sie kann dich unterrichten.«

Egwene schüttelte den Kopf. »Ich meinte mit meiner Frage, ob ein fremder Ort sie aus dem Gleichgewicht bringen könnte, sie nervös machen? Sich in einer Stadt aufzuhalten beispielsweise? Könnte es sein, daß sie dann Dinge sieht, die gar nicht da sind?«

Aviendhas Lachen klang scharf und abgehackt. »Nervös? Auch wenn sie aufwacht und einen Löwen in ihrem Bett findet, wird Amys deshalb nicht nervös. Sie war eine Tochter des Speers, Egwene, und sie ist seither keineswegs verweichlicht, da kannst du sicher sein.«

»Was hat diese Frau gesehen?« fragte Nynaeve.

»Es war nichts, was sie wirklich gesehen hat, um genau zu sein«, sagte Egwene bedächtig. »Ich glaube, sie hat es nicht gesehen. Sie sagte, in Tanchico lauere etwas Böses. Schlimmer, als es Menschen erfinden können. Es könnten die Schwarzen Ajah sein. Fang jetzt bitte keinen Streit an, Nynaeve«, fügte sie mit Entschlossenheit in der Stimme hinzu. »Träume muß man irgendwie deuten. Es könnte doch sehr wohl so sein.«

Nynaeve hatte die Stirn gerunzelt, sobald Egwene etwas Böses in Tanchico erwähnt hatte, und aus dem bloßen Stirnrunzeln wurde ein wütender Blick, als Egwene ihr sagte, sie solle nicht streiten. Manchmal hätte Elayne am liebsten beide Frauen kräftig geschüttelt. So mischte sie sich schnell ein, bevor eine von beiden explodierte: »Es könnte durchaus sein, Egwene. Du hast also doch etwas gefunden. Mehr als Nynaeve oder ich glaubten. Stimmt's, Nynaeve? Glaubst du nicht auch?«

»Könnte sein«, gab Nynaeve mürrisch zu.

»Es könnte sein.« Egwene klang auch nicht gerade glücklich. Sie atmete tief durch. »Nynaeve hat recht. Ich muß mehr über das erfahren, was ich tue. Wenn ich mir meines Weges sicher wäre, müßte mir niemand etwas über das Böse erzählen. Ich hätte vielleicht sogar das Zimmer finden können, in dem Liandrin wohnt, wo immer das auch sein mag. Amys kann mich unterrichten. Deshalb ... Deshalb muß ich zu ihr.«

»Zu ihr?« Nynaeve hörte sich entsetzt an. »In die Wüste?«

»Aviendha kann mich direkt zu dieser Kaltfelsenfestung bringen.« Egwenes Blick, halb trotzig und halb ängstlich, wanderte von Elayne zu Nynaeve und zurück. »Wenn ich sicher wäre, daß sie in Tanchico sind, würde ich euch nicht allein hinlassen. Falls ihr euch dazu entschließt. Aber wenn mir Amys hilft, kann ich vielleicht herausbekommen, wo sie sind. Vielleicht kann ich ... Das ist eben der springende Punkt: Ich weiß nicht einmal, was ich alles kann, nur bin ich sicher, es wird viel mehr sein als jetzt im Augenblick. Es ist ja nicht so, daß ich euch im Stich lassen will. Ihr könnt den Ring mitnehmen. Ihr kennt den Stein ja gut genug, daß ihr in *Tel'aran'rhiod* hierher zurückkehren könnt. Ich kann zu euch nach Tanchico kommen. Was ich auch bei Amys lerne, kann ich euch dann auch beibringen. Bitte sagt mir doch, daß ihr mich versteht. Ich kann soviel von Amys lernen und es dann benützen, um euch zu helfen. Das ist dann so, als würden wir alle drei von ihr unterrichtet. Eine Traumgängerin, eine Frau, die Bescheid weiß! Liandrin und die anderen werden dagegen wie Kinder dastehen; sie wissen kein Viertel von dem, was wir wissen.« Sie kaute nachdenklich auf ihrer Unterlippe herum. »Ihr glaubt doch nicht, daß ich euch im Stich lassen will, oder? Wenn es so ist, gehe ich nicht hin.«

»Natürlich mußt du hingehen«, sagte Elayne zu ihr. »Ich werde dich vermissen, aber niemand hat uns versprochen, daß wir zusammenbleiben könnten, bis das alles vorbei ist.«

»Aber ihr zwei ... allein ... Ich sollte mit euch kommen. Wenn sie sich wirklich in Tanchico aufhalten, sollte ich bei euch sein.«

»Unsinn«, sagte Nynaeve kurz angebunden. »Du brauchst dringend eine richtige Ausbildung. Das wird uns auf lange Sicht viel mehr helfen als deine Anwesenheit in Tanchico. Und dabei wissen wir ja noch nicht einmal, ob sie sich wirklich dort aufhalten. Wenn es der Fall ist, ergänzen Elayne und ich uns sehr gut, aber vielleicht kommen wir auch dort an und finden heraus, daß dieses Böse lediglich der Krieg ist. Das Licht weiß, daß ein Krieg für jedermann schon böse genug sein sollte. Vielleicht sind wir schneller wieder in der Burg als du. Du mußt in der Wüste sehr vorsichtig sein«, fügte sie in geschäftsmäßigem Tonfall hinzu. »Es ist gefährlich dort. Aviendha, du wirst doch auf sie aufpassen?«

Bevor die Aielfrau den Mund zur Antwort aufbekam, klopfte es an die Tür, und Moiraine trat, ohne zu warten, ein. Die Aes Sedai erfaßte sie alle mit einem Blick, der abwog, abschätzte und überdachte, was sie wohl getan hatten, doch nicht einmal ein Wimpernzucken verriet, zu welchem Schluß sie gekommen war. »Joiya und Amico sind tot«, verkündete sie lapidar.

»War das dann vielleicht der Grund für den Angriff?« fragte Nynaeve. »All das nur, um sie zu töten? Oder sie vielleicht dann zu töten, wenn man sie nicht befreien konnte? Ich bin sicher, daß Joiya nur deshalb soviel Selbstvertrauen zeigte, weil sie erwartete, gerettet zu werden. Sie muß eben doch gelogen haben. Ich habe ihrer Reue niemals getraut.«

»Es war wohl nicht das Hauptziel des Angriffs«, erwiderte Moiraine. »Der Hauptmann war klug genug, während des Angriffs seine Männer unten in den Kerkern zusammenzuhalten. Sie haben dort keinen einzigen Trolloc oder Myrddraal angetroffen. Aber hinterher fanden sie die beiden tot auf. Jeder war ziemlich grob die Kehle durchgeschnitten worden. Nachdem man ihre Zunge an die Zellentür genagelt hatte.« Sie hätte ihrem Tonfall nach genausogut über ein Kleid sprechen können, das genäht werden mußte.

Elayne drehte sich bei der nüchternen Beschreibung fast der Magen herum. »Das hätte ich ihnen nicht gewünscht. Nicht so was. Das Licht leuchte ihren Seelen.«

»Sie haben ihre Seelen vor langer Zeit dem Schatten verkauft«, sagte Egwene grob. Aber auch sie preßte beide Hände auf den Bauch. »Wie … wie ist das denn geschehen? Graue Männer?«

»Ich bezweifle, daß selbst Graue Männer das fertiggebracht hätten«, sagte Moiraine trocken. »Es scheint, daß der Schatten noch Dinge auf Lager hat, die wir nicht kennen.«

»Ja.« Egwene strich ihr Kleid glatt, das sie schnell übergeworfen hatte, und bemühte sich um einen ruhigen Tonfall. »Wenn man gar nicht erst versucht hat, sie zu retten, dürfte das bedeuten, daß beide die Wahrheit gesagt haben. Sie wurden getötet, weil sie geplaudert hatten.«

»Oder um sie davon abzuhalten«, fügte Nynaeve grimmig hinzu. »Wir können nur hoffen, daß niemand weiß, was sie uns gesagt haben. Vielleicht hat Joiya wirklich etwas bereut, aber ich glaube nicht daran.«

Elayne schluckte, als sie daran dachte, wie es wohl sei, in einer Zelle zu sitzen, und dann drückte jemand ihr Gesicht an die Tür, zerrte ihre Zunge heraus und ... Sie schauderte, brachte aber wenigstens heraus: »Vielleicht hat man sie einfach deshalb umgebracht, weil man sie bestrafen wollte, daß sie sich gefangennehmen ließen.« Sie sprach ihren anderen Gedanken lieber nicht aus, daß man sie getötet haben könnte, damit sie glaubten, was Joiya und Amico ihnen gesagt hatten. Sie waren sich so schon nicht sicher, was sie unternehmen sollten. »Drei Möglichkeiten, und nur eine davon schließt ein, daß die Schwarzen Ajah wußten: Joiya und Amico haben ausgesagt. Da alle drei gleich wahrscheinlich sind, spricht einiges dafür, daß sie keine Ahnung haben.«

Egwene und Nynaeve wirkten schockiert. »Um sie zu *bestrafen?*« sagte Nynaeve ungläubig.

In vieler Hinsicht waren beide zäher und härter als sie, und deshalb bewunderte sie die beiden auch, aber sie waren nicht im Schatten der ständigen Intrigen am Hof in Caemlyn aufgewachsen und hatten nicht die grausamen Folgen mitbekommen, wenn die Adligen aus Cairhien und Tear das Spiel der Häuser gespielt hatten.

»Ich glaube, die Schwarzen Ajah lassen niemandem auch nur den geringsten Fehler irgendwelcher Art durchgehen«, sagte sie zu ihnen. »Ich kann mir vorstellen, daß Liandrin so etwas angeordnet hat. Joiya wäre das sicher auch nicht schwer gefallen.« Moiraine warf ihr einen kurzen, anerkennenden Blick zu.

»Liandrin«, sagte Egwene mit absolut ausdrucksloser Stimme. »Ja, ich kann mir vorstellen, wie Liandrin oder Joiya einen solchen Befehl geben.«

»Ihr hattet sowieso nicht mehr viel Zeit, sie zu verhören«, sagte Moiraine. »Morgen mittag hätten sie sich auf dem Schiff befunden.« In ihrer Stimme schwang ein wenig Zorn mit. Elayne wurde klar, daß Moiraine den Tod der Schwarzen Schwestern auch als eine Flucht vor der Gerechtigkeit ansah. »Ich hoffe, Ihr entscheidet Euch bald. Nach Tanchico oder zur Burg?«

Elaynes Blick traf den Nynaeves, und sie nickte leicht.

Nynaeve nickte bestätigend zurück und wandte sich der Aes Sedai zu. »Elayne und ich reisen nach Tanchico, sobald wir ein Schiff finden. Ein schnelles Schiff, hoffe ich. Egwene und Aviendha gehen zur Kaltfelsenfestung in der Aiel-Wüste.« Sie erwähnte keine Gründe, und Moiraine zog die Augenbrauen hoch.

»Jolien kann sie hinbringen«, sagte Aviendha in das augenblickliche Schweigen hinein. Sie mied Egwenes Blick. »Oder Sefela oder Bain und Chiad. Ich … ich habe daran gedacht, mit Elayne und Nynaeve zu gehen. Falls in Tanchico Krieg herrscht, brauchen sie eine Schwester, die ihnen den Rücken deckt.«

»Falls du das wünscht, Aviendha«, sagte Egwene langgezogen.

Sie wirkte überrascht und verletzt, aber nicht überraschter als Elayne. Die hatte geglaubt, die beiden wären Freundinnen geworden. »Ich bin froh, daß du uns helfen willst, Aviendha, aber du solltest diejenige sein, die Egwene zur Kaltfelsenfestung bringt.«

»Sie wird weder nach Tanchico noch zur Kaltfelsenfestung gehen«, sagte Moiraine, nahm einen Brief aus ihrer Gürteltasche und entfaltete ihn. »Dies hat man mir vor einer Stunde ausgehändigt. Der junge Aielmann, der ihn mir überbrachte, sagte, er habe ihn vor einem Monat erhalten, bevor eine von uns Tear überhaupt erreicht hatte, aber er ist an mich adressiert und sollte in den Stein von Tear gebracht werden.« Sie sah die letzte Seite an. »Aviendha, kennt Ihr Amys von der Neun-Täler-Septime der Taardad Aiel, Bair von der Haido-Septime der Shaarad Aiel, Melaine von der Jhirad-Septime der Goshien Aiel und Seana von der Schwarzklippenseptime der Nakai Aiel? Sie haben alle unterzeichnet.«

»Das sind alles Weise Frauen, Aes Sedai. Alle Traumgängerinnen.« Aviendhas Haltung drückte nun Mißtrauen aus, obwohl sie sich dessen gar nicht bewußt schien. Sie wirkte zu allem bereit – zum Kämpfen genau wie zur Flucht.

»Traumgänger«, sagte Moiraine nachdenklich. »Vielleicht erklärt das einiges. Ich habe von den Traumgängern gehört.« Sie durchblätterte den Brief und blieb bei der zweiten Seite hängen. »Hier steht einiges über Euch. Was sie dazu sagten, bevor Ihr euch überhaupt entschlossen hattet, nach Tear zu kommen. ›Unter den Töchtern des Speers im Stein von Tear befindet sich ein halsstarriges Mädchen namens Aviendha, von der Neun-Täler-Septime der Taardad Aiel. Sie muß nun zu uns kommen. Es kann kein weiteres Warten und keine Ausflüchte mehr geben. Wir werden an den Abhängen des Chaendar über Rhuidean auf sie warten.‹ Es steht mehr über Euch da, aber vor allem werde ich beauftragt, dafür zu sorgen, daß Ihr ohne Zögern zu ihnen kommt. Sie geben Befehle aus wie die Amyrlin, diese Weisen Frauen bei Euch.« Sie gab einen knurrenden Laut von sich, der Elayne dazu brachte, sich zu fragen, ob die Weisen Frauen versucht hatten, auch die Aes Sedai herumzukommandieren. Nicht sehr wahrscheinlich. Und noch unwahrscheinlicher, daß sie damit Erfolg hatten. Trotzdem – irgend etwas an diesem Brief irritierte die Aes Sedai.

»Ich bin eine *Far Dareis Mai*«, sagte Aviendha zornig. »Ich renne nicht wie ein Kind hin, wenn jemand meinen Namen ruft. Ich gehe nach Tanchico, wenn ich das will.«

Elayne schürzte nachdenklich die Lippen. Das waren ganz neue Töne von der Aielfrau. Nicht der Zorn – sie hatte Aviendha schon zornig genug gesehen, wenn auch nicht derart –, aber der Unterton. Sie empfand es als ein Schmollen. Das schien genauso unwahrscheinlich, wie wenn Lan schmollte, aber es stand außer Zweifel.

Egwene hatte es auch herausgehört. Sie tätschelte Aviendhas Arm. »Es ist schon gut. Wenn du lieber nach Tanchico willst, dann freue ich mich darüber, daß du Elayne und Nynaeve beschützt.« Aviendha warf ihr einen vollkommen niedergeschlagenen Blick zu.

Moiraine schüttelte den Kopf, wohl nur leicht, aber doch merklich. »Ich habe den Brief Rhuarc gezeigt.« Aviendha öffnete den Mund mit trotzigem Gesichtsausdruck, doch die Aes Sedai kam ihr zuvor und fuhr mit etwas lauterer Stimme fort: »Darum wurde ich im Brief gebeten. Natürlich sollte ich ihm nur den Teil zeigen, in dem es um Euch geht. Er scheint durchaus entschlossen, Euch dazu zu bringen, das zu tun, was in dem Brief verlangt wird. Befohlen wird. Ich glaube, es ist das Klügste, wenn Ihr tut, was Rhuarc und die Weisen Frauen von Euch verlangen, Aviendha. Sind wir uns einig?«

Aviendha blickte sich wild im Raum um, als stecke sie in einer Falle. »Ich bin eine *Far Dareis Mai*«, knurrte sie und ging ohne ein weiteres Wort zur Tür.

Egwene machte einen Schritt vorwärts und hob halb die Hand, um sie aufzuhalten, doch dann ließ sie sie sinken, denn die Tür knallte bereits zu. »Was wollen sie eigentlich von ihr?« fragte sie Moiraine. »Ihr wißt doch immer mehr, als Ihr herauslaßt. Was haltet Ihr diesmal zurück?«

»Welche Gründe die Weisen Frauen auch haben«, sagte Moiraine kühl, »es ist sicher eine Angelegenheit zwischen Aviendha und ihnen. Wenn sie wollte, daß Ihr Bescheid wißt, hätte sie es Euch gesagt.«

»Ihr könnt nicht damit aufhören, Menschen zu manipulieren«, sagte Nynaeve bitter. »Jetzt manövriert Ihr Aviendha in etwas hinein, ja?«

»Ich nicht. Die Weisen Frauen. Und Rhuarc.« Moiraine faltete den Brief zusammen und steckte ihn mit säuerlichem Gesichtsausdruck in die Tasche zurück. »Sie kann ihm ja jederzeit nein sagen. Ein Clanhäuptling ist nicht das Gleiche wie ein König, soviel ich von den Gebräuchen bei den Aiel weiß.«

»Kann sie das?« fragte Elayne. Rhuarc erinnerte sie an Gareth Bryne. Der Generalhauptmann der Königlichen Garde ihrer Mutter hatte nur selten Druck angewandt, doch wenn er es tat, dann konnte ihn noch nicht einmal Morgase umstimmen; höchstens, wenn sie einen königlichen Befehl ausgab. Diesmal würde es keinen Befehl vom Thron geben. Nun, Morgase hatte ihm auch niemals einen erteilt, wenn Gareth Bryne der Meinung war, er sei im Recht, mußte Elayne zugeben. Ohne den würde Aviendha wohl oder übel zu den Abhängen des Chaendar über Rhuidean ziehen müssen. »Wenigstens kann sie mit dir ziehen, Egwene. Amys kann dich schwerlich in der Kaltfelsenfestung treffen, wenn sie in Rhuidean auf Aviendha warten will. Ihr könnt zusammen zu Amys gehen.«

»Aber ich will das nicht«, sagte Egwene traurig. »Nicht, wenn sie das nicht von alleine will.«

»Was irgendwer auch will«, sagte Nynaeve, »wir haben Arbeit zu erledigen. Du wirst eine Menge Sachen für eine Reise in die Wüste mitnehmen müssen, Egwene. Lan wird mir sagen, was alles notwendig ist. Und Elayne und ich müssen Reisevorbereitungen treffen, wenn wir nach Tanchico segeln wollen. Ich denke schon, daß wir morgen ein Schiff finden werden, aber das heißt auch, daß wir uns entscheiden müssen, was wir heute abend einpacken.«

»Im Mauleviertel liegt ein Schiff der Atha'an Miere vor Anker«, sagte Moiraine. »Eine Brigg. Es gibt im

Moment keine schnelleren Schiffe. Ihr wolltet doch ein schnelles Schiff für diese Reise.« Nynaeve nickte mürrisch.

»Moiraine«, sagte Elayne, »was wird Rand nun unternehmen? Nach diesem Angriff… Wird er den Krieg beginnen, den Ihr haben wollt?«

»Ich will keinen Krieg haben«, antwortete die Aes Sedai. »Ich will das, was ihm das Überleben bis Tarmon Gai'don ermöglicht. Er sagt, er werde uns allen morgen mitteilen, was er zu tun gedenkt.«

Ein kaum merkliches Stirnrunzeln störte die Glätte ihrer Haut. »Morgen werden wir alle mehr wissen als heute abend.« Ihr Abgang war reichlich abrupt.

Morgen, dachte Elayne. *Was macht er, wenn ich es ihm sage? Was wird er dazu sagen? Er muß mich einfach verstehen.* Energisch schloß sie sich den anderen an, um ihre Reisevorbereitungen zu besprechen.

KAPITEL 13

Gerüchte

Das Geschäft der Taverne florierte wie überall im Mauleviertel. Es klang, als rase ein Planwagen voll Gänse und Töpferwaren bergab durch die Nacht. Das Stimmengewirr kämpfte gegen die Darbietungen der Musiker an, die die Sinne der Gäste mit Hilfe von drei verschiedenen Trommeln, zwei Hackbrettern und einem bauchigen Dudelsack, der jaulende Trillertöne von sich gab, zu betäuben versuchten. Die Bedienungen trugen dunkle, knöchellange Kleider mit Halskrausen bis unter das Kinn und kurzen, weißen Schürzen. Sie eilten geschäftig zwischen den vollbesetzten Tischen hin und her und hielten mehrere Steingutkrüge auf einmal in jeder kräftigen Hand hoch über den Kopf erhoben, damit sie sich durch die Menge der Gäste quetschen konnten. Da saßen und standen barfüßige Schauerleute mit Lederwesten, Burschen in eng taillierten Jacken und Männer mit bloßem Oberkörper, deren Hosen von breiten, bunten Schärpen gehalten wurden. So nahe am Hafen sah man auch überall in der Menge verstreut Ausländer in ihrer typischen Kleidung: hohe Halskrausen deuteten auf den Norden hin, lange Revers auf den Westen, und dazu kamen Silberketten auf den Mänteln und Glöckchen an Westen, kniehohe genau wie hüfthohe Schaftstiefel, Halsketten und Ohrringe auch bei Männern, Spitzenbesatz an Jacken und Hemden. Ein Mann mit breiten Schultern und einem dicken Bauch hatte einen in der Mitte geteilten blonden Bart, während ein anderer etwas auf seinen Schnurrbart geschmiert hatte, damit er im Lampenschein glänzte und sich zu beiden Seiten steif auf seine Wangen hochringelte. In drei Ecken des Raums rollten Würfel über die Tischflächen, und Silber wechselte unter Geschrei und Gelächter den Besitzer.

Mat saß allein mit dem Rücken zur Wand, wo er alle Türen im Auge behalten konnte, auch wenn er die meiste Zeit über versonnen in einen noch unberührten Krug mit Rotwein blickte. Er ging nicht zu den Spielern hinüber und er betrachtete nicht einmal die Beine der Bedienungen. Da die Taverne so voll war, kamen öfter einmal Männer her und wollten sich an seinen Tisch setzen, aber nach einem genaueren Blick auf seine Miene zogen sie gewöhnlich wieder ab und suchten sich einen Platz auf irgendeiner anderen Bank.

Er stippte mit einem Finger in seinen Wein und kritzelte damit gelangweilt auf der Tischfläche herum. Diese Narren hatten alle keine Ahnung, was heute abend im Stein passiert war. Er hatte gehört, daß ein paar Tairener von Unruhe im Stein gesprochen hatten, aber die Worte waren schnell gefallen und ebenso schnell unter nervösem Lachen wieder vergessen. Sie wußten nichts und wollten auch nichts wissen. Er wünschte beinahe, ebenfalls nichts wissen zu müssen. Nein, aber es wäre gut, mehr über das zu wissen, was tatsächlich geschehen war. Bilder huschten durch seinen Kopf, durch die Lücken in seinem Gedächtnis, und er wußte nichts Rechtes damit anzufangen.

Der Kampfeslärm irgendwo in einiger Entfernung warf Echos im Korridor, die von den Wandbehängen gedämpft wurden. Er zog mit einer zitternden Hand sein Messer aus der Leiche des Grauen Mannes. Ein Grauer Mann, und er war hinter ihm her gewesen. Er mußte jedenfalls hinter ihm her gewesen sein. Graue Männer liefen nicht einfach in der Gegend herum und brachten wahllos Leute um. Sie hatten Opfer, wie ein Pfeil sein Ziel hat. Er wandte sich um und wollte weglaufen, doch da war ein Myrddraal, der wie eine schwarze Schlange auf Beinen auf ihn zuschritt. Der Blick aus seinem leichenblassen, augenlosen Gesicht jagte ihm einen Schauder über den Rücken. Auf dreißig Schritt Entfernung warf er mit voller Wucht sein Messer dorthin, wo sich die Augen befinden sollten. Er war in der Lage, bei vier von fünf Würfen auf diese Entfernung ein Ziel zu treffen, das nicht größer war als ein Auge.

Das schwarze Schwert des Blassen verschwamm fast in der schnellen Bewegung, mit der er beinahe mühelos das Messer zur Seite schlug. Er kam noch nicht einmal ins Stolpern. »Zeit zu sterben, Hornbläser.« Seine Stimme war wie das trockene Zischen einer Sandviper, eine Vorankündigung des Todes.

Mat zog sich zurück. Nun hatte er in jeder Hand ein Messer, obgleich er sich gar nicht daran erinnerte, sie gezogen zu haben. Nicht, daß Messer sehr viel gegen ein Schwert ausrichten konnten, aber wenn er einfach wegrannte, hatte er ebenso sicher das schwarze Schwert im Rücken wie fünf Sechser vier Dreier schlugen. Er wünschte sich einen guten Bauernspieß herbei. Oder einen Bogen. Er würde gern einmal sehen, wie dieses ... Ding ... einen Pfeil von einem Langbogen von den Zwei Flüssen abwehrte. Er wünschte, er sei woanders. Hier würde er vermutlich sterben.

Mit einem Mal kam brüllend ein Dutzend Trollocs aus einem Seitengang gerannt und stürzte sich mit hackenden Äxten und Schwertern auf den Blassen. Mat traute seinen Augen kaum. Der Halbmensch kämpfte wie ein schwarz gerüsteter Wirbelwind. Mehr als die Hälfte der Trollocs war tot oder lag im Sterben, bis sich der Blasse als zuckendes Häufchen am Boden wand. Ein Arm krümmte sich und schlug aus wie eine sterbende Schlange, und das drei Schritt entfernt vom Körper. Er hatte das schwarze Schwert nicht losgelassen. Ein Trolloc mit Hammelhörnern blickte zu Mat herüber und hob die Schnauze zum Wittern. Er knurrte Mat an, winselte aber dann und leckte sich einen langen Riß, wo das Schwert des Blassen durch den Armschutz und in den haarigen Unterarm geschnitten hatte. Die anderen

schnitten den Verwundeten vollends die Kehlen durch, und einer bellte ein paar harte, kehlige Worte. Ohne Mat weiter zu beachten, wandten sie sich um und trotteten weg. Ihre Hufe und Stiefel klapperten hohl auf dem Steinboden.

Von ihm weg. Mat schauderte. Trollocs als Retter. In was hatte ihn Rand nun wieder verwickelt? Er bemerkte, was er mit der weinbenetzten Fingerspitze auf den Tisch gezeichnet hatte – eine offene Tür – und wischte es ärgerlich weg. Er mußte von hier weg. Es mußte sein. Und im Hinterkopf hatte er wieder dieses drängende Gefühl, er müsse zum Stein zurück. Er schob das Gefühl beiseite, aber es wollte nicht vergehen.

Er fing einen Gesprächsfetzen vom Tisch zu seiner Rechten auf, wo der Bursche mit dem hageren Gesicht und dem hochgezwirbelten Schnurrbart mit schwerem Lugarder Akzent losgelegt hatte. »Dieser Drache bei Euch ist zweifellos ein großer Mann, das leugne ich gar nicht ab, aber er kann Logain nicht das Wasser reichen. Also, Logain hat es geschafft, ganz Ghealdan mit Krieg zu überziehen und noch halb Amadicia und Altara dazu. Er hat ganze Städte, die sich gegen ihn gestellt hatten, von der Erde verschlucken lassen. Gebäude, Leute und eben alles. Und der andere oben in Saldaea? Masim? Na ja, sie sagen, er habe die Sonne stillstehen lassen, bis er das Heer von Lord Bashere besiegt hatte. Das sei eine Tatsache, erzählt man.«

Mat schüttelte den Kopf. Der Stein erobert und *Callandor* in Rands Hand, und dieser Idiot hielt ihn immer noch für einen falschen Drachen. Schon wieder hatte er diese Tür auf den Tisch gekritzelt. Er wischte mit einer Hand darüber, und mit der anderen hob er den Weinkrug, doch auf halbem Weg zu seinem Mund hielt er inne. Über all den Lärm hinweg hatte er eine vertraute Bezeichnung von einem der Tische in der Nähe her aufgeschnappt. So schob er seine Bank knirschend zurück und ging mit dem Krug in der Hand hinüber.

Die Menschen, die um den betreffenden Tisch saßen, stellten diese typische, eigenartige Mischung dar, die man in den Tavernen des Mauleviertels fand. Zwei barfüßige Seeleute mit Ölzeugmänteln über den nackten Oberkörpern, der eine davon mit einer dicken Goldkette um den Hals. Ein früher wohl einmal fetter Mann mit Hängebacken in einem dunklen Mantel aus Cairhien, der auf der Brust rote und goldene und grüne Schrägstreifen aufwies. Das konnte darauf schließen lassen, daß er ein Adliger sei, doch der Ärmel an einer Schulter war zerrissen. Es waren eben eine Menge Flüchtlinge aus Cairhien abgerissen und heruntergekommen nach Tear geschwemmt worden. Eine grauhaarige Frau, ganz in gedämpftes Dunkelblau gekleidet. Sie hatte ein hartes Gesicht und trug an den Händen schwere Goldringe. Und der Sprecher, der Bursche mit dem geteilten Bart, der einen Rubin von Taubeneigröße am Ohrläppchen trug. Die drei Silberkordeln auf der zum Platzen engen Brust seiner Jacke wiesen ihn als kandorischen Handelsmeister aus. In Kandor gab es eine Gilde der Kaufleute.

Das Gespräch verstummte, und alle blickten Mat an, als er an ihrem Tisch stehenblieb. »Ich hörte, daß Ihr die Zwei Flüsse erwähnt habt.«

Spaltbart musterte ihn schnell, sah das ungekämmte Haar, den angespannten Gesichtsausdruck und den Weinkrug in seiner Hand, aber auch die glänzenden schwarzen Stiefel, die grüne Jacke mit den Goldstickereien, die bis zur Hüfte offenstand und ein schneeweißes Leinenhemd sehen ließ. Sicher, Jacke und Hemd waren ziemlich verknittert. Aber er gab trotzdem ganz das Bild eines jungen Lords ab, der sich unter dem gewöhnlichen Volk amüsierte. »Ich habe das erwähnt, mein Lord«, sagte er herzlich. »Ich sagte, ich könnte wetten, daß dieses Jahr kein Tabak von dort geliefert wird. Aber ich habe noch zwanzig Faß vom feinsten Zwei-Flüsse-Blatt. Es gibt nichts Besseres. Wird später dieses Jahr einen guten Preis einbringen. Falls der Lord ein Faß für den eigenen Vorrat haben möchte …« Er zupfte an einem Ende seines blonden Bartes und legte einen Finger auf die Nase. »… ich bin sicher, daß ich das ermöglichen könnte …«

»Ihr würdet also darauf wetten, ja?« sagte Mat leise und unterbrach damit den Redefluß des anderen. »Warum sollte denn von den Zwei Flüssen kein Tabak kommen?«

»Na, wegen der Weißmäntel natürlich, Herr. Wegen der Kinder des Lichts.«

»Was haben die Weißmäntel mit den Zwei Flüssen zu tun?«

Der Handelsmeister blickte sich hilfesuchend am Tisch um. In diesem ruhigen Tonfall lag etwas Gefährliches. Die Seeleute sahen aus, als wären sie am liebsten gegangen. Der Mann aus Cairhien sah Mat böse an. Er setzte sich kerzengerade auf und strich die abgewetzte Jacke glatt. Dabei schwankte er leicht; der leere Weinkrug vor ihm war offensichtlich nicht sein erster. Die grauhaarige Frau hatte ihren Krug zum Mund gehoben und beobachtete Mat abschätzend über den Rand hinweg mit scharfen Augen.

Der Händler verbeugte sich im Sitzen und sprach in unterwürfigem Ton weiter: »Die Gerüchte besagen, Herr, daß die Weißmäntel die Zwei Flüsse besetzt haben. Sie jagen den Wiedergeborenen Drachen dort, sagt man. Obwohl das natürlich gar nicht sein kann, da sich der Lord Drache ja hier in Tear befindet.« Er sah Mat ins Gesicht, um zu sehen, ob seine Worte irgendeine Wirkung hinterlassen hatten. Mats Gesichtsausdruck änderte sich jedoch nicht.

»Solche Gerüchte müssen nicht unbedingt stimmen, Herr. Vielleicht sind es nur Seifenblasen. Das gleiche Gerücht behauptet auch, die Weißmäntel seien ebenfalls hinter so einem Schattenfreund mit gelben Augen her. Habt Ihr je von einem Mann mit gelben Augen gehört, Herr? Genausowenig wie ich. Alles nur Seifenblasen.«

Mat stellte seinen Krug auf den Tisch und beugte sich näher zu dem Mann herunter. »Wen suchen sie noch? Diesem Gerücht zufolge? Den Wiedergeborenen Drachen. Einen Mann mit gelben Augen. Wen noch?«

Schweißtropfen bildeten sich auf der Stirn des Händlers. »Niemanden, Herr. Niemanden, von dem ich gehört hätte. Nur Gerüchte, Herr. Stroh im Wind, nicht mehr. Eine Rauchwolke, die schnell verschwindet. Wollt Ihr mir die Ehre angedeihen lassen, und ein Faß Tabak von den Zwei Flüssen von mir anzunehmen? Eine Geste der Anerkennung … der Ehre … um meine …«

Mat warf eine andoranische Goldkrone auf den Tisch. »Trinkt auf mein Wohl, solange das Gold reicht.«

Beim Weggehen hörte er, wie sie am Tisch über ihn sprachen. »Ich glaubte, er wolle mir die Kehle durchschneiden. Ihr kennt ja diese jungen Lords, wenn sie einen über den Durst getrunken haben.« Das kam von dem Händler mit dem geteilten Bart. »Ein eigenartiger junger Mann«, sagte die Frau. »Gefährlich. Versucht nicht, jemanden von der Sorte auszutricksen, Paetram.«

»Ich glaube nicht, daß er überhaupt ein Lord ist«, sagte ein anderer Mann geringschätzig. Der aus Cairhien, schätzte Mat. Er verzog den Mund. Ein Lord? Er wollte kein Lord sein, auch wenn man es ihm anböte. *Weißmäntel bei den Zwei Flüssen. Licht! Licht, hilf uns!*

Er zwängte sich zur Tür durch und zog ein Paar hölzerner Klogs aus dem Stapel an der Wand. Er hatte keine Ahnung, ob es diejenigen waren, die er bisher getragen hatte. Sie sahen alle gleich aus. Aber die hier paßten auf seine Stiefel.

Draußen hatte es zu regnen begonnen, ein leichter Nieselregen, der die Dunkelheit noch dunkler erscheinen ließ. Mat schlug seinen Kragen hoch und platschte ungeschickt durch die schlammigen Straßen des Mauleviertels, vorbei an lärmenden Tavernen, hellerleuchteten Schenken und Wohnhäusern mit dunklen Fenstern. Als der Matsch an der Mauer der Inneren Stadt Pflastersteinen Platz machte, schleuderte Mat die Klogs von den Füßen und ließ sie liegen. Er rannte nun richtig los. Die Verteidiger, die den nächstgelegenen Eingang zum Stein bewachten, ließen ihn ohne ein Wort durch. Sie wußten, wer er war. Er rannte den ganzen Weg zu Perrins Zimmer und warf die Tür auf. Den gesplitterten Spalt in der Holzfüllung der Tür bemerkte er gar nicht. Perrins Satteltaschen lagen auf dem Bett, und Perrin packte gerade Hemden und Strümpfe hinein. Nur eine Kerze brannte, aber Perrin schien die schlechte Beleuchtung nichts auszumachen.

»Du hast es also auch gehört«, sagte Mat.

Perrin machte weiter mit seiner Packerei. »Von zu Hause? Ja. Ich bin runtergegangen, um irgendein Gerücht für Faile aufzutreiben. Nach dem heutigen Abend muß ich sie mehr denn je …« Sein Grollen aus tiefster Kehle bewirkte, daß sich Mat die Haare sträubten, denn es klang zu sehr nach einem zornigen Wolf. »Ach, spielt keine Rolle. Ich habe es gehört. Vielleicht hat das die gleiche Wirkung.«

Die gleiche? Was meint er damit? fragte sich Mat. »Glaubst du es?«

Perrin blickte einen Moment lang auf. In seinen Augen spiegelte sich der Schein der Kerze und sie glänzten in tiefem Goldgelb. »Für mich gibt es da kaum Zweifel. Das kommt doch alles der Wahrheit zu nahe.«

Mat trat gequält von einem Fuß auf den anderen. »Weiß Rand Bescheid?« Perrin nickte lediglich und wandte sich wieder dem Packen zu. »Und, was sagt er dazu?«

Perrin schwieg einen Moment und betrachtete den zusammengefalteten Umhang, den er in Händen hielt. »Er hat bloß angefangen, etwas in sich hineinzubrabbeln. So etwa: ›Er sagte, daß er es tun werde. Er hat es gleich gesagt. Ich hätte ihm glauben sollen.‹ Es ergab keinen Sinn. Dann packte er mich beim Kragen und sagte, er müsse tun, ›was keiner von ihm erwartet‹. Er wollte, daß ich ihn verstehe, aber mir ist nicht klar, ob er es selber versteht. Es schien ihm gleich zu sein, ob ich gehe oder bleibe. Nein, halt, das stimmt nicht. Ich glaube, er war erleichtert, daß ich gehe.«

»Also kurz gesagt, er wird nichts unternehmen«, sagte Mat. »Licht, mit *Callandor* könnte er tausend Weißmäntel auf einmal vernichten! Du hast ja gesehen, was er mit diesen verfluchten Trollocs angestellt hat. Du gehst hin, ja? Zurück zu den Zwei Flüssen? Allein?«

»Es sei denn, du kommst auch mit.« Perrin stopfte den Umhang in eine Satteltasche. »Kommst du mit?«

Statt zu antworten, tigerte Mat im Zimmer auf und ab. Sein Gesicht wurde einmal vom flackernden Licht der Kerze beleuchtet, und dann lag es wieder im Schatten. Seine Eltern und Schwestern lebten in Emondsfeld. Die Weißmäntel hatten keinen Grund, ihnen etwas anzutun. Falls er jetzt heimging, würde er wohl nie wieder weggehen, sagte ihm sein Gefühl. Seine Mutter würde ihn verheiraten, bevor er sich noch richtig hingesetzt hatte. Aber wenn er nicht ging und die Weißmäntel ihnen etwas zuleide taten … Bei denen reichte schon ein bloßes Gerücht aus, um loszuschlagen, hatte er gehört. Doch warum sollte es Gerüchte ausgerechnet über sie geben? Selbst die Coplins, obwohl sie ja Lügner und Stänkerer waren, konnten seinen Vater gut leiden. Jeder mochte Abell Cauthon.

»Du mußt nicht«, sagte Perrin leise. »Nichts von dem, was ich gehört habe, hat etwas über dich enthalten. Nur über Rand und mich.«

»Seng mich, ich will ja g ...« Er brachte es nicht heraus. Daran zu denken war ja leicht, aber es auszusprechen? Seine Kehle zog sich zusammen, als wolle sie die Worte erwürgen. »Fällt es dir leicht, Perrin? Ich meine, nach Hause zu gehen? Fühlst du nicht auch ... irgend etwas, was versucht, dich zurückzuhalten? Was dir hundert Gründe nennt, warum du nicht gehen solltest?«

»Natürlich – Hunderte, Mat, aber alles hat letzten Endes mit Rand zu tun und damit, daß wir *Ta'veren* sind. Das möchtest du dir selbst nicht zugeben, oder? Hundert Gründe, um hierzubleiben, aber der eine Grund zu gehen wiegt sie alle auf. Die Weißmäntel befinden sich in den Zwei Flüssen, und sie werden Menschen verletzen auf der Suche nach mir. Wenn ich hingehe, kann ich das beenden.«

»Warum sollten die Weißmäntel gerade dich fangen wollen und deshalb sogar Menschen foltern? Licht, wenn sie herumreiten und nach jemandem mit gelben Augen fragen, weiß doch niemand in Emondsfeld, von wem sie überhaupt reden! Und wie könntest du das beenden? Ein Paar Hände mehr hilft da auch nicht. Aaaah! Die Weißmäntel werden sich an den Leuten von den Zwei Flüssen die Zähne ausbeißen.«

»Sie kennen meinen Namen«, sagte Perrin leise. Sein Blick wanderte hoch zu der Axt, die an der Wand hing. Er hatte den Gürtel um die Axt und den Haken geschlungen. Oder sah er doch den Hammer an, der unter der Axt an die Wand gelehnt stand? Mat war sich da nicht sicher. »Sie können meine Familie finden. Und warum? Nun, sie haben ihre Gründe, Mat. Genau, wie ich meine habe. Wer kann schon sagen, welche die besseren sind?«

»Seng mich, Perrin. Seng mich! Ich will ja g-g ...

Siehst du? Ich kann es einfach nicht aussprechen. Als wüßte mein Kopf genau, daß ich es tue, wenn ich es ausgesprochen habe. Ich kann es noch nicht einmal in Gedanken ausdrücken!«

»Verschiedene Pfade. Wir sind ja auch schon früher auf verschiedene Pfade gelenkt worden.«

»Verschiedene Pfade können mich mal!« knurrte Mat. »Ich habe genug von Rand und den Aes Sedai, die mich auf irgendwelche Pfade schubsen. Ich will zur Abwechslung mal dorthin, wo ich will, und tun, was ich will!« Er wandte sich zur Tür, doch Perrins Stimme ließ ihn innehalten.

»Ich hoffe, dein weiterer Weg wird ein glücklicher sein, Mat. Das Licht möge dir hübsche Mädchen schicken und dumme Kerle, die mit dir würfeln wollen.«

»Ach, seng mich, Perrin. Das Licht möge dir auch all das gönnen, was du dir wünscht.«

»Ich denke schon, daß ich das schaffe.« Es klang nicht unbedingt glücklich.

»Richtest du meinem Pa aus, daß es mir gutgeht? Und meiner Mutter? Sie hat sich immer Sorgen gemacht. Und schau mal nach meinen Schwestern. Sie haben mich sonst immer bespitzelt und meiner Mutter alles erzählt, aber ich möchte trotzdem nicht, daß ihnen etwas zustößt.«

»Das verspreche ich dir, Mat.«

Mat schloß die Tür hinter sich und schlenderte ziellos weiter durch die Gänge. Seine Schwestern Eldrin und Bodewhin waren immer bereit gewesen, heimzurennen und zu schreien: »Mama, Mat ist schon wieder in Schwierigkeiten. Mat stellt wieder Sachen an!« Besonders Bode war so. Jetzt mußten sie mittlerweile sechzehn und siebzehn sein. Dachten vielleicht schon ans Heiraten. Vielleicht hatten sie schon irgendeinen dummen Bauernlümmel im Visier, ob der Bursche das wußte oder nicht. War er wirklich schon so lange weg?

Manchmal schien es ihm, als könne das gar nicht sein. Es war ein Gefühl, als habe er erst vor ein oder zwei Wochen Emondsfeld verlassen. Aber es gab auch Zeiten, wo es ihm wie Jahre vorkam und er sich nur dunkel an die Heimat erinnern konnte. Er erinnerte sich schon daran, wie Eldrin und Bode gegrinst hatten, wenn er Prügel bezogen hatte, aber ihre Gesichter waren unscharf, verschwommen. Die Gesichter seiner eigenen Schwestern! Diese verdammten Lücken in seinem Gedächtnis waren wie Lücken in seinem Leben.

Er sah, daß Berelain auf ihn zukam, und mußte unwillkürlich grinsen. Trotz ihrer Launenhaftigkeit war sie eine prachtvoll gebaute Frau. Dieses enganliegende weiße Seidenkleid war so dünn wie ein Taschentuch, ganz zu schweigen davon, daß es tief genug saß, um eine beträchtliche Menge schönen, blassen Busens zu enthüllen.

Er verbeugte sich elegant und überhöflich. »Einen schönen guten Abend, Lady Berelain.« Sie wollte schon ohne einen Blick vorbeirauschen, da richtete er sich verärgert auf. »Seid Ihr taub und blind, Frau? Ich bin kein Teppich, über den man einfach wegläuft, und ich habe doch wohl höflich genug gegrüßt. Wenn ich Euch in den Hintern kneife, könnt Ihr mir ruhig eine Ohrfeige versetzen, aber bis dahin erwarte ich Höflichkeit als Antwort auf Höflichkeit!«

Die Erste blieb abrupt stehen und sah ihn auf diese Art an, die Frauen so an sich haben. Sie hätte ihm ein Hemd stopfen können oder sein Gewicht abschätzen oder überlegen, wann er das letzte Mal gebadet hatte. Alles konnte in diesem Blick liegen. Dann wandte sie sich ab und murmelte etwas in sich hinein. Alles, was er davon aufschnappen konnte, war: »... zu sehr wie ich.«

Er blickte ihr verblüfft nach. Kein Wort zu ihm! Dieses Gesicht, dieser Gang, und dann die Nase so hoch in der Luft, daß man sich schon fragen mußte, ob ihre Füße überhaupt den Boden berührten. Das hatte er nun davon, wenn er mit ihresgleichen sprechen wollte, ob es nun Berelain oder Elayne war. Adlige, für die man ein Stück Dreck war, wenn man nicht ein Schloß besaß und einen Stammbaum bis zurück zu Artur Falkenflügel. Na ja, er kannte eine mollige Küchenhilfe – gerade richtig griffig –, die ihn nicht für ein Stück Dreck hielt. Dara knabberte so gern an seinem Ohr, daß ihm dabei …

Sein Gedankenfluß riß plötzlich ab. Da hatte er nun überlegt, ob Dara wach sei und vielleicht Lust zum Schmusen hatte. Er hatte sogar daran gedacht, mit Berelain zu flirten. Ausgerechnet mit Berelain! Und dann die letzten Worte, die er Perrin mitgegeben hatte: *Schau mal nach meinen Schwestern.* Als habe er sich längst entschieden und wüßte, was er tun wolle. Aber das hatte er nicht. Er ließ sich nicht so einfach in alles hineinziehen. Vielleicht gab es einen anderen Weg.

Er kramte eine Goldmünze aus seiner Tasche, warf sie hoch, fing sie mit einer Hand und klatschte sie auf den anderen Handrücken. Eine Mark aus Tar Valon, wie er erst jetzt bemerkte. Er blickte genau auf die Flamme von Tar Valon, die wie eine stilisierte Träne aussah. »Seng doch alle Aes Sedai!« verkündete er laut. »Und seng Rand al'Thor, weil er mich in das alles hineingezogen hat!«

Ein Diener in schwarzgoldener Livree blieb mitten im Schritt stehen und beäugte ihn besorgt. Auf dem silbernen Tablett des Mannes lag ein ganzer Stapel von Verbänden und Tiegeln mit Salben. Sobald ihm bewußt wurde, daß Mat ihn anblickte, fuhr er zusammen.

Mat warf die Goldmark auf das Tablett des Mannes. »Vom größten Narren der Welt. Gib acht, daß du sie auch gut anlegst – für Frauen und Wein!«

»D-danke, Herr«, stammelte der Mann wie betäubt.

Mat ließ ihn dort stehen. *Der größte Narr der Welt. Bin ich das vielleicht nicht?*

KAPITEL 14

Die Bräuche in Mayene…

Perrin schüttelte den Kopf, als sich die Tür hinter Mat schloß. Mat würde sich noch eher mit einem Hammer auf den eigenen Kopf schlagen, als zu den Zwei Flüssen zurückkehren. Nicht, solange er eben nicht mußte. Perrin wünschte, er könne auch einen Weg finden, die Heimkehr zu vermeiden. Aber es gab keinen. Das war eine unverrückbare Tatsache. Der Unterschied zwischen Mat und ihm lag darin, daß er bereit war, es zu akzeptieren, auch wenn es ihm widerstrebte.

Als er sein Hemd über den Kopf zog, stöhnte er auf, obwohl er vorsichtig gewesen war. Seine gesamte linke Schulter war ein einziger blauer Fleck, der mittlerweile allerdings eher braun und gelb aussah. Ein Trolloc hatte sich innerhalb der Reichweite seiner Axt verirrt, und nur Failes schneller Messerstich hatte ihn vor schlimmerem bewahrt. So schmerzte es ziemlich beim Waschen, aber es gab ja in Tear sowieso kaum kaltes Wasser.

Er hatte fertig gepackt und war reisefertig. Nur eine Garnitur Wäsche und Oberbekleidung hatte er zum Umziehen am Morgen draußengelassen. Sobald die Sonne aufging, würde er Loial suchen. Es hatte kaum Zweck, den Ogier noch in der Nacht aufzustöbern. Wahrscheinlich lag er schon im Bett, und dort wollte sich Perrin auch bald befinden. Faile stellte das einzige Problem dar, für das er noch keine Lösung gefunden hatte. Aber selbst in Tear zu bleiben wäre für sie noch sicherer, als mit ihm zu gehen.

Die Tür öffnete sich überraschend. Parfumduft breitete sich aus, sobald die Tür auch nur einen Spalt offenstand. Der Duft erinnerte ihn an Wickenblüten in einer heißen Sommernacht. Er war erregend, obwohl er nicht zu schwer war und nur auf ihn wirkte. Faile würde dieses Parfum aber nicht benützen. Doch dann war er noch überraschter, als Berelain in sein Zimmer trat.

Sie hielt sich an der Türkante fest und blinzelte, was ihm bewußtmachte, wie trüb ihr die Beleuchtung vorkommen mußte. »Ihr wollt verreisen?« fragte sie zögernd. Der Schein der Lampen im Flur beleuchtete sie von hinten her, und es fiel ihm schwer, sie nicht auffällig anzustarren.

»Ja, Lady Berelain.« Er verbeugte sich ein wenig tolpatschig, aber so gut er konnte. Faile mochte ja empört schnauben, wenn er Berelain erwähnte, doch er hatte keinen Grund, unhöflich zu sein. »Morgen früh.«

»Ich auch.« Sie schloß die Tür und verschränkte die Arme unter dem Busen. Er sah weg und beobachtete sie nur aus dem Augenwinkel, damit sie nicht glaubte, er wolle ihren Körper anstarren. Sie fuhr fort, ohne auf seine Reaktion zu achten. Die Flamme der einzigen Kerze im Zimmer spiegelte sich in ihren Augen. »Nach diesem Abend … Morgen reise ich per Kutsche nach Godan und von dort aus mit dem Schiff nach Mayene. Ich hätte schon vor Tagen abreisen sollen, aber ich hoffte immer, es gebe eine Möglichkeit, alles zu bereinigen. Aber natürlich gab es keine. Das hätte ich vorher wissen müssen. Der heutige Abend hat es mir aber klargemacht. So, wie er … All diese Blitze, die durch die Gänge zuckten. Ich werde morgen abreisen.«

»Lady Berelain«, sagte Perrin verwirrt, »warum erzählt Ihr mir das alles?«

Die Art, wie sie das Haar nach hinten warf, erinnerte ihn an eine Stute, die er in Emondsfeld manchmal beschlagen hatte. Die biß auch nur zu gern kräftig zu. »Damit Ihr es dem Lord Drachen mitteilen könnt, natürlich.«

Das ergab für ihn auch keinen Sinn. »Das könnt Ihr ihm doch selber sagen«, entgegnete er ziemlich frustriert. »Ich habe keine Zeit, um Botschaften zu überbringen, bevor ich weg muß.«

»Ich … glaube nicht, daß er mich sehen möchte.«

Jeder Mann würde sie nur zu gern sehen, denn sie war ausgesprochen schön, und das war ihr auch durchaus bewußt. Er glaubte aber, sie habe eigentlich etwas anderes sagen wollen. War sie so verängstigt durch die Geschehnisse in Rands Schlafzimmer an jenem Abend? Oder durch den Angriff und die Art, wie Rand ihn unterbunden hatte? Vielleicht, aber sie war keine Frau, der man so leicht Angst einjagen konnte. Sie musterte ihn jetzt auch ganz kühl und gelassen. »Gebt Eure Botschaft einem Diener. Ich bezweifle, daß ich Rand noch einmal sehen werde. Nicht vor meiner Abreise. Jeder Diener wird ein Schreiben von Euch überbringen.«

»Es wäre besser, er erführe es von Euch, einem Freund …«

»Gebt es einem Diener. Oder einem der Aiel.«

»Ihr erfüllt meinen Wunsch nicht?« fragte sie ungläubig.

»Nein. Habt Ihr mir nicht zugehört?«

Sie warf den Kopf wieder zurück, aber diesmal irgendwie anders, nur, daß er den Unterschied nicht definieren konnte. Sie musterte ihn nachdenklich und murmelte in sich hinein: »Welch außergewöhnliche Augen.«

»Was?« Mit einem Mal wurde ihm bewußt, daß er mit nacktem Oberkörper dastand. Ihre intensive Musterung erschien ihm plötzlich wie das Beschauen eines Pferdes vor dem Kauf. Als nächstes würde sie wahrscheinlich seine Fesseln befühlen und sein Gebiß betrachten. Er schnappte sich das für den Morgen bereitgelegte Hemd vom Bett und zog es sich über den Kopf. »Gebt Eure Botschaft einem Diener. Ich will jetzt ins Bett gehen. Ich muß früh aufstehen. Noch vor Sonnenaufgang.«

»Wo wollt Ihr morgen hin?«

»Nach Hause. Zu den Zwei Flüssen. Es ist schon spät. Wenn Ihr morgen auch aufbrechen wollt, müßt Ihr wohl ebenfalls ein wenig schlafen. Ich weiß jedenfalls, wie müde ich bin.« Er gähnte betont.

Sie machte immer noch keine Anstalten zu gehen. »Ihr seid Schmied von Beruf? Ich könnte in Mayene einen guten Schmied gebrauchen, um Eisenornamente herzustellen. Ein kurzer Aufenthalt, bevor Ihr zu den Zwei Flüssen zurückkehrt? Ihr würdet Mayene ... unterhaltsam finden.«

»Ich gehe nach Hause«, sagte er ihr entschlossen, »und Ihr geht jetzt zurück in Eure Gemächer.«

Sie zuckte die Achseln ganz kurz, und er sah schnell zur Seite. »Vielleicht ein andermal dann. Ich bekomme am Ende immer, was ich will. Und ich glaube schon, daß ich ...« Sie hielt inne und musterte ihn noch einmal von oben bis unten. »... kunstvolle Eisengitter für meine Schlafzimmerfenster haben will.« Sie lächelte so unschuldig, daß in seinem Kopf Alarmglocken zu dröhnen begannen.

Die Tür öffnete sich wieder, und Faile trat ein. »Perrin, ich ging in die Stadt, um nach dir zu suchen, und dort hörte ich ein Gerücht ...« Sie blieb plötzlich stocksteif stehen und sah Berelain mit hartem Blick an.

Die Erste ignorierte sie. Sie trat ganz nahe an Perrin heran und strich mit der Hand seinen Arm hoch und über seine Schulter. Einen Moment lang hatte er das Gefühl, sie wolle seinen Kopf herunterziehen und ihn küssen. Sie hob ihm sogar das Gesicht entgegen. Doch dann streichelte sie lediglich seinen Hals ganz kurz und trat wieder zurück. Es war schon vorbei, bevor er sich rühren und sie abwehren konnte. »Denkt daran«, sagte sie leise, als seien sie allein im Zimmer, »ich bekomme immer, was ich will.« Und damit rauschte sie an Faile vorbei aus dem Zimmer.

Er wartete darauf, daß Faile explodierte, doch sie sah nur die gepackten Satteltaschen auf seinem Bett an und sagte: »Ich sehe, daß du dieses Gerücht bereits kennst. Aber es ist wirklich nur ein Gerücht, Perrin.«

»Durch die gelben Augen wird es zu mehr als einem Gerücht.«

Sie hätte eigentlich explodieren müssen wie ein Bündel trockenen Reisigs, das man ins Feuer wirft. Warum verhielt sie sich so kühl? »Na gut, das nächste Problem stellt dann Moiraine dar. Wird sie versuchen, dich aufzuhalten?«

»Nicht, wenn sie es nicht weiß. Aber wenn sie es versucht, gehe ich trotzdem. Ich habe eine Familie und Freunde, Faile. Die überlasse ich nicht den Weißmänteln. Doch ich hoffe, ich kann es vor ihr geheimhalten, bis ich weit weg von hier bin.« Sogar ihr Blick war gelassen und ihre Augen wirkten wie dunkle Seen im Wald. Ihm sträubten sich die Nackenhaare.

»Aber es hat sicher Wochen gedauert, bis dieses Gerücht Tear erreichte, und es wird wiederum Wochen dauern, zu den Zwei Flüssen zu reiten. Bis dahin sind die Weißmäntel vermutlich wieder weg. Na ja, ich wollte ja, daß du hier weggehst. Also darf ich mich nicht beklagen. Ich will nur, daß du dir darüber klar bist, was dich erwartet.«

»Durch die Kurzen Wege wird es keine Wochen dauern«, sagte er zu ihr. »Zwei Tage, vielleicht auch drei.« Zwei Tage. Er glaubte nicht, daß es noch schneller zu bewältigen sei.

»Du bist genauso verrückt wie Rand al'Thor«, sagte sie ungläubig. Sie ließ sich auf das Fußende seines Bettes fallen und schlug die Beine übereinander. Dann sprach sie in einem Tonfall mit ihm, wie man ein Kind belehrt: »Geh durch die Kurzen Wege, und du kommst hoffnungslos wahnsinnig wieder heraus. Falls du überhaupt wieder herauskommst, und es ist auch viel wahrscheinlicher, daß du drinnen bleibst. Die Wege sind vom Verderben des Dunklen Königs gezeichnet, Perrin. Dort herrscht seit – wie lange ist das schon? – dreihundert oder vierhundert Jahren Dunkelheit. Frage Loial. Er kann es dir sagen. Es waren die Ogier, die sie erbaut haben oder gezüchtet – was auch immer. Nicht einmal sie benützen die Wege. Und selbst, wenn du es schaffst, unbeschadet durchzukommen, weiß das Licht allein, wo du herauskommen wirst.«

»Ich bin bereits durch die Kurzen Wege gereist, Faile.« Und das war ein furchterregendes Abenteuer gewesen. »Loial kann mich führen. Er kann die Wegweiser lesen; so sind wir früher schon durchgekommen. Er wird das wieder für mich tun, wenn er weiß, wie wichtig es ist.« Loial wollte auch endlich aus Tear weg. Er schien zu fürchten, seine Mutter wisse, wo er war. Perrin war sicher, daß er helfen würde.

»Na ja«, sagte sie und rieb sich energisch die Hände. »Na ja. Ich wünschte mir ja Abenteuer, und das ist wohl auch eines. Den Stein von Tear und den Wiedergeborenen Drachen zurücklassen, durch die Kurzen Wege zu gehen, um gegen Weißmäntel zu kämpfen. Ich frage mich, ob wir Thom Merrilin dazu überreden können, mitzukommen. Wenn wir schon keinen Barden mitbringen, dann doch wenigstens einen Gaukler. Er könnte die Geschichte verfassen und die Begleitmusik komponieren, aber natürlich stünden du und ich im Mittelpunkt. Kein Wiedergeborener Drache und keine Aes Sedai, die den ganzen Ruhm einheimsen. Wann reiten wir los? Am Morgen?«

Er holte tief Luft, damit seine Stimme ruhiger klang. »Ich gehe allein, Faile. Nur Loial und ich.«

»Wir werden ein Packpferd brauchen«, bemerkte sie, als habe er nichts gesagt. »Zwei sogar, glaube ich. In den Wegen ist es dunkel. Wir brauchen Laternen und eine Menge Öl. Deine Leute von den Zwei Flüssen. Bauern? Werden sie gegen die Weißmäntel kämpfen?«

»Faile, ich sagte ...«

»Ich hörte, was du gesagt hast«, fauchte sie. Im flackernden Schatten wirkte sie gefährlich mit ihren schräg stehenden Augen und den hohen Backenknochen. »Ich habe es gehört, und es ist sinnlos. Was ist, wenn diese Bauern nicht kämpfen wollen? Oder nicht wissen, wie? Wer wird es ihnen beibringen? Du? Allein?«

»Ich werde tun, was sein muß«, sagte er geduldig. »Ohne dich.«

Sie sprang so schnell auf, daß er schon glaubte, sie wolle ihm an die Kehle fahren. »Glaubst du etwa, Berelain kommt mit dir? Wird sie dir den Rücken decken? Oder vielleicht hättest du es lieber, wenn sie auf deinem Schoß sitzt und quiekt? Steck dein Hemd in die Hose, du haariger Ochse! Muß es eigentlich hier drinnen so dunkel sein? Berelain gefällt gedämpftes Licht, oder? Sie wird dir bestimmt eine tolle Hilfe gegen die Kinder des Lichts sein!«

Perrin öffnete den Mund, um zu protestieren, und dann sagte er etwas ganz anderes, als er auf der Zunge gehabt hatte. »Sie sieht doch ganz kuschelig aus, Berelain. Welcher Mann hätte sie nicht gern auf dem Schoß?« Der Schmerz, der sich auf ihren Gesichtszügen breitmachte, zog ihm die Brust wie mit einem Eisenring zusammen, aber er zwang sich zum Weitersprechen. »Wenn ich zu Hause fertig bin, gehe ich vielleicht mal nach Mayene. Sie hat mich gebeten, zu kommen, na ja, und vielleicht tue ich das.«

Faile sagte kein Wort. Sie sah ihn mit versteinerter Miene an, wirbelte dann herum und stürmte hinaus. Die Tür knallte wie eine Explosion hinter ihr zu.

Unwillkürlich wollte er ihr hinterherlaufen, doch dann blieb er stehen. Seine Hände hatten den Türrahmen so fest gepackt, daß seine Finger schmerzten. Er starrte den gesplitterten Spalt in der Türfüllung an, den seine Axt verursacht hatte, und ertappte sich dabei, daß er der Tür erzählte, was er bei ihr nicht herausgebracht hatte. »Ich habe Weißmäntel getötet. Sie hätten mich sonst umgebracht, aber sie nennen es trotzdem Mord. Ich gehe heim, um zu sterben, Faile. Das ist das einzige, womit ich sie daran hindern kann, meinen Freunden und Verwandten etwas anzutun. Laßt sie mich doch aufhängen. Ich kann dir das aber nicht zumuten und will dich nicht dabeihaben. Das geht nicht. Du würdest vielleicht versuchen, mich zu retten, und dann würden sie ...«

Er ließ seinen Kopf an die Tür sinken. Jetzt würde sie ihm keine Träne mehr nachweinen, und nur das zählte. Sie würde weggehen und irgendwo anders ein Abenteuer erleben, aber vor den Weißmänteln und *Ta'veren* und Blasen des Bösen sicher. Nur das war wichtig. Er verwünschte dieses Gefühl, vor Kummer heulen zu wollen.

Faile schritt im Eiltempo durch die Gänge des Steins und bemerkte überhaupt nicht, an wem sie vorbeilief oder wer schnell beiseite treten mußte, um sie vorbeizulassen. Perrin. Berelain. Perrin. Berelain. *Er will eine milchgesichtige Nymphe, die halbnackt herumläuft, ja? Er weiß überhaupt nicht, was er will. Haariger Ochse! Holzköpfiger Narr! Schmied! Und diese schleichende Sau Berelain! Diese tänzelnde Ziege!*

Ihr war gar nicht bewußt, wohin sie ging, bis sie vor sich Berelain sah, die in diesem Kleid einherrauschte, das nichts der Phantasie überließ. Sie ließ ihren Hintern beim Gehen derart wackeln, daß klar war: Sie wollte erreichen, daß den Männern die Augen aus dem Kopf fielen. Bevor Faile selbst wußte, was sie tat, hatte sie schon Berelain überholt und drehte sich zu ihr um. An einer Kreuzung zweier Gänge standen sich die beiden gegenüber.

»Perrin Aybara gehört mir«, fauchte sie. »Laß ja deine Hände und dein Lächeln von ihm!« Sie errötete bis zum Haaransatz bei ihren eigenen Worten. Sie hatte sich einst vorgenommen, niemals so etwas zu tun, niemals wie ein Bauernmädchen, das mit Burschen im Heu herumlümmelt, um einen Mann zu kämpfen.

Berelain zog kühl eine Augenbraue hoch. »Gehört Euch? Seltsam. Ich habe nicht bemerkt, daß er ein Halsband trägt. Ihr Dienstmägde – oder seid Ihr eine Bauerntochter? – habt auch die eigenartigsten Flausen im Kopf.«

»Dienstmagd? Bauernmädchen? Ich bin …« Faile biß sich auf die Zunge, um nicht so weiterzutoben. Die Erste von Mayene – ha! In Saldaea gab es Güter, die größer waren als ganz Mayene. Am Hof von Saldaea würde die es keine Woche aushalten. Konnte sie Gedichte rezitieren, während sie mit ihrem Falken auf der Beiz war? Konnte sie den ganzen Tag über auf Jagd ausreiten und dann am Abend noch Zither spielen, während sie mit den anderen darüber diskutierte, was man gegen die Trolloc-Überfälle unternehmen solle? Sie glaubte vielleicht, sie kenne die Männer! Kannte sie die Sprache der Fächer? Konnte sie einem Mann mitteilen, er solle kommen oder gehen oder bleiben und hundert andere Dinge, nur, indem sie ihr Handgelenk leicht drehte und den Spitzenfächer auf die richtige Art bewegte? *Das Licht leuchte mir, was ist nur mit mir los? Ich habe geschworen, ich würde nie mehr einen Fächer in die Hand nehmen!* Aber es gab noch andere Bräuche in Saldaea. Sie blickte überrascht das Messer in ihrer eigenen Hand an. Man hatte sie gelehrt, nur dann ein Messer zu ziehen, wenn sie es auch anwenden wollte. »Die Bauernmädchen in Saldaea haben ihre eigene Art, wie sie mit Frauen umgehen, die anderen die Männer stehlen wollen. Wenn Ihr nicht schwört, die Finger von Perrin Aybara zu lassen, rasiere ich Euch den Kopf so kahl wie ein Ei. Vielleicht laufen Euch dann die Jungen aus dem Hühnerhof nach!«

Sie wußte kaum, wie ihr geschah und wie Berelain ihr Handgelenk gepackt hatte, aber mit einem Mal flog sie durch die Luft. Als der Fußboden gegen ihren Rücken knallte, blieb ihr erst einmal die Luft weg.

Berelain stand lächelnd da und klopfte sich mit Failes Messerklinge auf die Handfläche. »Ein Brauch aus Mayene. Die Tairener schicken öfters mal Attentäter, und es sind nicht immer Wachen zur Hand. Ich hasse es, angegriffen zu werden, Bauernmädchen, also werde ich folgendes tun: Ich werde Euch diesen Schmied wegnehmen und ihn als Haustier halten, bis ich genug von ihm habe. Darauf schwöre ich Euch einen Ogiereid, Bauernmädchen. Er ist ja wirklich durchaus anziehend – diese Schultern, diese Arme, ganz zu schweigen von seinen Augen –, und wenn er jetzt noch ein wenig unzivilisiert ist, läßt sich das ja ändern. Bei meinem Hofstaat wird er lernen, sich richtig anzuziehen, und er wird diesen schrecklichen Bart loswerden. Wohin immer er auch geht, ich werde ihn finden und er wird mein sein. Ihr könnt ihn haben, wenn ich mit ihm fertig bin. Falls er Euch dann noch will, versteht sich.«

Als sie endlich wieder atmen konnte, rappelte Faile sich hoch und zog ein zweites Messer. »Ich werde Euch zu ihm schleifen, nachdem ich Euch dieses Kleid vom Leib geschnitten habe, das Ihr beinahe tragt, und dann werdet Ihr ihm sagen, daß Ihr nichts anderes als eine Sau seid!« *Licht, hilf mir! Ich benehme mich tatsächlich wie ein Bauernmädchen und rede sogar wie eins!* Das schlimmste daran war, daß sie jedes Wort ernst meinte.

Berelain stand kampfbereit da. Offensichtlich wollte sie ihre Hände benützen und nicht das Messer. Sie hielt es wie einen Fächer. Faile stand locker auf den Ballen und wollte sich ihr nähern.

Plötzlich jedoch befand sich Rhuarc zwischen ihnen.

Er ragte über ihnen auf und schnappte sich beide Messer, bevor die Frauen seiner richtig gewahr wurden. »Habt Ihr heute etwa noch nicht genug Blut gesehen?« sagte er mit kalter Stimme. »Von allen, bei denen ich glaubte, sie würden vielleicht einmal den Frieden stören, wärt Ihr beiden die letzten gewesen.«

Faile starrte ihn mit offenem Mund an. Dann wirbelte sie ohne Vorwarnung herum und knallte Rhuarc die Faust in die kurzen Rippen. Dort würde es auch der härteste Mann spüren.

Er schien sich zu bewegen, ohne sie überhaupt ansehen zu müssen. Er packte ihre Hand und drehte ihr den Arm blitzschnell herum. Mit einemmal stand sie hoch aufgerichtet da und hoffte nur, er werde ihren Arm nicht noch höher drücken und vielleicht ausrenken.

Als sei nichts geschehen, wandte er sich Berelain zu: »Ihr werdet in Euer Zimmer gehen und nicht mehr herauskommen, bis die Sonne über dem Horizont steht. Ich werde dafür sorgen, daß man Euch kein Frühstück bringt. Ein wenig Hunger wird Euch daran erinnern, daß es auch für einen Kampf den richtigen Zeitpunkt und den richtigen Ort gibt.«

Berelain richtete sich indigniert auf. »Ich bin die Erste von Mayene. Niemand gibt mir Befehle wie …«

»Ihr begebt Euch in Euer Zimmer. Jetzt sofort«, erklärte ihr Rhuarc nachdrücklich. Faile fragte sich, ob sie ihn treten solle. Dabei mußte sie sich angespannt haben, denn kaum hatte sie diesen Gedanken im Kopf, verstärkte er den Druck auf ihr Handgelenk und sie stand auf Zehenspitzen da. »Wenn nicht«, fuhr er zu Berelain gewandt fort, »werden wir unser erstes Gespräch noch einmal wiederholen, Ihr und ich. Gleich hier.«

Berelains Gesicht wurde abwechselnd rot und kreidebleich. »Also gut«, sagte sie steif. »Wenn Ihr darauf besteht, werde ich vielleicht …«

»Ich habe keine Diskussion vorgeschlagen. Wenn ich Euch immer noch hier erblicke, nachdem ich bis drei gezählt habe ... Eins.«

Berelain schnappte nach Luft, raffte ihren Rock hoch und rannte los. Selbst dabei schaffte sie es, ihren Hintern graziös zu schwenken.

Faile sah ihr verblüfft nach. Der Anblick war es beinahe wert, daß ihr der Arm fast ausgerenkt wurde. Auch Rhuarc blickte Berelain hinterher. Er verzog die Lippen zu einem leichten, anerkennenden Lächeln.

»Wollt Ihr mich die ganze Nacht hier festhalten?« fragte sie. Er ließ sie los und steckte ihre Messer in seinen Gürtel. »Aber die gehören mir!«

»Nicht mehr«, sagte er. »Berelains Strafe für Euren Kampf war, daß Ihr sie gesehen habt, wie ich sie wie ein ungezogenes Kind ins Bett geschickt habe. Eure Strafe ist, diese Messer zu verlieren, die Ihr so schätzt. Ich weiß, daß Ihr noch andere habt. Wenn Ihr widersprecht, nehme ich Euch die vielleicht auch noch ab. Ich werde nicht zulassen, daß jemand hier den Frieden noch einmal stört.«

Sie funkelte ihn an, war aber sicher, daß er tun würde, was er angekündigt hatte. Diese Messer hatte ein Mann für sie angefertigt, der ein Meister seines Fachs war. Sie waren genau richtig ausbalanciert. »Welches ›erste Gespräch‹ habt Ihr denn mit ihr geführt? Warum ist sie wie angestochen weggerannt?«

»Das ist eine Sache zwischen ihr und mir. Ihr werdet ihr nicht mehr nahe kommen, Faile. Ich glaube nicht, daß sie mit diesem Streit angefangen hat. Ihre Waffen sind keine Messer. Falls eine von euch noch mal Schwierigkeiten macht, werde ich Euch künftig den Müll schleppen lassen. Ein paar der Tairener hatten geglaubt, sie könnten weiter ihre Privatduelle austragen, nachdem ich an diesem Ort den Hausfrieden verkündet hatte, aber der Gestank der Müllkarren und der Sickergruben hinter den Toiletten hat sie schnell eines besseren belehrt. Geht sicher, daß Ihr nicht auf die gleiche Art lernen müßt.«

Sie wartete, bis er weg war, und dann rieb sie sich die schmerzende Schulter. Er erinnerte sie an ihren Vater. Nicht, daß ihr Vater ihr jemals den Arm umgedreht hatte, aber auch er hatte wenig Geduld mit Leuten, die Schwierigkeiten machten, gleich, welchen Standes sie waren, und niemand konnte ihn je überraschen. Sie fragte sich, ob sie Berelain irgendwie provozieren könne, damit sie erlebte, wie die Erste von Mayene zwischen den Müllkarren ins Schwitzen kam. Aber Rhuarc hatte sie beide gemeint. Ihr Vater tat auch immer das, was er angedroht hatte. Berelain. Etwas, das Berelain gesagt hatte, war ihr im Hinterkopf geblieben. Ogiereid. Das war es. Ein Ogier brach niemals einen Eid. Wenn man von einem Eidbrecher bei den Ogiern sprach, war das dasselbe, als spreche man von einem ›tapferen Feigling‹ oder einem ›klugen Narren‹.

Sie konnte sich nicht helfen: Sie mußte laut lachen. »Du wirst ihn mir wegnehmen, du dumme Henne? Bis du ihn wiedersiehst, wenn überhaupt, gehört er wieder mir allein.« Sie schmunzelte, rieb sich noch mal die Schulter und ging leichten Herzens zu ihrem Zimmer.

KAPITEL 15

Über die Schwelle

Mat hielt die verglaste Laterne hoch über seinen Kopf und spähte den engen Korridor hinunter, der sich tief im Bauch des Steins befand. *Nur, wenn mein Leben davon abhängt. Das hatte ich mir vorgenommen. Also, seng mich, jetzt ist es doch wohl soweit!*

Bevor die Zweifel ihn wieder packen konnten, eilte er weiter, an Türen vorbei, die vermodert waren und schief in den Angeln hingen, während bei anderen nur noch Holzreste an den verrosteten Scharnieren verblieben waren. Den Boden hatte man kürzlich gefegt, doch die Luft roch noch nach altem Staub und Moder. Irgend etwas huschte durch die Dunkelheit, und er hatte schon ein Messer in der Hand, bevor ihm klar wurde, daß es nur eine Ratte war, die vor ihm wegrannte, vermutlich einem Fluchtloch in der Nähe zu.

»Zeig mir den Weg hinaus«, flüsterte er ihr hinterher, »und ich komme mit dir.« *Warum flüstere ich eigentlich? Hier unten ist niemand, der mich hören könnte.* Es war ein Ort des Schweigens. Er fühlte das ganze Gewicht des Steins über seinem Kopf und auf seinen Schultern lasten.

Die letzte Tür, hatte sie gesagt. Die hing auch schief in den Angeln. Er trat sie auf, und sie brach zusammen. Überall im Raum sah er schattenhaft Dinge herumstehen, Kisten und Fässer und andere Sachen, die man an den Wänden und auf den Boden gestapelt hatte. Und Staub. *Die Große Sammlung! Es sieht aus wie der Keller eines verlassenen Bauernhauses oder noch schlimmer.* Es überraschte ihn, daß Egwene und Nynaeve während ihres Aufenthalts hier unten nicht Staub gewischt und aufgeräumt hatten. Es hätte ihnen ähnlich gesehen. Auf dem Fußboden waren viele sich überlagernde Spuren zu sehen; manche davon stammten von Stiefeln. Zweifellos hatten sie Männer dabeigehabt, die ihnen die schweren Sachen aus dem Weg räumten. Nynaeve suchte immer Möglichkeiten, Männer zum Arbeiten zu bringen. Wahrscheinlich hatte sie sich ein paar Burschen herausgesucht, die gerade ihre Freizeit genossen, und sie hier unten schaffen lassen.

Was er suchte, hob sich vom anderen Schrott deutlich ab. Ein hoher Türrahmen aus Sandstein, der im Schatten ganz eigenartig aufragte. Beim Näherkommen verstärkte sich dieser Eindruck des Eigenartigen. Verdreht. Sein Auge wollte dem Umriß nicht folgen. Die Ecken paßten nicht aufeinander. Das hohe, hohle Rechteck schien schon bei einem Lufthauch umstürzen zu müssen, doch als er es vorsichtig mit der Hand anstieß, stand es fest und sicher. Er schob ein bißchen stärker. Beinahe wünschte er, das Ding würde wirklich kippen, aber nur die Seite, an der er geschoben hatte, knirschte ein Stück weiter durch den Staub. Er hatte eine Gänsehaut an den Armen. Es hätte fast an einem Draht von der Decke her zum Oberteil hängen können. Er leuchtete nach oben. Nichts – kein Draht. *Wenigstens wird es nicht kippen, wenn ich drin bin. Licht, gehe ich wirklich da hinein?*

Auf dem Deckel eines großen Fasses in seiner Nähe standen eine Reihe von kleinen Plastiken und anderen Dingen herum, die in zerfallenden Stoff gewickelt waren. Er schob das ganze Durcheinander zur Seite, um seine Lampe hinstellen zu können, und dann betrachtete er die Tür. Den *Ter'Angreal.* Falls Egwene wußte, wovon sie sprach. Wahrscheinlich schon. Zweifellos hatte sie in der Burg alle möglichen seltsamen Sachen gelernt und erfahren, auch wenn sie das abstritt. *Sie dürfte eine ganze Menge abstreiten. Bestimmt. Ist dabei, zur Aes Sedai zu werden. Aber das hier hat sie nicht geleugnet, oder?* Wenn er die Augen zusammenkniff, sah es einfach wie irgendein anderer Türrahmen aus, matt glänzend und verstaubt. Nur ein einfacher Türrahmen. Na ja, vielleicht doch nicht so ganz einfach. Auf jeder Seite des Rahmens verliefen drei tief eingekerbte Schlangenlinien von oben bis unten. Er hatte auf den Türen von Bauernhäusern schon kunstvollere Ornamente gesehen. Vielleicht würde er sich nach dem Hindurchgehen immer noch im gleichen staubigen Raum befinden.

Ich werde es nicht erfahren, wenn ich es nicht versuche. Glück! Er atmete tief ein – hustete erstmal wegen des Staubs – und setzte einen Fuß auf die Schwelle.

Ein Schritt, und er trat durch einen Vorhang aus blendend weißem Licht, unendlich hell, unendlich dicht. Einen Augenblick lang, und dieser Augenblick schien ihm eine Ewigkeit zu dauern, war er blind. Ein Rauschen erfüllte sein Gehör, als hätten sich alle Geräusche der Welt in diesem einen gesammelt. Alles nur einen einzigen Schritt lang.

Er stolperte einen Schritt weiter und blickte sich erstaunt um. Der *Ter'Angreal* war immer noch da, aber er befand sich ganz bestimmt an einem anderen Ort als dem, von dem er aufgebrochen war. Der verdrehte steinerne Türrahmen stand im Mittelpunkt eines runden Saals mit einer befindlichen Decke, so hoch droben, daß sie sich im Schatten verlor. Rundherum standen gewundene gelbe Säulen, die sich nach oben in die Düsternis erhoben wie riesenhafte Ranken, die sich einst um runde Pfosten gezogen hatten. Diese hatte man allerdings entfernt. Glühende Kugeln auf ebenfalls spiralförmigen Lampenständern aus einem weißen Metall warfen ein weiches Licht in den Saal. Das Material dieser Ständer war kein Silber; dafür war es zu matt. Und er fand keinen Hinweis darauf, was das Glühen erzeugte. Er konnte keine Flamme entdecken. Die Kugeln leuchteten einfach. Weiße und gelbe Streifen zogen sich spiralförmig um den *Ter'Angreal* herum. In der Luft lag ein schwerer Geruch, scharf und trocken und nicht besonders angenehm. Er hätte sich beinahe umgedreht und wäre zurückgegangen.

»Eine lange Zeit.«

Er fuhr zusammen und hatte sofort ein Messer in der Hand. Dann spähte er zwischen die Säulen, woher diese rauchige Stimme gekommen war, die diese Worte so hart ausgesprochen hatte.

»Eine lange Zeit, und doch kommen die Suchenden wieder, um Antworten zu erhalten. Die Frager kommen noch einmal.« Ein Umriß bewegte sich hinten zwischen den Säulen – ein Mann, wie Mat glaubte. »Gut. Ihr habt keine Lampen und keine Fackeln mitgebracht, wie es die Vereinbarung verlangte und immer noch verlangt und immer verlangen wird. Ihr habt kein Eisen bei Euch? Kein Musikinstrument?«

Die Gestalt trat hervor, hochgewachsen, barfuß, Arme, Beine und Körper mit Streifen gelben Stoffes umwickelt, und plötzlich war Mat nicht mehr sicher, daß es ein Mann sei. Oder überhaupt menschlich. Auf den ersten Blick wirkte sie menschlich, wenn auch vielleicht etwas zu elegant in der Bewegung, doch sie schien viel zu dünn für ihre Größe und hatte ein schmales, überlanges Gesicht. Die Haut und sogar das glatte schwarze Haar spiegelten das Licht auf eine Art wider, die ihn an die Schuppen einer Schlange erinnerten. Und dann diese Augen. Die Pupillen waren nur schwarze, senkrechte Schlitze. Nein, nicht menschlich.

»Eisen. Musikinstrumente. Ihr habt keine dabei?«

Mat fragte sich, was die Gestalt wohl von seinem Messer hielt. Sie schien sich jedenfalls nicht darum zu kümmern. Na ja, die Klinge bestand aus gutem Stahl und nicht einfach aus Eisen. »Nein. Kein Eisen und keine Instrumente ... Warum eigentlich?« Er unterbrach sich abrupt. Drei Fragen, hatte Egwene gesagt. Er würde keine davon für ›Eisen‹ oder ›Musikinstrumente‹ verschwenden. *Was geht es ihn an, ob ich ein Dutzend Musiker in der Tasche trage und eine Schmiede auf dem Rücken?* »Ich bin hergekommen, um wahre Antworten zu erhalten. Falls Ihr nicht derjenige seid, der sie mir geben kann, dann führt mich bitte zu ihm.«

Der Mann – Mat hielt ihn jedenfalls für männlich – lächelte leicht. Man sah jedoch keine Zähne dabei. »Wie es der Vereinbarung entspricht. Kommt.« Er deutete mit einer Hand, deren Finger ausgesprochen lang waren. »Folgt mir.«

Mat ließ das Messer in seinem Ärmel verschwinden. »Geht voran und ich werde folgen.« *Bleib bloß vor mir, so daß ich dich gut sehen kann. An diesem Ort kriege ich eine Gänsehaut.*

Als er hinter diesem seltsamen ›Mann‹ herging, sah er außer dem Fußboden selbst keine einzige gerade Linie. Selbst die Decke war überall gewölbt und die Wände gekrümmt. Die Gänge schienen nur Biegungen zu haben, die Türen waren oval und die Fenster waren absolut rund. Die Kacheln bildeten Spiralen und Schlangenlinien und das, was wie in der Decke eingelassene Bronzegitter aussah, bestand überall aus Rundungen und einer Art von Notenschlüsseln. Es gab keine Gemälde irgendeiner Art, keine Gobelins oder sonstige Wandbehänge. Nur Muster und immer wieder Kurven.

Er sah niemanden als seinen schweigenden Führer. Man hätte glauben können, der ganze Ort sei leer bis auf sie beide. Irgendwoher kam ihm eine vage Erinnerung an Säle, die seit Jahrhunderten kein menschlicher Fuß mehr betreten hatte. Hier hatte er ein ähnliches Gefühl. Und doch bemerkte er manchmal aus den Augenwinkeln eine schnelle Bewegung. Wenn er sich aber noch so schnell umwandte, war niemals jemand da. Er gab vor, sich die Unterarme zu reiben, aber in

Wirklichkeit überprüfte er den Sitz der Messer, die er in den Jackenärmeln stecken hatte. Das beruhigte ihn.

Was er durch diese runden Fenster sah, war noch schlimmer. Hohe, schmächtige Bäume, die nur an der Krone einen Regenschirm hängender belaubter Äste aufwiesen, dann wieder andere, die wie riesige Fächer mit spitzenähnlich durchbrochenen Blättern aussahen, ein Gewirr von Unterholz und Sträuchern, von Kletten überwuchert, und alles unter einem trüben, bedeckten Himmel, an dem aber keine einzige richtige Wolke sichtbar war. Es gab immer Fenster in den Gängen, jeweils nur an einer Seite der endlosen Kurven, doch diese Seite wechselte gelegentlich, und es konnte sein, daß man erwartete, endlich in einen Innenhof oder in Zimmer hineinsehen zu können und statt dessen einen Wald erblickte. Er erhaschte keinen einzigen Blick auf einen anderen Teil dieses Schlosses, oder was es auch sein mochte, oder auf ein anderes Gebäude, wenn er durch die Fenster blickte. Nur eine Ausnahme gab es...

Durch eines der runden Fenster sah er drei hohe, silbrig glänzende Türme, die sich einander zukrümmten, so daß ihre Spitzen alle auf den gleichen Punkt gerichtet waren. Vom nächsten Fenster aus, nur drei Schritt entfernt, waren sie nicht mehr sichtbar, aber ein paar Minuten später, nachdem sein Führer und er so viele Biegungen durchschritten hatten, daß sie nun bestimmt in eine ganz andere Richtung blickten, sah er sie erneut. Er versuchte, sich einzureden, daß es sich um drei andere Türme handle, aber zwischen ihnen und ihm befand sich einer dieser Fächerbäume mit einem herunterhängenden, abgebrochenen Ast, und dieser Baum war ihm auch beim erstenmal aufgefallen. Nachdem er die Türme und den seltsamen Baum mit dem abgebrochenen Ast zum drittenmal gesehen hatte, diesmal zehn Schritt weiter auf der anderen Seite des Korridors, gab er es auf, überhaupt noch hinauszusehen.

Es schien ewig so weiterzugehen.

»Wann …? Werden …?« Mat knirschte mit den Zähnen. Fragen. Es war so schwer, irgend etwas zu erfahren, ohne Fragen zu stellen. »Ich hoffe, Ihr bringt mich zu denen, die meine Fragen beantworten können. Seng meine Knochen, es muß sein! Mir und Euch selbst zuliebe. Das Licht weiß, daß ich die Wahrheit sage.«

»Hier hinein.« Dieser seltsame, in gelb gehüllte Bursche deutete mit einer dieser überschlanken Hände auf eine runde Tür, die doppelt so groß war wie die anderen, die Mat bisher gesehen hatte. Seine eigenartigen Augen musterten Mat eindringlich. Sein Mund stand offen und er sog tief und langsam Luft ein. Mat runzelte die Stirn, und der Fremde zuckte die Achseln. Es wirkte eher wie ein Winden. »Hier könnt Ihr eure Antworten finden. Tretet ein. Tretet ein und stellt Eure Fragen.«

Diesmal war es Mat, der tief durchatmen mußte. Dann verzog er das Gesicht und kratzte sich an der Nase. Dieser schwere, beißende Geruch war nicht leicht zu ertragen. Er tat einen zögernden Schritt auf die Tür zu und sah sich noch einmal nach seinem Führer um. Doch der war verschwunden. *Licht! Ich weiß nicht, warum mich hier noch irgend etwas überrascht. Na ja, seng mich, wenn ich jetzt noch umkehre.* Er bemühte sich, nicht daran zu denken, ob er sich jemals allein zu dem *Ter'Angreal* zurückfinden könne, und trat ein.

Er befand sich wieder in einem runden Saal mit spiralförmig ausgelegten Fußbodenplatten in Rot und Weiß unter einem Kuppeldach. Es waren diesmal keine Säulen zu sehen und keine Einrichtungsgegenstände irgendeiner Art, bis auf drei hohe, spiralige Podeste genau im Herz der Spiralen auf dem Fußboden. Mat sah keine andere Möglichkeit, dort hinaufzuklettern, als immer außenherum zu gehen, bis man oben war. Und oben auf jedem saß mit übergeschlagenen Beinen ein Mann wie ihr Führer, nur waren alle drei in rote Tücher gehüllt. Auf den zweiten Blick erkannte er jedoch, daß nicht alle Männer waren. Zwei dieser langen Gesichter mit den fremdartigen Augen hatten etwas eindeutig Weibliches an sich. Sie blickten ihn an. Ihre Blicke waren durchdringend und eindringlich. Dabei atmeten sie tief und schwer. Er fragte sich, ob seine Anwesenheit sie irgendwie nervös mache. *Ach, wohl kaum. Aber diese Schnauferei und diese Blicke gehen mir langsam unter die Haut.*

»Es ist schon so lange her«, sagte die Frau zur Rechten.

»Sehr lange«, fügte die Frau auf der linken Seite hinzu.

Der Mann nickte. »Und doch kommen sie wieder.«

Alle drei sprachen mit der gleichen rauchigen Stimme wie ihr Führer, kaum von seiner zu unterscheiden, und ihre Aussprache war genauso hart. Dann sprachen sie im Chor, als kämen alle Worte aus dem gleichen Mund: »Tretet ein und stellt Eure Fragen, wie es der alten Vereinbarung entspricht.«

Nun überlief es Mat erst richtig kalt. Er zwang sich dazu, näher heranzutreten. Vorsichtig, so daß er keine Frage irgendeiner Art stellte, erklärte er ihnen die Situation. Die Weißmäntel, die sich mit Sicherheit in seinem Heimatdorf befanden, die sicherlich seine Freunde suchten, vielleicht auch ihn… Seine Familie, wahrscheinlich nicht in Gefahr, aber bei diesen blutigen Kindern des blutigen Lichts in der Gegend… Ein *Ta'veren*, der ihn derart anzog, daß er kaum noch Bewegungsfreiheit hatte… Er sah keinen Grund, irgendwelche Namen zu nennen oder zu erwähnen, daß Rand der Wiedergeborene Drache sei. Er hatte seine erste Frage und natürlich auch die anderen beiden bereits formuliert, bevor er hinunterging, um die Große Sammlung zu suchen. »Sollte ich nach Hause zurückkehren, um meinen Leuten zu helfen?« fragte er schließlich.

Drei Paar geschlitzter Augen hoben ihren Blick – zögernd, wie ihm schien – von ihm und betrachteten die Luft über seinem Kopf. Schließlich sagte die Frau auf der linken Seite: »Ihr müßt nach Rhuidean gehen.«

Im gleichen Moment blickten sie ihn alle wieder an und beugten sich schwer atmend vor, doch plötzlich läutete eine Glocke. Der wohltönende Messingklang rollte durch den Raum. Sie schwankten hoch, blickten sich gegenseitig an und dann erneut in die Luft über Mat.

»Da ist noch einer«, flüsterte die Frau auf der linken Seite. »Diese Belastung. Diese Belastung.«

»Dieser Genuß«, sagte der Mann. »Es ist so lange her.«

»Die Zeit reicht noch«, sagte die andere Frau zu ihnen. Es klang ruhig – sie hatten alle so eine ruhige Art – aber ihre Stimme wies doch eine gewisse Schärfe auf, als sie sich wieder Mat zuwandte: »Fragt. Fragt.«

Mat funkelte sie wütend an. *Rhuidean! Licht!* Das war irgendwo in der Aiel-Wüste. Das Licht und die Aiel allein wußten, wo. Mehr wußte er nicht darüber. In die Wüste! Der Zorn vertrieb die anderen zurechtgelegten Fragen aus seinem Kopf. Er hatte an sich fragen wollen, wie er die Aes Sedai loswerden könne und die Lücken in seinem Gedächtnis wieder füllen. Stattdessen rief er verärgert: »Rhuidean! Das Licht soll meine Knochen zu Asche verbrennen, wenn ich nach Rhuidean gehen will! Mein Blut soll im Boden versickern, wenn ich das mache! Warum sollte ich überhaupt? Ihr beantwortet meine Fragen nicht. Man erwartet von Euch, daß Ihr Fragen beantwortet und keine Rätsel aufgebt!«

»Wenn Ihr nicht nach Rhuidean geht«, sagte die Frau zu seiner Rechten, »werdet Ihr sterben.«

Die Glocke läutete wieder und diesmal lauter. Mat fühlte den Boden durch seine Stiefelsohlen hindurch vibrieren. Die drei blickten nun wirklich ängstlich drein. Er öffnete den Mund, aber im Moment kümmerten sie sich nur umeinander.

»Die Belastung«, sagte eine der Frauen hastig, »ist zu groß.«

»Diese Ausstrahlung bei ihm!« sagte die andere Frau sofort. »Es ist wirklich schon so lange her.«

Noch bevor sie ausgesprochen hatte, äußerte sich auch der Mann: »Die Belastung ist zu groß. Zu groß. Fragt. Fragt!«

»Seng Eure verfluchten Seelen!« tobte Mat. »Ich frage ja schon! Warum muß ich sterben, wenn ich nicht nach Rhuidean gehe? Ich werde wahrscheinlich sterben, wenn ich es auch nur versuche! Das ergibt alles keinen …«

Der Mann unterbrach ihn und sprudelte hervor: »Ihr würdet Euren Schicksalsfaden verlassen, Euer Schicksal den Winden der Zeit überlassen, und diejenigen, die wünschen, daß Ihr euer Schicksal nicht erfüllt, würden Euch töten. Geht jetzt. Ihr müßt gehen! Schnell!«

Mit einemmal stand sein gelb umhüllter Führer neben ihm und zupfte ihn mit diesen überlangen Händen am Ärmel.

Mat schüttelte seine Hände ab. »Nein! Ich gehe nicht! Ihr habt mich von den Fragen abgelenkt, die ich stellen wollte, und mir statt dessen sinnlose Antworten vorgesetzt. Ihr werdet es nicht dabei belassen. Über welches Schicksal sprecht Ihr eigentlich? Ich will wenigstens eine klare Antwort von Euch!«

Ein drittes Mal erklang traurig die Glocke, und der gesamte Raum bebte. »Geht!« schrie der Mann. »Ihr habt Eure Antworten gehört. Ihr müßt gehen, bevor es zu spät ist!«

Plötzlich umstanden ein Dutzend gelbgekleideter Männer Mat. Sie schienen einfach aus dem Nichts gekommen zu sein, und nun bemühten sie sich, ihn zum Ausgang zu zerren. Er wehrte sich mit Fäusten, Ellenbogen und Knien. »Welches Schicksal? Seng Eure Herzen, welches Schicksal?« Der ganze Raum selbst war es, der nun läutete. Wände und Fußboden bebten, so daß Mat und seine Angreifer beinahe stürzten. »Welches Schicksal?«

Die drei standen auf ihren Podesten auf, und er hätte nicht sagen können, welches von ihnen hektisch welche Antwort schrie. »Die Tochter der Neun Monde zu heiraten!«

»Zu sterben und wieder zu leben und noch einmal einen Teil dessen zu erleben, was bereits vergangen war!«

»Die Hälfte des Lichts der Welt aufzugeben, um die Welt zu retten!«

Gemeinsam heulten sie wie Dampf, der unter hohem Druck entweicht: »Geh nach Rhuidean, Sohn der Schlachten! Geh nach Rhuidean, Täuscher! Geh, Spieler! Geh!«

Mats Angreifer packten ihn an Armen und Beinen und rannten los, wobei sie ihn über ihren Köpfen erhoben trugen. »Laßt mich los, Ihr feigen Ziegensöhne!« schrie er zappelnd. »Seng Eure Augen! Der Schatten soll Eure Seelen holen, laßt mich los! Ich verarbeite Eure Gedärme zu Sattelgurten!« Aber so sehr er sich auch wand und fluchte, diese langen Finger ließen in ihrem eisernen Griff nicht locker.

Noch zweimal schlug die Glocke an oder auch das ganze Schloß – wie man es betrachten wollte. Alles zitterte wie in einem Erdbeben. Die Wände dröhnten unter ohrenbetäubenden Erschütterungen, jedesmal lauter als zuvor. Mats ›Träger‹ stolperten dahin, stürzten beinahe, hielten aber in ihrem wilden Rennen nicht inne. Er sah noch nicht einmal, wohin sie ihn brachten, bis sie mit einem Mal stehen blieben, ihn erst sinken ließen und ihn dann emporwarfen. Da erblickte er die verdrehte Tür, den *Ter'Angreal,* über deren Schwelle er im nächsten Moment flog.

Weißes Licht blendete ihn, und Donner erfüllte seinen Kopf, bis er jeden klaren Gedanken vertrieben hatte.

Er stürzte schwer auf staubigen Boden unter trüber Beleuchtung und rollte hart gegen das Faß, auf dem er in der Großen Sammlung seine Lampe abgestellt hatte. Das Faß schaukelte. Pakete und Statuen stürzten krachend herunter; Stein und Elfenbein und Porzellan zersplitterten. Er sprang auf und warf sich zurück auf den steinernen Türrahmen zu. »Seng mich, Ihr könnt mich nicht einfach herauswerfen ...!«

Er taumelte durch – und prallte gegen die Kisten und Fässer auf der anderen Seite. Ohne Luft zu holen, drehte er sich um und sprang noch einmal hindurch. Mit dem gleichen Ergebnis. Diesmal fing er sich und hielt sich an dem Faß mit seiner Lampe fest. Die Lampe wäre beinahe auf die sowieso schon zerbrochenen Sachen vor seinen Stiefeln gefallen. Diesmal jedoch packte er sie rechtzeitig, verbrannte sich die Finger und stellte sie auf einen sicheren Platz zurück.

Seng mich, wenn ich weiter hier unten im Dunkeln bleiben will, dachte er und saugte an seinen Fingern. *Licht, so, wie sich mein Glück entwickelt, hätte sie hier alles in Brand stecken können und ich wäre mitten drin verbrannt!*

Er blickte zornig den *Ter'Angreal* an. Warum funktionierte er nicht mehr? Vielleicht hatten diese Leute auf der anderen Seite das Tor irgendwie abgeschaltet? Er verstand ja praktisch gar nichts von alledem, was geschehen war. Diese Glocke und ihre Panik! Man hätte denken können, sie hätten Angst, daß ihnen das Dach auf den Kopf fallen könne. Wenn er es richtig bedachte, dann wäre das ja auch beinahe passiert. Und dann Rhuidean und der ganze Rest. Die Wüste war schon schlimm genug, aber sie sagten, es sei sein Schicksal, irgend jemand zu heiraten, die sich Tochter der Neun Monde nannte. Heiraten! Und dem Namen nach noch dazu eine Adlige! Und dann diese Sache mit dem Sterben und wieder leben. *Nett von ihnen, daß sie das letztere noch erwähnten!* Falls ihn ein schwarz verschleierter Aielmann auf dem Weg nach Rhuidean tötete, würde er ja herausfinden, ob an der Sache etwas dran war. Es war alles Unsinn, und er glaubte kein Wort davon. Nur... Die verfluchte Tür hatte ihn tatsächlich irgendwohin befördert, und sie hatten nur drei Fragen beantworten wollen, genau wie Egwene behauptet hatte.

»Ich werde keine verdammte Adlige heiraten!« verkündete er dem *Ter'Angreal.* »Ich werde heiraten, wenn ich zu alt bin, um mich noch mit allen zu amüsieren. So ist das! Und was das verfluchte Rhuidean betrifft...!«

Ein Stiefel erschien, der sich aus der verdrehten Steintür herausschob. Dann folgte der Rest von Rand, mitsamt dem feurigen Schwert in der Hand. Die Klinge verschwand, als er ganz heraus war, und er atmete erleichtert auf. Selbst in diesem trüben Lichtschein konnte Mat sehen, daß Rand ein besorgtes Gesicht machte. Er fuhr zusammen, als er Mat bemerkte. »Schnüffelst du nur hier herum, Mat, oder bist du auch durchgegangen?«

Mat beobachtete ihn einen Augenblick lang mißtrauisch. Wenigstens war dieses Schwert weg. Er schien auch gerade nicht die Macht zu benutzen – aber woran sah man sowas schon? –, und er sah auch nicht unbedingt aus wie ein Wahnsinniger. Im Gegenteil, er schien eigentlich ganz so, wie ihn Mat in Erinnerung hatte. Er mußte sich dazu zwingen, daran zu denken, daß sie eben nicht mehr zu Hause waren, und Rand nicht mehr der Junge von früher. »Ach, ich bin auch durchgegangen, klar. Ein Haufen verdammter Lügner, wenn du mich fragst! Was sind die eigentlich? Sie haben mich an Schlangen erinnert.«

»Keine Lügner, glaube ich.« Bei Rand klang das, als

wünsche er sich, daß sie Lügner seien. »Nein, das wohl nicht. Sie hatten von Anfang an Angst vor mir. Und als dieses Läuten begann… Das Schwert hat sie zurückgehalten. Sie trauten sich nicht einmal, es anzuschauen. Haben sich weggedreht, die Augen abgewandt. Hast du deine Antworten erhalten?«

»Nichts, was irgendeinen Sinn ergibt«, knurrte Mat. »Wie steht's bei dir?«

Plötzlich erschien Moiraine aus dem *Ter'Angreal*. Sie schien graziös aus der Luft hervorzutreten, herauszufließen. *Wenn sie nicht gerade eine Aes Sedai wäre, könnte man sehr wohl mit ihr tanzen gehen.* Als sie die beiden sah, straffte sich ihre Mundpartie.

»Ihr! Ihr wart beide da drinnen! Deshalb …!« Sie zischte frustriert durch die Zähne. »Einer von Euch wäre schon schlimm genug gewesen, aber zwei *Ta'veren* gleichzeitig – Ihr hättet beinahe die Verbindung völlig abgerissen und wärt drinnen gefangen gewesen! Ungezogene Jungen, die mit Sachen spielen, deren Gefahren sie überhaupt nicht kennen! Perrin? Ist Perrin etwa auch drin? War er bei Eurer… Heldentat dabei?«

»Das letzte, was ich von Perrin gesehen habe«, sagte Mat, »war, daß er ins Bett gehen wollte.« Vielleicht würde ihn Perrin Lügen strafen, indem er als nächster aus dem Ding heraustrat, aber es war besser, wenn er jetzt den Zorn der Aes Sedai ablenkte. Perrin mußte sich dem nicht auch noch aussetzen. *Vielleicht kann er ihr endlich ganz entkommen, falls er weg ist, bevor sie es bemerkt. Verfluchte Frau! Ich wette, sie ist als Adlige zur Welt gekommen.*

Es gab keinen Zweifel daran, daß Moiraine wütend war. Das Blut war aus ihren Wangen gewichen, und der Blick aus ihren dunklen Augen durchbohrte Rand unnachgiebig. »Wenigstens seid Ihr mit dem Leben davongekommen. Wer hat Euch davon erzählt? Welche von ihnen? Ich werde sie wünschen lassen, ich hätte ihr die Haut bei lebendigem Leib wie einen Handschuh abgezogen.«

»Ein Buch hat es mir erzählt«, sagte Rand gelassen. Er setzte sich auf eine Kiste, die unter seinem Gewicht beängstigend knarrte. Dann verschränkte er die Arme vor der Brust. Alles äußerst gelassen. Mat wünschte, er könne es Rand gleichtun. »Einem Bücherpaar, um es genau zu sagen. *Schätze des Steins* und *Die Politik Tears bezüglich des Territoriums von Mayene.* Überraschend, was man so in Büchern ausgraben kann, wenn man lange genug liest, ja?«

»Und Ihr?« Sie schwenkte ihren durchbohrenden Blick zu Mat herüber. »Habt Ihr es auch in einem Buch gelesen? Ausgerechnet Ihr?«

»Ich lese auch manchmal«, antwortete er trocken. Er hätte wohl nichts dagegen gehabt, wenn sie Nynaeve und Egwene ein wenig die Haut abzog, nach dem, was sie mit ihm gemacht hatten, damit er ihnen gestand, wo er den Brief der Amyrlin versteckt hatte. Es war schon schlimm genug, ihn mit Hilfe der Macht zu fesseln, aber was sie danach noch angestellt hatten! Doch im Moment machte es mehr Spaß, Moiraine an der Nase herumzuführen. »*Schätze. Politik.* Es stehen so viele Dinge in solchen Büchern.« Glücklicherweise bestand sie nicht darauf, daß er die vollständigen Titel wiederholte. Er hatte nämlich nicht aufgepaßt, als Rand die Bücher erwähnte.

Statt dessen wandte sie sich wieder Rand zu. »Und Eure Antworten?«

»Gehören mir«, antwortete Rand. Dann runzelte er die Stirn. »Aber es war nicht leicht. Sie brachten eine Frau herein, um zu … dolmetschen, aber sie sprach wie ein altes Buch. Ich konnte einige der Worte kaum verstehen. Ich habe nie daran gedacht, daß sie eine andere Sprache sprechen könnten.«

»Die Alte Sprache«, sagte Moiraine. »Sie gebrauchen die Alte Sprache – einen ziemlich hart klingenden Dialekt, um präzise zu sein –, wenn sie mit Menschen sprechen. Und Ihr, Mat? Konntet Ihr euren Dolmetscher besser verstehen?«

Er mußte erst wieder ein bißchen Speichel im Mund sammeln, um antworten zu können: »Die Alte Sprache? Das war es also? Sie haben mir keinen Dolmetscher gegeben. Ich kam auch nicht einmal dazu, Fragen zu stellen. Diese Glocke hat angefangen, die Wände fast zum Einstürzen zu bringen, und sie haben mich rausbefördert, als hätte ich ihnen den Teppich mit Kuhmist verschmutzt.« Sie starrte ihn immer noch an und wollte schier seinen Kopf durchbohren. Sie wußte, daß er manchmal unbewußt die Alte Sprache sprach. »Ich habe … hier und da mal ein Wort verstanden, aber den Zusammenhang nicht begriffen. Ihr und Rand habt Antworten erhalten. Was haben sie eigentlich davon? Diese Schlangen mit Beinen. Wir werden doch wohl nicht hinaufgehen und merken, daß zehn Jahre vergangen sind, so wie Bili im Märchen?«

»Empfindungen«, sagte Moiraine und verzog das Gesicht. »Empfindungen, Gefühle, Erfahrungen. Sie kramen darin herum. Man kann es spüren und bekommt eine Gänsehaut. Vielleicht ernähren sie sich auf gewisse Weise von Gefühlen anderer. Die Aes Sedai, die diesen *Ter'Angreal* untersuchte, als er sich in Mayene befand, schrieb über den ausgeprägten Wunsch, hinterher ein Bad zu nehmen. Ich habe das jedenfalls auch vor.«

»Aber ihre Antworten stimmen?« fragte Rand, als sie sich abwenden wollte. »Seid Ihr sicher? Das Buch hat diese Behauptung aufgestellt, aber können sie wirklich mit ihren Antworten die Zukunft vorhersagen?«

»Die Antworten stimmen«, sagte Moiraine bedächtig, »soweit sie Eure eigene Zukunft betreffen. Soviel ist gewiß.« Sie beobachtete Rand und schätzte wohl die Wirkung ihrer Worte auf ihn ab. »Wie das möglich ist, darüber kann man nur spekulieren. Ihre Welt ist … auf gewisse Weise … gefaltet. Ich kann es nicht klarer ausdrücken. Es kann sein, daß diese Eigenschaft ihrer Welt ihnen gestattet, den Schicksalsfaden eines menschlichen Lebens zu deuten und die unterschiedlichen Arten zu erkennen, auf die er ins Muster verwoben werden kann. Vielleicht ist es auch ein besonderes Talent dieses Volkes. Jedoch sind die Antworten oft verschleiert. Falls Ihr Hilfe braucht, um herauszubekommen, was Eure Antworten bedeuten, dann stehe ich Euch zur Verfügung.« Ihr Blick huschte vom einen zum anderen und Mat hätte beinahe geflucht. Sie glaubte ihm nicht, daß er keine Antworten erhalten hatte. Oder war es nur das übliche Mißtrauen der Aes Sedai anderen gegenüber?

Rand lächelte sie bedächtig an. »Und werdet Ihr mir ebenfalls erzählen, was Ihr gefragt habt und was sie antworteten?«

Statt einer Antwort erwiderte sie seinen ernsten, fragenden Blick, und dann ging sie zur Tür. Plötzlich schwebte eine kleine Lichtkugel vor ihr her, so hell wie eine Laterne, und beleuchtete ihren Weg.

Mat wußte, daß er jetzt Ruhe geben sollte. Sie einfach gehen lassen und hoffen, sie werde vergessen, daß er jemals hier unten gewesen war. Aber in ihm brannte immer noch der Zorn. All diese lächerlichen Sachen, die sie gesagt hatte. Na ja, vielleicht stimmte es, wenn Moiraine dieser Meinung war, aber er hätte am liebsten diese Burschen beim Kragen gepackt, oder was eben bei diesen eigenartigen Hüllen als Kragen zu bezeichnen war, und sie bezwungen, ihm ein paar Sachen zu erklären.

»Warum kann man nicht zweimal hingehen, Moiraine?« rief er ihr nach. »Warum nicht?« Er hätte beinahe gefragt, warum sie sich wegen Eisen und Musikinstrumenten sorgten, aber er biß sich auf die Zunge.

Er konnte ja nichts davon wissen, ohne zuzugeben, daß er sie durchaus verstanden hatte.

Sie blieb an der Tür zum Gang kurz stehen, aber es war unmöglich, zu sagen, ob sie nun den *Ter'Angreal* anblickte oder Rand. »Wenn ich alles wüßte, Matrim, bräuchte ich keine Fragen zu stellen.« Sie spähte noch einen Moment länger in den düsteren Raum hinein – bestimmt sah sie Rand an – und schritt ohne ein weiteres Wort davon.

Eine Weile lang sahen sich Rand und Mart stumm in die Augen.

»Hast du eigentlich herausgefunden, was du wissen wolltest?« fragte Rand schließlich.

»Und du?«

Eine hell strahlende Flamme erschien plötzlich über Rands Handfläche. Nicht die glatte Lichtkugel der Aes Sedai, sondern eher das unregelmäßige Leuchten einer Fackel. Als Rand sich zum Gehen wandte, setzte Mat noch eine Frage drauf: »Wirst du wirklich zuschauen, was die Weißmäntel zu Hause bei uns alles anstellen? Du weißt, daß sie bestimmt nach Emondsfeld kommen werden. Wenn sie nicht schon dort sind. Gelbe Augen und der blutige Wiedergeborene Drache. Es ist einfach zuviel.«

»Perrin wird alles tun, was in seiner Macht steht, um… um Emondsfeld zu retten«, antwortete Rand mit Schmerz in der Stimme. »Und ich muß tun, was notwendig ist, sonst fällt mehr als nur Emondsfeld und an Schlimmeres als die Weißmäntel.«

Mat stand da und beobachtete, wie der Schein dieser Flamme langsam schwächer wurde und aus dem Gang verschwand. Dann erinnerte er sich daran, wo er sich befand. Also schnappte er sich seine Laterne und eilte hinaus. *Rhuidean! Licht, was mache ich bloß?*

KAPITEL 16

Abschiede

Perrin lag auf dem schweißdurchnäßten Bettuch, starrte die Decke an und schließlich bemerkte er, daß sich die Dunkelheit langsam grau färbte. Bald würde sich die Sonne über den Horizont schieben. Der Morgen nahte. Eine Zeit neuer Hoffnung; Zeit, aufzustehen und aktiv zu werden. Neue Hoffnungen. Beinahe hätte er gelacht. Wie lange hatte er wachgelegen? Sicher diesmal mehr als eine Stunde. Er kratzte sich in seinem mittlerweile lockigen Bart und sog scharf die Luft ein. Seine geschundene Schulter war im Schlaf wieder steif geworden. Er setzte sich langsam auf. Schweiß trat ihm aus allen Poren, als er mit dem Arm Gymnastikübungen probierte. Er machte jedoch methodisch weiter damit, unterdrückte das Stöhnen und gelegentlich einen Fluch, und endlich konnte er den Arm wieder richtig bewegen, wenn auch nicht schmerzfrei.

Das bißchen Schlaf, das er genossen hatte, war auch noch unruhig und überhaupt nicht erholsam gewesen. Wenn er wach lag, sah er Failes Gesicht vor sich. Ihre dunklen Augen klagten ihn an. Der Schmerz, den er ihr zugefügt hatte, ließ ihn nicht ruhen. Wenn er schlief, träumte er davon, wie er zum Galgen geführt wurde, wie Faile dabei zusah, oder noch schlimmer, wie sie versuchte, die Hinrichtung zu verhindern, wie sie gegen Weißmäntel mit ihren Lanzen und Schwertern zu kämpfen versuchte, und er schrie, als sie ihm die Schlinge um den Hals legten, schrie, weil die Weißmäntel Faile töteten. Manchmal sah sie ihnen auch mit einem grimmig-zufriedenen Lächeln zu, während sie ihn hängten. Kein Wunder, wenn er immer wieder aus solchen Träumen schweißgebadet hochschreckte. Einmal hatte er geträumt, daß aus einem Wald Wölfe zu Hilfe geeilt waren und Faile und ihn gerettet hatten. Doch dafür wurden sie von den Lanzen der Weißmäntel aufgespießt oder von ihren Pfeilen durchbohrt. Es war alles andere als eine ruhige Nacht gewesen. Er wusch sich und zog sich so schnell wie möglich an, und dann verließ er das Zimmer, als könne er auch die Erinnerung an seine Träume dort zurücklassen.

Von dem nächtlichen Angriff waren nur noch wenige Spuren zu sehen. Vereinzelte Schlitze in den Tapeten, die eine oder andere Ecke einer Truhe, die von einer Axt abgesplittert worden war, oder ein heller Fleck am Boden, wo man einen blutgetränkten Läufer entfernt hatte, waren alles. Die Majhere hatte Scharen von Dienern ausgeschickt, und obwohl viele Bandagen trugen, fegten und putzten sie, trugen beschädigte Gegenstände fort und ersetzten sie. Sie humpelte auf einen Stock gestützt dazwischen herum: eine mollige Frau, deren graues Haar durch eine um die Stirn gewickelte Binde hochgeschoben wurde. Mit fester Stimme gab sie ihre Anordnungen in der eindeutigen Absicht, jede noch so kleine Spur des Angriffs auf den Stein zu beseitigen. Sie sah Perrin und knickste kaum sichtbar. Selbst die Hochlords sahen kaum einmal eine weitergehende Ehrenbezeugung von ihr, auch wenn sie gesund war. Trotz all der Putzerei und Schrubberei, trotz des Geruchs nach frischem Bohnerwachs und Seifenlaugen konnte Perrin immer noch einen schwachen Blutgeruch wahrnehmen, beißend metallisch, wo es sich um menschliches Blut gehandelt hatte, faulig stinkendes Trolloc-Blut und hier und da auch den ätzenden Gestank nach Myrddraal-Blut, der ihm in die Nase biß. Er war froh, wenn er von hier weg konnte.

Die Tür zu Loials Zimmer maß eine Spanne in der Breite und war mehr als zwei Spannen hoch. Der Türgriff war übergroß und hatte die Form von ineinander verwundenen Ranken. Er saß etwa in der Höhe von Perrins Kopf. Der Stein verfügte über eine Reihe von selten benützten Ogier-Gästezimmern. Wohl ging der Bau des Steins von Tear auf eine Zeit noch vor der großen Zeit der Ogier-Bauten zurück, aber es war eine Prestigeangelegenheit, wenigstens von Zeit zu Zeit bei Reparaturarbeiten Ogier-Steinmetzen einzusetzen. Perrin klopfte und auf das ›Herein‹ einer Stimme, die wie eine langsame Lawine klang, hob er den Türgriff an und trat ein.

Das Zimmer entsprach dem Größenmaßstab der Tür. Doch Loial, der hemdsärmelig und mit einer langen Pfeife zwischen den Zähnen auf dem mit Blättern verzierten Teppich stand, ließ die Einrichtung durch seine Größe schon wieder normal erscheinen. Der Ogier war größer als ein Trolloc, wenn auch etwas schlanker, und trug hüfthohe Stiefel mit breiten Sohlen. Sein dunkelgrüner Rock, der bis zur Hüfte zugeknöpft war und dann wie ein Kilt weit ausgestellt über die Pumphosen hinwegstand, wirkte mittlerweile nicht mehr belustigend auf Perrin, aber selbst für andere hätte ein Blick genügt, um zu zeigen, daß dies kein gewöhnlicher Mann in einem gewöhnlichen Zimmer sein konnte. Die Nase des Ogiers war so breit, daß sie schon wie ein kleiner Rüssel wirkte, und die Augenbrauen hingen so lang wie ein Schnurrbart neben teetassengroßen Augen herunter. Spitze Ohren mit Haarbüscheln obenauf schoben sich durch buschiges schwarzes Haar, das ihm beinahe bis auf die Schultern reichte. Als er Perrin um den Pfeifenstiel herum angrinste, war das Grinsen so breit, daß es fast sein Gesicht spaltete.

»Guten Morgen, Perrin«, grollte er, und dann nahm er die Pfeife aus dem Mund. »Hast du gut geschlafen?

Nicht leicht nach einem Abend wie dem letzten. Ich bin die halbe Nacht aufgeblieben und habe alles aufgeschrieben, was geschehen ist.« Er trug in der freien Hand eine Feder, und auf seinen wurstdicken Fingern waren Tintenflecke zu sehen.

Überall lagen Bücher – auf den Stühlen im Ogierformat, dem riesigen Bett und dem Tisch, dessen Fläche sich auf der Höhe von Perrins Brust befand. Das mit den Büchern war nicht überraschend, aber die Blumen schon. Blumen jeder Art und jeder Farbe. Vasen und Körbe voller Blumen, manche mit einem schönen Band oder sogar auch einmal mit einem Faden zusammengebunden, standen aufgereiht, so daß es wie in einem Garten wirkte. Perrin hatte so etwas noch nie in einem Zimmer gesehen. Ihr Duft erfüllte die Luft. Aber was Perrin besonders auffiel, war die dicke Beule auf Loials Kopf, groß wie eine Männerfaust, und das schwerfällige Hinken des Ogiers. Falls Loial zu stark verletzt war, um die Reise mitzumachen … Er schämte sich, so egoistisch zu denken – der Ogier war schließlich sein Freund –, aber er konnte nicht anders.

»Bist du verwundet, Loial? Moiraine kann dich doch heilen. Ich bin sicher, daß sie es tut.«

»Ach, ich schaffe das schon ohne Hilfe. Und es gab so viele, die wirklich ihre Hilfe benötigten. Ich möchte sie nicht belästigen. Ich bin ja auch in meiner Arbeit keineswegs behindert.« Loial blickte dabei kurz zum Tisch hinüber, wo ein großes, ledergebundenes Buch geöffnet neben einer ebenfalls offenen Tintenflasche lag. Das Buch war auch für Loial ziemlich groß, paßte aber dennoch in eine seiner Rocktaschen. »Ich hoffe, daß ich alles korrekt festgehalten habe. Ich habe gestern abend nicht viel gesehen, bis alles vorüber war.«

»Loial«, sagte Faile, die mit einem Buch in der Hand hinter einer Blumenbank aufstand, »Loial ist ein Held.«

Perrin zuckte sichtlich zusammen. Die Blumen hatten ihren Parfumduft völlig überlagert. Loial gab beruhigende Laute von sich, und seine Ohren zuckten verlegen. Er winkte ihr mit seinen großen Pratzen zu, um sie zum Schweigen zu bringen, aber sie fuhr fort. Ihre Stimme klang kühl, doch ihr Blick ruhte heiß auf Perrins Gesicht.

»Er hat so viele Kinder wie möglich um sich gesammelt und auch einige ihrer Mütter, ist mit ihnen in einen großen Raum gegangen und hat ganz allein während des gesamten Kampfes die Tür gegen die Trollocs und Myrddraal verteidigt. Diese Blumen stammen von den Frauen im Stein und sollen ihm Ehre erweisen und ihre Dankbarkeit zeigen für seinen Mut, seine Standhaftigkeit und Treue.« Die Worte ›Standhaftigkeit‹ und ›Treue‹ klangen für Perrin wie Peitschenhiebe.

Perrin bemühte sich, nicht wieder dabei zusammenzuzucken, aber es gelang ihm gerade so eben. Was er getan hatte, war richtig gewesen, doch er konnte natürlich nicht erwarten, daß sie das einsah. Selbst wenn sie wüßte, warum er das getan hatte, würde sie es wohl nicht einsehen. *Es war richtig. Ganz und gar richtig.* Er wünschte sich nur, er hätte ein besseres Gefühl dabei. Es war einfach nicht fair, zu wissen, daß er recht hatte, und sich trotzdem im Unrecht zu fühlen.

»Es war doch gar nichts«, sagte Loial mit wild zuckenden Ohren. »Es ist doch bloß so, daß sich die Kinder nicht selbst verteidigen konnten. Das ist alles. Keine Heldentat. Nein.«

»Unsinn.« Faile steckte einen Finger in ihr Buch, um ihre Seite nicht zu verlieren, und trat näher an den Ogier heran. Sie reichte ihm nicht einmal bis zur Brust. »Es gibt keine Frau im Stein, die dich nicht heiraten würde, wenn du ein Mensch wärst, und manche würden es wohl auch so tun. Loial ist der richtige Name für dich, denn die Loyalität ist deine zweite Natur. Das muß eine Frau doch lieben.«

Die Ohren des Ogiers wurden vor Schreck steif, und Perrin grinste. Sie hatte offensichtlich den ganzen Morgen Loial Honig um den Mund geschmiert, in der Hoffnung, der Ogier werde bereit sein, sie auf jeden Fall mitzunehmen, aber nun war sie, ohne es zu wissen, gewaltig über das Ziel hinausgeschossen. »Hast du etwas von deiner Mutter gehört, Loial?« fragte Perrin mit Unschuldsmiene.

»Nein.« Loial brachte es fertig, gleichzeitig erleichtert und besorgt zu klingen. »Aber gestern habe ich in der Stadt Laefar getroffen. Er war genauso überrascht, mich zu sehen, wie ich, ihn. Wir sind ja in Tear alles andere als ein alltäglicher Anblick. Er kam vom Stedding Schangtai her, um über Reparaturarbeiten an einigen von Ogier erbauten Teilen von Schlössern zu verhandeln. Ich bezweifle nicht, daß seine ersten Worte zu Hause im *Stedding* sein werden: ›Loial ist in Tear.‹«

»Das klingt nach Schwierigkeiten«, sagte Perrin, und Loial nickte betrübt.

»Laefar hat gesagt, daß mich die Ältesten zum Ausreißer erklärt haben und meine Mutter habe ihnen versprochen, mich zu verheiraten und dazu zu bringen, daß ich mich niederlasse. Sie hat mir sogar schon jemand ausgesucht. Laefar wußte nicht, wen. Zumindest behauptete er das. Er hält so etwas für lustig. Sie könnte in etwa einem Monat hier ankommen.«

Failes Gesicht war ein Abbild von Verwirrung, was Perrin beinahe wieder zum Grinsen gebracht hätte. Sie behauptete immer, sie wisse soviel mehr von der Welt als er, und eigentlich war das ja auch richtig, aber sie kannte Loial nicht. Das Stedding Schangtai war Loials Heimat oben am Rückgrat der Welt, und da er kaum die neunzig Jahre überschritten hatte, hielt man ihn für zu jung, um auf eigene Faust in die Welt der Menschen hinauszureisen. Ogier hatten eine sehr lange Lebensspanne. Nach ihren Maßstäben war Loial nicht älter als Perrin; vielleicht sogar jünger. Aber Loial war trotzdem losgezogen, um die Welt zu sehen, und seine schlimmste Angstvorstellung bestand darin, seine Mutter könne ihn finden und ins *Stedding* zurückschleifen, um ihn dort zu verheiraten, so daß er nie mehr wegkönnte.

Während sich Faile bemühte, zu verstehen, was eigentlich vorging, sprach Perrin in das verlegene Schweigen hinein: »Ich muß zurück zu den Zwei Flüssen, Loial. Dort findet dich deine Mutter bestimmt nicht.«

»Ja, das ist wahr.« Der Ogier zuckte verlegen die Achseln. »Aber mein Buch. Rands Geschichte. Und deine und die Mats. Ich habe schon so viele Notizen gesammelt, doch ...« Er ging um den Tisch herum nach hinten und betrachtete das geöffnete Buch, dessen Seiten mit seiner gestochen sauberen Schrift bedeckt waren. »Ich werde derjenige sein, der die wahre Geschichte des Wiedergeborenen Drachen niederschreibt, Perrin. Das einzige Buch von jemandem, der mit ihm gezogen ist und der dabei war, als die Dinge geschahen. *Der Wiedergeborene Drache* von Loial, Sohn des Arent, Sohn des Halan, aus dem Stedding Schangtai.« Er runzelte die Stirn, beugte sich über das Buch und stippte seine Feder in die Tintenflasche. »Das hier stimmt nicht ganz. Es war eher ...«

Perrin legte eine Hand auf die Seite, auf der Loial weiterschreiben wollte. »Du wirst kein Buch schreiben, wenn dich deine Mutter findet. Jedenfalls keines über Rand. Und ich brauche dich, Loial.«

»Brauchen, Perrin? Ich verstehe dich nicht.«

»An den Zwei Flüssen treiben sich Weißmäntel herum. Sie suchen mich.«

»Suchen dich? Aber warum?« Loial blickte beinahe genauso verwirrt drein wie vorher Faile. Die hatte sich andererseits eine Art von gelassener Genugtuung zugelegt, die Perrin Sorgen bereitete. Trotzdem fuhr er fort.

»Die Gründe spielen keine Rolle. Tatsache ist, daß sie mich suchen. Sie werden möglicherweise Menschen etwas antun, meiner Familie zum Beispiel, um mich aufzuspüren. Ich weiß das, denn ich kenne die Weißmäntel. Ich kann es vielleicht verhindern, wenn ich schnell hinkomme, aber es muß sehr schnell gehen. Das Licht allein weiß, was sie schon alles angerichtet haben. Ich brauche dich, damit du mich hinbringst, Loial. Die Kurzen Wege. Du hast mir einmal gesagt, es befinde sich ein Wegetor hier in der Nähe. Und ich weiß, daß in Manetheren eines war. Es muß immer noch dort sein, irgendwo in den Bergen über Emondsfeld. Nichts kann ein Wegetor zerstören, hast du gesagt. Deshalb brauche ich dich, Loial.«

»Aber natürlich werde ich dir helfen«, sagte Loial. »Die Kurzen Wege.« Er atmete vernehmlich aus, und seine Ohren welkten ein wenig. »Ich möchte an sich über Abenteuer berichten, aber sie nicht selbst erleben. Nun, ich schätze, einmal mehr wird auch nicht schaden. Das Licht helfe uns«, schloß er.

Faile räusperte sich verlegen. »Vergißt du nicht etwas, Loial? Du hast mir versprochen, mich mit in die Wege zu nehmen, wann immer ich wollte und bevor du irgend jemand sonst dorthin bringst.«

»Ich habe versprochen, dir ein Wegetor zu zeigen«, sagte Loial, »und wie es drinnen aussieht. Das kannst du haben, wenn Perrin und ich gehen. Ich denke schon, daß du mit uns kommen könntest, aber man benützt die Wege nicht so leichthin, Faile. Ich selbst würde sie nicht betreten, wenn Perrin nicht meine Hilfe benötigte.«

»Faile kommt nicht mit«, sagte Perrin entschlossen. »Nur du und ich, Loial.«

Faile ignorierte ihn und lächelte zu Loial empor, als necke er sie nur. »Du hast mir mehr versprochen, als mir ein Wegetor zu zeigen, Loial: mich hinzubringen, wo immer ich hin möchte, und das noch vor jedem anderen. Das hast du mir geschworen.«

»Stimmt schon«, protestierte Loial, »aber nur, weil du nicht glauben wolltest, daß ich es dir wirklich zeige. Du sagtest, du würdest mir nicht glauben, wenn ich nicht schwöre. Ich halte mein Versprechen, aber du wirst doch nicht wollen, daß ich dich Perrins Not vorziehe!«

»Du hast es geschworen«, sagte Faile gelassen. »Bei deiner Mutter und der Mutter deiner Mutter und der Mutter der Mutter deiner Mutter.«

»Ja, habe ich, Faile, aber Perrin ...«

»Du hast es geschworen, Loial. Hast du vor, deinen Eid zu brechen?«

Der Ogier war ein Bild des Jammers. Seine Schultern sackten herab, seine Ohren hingen herunter, die Mundwinkel wiesen nach unten und die Enden seiner langen Augenbrauen streiften seine Wangen.

»Sie hat dich ausgetrickst, Loial.« Perrin fragte sich, ob sie sein Zähneknirschen hören konnten. »Sie hat dich mit voller Absicht an der Nase herumgeführt.«

Failes Wangen liefen rot an, aber sie hatte immer noch die Stirn, zu sagen: »Nur weil ich mußte, Loial. Nur weil ein närrischer Mann glaubt, er könne mein Leben so beeinflussen, wie es seiner Absicht entspricht. Sonst hätte ich das nicht getan. Das mußt du mir glauben.«

»Ist es dir denn gleich, daß sie dich hinters Licht geführt hat?« wollte Perrin wissen, und Loial schüttelte traurig den mächtigen Kopf.

»Ogier halten *immer* ihr Wort«, sagte Faile. »Und Loial wird mich zu den Zwei Flüssen bringen. Oder wenigstens zum Wegetor in Manetheren. Ich möchte gern die Zwei Flüsse kennenlernen.«

Loial richtete sich zu voller Größe auf. »Aber das bedeutet ja, daß ich Perrin trotzdem helfen kann. Faile, warum hast du das nicht gleich gesagt? So etwas fände nicht einmal Faelar noch lustig.« In seinem Tonfall lag eine Andeutung von Ärger. Es gehörte schon einiges dazu, den Zorn eines Ogiers zu erregen.

»Wenn er mich darum bittet«, sagte sie entschlossen. »Das war ein Teil deines Versprechens, Loial. Nur du und ich, es sei denn, jemand anders bittet mich darum, mitgenommen zu werden. Er muß mich darum bitten.«

»Nein«, sagte Perrin zu ihr, während Loial den Mund noch nicht aufbekam. »Nein, ich bitte dich nicht. Lieber reite ich von hier nach Emondsfeld. Oder ich laufe! Also kannst du deine idiotische Idee gleich aufgeben. Loial austricksen und versuchen, dich in etwas hineinzudrängen, wo du nicht... erwünscht bist.«

Ihre Ruhe machte nun dem Zorn Platz. »Und bis du ankommst, haben Loial und ich bereits die Weißmäntel erledigt. Es wird alles vorbei sein. Bitte mich gefälligst darum, du amboßköpfiger Grobschmied! Bitte nur, und du kannst mit uns kommen.«

Perrin beherrschte sich mühsam. Es gab keine Möglichkeit, sie mit irgendwelchen Argumenten zu überzeugen, aber bitten würde er sie nicht darum. Sie hatte recht: Er würde Wochen brauchen, um die Zwei Flüsse zu Pferde zu erreichen. Durch die Wege könnten sie dagegen in zwei Tagen dort sein. Aber sie darum bitten? – Nein! *Nicht, nachdem sie Loial so hereingelegt hat und mich einfach übertölpeln wollte!* »Dann gehe ich eben allein durch die Wege nach Manetheren. Ich werde euch beiden folgen. Ich bleibe weit genug zurück, um nicht zu euch zu gehören, so daß Loial seinen Eid nicht brechen muß. Du kannst nicht verhindern, daß ich euch folge.«

»Das ist gefährlich, Perrin«, sagte Loial besorgt. »In den Wegen ist es dunkel. Wenn du eine Biegung verfehlst oder zufällig die falsche Brücke überquerst, bist du für immer verloren. Oder, bis *Machin Shin* dich erwischt. Bitte sie, Perrin. Sie sagte, daß du mitkommen könntest, wenn du willst. Bitte sie darum.«

Die tiefe Stimme des Ogiers zitterte, als er den Namen *Machin Shin* erwähnte, und Perrin lief es auch kalt den Rücken hinunter. *Machin Shin.* Der Schwarze Wind fraß Seelen auf, das wußte Perrin sehr genau. Nicht einmal die Aes Sedai wußten genau, ob es ein Schattenwesen oder aus dem Verfall der Wege selbst hervorgegangen war. *Machin Shin* war der Grund, warum man sein Leben riskierte, wenn man die Wege benützte, so behaupteten die Aes Sedai. Doch Perrin brachte es fertig, ein ausdrucksloses Gesicht zu machen und mit ruhiger Stimme zu sprechen. *Ich will versengt werden, wenn ich ihr die Genugtuung gestatte, daß ich nachgebe.* »Ich kann nicht, Loial. Und ich werde es auf keinen Fall tun.«

Loial verzog das Gesicht. »Faile, es wird gefährlich für ihn, wenn er uns zu folgen versucht. Bitte gib doch nach und laß ihn …«

Sie unterbrach ihn abrupt. »Nein. Wenn er schon zu stur ist, um mich darum zu bitten, warum sollte ich dann nachgeben? Warum soll ich mich darum scheren, wenn er dort verlorengeht?« Sie wandte sich Perrin zu. »Du kannst ja nahe bei uns bleiben. So nahe es notwendig ist, aber es muß klar sein, daß du uns lediglich folgst. Du wirst mir wie ein Hündchen hinterherlaufen, bis du mich bittest. Warum tust du es nicht?«

»Sture Menschen«, knurrte der Ogier. »Übereilt und stur, selbst wenn einen die Hetzerei direkt in ein Hornissennest führt.«

»Ich würde gern heute noch abreisen, Loial«, sagte Perrin, wobei er es vermied, Faile anzusehen.

»Es ist am besten, schnell abzureisen«, stimmte ihm Loial zu, wobei er das Buch auf dem Tisch bedauernd beäugte. »Ich denke, ich kann meine Notizen auch unterwegs überarbeiten. Das Licht weiß, was ich alles versäume, wenn ich nicht bei Rand bleibe.«

»Hast du mich verstanden, Perrin?« wollte Faile wissen.

»Ich werde mein Pferd holen und ein paar Vorräte, Loial. Am Vormittag können wir aufbrechen.«

»Seng dich, Perrin Aybara, antworte mir gefälligst!«

Loial musterte sie besorgt. »Perrin, bist du sicher, daß du nicht doch lieber ...«

»Nein«, unterbrach ihn Perrin sanftmütig. »Sie ist starrköpfig wie ein Maulesel und sie legt einen gern herein. Ich spiele nicht den Tanzbär, damit sie sich amüsiert.« Er überhörte den Laut, der Failes Kehle entwich, wie der einer Katze, die einen fremden Hund beobachtet und auf einen Angriff vorbereitet ist. »Ich lasse es dich wissen, wenn ich aufbruchbereit bin.«

Er ging zur Tür und sie rief ihm zornig nach: »Das ›Wann‹ ist meine Entscheidung, Perrin Aybara. Hörst du mich? Meine und Loials. Du solltest besser in zwei Stunden fertig sein, sonst lassen wir dich hier zurück. Du kannst uns am Stall beim Drachenbergtor finden, falls du mitkommst. Hörst du mich?«

Er nahm noch eine Bewegung wahr und schloß schnell die Tür hinter sich. Fast im gleichen Moment krachte etwas hart gegen die Tür. Ein Buch wahrscheinlich. Das hätte sie wohl besser nicht getan. Es war leichter, Loial eins über den Schädel zu geben, als einem seiner Bücher Schaden zuzufügen.

Einen Augenblick lang lehnte er sich verzweifelt an die Tür. Alles, was er getan hatte, was er durchgemacht hatte, damit sie ihn hassen sollte, und nun würde sie doch dabeisein, wenn er starb. Und jetzt konnte er ihr höchstens noch viel Vergnügen dazu wünschen. *Stures, mauleselköpfiges Weib!*

Als er sich zum Gehen wandte, näherte sich ihm einer der Aiel, ein hochgewachsener Mann mit rötlichem Haar und grünen Augen, der gut und gern

Rands älterer Cousin oder sein jüngerer Onkel hätte sein können. Er kannte den Mann und konnte ihn gut leiden, besonders – aber nicht nur deshalb – weil Gaul niemals seine gelben Augen auch nur zu bemerken schien. »Ich wünsche dir, daß du heute morgen Schatten findest, Perrin. Die Majhere sagte mir, daß du hierhergegangen seist, obwohl sie mir wohl lieber einen Besen in die Hand gedrückt hätte. Genauso hart wie eine der Weisen Frauen.«

»Ich wünsche dir auch, daß du heute morgen Schatten findest, Gaul. Wenn du mich fragst, sind sowieso alle Frauen Dickschädel.«

»Vielleicht, wenn du nicht weist, wie du das umgehen kannst. Ich hörte, daß du zu den Zwei Flüssen ziehen willst.«

»Licht!« grollte Perrin, bevor der Aiel weitersprechen konnte. »Weiß das etwa schon der ganze Stein?« Falls Moiraine Bescheid wußte ... Gaul schüttelte den Kopf. »Rand al'Thor hat mich beiseite genommen und mit mir darüber gesprochen. Er hat mich auch gebeten, es nicht weiterzusagen. Ich glaube, daß er noch mit anderen gesprochen hat, aber ich weiß nicht, wie viele mit dir gehen wollen. Wir sind schon ziemlich lange auf dieser Seite der Drachenmauer gewesen, und viele würden nur zu gern ins Dreifache Land zurückkehren.«

»Mit mir kommen?« fragte Perrin wie betäubt. Wenn er Aiel mitbringen könnte ... Das waren Möglichkeiten, über die er nicht gewagt hatte, überhaupt nachzudenken. »Rand hat dich gebeten, mich zu begleiten? Zu den Zwei Flüssen?«

Gaul schüttelte noch einmal den Kopf. »Er sagte nur, daß du gehen würdest und daß es dort Männer gäbe, die versuchen würden, dich zu töten. Ich für meinen Teil würde dich aber schon gern begleiten, falls du das Angebot annimmst.«

»Falls?« Perrin hätte beinahe gelacht. »Und wie ich

es annehmen werde! Wir gehen in ein paar Stunden in die Kurzen Wege.«

»Die Wege?« Gauls Gesichtsausdruck änderte sich nicht, aber seine Augen weiteten sich ein wenig.

»Ändert das etwas an deinem Entschluß?«

»Der Tod ereilt uns alle früher oder später, Perrin.« Die Antwort war auch nicht gerade beruhigend.

»Ich kann nicht glauben, daß Rand so grausam ist«, sagte Egwene, und Nynaeve fügte hinzu: »Zumindest hat er nicht versucht, dich aufzuhalten.« Sie saßen auf Nynaeves Bett und teilten sich das Gold untereinander auf, das ihnen Moiraine gegeben hatte. Für jede waren es vier prall gefüllte Beutel, für die sie Taschen unter Elaynes und Nynaeves Rock eingenäht hatten, und einen weiteren, nicht groß genug, um aufzufallen, würden sie dann jede in ihrer Gürteltasche tragen. Egwene nahm weniger mit, da sie in der Wüste wohl kaum viel Gold brauchen würde.

Elayne blickte zweifelnd die beiden sauber verschnürten Bündel und die Ledertasche an, die neben der Tür lagen. Darin steckten all ihre Kleider und andere Sachen: ein Besteckkasten, Haarbürste und Kamm, Nadeln, Faden, Fingerhut, Schere, eine Zunderschachtel und ein zweites Messer, kleiner als das an ihrem Gürtel. Dazu Seife und Badesalz und ... Es war lächerlich, im Geist die ganze Liste nochmals durchzugehen. Egwenes Steinring lag sicher in ihrer Gürteltasche. Sie war aufbruchbereit. Es gab nichts, was sie noch hier halten konnte.

»Nein, hat er nicht.« Elayne war stolz darauf, wie ruhig und gesammelt sie wirkte. *Er schien beinahe erleichtert! Erleichtert! Und ich mußte ihm diesen Brief in die Hand drücken, ihm mein ganzes Herz öffnen wie eine blinde Närrin, die ich bin. Nun, wenigstens wird er ihn nicht öffnen, bevor ich weg bin.* Sie fuhr zusammen, als Nynaeves Hand sich auf ihre Schulter legte.

»Hast du dir gewünscht, daß er dich bittet hierzubleiben? Du weißt doch selbst, was du geantwortet hättest. Oder?«

Elayne preßte die Lippen aufeinander. »Natürlich. Aber er mußte deswegen nicht gleich so glücklich dreinschauen.« Das hatte sie eigentlich nicht sagen wollen.

Nynaeve blickte sie verständnisvoll an. »Männer sind selbst in besten Zeiten noch schwierig.«

»Ich kann immer noch nicht glauben, daß er so ... so ...«, begann Egwene in ärgerlichem Tonfall. Doch Elayne erfuhr nie, was sie hatte sagen wollen, denn in diesem Augenblick wurde die Tür so heftig aufgestoßen, daß sie gegen die Wand krachte und zurückprallte.

Elayne griff nach *Saidar,* bevor sie noch zusammengezuckt war, doch dann fühlte sie Verlegenheit in sich aufsteigen, als Lans ausgestreckte Hand die zurückprallende Tür abfing. Nach einem weiteren Augenblick jedoch beschloß sie, noch ein wenig an der Macht festzuhalten. Der Behüter füllte mit seinen breiten Schultern die ganze Tür aus. Sein Gesichtsausdruck glich dem eines heranstürmenden Gewitters. Hätten seine Augen Blitze schleudern können, dann wäre Nynaeve wohl nun verglüht. Auch Egwene war vom Glühen *Saidars* umhüllt und dachte nicht daran, es aufzugeben.

Lan schien nur Augen für Nynaeve zu haben und beachtete die beiden anderen Frauen gar nicht. »Du hast mich in dem Glauben gelassen, ihr würdet nach Tar Valon zurückkehren!« fuhr er sie an.

»Das hast du vielleicht geglaubt«, sagte sie ruhig, »aber ich habe das nie behauptet.«

»Nie behauptet? Nie behauptet? Du hast davon erzählt, daß ihr heute aufbrecht und das immer im Zusammenhang damit, daß diese Schattenfreunde nach Tar Valon gebracht werden. Immer! Was hast du mich glauben machen wollen?«

»Aber ich habe nie gesagt ...«

»Licht, Frau!« brüllte er. »Verdrehe mir nicht das Wort im Mund!«

Elayne tauschte einen besorgten Blick mit Egwene. Dieser Mann verfügte über eine eiserne Selbstkontrolle, doch nun war er offensichtlich am Zerbrechen. Nynaeve war sonst diejenige, deren Gefühle mit ihr durchgingen, aber jetzt sah sie ihn ganz kühl an, den Kopf hoch erhoben und Gelassenheit im Blick. Die Hände lagen auf ihrem grünseidenen Rock.

Lan beherrschte sich mühsam. Schnell kehrte seine sonstige steinerne Miene zurück. Er hatte sich offensichtlich wieder unter Kontrolle, doch Elayne war sicher, daß dies nur nach außen hin der Fall war. »Ich hätte nicht einmal gewußt, wohin ihr fahrt, wenn ich nicht gehört hätte, daß ihr eine Kutsche bestellt habt, um euch zu einem Schiff nach Tanchico zu bringen. Ich weiß nicht, warum euch die Amyrlin überhaupt gestattete, die Burg zu verlassen, oder warum euch Moiraine einsetzte, um die Schwarzen Schwestern zu verhören, aber ihr drei seid eben Aufgenommene. Aufgenommene, und keine Aes Sedai. Tanchico ist im Augenblick kein Ort für andere als Aes Sedai mit einem Behüter, der ihnen den Rücken deckt. Ich lasse dich dort nicht hin!«

»Tatsache?« sagte Nynaeve leichthin. »Du stellst Moiraines Entscheidungen in Frage und auch noch die der Amyrlin. Vielleicht habe ich die Behüter bisher falsch gesehen. Ich glaubte, ihr schwört, zu akzeptieren und zu gehorchen – neben anderen Dingen. Lan, ich verstehe ja deine Sorge, und ich bin dankbar dafür – mehr als dankbar –, aber wir alle haben Aufgaben zu erfüllen. Wir brechen auf, und du mußt diese Tatsache hinnehmen.«

»Warum? Um des Lichts willen, du mußt mir wenigstens sagen, warum! Ausgerechnet nach Tanchico!«

»Wenn Moiraine dir das nicht gesagt hat«, sagte

Nynaeve sanft, »hat sie vielleicht ihre Gründe dafür. Wir müssen unsere Aufgabe erfüllen, so wie du deine.«

Lan zitterte. Er zitterte tatsächlich! Dann schloß er energisch den Mund. Als er schließlich wieder sprach, kamen die Worte eigenartig zögernd heraus: »Ihr werdet jemanden brauchen, der euch in Tanchico hilft. Jemand, der die Straßenräuber aus Tarabon davon abhält, euch ein Messer in den Rücken zu stoßen, um an eure Geldbeutel zu kommen. Tanchico war schon eine solche Stadt, bevor der Krieg begann, und allen Informationen nach geht es dort mittlerweile noch viel schlimmer zu. Ich könnte ... Ich könnte dich beschützen, Nynaeve.«

Elaynes Augenbrauen schossen hoch. Er wollte doch wohl nicht vorschlagen ... Das konnte einfach nicht sein.

Nynaeve ließ sich nichts anmerken, daß er etwas Außergewöhnliches gesagt hatte. »Dein Platz ist bei Moiraine.«

»Moiraine.« Schweiß stand auf dem harten Gesicht des Behüters. Er kämpfte mit den Worten. »Ich kann ... ich muß ... Nynaeve, ich ... ich ...«

»Du wirst bei Moiraine bleiben«, sagte Nynaeve in scharfem Ton, »bis sie dich von deinem Eid entbindet. Du tust, was ich sage.« Sie zog ein sorgfältig gefaltetes Blatt aus ihrer Tasche und gab es ihm in die Hand. Er runzelte die Stirn, las, was darauf stand, blinzelte und las es noch mal.

Elayne wußte, was darauf stand.

Was die Trägerin tut, geschieht auf meinen Befehl hin, und ich trage dafür die Verantwortung.
Gehorcht und schweigt gemäß meinem Befehl.

Siuan Sanche
Wächterin über die Siegel
Flamme von Tar Valon
Der Amyrlin-Sitz

Ein weiterer Brief gleichen Wortlauts steckte in Egwenes Tasche, aber beide waren nicht sicher, daß ihnen das Schreiben dort etwas nützen würde, wo sie sich hinbegaben. »Aber das gestattet euch ja, alles zu tun, was euch gefällt«, protestierte Lan. »Ihr könnt im Namen der Amyrlin sprechen! Wieso gibt sie einer Aufgenommenen so etwas in die Hand?«

»Stelle mir keine Fragen, denn ich kann sie nicht beantworten«, sagte Nynaeve. Dann fügte sie mit der Andeutung eines Grinsens hinzu: »Schätze dich lieber glücklich, daß ich dir nicht befehle, nach meiner Pfeife zu tanzen.«

Elayne unterdrückte ein Lächeln. Egwene gab einen erstickten Laut von sich, als habe sie ihr Lachen gerade heruntergeschluckt. Das waren die Worte gewesen, die Nynaeve benutzt hatte, als ihnen die Amyrlin die Schreiben aushändigte. *Damit könnte ich einen Behüter nach meiner Pfeife tanzen lassen.* Keine von ihnen hatte damals Zweifel gehabt, welchen Behüter sie im Sinn hatte.

»Tust du das nicht? Du stellst mich glatt in die Ecke. Mein Eid, und damit hat sich's. Und dieser Brief.« Lan hatte ein gefährliches Funkeln im Blick, das Nynaeve nicht zu bemerken schien, als sie ihm den Brief wieder abnahm und in ihre Gürteltasche zurücksteckte.

»Du bist so selbstgerecht, al'Lan Mandragoran. Wir tun, was wir tun müssen, und du wirst dich nicht anders verhalten.«

»Selbstgerecht, Nynaeve al'Meara? *Ich* bin selbstgerecht?« Lan bewegte sich so schnell auf Nynaeve zu, daß ihn Elayne beinahe unwillkürlich mit Strängen der Luft gefesselt hätte. Im ersten Augenblick stand Nynaeve da und hatte gerade noch Zeit, die Augen aufzureißen, als der hochgewachsene Mann auf sie zusprang, und im nächsten baumelten ihre Schuhe einen Fuß über dem Boden, und sie wurde gründlichst geküßt. Zuerst trat sie ihm ans Schienbein, hämmerte mit den Fäusten auf ihn ein und gab erstickte, wütende Protestlaute von sich, doch dann wurden ihre Tritte schwächer und hörten ganz auf. Schließlich hielt sie sich an seinen Schultern fest und protestierte absolut nicht mehr.

Egwene senkte verlegen den Blick, aber Elayne sah interessiert zu. Hatte sie genauso ausgesehen, als Rand... *Nein! Ich werde nicht an ihn denken.* Sie fragte sich, ob noch Zeit war, ihm einen weiteren Brief zu schreiben, in dem sie alles zurücknahm, was sie im ersten geschrieben hatte und ihn wissen ließ, daß er sie nicht so auf die leichte Schulter nehmen dürfe. Aber wollte sie das wirklich?

Nach einer Weile stellte Lan Nynaeve wieder auf den Boden. Sie schwankte ein wenig, doch dann strich sie sich Kleid und Haare wütend glatt. »Du hast kein Recht...«, begann sie etwas atemlos, schluckte jedoch dann erst einmal. »Ich lasse mich doch nicht so vor aller Welt... be... behandeln! Das lasse ich mir nicht gefallen!«

»Nicht vor aller Welt«, antwortete er. »Aber wenn sie zuschauen können, können sie es auch ruhig hören. Du hast einen Platz in meinem Herzen gewonnen, obwohl ich glaubte, dort sei kein Raum für eine Frau. Du hast Blumen erblühen lassen, wo ich nur Staub und Steine düngte. Denk daran auf dieser Reise, die du unbedingt unternehmen willst. Falls du stirbst, werde ich dich nicht lang überleben.« Er schenkte Nynaeve eines seiner seltenen Lächeln. Das ließ sein Gesicht nicht unbedingt weicher erscheinen – nur etwas weniger hart. »Und denke auch daran, daß ich mich nicht immer so leicht herumkommandieren lasse, nicht einmal mit einem Brief der Amyrlin in der Hand.« Er machte eine elegante Verbeugung. Einen Moment lang glaubte Elayne sogar, er wolle auf ein Knie herabsinken und Nynaeves Ring mit der Großen Schlange küssen, doch das ließ er bleiben. »Wie Ihr befehlt«, murmelte er, »so werde ich gehorchen.« Es war schwer zu sagen, ob er das spöttisch meinte oder ernst.

Sobald sich die Tür hinter ihm geschlossen hatte, sank Nynaeve auf ihre Bettkante, als versagten ihr nun endlich die Knie. Sie blickte mit nachdenklich gerunzelter Stirn die Tür an.

»›Wenn du den friedlichsten Hund einmal zu oft trittst‹«, zitierte Elayne, »›dann beißt er.‹ Nicht, daß Lan besonders friedlich ist.« Sie bekam einen scharfen Blick und ein Schniefen von Nynaeve ab.

»Er ist unerträglich«, sagte Egwene. »Manchmal ist er das wirklich. Nynaeve, warum hast du das getan? Er war bereit, mit dir zu kommen. Ich weiß, daß du nichts lieber tätest, als ihn von Moiraine wegzuholen. Streite es gar nicht erst ab.«

Nynaeve stritt es nicht ab. Statt dessen fummelte sie an ihrem Kleid herum und strich die Bettdecke glatt. »Nicht auf diese Art«, sagte sie schließlich. »Ich will, daß er mir gehört. Der ganze Lan. Ich werde nicht zulassen, daß er immer einen Meineid Moiraine gegenüber mitschleppt. Das darf nicht zwischen uns stehen. Das ist wichtig für ihn und auch für mich.«

»Aber wird sich das ändern, wenn du ihn dazu bringst, daß er Moiraine bittet, ihn von seinem Eid zu entbinden?« fragte Egwene. »Lan ist die Art von Mann, die das genauso betrachtet wie du. Es bleibt eigentlich nichts anderes übrig, als sie irgendwie dazu zu bringen, daß sie ihn aus eigenem Antrieb laufen läßt. Wie könntest du das erreichen?«

»Ich weiß nicht.« Nynaeve atmete durch und ihre Stimme klang wieder fester: »Aber was sein muß, kann erreicht werden. Es gibt immer einen Weg. Doch das wird später kommen. Es gibt Arbeit zu tun, und wir sitzen hier und klatschen über Männer. Bist du sicher, daß du alles eingepackt hast, was du in der Wüste brauchst, Egwene?«

»Aviendha richtet alles her«, sagte Egwene. »Sie

scheint immer noch unglücklich, aber sie sagt, wir könnten Rhuidean in wenig mehr als einem Monat erreichen, wenn wir Glück haben. Ihr werdet dann auch in Tanchico sein.«

»Vielleicht früher«, sagte Elayne, »falls es stimmt, was man sich über die Schiffe des Meervolks erzählt. Du wirst doch vorsichtig sein, Egwene? Selbst mit einer Aviendha als Führerin ist die Wüste noch lange kein sicherer Ort.«

»Werde ich. Ihr aber bitte auch. Beide! Tanchico ist wohl auch jetzt kaum sicherer als die Wüste.«

Plötzlich lagen sie sich alle in den Armen, mahnten sich immer wieder gegenseitig zur Vorsicht und versicherten sich, ihren Plan genau im Kopf zu haben, wie sie sich in *Tel'aran'rhiod* treffen wollten – im dortigen Stein von Tear.

Elayne wischte sich Tränen von den Wangen. »Gut, daß Lan gegangen ist und das nicht sieht.« Sie lachte melodisch. »Er würde uns alle für närrisch halten.«

»Nein, würde er nicht«, warf Nynaeve ein. Sie war dabei, ihren Rock hochzuziehen, um einen Beutel mit Gold in die eingenähte Tasche zu stecken. »Er ist wohl ein Mann, aber doch nicht völlig gefühllos.«

Es mußte doch ein wenig Zeit bleiben, bevor die Kutsche abfuhr, sagte sich Elayne, und da wollte sie Papier und eine Feder auftreiben. Sie würde sich die Zeit nehmen. Nynaeve hatte recht. Männer brauchten eine feste Hand. Rand würde schon merken, daß er ihr nicht so schnell entkommen konnte. Und er würde feststellen, wie schwer es war, ihre Gunst wiederzuerlangen.

KAPITEL 17

Irrtümer

Thom verlagerte sein Gewicht weg von seinem steifen rechten Bein und verbeugte sich mit weit gespreiztem Gauklerumhang. Die bunten Flicken flatterten bei der Bewegung. Er hätte sich gern die Augen ausgewischt, doch statt dessen sagte er in heiterem Tonfall: »Einen schönen guten Morgen wünsche ich!« Er richtete sich auf und strich mit großer Geste über seinen langen, weißen Schnurrbart.

Die in Schwarz und Gold gekleideten Diener blickten überrascht drein. Die beiden kräftigen jungen Burschen richteten sich von der goldverzierten, rotlackierten Truhe mit dem zersplitterten Deckel auf, die sie hatten hochheben wollen, und die drei Frauen hörten auf, den Boden daneben mit dem Mop zu bearbeiten. Bis auf sie war der Flur hier leer, und sie waren froh über jede Ausrede, mit deren Hilfe sie ihre Arbeit zu dieser Stunde unterbrechen konnten. Mit ihren hängenden Schultern und dunklen Ringen wirkten sie genauso müde, wie sich Thom fühlte.

»Guten Morgen auch Euch, Gaukler«, sagte die älteste der Frauen. Sie war ein wenig mollig und hatte ein nichtssagendes Gesicht, aber ein nettes Lächeln, obwohl sie offensichtlich erschöpft war. »Können wir Euch helfen?«

Thom holte aus einem geräumigen Jackenärmel vier bunte Bälle hervor und begann, damit zu jonglieren.

»Ich gehe nur herum und versuche, ein wenig gute Laune zu verbreiten. Ein Gaukler muß tun, was ihm möglich ist.« Er hätte ansonsten mehr als vier Bälle benutzt, aber er war selbst so müde, daß ihn auch dieses bißchen Jonglieren alle Konzentration abforderte. Wie lang war es her, daß er den fünften Ball beinahe hätte fallen lassen? Zwei Stunden? Er unterdrückte ein Gähnen und wandelte es schnell in ein beruhigendes Lächeln um. »Eine furchtbare Nacht. Da muß die Laune etwas aufgebessert werden.«

»Der Lord Drache hat uns gerettet«, sagte eine der jüngeren Frauen. Sie war hübsch und schlank, und in ihren dunklen Augen glitzerte ein wenig das Raubtier. Er war gewarnt und zügelte sein Lächeln. Natürlich könnte sie nützlich werden, wenn sie sowohl gierig wie auch ehrlich war und loyal, sobald sie einmal gekauft worden war. Es war immer gut, noch ein paar Hände aufzutreiben, die eine heimliche Botschaft überbringen konnten, und einen Mund, der ihm berichtete, was man so hörte, und ausrichtete, was er wollte und wo er es wollte. *Alter Narr! Du hast genug Hände und Ohren, also laß dich nicht von einem schönen Busen beeindrucken! Denk an ihren Blick.* Das Interessante war … nun, es klang, als meine sie ihre Worte ehrlich, und einer der jungen Burschen nickte zustimmend.

»Ja«, sagte Thom. »Ich frage mich, welcher Hochlord gestern eigentlich für die Bewachung des Hafens zuständig war?« Er hätte beinahe einen Ball verloren, so ärgerte er sich über sich selbst. Einfach so damit herauszuplatzen! Er war zu müde und sollte lieber im Bett liegen, und das seit Stunden.

»Für den Hafen sind die Verteidiger zuständig«, sagte ihm die älteste der Frauen. »Das könnt Ihr natürlich nicht wissen. Die Hochlords beschäftigen sich nicht mit sowas.«

Thom wußte das sehr wohl. »Tatsächlich? Na ja, ich bin eben nicht aus Tear.« Er ließ die Bälle aus einem einfachen Kreis nun in einer Doppelschlinge wirbeln. Das sah schwieriger aus, als es tatsächlich war, und das Mädchen mit dem Raubtierblick klatschte in die

Hände. Jetzt war er dran und konnte genausogut weitermachen. Danach allerdings würde er für diese Nacht Schluß machen. Nacht? Die Sonne ging schon auf. »Trotzdem ist es eine Schande, daß niemand gefragt hat, warum diese Schiffe eigentlich hier angelegt haben. Dazu noch alle Luken geschlossen, so daß sich diese Trollocs verbergen konnten. Ich will damit nicht sagen, daß jemand von den Trollocs wußte, aber ...« Die Doppelschlinge kam ins Wanken, und schnell kehrte er zur Kreisform zurück. Licht, er war so erschöpft! »Man sollte aber doch denken, daß einer der Hochlords sich danach erkundigt hätte.«

Die beiden jungen Männer sahen sich nachdenklich an, und Thom lächelte in sich hinein. Wieder ein Samenkorn eingepflanzt und genauso leicht, wenn auch ziemlich plump. Wieder ein Gerücht in Umlauf gebracht, gleich, was sie über den wußten, der für die Sicherheit des Hafens verantwortlich gewesen war. Und Gerüchte verbreiteten sich schnell. Eines wie dieses würde vor der Stadt nicht haltmachen. So wirkte es wieder als ein winziger Keil, der zwischen den Adel und das Volk getrieben wurde. Wem würde sich das Volk zuwenden, außer natürlich dem Mann, von dem sie wußten, daß ihn der Adel haßte? Dem Mann, der den Stein vor den Schattenwesen gerettet hatte: Rand al'Thor, ihrem Lord Drachen.

Es war Zeit, zu gehen und die Saat aufgehen zu lassen. Falls seine Saat hier Wurzeln geschlagen hatte, würde nichts von dem sie wieder ausreißen, was er jetzt noch sagen konnte, und diese Nacht hatte er bereits fleißig gesät. Aber es durfte nicht geschehen, daß irgend jemand merkte, wer die Saat gepflanzt hatte. »Sie haben letzte Nacht tapfer gekämpft, die Hochlords. Ich habe doch tatsächlich gesehen ...« Er ließ die Worte verklingen, als die Frauen wieder an ihre Mops sprangen und die Männer die Kiste hochwuchteten und wegtrugen.

»Ich kann auch für einen Gaukler Arbeit finden«, sagte die Stimme der Majhere hinter ihm. »Müßige Hände sind müßige Hände.«

Er wandte sich mit eleganter Bewegung um, wenn man sein steifes Bein mißachtete, und verbeugte sich tief vor ihr. Ihr Haarschopf befand sich noch unterhalb seiner Schultern, doch sie wog wahrscheinlich um die Hälfte mehr als er. Sie hatte ein Gesicht wie ein Amboß. Ihr Aussehen wurde auch durch die Bandage um ihre Schläfen nicht verbessert: Doppelkinn und tiefliegende Augen, die wie Splitter von schwarzem Feuerstein wirkten. »Einen schönen guten Morgen, verehrte Dame. Ein kleiner Vorgeschmack auf diesen frischen, neuen Tag gefällig?«

Er bewegte geschickt und äußerst schnell die Hände, und dann hielt er plötzlich eine kleine, goldgelbe Blume darin, die nur ganz wenig gerupft aussah, trotz der Zeit, die sie in seinem Ärmel verbracht hatte, und die steckte er ihr ins graue Haar über der Bandage. Sie zog die Blume natürlich gleich wieder heraus und betrachtete sie mißtrauisch, aber das war es gerade, was er erreichen wollte. Im Augenblick ihres Zögerns machte er drei lange, wenn auch humpelnde Schritte, und als sie ihm noch etwas hinterherschrie, hörte er bereits nicht mehr darauf und war weg.

Furchtbare Frau, dachte er. *Wenn wir sie auf die Trollocs losgelassen hätten, dann würden sie jetzt samt und sonders fegen und putzen.*

Er hielt sich die Hand vor und gähnte mit knackendem Kiefer. Er war einfach zu alt für so etwas. Er war müde, und sein Knie schmerzte ziemlich stark. Nächte ohne Schlaf, Kämpfe, Intrigen. Zu alt. Er sollte eigentlich ein ruhiges Leben irgendwo auf einem Bauernhof führen. Mit Hühnern. Auf Bauernhöfen gab es immer Hühner. Und Schafe. Es konnte nicht schwer sein, sie zu hüten. Schafhirten schienen immer herumzulümmeln und Flöte zu spielen. Er würde natürlich Harfe spielen und nicht Flöte. Oder vielleicht doch; Wind und Wetter taten einer Harfe nicht gut. Und in der Nähe würde es eine kleine Stadt geben mit einer Schenke, und dort könnte er die Gäste im Schankraum mit ein paar Kunststücken erfreuen. Er schwang seinen Umhang, als er an zwei Dienern vorbeikam. Der einzige Sinn darin, ihn bei dieser Hitze zu tragen, war der, die Leute wissen zu lassen, daß er ein Gaukler sei. Ihre Mienen erhellten sich bei seinem Anblick regelmäßig, und sie hofften natürlich, daß er sich einen Moment Zeit nehmen werde, um sie zu unterhalten. Das war sehr erfreulich. Ja, ein Bauernhof hatte seine Vorteile. Ein ruhiger Ort. Keine Leute, die ihn belästigten. Solange sich in der Nähe eine Stadt befand.

Er drückte die Tür zu seinem Zimmer auf und blieb wie angewurzelt stehen. Moiraine richtete sich so selbstverständlich auf, als habe sie jedes Recht, die auf seinem Tisch verstreuten Papiere durchzugehen. Dann richtete sie seelenruhig ihren Rock und setzte sich auf den Hocker. Das war nun eine wirklich schöne Frau, so elegant und graziös, wie sie sich ein Mann nur wünschen konnte, und sie lachte sogar über seine Scherze und Kunststücke. *Narr! Alter Narr! Sie ist eine Aes Sedai, und du bist zu müde, um noch klar zu denken.*

»Guten Morgen, Moiraine Sedai«, sagte er und hängte seinen Umhang an einen Haken. Er vermied es, seinen Kasten mit den Schreibutensilien anzusehen, der noch immer unter dem Tisch stand, wie er ihn zurückgelassen hatte. Er wollte sie ja nicht wissen lassen, daß der wichtig war. Es war wahrscheinlich auch sinnlos nachzuschauen, wenn sie wieder weg war. Sie konnte das Schloß mit Hilfe der Macht geöffnet und wieder geschlossen haben, und er würde keinen Unterschied bemerken. So erschöpft wie er war, wußte er noch nicht einmal mit Sicherheit, ob er etwas Verdächtiges darin hinterlassen hatte oder irgendwo anders. Alles, was er sah, befand sich genau dort, wo es hingehörte. Er glaubte auch nicht, daß er so dumm gewesen war, irgend etwas liegenzulassen. Die Türen in den Quartieren der Diener hatten keine Schlösser oder Riegel. »Ich würde Euch gern ein erfrischendes Getränk anbieten, aber ich fürchte, ich habe nichts als Wasser.«

»Ich habe keinen Durst«, sagte sie mit ihrer angenehmen, melodiösen Stimme. Sie beugte sich vor, und da das Zimmer klein war, reichte es, daß sie ihm eine Hand auf das rechte Knie legen konnte. Ein eiskalter Schauer durchlief seinen Körper. »Ich wünschte, es wäre eine gute Heilerin in der Nähe gewesen, als das passierte. Jetzt ist es leider viel zu spät.«

»Ein Dutzend Heilerinnen hätten nicht ausgereicht«, gab er ihr zur Antwort. »Die Verletzung stammt von einem Halbmenschen.«

»Ich weiß.«

Was weiß sie sonst noch? fragte er sich. Er wandte sich um und wollte den einzigen Stuhl hinter dem Tisch hervorziehen. Dabei verbiß er sich gerade noch einen Fluch. Er fühlte sich nämlich, als hätte er eine wundervoll durchschlafene Nacht hinter sich, und der Schmerz war aus seinem Knie gewichen. Er humpelte wohl noch, doch das Gelenk war beweglicher als je zuvor seit dieser Verletzung. *Die Frau hat mich nicht einmal gefragt, ob ich das überhaupt will! Seng mich, was will sie von mir?* Er weigerte sich, das Bein zu bewegen. Wenn sie sich nicht danach erkundigte, würde er ihr Geschenk ignorieren.

»Ein interessanter Tag gestern«, bemerkte sie, als er sich setzte.

»Ich würde Trollocs und Halbmenschen nicht gerade als interessant bezeichnen«, gab er trocken zurück.

»Die habe ich auch gar nicht damit gemeint. Früher. Hochlord Carleon starb bei einem Jagdunfall. Sein guter Freund Tedosian verwechselte ihn offensichtlich mit einem Keiler. Oder vielleicht auch einem Hirsch.«

»Das hatte ich nicht gehört.« Er bemühte sich um einen ruhigen Tonfall. Selbst wenn sie die Nachricht gefunden hätte, würde sie es trotzdem kaum seiner Urheberschaft zurechnen können. Carleon selbst hätte das für seine eigene Handschrift gehalten. Er glaubte nicht, daß sie die seine darin erkannt habe, doch sie war natürlich eine Aes Sedai ... Als müsse er erst daran erinnert werden! Dieses glatte, hübsche Gesicht vor ihm, diese ernsten, dunklen Augen, die ihm all seine Geheimnisse zu entlocken schienen. »Die Quartiere der Dienstboten sind voll von Gerüchten, aber ich höre nur selten darauf.«

»Tatsächlich?« murmelte sie in mildem Tonfall. »Dann habt Ihr sicher auch nicht davon gehört, daß Tedosian kaum eine Stunde nach seiner Rückkehr in den Stein erkrankte, gleich nachdem ihm seine Frau einen Pokal mit Wein reichte, um den Staub der Jagd herunterzuspülen. Man sagt, er habe geweint, als er erfuhr, daß sie ihn persönlich pflegen und mit eigenen Händen füttern werde. Zweifellos waren es Freudentränen ob ihrer großen Liebe. Ich hörte, sie habe geschworen, nicht von seiner Seite zu weichen, bis er wieder aufstehen kann. Oder bis er stirbt.«

Sie wußte Bescheid. Woher, das konnte er nicht sagen, aber sie wußte Bescheid. Doch warum ließ sie ihn das wissen? »Eine Tragödie«, sagte er im gleichen nichtssagenden Ton wie sie zuvor. »Rand wird alle loyalen Hochlords brauchen, die er nur auftreiben kann, schätze ich.«

»Carleon und Tedosian kann man kaum loyal nennen. Selbst untereinander nicht, wie es scheint. Sie führten eine Partei an, die Rand töten und dann vergessen möchte, daß er je gelebt hat.«

»Wirklich? Ich achte nicht sehr auf solche Dinge. Die Taten der Mächtigen gehen einen einfachen Gaukler nichts an.«

Ihr Lächeln war von einem herzhaften Lachen nicht

weit entfernt, aber sie erzählte nun, als lese sie den Text irgendwo ab: »Thomdril Merrilin. Einst genannt der Graue Fuchs, jedenfalls von einigen, die ihn kannten oder von ihm wußten. Hofbarde im königlichen Palast von Andor in Caemlyn. Eine Weile lang Morgases Liebhaber, nachdem Taringail gestorben war. Ein glücklicher Zufall für Morgase, daß Taringail starb. Ich glaube, sie hat niemals herausbekommen, daß er sie hatte töten und sich dann zum ersten König von Andor ausrufen wollen. Aber wir sprachen ja von Thom Merrilin, einem Mann, von dem man sich erzählte, er könne das Spiel der Häuser im Schlaf spielen. Es ist eine Schande, daß dieser Mann sich nun als einfachen Gaukler bezeichnet. Und doch: welcher Hochmut, den eigenen Namen beizubehalten.«

Thom konnte nur mit Mühe seinen Schreck nach außen hin verbergen. Wieviel wußte sie? Zuviel, selbst wenn es sonst nichts mehr war. Aber sie war nicht die einzige, die über etwas Bescheid wußte. »Wenn wir schon von Namen sprechen«, sagte er äußerlich gelassen, »dann ist es bemerkenswert, wieviel man daraus ablesen kann: Moiraine Damodred. Lady Moiraine aus dem Hause Damodred in Cairhien. Taringails jüngste Halbschwester. König Lamans Nichte. Und eine Aes Sedai, das wollen wir nicht übersehen. Eine Aes Sedai, die dem Wiedergeborenen Drachen bereits behilflich war, bevor sie auch nur wissen konnte, daß er mehr war als ein weiterer armer Narr, der die Macht benützen kann. Eine Aes Sedai mit besten Verbindungen in höchste Kreise der Weißen Burg, würde ich sagen, denn sonst würde sie ein solches Risiko nicht eingehen. Jemand aus dem Burgrat? Mehr als nur eine, nehme ich an. Wenn das an die Öffentlichkeit käme, würde es das Machtgefüge der Welt erschüttern. Aber warum sollte es Schwierigkeiten geben? Vielleicht ist es das beste, einen alten Gaukler einfach in seinem Unterschlupf in den Quartieren der Dienstboten in Ruhe zu lassen. Nur ein alter Gaukler, der seine Harfe spielt und Geschichten erzählt. Geschichten, die niemandem schaden.«

Falls er es geschafft hatte, ihre Beherrschung ein wenig ins Wanken zu bringen, ließ sie sich davon nichts anmerken. »Reine Spekulation ohne Tatsachen dahinter ist immer gefährlich«, konterte sie ruhig. »Ich verwende absichtlich meinen Familiennamen nicht. Das Haus Damodred hatte schon verdientermaßen einen schlechten Ruf, bevor Laman auch noch *Avendoraldera* fällen mußte und deshalb Thron und Leben verlor. Seit dem Aielkrieg ist der Ruf dann – ebenfalls verdientermaßen – noch schlechter geworden.«

Konnte denn nichts diese Frau erschüttern? »Was wünscht Ihr von mir?« fragte er gereizt.

Sie zuckte mit keiner Wimper. »Elayne und Nynaeve schiffen sich heute nach Tanchico ein. Eine gefährliche Stadt, Tanchico. Euer Wissen und Euer Geschick könnten helfen, ihre Leben zu erhalten.«

Also das war es. Sie wollte ihn von Rand trennen, damit der Junge hilflos ihren Manipulationen ausgesetzt war. »Wie Ihr sagtet, ist Tanchico eine gefährliche Stadt, doch das war sie immer. Ich wünsche den jungen Frauen Glück, aber ich habe nicht die geringste Lust, meinen Kopf in ein Schlangennest zu stecken. Ich bin zu alt für so etwas. Ich habe daran gedacht, einen Bauernhof zu erwerben. Ein ruhiges Leben. Und sicher.«

»Ich glaube, ein ruhiges Leben würde Euch umbringen.« Es klang ausgesprochen belustigt, wie sie das sagte. Sie zupfte mit kleinen, schmalen Händen die Falten ihres Kleids zurecht. Er hatte den Eindruck, daß sie ein Lächeln unterdrückte. »Tanchico wäre besser für Euch, und Ihr würdet dort nicht sterben, das garantiere ich, und Ihr wißt, daß ich die Wahrheit sage. Beim Ersten Eid.«

Er runzelte die Stirn, obwohl er sich alle Mühe gab,

keine Miene zu verziehen. Sie hatte es gesagt, und sie konnte nicht lügen, aber woher wollte sie das wissen? Er war sicher, sie konnte die Zukunft nicht vorhersagen. Er hatte auch schon gehört, daß sie dieses Talent zu besitzen abstritt. Aber sie hatte es gesagt. *Verseng doch diese Frau!* »Warum sollte ich nach Tanchico reisen?« Sie würde bei ihm auf den Titel verzichten müssen.

»Um Elayne zu beschützen, Morgases Tochter?«

»Ich habe Morgase fünfzehn Jahre nicht mehr gesehen. Elayne war noch ein Kind, als ich Caemlyn verließ.«

Sie zögerte, aber als sie schließlich weitersprach, klang ihre Stimme unnachgiebig und hart. »Und Euer Grund, Andor zu verlassen? Ich glaube, das war wegen eines Neffen namens Owyn. Einer dieser armen Narren, wie Ihr es ausgedrückt habt, der die Macht benützen kann. Die Roten Schwestern waren angewiesen, ihn nach Tar Valon zu bringen, wie jeden dieser Männer, aber statt dessen unterzogen sie ihn auf der Stelle einer Dämpfung und überließen ihn der… der Gnade seiner Nachbarn.«

Thom warf beim Aufstehen seinen Stuhl um und mußte sich dann am Tisch festhalten, weil seine Knie zitterten. Owyn hatte nach der Dämpfung nicht mehr lange gelebt und war von angeblichen Freunden aus seinem Haus getrieben worden, weil sie es nicht ertragen konnten, neben einem Mann zu leben, der die Macht benutzt hatte. Nichts von alledem, was Thom anstellte, konnte Owyn den Lebensmut zurückgeben oder seine junge Frau daran hindern, ihm innerhalb des gleichen Monats ins Grab zu folgen.

»Warum…?« Er räusperte sich überlaut und versuchte, seine Stimme weniger heiser klingen zu lassen. »Warum erzählt Ihr mir das?«

Auf Moiraines Gesicht zeigte sich Sympathie. Und konnte das auch Bedauern sein? Sicher nicht. Nicht bei einer Aes Sedai. Auch die Sympathie mußte bloße Verstellung sein. »Das hätte ich nicht, wenn Ihr willens gewesen wärt, einfach Elayne und Nynaeve zu helfen.«

»Warum, seng Euch! Warum?«

»Wenn Ihr Elayne und Nynaeve begleitet, werde ich Euch beim nächsten Zusammentreffen die Namen dieser Roten Schwestern nennen und auch derjenigen, die den Befehl dazu gab. Sie taten das nicht aus eigenem Antrieb. Und ich *werde* Euch wiedersehen. Ihr werdet Tarabon überleben.«

Er atmete nervös durch. »Was werden mir ihre Namen nützen?« fragte er mit ausdrucksloser Stimme. »Aes-Sedai-Namen, hinter denen die Macht der Weißen Burg steht.«

»Ein geschickter und gefährlicher Spieler, der das Spiel der Häuser perfekt beherrscht, könnte sie nützlich finden«, antwortete sie ruhig. »Sie hätten nicht tun sollen, was sie taten. Sie hätten auch deshalb nicht von jeder Strafe ausgenommen werden dürfen.«

»Geht Ihr jetzt bitte?«

»Ich werde Euch beweisen, daß nicht alle Aes Sedai so sind wie diese Roten, Thom. Das müßt Ihr mir glauben.«

»Bitte!«

Er stand da auf den Tisch gestützt, bis sie weg war. Er wollte sie nicht sehen lassen, wie er steif auf die Knie niedersank und ihm die Tränen über das verwitterte Gesicht liefen. *O Licht, Owyn!* Er hatte das alles so gut verdrängt, wie es ihm nur möglich gewesen war. *Ich kam nicht mehr rechtzeitig hin. Zu sehr mit diesem verfluchten Spiel der Häuser beschäftigt.* Er wischte sich nachdenklich die Tränen vom Gesicht. Moiraine war eine hervorragende Spielerin. Sie hatte ihn völlig umgedreht, jeden Faden gezogen, den er für absolut sicher verborgen gehalten hatte. Owyn. Elayne. Morgases Tochter. Für Morgase empfand er nur noch Freundschaft, oder vielleicht doch ein bißchen mehr, aber es war schwer, ein Kind zu mißachten, das man auf den Knien geschaukelt hatte. *Dieses Mädchen in Tanchico? Die Stadt würde sie beim lebendigen Leib auffressen, und das selbst ohne diesen Krieg. Jetzt muß das eine Löwengrube sein. Und Moiraine wird mir die Namen sagen.* Alles, was er tun mußte, war, Rand den Händen einer Aes Sedai zu überlassen. So, wie er Owyn im Stich gelassen hatte. Sie hatte ihn gefangen wie eine Schlange unter dem Gabelstock. Er konnte sich winden, wie er wollte, kam aber nicht frei. *Seng doch diese Frau!*

Min schob den Henkel des Stickkörbchens über ihren Arm, raffte mit der anderen Hand den Rock hoch und schritt nach dem Frühstück mit geschmeidigen Schritten und erhobenen Hauptes aus dem Speisesaal. Sie hätte ein volles Weinglas auf dem Kopf balancieren können, ohne einen Tropfen zu verschütten. Zum Teil war das darauf zurückzuführen, daß sie in diesem Kleid gar nicht normal gehen konnte. Das Kleid bestand ganz aus blaßblauer Seide, mit einem eng anliegenden Oberteil und einem weiten Rock, dessen bestickter Saum auf dem Boden schleifte, wenn sie ihn nicht anhob. Zum anderen schritt sie so einher, weil sie sicher war, Laras' Blick auf ihrem Rücken zu spüren.

Ein Blick zurück bewies ihr, daß sie recht hatte. Die Herrin der Küchen, ein wandelndes Weinfaß, strahlte sie wohlwollend von der Tür des Speisesaals her an. Wer hätte schon geglaubt, daß diese Frau in ihrer Jugend eine Schönheit gewesen war oder in ihrem Herzen Platz finden würde für hübsche, immer zum Flirten geneigte Mädchen? ›Lebhaft‹ nannte sie so etwas. Wer hätte vermutet, daß sie ›Elmindreda‹ unter ihre kräftigen Fittiche nehmen würde? Das war keine sehr bequeme Lage. Laras hatte ein schützendes Auge auf Min geworfen, und dieses Auge schien sie überall auf dem Gelände der Burg aufspüren zu können. Min lächelte zurück und tastete über ihr Haar, das jetzt zu einem schwarzen Lockenkopf gediehen war. *Seng die Frau! Hat sie denn nichts zu kochen oder irgendeine Magd, die sie anschreien kann?*

Laras winkte ihr zu, und sie winkte zurück. Sie konnte sich nicht leisten, jemanden zu kränken, die sie so genau beobachtete, nicht, solange sie keine Ahnung hatte, wie viele Fehler sie vielleicht machte. Laras kannte jeden Trick solch ›lebhafter‹ Frauen und wollte Min alle die beibringen, die sie vielleicht noch nicht kannte. Ein wirklicher Fehler, überlegte Min, als sie sich auf eine Marmorbank unter einem hohen Fenster setzte, war die Stickerei gewesen. Nicht von Laras Standpunkt aus gesehen, wohl aber von ihrem eigenen. Sie zog den Stickrahmen aus dem Korb und betrachtete reumütig ihre Arbeit von gestern: einige schiefe, gelbe Ochsenaugen und etwas, das eigentlich eine hellgelbe Rosenknospe hatte werden sollen. Das erkannte aber niemand, wenn sie es nicht dazusagte. Seufzend machte sie sich daran, das Ganze wieder aufzutrennen. Leane hatte wohl doch recht gehabt. Eine Frau konnte stundenlang mit ihrem Stickrahmen dasitzen und jeden und alles beobachten, ohne daß es auffiel. Es wäre allerdings schon hilfreich gewesen, hätte sie wenigstens etwas Geschick dabei an den Tag gelegt.

Immerhin war es ein wunderbarer Morgen, gerade recht, um sich draußen im Freien aufzuhalten. Eine goldene Sonne hatte sich eben über den Horizont erhoben und am Himmel schienen selbst die wenigen Schäfchenwolken perfekt arrangiert. Eine zarte Brise brachte den Duft nach Rosen mit sich und zauste leicht an den hohen Calma-Büschen mit ihren großen roten und weißen Blüten. Bald würden immer mehr Menschen über die Kieswege zwischen den Bäumen schlendern oder in Erfüllung ihrer Aufträge eilen, von Aes Sedai bis zu Stallburschen. Ein vollkommener

Morgen und ein hervorragender Platz, um unbemerkt zu beobachten. Vielleicht würde sie heute auch etwas Brauchbares aus der Zukunft sehen.

»Elmindreda?«

Min fuhr hoch und mußte sich dann einen gestochenen Finger in den Mund stecken. Sie drehte sich auf der Bank um und wollte Gawyn ausschimpfen, weil er sich so an sie angeschlichen hatte, doch die Worte erstarben ihr im Mund. Galad befand sich bei ihm. Er war größer als Gawyn, hatte lange Beine und bewegte sich mit der Grazie eines Tänzers, dabei aber auf eine sehnige Art kraftvoll. Auch seine Hände waren lang, elegant und doch stark. Und sein Gesicht... Er war ganz einfach der schönste Mann, den sie je gesehen hatte.

»Hör auf, an deinem Finger zu lutschen«, sagte Gawyn grinsend. »Wir wissen, daß du ein hübsches, kleines Mädchen bist. Du mußt es uns nicht beweisen.«

Sie errötete und nahm schnell den Finger aus dem Mund. Sie konnte gerade noch einen wütenden Blick unterdrücken, der ganz und gar nicht dem Charakter Elmindredas entsprochen hätte. Er hatte keine Drohungen oder Befehle der Amyrlin benötigt, um ihr Geheimnis zu wahren. Sie hatte ihn nur einfach darum bitten müssen. Doch er benützte jede mögliche Gelegenheit, um sie damit aufzuziehen. »Es ist nicht schön, sich über jemanden lustig zu machen, Gawyn«, sagte Galad. »Er wollte Euch nicht kränken, Frau Elmindreda. Verzeiht, aber kann es sein, daß wir uns schon einmal kennengelernt haben? Als Ihr Gawyn eben so finster angeblickt habt, hatte ich das Gefühl, Euch zu kennen.«

Min senkte scheu den Blick. »Oh, ich könnte es niemals vergessen, wenn ich *Euch* kennengelernt hätte, Lord Galad«, sagte sie in ihrem besten Dummchen-Tonfall. Das und dazu der Ärger über ihre Unaufmerksamkeit ließen eine Hitzewelle bis an ihre Haarspitzen aufsteigen, was ihr Täuschungsmanöver nur unterstrich.

Sie sah ja völlig verändert aus, wobei Kleid und Frisur nur einen Teil der Veränderungen darstellten. Leane hatte in der Stadt Cremes und Puder und eine unglaubliche Anzahl von geheimnisvoll duftenden Sachen aufgetrieben und sie in deren Gebrauch unterwiesen, bis sie alles im Schlaf beherrschte. Nun hatte sie betonte Wangenknochen und mehr Farbe auf den Lippen, als die Natur ihr mitgegeben hatte. Eine dunkle Creme, mit der sie ihre Augenlider umrahmt hatte, und ein feiner Puder zur Hervorhebung ihrer Wimpern ließen die Augen größer erscheinen. Das war ganz und gar nicht sie selbst. Ein paar Novizinnen hatten ihr bewundernd gesagt, wie schön sie sei, und sogar einige Aes Sedai hatten sie als ›sehr hübsches Kind‹ bezeichnet. Das war ihr entschieden zuwider. Sie gab ja zu, daß es ein hübsches Kleid war, aber den Rest konnte sie nicht ausstehen. Doch natürlich hatte eine Verkleidung keinen Zweck, die man nicht aufrechterhielt.

»Ich bin sicher, daß du dich daran erinnern würdest«, sagte Gawyn trocken. »Ich wollte dich nicht bei deiner Stickerei stören – Schwalben, nicht wahr? *Gelbe* Schwalben?« Min steckte den Rahmen in den Korb zurück. »Aber ich wollte dich eigentlich bitten, mir dazu etwas zu sagen.« Er drückte ihr ein kleines, ledergebundenes, altes und zerfleddertes Buch in die Hand, und mit einemmal klang seine Stimme ernst. »Sag meinem Bruder, daß es Unsinn ist. Vielleicht hört er auf dich.«

Sie betrachtete das Buch. *Der Weg des Lichts* von Lothair Mantelar. Sie öffnete es und las aufs Geratewohl. »Schwört deshalb allem Vergnügen ab, denn Güte ist ein reines Abstraktum, ein vollkommenes, kristallreines Ideal, das von jedem niederen Gefühl getrübt wird. Pflegt nicht das Fleisch. Das Fleisch ist schwach, doch der Geist ist stark. Das Fleisch ist nutzlos, während der Geist stark ist. Der richtige Gedanke ertrinkt in Gefühlen, und die richtige Handlungsweise wird von Leidenschaften behindert. Findet Freude am Richtigen und nur am Richtigen.« Das schien wirklich ein trockener Unsinn zu sein.

Min lächelte Gawyn an und brachte sogar ein Kichern fertig. »So viele Worte. Ich fürchte, ich verstehe nichts von Büchern, Lord Gawyn. Ich wollte aber immer schon eins lesen – wirklich.« Sie seufzte. »Aber ich habe so wenig Zeit. Nur allein schon meine Frisur aufzufrischen dauert Stunden. Findet Ihr sie hübsch?« Die völlige Verblüffung in seinem Gesichtsausdruck hätte sie beinahe zum Lachen gebracht, aber sie ließ es gerade noch zu einem Kichern abgleiten. Es war ein Vergnügen, bei ihm einmal den Spieß umzudrehen. Das mußte sie öfter versuchen. Es lagen doch wohl Möglichkeiten in dieser Verkleidung, an die sie noch gar nicht gedacht hatte. Ihr Verbleiben in der Burg war zu einer Zeit der Langeweile und wachsenden Nervosität geworden. Sie hatte sich ein wenig Vergnügen verdient.

»Lothair Mantelar«, sagte Gawyn stockend, »war der Begründer der Kinder des Lichts. Der Weißmäntel!«

»Er war ein großer Mann«, sagte Galad entschieden. »Ein Philosoph der noblen Ideale. Wenn die Kinder des Lichts im Laufe der Zeit ein wenig … über das Ziel hinausgeschossen sind, so ändert das nichts daran.«

»O je, Weißmäntel«, gab Min atemlos von sich und schauderte auch noch leicht dabei. »Das sind Männer mit so rauhen Sitten, wie ich höre. Ich kann mir keinen Weißmantel beim Tanzen vorstellen. Glaubt Ihr, daß es hier irgendeine Möglichkeit gibt, einmal tanzen zu gehen? Aes Sedai halten wohl auch nichts davon, und ich liebe das Tanzen doch so.« Die Frustration in Gawyns Blick war einfach köstlich.

»Ich glaube nicht«, sagte Galad und nahm ihr das Buch wieder ab. »Aes Sedai sind mit ... ihren eigenen Angelegenheiten beschäftigt. Wenn ich von einer passenden Tanzveranstaltung in der Stadt höre, werde ich Euch hinbegleiten, falls Ihr das wünscht. Ihr müßt keine Angst haben, von diesen beiden ungehobelten Kerlen belästigt zu werden.« Er lächelte sie an, allerdings völlig unbewußt, und ihr blieb plötzlich wirklich die Luft weg. Man sollte Männern kein solches Lächeln gestatten.

Sie brauchte einen ganzen Augenblick, bis ihr klar wurde, welche ungehobelten Kerle er meinte: die beiden Männer, die angeblich um Elmindredas Hand angehalten hatten und sich beinahe duelliert hätten, weil sie sich nicht entscheiden konnte und immer wieder beiden Mut machte. Sie hatten sie – angeblich – so bedrängt, daß sie in der Burg Zuflucht gesucht hatte. Das war ja die ganze Ausrede, mit der sie ihre Anwesenheit hier erklärte. *Es ist dieses Kleid,* sagte sie sich. *Ich könnte klarer denken, wenn ich meine normale Kleidung anhätte.*

»Mir ist aufgefallen, daß die Amyrlin jeden Tag mit dir spricht«, sagte Gawyn plötzlich. »Hat sie unsere Schwester Elayne erwähnt? Oder Egwene al'Vere? Hat sie irgend etwas davon erwähnt, wo sie sich aufhalten?«

Min wünschte sich, sie könnte ihm ein blaues Auge verpassen. Er wußte natürlich nicht, warum sie vorgab, jemand anderes zu sein, aber er hatte versprochen, ihr bei ihrer Tarnung als Elmindreda behilflich zu sein, und nun sprach er von ihr und gerade jenen Frauen, von deren Freundschaft zu Min schon zu viele in der Burg wußten. »Oh, die Amyrlin ist eine so wundervolle Frau«, sagte sie süßlich. Sie fletschte die Zähne zu einem gequälten Lächeln. »Sie fragt mich immer, wie ich meine Zeit verbringe und macht mir Komplimente über meine Kleidung. Ich denke, sie hofft, ich werde mich nun bald entweder für Darvan oder Goemal entscheiden, aber ich kann einfach nicht.« Sie riß die Augen ein wenig auf und hoffte, so einen hilflosen und verwirrten Eindruck zu machen. »Sie sind beide so süß. Von wem habt Ihr gesprochen? Von Eurer Schwester, Lord Gawyn? Der Tochter-Erbin? Ich glaube nicht, daß die Amyrlin sie jemals erwähnt hat. Wie war doch gleich der andere Name?« Sie hörte, wie Gawyn mit den Zähnen knirschte.

»Wir sollten Frau Elmindreda nicht mit so etwas belästigen«, sagte Galad. »Das ist unser Problem, Gawyn. Es ist an uns, die Lüge zu durchschauen und damit fertigzuwerden.«

Sie hörte kaum hin, denn plötzlich starrte sie einen hochgewachsenen Mann mit dunklen, in Locken bis auf seinen herabhängenden Schultern fallenden Haaren an, der unter dem wachsamen Blick einer Aufgenommenen ziellos den Kiesweg unter den Bäumen entlangschlenderte. Sie hatte Logain schon öfters gesehen, einen früher einmal starken Mann mit traurigem Gesicht, der sich immer in Begleitung einer Aufgenommenen befand. Die Frau sollte ihn sowohl davon abhalten, Selbstmord zu begehen, wie auch sein Entkommen verhindern. Doch trotz seiner Körpermaße schien er nichts dergleichen vorzuhaben. Aber sie hatte noch nie einen solchen strahlenden Schein um seinen Kopf herum wahrgenommen – leuchtendes Gold und Blau. Er war nur einen Augenblick lang zu sehen, doch das genügte.

Logain hatte sich einst zum Wiedergeborenen Drachen ausrufen lassen, war gefangen und einer Dämpfung unterzogen worden. Aller Ruhm, den er sich als falscher Drache erworben haben mochte, lag jetzt weit hinter ihm. Alles, was ihm blieb, war die Verzweiflung der ihrer Kräfte Beraubten, so als habe man ihnen Augenlicht, Gehör und Geschmackssinn auf einmal genommen, die sterben wollten, die nur noch auf den

Tod warteten, der unweigerlich nach wenigen Jahren kommen würde. Er blickte sie an. Wahrscheinlich nahm er sie dabei gar nicht wahr, denn sein Blick war hoffnungslos nach innen gerichtet. Warum also hatte er diese Aura um seinen Kopf getragen, die von Ruhm und kommender Macht sprach? Das war etwas, was sie der Amyrlin berichten mußte.

»Armer Kerl«, murmelte Gawyn. »Ich kann mir nicht helfen, ich habe Mitleid mit ihm. Licht, es wäre eine Gnade, würde man ihn selbst ein Ende machen lassen. Warum zwingen sie ihn zum Weiterleben?«

»Er verdient keine Gnade«, verkündete Galad. »Hast du vergessen, was er war und was er tat? Wie viele Tausende starben, bis er gefaßt wurde? Wie viele Städte wurden niedergebrannt? Laß ihn weiterleben als Mahnung an andere.«

Gawyn nickte zögernd. »Und doch folgten ihm die Menschen. Einige dieser Städte wurden zerstört, weil sie zu ihm gehalten hatten.«

»Ich muß gehen«, sagte Min und stand auf.

Galad war augenblicklich ganz der Hilfsbereite: »Vergebt uns, Frau Elmindreda. Wir wollten Euch nicht ängstigen. Logain kann Euch nichts antun. Das versichere ich Euch.«

»Ich… Ja, er gab mir ein Gefühl von Schwäche. Entschuldigt mich nun bitte. Ich muß wirklich gehen und mich eine Weile hinlegen.«

Gawyn blickte höchst skeptisch drein, aber er nahm ihren Korb, bevor sie ihn selbst in die Hand nehmen konnte. »Ich werde dich wenigstens ein Stück weit begleiten«, sagte er mit übertriebener Rücksicht. »Dieser Korb muß ja viel zu schwer für dich sein, so schwindlig, wie dir ist. Ich will doch nicht, daß du ins Taumeln kommst.«

Sie hätte am liebsten den Korb genommen und ihm über den Kopf gehauen, aber das paßte natürlich nicht zu ›Elmindreda‹. »Oh, danke vielmals, Lord Gawyn.

Ihr seid so nett zu mir. So nett. Nein, nein, Lord Galad. Ich will nicht auch noch Euch beiden ein Klotz am Bein sein. Setzt Euch nur hin und lest Euer Buch. Bitte, sagt mir, daß Ihr das tun wollt. Ich könnte etwas anderes nicht ertragen.« Sie klimperte mit den Wimpern.

Irgendwie schaffte sie es, Galad dazu zu bewegen, auf der Marmorbank Platz zu nehmen, und zu entkommen, allerdings in Begleitung Gawyns. Ihr Rock irritierte sie. Sie wollte ihn am liebsten bis zum Knie anheben und weglaufen, aber Elmindreda würde eben niemals rennen und auch nicht soviel von ihren Beinen enthüllen, außer beim Tanz. Laras hatte sie sehr ernsthaft darauf hingewiesen. Wenn sie sich nur einmal beim Laufen erwischen ließ, würde sie damit das sorgfältig aufgebaute Bild von Elmindreda völlig zerstören. Und Gawyn …!

»Gib mir den Korb, du Gehirnmuskelabrobat«, fauchte sie, sobald sie außer Sichtweite Galads waren. Sie riß ihm den Korb aus der Hand, bevor er ihn ihr reichen konnte. »Was soll denn das, mich vor ihm über Elayne und Egwene ausfragen zu wollen? Elmindreda hat sie niemals kennengelernt. Elmindreda interessiert sich nicht für sie. Elmindreda will nicht im gleichen Atemzug wie sie genannt werden! Kannst du das nicht kapieren?«

»Nein«, sagte er. »Du erklärst mir ja nichts. Aber es tut mir leid.« In seinem Tonfall lag kaum genug Reue, um sie zu besänftigen. »Ich bin eben besorgt. Wo sind sie bloß? Diese Nachrichten, die den Fluß hoch gekommen sind – über einen falschen Drachen in Tear –, machen mir das Herz noch schwerer. Sie befinden sich irgendwo dort draußen, das Licht weiß wo, und ich frage mich immerzu, ob sie in einen ähnlichen Feuersturm geraten werden, wie ihn Logain in Ghealdan entfacht hat.«

»Und wenn er kein falscher Drache ist?« fragte sie vorsichtig.

»Du meinst, weil man sich auf der Straße erzählt, er habe den Stein von Tear eingenommen? Gerüchte übertreiben immer. Ich glaube das erst, wenn ich es sehe, und um mich zu überzeugen, ist ein wenig mehr nötig. Selbst der Stein kann einmal fallen. Licht, ich glaube eigentlich nicht, daß sich Elayne und Egwene in Tear aufhalten, aber es frißt mich auf wie Säure, daß ich nichts von ihnen weiß. Wenn ihr etwas passiert ist…«

Min wußte nicht, welche der beiden er mit ›ihr‹ meinte, doch sie vermutete, es sei ihm selbst nicht klar. Trotz aller seiner Manöver, um sie zu ärgern, schloß sie ihn in diesem Augenblick ins Herz, doch ändern konnte sie nichts. »Wenn du nur wenigstens genau machst, was ich dir sage, und…«

»Ich weiß: der Amyrlin vertraust. Vertrauen!« Er atmete langgezogen aus. »Weißt du, daß Galad in den Tavernen der Stadt mit Weißmänteln geredet und getrunken hat? Jeder kann die Brücken überqueren, wenn er in Frieden kommt; sogar die verfluchten Kinder des Lichts.«

»Galad?« fragte sie ungläubig. »In Tavernen? Trinken?«

»Nicht mehr als ein oder zwei Becher, da bin ich sicher. Mehr würde er niemals trinken, nicht einmal an seinem Namenstag.« Gawyn zog die Stirn kraus. Anscheinend war ihm selbst nicht klar, ob er damit Galad kritisiert hatte oder nicht. »Der springende Punkt ist aber, daß er sich mit Weißmänteln unterhalten hat. Und nun noch dieses Buch. Der Widmung nach zu schließen, hat Eamon Valda selbst es ihm gegeben. ›In der Hoffnung, daß Ihr den Weg findet.‹ Valda, Min! Der Mann, unter dessen Befehl die Weißmäntel auf der anderen Seite der Brücken stehen. Die Ungewißheit frißt auch Galad auf. Auf Weißmäntel zu hören…! Wenn unserer Schwester oder Egwene irgend etwas zustößt…« Er schüttelte den Kopf. »Weißt du, wo sie sind, Min? Würdest du es mir anvertrauen? Warum diese Verkleidung?«

»Weil ich mit meiner Schönheit zwei Männer verrückt gemacht habe und mich zwischen ihnen nicht entscheiden kann«, teilte sie ihm in beißendem Ton mit.

Er lachte bitter auf und verbarg schnell die Bitterkeit hinter einem Grinsen. »Na ja, wenigstens das kann ich verstehen.« Nun schmunzelte er und hob mit seinem Zeigefinger ihr Kinn an. »Du bist ein hübsches Mädchen, Elmindreda. Ein hübsches und kluges kleines Mädchen.«

Sie ballte eine Faust und versuchte, ihm aufs Auge zu schlagen, doch er tänzelte rückwärts, und sie stolperte über ihren Rock und wäre beinahe gestürzt. »Du verdammter Ochse von einem hirnlosen Kerl!« grollte sie.

»Welch graziöse Bewegung, Elmindreda«, lachte er. »Diese zauberhafte Stimme, wie eine Nachtigall, wie eine Turteltaube am Abend! Welcher Mann käme nicht ins Träumen, wenn er Elmindreda sieht?« Das Vergnügen glitt von seinem Gesicht ab und er sah ihr ernst in die Augen. »Wenn du irgend etwas in Erfahrung bringst, laß es mich bitte wissen. Bitte! Ich bitte dich auf Knien, Min!«

»Ich werde es dir sagen«, antwortete sie. *Wenn ich kann. Wenn es ihnen nicht schadet. Licht, wie ich diesen Ort hasse. Warum kann ich nicht zu Rand zurückgehen?*

Sie ließ Gawyn stehen und ging allein in das Wohngebäude der Burg. Sie sah sich wachsam um, ob eine Aes Sedai oder eine Aufgenommene in der Nähe sei, die sie vielleicht fragen könnte, warum sie hochgehe und nicht im Erdgeschoß blieb und wohin sie wolle. Was sie an Logain beobachtet hatte, war zu wichtig, um darauf zu warten, daß die Amyrlin ihr angeblich ganz zufällig am späten Nachmittag erst begegnete.

Zumindest redete sie sich das ein. Die Ungeduld ließ sie fast aus der Haut fahren.

Sie sah nur ein paar Aes Sedai, die entweder weit vor ihr um irgendeine Ecke kamen oder ein entferntes Zimmer betraten. Das war erfreulich. Niemand kam einfach vorbei, um der Amyrlin einen Besuch abzustatten. Die Handvoll Dienerinnen, die an ihr vorbeieilten und ihrer Arbeit nachgingen, stellten ihr selbstverständlich keine Fragen, warfen ihr nicht einmal einen Blick nach, wenn sie ganz kurz vor ihr geknickst hatten, ohne im Schritt richtig innezuhalten.

Sie öffnete die Tür zum Arbeitsbereich der Amyrlin und hatte sich schon eine Geschichte zurechtgelegt, falls sich jemand Fremdes bei Leane aufhielt. Doch das Vorzimmer war leer. So eilte sie zur Innentür und steckte den Kopf hinein. Die Amyrlin und die Behüterin saßen sich an Siuans Tisch gegenüber, der mit schmalen, dünnen Papierstreifen übersät war. Ihre Köpfe drehten sich abrupt ihr zu und die Blicke trafen sie wie vier Nägel, die man in sie hämmerte.

»Was tust du hier?« fauchte die Amyrlin. »Du sollst das dumme Mädchen spielen, das hier Zuflucht sucht, und nicht meine Jugendfreundin. Es darf keinen Kontakt zwischen uns geben, außer ganz flüchtigen Zusammentreffen. Wenn nötig, werde ich Laras Anweisung erteilen, daß sie dich wie eine Kinderschwester überwacht. Das würde ihr Spaß machen, glaube ich, aber dir vermutlich nicht.«

Min schauderte bei dem Gedanken daran. Plötzlich erschien ihr Logain nicht mehr so dringend. Es war kaum denkbar, daß er in den nächsten Tagen bereits zu neuem Ruhm und Ehre gelangen sollte. Er war eigentlich nicht der Grund, aus dem sie gekommen war. Nur eine Ausrede, doch jetzt würde sie keinen Rückzieher mehr machen. So schloß sie die Tür hinter sich und stammelte etwas von dem heraus, was sie gesehen hatte und was es bedeuten mochte. Sie fühlte sich noch immer nicht wohl, wenn Leane anwesend war.

Siuan schüttelte müde den Kopf. »Noch etwas, um sich Gedanken darüber zu machen. Hungersnot in Cairhien. Eine Schwester in Tarabon vermißt. Die Trolloc-Überfälle in den Grenzlanden nehmen wieder zu. Dieser Narr, der sich Prophet nennt, sorgt für blutige Unruhen in Ghealdan. Er predigt ganz offensichtlich, daß der Drache als schienarischer Lord wiedergeboren wurde«, sagte sie skeptisch. »Selbst die kleinen Dinge stellen sich als schlimm heraus. Der Krieg in Arad Doman hat den Handel aus Saldaea zum Erliegen gebracht, und die Folge sind Unruhen in Maradon. Es kann sogar geschehen, daß deshalb Tenobia den Thron aufgeben muß. Die einzige positive Botschaft, die ich erhalten habe, ist die, daß sich aus irgendeinem Grund die Grenze der Fäule zurückverlagert hat. Zwei Meilen oder mehr an grünen Pflanzen jenseits der Grenzpfosten, ohne ein Anzeichen von Verfall oder Pestilenz, und zwar von Saldaea bis hinauf nach Schienar. Das ist das erste Mal seit Menschengedenken! Aber ich fürchte, auf die guten Nachrichten folgen immer die schlechten. Wenn ein Boot einmal ein Leck hat, hat es auch noch mehr. Ich wünschte nur, das würde sich wenigstens im Gleichgewicht halten. Leane, gib Logain eine stärkere Bewachung mit. Ich kann mir nicht vorstellen, welche Schwierigkeiten er uns jetzt bereiten könnte, aber ich lege gar keinen Wert darauf, es herauszufinden.« Sie wandte diesen durchbohrenden Blick aus blauen Augen wieder Min zu. »Warum bist du hier heraufgeflattert wie eine aufgescheuchte Möwe? Das mit Logain hätte noch Zeit gehabt. Der Mann wird wohl kaum vor Sonnenuntergang zu Ruhm und Ehre kommen.«

Dieses Echo ihrer eigenen Gedanken ließ Min unangenehm berührt von einem Fuß auf den anderen treten. »Ich weiß«, sagte sie. Leanes Augenbrauen zogen sich drohend hoch und sie fügte ein schnelles ›Mutter‹ hinzu. Die Behüterin nickte zustimmend.

»Das war aber noch keine Begründung, Kind«, meinte Siuan.

Min riß sich zusammen. »Mutter, nichts von dem, was ich seit dem ersten Tag gesehen habe, ist sehr wichtig gewesen. Ich habe bestimmt nichts vorhergesehen, was auf die Schwarzen Ajah hinwies.« Bei der Bezeichnung lief es ihr immer noch eiskalt den Rücken herunter. »Ich habe Euch alles darüber gesagt, welches Unglück Euch Aes Sedai treffen wird, und der ganze Rest ist nutzlos.« Sie mußte erst einmal innehalten und schlucken. Dieser durchdringende Blick machte sie nervös. »Mutter, es gibt keinen Grund, warum ich nicht fort könnte. Und es gibt Gründe dafür, warum ich gehen sollte. Für Rand ist es mehr als nützlich, was ich voraussehen kann. Falls er wirklich den Stein eingenommen hat ... Mutter, er wird mich brauchen!« *Zumindest brauche ich ihn! Was für eine dumme Gans ich doch bin!*

Die Behüterin schauderte ganz offen bei der Erwähnung von Rands Namen. Siuan andererseits schnaubte laut. »Deine Voraussagen haben sich als sehr nützlich erwiesen. Es ist wichtig, über Logain Bescheid zu wissen. Du hast einen Dieb erwischt, bevor irgend jemand anders in Verdacht kommen konnte. Und diese feuerhaarige Novizin, die sich beinahe hätte schwängern lassen ...! Sheriam hat das unterbunden. Das Mädchen wird nicht einmal mehr an Männer denken, bis sie ihre Ausbildung beendet hat. Aber wir hätten nicht Bescheid gewußt, bevor es passiert wäre, wenn du nicht gewesen wärst. Nein, du darfst nicht gehen. Früher oder später werden mir deine Visionen einen Weg zu den Schwarzen Ajah weisen, und bis dahin bist du immer noch dein Geld wert.«

Min seufzte, und das nicht nur, weil die Amyrlin sie dabehalten wollte. Als sie die rothaarige Novizin das letzte Mal gesehen hatte, hatte das Mädchen sich gerade mit einem kräftigen Wachsoldaten in ein kleines Waldstück zurückgezogen. Sie würden heiraten, wahrscheinlich sogar noch vor Ende des Sommers. Das hatte Min gesehen, sobald sie die beiden zusammen erblickte. Die Burg ließ wohl niemals eine Novizin vor Ende ihrer Ausbildung gehen, selbst wenn kaum noch Fortschritte zu erwarten waren, aber in der Zukunft des Paares lagen ein Bauernhof und eine Schar Kinder. Es war allerdings sinnlos, der Amyrlin auch das mitzuteilen.

»Könntet Ihr nicht wenigstens Gawyn und Galad wissen lassen, daß Egwene und ihre Schwester in Sicherheit sind, Mutter?« Ihre eigene Frage irritierte sie, genauso wie ihr Tonfall dabei. Es war, als bettle ein Kind um einen Keks, nachdem ihm ein Stück Kuchen verweigert worden war. »Sagt Ihnen doch wenigstens etwas anderes als diese lächerliche Geschichte, daß sie Strafdienst auf einem Bauernhof leisten müssen.«

»Ich habe dir doch gesagt, daß dich das nichts angeht. Ich will das nicht noch einmal wiederholen.«

»Sie glauben das doch genausowenig wie ich«, brachte Min heraus, bevor das trockene Lächeln der Amyrlin ihr die weiteren Worte im Hals ersterben ließ. Das Lächeln wirkte überhaupt nicht amüsiert.

»Du schlägst also vor, ich soll etwas anderes sagen, wo sie sich aufhalten? Nachdem ich jedem erzählt habe, sie befänden sich auf einem Bauernhof? Glaubst du nicht, das würde einigen zu denken geben? Jeder außer diesen Jungen akzeptiert die Geschichte. Und außer dir. Nun, Coulin Gaidin wird einfach härter mit ihnen arbeiten müssen. Ein Muskelkater und genug Schweiß wird die meisten Männer von allen anderen Problemen ablenken. Auch bei Frauen wirkt das. Stell mir noch viele Fragen, und ich werde sehen, ob ein paar Tage Töpfe schrubben dir nicht guttun. Besser ein paar Tage auf deine Dienste verzichten, als daß du deine Nase ständig in Dinge steckst, die dich nichts angehen.«

»Ihr wißt noch nicht einmal, ob sie in Schwierigkeiten stecken oder nicht. Oder Moiraine.« Sie meinte aber in Wirklichkeit nicht Moiraine damit.

»Mädchen«, sagte Leane warnend, aber Min ließ sich jetzt nicht aufhalten.

»Warum haben wir nichts von ihnen gehört? Die Gerüchte sind schon vor zwei Tagen bis hierher gedrungen. Zwei Tage! Warum enthält keiner dieser Fetzen auf Eurem Tisch eine Nachricht von ihr? Hat sie keine Tauben? Ich glaubte, Ihr Aes Sedai hättet überall Eure Leute mit Brieftauben sitzen. Wenn das in Tear nicht der Fall ist, sollte man schleunigst jemanden hinschicken. Selbst ein Reiter hätte mittlerweile Tar Valon von dort aus erreicht. Warum …«

Das Klatschen von Siuans Handfläche auf den Tisch ließ sie abbrechen. »Du gehorchst erstaunlich gut«, sagte sie trocken. »Kind, bis wir das Gegenteil hören, müssen wir annehmen, daß es dem jungen Mann gutgeht. Bete darum, ja?« Leane schauderte wieder. »Es gibt ein Sprichwort im Mauleviertel, Kind«, fuhr die Amyrlin fort. »›Sorge dich nicht, bevor die Sorgen dich plagen.‹ Merk dir das gut, Kind.«

Es klopfte schüchtern an die Tür.

Die Amyrlin und die Behüterin tauschten einen Blick, und dann sahen beide Min an. Ihre Gegenwart stellte ein Problem dar. Es gab keinen Fleck, wo sie sich hätte verstecken können. Selbst der gesamte Balkon war vom Zimmer aus einsehbar

»Ein Grund, warum du dich hier befinden könntest, ohne deshalb mehr als das närrische Mädchen darzustellen, als das du hier bekannt bist. Leane, stell dich schon mal an die Tür.« Sie und die Behüterin standen gleichzeitig auf. Siuan kam um den Tisch herum auf Min zu, während Leane zur Tür ging. »Setz dich auf Leanes Stuhl, Mädchen. Beweg dich, Kind, los! Jetzt schmolle ein wenig. Nicht wütend dreinblicken – nur schmollen. Drücke die Unterlippe heraus und blicke zu Boden. Ich will möglicherweise, daß du dir Bänder ins Haar steckst – breite, rote Bänder... Gut so. Leane.« Die Amyrlin stützte die Fäuste auf die Hüften und erhob die Stimme: »Und wenn du noch einmal unangemeldet hereinschneist, Kind, werde ich...«

Leane öffnete die Tür, und dahinter stand eine dunkelhaarige Novizin, die zusammenzuckte, als sie Siuans anhaltende Tirade hörte, und die dann tief knickste. »Botschaften für die Amyrlin, Aes Sedai«, quiekte das Mädchen ängstlich. »Zwei Tauben sind im Schlag angekommen.« Es war eine von denen, die Min ihrer Schönheit wegen bewundert hatten, und sie bemühte sich, an der Behüterin mit weit aufgerissenen Augen neugierig vorbeizuschauen.

»Das geht dich nichts an, Kind«, sagte Leane kurz angebunden und nahm dem Mädchen die kleinen Knochenhülsen aus der Hand. »Zurück zum Taubenschlag mit dir.« Bevor die Novizin sich wieder erhoben hatte, schloß Leane die Tür. Dann lehnte sie sich erstmal seufzend an die Wand. »Ich bin bei jedem unerwarteten Geräusch hochgefahren, seit Ihr mir gesagt habt...« Sie richtete sich auf und kam zum Tisch zurück. »Zwei weitere Botschaften, Mutter. Soll ich...?«

»Ja. Öffne sie«, sagte die Amyrlin. »Zweifellos hat sich Morgase entschlossen, doch noch Cairhien zu überfallen. Oder die Trollocs haben die Grenzlande überrannt. Das würde ja zu allem anderen passen.« Min blieb sitzen. Einige von Siuans Drohungen hatten zu realistisch geklungen.

Leane untersuchte das rote Wachssiegel am Ende einer der kleinen Hülsen. Sie waren nicht größer als das letzte Glied ihres Fingers. Dann brach sie die Hülse mit einem Daumennagel auf, nachdem sie sicher war, daß niemand die Siegel manipuliert hatte.

Mit einer feinen Elfenbeinpinzette holte sie das zusammengerollte Stück Papier heraus. »Beinahe so schlimm wie das mit den Trollocs, Mutter«, sagte sie, kaum daß sie mit Lesen begonnen hatte. »Mazrim Taim ist entkommen.«

»Licht!« rief Siuan. »Wie?«

»Hier steht nur, daß er heimlich bei Nacht befreit wurde, Mutter. Zwei Schwestern sind tot.«

»Das Licht leuchte ihren Seelen. Aber wir haben keine Zeit, um die Toten zu trauern, während Taim und Konsorten frei sind und der Dämpfung bedürfen. Wo, Leane?«

»Denhuir, Mutter. Ein Dorf östlich der Schwarzen Hügel an der Straße nach Maradon, unweit der Quellen des Antaeo und des Luan.«

»Es müssen seine Anhänger gewesen sein. Narren. Warum geben sie sich nicht geschlagen? Wähle ein Dutzend verläßliche Schwestern aus, Leane...« Die Amyrlin verzog das Gesicht. »Verläßlich«, murmelte sie. »Wenn ich nur wüßte, wer hier verläßlicher ist als eine Forelle, hätte ich nicht die gleichen Probleme. Tu dein Bestes, Leane. Ein Dutzend Schwestern. Und fünfhundert Gardesoldaten. Nein, volle tausend.«

»Mutter«, sagte die Behüterin besorgt. »Die Weißmäntel...«

»... würden sich nicht einmal trauen, die Brücken zu überqueren, wenn ich sie völlig unbewacht ließe. Sie würden dann glauben, es sei eine Falle. Man kann überhaupt nicht vorhersagen, was dort vor sich geht, Leane. Ich möchte, daß alle, die ich hinschicke, auf das Schlimmste vorbereitet sind. Und, Leane... Mazrim Taim muß einer Dämpfung unterzogen werden, sobald man ihn wieder gefaßt hat.«

Leane riß die Augen vor Schreck auf. »Das Gesetz!«

»Ich kenne das Gesetz genauso gut wie du, aber ich riskiere nicht, daß man ihn noch einmal befreit, während er seine vollen Kräfte besitzt. Ich werde keinen weiteren Guaire Amalasan mehr aufkommen lassen, und das neben all dem anderen, was wir am Hals haben.«

»Ja, Mutter«, sagte Leane ergeben.

Die Amyrlin nahm die zweite Knochenhülse in die Hand und brach sie mit einem scharfen Knacken auseinander, um die Nachricht herausnehmen zu können. »Endlich gute Neuigkeiten«, hauchte sie und auf ihrem Gesicht erblühte ein leichtes Lächeln. »Gute Nachrichten. ›Die Schleuder wurde benützt. Der Schäfer hält das Schwert.‹

»Rand?« fragte Min und Siuan nickte.

»Natürlich, Mädchen. Der Stein ist gefallen. Rand al'Thor, der Schafhirte, hat *Callandor.* Jetzt bin ich am Zug, Leane. Ich will, daß der Burgrat heute nachmittag zusammenkommt. Nein, heute morgen noch.«

»Ich verstehe das nicht«, sagte Min. »Ihr wußtet doch, daß die Gerüchte von Rand sprachen. Warum beruft Ihr nun den Rat ein? Was könnt Ihr tun, was Ihr vorher nicht konntet?«

Siuan lachte wie ein junges Mädchen. »Was ich jetzt tun kann, ist, ihnen geradeheraus erklären, daß ich von einer Aes Sedai erfahren habe: Der Stein von Tear ist gefallen, und ein Mann hält *Callandor* in Händen. Die Prophezeiung ist erfüllt. Jedenfalls in ausreichendem Maße, um meinen Zwecken zu dienen. Der Drache ist wiedergeboren. Sie werden zusammenzucken, sie werden sich streiten, aber keine kann sich gegen meine Ankündigung stellen, daß die Burg diesen Mann führen muß. Endlich kann ich öffentlich zu ihm stehen. Zum Teil wenigstens.«

»Tun wir wirklich das Richtige, Mutter?« fragte Leane mit einem Mal. »Ich weiß... Wenn er *Callandor* hat, muß er der Wiedergeborene Drache sein. Aber er kann die Macht benützen, Mutter. Ein Mann, der die Macht benützt. Ich habe ihn nur einmal gesehen, aber selbst zu der Zeit war etwas Eigenartiges an ihm.

Etwas mehr, als nur *ta'veren* zu sein. Mutter, unterscheidet er sich so sehr von Taim, wenn man es nüchtern betrachtet?«

»Der Unterschied liegt darin, daß *er* der Wiedergeborene Drache ist, Tochter«, sagte die Amyrlin ruhig. »Taim ist ein Wolf und vielleicht sogar ein räudiger. Rand al'Thor ist der Wolfshund, den wir benützen werden, um den Schatten zu besiegen. Behalte seinen Namen für dich, Leane. Es ist am besten, nicht gleich zu vieles zu enthüllen.«

»Wie Ihr meint, Mutter«, sagte die Behüterin, aber es klang noch nicht überzeugt.

»Raus mit dir. Ich will, daß der Rat in einer Stunde zusammentritt.« Siuan blickte nachdenklich der hochgewachsenen Frau hinterher. »Es könnte mehr Widerstand geben, als mir lieb ist«, sagte sie, nachdem die Tür zu war.

Min sah sie scharf an. »Ihr meint doch nicht etwa...«

»Ach, nichts Ernstes, Kind. Nicht, solange sie keine Ahnung davon haben, wie lange ich schon in diese Sache mit dem al'Thor-Jungen verwickelt bin.« Sie betrachtete das Briefchen erneut und ließ es dann auf den Tisch fallen. »Ich wünschte nur, daß Moiraine mir mehr mitgeteilt hätte.«

»Warum hat sie wohl nicht mehr geschrieben? Und warum haben wir nicht schon früher von ihr gehört?«

»Noch mehr Fragen. Du mußt sie Moiraine stellen. Sie ist schon immer ihren eigenen Weg gegangen. Frage Moiraine, Kind.«

Sahra Covenry bewegte lustlos ihre Hacke und blickte finster auf die winzigen Fadenblatt- und Hahnenfußschößlinge, die ihre Köpfe zwischen den Reihen von Kohlköpfen und Rüben aus dem Boden streckten. Nicht, daß Frau Elward eine strenge Aufseherin wäre. Sie war bestimmt nicht strenger als Sahras Mutter und ganz sicher weniger streng als

Sheriam, aber Sahra war nicht in die Weiße Burg gegangen, um kurz nach Sonnenaufgang im Gemüsefeld Unkraut zu jäten. Ihre weißen Novizinnenkleider waren weggepackt. Sie trug braune Wollkleider, die auch ihre Mutter hätte genäht haben können. Den Rock hatte sie bis zu den Knien hochgebunden, damit er nicht im Dreck schleifte. Es war alles so ungerecht. Sie hatte doch nichts getan.

Sie krümmte die Zehen im aufgewühlten Boden und funkelte den hartnäckigen Hahnenfuß an. Sie griff nach der Macht und wollte ihn aus dem Boden herausbrennen. Funken sprühten um das Gewächs mit den bereits kräftigen Blättern herum, und es welkte dahin. Schnell schnitt sie den Strunk aus der Erde und aus ihrer Erinnerung. Wenn es noch irgendeine Gerechtigkeit auf der Welt gab, würde Lord Galad den Bauernhof auf einem Jagdausflug besuchen.

Sie stützte sich auf die Hacke und gab sich einem Tagtraum hin, in dem sie Lord Galads Verwundungen mit Hilfe der Macht heilte, nachdem er vom Pferd gestürzt war. Das war natürlich nicht seine Schuld gewesen, denn er war ein wundervoller Reiter. Und dann hob er sie vor sich in den Sattel und erklärte, er wolle ihr Behüter sein, und sie wäre natürlich eine Grüne Ajah, und …

»Sahra Covenry?«

Sahra fuhr ob des scharfen Zurufs zusammen, aber es war nicht Frau Elward. Sie knickste so gut wie bei ihrem hochgebundenen Rock möglich. »Ich grüße Euch, Aes Sedai. Seid Ihr gekommen, um mich zur Burg zurückzubringen?«

Die Aes Sedai trat näher heran und achtete nicht darauf, daß sie ihren Rock durch den Schmutz des Gemüsefelds schleifte. Trotz der sommerlichen Wärme dieses Morgens trug sie einen Umhang und hatte die Kapuze übergezogen, damit ihr Gesicht im Schatten lag. »Bevor Ihr die Burg verlassen habt, brachtet Ihr doch eine Frau zur Amyrlin hinauf. Eine Frau, die sich Elmindreda nannte.«

»Ja, Aes Sedai«, sagte Sahra. In ihrer Stimme schwang eine unausgesprochene Frage mit. Es gefiel ihr nicht, wie die Aes Sedai das gesagt hatte, als habe sie die Burg endgültig verlassen. »Sagt mir alles, was Ihr gehört und gesehen habt, Mädchen, von dem Moment an, als Euch diese Frau anvertraut wurde. Alles.«

»Aber ich habe nichts gehört, Aes Sedai. Die Behüterin hat mich weggeschickt, sobald ...« Der Schmerz durchzuckte sie, ließ sie ihre Zehen im Boden vergraben und ihren Rücken versteifen. Der Krampf dauerte nur Augenblicke, schien ihr aber Ewigkeiten anzuhalten. Sie rang nach Luft, und dann wurde ihr klar, daß sie die Wange auf den Boden gepreßt und ihre immer noch zitternden Finger in die Erde verkrallt hatte. Sie erinnerte sich nicht einmal daran, gestürzt zu sein. Sie bemerkte, daß Frau Elwards Wäschekorb in der Nähe des steinernen Bauernhauses umgekippt am Boden lag. Feuchte Leintücher waren zuhauf hinausgefallen. Halb betäubt dachte sie, das sei doch eigenartig. Moria Elward würde doch nie ihre Wäsche so liegen lassen.

»Alles, Mädchen«, sagte die Aes Sedai kalt. Sie stand nun über Sahra gebeugt und machte keine Anstalten, ihr zu helfen. Sie hatte sie verletzt, und das durfte eigentlich nicht sein. »Jede Person, mit der diese Elmindreda gesprochen hat, jedes Wort, das sie sagte, jede Nuance und jeden Gesichtsausdruck.«

»Sie hat mit Lord Gawyn gesprochen, Aes Sedai«, schluchzte Sahra zum Erdboden gewandt. »Das ist alles, was ich weiß, Aes Sedai. Alles.« Sie begann, richtig zu weinen, weil sie sicher war, daß die Frau mit ihrer Antwort nicht zufrieden sein würde. Sie hatte recht. Lange Zeit hörte ihr Schreien nicht auf, und als die Aes Sedai ging, hörte man keinen Laut mehr aus der Umgebung des Bauernhauses bis auf das Gackern der Hühner – nicht einmal Atemgeräusche.

KAPITEL 18

In die Kurzen Wege

Perrin knöpfte sich die Jacke zu und stand dann noch einen Augenblick lang da, um die Axt zu betrachten, die an der Wand befestigt hing, seit er sie aus der Tür herausgezogen hatte. Ihm paßte der Gedanke überhaupt nicht, sie wieder als Waffe zu tragen, aber er band den Gürtel vom Haken los und legte ihn sich trotzdem an. Den Hammer band er auf seine prall gefüllten Satteltaschen. Alsdann schulterte er Satteltaschen und Deckenrolle, nahm den gefüllten Köcher und holte seinen unbespannten Langbogen aus der Ecke hervor.

Die Hitze und das grelle Licht der aufgehenden Sonne drangen durch die engen Fensteröffnungen. Das zerwühlte Bett war das einzige Anzeichen dafür, daß hier jemand gewohnt hatte. Das Zimmer machte einen verlassenen Eindruck, roch sogar irgendwie leer, obwohl er seinen Körpergeruch noch auf den Bettlaken wittern konnte. Er blieb nirgendwo lange genug, daß ein solcher Raum etwas von seiner Persönlichkeit hätte ausstrahlen können. Niemals lange genug, um Wurzeln zu schlagen, um ein Zimmer zu einem Heim zu machen. *Na ja, ich gehe dafür jetzt nach Hause.* Er wandte dem unbelebten Zimmer den Rücken zu und ging hinaus.

Gaul hatte vor einem Wandbehang gehockt, der Reiter auf der Jagd nach Löwen zeigte. Nun erhob er sich. Er trug bereits alle seine Waffen, dazu zwei lederne Wasserflaschen, und auf seinen Rücken hatte er neben das reichverzierte Lederfutteral für seinen Bogen noch eine zusammengerollte Decke und einen kleinen Kochtopf geschnallt. Er war allein.

»Die anderen?« fragte Perrin, und Gaul schüttelte den Kopf.

»Zu lange schon vom Dreifachen Land weg. Ich habe dich ja vorgewarnt, Perrin. Diese Länder hier bei euch sind viel zu naß. Es ist, als atme man Wasser statt Luft. Es gibt zu viele Menschen, und sie wohnen zu eng aufeinander. Sie haben mehr als genug von diesen fremdartigen Ländern.«

»Ich verstehe schon«, sagte Perrin, aber das, was er wirklich verstand, war die Tatsache, daß es doch keine Rettung geben werde, keine Aielkompanie, um die Weißmäntel von den Zwei Flüssen zu vertreiben. Er behielt seine Enttäuschung für sich. Sie war bitter, nachdem er gehofft hatte, seinem Schicksal doch noch entkommen zu können, aber er hatte sich ja auf alles vorbereitet. Hat keinen Zweck zu weinen, wenn das Eisen reißt; man muß es eben noch einmal schmieden. »Hast du irgendwelche Schwierigkeiten bei dem gehabt, worum ich dich gebeten hatte?«

»Keine. Bei jedem Stück, das du haben wolltest, gab ich einem anderen Tairener den Auftrag, es zum Stall am Tor der Drachenmauer zu bringen und niemandem etwas davon zu erzählen. Sie haben sich dort vielleicht gegenseitig angetroffen, aber sie werden glauben, die Sachen seien für mich bestimmt, und sie werden den Mund halten. Das Tor zur Drachenmauer. Da könnte man denken, das Rückgrat der Welt befände sich gleich hinter dem Horizont und nicht hundert Wegstunden oder weiter entfernt.« Der Aiel zögerte. »Das Mädchen und der Ogier machen keine Anstalten, ihre Reisevorbereitungen heimlich zu treiben, Perrin. Sie hat versucht, den Gaukler aufzuspüren, und dann auch noch jedem erzählt, daß sie vorhabe, durch die Kurzen Wege zu reiten.«

Perrin kratzte sich im Bart und seufzte schwer. Es

war schon beinahe ein Grollen. »Falls sie es auch noch Moiraine erzählt, dann schwöre ich, daß sie sich eine Woche lang nicht mehr wird hinsetzen können.«

»Sie kann sehr gut mit diesen Messern umgehen«, meinte Gaul mit unbeteiligter Stimme.

»Nicht gut genug. Nicht, falls sie mich verpfiffen hat.« Perrin zögerte. Keine Aielkompanie. Der Galgen wartete immer noch. »Gaul, falls mir irgend etwas zustößt und ich es dich wissen lasse, dann bringe bitte Faile fort. Sie will vielleicht nicht weg, aber tu's trotzdem. Bringe sie sicher von den Zwei Flüssen weg. Versprichst du mir das?«

»Ich werde mein Bestes geben, Perrin. Ich stehe noch immer in deiner Blutschuld.« Gauls Tonfall deutete Zweifel an, aber Perrin glaubte nicht, daß Failes Messer ausreichen würden, um den Mann davon abzuhalten.

Sie benützten soweit wie möglich Gänge ganz hinten im Stein und enge Treppen, die wohl dazu da waren, damit Diener unauffällig überall hingelangen konnten. Perrin fand es schade, daß die Tairener den Dienern nicht auch noch eigene Flure gebaut hatten. Trotzdem sahen sie nur wenige Menschen in den breiten Gängen mit ihren vergoldeten Lampenhaltern und den kunstvollen Gobelins. Adelige sahen sie überhaupt nicht.

Er machte eine Bemerkung über deren Abwesenheit, und Gaul sagte: »Rand al'Thor hat sie alle zum Herzen des Steins einberufen.«

Perrin gab lediglich ein Knurren als Antwort, hoffte aber im stillen, daß auch Moiraine dorthin bestellt worden sei. Er fragte sich, ob Rand ihm auf diese Art helfen wolle, aus dem Stein ungesehen zu entkommen. Was auch immer der Grund sein mochte, er ergriff jedenfalls gern die Gelegenheit.

Sie traten von der letzten schmalen Treppenstufe hinunter auf den eigentlichen Grund des Steins. Von hier aus führten höhlenartige Gänge, so breit wie Straßen, zu den Außentoren. Hier sah man auch keine Wandbehänge mehr. Schwarze Eisenlampen hingen in Eisenklammern hoch droben an den Wänden, erleuchteten die fensterlosen Gänge, und der Boden war mit breiten, groben Steinplatten gepflastert, die schon unzählige Pferdehufe hatten aushalten müssen. Perrin lief nun schneller. Die Stallungen kamen am Ende des großen Tunnels in Sicht, und das breite Tor zur Drachenmauer stand offen. Nur eine Handvoll Verteidiger stand dort Wache. Moiraine konnte sie jetzt nicht mehr abfangen, es sei denn, sie hätte wirklich das Glück des Dunklen Königs gepachtet.

Das Tor zum Stall war ein Mauerbogen von mindestens fünfzehn Schritt Durchmesser. Perrin trat einen Schritt hinein und blieb stehen.

Die Luft war schwer vom Geruch nach Stroh und Heu, nach Weizen und Hafer, nach Leder und Pferdedung. Die Wände entlang zogen sich Boxen mit edlen tairenischen Pferden darin, wie man sie überall schätzte, und weitere Boxen befanden sich im Innenraum. Dutzende von Stallburschen gingen ihrer Arbeit nach, striegelten und kämmten, misteten aus oder reparierten Geschirre. Ohne in der Arbeit innezuhalten, blickte der eine oder andere gelegentlich hinüber zu Faile und Loial, die gestiefelt und reisefertig dastanden. Neben ihnen standen Bain und Chiad, wie Gaul mit Waffen und Decken, Wasserflaschen und Kochtöpfen ausgerüstet.

»Sind sie der Grund, warum du vorhin so gezögert hast?« fragte Perrin leise.

Gaul zuckte die Achseln. »Ich werde mein Bestes tun, aber sie werden sich auf ihre Seite schlagen. Chiad ist eine Goshien.«

»Macht ihr Clan einen Unterschied?«

»Ihr Clan und der meine tragen eine Blutfehde aus, Perrin, und ich bin ja auch nicht gerade ihre Speerschwester. Vielleicht werden die Wassereide sie zurückhalten. Ich werde jedenfalls nicht den Speertanz mit ihr tanzen, wenn sie mich nicht herausfordert.«

Perrin schüttelte den Kopf. Seltsame Leute. Was waren nun wieder Wassereide? Aber er sagte bloß: »Warum sind sie dabei?«

»Bain sagt, sie wollten mehr von euren Ländern sehen, aber ich glaube, vor allem der Streit zwischen dir und Faile interessiert sie. Sie mögen Faile, und als sie von dieser Reise hörten, entschlossen sie sich, mit Faile zu gehen anstatt mit dir.«

»Na ja, solange sie dazu beitragen, daß Faile sich nicht in Schwierigkeiten bringt.« Er war überrascht, als Gaul den Kopf in den Nacken legte und schallend lachte. Besorgt kratzte er sich am Bart.

Loial kam auf sie zu. Seine langen Augenbrauen hingen traurig herunter. Seine Manteltaschen quollen beinahe über, aber das war immer so, wenn er verreiste. Die eckigen Umrisse von Büchern waren klar zu erkennen. Wenigstens hinkte er nicht mehr so stark. »Faile wird ungeduldig, Perrin. Ich glaube, sie wird gleich verlangen, daß wir losreiten. Beeil dich bitte. Ihr könntet das Wegetor ohne meine Hilfe nicht einmal finden. Du sollst es auch gar nicht versuchen. Ihr Menschen bringt mich immer dazu, so herumzuhetzen, daß ich den eigenen Kopf nicht finde. Bitte beeil dich.«

»Ich werde ihn schon nicht im Stich lassen«, rief Faile herüber. »Selbst wenn er immer noch zu stur ist, mich um einen einfachen Gefallen zu bitten. Sollte seine Haltung unverändert sein, kann er mir immer noch wie ein verirrter Welpe hinterherlaufen. Ich verspreche, ich werde ihn hinter den Ohren kraulen und auf ihn achtgeben.« Die Aielfrauen krümmten sich vor Lachen.

Gaul sprang plötzlich hoch in die Luft und trat in wenigstens zwei Fuß Höhe über dem Boden aus wie ein Pferd, wobei er auch noch einen seiner Speere um sich wirbelte. »Wir werden euch folgen wie Raubkatzen auf der Jagd«, schrie er, »wie jagende Wölfe.« Er landete leichtfüßig. Loial starrte ihn verblüfft an.

Bain andererseits kämmte sich lediglich mit den Fingern durch ihr kurzgeschnittenes, feuerrotes Haar. »Ich habe bei meinem Bettzeug in der Festung auch ein schönes Wolfsfell«, erzählte sie Chiad mit gelangweilter Stimme. »Wölfe kann man so leicht töten.«

In Perrins Kehle stieg ein Grollen auf, das die Blicke beider Frauen auf ihn lenkte. Einen Augenblick lang schien Bain noch mehr sagen zu wollen, aber dann runzelte sie die Stirn ob seines gelben Blickes und verstummte, nicht weil sie Angst hatte, sondern aus Mißtrauen.

»Dieser Welpe ist noch nicht stubenrein«, vertraute Faile den Aielfrauen an.

Perrin sah sie einfach nicht an. Statt dessen ging er hinüber zu der Box, in der sein brauner Hengst stand. Er war genauso hochgewachsen wie die tairenischen Pferde, aber breiter in den Schultern und an den Flanken. Er winkte einen Stallburschen zur Seite, warf Traber das Zaumzeug über und führte ihn selbst hinaus. Die Stallburschen hatten das Pferd natürlich regelmäßig bewegt, aber die enge Box hatte ihm wohl Lust auf die schnelle Gangart gemacht, die Perrin mit ihm nun anschlug und die ihm den Namen verliehen hatte. Perrin beruhigte ihn mit der Routine eines Mannes, der schon viele Pferde beschlagen hatte. Es machte keinerlei Schwierigkeiten, den an beiden Enden hochstehenden Sattel anzulegen und Satteltaschen sowie Deckenrolle dahinter festzumachen.

Gaul sah mit ausdruckslosem Gesicht zu. Er setzte sich auf kein Pferd, wenn es nicht unbedingt sein mußte, und dann ritt er keinen Schritt weiter, als nötig war. Bei den Aiel war es immer dasselbe. Perrin konnte das nicht verstehen. Vielleicht waren sie einfach stolz darauf, lange Strecken laufen zu können. Für sie schien es von größerer Bedeutung zu sein, aber er war sich sicher, daß sie es selbst nicht richtig erklären konnten.

Natürlich mußte auch das Packpferd beladen werden, doch das ging schnell, da alles, was Gaul herbestellt hatte, sauber aufgestapelt bereitlag. Proviant und Wasserschläuche. Hafer und Weizen für die Pferde. Nichts von alledem konnte man in den Kurzen Wegen finden. Dazu noch ein paar andere Dinge, wie Fußfesseln, Medikamente für die Pferde – für alle Fälle –, eine Reserveschachtel Zunder und ähnliches.

In den Hängekörben des Packpferdes befanden sich vor allem Lederflaschen wie die, in denen die Aiel Wasser mit sich führten, aber sie waren etwas größer und mit Lampenöl gefüllt. Sobald diese an ihren langen Stöcken festgeschnallt waren, war alles fertig.

Perrin schob den unbespannten Bogen unter den Sattelgurt und schwang sich in Trabers Sattel, die Leine des Packpferdes in der Hand. Und dann mußte er kochend vor Wut warten.

Loial saß bereits auf seinem riesigen, zottigen Gaul, der größer war als jeder andere im Stall. Trotzdem erschien er unter dem Ogier, dessen lange Beine fast bis auf den Boden baumelten, beinahe wie ein Pony. Es hatte eine Zeit gegeben, da war der Ogier fast genauso ungern auf ein Pferd gestiegen wie die Aiel, aber nun fühlte er sich auf diesem Riesenpferd wie zu Hause. Doch Faile nahm sich Zeit, untersuchte ihre glänzend schwarze Stute, als habe sie sie noch nie gesehen, obwohl Perrin genau wußte, daß sie das Pferd ausgiebig geritten hatte, bevor sie es kurz nach ihrem Einzug im Stein kaufte. Das Tier hieß Schwalbe und war ein schönes Pferd aus tairenischer Zucht mit schlanken Fesseln und stolz geschwungenem Hals, mit einem tänzelnden Schritt, der sowohl auf Schnelligkeit wie auch auf Ausdauer schließen ließ. Für Perrins Gefühl war sie lediglich zu leicht beschlagen; die Hufeisen würden nicht viel durchhalten. Und nun versuchte sie ihn wieder zu ärgern, indem sie den Abritt verzögerte.

Als Faile endlich mit ihrem engen Hosenrock aufstieg, ritt sie näher an Perrin heran. Sie war eine gute Reiterin, die immer mit ihrem Pferd im Einklang schien. »Warum kannst du mich nicht darum bitten, Perrin?« fragte sie leise. »Du hast versucht, mich davon abzuhalten, mit dem Menschen zu kommen, zu dem ich gehöre. Deshalb bist du jetzt mit dem Bitten an der Reihe. Kann denn etwas so Einfaches so schwer sein?«

Der Stein dröhnte wie eine ungeheure Glocke. Der Fußboden des Stalles wölbte sich; die Decke bebte und wäre fast eingestürzt. Traber bäumte sich wiehernd auf. Sein Kopf zuckte in Panik hin und her. Perrin konnte sich mit Mühe gerade noch im Sattel halten. Stallburschen rappelten sich vom Boden hoch und rannten verzweifelt von Pferd zu Pferd. Die Tiere schlugen aus und versuchten, aus den Boxen zu steigen. Loial hing am Hals seines riesigen Reittiers, und nur Faile saß sicher und elegant im Sattel ihrer wild tänzelnden und wiehernden Stute.

Rand. Perrin wußte, daß Rand dahintersteckte. Der Sog des *Ta'veren* riß an ihm. Es war, als zögen sich zwei Strudel in einem Fluß gegenseitig an. Er hustete, da überall Staub in der Luft hing, und schüttelte heftig den Kopf. Es kostete ihn ungeheure Mühe, nicht abzusteigen und in den Stein zurückzurennen. »Wir reiten!« schrie er, während neue Beben die Festung erschütterten. »Wir reiten sofort, Loial! Jetzt!«

Faile schien ebenfalls ihre Verzögerungstaktik aufgeben zu wollen. Sie gab ihrer Stute die Fersen zu spüren; die stob hinaus neben Loials Pferd, ihre beiden Packpferde wurden mitgerissen, und so galoppierten sie auf das Tor zur Drachenmauer zu. Die Verteidiger blickten sich kurz um und sprangen zur Seite. Ein paar krabbelten sogar auf allen vieren davon. Es war ihre

Pflicht, Menschen am Betreten des Steins, nicht aber jemanden am Verlassen zu hindern. Doch vermutlich konnten sie gar nicht klar genug denken, um sich in diesem Moment derartige Gedanken zu machen. Die Bebenwellen klangen gerade erst ab, und der Stein über ihnen ächzte noch.

Perrin mit seinem eigenen Packpferd folgte gleich dahinter. Er wünschte, das Reittier des Ogiers sei etwas schneller, oder er könne Loial einfach abhängen und dem Sog davonlaufen, der ihn zurückzog, dem Sog des *Ta'veren* zum *Ta'veren* hin. Zusammen galoppierten sie durch die Straßen Tears auf die aufgehende Sonne zu. Sie verlangsamten ihr Tempo kaum einmal, höchstens um Karren und Kutschen auszuweichen. Männer in engen Mänteln und Frauen mit Schichten von Schürzen starrten ihnen nach, halb betäubt noch von dem Beben. Manchmal konnten sie ihnen nur mit knapper Not ausweichen.

Nach der Mauer, die die Innenstadt abriegelte, machten die Pflastersteine den schlammigen, ungepflasterten Straßen der Maule Platz; aus den Schuhen und Mänteln wurden bloße Füße und nackte Oberkörper über Pumphosen, die von breiten Schärpen gehalten wurden. Die Menschen sprangen aber ebenso hastig zur Seite, denn Perrin ließ Traber genauso schnell weitergaloppieren, bis sie auch die äußere Mauer passiert hatten und sich zwischen verstreuten Bauernhäusern und Hecken befanden – und außerhalb der Reichweite des Sogs des *Ta'veren.* Erst dann ließ er Traber im Schritt gehen, und er selbst atmete fast genauso schwer wie das Tier.

Loials Ohren waren noch steif vom Schreck. Faile leckte sich die Lippen und blickte von dem Ogier zu Perrin hinüber. Ihr Gesicht war weiß. »Was ist geschehen? War das … er?«

»Ich weiß nicht«, log Perrin. *Ich muß weg, Rand. Das weißt du doch. Du hast mir in die Augen geschaut, als ich es dir sagte, und du hast geantwortet, ich müsse tun, was ich für richtig halte.*

»Wo sind Bain und Chiad?« fragte Faile. »Sie werden jetzt bestimmt eine Stunde brauchen, um uns einzuholen. Ich wünschte, sie würden reiten. Ich habe ihnen angeboten, Pferde für sie zu kaufen, aber sie schienen richtiggehend beleidigt. Na ja, die Pferde müssen sich jetzt sowieso abkühlen.«

Perrin hielt sich zurück und sagte ihr nicht, daß sie nicht allzuviel von den Aiel wisse. Er sah die Stadtmauer hinter ihnen und den Stein, der alles wie ein Berg überragte. Er entdeckte sogar die schlangenähnliche Gestalt auf dem Banner, das über der Festung flatterte, und die Vögel, die es umkreisten. Keiner der anderen konnte das sehen. Er hatte kein Problem, die drei Menschen auszumachen, die mit langen, lockeren Schritten auf sie zuliefen. Er glaubte nicht, daß er so laufen könnte, jedenfalls nicht lange, aber die Aiel mußten den ganzen Weg vom Stein her so schnell gerannt sein, denn sonst lägen sie viel weiter zurück.

»Ach, so lange müssen wir nicht warten«, sagte er.

Faile blickte mit gerunzelter Stirn zur Stadt zurück. »Sind sie das etwa? Bist du sicher?« Fast klang es, als sei die Frage an Perrin gerichtet gewesen. Ihn überhaupt zu fragen kam natürlich schon einer Anerkennung gleich, daß er zu ihrer Gesellschaft gehöre. »Er gibt mit seinen guten Augen ständig an«, erklärte sie Loial, »aber sein Gedächtnis ist nicht sehr gut. Manchmal glaube ich, er würde sogar vergessen, am Abend eine Kerze anzuzünden, wenn ich ihn nicht daran erinnerte. Ich schätze, er hat irgendeine arme Familie entdeckt, die vor dem Erdbeben oder was auch immer davonrennt, oder?«

Loial rutschte nervös im Sattel herum, seufzte tief und knurrte etwas von Menschen, was Perrin für wenig schmeichelhaft hielt. Faile bemerkte natürlich nichts.

Ein paar Minuten später starrte Faile aber dann doch Perrin erstaunt an, als die drei Aiel ihnen so nahe waren, daß auch sie sie nicht mehr übersehen konnte. Doch sie sagte nichts. In dieser Laune war sie nicht bereit zuzugeben, daß er in irgendeiner Hinsicht recht gehabt hatte, nicht einmal, wenn er behauptet hätte, der Himmel sei blau. Die Aiel waren nicht einmal außer Atem, als sie schließlich neben den Pferden stehenblieben.

»Schade, daß der Lauf nicht ein bißchen länger war.« Bain und Chiad lächelten, und beide warfen Gaul einen Seitenblick zu.

»Dann hätten wir diesen Steinhund in Grund und Boden gelaufen«, sagte Chiad, als wolle sie den Satz der anderen Frau beenden. »Deshalb schwören die Steinhunde einen Eid, niemals zu fliehen. Steinknochen und Steinköpfe sind zu schwer zum Laufen.«

Gaul schien nicht gekränkt, aber Perrin bemerkte, wie er dastand: immer ein Auge auf Chiad gerichtet. »Weißt du, warum man so oft Töchter des Speers als Kundschafterinnen einsetzt, Perrin? Weil sie so weit laufen können. Und das rührt daher, daß sie Angst haben, irgendein Mann könne sie heiraten wollen. Eine Tochter rennt hundert Meilen, um das zu vermeiden.«

»Sehr klug von ihnen«, sagte Faile schnippisch. »Braucht ihr eine Ruhepause?« fragte sie die Aielfrauen und blickte überrascht drein, als sie verneinten. Dann wandte sie sich Loial zu: »Bist du bereit weiterzureiten? Gut. Such dieses Wegetor, Loial. Wir sind schon zu lange hier. Wenn du einen verirrten Welpen zu lange in deiner Nähe läßt, glaubt er, du würdest ihn annehmen, und das ist nicht gut.«

»Faile«, protestierte Loial, »geht das nicht ein wenig zu weit?«

»Ich gehe so weit, wie ich muß, Loial. Das Wegetor?«

Mit herabhängenden Ohren atmete Loial hörbar aus, und dann wandte er sein Pferd in Richtung Osten. Perrin ließ ihm und Faile ein Dutzend Schritt Vorsprung, bevor er mit Gaul folgte. Er mußte sich an ihre Regeln halten, aber er würde schon in bezug auf deren Auslegung mit ihr mithalten.

Die Bauernhöfe wurden immer seltener. Es waren auch nur enge, kleine, aus rohem Naturstein gebaute Häuschen, in die Perrin noch nicht einmal Tiere eingesperrt hätte. Auch die Hecken wurden seltener und schließlich sah man weder Häuser noch Hecken so weit im Osten von Tear, sondern nur noch welliges, hügeliges Grasland. Gras, soweit das Auge blicken konnte, und nur hier und da ein Busch auf irgendeinem Hügelkamm.

Auch Pferde standen an den grünen Hängen, manchmal ein Dutzend zusammen und manchmal auch Herden von hundert oder mehr Tieren aus der berühmten Tairener Zucht. Ob es nur wenige Tiere waren oder viele, immer standen sie unter der Aufsicht eines oder zweier barfüßiger Jungen, die ohne Sattel mitritten. Die Jungen trugen Peitschen mit langen Griffen und benützten sie, um die Pferde beieinander zu halten oder sie irgendwohin zu treiben. Sie ließen routiniert die Peitschen knallen, um Ausreißer zur Ordnung zu rufen. Dabei berührte die Peitsche nicht einmal die Haut der Tiere. Sie hielten die ihnen anvertrauten Herden fern von den Fremden, ließen die Tiere, wenn notwendig, ein Stück zurücktraben, aber sie beobachteten den Ritt der eigenartigen Gesellschaft – zwei berittene Menschen und ein Ogier, dazu drei der wilden Aiel, von denen man behauptete, sie hätten den Stein erobert – mit der forschen Neugier der Jugend.

Es war ein erfreulicher Anblick für Perrin. Er mochte Pferde. Ein Teil des Grundes, aus dem er die Lehre bei Meister Luhhan angetreten hatte, war der, daß er auf diese Weise Gelegenheit hatte, mit Pferden zu arbeiten. Aber in Emondsfeld gab es nicht viele davon und schon gar keine so schönen wie die hier.

Der Ogier betrachtete die Landschaft mit anderen Augen. Er knurrte in sich hinein, und je weiter sie über die grasbewachsenen Hügel ritten, desto lauter wurde sein Grollen. Schließlich brach es mit Gewalt aus ihm heraus: »Weg! Alles weg, und wofür? Gras. Das war einst ein Ogierhain. Wir haben hier keine großen Werke vollbracht, nichts, was man mit Manetheren oder der Stadt, die ihr Caemlyn nennt, vergleichen könnte, aber doch genug, um hier einen Hain anzulegen. Bäume aller Arten aus allen Ländern und Orten. Die Großen Bäume, die hundert Spannen hoch und mehr in den Himmel aufragen. Alle wurden hingebungsvoll gehegt, um mein Volk an das *Stedding* zu erinnern, das sie verlassen hatten, um für die Menschen Dinge zu bauen. Die Menschen glauben immer, es sei die Arbeit unserer Steinmetzen, die wir so schätzen, aber das ist nur eine Nebensache, die wir während des langen Exils erlernten, nach der Zerstörung der Welt. Die Bäume sind es, die wir lieben! Die Menschen dachten, Manetheren stelle unseren größten Triumph dar, doch wir wußten: es war der Hain dort und nicht die Gebäude. Nun ist er verschwunden. Wie dieser hier. Weg – für immer dahin.«

Loial musterte die kahlen Hügel, auf denen lediglich Gras und Pferde zu sehen waren, mit einem harten Gesichtsausdruck, und seine Ohren legten sich eng an den Kopf. Er roch nach … Zorn. In den meisten Sagen wurden die Ogier als friedlich bezeichnet, als beinahe genauso unkriegerisch wie das Fahrende Volk, aber ein paar, wenn auch nur wenige der Erzähler hatten sie auch unerbittliche Feinde genannt. Perrin hatte Loial zuvor nur ein einziges Mal richtig wütend erlebt. Vielleicht war er es auch letzte Nacht gewesen, als er diese Kinder verteidigte. Als er Loials Gesicht ansah, fiel ihm eine alte Redensart ein: ›den Ogier zu ärgern und die Berge über dem eigenen Kopf einstürzen lassen‹. Jeder glaubte, es bedeute, etwas völlig Unmögliches unternehmen zu wollen, aber Perrin war der Meinung, die Bedeutung habe sich im Laufe der Jahre verschoben. Anfangs hatte es vielleicht geheißen: ›Ärgere den Ogier, und du läßt die Berge über dem eigenen Kopf zusammenstürzen‹. Schwer vorstellbar, aber irgendwie konnte Perrin das nachempfinden. Er wollte lieber nie erleben, daß Loial – der sanfte, ungeschickte Loial mit der breiten Nase, die immer in einem Buch steckte – wirklich einmal auf ihn wütend war.

Loial hatte die Führung übernommen, sobald sie das Gebiet des verschwundenen Ogierhains erreichten. Er hielt sich ein wenig mehr in Richtung Süden. Es gab keine besonderen Merkmale, aber er war sich der Richtung wohl ziemlich sicher, und mit jedem Schritt ihrer Pferde wurde er noch sicherer. Die Ogier konnten ein Wegetor spüren, irgendwie, und es finden wie eine Biene den Stock. Als Loial schließlich abstieg, reichte ihm das Gras gerade ein wenig über Kniehöhe. Man sah in der Nähe nur ein Dickicht, etwas höher als in dieser Landschaft üblich, mit stark belaubten Sträuchern etwa von der Größe des Ogiers. Er riß die Sträucher bedauernd heraus und legte sie zur Seite. »Vielleicht können die Pferdehüter das gebrauchen. Wenn es getrocknet ist, gibt es ordentliches Feuerholz.«

Und dort stand das Wegetor.

Es war so an den Abhang angebaut, daß es eher wie eine graue Mauer wirkte denn ein Tor, aber nicht wie irgendeine Mauer, sondern wie die eines Palastes mit Fresken in Form von Ranken und Blättern, die so fein gearbeitet waren, als lebten sie genau wie die Sträucher davor. Mindestens dreitausend Jahre lang hatte es dort gestanden, aber die Oberfläche wies keinerlei Anzeichen von Verwitterung auf. Diese Blätter hätten im nächsten Moment im Wind rascheln können, so echt wirkten sie.

Einen Moment lang betrachteten sie es schweigend, bis Loial tief durchatmete und seine Hand auf das einzige Blatt legte, das sich von den anderen auf dem Wegetor unterschied. Es war das dreifingrige Blatt des *Avendesora*, des sagenhaften Lebensbaumes. Bis zu dem Augenblick, als es von seiner riesigen Hand berührt wurde, schien es wie die anderen ein Teil der Verzierungen zu sein, doch es drehte sich ganz leicht.

Faile schluckte hörbar, und selbst die Aiel murmelten nervös irgend etwas. In der Luft lag etwas Bedrückendes, aber man konnte nicht feststellen, woher das rührte. Vielleicht ging es von ihnen allen gemeinsam aus.

Jetzt schienen sich die Steinblätter nicht mehr in einer verborgenen Brise zu regen. Statt dessen kam ein Schimmer von Grün, von Leben, über sie. In der Mitte öffnete sich langsam ein Spalt, und die beiden Türflügel des Wegetores schwangen heraus. Sie enthüllten nicht den dahinterliegenden Hügel, sondern ein mattes Leuchten, in dem sich schwach ihre Spiegelbilder zeigten.

»Man sagt«, murmelte Loial, »daß einst die Wegetore wie Spiegel schimmerten, und diejenigen, die durch die Wege gingen, schritten durch Sonnenschein und Himmel. Davon kann man jetzt nicht mehr viel sehen. Genauso verschwunden wie der Hain.«

Perrin zog schnell eine der Laternen an ihrer langen Stange aus dem Gepäck und entzündete sie. »Es ist zu heiß hier draußen«, sagte er. »Ein bißchen Schatten wäre schon gut.« Er trieb Traber langsam, auf das Tor zu. Er glaubte, Faile noch einmal nach Luft schnappen zu hören.

Der braune Hengst scheute, als er sich seinem eigenen, matten Spiegelbild näherte, aber Perrin trieb ihn weiter. Langsam, erinnerte er sich. Man mußte das

ganz langsam in Angriff nehmen. Die Nase des Pferdes berührte zögernd die seines Spiegelbilds. Dann verschmolzen beide miteinander. Perrin näherte sich seiner eigenen Persönlichkeit, berührte … Eiskalt glitt es ihm über die Haut, hüllte ihn Haar um Haar ein, und die Zeit dehnte sich.

Die Kälte verflog wie eine geplatzte Seifenblase, und er befand sich inmitten endloser Schwärze. Der Schein seiner Laterne schmiegte sich eng um ihn. Traber und das Packpferd wieherten ängstlich.

Gaul schritt gelassen hindurch und begann damit, eine weitere Laterne anzuzünden. Hinter ihm befand sich, was wie eine Rauchglasscheibe aussah. Sie konnten dort draußen die anderen sehen, Loial, der gerade wieder auf sein Pferd stieg, Faile, die ihre Zügel raffte, doch alle bewegten sich ganz, ganz langsam. Die Zeit verlief innerhalb der Wege anders.

»Faile ist sauer auf dich«, sagte Gaul, als die Laterne brannte. Der zusätzliche Lichtschein brachte nicht viel. Die Dunkelheit saugte das Licht auf, verschluckte es. »Sie scheint zu glauben, daß du irgendeine Abmachung gebrochen hast. Bain und Chiad … Paß auf, daß du nicht mit ihnen allein bist. Sie wollen dir Failes wegen eine Lektion erteilen, und wenn sie das fertigbringen, wirst du nicht mehr so einfach auf deinem Pferd sitzen können wie jetzt.«

»Ich habe gar nichts versprochen, Gaul. Ich tue, wozu sie mich durch ihre Tricks gezwungen hat. Wir müssen früh genug Loial folgen, wie sie das haben will, aber solange ich kann, werde ich die Führung übernehmen.« Er deutete auf einen breiten, weißen Strich unter Trabers Hufen. Er war an einzelnen Stellen unterbrochen und verwittert, doch zeigte er ihren Weg deutlich an, bevor er wenige Schritte weiter in der Schwärze verschwand. »Das führt uns zum ersten Wegweiser. Dort müssen wir auf Loial warten, denn nur er kann lesen, was darauf steht, und entscheiden, über welche Brücke wir reiten müssen. Aber bis dorthin kann Faile durchaus einmal uns folgen.«

»Brücke«, murmelte Gaul nachdenklich. »Das Wort kenne ich. Gibt es hier drinnen denn Wasser?«

»Nein. Es ist nicht diese Art von Brücke. Sie sieht wohl genauso aus, aber … Vielleicht kann Loial es dir erklären.«

Der Aielmann kratzte sich am Kopf. »Weißt du auch genau, was du tust, Perrin?«

»Nein«, gab Perrin zu. »Aber das muß Faile ja nicht unbedingt wissen.«

Gaul lachte. »Es macht Spaß, so jung zu sein, oder, Perrin?«

Perrin runzelte die Stirn. Er war nicht sicher, ob Gaul sich nun über ihn lustig machte oder nicht. So hielt er Traber weiter im Schritt und zog das Packpferd an der Leine hinterher. Den Laternenschein würde man in zwanzig oder dreißig Schritt Entfernung vom Tor nicht mehr sehen können. Er wollte vollständig außer Sicht sein, wenn Faile durchkam. Sie sollte ruhig glauben, er habe sich entschieden, ohne sie weiterzureiten. Wenn sie sich eine Weile Sorgen machte, bevor sie sich am Wegweiser wiedertrafen, würde ihr das durchaus guttun.

KAPITEL 19

Der Wogentänzer

Die goldene Sonne stand noch nicht weit über dem Horizont, als die glänzendschwarz lackierte Kutsche schaukelnd am Ende des Landestegs stehenblieb. Vier zusammenpassende Graue hatten sie gezogen und nun sprang der langhaarige, dunkle Kutscher im schwarz-gold gestreiften Livree vom Bock und öffnete die Tür. An dieser Tür war allerdings diesmal kein Wappen angebracht. Tairenische Adelige halfen den Aes Sedai nur gezwungenermaßen, obwohl ihr Lächeln dabei so strahlend wirkte, denn niemand wollte seinen Namen mit der Weißen Burg in Verbindung bringen lassen.

Elayne war dankbar, aussteigen zu können. Sie wartete nicht erst auf Nynaeve, die ihren leichten blauen Leinenumhang zurechtzupfte. Die Straßen der Maule waren wegen der vielen Karren und Planwagen von tiefen Furchen durchzogen, und die Lederfederung der Kutsche war nicht gerade weich. Die Brise, die über den Erinin wehte, schien ihnen kühl nach der Hitze im Stein. Sie hatte sich die Anstrengung der Fahrt nicht anmerken lassen wollen, aber sobald sie draußen stand, rieb sie sich doch den Rücken. *Wenigstens war es durch den Regen letzte Nacht nicht so staubig,* dachte sie. Sie vermutete, daß man ihnen absichtlich eine Kutsche ohne Vorhänge zur Verfügung gestellt hatte.

Nördlich und südlich von ihr erstreckten sich weitere Landestege wie breite steinerne Finger in den Fluß hinaus. Es roch nach Teer und Tauen, nach Fisch und

Gewürzen und Olivenöl, nach namenlosen Dingen, die im trüben Brackwasser zwischen den Stegen verrotteten, und nach eigenartigen, gelbgrünen Früchten, die in riesigen Bündeln vor einem Lagerhaus in ihrem Rücken aufgestapelt lagen. Trotz der frühen Stunde eilten Männer mit Lederwämsern auf den nackten Schultern geschäftig hin und her, schleppten auf gekrümmtem Buckel große Bündel einher oder schoben Handwagen mit aufgestapelten Fässern oder Kisten herum. Keiner warf ihr mehr als einen kurzen, mürrischen Blick zu. Die dunklen Augen wandten sich schnell ab, die Stirn wurde unwillig zum Gruß berührt, und die meisten hoben dabei noch nicht einmal den Kopf. Es stimmte sie traurig, das zu sehen.

Diese Adeligen aus Tear behandelten ihr Volk schlimm. ›Mißhandeln‹ war ein besserer Ausdruck dafür. In Andor wären ihr ein freundliches Lächeln und respektvolle Grüße gewiß gewesen, freiwillig dargebracht von stolz aufgerichteten Menschen, die ihren eigenen Wert genauso kannten wie den ihren. Fast hätte sie es bereut, jemals von zu Hause fortgegangen zu sein. Sie war dazu erzogen worden, eines Tages ein stolzes Volk zu führen und zu regieren, und sie wünschte sich, diesen Menschen hier etwas über Würde erzählen zu dürfen. Aber das war Rands Aufgabe und nicht ihre. *Und wenn er das nicht gut macht, werde ich ihm einiges erzählen. Eine ganze Menge sogar!* Zumindest hatte er damit angefangen und ihre Ratschläge beherzigt. Und sie mußte zugeben, daß er wußte, wie man Menschen gewann. Es würde interessant sein, bei ihrer Rückkehr festzustellen, was er zuwege gebracht hatte. *Wenn die Rückkehr überhaupt noch einen Sinn hat.*

Von ihrem Standort aus konnte sie ein Dutzend Schiffe klar ausmachen, und jenseits von ihnen lagen weitere. Doch eines davon, am Ende des Piers vertäut, auf dem sie stand, den schmalen Bug flußaufwärts gerichtet, stach ihr besonders ins Auge. Der Klipper der Meerleute war bestimmt hundert Schritt lang und damit um die Hälfte größer als das ihr nächstgelegene Schiff. Drei hoch aufragende Maste befanden sich mittschiffs und dazu am Heck noch ein kleinerer auf dem erhöhten Achterdeck. Sie war schon zuvor an Bord von Schiffen gewesen, doch nie auf einem so großen, das auch noch das offene Meer befuhr. Allein schon der Name der Eigentümer sprach von fernen Ländern und fremden Häfen: die Atha'an Miere. Das Meervolk. In Geschichten, die exotisch klingen sollten, kam immer das Meervolk vor, außer wenn es um die Aiel ging.

Nynaeve kletterte hinter ihr aus der Kutsche, band sich den grünen Reiseumhang am Hals zu und fluchte leise über den Kutscher, so daß auch er es verstehen konnte. »Wie eine Henne im Sturm hin und her geschleudert! Wie ein staubiger Läufer durchgeklopft! Wie hat er es nur geschafft, zwischen dem Stein und dem Hafen jede Furche und jedes Schlagloch aufzuspüren? Dazu gehört wirklich Geschick. Wie schade, daß ihm das bei der Behandlung von Pferden dafür abgeht.« Der Kutscher bemühte sich mit saurem Gesichtsausdruck, ihr herunterzuhelfen, doch sie nahm seine Hilfe nicht an.

Seufzend verdoppelte Elayne die Menge der Silbermünzen, die sie gerade aus ihrer Börse nahm. »Danke, daß Ihr uns sicher und schnell hergebracht habt.« Sie lächelte, als sie ihm die Münzen in die Hand drückte. »Wir hatten Euch ja schließlich gebeten, schnell zu fahren, und Ihr seid unserem Wunsch nachgekommen. Für die schlechten Straßen könnt Ihr nichts, und Ihr habt unter diesen Bedingungen hervorragende Arbeit geleistet.«

Ohne die Münzen anzublicken, verbeugte sich der Bursche tief vor ihr, warf ihr einen dankbaren Blick zu und murmelte: »Ich danke Euch, Lady.« Das galt ihren

Worten bestimmt genauso wie dem Geld. Sie hatte gelernt, daß ein paar freundliche Worte und ein wenig Lob gewöhnlich mindestens ebensoviel bewirkten wie Silber, manchmal sogar noch mehr. Obwohl das Silber natürlich immer gut ankam.

»Das Licht schenke Euch eine sichere Reise, Lady«, fügte er hinzu. Das kaum sichtbare Zucken seines Blickes zu Nynaeve hinüber sagte ihr, daß sein Wunsch nur ihr allein gelte. Nynaeve mußte noch lernen, tolerant zu handeln und auch an andere zu denken; das hatte sie bitter nötig.

Als der Kutscher ihre Bündel und anderen Habseligkeiten ausgeladen hatte, ließ er sein Gespann drehen und fuhr davon. Nynaeve sagte mürrisch: »Ich denke, ich hätte mich nicht so über den Mann beklagen sollen, solange er in Hörweite war. Diese Straßen wären selbst für einen Vogel zu holprig. Eine Kutsche mußte da wohl schlecht aussehen. Aber nach all dieser Schaukelei den ganzen Weg über hatte ich das Gefühl, eine Woche lang geritten zu sein.«

»Es ist ja nicht seine Schuld, daß du nun einen wunden … Rücken hast«, sagte Elayne lächelnd, um ihren Worten die Spitze zu nehmen, während sie ihre Sachen aufhob.

Nynaeve lachte trocken auf. »Ich habe es nun mal gesagt, oder? Du wirst ja hoffentlich nicht von mir erwarten, daß ich ihm hinterherrenne und mich entschuldige. Die Handvoll Silber, die du ihm verehrt hast, sollte wohl auch die schlimmsten Wunden heilen. Du mußt wirklich lernen, mit Geld vorsichtiger umzugehen, Elayne. Wir haben ja nicht den Kronschatz von Andor zur Verfügung. Von dem, was du jedem gibst, der die Arbeit tut, für die er sowieso bezahlt wird, könnte eine Familie bequem einen Monat lang leben.« Elayne warf ihr einen entrüsteten Blick zu. Nynaeve schien immer zu glauben, sie müßten ärmer als Dienerinnen leben, anstatt andersherum, obwohl es noch keinen unmittelbaren Grund dafür gab. Doch die Ältere bemerkte offensichtlich diesen Blick gar nicht, der noch jedesmal die Palastwache in Panik versetzt hatte. Statt dessen wuchtete Nynaeve ihre Bündel und Kleiderbeutel hoch und wandte sich dem Landesteg zu. »Wenigstens wird dieses Schiff ruhiger fahren als die Kutsche. Ich hoffe es jedenfalls. Sollen wir an Bord gehen?«

Als sie sich den Weg zum Pier durch das Gewirr von Hafenarbeitern und gestapelten Fässern und schwerbeladenen Karren suchten, sagte Elayne: »Nynaeve, die Meerleute können etwas schwierig sein, solange sie einen nicht kennen, hat man mir beigebracht. Glaubst du, du könntest etwas ...?«

»Etwas?«

»Taktvoller sein, Nynaeve.« Elayne kam beinahe ins Stolpern, als vor ihr jemand auf den Boden spuckte. Sie konnte nicht sagen, welcher dieser Burschen es gewesen war. Als sie sich umblickte, hatten alle den Blick gesenkt und waren außerordentlich beschäftigt. Ob sie nun vom Adel mißhandelt wurden oder nicht, sie hätte dem Sünder gern ein paar ruhige, aber scharfe Worte gesagt, die er nicht so schnell vergessen würde. Doch sie entdeckte ihn nicht. »Du könntest dich bemühen, künftig ein wenig taktvoller vorzugehen.«

»Selbstverständlich.« Nynaeve ging die seitlich mit Tauen bespannte Planke des Klippers hinauf. »Solange sie mich nicht derart herumschaukeln.«

Elaynes erster Eindruck an Deck war der, daß der Klipper für seine Länge reichlich schmal erschien. Sie wußte natürlich nicht sehr viel über Schiffe, aber das hier kam ihr wie ein riesiger Holzsplitter vor. *O Licht, dieses Ding wird noch mehr schwanken als die Kutsche, so groß es auch ist.* Der zweite Gedanke danach galt der Besatzung. Sie hatte viel von den Atha'an Miere gehört, aber noch nie welche kennengelernt. Und auch in den Erzählungen wurde eigentlich nicht viel über sie ausgesagt. Ein geheimnisvolles Volk, beinahe wie die Aiel, das sich anderen gegenüber ziemlich zurückhielt. Höchstens die Länder jenseits der Wüste waren noch etwas geheimnisvoller, und alles, was man über diese Gegenden wußte, stammte von den Meerleuten, die von dort Elfenbein und Seide herüberbrachten.

Diese Atha'an Miere waren dunkelhäutige, barfüßige Männer mit nacktem Oberkörper, alle glattrasiert, mit glattem schwarzen Haar und tätowierten Händen, die sich mit der Sicherheit jener bewegten, die ihre Aufgaben gut genug kennen, um sie automatisch ausführen zu können, sich aber trotzdem darauf konzentrierten. In ihren Bewegungen lag ein Sich-Wiegen, eine Eleganz, als fühlten sie die Bewegung der See noch immer, obwohl sie im Hafen lagen. Die meisten trugen goldene oder silberne Ketten um den Hals und Ringe in den Ohren, manchmal sogar zwei oder drei in einem, und ein paar davon wiesen glänzende Halbedelsteine auf.

Die Besatzung bestand zu gleichen Teilen aus Männern und Frauen, und auch die holten Taue ein oder führten andere Männerarbeiten aus, trugen die gleichen Tätowierungen auf den Händen und hatten die gleichen Pumphosen aus dunklem Ölzeug an, die an den Fußgelenken offenstanden und oben von bunten, schmalen Schärpen gehalten wurden. Aber die Frauen trugen dazu lose hängende bunte Blusen in leuchtendem Rot oder Blau oder Grün, und man sah bei ihnen mindestens ebenso viele Halsketten und Ohrringe wie bei den Männern. Elayne bemerkte leicht erschrocken, daß zwei oder drei Frauen sogar Ringe in ihrem Nasenflügel stecken hatten.

Die Grazie in den Bewegungen der Frauen übertraf sogar die der meisten Männer und rief Elayne einige Geschichten in Erinnerung, die sie als Kind aufgeschnappt hatte, als sie eigentlich nicht hatte lauschen dürfen. Die Frauen der Atha'an Miere waren darin der Inbegriff verlockender Schönheit und unwiderstehlicher Reize gewesen, denen sich kein Mann entziehen konnte. Die Frauen auf diesem Schiff waren in Wirklichkeit auch nicht schöner als andere, aber wenn sie ihre Bewegungen beobachtete, verstand sie diese alten Erzählungen.

Zwei der Frauen, die auf dem erhöhten Achterdeck standen, gehörten offensichtlich nicht zur normalen Besatzung. Auch sie waren barfuß, und ihre Kleidung entsprach dem üblichen Schnitt auf diesem Schiff, doch die eine war ganz in kunstvoll umsäumte blaue Seide gekleidet und die andere in ebensolche grüne. Die ältere der beiden, die in Grün, trug in jedem Ohrläppchen vier kleine, in der Morgensonne glitzernden Goldringe und einen weiteren im linken Nasenflügel. Von dem winzigen Nasenring zog sich ein ganz feines Kettchen zu einem Ohrring hinüber, und daran baumelte eine Reihe kleiner Goldmedaillons. An einer ihrer Halsketten hing ein kleiner goldener Behälter, kunstvoll verarbeitet wie zu Goldspitze, den sie von Zeit zu Zeit leicht anhob, um daran zu riechen. Die andere, etwas größere Frau trug insgesamt nur sechs Ohrringe und auch weniger Medaillons; aber der durchbrochene Goldbehälter, an dem auch sie in Abständen roch, war mindestens genauso fein gearbeitet. Das war nun wirklich exotisch. Elayne verzog allerdings das Gesicht, wenn sie an diese Nasenringe dachte. Und dann auch noch die Kette!

Etwas Eigenartiges am Heck des Schiffes fiel ihr auf, aber zunächst war ihr selbst nicht klar, was es sein könne. Dann fiel es ihr wie Schuppen von den Augen. Es gab keinen Ruderbaum. Anstelle des üblichen Steuerruders stand hinter den beiden Frauen eine Art hölzernes Speichenrad, das festgebunden war, damit es sich nicht drehen konnte. Aber kein Ruderbaum! *Wie steuern sie das Ding?* Selbst der kleinste

Flußkahn, den sie gesehen hatte, besaß noch ein Steuerruder, so wie auch jedes der anderen Schiffe, die hier im Hafen vertäut lagen. Immer geheimnisvoller wurde ihr dieses Meervolk.

»Denk daran, was Moiraine dir gesagt hat«, mahnte sie Nynaeve zur Vorsicht, als sie zum Achterdeck gingen. Es war nicht viel gewesen; selbst die Aes Sedai hatte nur wenig von den Atha'an Miere gewußt. Moiraine hatte ihnen gesagt, wie man die höhergestellten Mitglieder des Meervolks ansprechen solle und was bei ihnen als gute Manieren galt. »Und denk auch daran, taktvoll zu sein«, flüsterte sie energisch.

»Ich werde schon daran denken«, erwiderte Nynaeve in scharfem Ton. »Ich kann durchaus taktvoll sein.« Elayne hoffte inbrünstig, daß dem so sei.

Die beiden Meervolk-Frauen warteten am oberen Ende der Treppe auf sie. Elayne erinnerte sich daran, daß man die Treppe an Bord eines Schiffes eigentlich Leiter nannte. Sie verstand nicht, warum man bei einem Schiff andere Bezeichnungen für so alltägliche Dinge verwandte. Ein Fußboden war ein Fußboden, ob in einer Scheune, einer Schenke oder einem Palast. Warum nicht auch auf einem Schiff? Eine Parfumwolke umgab die beiden. Der Duft erinnerte leicht an Moschus und kam aus den kleinen Goldbehältern. Die Tätowierungen auf ihren Händen stellten Sterne und Seevögel dar, umgeben von stilisierten Meereswogen.

Nynaeve senkte kurz den Kopf. »Ich heiße Nynaeve al'Meara und bin eine Aes Sedai der Grünen Ajah. Ich suche die Segelherrin dieses Schiffes und Passage, so es das Licht will. Das ist meine Begleiterin und Freundin Elayne Trakand, ebenfalls eine Aes Sedai der Grünen Ajah. Das Licht leuchte Euch und Eurem Schiff und sende Euch günstigen Wind für eine schnelle Fahrt.« Fast genauso hatte es ihnen Moiraine beigebracht. Nicht das von den Aes Sedai der Grünen Ajah allerdings – darüber hatte sich Moiraine lediglich amüsiert.

Die ältere Frau, die schon graue Strähnen im schwarzen Haar und kleine Fältchen um ihre großen, braunen Augen hatte, senkte genauso formell den Kopf. Trotzdem schien sie sie von Kopf bis Fuß sehr genau zu mustern und betrachtete besonders lang die Ringe mit der Großen Schlange, die beide an der rechten Hand trugen. »Ich bin Coine din Jubai Wilde Winde, Segelherrin des *Wogentänzers.* Das hier ist Jorin din Jubai Weiße Schwinge, meine Blutschwester und die Windsucherin des *Wogentänzers.* Es könnten für Euch noch Passagen frei sein, wenn es dem Licht gefällt. Das Licht leuchte Euch und bringe Euch sicher ans Ende Eurer Reise.«

Es war überraschend, daß die beiden Schwestern sein sollten. Elayne sah wohl gewisse Ähnlichkeiten, doch Jorin wirkte viel jünger. Sie wünschte sich, die Windsucherin sei diejenige, mit der sie vor allem zu tun haben würden. Beide Frauen schienen wohl gleichermaßen zurückhaltend, aber etwas an der Windsucherin erinnerte sie an Aviendha. Das war natürlich unsinnig. Diese Frauen waren nicht größer als sie, ihr Teint entsprach ganz und gar nicht dem einer Aielfrau, und die einzige Waffe, die sie bei diesen Frauen hier entdecken konnte, war jeweils ein festes Messer, das sie in die Schärpen gesteckt hatten. Sie sahen eher nach Handwerkszeug aus als nach Waffen, trotz der Schnitzereien und Einlegearbeiten aus Golddraht am jeweiligen Griff. Dennoch konnte sich Elayne nicht helfen: Sie sah irgendeine Ähnlichkeit zwischen Jorin und Aviendha!

»Laßt uns also darüber sprechen, Segelherrin, wenn es Euch recht ist«, sagte Nynaeve ganz im Sinne Moiraines, »über das Segeln und die Häfen und das Geschenk einer Passage.« Das Meervolk ließ sich die Überfahrt nicht bezahlen, hatte Moiraine behauptet. Es sei ein Geschenk, und nur ganz zufällig wurde es gegen ein Geschenk gleichen Wertes eingetauscht.

Dann sah Coine hinüber, über das Achterdeck hinweg zum Stein und dem weißen Banner, das darüber flatterte. »Wir sprechen in meiner Kabine weiter, Aes Sedai, wenn es Euch recht ist.« Sie deutete auf eine offene Luke hinter dem eigenartigen Rad. »Seid willkommen auf meinem Schiff, und die Gnade des Lichts leuchte Euch, bis Ihr sein Deck wieder verlaßt.«

Eine weitere enge Leiter – Treppenhaus wäre die richtige Bezeichnung gewesen – führte hinab in ein sauberes und gemütliches Zimmer, das geräumiger und höher war, als Elayne von ihrer Erfahrung mit kleineren Schiffen her gewohnt war. Fenster zogen sich über die ganze Breite des Raums, und an den Wänden hingen aus Ringen gefertigte Lampen. Fast alles schien man in den Raum eingebaut zu haben, bis auf ein paar bemalte Truhen verschiedener Größe. Das Bett war breit und niedrig. Es befand sich direkt unter der Reihe der Heckfenster. Ein schmaler Tisch, von Lehnstühlen umgeben, stand in der Mitte.

Das übliche Durcheinander fehlte hier fast vollständig. Auf dem Tisch lagen ein paar zusammengerollte Karten, auf den Regalbrettern mit ihren hochgezogenen Umrandungen, um alle Gegenstände bei Seegang zu sichern, standen einige Elfenbeinschnitzereien, die seltsame Tiere darstellten, und ein halbes Dutzend Schwerter unterschiedlicher Formen, wie sie Elayne zum Teil noch nie gesehen hatte, hing zwischen Haken eingekeilt mit bloßen Klingen an den Wänden. Von einem Balken über dem Bett hing ein eigenartig gehämmerter, quadratischer Gong herunter. Direkt vor den Heckfenstern, als habe man ihm einen Ehrenplatz geben wollen, steckte auf einem grob geschnitzten hölzernen Kopf ein Helm, geformt wie der Kopf eines ungeheuren Insekts, rot und grün bemalt, mit einer schmalen weißen Feder an jeder Seite, von denen eine allerdings geknickt war. Den Helm erkannte Elayne sehr wohl. »Seanchan«, stieß sie, ohne nachzudenken, hervor. Nynaeve warf ihr einen irritierten Blick zu, und den hatte sie auch verdient. Sie hatten sich darauf geeinigt, daß Nynaeve als die Ältere die Führung übernehmen und die Verhandlungen führen sollte. Das schien ihnen glaubwürdiger.

Coine und Jorin sahen sich ausdruckslos an. »Ihr wißt von ihnen?« fragte die Segelherrin. »Natürlich. Von Aes Sedai muß man wohl erwarten, Bescheid zu wissen. Soweit im Osten wie hier hören wir viele Gerüchte, und die wahrscheinlichsten sind wohl noch immer weniger als zur Hälfte wahr.«

Elayne wußte, daß es besser war, jetzt den Mund zu halten, doch die Neugier kitzelte ihre Zunge: »Wie seid Ihr an diesen Helm gekommen? Falls ich das fragen darf?«

»Der *Wogentänzer* hat letztes Jahr ein Schiff der Seanchan angetroffen«, antwortete Coine. »Sie wünschten, mein Schiff einzunehmen, doch ich wollte es nicht aufgeben.« Sie zuckte leicht die Achseln. »Ich habe den Helm behalten, damit er mich immer daran erinnert, und die See hat die Seanchan behalten. Das Licht sei allen gnädig, die segeln. Ich werde mich nie mehr einem Schiff mit gerippten Segeln nähern.«

»Ihr hattet Glück«, sagte Nynaeve knapp. »Die Seanchan haben Frauen gefangen, die die Macht gebrauchen können, und sie verwenden sie als Waffen. Falls sie eine davon auf diesem Schiff gehabt hätten, hättet Ihr bereut, es jemals gesichtet zu haben.«

Elayne schnitt ihr eine Grimasse, doch es war zu spät. Sie wußte nicht, ob die Meervolk-Frauen an Nynaeves Tonfall Anstoß genommen hatten. Das Paar behielt den gleichen neutralen Gesichtsausdruck bei, aber Elayne war mittlerweile auch klar geworden, daß sie Fremden gegenüber wohl kaum jemals Gefühlsregungen zeigten.

»Laßt uns über Eure Passage sprechen«, sagte Coine. »Falls es dem Licht gefällt, legen wir dort an, wo Ihr hinzureisen wünscht. Alles ist möglich unter dem Licht. Setzen wir uns doch.«

Man konnte die Stühle am Tisch nicht zurückschieben, denn sie waren am Boden befestigt. Statt dessen klappte man die Armlehnen wie kleine Torflügel heraus, und wieder zu, wenn man sich gesetzt hatte. Dies schien Elaynes düstere Ahnungen in bezug auf Schwanken und Rollen eines Schiffes zu bestätigen. Sie hatte natürlich kaum Schwierigkeiten damit, aber Nynaeves Magen vertrug die Schaukelei auf einem Schiff nun einmal nicht. Auf dem Meer mußte das wohl noch schlimmer sein als auf einem Fluß, und je schlechter es Nynaeves Magen ging, desto schlimmer würde ihre Laune werden. Nynaeve seekrank und noch dazu übler Laune: viel schlimmer konnte es Elaynes Erfahrung nach nicht mehr kommen.

Sie und Nynaeve setzten sich an die eine Längsseite des Tisches, während die Segelherrin und die Windsucherin an den beiden Tischenden saßen. Das kam ihr zuerst seltsam vor, bis ihr auffiel, daß sie auf diese Art gezwungen waren, immer diejenige anzublicken, die gerade sprach, während die andere sie ungesehen beobachten konnte. *Machen sie das immer so mit Passagieren, oder nur mit uns, weil wir Aes Sedai sind? Oder weil sie uns für solche halten.* Es war jedenfalls eine Warnung, denn nicht alles war bei diesem Volk so einfach, wie es äußerlich schien. Sie hoffte, Nynaeve habe das auch bemerkt.

Elayne hatte nicht gesehen, daß irgendein Befehl gegeben worden war, doch nun tauchte eine schlanke junge Frau mit nur einem Ring in jedem Ohr auf, die ein Tablett trug. Darauf standen eine eckige, weiße Teekanne mit Messinggriff und vier große, henkellose Tassen, allerdings nicht, wie man hätte erwarten können, aus dem feinen Porzellan des Meervolks, sondern einfache dicke Keramiktassen. Die zerbrachen bei schwerem Seegang wohl nicht so leicht, dachte sie düster. Aber vor allem die junge Frau erregte ihre Aufmerksamkeit. Beinahe hätte sie nach Luft geschnappt: Sie war nämlich genau wie die Männer oben bis zur Hüfte nackt. Elayne verbarg ihre Entrüstung recht gut, aber Nynaeve schnaubte laut.

Die Segelherrin wartete ab, bis das Mädchen ihnen fast schwarzen Tee eingegossen hatte, und sagte dann: »Sind wir abgesegelt, Dorele, als ich gerade nicht hinsah? Ist kein Land mehr in Sicht?«

Die schlanke Frau errötete stark. »Es ist Land in Sicht, Segelherrin.« Es war ein klägliches Flüstern.

Coine nickte. »Bis kein Land mehr in Sicht ist und einen vollen Tag danach wirst du die Kielräume säubern, wo Kleidung ein Hindernis beim Putzen wäre. Du kannst gehen.«

»Ja, Segelherrin«, sagte das Mädchen noch niedergeschlagener. Sie wandte sich zum Gehen und löste hängenden Kopfes die Schleife an ihrem Gürtel, während sie durch die Tür am anderen Ende des Raums verschwand.

»Teilt den Tee mit uns, wenn es Euch recht ist«, sagte die Segelherrin, »und sprecht mit uns in Frieden.» Sie nippte an ihrem Tee und fuhr fort, während Elayne und Nynaeve ihren probierten. »Ich hoffe, Ihr vergebt uns diesen Ärger, Aes Sedai. Dies ist Doreles erste Seereise außerhalb der Inseln. Die Jungen vergessen oft die Sitten der Landgebundenen. Ich werde sie noch weiter bestrafen, falls sie Euch beleidigt hat.«

»Das ist nicht nötig«, sagte Elayne schnell und benützte die Gelegenheit, ihre Tasse abzustellen. Der Tee war sogar noch stärker, als er aussah, dazu noch sehr heiß, ungesüßt und ziemlich bitter. »Wir waren wirklich nicht beleidigt. Die Sitten sind unterschiedlich bei verschiedenen Völkern.« *Das Licht gebe, daß wir nicht viele weitere kennenlernen, die sich so von unseren unterscheiden. Licht, was ist, wenn sie überhaupt nichts mehr tragen, sobald sie auf See sind? Licht!* »Nur ein Narr ist beleidigt, wenn er fremde Sitten kennenlernt.«

Nynaeve warf ihr einen gelassenen Blick zu, nichtssagend genug für eine Aes Sedai, die sie zu sein vorgaben, und nahm einen kräftigen Schluck aus ihrer Tasse. Alles, was sie sagte, war: »Denkt nicht weiter daran.« Man konnte nicht sagen, ob sie damit Elayne meinte oder die Meervolk-Frauen.

»Dann werden wir auf Eure Passage zu sprechen kommen, wenn es Euch recht ist«, sagte Coine. »Zu welchem Hafen wünscht Ihr zu segeln?«

»Tanchico«, sagte Nynaeve ein wenig zu scharf. »Vielleicht wollt Ihr gar nicht dorthin segeln, aber wir müssen schnell dorthin, so schnell, wie die Strecke nur einer Eurer Klipper zurücklegen kann, und das, wenn möglich ohne Zwischenaufenthalt. Ich biete Euch dieses kleine Geschenk für Eure Mühe.« Sie nahm ein Dokument aus ihrer Gürteltasche, entfaltete es und schob es über den Tisch der Segelherrin hin.

Moiraine hatte es ihnen gegeben und noch ein weiteres, ähnliches – jeweils eine Art Wechsel. Jeder erlaubte dem Überbringer, dreitausend Goldkronen von den Bänkern und Geldwechslern in vielen Städten zu verlangen, obwohl es ungewiß war, ob diese Männer und Frauen überhaupt wußten, daß es sich um Geld der Weißen Burg handelte. Elayne hatte große Augen gemacht, als sie den Betrag las, und Nynaeve hatte den Mund gar nicht mehr zubekommen. Aber Moiraine meinte, es sei notwendig, damit die Segelherrin überzeugt werden konnte, eventuell vorgesehene Häfen zu meiden und statt dessen gleich nach Tanchico zu segeln.

Coine berührte den Wechsel mit einem Finger und las sie dann. »Eine enorme Summe für das Geschenk der Passage«, murmelte sie. »Selbst wenn man bedenkt, daß Ihr mich bittet, meinen Reiseablauf zu ändern. Ich bin noch überraschter als zuvor. Ihr wißt, wir befördern selten Aes Sedai auf unseren Schiffen. Sehr selten. Von allen, die uns um eine Passage bitten, können wir dies nur den Aes Sedai verweigern und tun das auch fast immer, seit dem ersten Tag der ersten Reise. Die Aes Sedai wissen das und kommen so gut wie nie zu uns.« Sie blickte in ihre Teetasse, aber Elayne schaute schnell in die andere Richtung und sah, daß die Windsucherin ihre auf dem Tisch liegenden Hände musterte. Nein, ihre Ringe!

Moiraine hatte davon nichts erwähnt. Sie hatte ihnen nur gesagt, dieser Klipper sei das schnellste erreichbare Schiff und sie sollten es benützen. Dann wieder hatte sie ihnen diese Wechsel gegeben, mit denen man vermutlich eine ganze Flotte von Schiffen hätte chartern können. Oder wenigstens ein paar. *Wußte sie, daß soviel nötig ist, um sie zu bestechen, damit sie uns mitnehmen?* Aber warum hatte sie solche Dinge vor ihnen geheimgehalten? Eine dumme Frage; Moiraine tat immer geheimnisvoll. Doch warum ihre Zeit so verschwenden?

»Soll das heißen, daß Ihr uns keine Passage gewähren wollt?« Nynaeve hatte ihr Taktgefühl wieder aufgegeben und den direkten Weg gewählt. »Wenn Ihr keine Aes Sedai befördert, warum habt Ihr uns dann überhaupt hierher mitgenommen? Warum es nicht gleich oben sagen und uns gehen lassen?«

Die Segelherrin klappte eine Armlehne ihres Stuhls heraus, erhob sich und spähte durch eines der Heckfenster auf den Stein hinaus. Ihre Ohrringe und Medaillons, die ihr über die linke Wange hingen, glitzerten im Schein der aufgehenden Sonne. »Er benützt die Eine Macht, wie ich gehört habe, und er hält das Unberührbare Schwert. Die Aiel sind auf seinen Ruf hin über die Drachenmauer gekommen. Ich habe ein paar auf der Straße gesehen, und man sagt, sie füllten den ganzen Stein. Der Stein von Tear ist gefallen, und

Krieg überzieht die Staaten auf dem Festland. Diejenigen, die einst herrschten, sind zurückgekehrt und zuerst einmal zurückgeschlagen worden. Die Prophezeiungen werden erfüllt.«

Nynaeve blickte ob dieses Themenwechsels genauso verwundert drein wie Elayne. »Die Prophezeiungen des Drachen?« fragte Elayne nach einem Augenblick des Zögerns. »Ja, sie werden erfüllt. Er ist der Wiedergeborene Drache, Segelherrin.« *Er ist ein sturer Mann, der seine Gefühle so gut verbirgt, daß ich sie nicht finden kann. So ist das!*

Coine wandte sich um. »Nicht die Prophezeiungen des Drachen, Aes Sedai. Die Jendai-Prophezeiung, die Prophezeiung des Coramoor. Nicht diejenige, auf die Ihr wartet und die Ihr fürchtet, sondern diejenige, auf deren Erfüllung wir begierig warten, den Anbruch eines neuen Zeitalters. Während der Zerstörung der Welt flohen unsere Vorfahren und suchten die Sicherheit auf dem Meer, während sich das Land aufbäumte und wie im Sturm wogte. Man erzählt, daß sie nichts von den Schiffen verstanden, auf denen sie dem Untergang entkamen, aber das Licht schützte sie, und sie überlebten. Sie sahen das Land erst wieder, als es sich beruhigt hatte, und da hatte sich viel verändert. Alles – die ganze Welt – trieb vor dem Wind auf dem Wasser. In den Jahren danach wurden die Jendai-Prophezeiungen zuerst mündlich weitergegeben. Wir müssen ruhelos über die Wasser wandern, bis der Coramoor wiederkehrt, und bei seiner Ankunft müssen wir ihm dienen.

Wir sind ans Meer gebunden; in unseren Adern fließt Salzwasser. Die meisten von uns setzen keinen Fuß an Land, außer, um auf ein anderes Schiff, eine andere Reise zu warten. Starke Männer weinen, wenn sie an Land Dienst tun müssen. Frauen, die sich an Land aufhalten, gehen an Bord eines Schiffes, um ihr Kind zu gebären, und wenn kein Schiff zur Hand ist, zur

Not auch auf ein Ruderboot, denn wir müssen auf dem Wasser geboren werden und auf dem Wasser sterben und nach unserem Tod den Wogen übergeben werden.

Die Prophezeiung wird erfüllt. Er ist der Coramoor. Aes Sedai dienen ihm. Ihr seid der Beweis dafür, weil Ihr euch hier in dieser Stadt befindet. Auch das wurde prophezeit. ›Die Weiße Burg wird in seinem Namen geschleift, und Aes Sedai werden vor ihm knien und seine Füße waschen und sie mit ihrem Haar trocknen.‹«

»Da könnt Ihr lange warten, um zuzusehen, wie ich irgendeinem Mann die Füße wasche«, sagte Nynaeve trocken. »Was hat das mit unserer Passage zu tun? Nehmt Ihr uns mit oder nicht?«

Elayne zuckte zusammen, aber die Segelherrin antwortete genauso geradeheraus: »Warum wollt Ihr nach Tanchico fahren? Das ist mittlerweile ein unangenehmer Ort zum Anlegen geworden. Ich habe dort letzten Winter angelegt. Die Landbewohner haben beinahe mein Schiff überrannt, so viele wollten als Passagiere von dort fort. Es war ihnen gleich, wohin, wenn sie nur von Tanchico wegkamen. Ich kann nicht glauben, daß die Bedingungen dort jetzt besser geworden sind.«

»Verhört Ihr immer Eure Passagiere derart?« fragte Nynaeve. »Ich habe Euch genug geboten, um ein ganzes Dorf zu kaufen. Zwei Dörfer! Wenn Ihr mehr wollt, dann nennt Euren Preis.«

»Keinen Preis«, zischte ihr Elayne ins Ohr. »Ein Geschenk!«

Falls Coine beleidigt war oder ihr überhaupt zugehört hatte, ließ sie sich nichts anmerken. »Warum?«

Nynaeve packte ihren Zopf, aber Elayne legte ihr beruhigend eine Hand auf den Arm. Sie hatten ein paar Dinge für sich behalten wollen, aber seit sie sich hier hingesetzt hatten, hatten sie wohl auch genug gelernt, um ihre Pläne zu ändern. Es gab Gelegenheiten, Geheimnisse zu wahren, und andere, die Wahrheit zu sagen. »Wir verfolgen die Schwarzen Ajah, Segelherrin. Wir glauben, einige von ihnen halten sich in Tanchico auf.« Sie erwiderte Nynaeves wütenden Blick mit Gelassenheit. »Wir müssen sie finden, bevor sie dem ... dem Wiedergeborenen Drachen Schaden zufügen. Dem Coramoor.«

»Das Licht lasse uns in Sicherheit Anker werfen«, hauchte die Windsucherin. Es war das erste Mal, daß sie sprach, und Elayne sah sie überrascht an. Jorin runzelte die Stirn und sah niemanden direkt an, doch dann sagte sie zur Segelherrin: »Wir können sie mitnehmen, meine Schwester. Wir müssen.« Coine nickte.

Elayne tauschte einen Blick mit Nynaeve und erblickte ihre eigenen Fragen in den Augen der anderen Frau wieder. Warum war es die Windsucherin, die so etwas entschied? Warum nicht die Segelherrin? Sie war doch Kapitän, auch wenn der Titel anders lautete. Aber wenigstens würden sie nun ihre Passage erhalten. *Wieviel werden wir dafür bezahlen?* fragte sich Elayne. *Wie groß wird das ›Geschenk‹ sein müssen?* Sie verwünschte Nynaeve, die verraten hatte, daß sie mehr als nur dieser einen Wechsel in Händen hielten. *Und sie beschuldigt mich, mit Gold nur so herumzuwerfen.*

Die Tür öffnete sich, und ein breitschultriger, grauhaariger Mann in weiten grünen Seidenhosen und Schärpe kam herein. Dabei blätterte er in einem kleinen Stapel Papiere, die er in einer Hand hielt. In jedem Ohr steckten vier Goldringe, und um seinen Hals hingen drei schwere Goldketten, darunter eine mit einem Parfumbehälter. Eine lange Narbe auf der einen Wange und zwei krumme Messer in der Gürtelschärpe verliehen seiner Erscheinung etwas Gefährliches. Er hatte ein eigenartiges Drahtgestell über seine Ohren gehängt, um durchsichtige Gläser vor seinen Augen zu halten. Das Meervolk machte natürlich die besten

Glaswaren und Brenngläser und dergleichen, irgendwo dort auf ihren Inseln, aber so etwas wie diese Vorrichtung hatte Elayne noch nie gesehen.

Er spähte durch die Gläser auf die Papiere und begann zu sprechen, ohne erst aufzublicken: »Coine, dieser Narr ist doch tatsächlich gewillt, mir fünfhundert Schneefuchsfelle aus Kandor für diese drei kleinen Fässer Zwei-Flüsse-Tabak zu bieten, die ich in Ebou Dar bekam. Fünfhundert! Er kann sie bis Mittag herschaffen.« Er hob den Blick und fuhr zusammen. »Vergebt mir, meine Gemahlin. Ich wußte nicht, daß Ihr Gäste habt. Das Licht leuchte Euch allen.«

»Bis zum Mittag, mein Gemahl«, sagte Coine, »werde ich flußabwärts unterwegs sein. Bei Sonnenuntergang bin ich auf See.«

Er versteifte sich. »Bin ich immer noch Zahlmeister, Gemahlin, oder ist meine Position anders besetzt worden, als ich nicht hinsah?«

»Du bist Zahlmeister, Gemahl, aber das Handeln muß jetzt aufhören, und die Reisevorbereitungen müssen beginnen. Wir segeln nach Tanchico.«

»Tanchico!« Er zerknüllte die Papiere in seiner Faust und brachte sich nur mit Mühe unter Kontrolle. »Gemahlin – Nein! Segelherrin, Ihr hattet mir gesagt, unser nächster Hafen sei Mayene und dann würden wir nach Osten nach Schara segeln. Das hatte ich bei allen Geschäften im Kopf. Schara, Segelherrin, und nicht Tarabon. Was ich im Frachtraum habe, wird in Tanchico nicht viel einbringen. Vielleicht gar nichts! Darf ich fragen, warum nein ganzes Handeln ruiniert und der *Wogentänzer* in Armut gestürzt werden soll?«

Coine zögerte, aber als sie sprach, klang ihre Stimme noch ganz formell: »Ich bin die Segelherrin, mein Gemahl. Der *Wogentänzer* segelt, wann ich es sage und wohin ich sage. Das muß im Augenblick genügen.«

»Wie Ihr befehlt, Segelherrin«, brachte er mit rauher Stimme heraus, »so wird es geschehen.« Er berührte seine Herzgegend, wobei Elayne glaubte, Coine zusammenzucken zu sehen, und verließ die Kabine mit steifem Kreuz, als habe er einen Mast verschluckt.

»Ich muß das an ihm wiedergutmachen«, murmelte Coine leise und sah immer noch die Tür an. »Natürlich ist es angenehm, sich wieder mit ihm zu versöhnen. Normalerweise. Er hat wie ein Schiffsjunge salutiert, Schwester.«

»Wir bedauern es, der Grund für Euren Streit zu sein, Segelherrin«, sagte Elayne reuig. »Und wir bedauern auch, dies miterlebt zu haben. Wenn wir irgend jemand in Verlegenheit gebracht haben, dann nehmt bitte unsere Entschuldigung an.«

»Verlegenheit?« Coina klang überrascht. »Aes Sedai, ich bin die Segelherrin. Ich bezweifle, daß Eure Anwesenheit Toram in Verlegenheit brachte, und ich würde mich bei ihm keineswegs entschuldigen, wenn es der Fall gewesen wäre. Der Handel untersteht ihm, aber ich bin die Segelherrin. Ich werde es an ihm wiedergutmachen, und das wird nicht einfach, da ich die Gründe ja geheimhalten muß, und er hat an sich recht. Diese Narbe auf seiner Wange hat er abbekommen, als er an Deck des *Wogentänzers* gegen die Seanchan kämpfte. Er hat noch ältere Narben davongetragen, als er mein Schiff verteidigte, und ich muß nur die Hand nach dem Gold ausstrecken, das er durch seinen Handel hineinlegt. Ich muß die Dinge an ihm wiedergutmachen, die ich ihm nicht sagen kann, denn er verdient es, über alles Bescheid zu wissen.«

»Ich verstehe nicht ganz«, sagte Nynaeve. »Wir bitten Euch, die Schwarzen Ajah geheimzuhalten ...« Sie sah Elayne zornig an. Der Blick versprach ihr einige harte Worte, sobald sie allein waren. Elayne wollte ihr aber auch einiges sagen, was mit Takt und Ähnlichem zu tun hatte. »... aber dreitausend Kronen sind doch sicher Grund genug, um uns nach Tanchico zu bringen.«

»Ich muß Euer Geheimnis wahren, Aes Sedai. Was Ihr seid und warum Ihr auf diesem Schiff reist. Viele unter meinen Seeleuten würden Aes Sedai als schlechtes Omen betrachten. Falls sie wüßten, daß sie nicht nur Aes Sedai an Bord haben, sondern sie auch noch zu einem Hafen bringen, in dem andere Aes Sedai vielleicht dem Vater der Stürme dienen… Die Gnade des Lichts war mit uns, daß sich niemand nahe genug befand, um zu hören, wie ich Euch dort oben benannte. Beleidigt es Euch, wenn ich Euch bitte, soviel wie möglich unter Deck zu bleiben und Eure Ringe oben an Deck nicht zu tragen?«

Zur Antwort zog Nynaeve ihren Schlangenring vom Finger und steckte ihn in ihre Gürteltasche. Elayne tat es ihr nach, wenn auch ein wenig zögernd. Sie genoß es ansonsten, wenn die Leute ihren Ring sahen. An diesem Punkt traute sie den diplomatischen Fähigkeiten Nynaeves nicht so ganz und sagte deshalb, noch bevor ihre Gefährtin zu Wort kam: »Segelherrin, wir haben Euch ein Geschenk für eine Passage angeboten, wenn es Euch recht ist. Falls nicht, darf ich dann fragen, was Ihr wünscht?«

Coine kam zum Tisch zurück und sah sich den Wechsel an. Dann schob sie das Dokument zu Nynaeve hinüber. »Ich tue das für den Coramoor. Ich werde Euch sicher an Land setzen, wo Ihr an Land zu gehen wünscht, so das Licht es will. So soll es sein.« Sie berührte mit den Fingerspitzen ihrer rechten Hand ihre Lippen. »Wir erklären uns damit einverstanden, das Licht sei Zeuge.«

Jorin gab einen erstickten Laut von sich. »Meine Schwester, hat je ein Zahlmeister eine Mcuterei gegen seine Segelherrin angezettelt?«

Coine sah sie ausdruckslos an. »Ich werde das Geschenk der Passage aus meiner eigenen Geldtruhe begleichen. Und falls Toram jemals etwas davon erfährt, meine Schwester, werde ich dich zusammen mit

Dorele in die Kielräume schicken. Vielleicht als Ballast.«

Daß die beiden Meervolkfrauen alle Formalität hatten fallen lassen, wurde deutlich, da die Windsucherin schallend loslachte. »Und dann würdet Ihr als nächsten Hafen vermutlich Chachin anlaufen, meine Schwester, oder auch Caemlyn, denn ohne mich könntet Ihr kein Wasser mehr finden.«

Die Segelherrin wandte sich bedauernd an Elayne und Nynaeve. »Eigentlich, Aes Sedai, da Ihr ja dem Coramoor dient, sollte ich Euch ehren, wie ich die Segelherrin und die Windsucherin eines anderen Schiffes ehren würde. Wir sollten zusammen baden und Honigwein trinken und uns gegenseitig Geschichten erzählen, die uns zum Lachen oder zum Weinen bringen. Aber ich muß das Schiff auf die Abfahrt vorbereiten und ...«

Der *Wogentänzer* bäumte sich auf und schlug gegen die Kaimauer. Elayne riß es in ihrem Stuhl nach vorn und dann zurück. Als das Auf- und Abtanzen nicht aufhörte, fragte sie sich, ob es nicht besser wäre, nach draußen an Deck zu stürzen, als hier im Stuhl gefangen zu sitzen.

Dann endlich war es vorbei; die Sprünge wurden schwächer und flacher. Coine krabbelte auf die Beine und rannte zur Leiter, Jorin auf ihren Fersen. Sie schrie bereits wieder Befehle, nach möglichen Schäden am Rumpf zu suchen.

KAPITEL 20

Der Wind erhebt sich

Elayne kämpfte mit der Armlehne, bis sie sie endlich offen hatte und hinter ihnen herrennen konnte. Dabei stieß sie fast mit Nynaeve zusammen, als beide gleichzeitig die Leiter hoch wollten. Das Schiff bockte noch immer, aber lange nicht so gewaltsam wie vorher. Elayne hatte Angst, es werde sinken, und stieß Nynaeve vor sich her, damit sie schneller lief.

An Deck rannten die Besatzungsmitglieder kreuz und quer, überprüften die Takelage, spähten über die Reling, um eventuelle Schäden am Rumpf zu entdecken und schrien wild durcheinander von Erdbeben und ähnlichem. Dieselben Schreie erklangen auch vom Pier, wo die Fracht durcheinandergepurzelt war. Die Schiffe schwankten heftig an ihren Liegeplätzen. Elayne wußte jedoch, daß es sich nicht um ein Erdbeben handelte.

Sie starrte hinüber zum Stein. Die riesige Festung stand so sicher wie immer, nur ganze Schwärme aufgescheuchter Vögel flatterten um dieses helle Banner herum, das sich beinahe aufreizend langsam in einer sanften Brise bewegte. Kein Anzeichen dafür, daß irgend etwas mit dem enormen Felsklotz geschehen sei. Aber Rand war die Ursache gewesen, da war sie sicher.

Sie wandte sich um und blickte direkt in Nynaeves Augen. Ihre Blicke trafen sich einen langen Moment über. »Das hat er ja wunderbar gemacht«, sagte Elayne schließlich. »Vielleicht hat er auch noch das Schiff beschädigt? Und wie kommen wir dann nach Tanchico, wenn er nicht bald aufhört, mit sämtlichen Schiffen Ball zu spielen?« *Licht, hoffentlich geht es ihm gut. Ich kann jetzt und hier nichts für ihn tun. Es geht ihm sehr gut.*

Nynaeve berührte ihren Arm beruhigend. »Bestimmt hat dein zweiter Brief bei ihm einiges ausgelöst. Die Männer zeigen immer Überreaktionen, wenn sie sich gehenlassen. Das ist der Preis dafür, daß sie ihre Gefühle ansonsten derart unter Kontrolle zu halten versuchen. Er mag ja der Wiedergeborene Drache sein, aber er muß lernen, was zwischen Mann und Frau … Was machen *die* denn hier?«

›Die‹ waren zwei Männer, die zwischen den geschäftigen Meerleuten an Deck standen. Der eine war Thom Merrilin in seinem Gauklerumhang mit Harfe und Flöte in ihren Lederbehältern auf dem Rücken und einem Bündel zu seinen Füßen neben einem schäbigen Holzkasten mit Vorhängeschloß. Der andere war ein hagerer, gutaussehender Tairener von mittleren Jahren, ein harter Mann mit dunklem Teint, der einen flachen, kegelförmig zulaufenden Strohhut und einen dieser Arme-Leute-Mäntel trug, der bis zur Hüfte eng anlag und darunter wie ein kurzer Rock weit ausgestellt war. Ein zerkratzter Schwertbrecher hing an dem Gürtel, den er über den Mantel geschnallt hatte, und er stützte sich auf einen Stab aus hellem, getreidehalmähnlichem Holz, der genauso hoch war wie er groß und kaum dicker als sein Daumen. Ein eckig verschnürtes Paket hing ihm an einer Schlaufe von der Schulter. Elayne kannte ihn: Er hieß Juilin Sandar.

Es war offensichtlich, daß sich die Männer nicht kannten, obwohl sie beinahe Seite an Seite standen. Beide standen jedoch steif und förmlich da. Allerdings war ihre Aufmerksamkeit auf die gleichen Objekte gerichtet: Einerseits beobachteten sie die Segelherrin, wie sie zum Achterdeck marschierte, und andererseits spähten sie hinüber zu Elayne und Nynaeve. Die Blicke beider wirkten unsicher, doch verbargen sie es hinter einer Haltung, die wohl stolzes Selbstvertrauen ausdrücken sollte. Thom grinste und strich sich über den langen, weißen Schnurrbart, und dazu nickte er jedesmal, wenn sein Blick die beiden Frauen traf, während Sandar sich mehrmals ernst und würdevoll verbeugte.

»Keinerlei Schäden«, sagte Coine, als sie die Leiter hochkam. »Wir können innerhalb einer Stunde absegeln, wenn es Euch recht ist. Sogar gut vor Ablauf einer Stunde, falls wir einen Lotsen aus Tear finden. Falls nicht, segle ich auch ohne einen ab, aber das würde bedeuten, daß ich nie nach Tear zurückkommen darf.« Sie folgte ihren Blicken zu den beiden Männern hinüber. »Sie bitten um Passage – der Gaukler nach Tanchico und der Diebfänger, wohin immer Ihr reist. Ich kann es ihnen nicht verweigern, und doch ...« Ihre dunklen Augen blickten wieder Elayne und Nynaeve an. »Ich werde sie mitnehmen, wenn Ihr es wünscht.« Das Zögern, weil sie gegen ihre eigenen Bräuche handeln würde, war in ihrer Stimme zu spüren, und andererseits vielleicht auch... der Wunsch, ihnen zu helfen? Dem Coramoor zu dienen? »Der Diebfänger ist ein guter Mann, obwohl er eine Landratte ist. Nichts gegen Euch, beim Licht. Aber den Gaukler kenne ich nicht. Doch könnte ein Gaukler natürlich die Reise beleben und die Stunden der Erschöpfung erleichtern.«

»Ihr kennt Meister Sandar?« fragte Nynaeve.

»Zweimal schon hat er jene aufgespürt, die hier an Bord Diebstähle begingen, und er hat sie schnell gefunden. Eine andere Landratte hätte bestimmt länger dazu gebraucht, und er hätte für seine gute Arbeit mehr verlangen können. Es ist offensichtlich, daß auch Ihr ihn kennt. Möchtet Ihr, daß ich ihm die Passage verweigere?« Ihr Zögern war immer noch spürbar.

»Zuerst wollen wir einmal feststellen, warum sie

sich hier befinden«, sagte Nynaeve mit einer Stimme, die nichts Gutes für die beiden Männer verhieß.

»Vielleicht sollte ich mit ihnen reden«, bot Elayne ihr sanft aber entschlossen an. »Dann kannst du sie beobachten und feststellen, ob sie etwas verbergen.« Sie verschwieg ihr, daß sie hoffte, auf diese Weise Nynaeves nächsten Wutausbruch vermeiden zu können, aber deren spöttisches Lächeln verriet ihr, daß sie die Absicht wohl erkannt hatte.

»Also gut, Elayne. Ich werde sie beobachten. Vielleicht könntest du dabei ebenfalls beobachten, wie ich die Ruhe bewahre. Du weißt ja, wie du wirst, wenn du überdreht bist.«

Elayne mußte unwillkürlich lachen.

Die beiden Männer richteten sich auf, als sie und Nynaeve sich ihnen näherten. Um sie herum eilten die Seeleute, kletterten an der Takelage hoch, pullten Taue, zurrten einige Dinge fest und banden andere los, alles auf Befehl der Segelherrin. Sie bewegten sich um die Landbewohner herum, ohne sie weiter zu beachten.

Elayne blickte Thom Merrilin nachdenklich an. Sie war sicher, den Gaukler vor seinem Erscheinen im Stein noch nie gesehen zu haben, und doch kam ihr etwas an ihm so bekannt vor. Nicht sehr wahrscheinlich, aber … Gaukler traten vor allem in Dörfern auf. Ihre Mutter hatte ganz sicher nie einen im Palast in Caemlyn gehabt. Der einzige Gaukler, den gesehen zu haben sich Elayne erinnerte, war in einem Dorf in der Nähe der Landgüter ihrer Mutter aufgetreten, und dort war dieser weißhaarige Falke von einem Mann bestimmt nie gewesen.

Sie entschloß sich, zuerst mit dem Diebfänger zu sprechen. Auf dieser Bezeichnung bestand er, wie sie wohl wußte. Er war stolz darauf.

»Meister Sandar«, sagte sie ernst, »Ihr erinnert Euch vielleicht nicht mehr an uns. Ich bin Elayne Trakand, und das ist meine Freundin Nynaeve al'Meara. Wie ich hörte, wollt Ihr an dasselbe Ziel reisen wie wir. Dürfte ich den Grund erfahren? Als wir Euch das letzte Mal trafen, hattet Ihr uns nicht gerade gut gedient.«

Der Mann zuckte nicht einmal mit der Wimper. Sein Blick überflog ihre Hände, und er bemerkte die Abwesenheit der Ringe. Diesen dunklen Augen entging nichts, und er prägte sich jede Einzelheit genau ein. »Ich erinnere mich an Euch, Frau Trakand, und sogar sehr gut. Aber bitte vergebt mir, doch das *letzte* Mal, als ich Euch diente, war in Gesellschaft von Mat Cauthon, als wir Euch beide aus dem Wasser zogen, bevor die Hechte Euch anknabberten.«

Nynaeve räusperte sich. Es war eine Zelle gewesen und nicht das Wasser, und statt der Hechte die Schwarzen Ajah. Besonders Nynaeve ließ sich nicht gern daran erinnern, daß sie damals Hilfe benötigt hatten. Natürlich hätten sie ohne Juilin Sandar gar nicht in dieser Zelle gesessen. Nein, das war nicht ganz gerade. Wahr, aber nicht gerecht.

»Das ist alles schön und gut«, sagte Elayne nun kurz angebunden, »aber Ihr habt immer noch nicht gesagt, warum Ihr nach Tanchico wollt.«

Er atmete tief durch und musterte Nynaeve mißtrauisch. Elayne gefiel es gar nicht, daß er es nötig zu haben schien, der anderen Frau gegenüber vorsichtiger zu sein als ihr gegenüber. »Ich wurde vor noch nicht einmal einer halben Stunde aus meinem Haus getrieben«, sagte er vorsichtig, »und zwar von einem Mann, den Ihr kennt, wie ich glaube. Einem großen Mann mit steinernem Gesicht namens Lan.« Nynaeves Augenbrauen hoben sich leicht. »Er sprach für einen anderen Mann, den Ihr kennt, einen … Schafhirten, wie man mir sagte. Man gab mir einen Haufen Goldes und sagte mir, ich solle Euch begleiten. Euch beide. Man sagte mir auch, wenn Ihr nicht sicher von dieser Reise zurückkehrtet … Sagen wir einmal, es sei dann besser, wenn ich mich ertränke, anstatt zurückzukommen. Lan war da ganz eindeutig, und der ... Schafhirte sagte in seiner Nachricht an mich praktisch das gleiche. Die Segelherrin sagte mir, ich könne nur mitkommen, wenn Ihr zustimmt. Ich habe aber doch gewisse Fähigkeiten, die Euch nützlich sein könnten.« Der Stab wirbelte in seinen Händen, pfiff blitzschnell durch die Luft und stand wieder still. Seine Finger berührten den Schwertbrecher an seiner Hüfte, der wie ein ungeschärftes Schwert wirkte, aber mit Schlitzen versehen war, in denen sich eine gegnerische Klinge verhaken sollte.

»Männer finden doch immer einen Weg, um sich um das herumzudrücken, was du ihnen gesagt hast«, knurrte Nynaeve, doch es klang nicht sehr böse.

Elayne runzelte nur etwas verwirrt die Stirn. Rand hatte ihn geschickt? Dann konnte er bestimmt den zweiten Brief vorher noch nicht gelesen haben. *Seng ihn! Warum ist er so sprunghaft? Keine Zeit mehr, ihm noch einen Brief zu schicken, und der würde ihn vermutlich noch mehr verwirren. Und mich zu einer noch größeren Närrin machen. Seng ihn!*

Und Ihr, Meister Merrilin?« fragte Nynaeve. »Hat der Schafhirte uns auch noch einen Gaukler hinterhergesandt? Oder nur den anderen Mann? Vielleicht sollt Ihr uns nur mit Eurem Jonglieren und Feuerschlucken unterwegs unterhalten?«

Thom hatte Sandar genau gemustert, aber nun verlagerte er seine Aufmerksamkeit und verbeugte sich elegant. Er verdarb die Wirkung nur etwas, als er übertrieben seinen Flickenumhang schwenkte. »Nicht der Schafhirte, Frau al'Meara. Eine Dame, die wir alle gut kennen, bat mich – *bat mich* – Euch zu begleiten. Die Dame, die Euch und den Schafhirten in Emondsfeld aufgelesen hatte.«

»Warum?« fragte Nynaeve mißtrauisch.

»Auch ich besitze ein paar nützliche Fähigkeiten«, sagte Thom mit einem Seitenblick auf den Diebfänger zu ihr. »Mehr als nur das Jonglieren. Und ich war schon mehrmals in Tanchico. Ich kenne die Stadt gut. Ich kann Euch sagen, wo Ihr eine gute Herberge findet und welche Bezirke sowohl bei Tageslicht wie auch in der Nacht gefährlich sind, und wen man in der Zivilgarde bestechen muß, damit sie Euch nicht zu genau auf die Finger sehen. Sie beobachten Ausländer sonst recht mißtrauisch. Ich kann Euch in vieler Hinsicht behilflich sein.«

Diese Vertrautheit kitzelte wieder an Elaynes Verstand. Bevor ihr klar wurde, was sie tat, griff sie hoch und zupfte ihn an seinem langen, weißen Schnurrbart. Er fuhr zusammen, und sie schlug beide Hände vor ihr Gesicht und lief knallrot an. »Vergebt mir. Ich … ich schien mich zu erinnern, so etwas früher schon getan zu haben. Ich meine … Es tut mir ehrlich leid.« *Licht, wieso habe ich das getan? Er muß mich für eine dumme Kuh halten.*

»Ich … würde mich wohl daran erinnern«, sagte er sehr steif.

Sie hoffte, ihn nicht beleidigt zu haben. Von seinem Gesichtsausdruck war kaum etwas abzulesen. Männer waren manchmal beleidigt, wenn sie sich amüsieren sollten, und belustigt, wenn sie beleidigt sein sollten. Falls sie zusammen diese Reise antraten … Zum erstenmal wurde ihr klar, daß sie sich bereits entschieden hatte, beide mitzunehmen. »Nynaeve?« fragte sie.

Die andere Frau verstand natürlich die unausgesprochene Frage. Sie musterte die beiden Männer noch einmal gründlich und nickte dann. »Sie können mitkommen. Solange sie sich einverstanden erklären, zu tun, was man ihnen befiehlt. Ich werde nicht zulassen, daß irgendein wollköpfiger Kerl seiner eigenen Wege geht und uns in Gefahr bringt.«

»Wie Ihr wünscht, Frau al'Meara«, sagte Sandar sofort mit einer Verbeugung, aber Thom stellte fest: »Ein Gaukler ist eine freie Seele, Nynaeve, aber ich verspreche, daß ich Euch nicht in Gefahr bringen werde. Alles andere als das.«

»Wie man Euch befiehlt«, sagte Nynaeve betont. »Euer Wort darauf, oder Ihr könnt zuschauen, wie dieses Schiff ablegt.«

»Die Atha'an Miere verweigern niemandem die Passage, Nynaeve.«

»Glaubt Ihr das? War der Diebjäger« – Sandar zuckte zusammen – »der einzige, dem man mitteilte, daß unsere Erlaubnis nötig sei? Wie man es Euch befiehlt, *Meister* Merrilin.«

Thom warf sein weißes Haupt hoch wie ein ungebärdiges Pferd und atmete schwer, aber schließlich nickte er. »Mein Wort darauf, *Frau* al'Meara.«

»Also gut«, sagte Nynaeve mit eisiger Stimme. »Dann wäre das geklärt. Ihr beide geht jetzt zur Segelherrin und berichtet ihr, daß ich sagte, sie solle Euch irgendwo einen Unterschlupf zuteilen, falls das möglich ist, und so, daß Ihr uns nicht im Weg seid. Weg mit Euch jetzt. Schnell.«

Sandar verbeugte sich erneut und ging. Thom bebte sichtbar, schloß sich ihm aber dann mit steifem Kreuz an.

»Behandelst du sie nicht etwas hart?« sagte Elayne, sobald sie außer Hörweite waren. Das war nicht sehr weit weg, bei all dem Durcheinander an Deck. »Wir müssen auf der Reise doch schließlich alle miteinander auskommen. ›Verbindliche Worte bringen eine verbindliche Gesellschaft ein.‹«

»Es ist am besten, wir legen ihnen gleich die Zügel an, da wir ja schließlich weiterkommen wollen, Elayne. Thom Merrilin weiß sehr gut, daß wir noch keine Aes Sedai sind.« Sie senkte die Stimme und sah sich vorsichtig um, als sie das sagte. Niemand von der Besatzung sah sie auch nur an, außer der Segelherrin, die hinten in der Nähe des Achterdecks stand und dem hochgewachsenen Gaukler und dem Diebfänger lauschte. »Männer sind geschwätzig – fast alle –, und Sandar wird es auch bald wissen. Bei Aes Sedai würden sie wahrscheinlich keine Schwierigkeiten machen, aber zwei Aufgenommene …? Wenn sie auch nur die leiseste Chance bekommen, machen sie nur noch das, was sie für richtig halten, gleich, was wir sagen. Ich werde ihnen keinerlei Chance geben.«

»Vielleicht hast du recht. Glaubst du, sie wissen, warum wir nach Tanchico wollen?«

Nynaeve schnaubte. »Nein, sonst wären sie nicht mehr so zuversichtlich, denke ich. Und ich möchte es ihnen lieber nicht eher sagen, als es unbedingt sein muß.« Sie warf Elayne einen bedeutungsvollen Blick zu. So mußte sie gar nicht erst sagen, daß sie es der Segelherrin auch nicht mitgeteilt hätte, wäre es ihr überlassen worden. »Hier ist auch eine Redensart für dich: ›Leih dir Schwierigkeiten aus, und du zahlst sie zehnfach zurück.‹«

»Du redest, als vertrautest du ihnen nicht, Nynaeve.« Beinahe wäre ihr entschlüpft, daß Nynaeve sich wie Moiraine benehme, aber das würde ihr die andere denn doch übelnehmen.

»Können wir das denn? Juilin Sandar hat uns schon einmal verraten. Ja, ja, ich weiß, daß kein Mann das hätte vermeiden können, aber es stimmt ja trotzdem. Und Liandrin und die anderen kennen sein Aussehen. Wir müssen ihn in andere Kleidung stecken. Vielleicht muß er sich die Haare länger wachsen lassen. Und noch ein Schnurrbart dazu, so wie dieses Unkraut, das der Gaukler im Gesicht trägt. Das könnte reichen.«

»Und Thom Merrilin?« fragte Elayne. »Ich glaube, wir können ihm vertrauen. Ich weiß nicht, warum, aber ich traue ihm.«

»Er hat zugegeben, von Moiraine geschickt worden zu sein«, sagte Nynaeve erschöpft. »Aber was hat er nicht alles schon zugegeben? Was hat sie ihm gesagt, was er uns nicht weitersagte? Soll er uns helfen, oder was sonst? Moiraine hat ihr Spielchen schon so oft gespielt, daß ich ihr nur soviel mehr glaube als Liandrin.« Sie hielt Daumen und Zeigefinger in geringem Abstand hoch. »Sie wird uns benützen – sowohl dich wie mich – und uns fertigmachen lassen, sofern es Rand hilft. Oder besser, wenn es ihre Pläne mit Rand fördert. Wenn sie könnte, würde sie ihn ja wie ein Schoßhündchen an die Leine legen.«

»Moiraine weiß genau, was zu tun ist, Nynaeve.« Ausnahmsweise zögerte sie aber doch, dies zuzugeben. Was Moiraine als die richtige Vorgehensweise kannte, würde möglicherweise Rand noch schneller auf Tarmon Gai'don zutreiben. Vielleicht zu seinem schnelleren Tod führen. Rand saß auf der einen Waagschale, während auf der anderen die ganze Welt lag. Es war idiotisch – närrisch und kindisch – wenn sie es so sah, daß die Gewichte gleichmäßig verteilt seien. Doch sie wagte nicht, sich vorzustellen, wie die Waagschalen in Bewegung gerieten, denn sie war sich nicht sicher, wer dann am Ende oben und wer unten schweben würde. »Sie weiß es besser als er«, sagte sie und bemühte sich, ihre Stimme klar und entschlossen wirken zu lassen, »besser als wir.«

»Vielleicht«, seufzte Nynaeve. »Deshalb muß es mir noch lange nicht gefallen.«

Am Bug wurden bereits die Leinen losgemacht, als mit einemmal dreieckige Segel herunterfielen, sich blähten, und der *Wogentänzer* vom Pier ablegte. Weitere Segel wurden herabgelassen, große weiße Rechtecke und Dreiecke, die Heckleinen wurden losgemacht, und in einem großen Bogen schwenkte das Schiff auf den Fluß hinaus, und zwischen vor Anker liegenden Schiffen hindurch beschrieb es eine elegante Kurve, bis es flußabwärts nach Süden gerichtet war. Die Meerleute behandelten ihr Schiff wie ein meisterhafter Reiter sein Pferd. Irgendwie bewegte dieses eigenartige Speichenrad wohl das Steuerruder, wenn einer der Seemänner mit nacktem Oberkörper daran drehte. Elayne war erleichtert zu sehen, daß ein Mann diese Arbeit verrichtete. Die Segelherrin und die Windsucherin standen auf der einen Seite des Rads. Coine gab gelegentlich Befehle. Manchmal beriet sie sich vorher mit ihrer Schwester. Toram sah ihnen eine Weile lang mit einem Gesicht zu, das wirkte, als sei es aus einer Decksplanke geschnitzt worden, und dann trottete er nach unten.

Auf dem Achterdeck stand ein Tairener, ein molliger, etwas verloren wirkender Mann in fadem gelben Mantel mit grauen Puffärmeln, der sich nervös die Hände rieb. Er war gerade noch an Bord geschubst worden, bevor man die Planke hochgehievt hatte. Das war der Lotse, der den *Wogentänzer* angeblich flußabwärts steuern sollte, wie es dem Gesetz Tears entsprach, denn kein Schiff durfte die Finger des Drachen passieren, das keinen solchen tairenischen Lotsen an Bord hatte. Diesen verlorenen Eindruck machte er allerdings deshalb, weil er zum Nichtstun verurteilt war, denn wenn er den Seeleuten irgendwelche Anweisungen gab, beachteten sie diese gar nicht.

Nynaeve knurrte etwas von Nachsehen, wie ihre Kabine aussehe, und ging hinunter unter Deck, doch Elayne genoß die Brise und die Aufbruchstimmung. Reisen und Orte zu sehen, an denen sie noch nie zuvor gewesen war, machte ihr immer Spaß. Sie hatte das auch überhaupt nicht erwartet, jedenfalls nicht auf diese Art. Die Tochter-Erbin Andors machte gewöhnlich einige offizielle Staatsbesuche, und das würden später mehr werden, wenn sie den Thron bestieg, aber das Ganze war von Pomp und Zeremonien überlagert. Überhaupt nicht so, wie jetzt. Barfüßige Meerleute und ein Schiff, das in Richtung offenes Meer fuhr.

Das Ufer glitt schnell vorbei, während die Sonne stieg. Gelegentlich erschien eine kleine Gruppe von steinernen Bauernhäusern und Scheunen, eintönig und einsam dazu, und verschwand wieder hinter ihnen. Aber keine Dörfer. Tear gestattete auch nicht das kleinste Dorf im Gebiet zwischen der Stadt und dem Meer, denn selbst ein kleiner Weiler könnte wachsen und eines Tages zur Konkurrenz für die Hauptstadt werden. Die Hochlords hielten die Größe und Ausdehnung von Dörfern und Kleinstädten im ganzen Land durch eine Gebäudesteuer unter Kontrolle. Je mehr Gebäude es wurden, desto höher wurde auch die Steuer. Elayne war sicher, daß man Godan an der Bucht von Remara das Aufblühen niemals gestattet hätte, wenn nicht die zwingende Notwendigkeit bestanden hätte, einen starken Außenposten an der Grenze nach Mayene zu besitzen. Auf gewisse Weise war sie erleichtert, einen solchen närrischen Staat hinter sich zu lassen. Wenn sie nur nicht gleichzeitig auch einen närrischen Mann hinter sich hätte lassen müssen.

Die Anzahl der Fischerboote, meist klein und alle von Schwärmen hoffnungsfroher Möwen und anderer Fischervögel umflattert, nahm zu, je weiter nach Süden der *Wogentänzer* kam, besonders, als sie in das Gewirr von Mündungsarmen einfuhren, das man Finger des Drachen nannte. Oft waren nur die Vögel und die langen Stangen sichtbar, an denen die Netze hingen, und ansonsten war die Welt voller Schilf und scharfkantiger Grashalme, die sich im Wind krümmten, von grünen Wellen überlaufene Ebenen, aus denen hier und da niedrige Inseln aufragten, und auf den Inseln wiederum wuchsen eigenartig verkrümmte Bäume mit spinnenartigen Luftwurzeln. Viele Fischer arbeiteten direkt im Schilf, wenn auch ohne Netze. Einmal sah Elayne einige von ihnen in der Nähe eines offeneren Wasserlaufs. Die Männer und Frauen warfen Leinen mit Haken daran ins Wasser und zogen sich windende, armlange, schwarzgestreifte Fische heraus.

Der tairenische Lotse begann, nervös auf und ab zu

tigern, sobald sie sich im Delta befanden und die Sonne senkrecht über ihnen stand. Er rümpfte die Nase, als man ihm eine Schale mit dickem und nach Gewürzen duftenden Fischeintopf und einen Kanten Brot reichte. Elayne aß hungrig ihre Mahlzeit und wischte die Schale schließlich mit dem letzten Brocken Brot aus, obwohl sie natürlich seine Unruhe durchaus teilte. In jeder Richtung sah man sowohl breite wie auch schmale Wasserläufe, die sich durch das Schilfmeer zogen. Einige endeten ganz plötzlich noch in ihrer Sichtweite in einer wahren Schilfwand. Es gab keine Möglichkeit, zu erkennen, welcher der anderen Wasserläufe vielleicht nach der nächsten Biegung genauso verschwinden würde. Coine ließ aber trotzdem den *Wogentänzer* keineswegs langsamer segeln. Sie zögerte auch keinen Moment, wenn sie ihre Fahrrinne auswählen mußte. Offensichtlich kannte sie die Kanäle genau, die sie nehmen mußte, oder die Windsucherin kannte sie, aber der Lotse knurrte ständig in sich hinein, als erwarte er jeden Moment, daß sie auflaufen würden.

Es war später Nachmittag, als mit einemmal die eigentliche Flußmündung vor ihnen auftauchte und dahinter die endlose Bläue des Meers der Stürme. Die Seeleute stellten irgend etwas mit den Segeln an, und bis auf ein leichtes Schaukeln lag das Schiff bewegungslos im Wasser. Erst dann bemerkte Elayne ein großes Ruderboot, das wie ein vielbeiniger Wasserläufer von einer Insel her auf sie zukam. Auf dieser Insel standen verloren ein paar Steingebäude um den Fuß eines hohen, schmalen Turms herum, auf dessen Spitze einige Männer unter einer Flagge mit den drei weißen Halbmonden Tears auf rotem und goldenem Feld zu sehen waren. Der Lotse nahm kommentarlos den Geldbeutel, den ihm Coine reichte, und kletterte eine Strickleiter hinab zu dem Ruderboot. Sobald er sich dort an Bord befand, wurden die Segel wieder herumgeschwenkt, und der *Wogentänzer* begab sich in die Umarmung der ersten aus dem offenen Meer heranrollenden Wellen. Der Bug hob sich leicht und schnitt dann seinen Weg durchs Wasser. Seeleute kletterten in der Takelage herum, setzten weitere Segel, und das Schiff nahm Fahrt Richtung Südwest auf – weg vom Festland.

Als der letzte dünne Streifen Landes unter dem Horizont verschwand, zogen die Meervolk-Frauen ihre Blusen aus. Alle – auch die Segelherrin und die Windsucherin. Elayne wußte vor Verlegenheit nicht, wo sie hinsehen sollte. Alle diese Frauen liefen halbnackt herum und kümmerten sich überhaupt nicht um die ganzen Männer in ihrer Umgebung. Juilin Sandar schien die gleichen Schwierigkeiten zu haben wie sie. Abwechselnd sah er mit großen Augen die Frauen an, und dann blickte er wieder verlegen auf seine Füße hinunter. Schließlich hatte er genug und begab sich beinahe im Laufschritt nach unten. Elayne ließ sich nicht auf diese Art vertreiben. Sie blickte statt dessen auf die See hinaus.

Unterschiedliche Bräuche, machte sie sich selbst aufmerksam. *Solange sie nicht von mir das Gleiche erwarten…* Bei dem Gedanken hätte sie beinahe hysterisch gelacht. Irgendwie war es einfacher, sich die Schwarzen Ajah vorzustellen, als das. Unterschiedliche Bräuche. *Licht!*

Der Himmel färbte sich rötlich. Die Sonne stand mattgolden am Horizont. Scharen von Delphinen begleiteten das Schiff, schossen elegant seitlich vorbei oder sprangen hoch aus dem Wasser, während sich weiter draußen ein ganzer Schwarm glitzernder, silberblauer Fische aus dem Meer erhob, auf weit gespreizten Flossen vielleicht fünfzig Schritt weit durch die Luft glitt, und dann in die schwellende graugrüne Flut zurückplatschte. Elayne beobachtete das erstaunt ein ums andere Mal, doch nach einer Weile blieben diese Fische schließlich aus.

Dennoch, allein schon die Delphine mit ihren großen, schlanken Körpern waren erstaunlich genug. Sie bildeten die Ehrenwache, die den *Wogentänzer* dorthin zurückgeleitete, wohin sie gehörte. Sie hatte vorher nur in Büchern von ihnen gelesen. Man sagte, wenn sie einen Ertrinkenden fänden, brächten sie ihn gemeinsam ans Ufer zurück. Sie konnte das nicht ganz glauben, aber es war eine schöne Geschichte. So folgte sie ihnen an der Reling entlang zum Bug, wo sie in der Bugwelle spielten und sich immer wieder auf die Seite drehten, um zu ihr aufzublicken, ohne ihre Geschwindigkeit im Wasser zu verringern.

Sie befand sich schon beinahe am Bugspriet, als sie entdeckte, daß dort bereits Thom Merrilin stand und ein wenig traurig auf die Delphine hinunterlächelte. Sein Umhang blähte sich wie eines der Segel im Wind. Er hatte sein Gepäck irgendwo abgeladen. So vertraut kam er ihr vor! »Seid Ihr unglücklich, Meister Merrilin?«

Er blickte sie von der Seite her an. »Bitte nennt mich Thom, Lady Elayne.«

»Also gut, Thom. Aber bitte nicht Lady Elayne! Hier bin ich nur einfach Frau Trakand.«

»Wie Ihr wünscht, Frau Trakand«, sagte er mit einem angedeuteten Lächeln.

»Wie könnt Ihr diesen Delphinen zusehen und trotzdem unglücklich sein, Thom?«

»Sie sind frei«, murmelte er so, daß sie nicht sicher sein konnte, ob es eine Antwort auf ihre Frage sei. »Sie müssen keine Entscheidungen treffen und keinen Preis zahlen, haben keine Sorgen und machen sich höchstens Gedanken darüber, Fische zum Fressen zu fangen. Und über Haie und Löwenfische vielleicht. Und vielleicht noch über hundert andere Dinge, von denen ich nichts weiß. Nun, möglicherweise sind sie doch nicht so beneidenswert.«

»Beneidet Ihr sie?« Er antwortete nicht, aber es war

auch die falsche Frage gewesen. Sie mußte ihn wieder zum Lächeln bringen. Nein, zum Lachen. Aus irgendeinem Grund war sie sicher, sie werde sich daran erinnern, woher sie ihn kannte, wenn sie ihn nur zum Lachen brachte. So wechselte sie das Gesprächsthema und kam auf etwas, das ihm näherliegen sollte. »Habt Ihr vor, das Hohelied des Rand zu komponieren, Thom?« Das war eigentlich etwas für Barden und nicht für Gaukler, aber ein wenig Schmeichelei konnte nicht schaden. »Das Hohelied des Wiedergeborenen Drachen. Wißt Ihr, Loial will ein Buch darüber schreiben.«

»Vielleicht werde ich das tun, Frau Trakand. Vielleicht. Aber weder meine Komposition noch Loials Buch werden auf lange Sicht etwas bewirken. Unsere Geschichten werden nicht überleben, jedenfalls über einen längeren Zeitraum. Wenn das nächste Zeitalter anbricht ...« Er verzog das Gesicht und zupfte an einem seiner Schnurrbartenden. »Wenn man es bedenkt, liegt das vielleicht nur noch ein oder zwei Jahre in der Zukunft. Wie kann man sagen, ob das Ende eines Zeitalters erreicht ist? Es kann ja nicht immer eine Weltkatastrophe wie die Zerstörung damals sein. Allerdings, sollten die Prophezeiungen recht behalten, wird es wieder eine solche geben. Das ist das Dumme an Prophezeiungen. Der ursprüngliche Text ist immer in der Alten Sprache geschrieben und vielleicht auch noch in der Form des Hochgesangs: Wenn man nicht von vornherein weiß, was eine Sache bedeutet, gibt es keine Möglichkeit, es hinterher herauszufinden. Bedeutet es einfach das, was da geschrieben steht, oder ist es verschlüsselt und hat eine ganz andere Bedeutung?«

»Ihr wolltet doch von Eurem Hohelied erzählen«, sagte sie und versuchte, ihn darauf zurückzubringen, doch er schüttelte sein zerzaustes weißes Haupt.

»Ich sprach von Veränderungen. Mein Hohelied,

falls ich es je komponiere – und Loials Buch – werden nicht mehr als ein Samenkorn darstellen, falls wir beide Glück haben. Diejenigen, die die Wahrheit kennen, werden sterben, und die Enkel ihrer Enkel werden sich an ganz andere Dinge zu erinnern glauben. Und *ihre* Urenkel werden die Dinge wiederum anders sehen. Zwei Dutzend Generationen, und dann seid vielleicht Ihr die Heldin und nicht Rand.«

»Ich?« lachte sie.

»Oder vielleicht Mat oder Lan. Vielleicht sogar ich.« Er grinste sie an. Sein verwittertes Gesicht nahm einen Ausdruck von Wärme an. »Thom Merrilin. Kein Gaukler mehr – aber was sonst? Wer kann das schon sagen? Keiner, der Feuer schluckt, sondern einer, der es ausspeit. Der es wie eine Aes Sedai auf andere schleudert.« Er spreizte seinen Umhang. »Thom Merrilin, der geheimnisvolle Held, der Berge zum Einstürzen bringt und Könige auf ihren Thron hebt.« Aus dem Grinsen wurde ein herzhaftes Lachen. »Wenn Rand al'Thor Glück hat, erinnert man sich vielleicht im nächsten Zeitalter gerade noch an seinen Namen.«

Sie hatte recht gehabt; es war nicht nur ein Gefühl. Dieses Gesicht, dieses herzhafte Lachen: Sie erinnerte sich daran. Aber woher? Sie mußte ihn am Reden halten. »Ist es denn immer so? Ich glaube nicht, daß zum Beispiel jemand daran zweifelt, daß Artur Falkenflügel ein großes Reich erobert hat. Die ganze Welt, oder zumindest den größten Teil.«

»Falkenflügel, junge Frau? Klar eroberte er ein Weltreich, aber glaubt Ihr, er habe wirklich alles getan, was in den Büchern und Legenden und Gesängen über ihn berichtet wird? Genauso, wie man es sich erzählt? Daß er die hundert besten Kämpfer einer gegnerischen Armee einen nach dem anderen eigenhändig tötete? Die beiden Heere standen bloß so herum und sahen zu, während einer der Führer – ein König sogar – hundert Zweikämpfe austrug?«

»In den Büchern steht es so.«

»Zwischen Sonnenaufgang und Sonnenuntergang reicht die Zeit niemals für einen einzelnen Mann, hundert Zweikämpfe auszutragen, Mädchen.« Sie hätte ihm beinahe eine verpaßt, weil er sie *Mädchen* nannte. Sie war die Tochter-Erbin Andors und nicht einfach ein Mädchen, aber er ließ sich nicht aufhalten. »Und das liegt nur tausend Jahre zurück. Geht weiter zurück zu den ältesten Legenden, die ich kenne, denen aus dem Zeitalter vor dem der Legenden. Haben Mosk und Merk wirklich mit Feuerspeeren gegeneinander gekämpft und waren sie vielleicht echte Riesen? War Elsbet wirklich die Königin der Welt und Anla ihre Schwester? War Anla wirklich die weise Ratgeberin, oder jemand anders? Genausogut kann man fragen, von welcher Tierart Elfenbein stamme oder auf welcher Pflanze die Seide wächst. Falls die nicht auch von einem Tier produziert wird.«

»Diese anderen Fragen kann ich nicht beantworten«, sagte Elayne ein wenig steif. Es ärgerte sie, wenn man sie mit Mädchen anredete. »Aber in bezug auf Elfenbein und Seide könnt Ihr ja die Meerleute fragen.«

Er lachte wieder. Das hatte sie erhofft, aber immer noch bewirkte es nicht mehr, als sie in ihrer Gewißheit zu bestärken, daß sie ihn kenne. Sie hatte so halb erwartet, er werde sie als närrisch bezeichnen, doch er sagte: »Praktisch veranlagt und zielbewußt wie Eure Mutter. Mit beiden Beinen auf dem Boden und nur wenige Höhenflüge.«

Sie hob das Kinn ein wenig an und machte eine kühle Miene. Wohl gab sie sich als Frau Trakand aus, aber das hier war etwas anderes. Er war ein liebenswerter alter Mann, und sie wollte eigentlich das Rätsel, das er für sie darstellte, nicht mit Gewalt lösen. Doch letzten Endes war er nur ein Gaukler und sollte nicht in so vertrautem Tonfall von einer Königin sprechen.

Seltsam und ärgerlich, daß er nun amüsiert erschien. Amüsiert!

»Die Atha'an Miere wissen es auch nicht«, sagte er. »Sie sehen nicht mehr von den Ländern jenseits der Aiel-Wüste, als die paar Meilen rund um eine Handvoll Hafenstädte, die sie anlaufen dürfen. Diese Orte haben hohe Mauern und werden so bewacht, daß man noch nicht einmal hochklettern kann, um nachzusehen, wie es auf der anderen Seite aussieht. Falls eines ihrer Schiffe irgendwo anders festmacht – oder auch ein Schiff aus einem anderen Land, denn nur dem Meervolk ist es erlaubt, diese Länder überhaupt zu besuchen –, wird dieses Schiff mitsamt seiner Besatzung niemals mehr gesehen. Und das ist auch schon fast alles, was ich Euch dazu sagen kann, obwohl ich viele Jahre lang Erkundigungen eingezogen habe. Die Atha'an Miere wahren ihre Geheimnisse, aber ich glaube nicht, daß sie viel mehr darüber wissen. Nach alledem, was ich erfahren habe, hat man auch die Leute aus Cairhien genauso behandelt, als es ihnen noch gestattet war, die Seidenstraße durch die Aielwüste zu benützen. Die Händler aus Cairhien sahen niemals mehr, als eine einzige Stadt mit hohen Mauern, und wer sich davon entfernte, der verschwand spurlos.«

Elayne ertappte sich dabei, daß sie ihn genauso neugierig musterte wie vorher die Delphine. Welche Art von Mensch war er? Zweimal bereits hätte er Grund gehabt, sie auszulachen – er *hatte* sich ja auch amüsiert, wie sie zähneknirschend zugeben mußte –, doch statt dessen unterhielt er sich ernst mit ihr, wie ein … Nun ja, wie ein Vater mit seiner Tochter. »Vielleicht findet Ihr ein paar Antworten auf diesem Schiff, Thom. Sie wollten an sich nach Osten fahren, bis wir die Segelherrin überredeten, uns nach Tanchico zu bringen. Nach Schara, sagte der Zahlmeister, östlich von Mayene. Das muß bedeuten: Es liegt jenseits der Wüste.«

Er sah sie einen Augenblick lang an. »Schara sagt Ihr? Den Namen habe ich noch nie gehört. Ist Schara eine Stadt oder ein Staat oder beides? Vielleicht erfahre ich wirklich hier noch etwas Neues.«

Was habe ich gesagt? fragte sie sich. *Ich habe etwas gesagt, um ihn zum Nachdenken zu bringen. Licht! Ich sagte ihm, daß wir Coine überredet haben, ihre Pläne zu ändern.* Es konnte an sich nicht weiter schaden, doch sie schalt sich selbst eine Närrin. Ein unvorsichtiges Wort diesem netten alten Mann gegenüber würde vielleicht keinen Schaden anrichten, aber in Tanchico könnte sie das umbringen und Nynaeve dazu, gar nicht zu sprechen von dem Diebfänger und Thom selbst. Wenn er wirklich ein so netter alter Mann war. »Thom, warum seid Ihr mit uns gekommen? Nur weil Moiraine Euch darum bat?«

Seine Schultern bebten und ihr wurde bewußt, daß er über sich selbst lachte. »Was das betrifft, nun, wer weiß das schon? Man widerspricht selten einer Aes Sedai, die einen um einen Gefallen bittet. Vielleicht war es auch die Aussicht auf Eure angenehme Gesellschaft die Reise über. Oder ich habe erkannt, daß Rand alt genug ist, um auf sich selbst aufzupassen, jedenfalls eine Weile lang.«

Er lachte schallend, und sie mußte mitlachen. Allein schon der Gedanke, daß dieser weißhaarige alte Bursche auf Rand aufpaßte! Das Gefühl, ihm vertrauen zu können, kehrte zurück, noch stärker als zuvor, als er sie anblickte. Nicht, weil er über sich selbst lachen konnte, oder jedenfalls nicht nur deshalb. Sie kannte auch keinen anderen Grund als den, daß sie einfach nach einem Blick in diese blauen Augen nicht glauben konnte, er werde jemals etwas unternehmen, was ihr schaden könnte.

Der Drang, ihn wieder am Schnurrbart zu zupfen, war beinahe überwältigend, aber sie zwang ihre Hände zur Untätigkeit. Sie war schließlich kein Kind mehr. Ein Kind. Sie öffnete den Mund ... und plötzlich war alles vergessen.

»Bitte entschuldigt mich, Thom«, sagte sie schnell. »Ich muß ... Entschuldigt mich.« Sie ging hastig in Richtung Heck und wartete nicht auf eine Antwort. Er glaubte vielleicht, daß sie wegen der Schaukelei des Schiffs seekrank geworden sei. Der *Wogentänzer* schwankte nun mehr und bewegte sich schneller als zuvor durch die mächtigen Wogenberge. Der Wind hatte aufgefrischt.

Zwei Männer standen am Rad auf dem Achterdeck. Die Muskeln beider waren notwendig, um das Schiff auf Kurs zu halten. Die Segelherrin befand sich nicht an Deck, aber die Windsucherin stand an der Reling hinter den Rudergängern, mit nacktem Oberkörper, genau wie die Männer, und betrachtete den Himmel, an dem dicke Wolken schneller entlangquollen als die Wogen der See. Diesmal war es allerdings nicht Jorins Kleidung, oder besser ihr halbnackter Zustand, was Elayne störte. Das Glühen einer Frau, die mit *Saidar* arbeitete, umgab sie. Es hob sich klar von dem trüben Dämmerlicht ab. Das war es, was sie gespürt hatte, was sie angezogen hatte. Eine Frau, die die Macht benützte.

Elayne blieb kurz vor dem Achterdeck stehen, um genau zu beobachten, was sie tat. Die Stränge aus Luft und Wasser, die von der Windsucherin benützt wurden, waren kabeldick, doch ihr Gewebe war kompliziert und fast fein zu nennen. Es reichte beinahe so weit, wie das Auge über das Meer hinweg blicken konnte, ein himmelsumspannendes Netz. Der Wind wurde immer stärker, die Rudergänger strengten sich mächtig an, und der *Wogentänzer* flog über die See. Das Weben hörte auf, das Glühen *Saidars* verschwand, und Jorin hing erschöpft an der Reling und stützte sich mühevoll auf.

Elayne stieg leise die Leiter hinauf, doch die Meervolk-Frau sprach mit ruhiger Stimme, ohne den Kopf zu wenden, sobald sie in Hörweite war: »Mitten in meiner Arbeit wurde mir klar, daß Ihr mich beobachtet. Ich konnte aber nicht aufhören. Das hätte zu einem Sturm führen können, den der *Wogentänzer* nicht überstanden hätte. Das Meer der Stürme trägt seinen Namen nicht zu unrecht. Es gibt schon, ohne daß ich nachhelfe, genug Stürme hier. Ich wollte das an sich gar nicht tun, aber Coine sagte, wir müßten uns beeilen. Euretwegen und für den Coramoor.« Sie hob den Blick und spähte zum Himmel auf. »Dieser Wind hält bis zum Morgen, wenn es dem Licht gefällt.«

»Deshalb also befördert das Meervolk keine Aes Sedai?« sagte Elayne und stellte sich neben die andere an die Reling. »Damit die Burg nicht herausfindet, daß Windsucherinnen die Macht benützen können. Deswegen habt Ihr entschieden, uns an Bord zu lassen, und nicht Eure Schwester. Jorin, die Burg wird nicht versuchen, sich Euch irgendwie entgegenzustellen. Es gibt kein Gesetz in der Burg, das eine Frau davon abhält, die Macht zu benützen, auch wenn sie keine Aes Sedai ist.«

»Eure Weiße Burg wird eingreifen. Sie wird versuchen, ihren Machtbereich auf unsere Schiffe auszudehnen, wo wir frei sind von allen Einschränkungen des Landes und seiner Menschen. Sie wird versuchen, uns an sich zu binden, weit von der See.« Sie seufzte schwer. »Die Woge, die vorbeifloß, kann man nicht mehr zurückholen.«

Elayne wünschte, sie könne ihr versichern, daß sie sich irre, doch die Burg suchte schließlich nach Frauen und Mädchen mit dieser Eigenschaft, sowohl um die Anzahl der Aes Sedai zu steigern, die immer mehr zusammenschrumpfte, gemessen an ihrer früheren Größe, wie auch wegen der Gefahren, die sich ergaben, wenn man ohne Hilfe lernte, die Macht zu gebrauchen. Um die Wahrheit zu sagen, fand sich jede

Frau, die diese Fähigkeit besaß, irgendwann in der Burg wieder, ob sie wollte oder nicht, zumindest bis sie genug Ausbildung genossen hatte, um nicht sich selbst oder andere zu gefährden.

Einen Augenblick später fuhr Jorin fort: »Es sind nicht alle von uns. Nur manche. Wir schicken auch ein paar Mädchen nach Tar Valon, damit keine Aes Sedai hergeschickt werden und sich bei uns umschauen. Kein Schiff, dessen Windsucherin die Winde verweben kann, wird eine Aes Sedai befördern. Als Ihr euch zuerst zu erkennen gabt, glaubte ich, Ihr hättet mich durchschaut, aber Ihr habt nichts gesagt und um eine Passage gebeten, und da hoffte ich, daß Ihr trotz Eurer Ringe noch keine Aes Sedai wärt. Eine vergebene Hoffnung. Ich konnte Eurer beider Stärke fühlen. Und nun wird es die Weiße Burg erfahren.«

»Ich kann nicht versprechen, Euer Geheimnis zu wahren, aber ich werde mein Möglichstes tun.« Die Frau verdiente etwas mehr. »Jorin, Ich schwöre bei der Ehre des Hauses Trakand von Andor, daß ich alles tun werde, um Euer Geheimnis vor allen zu wahren, die Euch oder Eurem Volk Schaden zufügen wollen, und falls ich es irgend jemanden eröffnen muß, werde ich alles tun, um Euer Volk vor jedem fremden Einfluß zu schützen. Das Haus Trakand ist nicht ganz ohne Einfluß, selbst in der Burg.« *Und ich werde auch Mutter dazu bringen, diesen Einfluß geltend zu machen, falls es sein muß. Irgendwie.*

»Falls es dem Licht gefällt«, sagte Jorin ergeben, »wird alles gut gehen. Alles wird gut und allen wird es gutgehen und alle möglichen Dinge werden gut gehen, falls es dem Licht gefällt.«

»Es war doch eine *Damane* auf dem Schiff der Seanchan, nicht wahr?« Die Windsucherin sah sie fragend an. »Eine der gefangenen Frauen, eine, die mit der Macht umgehen kann.«

»Ihr seid sehr weise für eine so junge Frau. Deshalb

hatte ich zuerst geglaubt, Ihr wärt noch gar keine Aes Sedai, weil Ihr eben so jung seid. Ich glaube, meine Töchter sind älter als Ihr. Ich wußte nicht, daß sie eine Gefangene war. Nun wünsche ich, wir hätten sie gerettet. Der *Wogentänzer* lief anfangs dem Seanchan-Schiff glatt davon. Wir hatten von ihnen und ihren Schiffen mit den gerippten Segeln gehört, und daß sie seltsame Eide zu schwören verlangten und diejenigen bestraften, die dazu nicht bereit waren. Aber dann brach die – *Damane?* – zwei unserer Masten, und sie enterten uns mit Schwertern in der Hand. Ich schaffte es, auf dem Schiff der Seanchan Feuer ausbrechen zu lassen, obwohl es mir schwerfällt, mit dem Element Feuer umzugehen, außer, wenn ich eine Lampe anzünden will, doch diesmal gelang es mir mit Hilfe des Lichts. Dann brachte Toram die Mannschaft zum Kämpfen, bis die Seanchan auf ihr eigenes Schiff zurückgeworfen wurden. Wir schnitten die Leinen der Enterhaken ab, und ihr Schiff trieb brennend weg. Sie waren zu sehr damit beschäftigt, das Feuer zu löschen, um sich noch viel um uns zu kümmern, als wir mühsam wegsegelten. Ich habe es bedauert, ihn brennen und sinken zu sehen; er war ein gutes Schiff, glaube ich, besonders bei schwerer See. Und nun bedaure ich es noch mehr, denn wir hätten diese Frau, diese *Damane,* retten können. Obwohl sie uns ja Schaden zugefügt hat, hätte sie das in Freiheit vielleicht nicht getan. Das Licht leuchte ihrer Seele und die Wasser mögen sie friedlich empfangen.«

Sie war über ihrer Erzählung traurig geworden. Man mußte sie ablenken. »Jorin, warum bezeichnen die Atha'an Miere Schiffe als ›er‹? Jeder sonst, den ich jemals getroffen habe, hat ein Schiff als ›sie‹ angesprochen. Es ist wohl kein großer Unterschied, aber warum das?«

»Die Männer werden Euch eine andere Antwort geben«, sagte die Windsucherin lächelnd, »und von

Stärke und Größe und ähnlichen sprechen, wie es ihre Art ist, aber hier ist die Wahrheit: Ein Schiff lebt, und er ist wie ein Mann, mit dem wahren Herzen eines Mannes.« Sie streichelte liebevoll über die Reling, als streichle sie etwas Lebendiges, etwas, das die Liebkosung wahrnehmen konnte. »Behandle ihn gut und pflege ihn richtig, dann kämpft er für Euch auch gegen den schlimmsten Sturm. Er wird kämpfen, um Euch am Leben zu erhalten, auch wenn er selbst schon lange den Todesstoß erhalten hat. Vernachlässige ihn und ignoriere die kleinen Warnsignale, die er bei Gefahr von sich gibt, dann wird er Euch bei ruhiger See unter wolkenlosem Himmel ertränken.«

Elayne hoffte, daß Rand nicht auch so wetterwendisch sei. *Aber warum hüpft er dann um mich herum und tut so, als sei er froh, mich gehen zu sehen, und im nächsten Moment schickt er mir Juilin Sandar hinterher?* Sie sagte sich, sie müsse endlich aufhören, an ihn zu denken. Er war nun weit weg. Sie konnte, was ihn betraf, jetzt sowieso nichts mehr unternehmen.

Sie blickte sich um in Richtung Bug. Thom war weg. Sie war sicher, den Schlüssel zu seinem Rätsel gefunden zu haben, gerade in dem Moment, bevor sie gespürt hatte, wie die Windsucherin die Macht benützte. Es hatte etwas mit seinem Lächeln zu tun. Nun, was es auch gewesen sein mochte, sie erinnerte sich jetzt nicht mehr daran. Aber sie hatte vor, sich noch näher damit zu beschäftigen, bis sie Tanchico erreichten, und wenn sie sich auf ihn setzen müßte. Er konnte ihr ja nicht weglaufen. »Jorin, wie lange dauert es bis zu unserer Ankunft in Tanchico? Ich habe gehört, daß Eure Klipper die schnellsten Schiffe der Welt sind, aber wie schnell ist der *Wogentänzer?*«

»Nach Tanchico? Um dem Coramoor zu helfen, werden wir zwischendurch in keinem Hafen anlegen. Vielleicht zehn Tage, wenn ich die Winde gut genug verweben kann und falls es dem Licht gefällt, daß ich die richtigen Strömungen finde. Vielleicht sogar nur sieben oder acht Tage mit Hilfe der Gnade des Lichts.«

»Zehn Tage?« Elayne schnappte nach Luft. »Das kann doch nicht möglich sein.« Sie hatte schließlich auch schon einmal Karten studiert.

Das Lächeln der anderen Frau wirkte stolz, ob ihrer Zweifel aber auch ein wenig beleidigt. »Wie Ihr selbst sagtet, die schnellsten Schiffe der Welt. Die nächstschnellsten brauchen auf jeder Strecke um die Hälfte länger und die meisten sogar mehr als doppelt so lang. Küstenschiffe, die sich immer unter Land halten und jede Nacht in einer Bucht vor Anker gehen ...«, sie schnaubte verächtlich, »... brauchen zehnmal so lang.«

»Jorin, würdet Ihr mir beibringen, was Ihr vorhin gemacht habt?«

Die Windsucherin blickte entgeistert drein. Ihre dunklen Augen waren weit aufgerissen und glänzten im Dämmerlicht. »Euch lehren? Aber Ihr seid doch Aes Sedai!«

»Jorin, ich habe noch niemals einen auch nur halb so dicken Strang verwoben wie Ihr vorhin! Und dann diese Reichweite! Ich bin wirklich verblüfft, Jorin.«

Die Windsucherin blickte sie noch einen weiteren Augenblick lang sehr genau an, nicht mehr so erstaunt wie vorher, aber so, als wolle sie sich Elaynes Gesicht einprägen. Schließlich küßte sie die Fingerspitzen ihrer rechten Hand und drückte sie auf Elaynes Lippen. »Wenn es dem Licht gefällt, werden wir beide lernen.«

KAPITEL 21

Ins Herz hinein

Goldene Lampen, die an goldenen Ketten von der im Schatten liegenden Decke zwischen den zehn Fuß dicken und hohen, glänzenden Sandsteinsäulen hingen, warfen ihren Lichtschein über die unten versammelte Adelsgesellschaft von Tear. Die Hochlords und Ladies standen im Kreis unter der mächtigen Kuppel, der niedere Adel dahinter, Reihe um Reihe im Wald der Säulen, alle in feinsten Festtagsgewändern – Samt und Seide und Spitzen, Puffärmel und hochgestellte Krägen und Spitzhüte –, und alle murmelten nervös untereinander, so daß es wie der Lärm einer aufgescheuchten Gänseherde von der Decke widerhallte. Nur die Hochlords waren früher schon hierhergebeten worden, an diesen Ort, den man das Herz des Steins nannte, und das auch nur viermal im Jahr, wie Gesetz und Brauch es verlangten. Nun kamen sie, alle, die sich nicht gerade auf ihren Landgütern aufhielten, auf Wunsch ihres neuen Herrn, der die Gesetze änderte und mit alten Sitten brach.

Die dichtgedrängte Menschenmenge machte für Moiraine Platz, sobald die Leute sahen, wer sie war. So bewegten Egwene und sie sich wie in einer Schneise dieses Menschenwalds. Lans Abwesenheit irritierte Moiraine. Es sah ihm gar nicht ähnlich, zu verschwinden, wenn sie ihn vielleicht benötigte. Normalerweise bewachte er sie, als könne sie nicht selbst auf sich aufpassen. Wäre sie nicht in der Lage gewesen, das Band zwischen ihnen zu spüren und somit zu wissen, daß er sich nicht weit vom Stein entfernt aufhalten konnte, hätte sie angefangen, sich Sorgen zu machen.

Er kämpfte genauso hart gegen die Fäden, an denen ihn Nynaeve festbinden wollte, wie in der Fäule gegen Trollocs, aber so sehr er es auch abstreiten mochte: Diese junge Frau hatte ihn ebenso fest in der Hand wie sie selbst auf andere Weise. Er konnte genausogut versuchen, mit bloßen Händen Stahl zu zerreißen, wie diese Bande. Sie war nicht eigentlich eifersüchtig, aber Lan war schon zu viele Jahre lang ihr Schwertarm, ihr Schild und ihr Begleiter gewesen, um ihn jetzt so leicht aufzugeben. *Ich habe in dieser Hinsicht alles Notwendige getan. Sie bekommt ihn, falls ich sterbe, aber nicht früher. Wo ist dieser Mann nur wieder? Was macht er?*

Eine Dame in rotem spitzenbesetzten Kleid – sie hatte ein Pferdegesicht, kam aus dem Landadel und hieß Leitha – zog ihren weiten Rock ein bißchen zu unwillig aus dem Weg, und Moiraine sah sie an. Es war lediglich ein Blick, und sie verlangsamte ihre Schritte dabei keineswegs, aber die Frau schauderte und senkte ihren Blick. Moiraine nickte in sich hinein. Sie war bereit zu akzeptieren, daß diese Menschen die Aes Sedai haßten, aber sie würde keine offene Unhöflichkeit dulden, neben all den verborgenen Intrigen. Außerdem traten die anderen einen weiteren Schritt zurück, als sie sahen, daß Leitha nachgegeben hatte.

»Bist du sicher, daß er nichts von dem Grund erwähnt hat, aus dem er alle hier zusammenrief?« fragte sie leise. Bei diesem Durcheinandergerede konnte man auf drei Schritt Entfernung kein Wort mehr verstehen. Und diese Distanz hielten die Tairener nun von ihr. Sie hatte es nicht gern, belauscht zu werden.

»Nein, nichts«, antwortete Egwene genauso leise. Es klang so irritiert, wie sich Moiraine fühlte.

»Es hat Gerüchte gegeben.«

»Gerüchte? Was für Gerüchte?«

Das Mädchen konnte ihre Miene und ihre Stimme

noch nicht so gut beherrschen. Deshalb war klar, daß sie die Geschichten noch nicht vernommen hatte, was alles an den Zwei Flüssen passiert sei. Aber es war besser, sich nicht darauf zu verlassen, daß auch Rand diese Gerüchte nicht kannte. »Ihr solltet ihn dazu bringen, daß er sich Euch öfters anvertraut. Er braucht einen Zuhörer. Es würde ihm helfen, mit jemandem über alles sprechen zu können, dem er vertraut.« Egwene sah sie von der Seite her an. Sie fühlte sich über solch primitive Methoden nun langsam erhaben. Nun, Moiraine hatte natürlich die Wahrheit gesagt. Der Junge brauchte einen Zuhörer, der seine Last ein wenig erleichterte, indem er eben lauschte und mitredete. Das könnte hilfreich sein.

»Er vertraut sich niemandem an, Moiraine. Er verbirgt seinen Schmerz und hofft, irgendwie mit allem fertigzuwerden, bevor es jemand merkt.« Ärger huschte über Egwenes Gesicht. »Dieser wollköpfige Maulesel!«

Moiraine empfand einen Augenblick lang Sympathie. Man konnte von diesem Mädchen nicht erwarten, daß sie damit fertig wurde, wie Rand Arm in Arm mit Elayne spazierenging und sie in irgendwelchen Ecken küßte, wo sie sich ungesehen glaubten. Und Egwene wußte ja noch nicht einmal die Hälfte. Doch das Mitgefühl hielt nicht lange an. Es gab viel zuviel Wichtigeres zu tun, als einem Mädchen zu gestatten, sich selbst zu bedauern, weil sie etwas nicht bekommen konnte, das sowieso nicht für sie bestimmt war.

Elayne und Nynaeve sollten sich mittlerweile auf dem Klipper befinden und waren somit aus dem Weg. Ein Teilergebnis ihrer Seereise könnte auch eine Bestätigung ihres Verdachts in bezug auf die Windsucherinnen sein. Das war aber natürlich nicht sehr wichtig. Im schlimmsten Fall hatten die beiden genug Gold, um ein Schiff zu kaufen und die Besatzung anzuheuern, was durchaus notwendig sein könnte, wenn man den Gerüchten aus Tanchico Glauben schenkte, und es sollte selbst dann noch genug übrig sein, um die Beamten in Tarabon zu kaufen. Thom Merrilins Zimmer stand leer, und ihre Spitzel hatten berichtet, er habe auf dem Weg aus dem Stein heraus etwas von Tanchico vor sich hin gemurmelt. Er würde dafür sorgen, daß sie eine gute Besatzung fänden und die richtigen Beamten bestechen konnten. Der angebliche Plan, Mazrim Taim für die Schwarzen Ajah einzuspannen, war sehr viel wahrscheinlicher als der andere. Ihre Botschaften an die Amyrlin sollten dem allerdings einen Riegel vorgeschoben haben. Die beiden jungen Frauen waren sehr wohl in der Lage, mit einer angeblichen und geheimnisvollen Gefahr in Tanchico fertigzuwerden, und sie hatte sie eine Zeitlang los und auch aus der Umgebung Rands entfernt. Sie bedauerte nur, daß Egwene sich geweigert hatte, mitzugehen. Tar Valon wäre für alle drei das Beste gewesen, aber Tanchico ging auch.

»Wenn wir schon von wollköpfigen Mauleseln sprechen: Habt Ihr immer noch vor, in die Wüste zu gehen?«

»Jawohl«, erwiderte das Mädchen mit fester Stimme. Sie sollte besser in der Burg sein und sich weiter ausbilden lassen. *Woran wohl Siuan denken mochte? Vielleicht wird sie eines ihrer Sprichwörter über Boote und Fische loslassen, wenn ich sie danach frage.*

Nun, wenigstens war auch Egwene damit untergebracht und aus dem Weg, und das Aielmädchen würde schon auf sie aufpassen. Möglicherweise konnten die Weisen Frauen ihr tatsächlich etwas über das Träumen beibringen. Dieser Brief von ihnen war höchst erstaunlich gewesen, obwohl sie es sich nicht leisten konnte, viel von dem darin Enthaltenen zu beherzigen. Doch Egwenes Reise in die Wüste mochte sich auf lange Sicht als sehr nützlich herausstellen.

Der innerste Ring der Tairener machte Platz, und

nun standen sie und Egwene in einem ausgesparten Raum direkt vor der großen, leeren Fläche unter der riesigen Kuppel. Hier zeigte sich die Nervosität der Adeligen besonders deutlich. Viele blickten wie schmollende Kinder auf ihre Füße hinunter, und andere starrten einfach ins Leere, bemühten sich, nicht wahrzunehmen, wo sie sich befanden. Hier hatte *Callandor* in der Luft geschwebt, bevor Rand das Schwert an sich nahm. Hier, unter dieser gleichen Kuppel, mehr als dreitausend Jahre lang von keiner Hand berührt und von keiner Hand berührbar, außer der des Wiedergeborenen Drachen. Die Tairener gaben nicht gern zu, daß dieses Herz des Steins überhaupt existierte.

»Arme Frau«, murmelte Egwene leise.

Moiraine folgte dem Blick des Mädchens. Hochlady Alteima, bereits von Kopf bis Fuß in leuchtendes Weiß gekleidet, wie es einer tairenischen Witwe zustand, auch wenn der Ehemann noch nicht den letzten Atemzug getan hatte, wirkte von all den Adeligen vielleicht noch am ehesten beherrscht und würdevoll. Sie war eine schlanke, außerordentlich hübsche Frau, was durch ihr trauriges Lächeln noch unterstrichen wurde, mit großen braunen Augen und schwarzem Haar, das ihr fast bis zur Taille reichte. Eine hochgewachsene Frau, obwohl Moiraine zugeben mußte, daß sie alle an ihrer eigenen Größe maß, mit ein wenig zu großem Busen. Nun ja, die Menschen in Cairhien waren allgemein schon nicht sehr groß, und selbst unter ihnen hatte sie als klein gegolten.

»Ja, eine arme Frau«, sagte sie, doch sie sagte das nicht aus Sympathie. Es war gut zu bemerken, daß Egwene noch nicht abgebrüht genug war, um in allen Fällen unter die Oberfläche der Dinge zu blicken. Man konnte sie auch jetzt schon keineswegs mehr so formen und beeinflussen, wie es nötig war. Sie war ihrem Alter bereits um Jahre voraus, brauchte aber dringend noch Führung, um sie auf ihre zukünftigen Aufgaben vorzubereiten.

Im Falle Alteimas hatte Thom danebengelegen. Vielleicht hatte er sie aber auch gar nicht durchschauen wollen; er zögerte oftmals eigenartig lang, etwas gegen eine Frau zu unternehmen. Hochlady Alteima war viel gefährlicher als ihr Mann oder ihr Liebhaber, die sie beide ohne deren Wissen manipuliert hatte. Vielleicht war sie sogar gefährlicher als jeder andere in Tear, ob Mann oder Frau. Sie würde bald genug andere finden, die sie wie Marionetten benutzen konnte. Das war Alteimas Art: sich im Hintergrund zu halten und die Fäden zu ziehen. Man mußte etwas gegen sie unternehmen.

Moiraine blickte die Reihe der Hochlords und Ladies entlang, bis ihr Blick auf Estanda fiel, die mit ihrer Kleidung – brokatbesetzte gelbe Seide, eine große Halskrause aus Elfenbeinspitzen und eine winzige, dazu passende Kappe – selbst hier auffiel. Die Schönheit ihres Gesichts wurde durch eine gewisse Strenge im Ausdruck herabgemildert, und die gelegentlichen Blicke, die sie Alteima zuwarf, waren eisenhart. Die Animosität der beiden ging weit über bloße Rivalität hinaus. Wären sie Männer gewesen, hätten sie schon vor Jahren gegenseitig ihr Blut im Duell vergossen. Wenn man diese Feindschaft noch ein wenig schürte, wäre Alteima zu beschäftigt, um Rand irgendwelche Schwierigkeiten bereiten zu können.

Einen Moment lang fühlte sie Bedauern darüber, Thom weggeschickt zu haben. Sie vergeudete nicht gern ihre Zeit mit solch nebensächlichen Dingen. Aber er hatte zuviel Einfluß auf Rand. Der Junge mußte statt dessen ganz auf ihren Rat angewiesen sein. Ihren, und nur ihren. Das Licht wußte, wie schwierig er selbst ohne jede andere Einmischung noch war. Thom hatte den Jungen dazu gebracht, sich hier mehr oder weniger niederzulassen, um die Angelegenheiten Tears zu regeln. Aber er mußte weitergehen und größere Ziele anstreben. Doch das war ja jetzt geklärt. Das Problem, Thom Merrilin zur Vernunft zu bringen, konnte später gelöst werden. Rand war jetzt das eigentliche Problem. Was wollte er hier und jetzt verkünden?

»Wo steckt er? Er hat die erste Kunst der Könige gelernt, wie es scheint: die Leute warten zu lassen.«

Es war ihr nicht klar, daß sie das laut ausgesprochen hatte, bis Egwene ihr einen überraschten Blick zuwarf. Sofort glättete sie ihre Gesichtszüge wieder. Rand würde schon noch kommen, und sie würde erfahren, was er vorhatte. So wie jeder andere hier. Sie hätte beinahe mit den Zähnen geknirscht. Dieser blinde Narr von einem Jungen. Rannte blindlings durch die Nacht, ohne auf Klippen zu achten, und dachte nie daran, daß er nicht nur sich selbst, sondern die ganze Welt in Gefahr brachte. Wenn sie ihn nur davon abhalten konnte, nach Hause zu eilen und sein Dorf zu retten. Er wollte das bestimmt tun, aber das konnte er sich im Moment einfach nicht leisten. Zuviel stand auf dem Spiel. Vielleicht hatte er es aber noch gar nicht erfahren. Man durfte ja hoffen.

Mat stand ihnen gegenüber, ungekämmt und mit hängenden Schultern, die Hände in den Taschen seiner hochkragigen grünen Jacke, wie immer halb aufgeknöpft, und die Stiefel ungeputzt. So bildete er einen scharfen Kontrast zu der gepflegten Eleganz seiner Umgebung. Er trat nervös von einem Fuß auf den anderen, als er bemerkte, daß sie ihn anblickte, und dann grinste er sie auf seine typische trotzige Art an. Na, wenigstens befand er sich hier, wo sie ihn sehen konnte. Es war ziemlich anstrengend, diesen jungen Mann unter Beobachtung zu halten. Er wich ihren Spitzeln mit Leichtigkeit aus, gab nie zu erkennen, daß er sich ihrer Anwesenheit bewußt sei, aber ihre Augen und Ohren im Stein berichteten, daß er immer aus ihrer Sicht verschwand, wenn sie sich ihm näherten.

»Ich glaube, er schläft sogar in dieser Jacke«, sagte Egwene mißbilligend. »Mit Absicht. Ich frage mich, wo Perrin bleibt.« Sie ging auf Zehenspitzen hoch und bemühte sich, über die Köpfe der Versammlung hinwegzublicken. »Ich kann ihn nicht sehen.«

Mit gerunzelter Stirn überflog Moiraines Blick die Menge, aber sie konnte außer der vordersten Reihe nicht viel sehen. Lan könnte dort hinten zwischen den Säulen stehen und Obacht geben. Nein, sie würde sich jetzt nicht auffällig benehmen oder gar hochhüpfen, oder sich wie ein eifriges Kind auch noch auf die Zehenspitzen stellen. Bei Lan war allerdings ein ernstes Wort angebracht, das er so schnell nicht vergessen würde. Sobald sie ihn wieder in die Finger bekam. Da zog Nynaeve ihn in einer Richtung und die *Ta'veren,* oder zumindest Rand, anscheinend in einer anderen, und sie mußte sich fragen, wie fest das Band zwischen Lan und ihr tatsächlich noch war. Doch wenigstens war es nützlich, wenn er seine Zeit mit Rand verbrachte, denn das knüpfte einen weiteren Faden zu dem jungen Mann, an dem sie ziehen konnte.

»Vielleicht ist er bei Faile«, sagte Egwene. »Er ist bestimmt nicht weggelaufen, Moiraine. Perrin hat ein starkes Pflichtgefühl.«

Beinahe soviel wie der Behüter, das wußte Moiraine, und deshalb hielt sie ihn nicht so unter ständiger Beobachtung wie Mat. »Faile hat versucht, ihn zur Abreise zu überreden, Mädchen.« Recht wahrscheinlich, daß er sich bei ihr befand; das war gewöhnlich der Fall. »Schau nicht so überrascht drein. Sie sprechen oft miteinander und streiten sogar an Orten, wo man sie gut hören kann.«

»Ich bin nicht überrascht, daß Ihr das wißt«, sagte Egwene trocken, »sondern nur, weil Faile ihm dann ausreden wollte, was er als seine Pflicht hingenommen hat.«

»Vielleicht glaubt sie nicht so daran wie er.« Auch

Moiraine selbst hatte zu Beginn nicht glauben können, was sich da abspielte, hatte es einfach nicht gesehen. Drei *Ta'Veren,* alle gleich alt, alle aus dem gleichen Dorf. Sie mußte blind gewesen sein, daß sie damals den Zusammenhang nicht erkannt hatte. Doch mit dem Wissen darum hatte sich alles schwieriger gestaltet. Es war, als wolle sie drei von Thoms bunten Bällen auf einmal mit einer Hand jonglieren, und das mit verbundenen Augen. Sie hatte gesehen, wie Thom das fertigbrachte, aber sie selbst wollte es doch lieber nicht versuchen. Es gab aber auch keinen Anhaltspunkt, wie die Verbindung der drei untereinander aussah und was sie eigentlich an Aufgaben zu erfüllen hatten. In den Prophezeiungen stand kein Wort von Begleitern.

»Ich mag sie«, sagte Egwene. »Sie ist die richtige für ihn; gerade, was er braucht. Und sie empfindet sehr tiefe Gefühle für ihn.«

»Ja, ich denke schon.« Falls Faile zu unbequem würde, mußte Moiraine sie sich vorknöpfen und ihr etwas von den Geheimnissen erzählen, die sie vor Perrin verbarg. Oder eines ihrer Augen und Ohren mußte Faile etwas davon andeuten. Dann würde sie sich beruhigen.

»Ihr sagt das so, als glaubtet Ihr nicht daran. Sie lieben sich, Moiraine. Könnt Ihr das nicht sehen? Könnt Ihr denn kein menschliches Gefühl erkennen, wenn Ihr so etwas seht?«

Moiraine sah sie streng an, und das ließ Egwene gründlich zusammenfahren. Das Mädchen wußte so wenig und glaubte doch, soviel zu wissen. Moiraine wollte ihr das in strengstem Tonfall klarmachen, doch da hörte sie, wie die Tairener der Reihe nach überrascht und erschrocken nach Luft schnappten.

Hastig trat die Menge zurück, mehr als willig, wobei die vorderen die anderen dahinter grob zurückdrängten und so einen breiten Durchgang unter der Kuppel freimachten. Durch diese Lücke schritt nun Rand, den

Blick geradeaus gerichtet. Er wirkte majestätisch in seinem roten, an den Ärmeln mit Goldstickereien verzierten Mantel. Im rechten Arm lag *Callandor* wie ein Szepter. Aber es war nicht nur er, der die Tairener zum Zurücktreten gebracht hatte. Hinter ihm schritten vielleicht hundert Aiel, Speere und gespannte Bögen mit aufgelegten Pfeilen in der Hand, die Schufa um den Kopf gewickelt und schwarz verschleiert, so daß nur die Augen sichtbar waren. Moiraine glaubte, an der Spitze Rhuarc zu erkennen, gleich hinter Rand, aber nur an seinen typischen Bewegungen. Sie waren jetzt anonym. Zum Töten bereit. Es war klar. Was immer Rand auch verkünden wollte: Er war bereit, jeden Widerstand im Keim zu ersticken, bevor er sich ausbreiten konnte.

Die Aiel blieben stehen, aber Rand schritt weiter, bis er genau unter der Mitte der Kuppel stand, sich umdrehte und die Versammlung musterte. Er schien überrascht und vielleicht auch etwas verärgert, als er Egwene entdeckte, doch Moiraine lächelte er auf eine Weise an, die in ihr die Wut hochsteigen ließ. Mat dagegen grinste er an, als seien sie beide wieder die frechen Jungen von einst, und Mat erwiderte das Grinsen auf gleiche Weise. Die Gesichter der Tairener waren bleich. Sie wußten nicht, wohin sie blicken sollten – auf Rand und *Callandor* oder auf die verschleierten Aiel. Der Tod stand mannigfaltig in ihrer Mitte.

»Hochlord Sunamon«, sagte Rand plötzlich und so laut, daß dieser untersetzte Bursche selbst zusammenzuckte, »hat mir einen Vertrag mit Mayene garantiert, der sich genau an die von mir gegebenen Vorlagen hält. Er hat versprochen, mit seinem Leben dafür geradezustehen.« Er lachte, als habe er einen Scherz gemacht, und die meisten der Adeligen lachten pflichtbewußt mit. Allerdings nicht Sunamon, der eindeutig unwohl aussah. »Sollte er versagen«, verkündete Rand, »hat er sich bereit erklärt, sich hängen zu lassen, und diesem

Wunsch wird Folge geleistet.« Das Gelächter brach ab. Sunamons Gesicht färbte sich leicht grünlich. Egwene warf Moiraine einen beunruhigten Blick zu, doch Moiraine wartete einfach ab. Er hatte nicht sämtliche Adelige auf zehn Meilen Umkreis zusammengerufen, um ihnen von einem Vertrag zu erzählen oder einen fetten Narren zu bedrohen. Sie löste ihre Hände aus ihrem Rock, in den sie sie verkrampft hatte.

Rand drehte sich langsam im Halbkreis und musterte ernst die Gesichter. »Durch diesen Vertrag werden uns bald wieder Schiffe zur Verfügung stehen, die das Getreide aus Tear nach Westen befördern, um dort neue Märkte zu öffnen.« Ein zustimmendes Gemurmel machte sich breit, das aber gleich wieder abbrach. »Aber es wird noch mehr geschehen. Das Heer Tears wird ausrücken.«

Jubel erhob sich und hallte von der Decke wider. Die Männer, selbst die Hochlords, hüpften vor Freude, schüttelten die Fäuste über den Köpfen und warfen ihre spitzen Samtkappen in die Luft. Die Frauen lächelten verzückt und küßten diejenigen, die in den Krieg ziehen durften, auf die Wangen. »Illian wird fallen!« schrie jemand, und Hunderte von Stimmen nahmen diesen Ruf auf. Es erklang wie Donner: »Illian wird fallen! Illian wird fallen! Illian wird fallen!«

Moiraine sah, wie sich Egwenes Lippen bewegten, doch die Worte gingen im allgemeinen Jubel unter. Sie konnte sie aber leicht ablesen: »Nein, Rand. Bitte nicht. Mach das bitte nicht.« Auf der anderen Seite drüben machte Mat ein finsteres Gesicht und schwieg mißbilligend. Die beiden und sie selbst waren die einzigen, die Rands Ankündigung nicht freudig begrüßten, abgesehen natürlich von den wachsamen Aiel und Rand. Er lächelte verächtlich, doch seine Augen blieben kalt. Auf seinem Gesicht stand frischer Schweiß. Sein Blick traf sie, und sie wartete ab. Es würde noch mehr kommen und vermutlich nicht gerade Dinge, die sie erfreuten.

Rand hob die linke Hand. Langsam breitete sich Stille aus. Die vorne standen, zischten die hinter ihnen Stehenden an, damit sie ruhig seien. Er wartete ab, bis völlige Stille herrschte. »Das Heer wird nach Norden marschieren, nach Cairhien. Hochlord Meilan wird das Kommando übernehmen, und seine Stellvertreter sind die Hochlords Gueyam, Aracome, Hearne, Maraconn und Simaan. Das Heer wird großzügig finanziert von Hochlord Torean, dem reichsten unter Euch, der es auch begleiten wird, um zu überwachen, daß sein Geld weise ausgegeben wird.«

Diese Ankündigung hatte alle verstummen lassen. Totenstille herrschte im riesigen Saal. Keiner rührte sich, obwohl Torean Schwierigkeiten mit dem Stehen zu haben schien.

Moiraine verbeugte sich im Geist vor Rand und der Wahl, die er getroffen hatte. Diese sieben aus Tear fortzuschicken machte gerade jene sieben gefährlichsten Intriganten unschädlich, und keiner dieser Männer traute den anderen soweit, daß er sich mit ihnen verbünden würde. Thom Merrilin hatte ihm gute Ratschläge erteilt. Offensichtlich hatten ihre Spitzel einige der Zettel verpaßt, die er Rand gewöhnlich heimlich in die Tasche steckte. Aber ansonsten war das Ganze der reine Wahnsinn! Das konnte er doch nicht auf der anderen Seite des *Ter'Angreal* zur Antwort erhalten haben! Das war fast unmöglich!

Meilan war offensichtlich der gleichen Meinung, wenn auch nicht aus den gleichen Gründen. Er trat zaudernd vor – ein hagerer, harter Mann, doch so verängstigt, daß das Weiße seiner Augen deutlich hervortrat. »Mein Lord Drache ...« Er hielt inne, schluckte und begann noch einmal mit etwas stärkerer Stimme: »Mein Lord Drache, wenn man sich in einen Bürgerkrieg einmischt, ist es, als trete man in ein Moorloch. Ein Dutzend verschiedener Parteien streitet sich um den Sonnenthron, die Bündnisse zwischen ihnen ändern sich ständig, und jeder betrügt andauernd jeden. Außerdem treiben sich in Cairhien überall Banditen und Räuber herum. Die verhungernden Bauern haben alles gegessen, was das Ackerland hergab. Ich habe zuverlässige Berichte darüber, daß sie schon Baumrinde und Blätter essen. Mein Lord Drache, der Ausdruck ›Sumpf‹ dafür ist noch viel zu …«

Rand unterbrach ihn: »Ihr wollt Tears Einfluß nicht bis hin zu Brudermörders Dolch ausdehnen, Meilan? Das ist schon in Ordnung. Ich weiß bereits, wen ich auf den Sonnenthron setzen lassen werde. Ihr geht nicht als Eroberer hin, Meilan, sondern um Recht und Ordnung und den Frieden wieder herzustellen. Und um die Verhungernden zu retten. Wir haben bereits mehr Getreide in den Scheunen, als Tear überhaupt verkaufen könnte, und dieses Jahr werden die Bauern eine gute Ernte haben, wenn Ihr meinen Anweisungen gehorcht. Das Getreide wird mit Planwagen gleich hinter dem Heer nach Cairhien gebracht, und diese *Bauern* … Diese Bauern müssen keine Baumrinde mehr essen, *Lord* Meilan.« Der großgewachsene Hochlord öffnete noch einmal den Mund, und Rand schwang *Callandor,* bis die Spitze des Schwertes vor ihm auf dem Boden ruhte. »Ihr habt noch eine Frage, Meilan?« Meilan schüttelte den Kopf und trat so hastig zurück, als wolle er sich in der Menge verbergen.

»Ich wußte, er würde nicht so einfach einen Krieg vom Zaum brechen«, sagte Egwene energisch. »Ich wußte es.«

»Glaubt Ihr, es wird bei dieser Aktion deswegen weniger Tote geben?« knurrte Moiraine. Was hatte der Junge vor? Nun, wenigstens wollte er nicht wegrennen, um sein Dorf zu retten, während die Verlorenen mit dem Rest der Welt tun konnten, was ihnen beliebte. »Die Leichenhaufen werden genauso hoch sein, Kind. Ihr werdet keinen Unterschied zu einem echten Krieg bemerken.«

Statt dessen Illian und Sammael anzugreifen hätte wenigstens Zeit eingebracht, auch wenn der Krieg auf ein Unentschieden hinausgelaufen wäre. Zeit, um den Gebrauch seiner Macht zu erlernen, vielleicht schon einen seiner wichtigsten Feinde zu besiegen und den übrigen Respekt beizubringen. Aber so? Was konnte er damit bezwecken? Friede für das Land, in dem sie geboren war, und Nahrung für die Hungernden Cairhiens? Zu jedem anderen Zeitpunkt hätte sie dem Beifall geklatscht. Jetzt allerdings war es wohl sehr menschlich, aber völlig sinnlos. Nutzloses Blutvergießen, statt einen Feind in die Schranken zu weisen, der ihn bei der geringsten Gelegenheit vernichten würde. Warum? Lanfear. Was hatte ihm Lanfear gesagt? Was hatte sie getan? Die sich daraus ergebenden Möglichkeiten ließen Moiraine schaudern. Rand mußte genauer überwacht werden als jemals zuvor. Sie würde ihm nicht erlauben, zum Schatten überzulaufen.

»Ach, ja«, sagte Rand, als erinnere er sich gerade an etwas. »Soldaten verstehen nicht viel davon, hungrige Mäuler zu stopfen, oder? Dafür braucht man, glaube ich, das gute Herz einer Frau. Lady Alteima, ich hasse es ja, Euch in Eurer Trauer zu stören, aber würdet Ihr bitte dafür sorgen, daß unter den Armen Cairhiens die Lebensmittel verteilt werden? Ihr habt eine ganze Nation zu ernähren!«

Und könnt an Macht gewinnen, dachte Moiraine. Das war sein erster Ausrutscher. Abgesehen davon natürlich, daß er das Heer anstatt nach Illian nach Cairhien schickte. Alteima würde garantiert bei ihrer Rückkehr nach Tear an Macht Meilan oder Gueyam etwa gleichkommen und sich für neue Intrigen rüsten. Falls er nicht aufpaßte, würde sie auch noch Rand hinterrücks ermorden lassen. Nun, vielleicht konnte man in Cairhien irgendwo einen Unfall arrangieren.

Alteima knickste graziös und breitete dabei ihren weißen Rock zu voller Größe aus. Sie zeigte nur sehr wenig Überraschung. »Wie mein Lord Drache befiehlt, so gehorche ich. Es freut mich außerordentlich, dem Lord Drachen dienen zu können.«

»Ich war sicher, daß es Euch Freude bereiten würde«, sagte Rand trocken. »Doch so sehr Ihr euren Mann auch liebt – Ihr werdet ihn wohl kaum nach Cairhien mitnehmen wollen. Für einen kranken Mann wird das einfach zu anstrengend. Ich habe mir die Freiheit genommen, ihn in die Gemächer von Hochlady Estanda bringen zu lassen. Sie wird ihn pflegen, während Ihr abwesend seid, und wenn er gesund ist, schickt sie ihn zu Euch nach Cairhien.« Estanda lächelte angespannt, doch triumphierend. Alteimas Pupillen rollten, und sie brach auf der Stelle zusammen.

Moiraine schüttelte leicht den Kopf. Er war wirklich härter als früher. Gefährlicher. Egwene wollte auf die zusammengebrochene Frau zugehen, doch Moiraine legte ihr eine Hand auf den Arm und hielt sie zurück. »Ich glaube, sie wurde nur von ihren Gefühlen überwältigt. So etwas kann ich erkennen. Die Damen kümmern sich schon um sie.« Mehrere der Ladies umstanden Alteima, tätschelten ihre Hände und hielten ihr Riechsalzfläschchen unter die Nase. Sie hustete und öffnete die Augen. Als sie sah, daß Estanda über ihr stand, wäre sie beinahe erneut in Ohnmacht gefallen.

»Rand hat gerade etwas sehr Kluges getan, glaube ich«, sagte Egwene mit tonloser Stimme. »Und etwas sehr Grausames. Er sollte sich wirklich schämen.«

Rand wirkte auch beinahe so, wie er dastand und dem Fußboden vor seinen Stiefeln Grimassen schnitt. Vielleicht war er doch noch nicht so hart, wie er sein wollte. »Verdientermaßen«, stellte Moiraine fest. Das Mädchen zeigte gute Anlagen. Sie nahm doch schon manches wahr, auch wenn sie es noch nicht verstand. Doch sie mußte erst lernen, ihre Gefühle unter Kontrolle zu bringen, nicht nur das zu sehen, was sie gern tun würde, sondern vor allem das, was getan werden mußte. »Hoffen wir, daß er für heute alle seine Schlauheiten verbraucht hat.«

Sehr wenige in dem großen Saal verstanden genau, was geschehen war, nur, daß die Ohnmacht Lady Alteimas den Lord Drachen etwas verstört hatte. Ein paar ließen von hinten Rufe ertönen: »Cairhien wird fallen!«, aber sie verstummten ebenso schnell wieder.

»Wenn Ihr uns führt, mein Lord Drache, dann erobern wir die ganze Welt!« rief ein junger Mann mit verschwollenem Gesicht, der Torean ein wenig stützte: Estean, Toreans ältester Sohn. Die Ähnlichkeit war klar zu erkennen. Nur führte der Vater immer noch Selbstgespräche.

Rand riß den Kopf hoch und wirkte aufgeschreckt. Oder vielleicht auch wütend. »Ich werde nicht mit Euch kommen. Ich ... gehe eine Zeitlang fort.« Das rief erneut Schweigen hervor. Jeder Blick war auf ihn gerichtet, doch seine Aufmerksamkeit galt allein *Callandor.* Die Menge zuckte zurück, als er die Kristallklinge vor sein Gesicht hob. Schweißtropfen rollten ihm über die Stirn, viel mehr Schweiß als zuvor. »Der Stein bewahrte *Callandor* auf, bevor ich kam. Der Stein wird es wieder aufbewahren, bis ich zurück bin.«

Plötzlich flammte das glasklare Schwert in seinen Händen auf. Er riß es mit dem Knauf nach oben hoch über Kopfhöhe und rammte es dann mit aller Gewalt hinunter, tief in den Steinboden hinein. Blaue Blitze zuckten zur Kuppel hoch über ihm auf. Der Stein grollte vernehmlich und bebte. Der Boden wölbte sich auf, und schreiende Menschen taumelten umher.

Moiraine schob die gestürzte Egwene von sich herunter, während der Saal immer noch von Nachbeben erschüttert wurde, und rappelte sich hoch. Was hatte er nur wieder angestellt? Und warum? Weggehen? Das war der schlimmste ihrer Alpträume.

Die Aiel standen bereits wieder sicher auf den Beinen. Alle anderen jedoch lagen am Boden oder stützten sich halb aufgerichtet auf Knie und Ellbogen. Außer Rand. Der hatte ein Knie auf den Boden gestützt und hielt mit beiden Händen den Griff *Callandors* umfaßt. Er hatte die Klinge zur Hälfte in den Steinboden getrieben. Das Schwert war wieder kristallklar. Auf seinem Gesicht glänzte der Schweiß. Er löste seine Hände vom Schwertgriff – einen Finger nach dem anderen –, hielt sie aber noch wie zum Schutz um den Knauf, den er nun nicht mehr berührte. Einen Augenblick lang glaubte Moiraine, er wolle wieder zupacken, doch statt dessen stand er mühsam auf. Er mußte sich dazu zwingen; soviel konnte sie erkennen.

»Seht es an, während ich weg bin.« Seine Stimme klang erleichtert und eher wieder so, wie zu der Zeit, als sie ihn in seinem Dorf aufgestöbert hatte, doch genauso entschlossen wie vorher. »Seht es an und denkt an mich. Denkt daran, daß ich wiederkehren werde, um es in Besitz zu nehmen. Wenn irgend jemand meinen Platz einnehmen will, braucht er es nur herauszuziehen.« Er streckte den Zeigefinger mahnend aus und grinste dabei spitzbübisch. »Aber denkt auch daran, welchen Preis Ihr für ein Versagen zahlen müßt.«

Er wandte sich um und marschierte aus dem Saal, dicht gefolgt von den Aiel. Die Tairener starrten das aus dem Boden ragende Schwert an und standen um einiges langsamer wieder auf. Die meisten wirkten verängstigt, als wollten sie weglaufen und trauten sich doch nicht.

»Dieser Mann!« grollte Egwene, die sich den Staub von ihrem grünen Leinenkleid klopfte. »Ist er wahnsinnig?« Sie schlug sich eine Hand vor den Mund. »O Moiraine, er wird doch nicht wirklich wahnsinnig werden? Oder? Noch nicht, ja?«

»Das Licht gebe, daß er nicht wahnsinnig wird«, murmelte Moiraine. Sie konnte ihren Blick nicht von dem Schwert losreißen, genausowenig wie die Tairener. Das Licht sollte den Jungen holen. Warum konnte er nicht der liebenswerte junge Bursche bleiben, den sie in Emondsfeld vorgefunden hatte? Sie zwang sich, Rand zu folgen. »Aber ich werde es herausfinden.«

Sie mußte beinahe laufen, um die Prozession in einem breiten Gang mit Wandbehängen einzuholen. Die Aiel hatten ihre Schleier nunmehr abgestreift, konnten sie aber jederzeit wieder hochziehen, falls notwendig. Sie machten ihr bereitwillig Platz, ohne den Schritt zu verlangsamen. Sie blickten sie und Egwene aufmerksam an. Ihre harten Gesichter waren ausdruckslos, doch die Augen wachsam. Das waren die Aiel immer, wenn sich Aes Sedai in der Nähe befanden.

Sie verstand nicht, wieso die Aiel ihr gegenüber mißtrauisch waren und doch seelenruhig hinter Rand hermarschierten. Es war schwierig, mehr als nur kleine Bruchstücke über sie und ihre Kultur zu erfahren. Sie beantworteten ihre Fragen zwar ehrlich, aber nur in bezug auf Dinge, für die sie sich gar nicht interessierte. Ihre Spitzel, ihr ganzes Netz von Augen und Ohren erfuhr nichts von den Aiel und probierte es auch mittlerweile nicht mehr. Nicht mehr, seit eine Frau gefesselt und geknebelt an den Füßen an einer Zinne aufgehängt worden war und mit wilden Augen vierhundert Fuß senkrecht nach unten gestarrt hatte, und nicht mehr, seit ein Mann spurlos verschwunden war. Er war einfach weg. Die Frau weigerte sich seither, höher als bis zum Erdgeschoß hinaufzugehen. Sie hatte alle ihre Spitzel ständig durch ihre Anwesenheit nervös gemacht, bis Moiraine sie aufs Land geschickt hatte.

Auch Rand ging keineswegs langsamer, als sie und Egwene ihn eingeholt hatten. Auch sein Blick schien wachsam und mißtrauisch, aber auf andere Art, und dazu kam ein Schimmer unterdrückten Ärgers. »Ich glaubte, du wärst weg«, sagte er zu Egwene. »Ich dachte, du wärst mit Elayne und Nynaeve gegangen. Das hättest du tun sollen. Selbst Tanchico ist … Warum bist du hiergeblieben?«

»Ich bleibe nicht mehr lange«, sagte Egwene. »Ich gehe mit Aviendha nach Rhuidean in die Aiel-Wüste, um bei den Weisen Frauen zu lernen.«

Er geriet beinahe ins Stolpern, als das Mädchen die Aiel-Wüste erwähnte, sah sie unsicher an und schritt dann weiter. Er schien wieder beherrscht, vielleicht zu sehr sogar, wie ein kochender Teekessel, dessen Deckel man zugebunden und dessen Öffnung man verstopft hat. »Erinnerst du dich noch an die Schwimmerei im Wasserwald?« fragte er leise. »Ich habe mich einfach auf dem Rücken treiben lassen und geglaubt, das Schwerste, was mir im Leben bevorstünde, wäre, einen Acker umzupflügen oder vielleicht die Schafe zu scheren. Von Sonnenaufgang bis Sonnenuntergang ohne Pause, bis alle Schurwolle zu Ballen verschnürt daliegt.«

»Spinnen«, sagte Egwene. »Das haßte ich noch mehr, als Fußböden zu schrubben. Wenn man die Fäden drehen muß, zerreißt es einem fast die Fingerspitzen.«

»Warum habt Ihr das getan?« fragte Moiraine, bevor sie mit ihren Erinnerungen an die Kindheit weiterfahren konnten. Er sah sie von der Seite her an und lächelte so spöttisch wie sonst nur Mat. »Hätte ich sie wirklich aufhängen lassen sollen, weil sie versuchte, einen Mann zu ermorden, der wiederum gegen mich Mordpläne ausheckte? Wäre das gerechter gewesen als meine Handlungsweise?« Das Grinsen verschwand von seinem Gesicht. »Gibt es irgendeine Gerechtigkeit bei dem, was ich tue? Sunamon wird hängen, wenn er versagt. Weil ich es so entschieden habe. Er verdient es, so wie er versucht hat, die Lage für sich auszunützen, ohne darauf zu achten, ob seine eigenen Bauern verhungern, aber dafür kommt er nicht an den Gal-

gen. Er wird hängen, weil ich es bestimmte. Meinetwegen.«

Egwene legte eine Hand auf seinen Arm, aber Moiraine gestattete ihm kein Ablenkungsmanöver. »Ihr wißt, daß ich etwas anderes gemeint habe.«

Er nickte. Diesmal wirkte sein erstarrtes Lächeln beängstigend. »*Callandor.* Mit ihm in der Hand kann ich alles vollbringen. Alles. Ich weiß das. Aber nun ist es, als sei ich ein schweres Gewicht auf den Schultern losgeworden. Das versteht Ihr nicht, oder?« Sie verstand es tatsächlich nicht, aber es ärgerte sie, daß er das bemerkte. So hielt sie den Mund und er fuhr fort: »Vielleicht hilft es, wenn ich Euch etwas aus den Prophezeiungen dazu sage:

Mitten ins Herz stößt er sein Schwert,
ins Herz hinein, und ihre Herzen bindet er.
Wer zieht es hervor, wer folgt ihm nach?
Wessen Hand greift nach der hehren Klinge?

Seht Ihr? Es steht alles in den Prophezeiungen.«

»Ihr vergeßt etwas«, sagte sie ihm eindringlich. »Ihr habt *Callandor* zu Euch genommen, um die Prophezeiungen zu erfüllen. Die Abschirmung, die das Schwert dreitausend Jahre lang umgab und auf Euch wartete, ist weg. Es ist nicht mehr das Unberührbare Schwert. Ich könnte es selbst mit Hilfe der Macht befreien. Was noch schlimmer ist – einer der Verlorenen könnte das gleiche vollbringen. Was, wenn Lanfear wiederkehrt? Sie könnte *Callandor* genausowenig benützen wie ich, aber sie könnte es an sich nehmen.« Er reagierte nicht auf den Namen. Weil er sie nicht fürchtete – dann wäre er ein Narr – oder aus einem anderen Grund? »Falls Sammael oder Rahvin oder irgendein anderer männlicher Verlorener *Callandor* in die Hand bekommt, kann er es genauso benützen wie Ihr. Stellt Euch vor, was geschieht, wenn die Macht, die Ihr so einfach aufgebt, gegen Euch selbst angewandt wird! Stellt Euch diese Macht in den Händen des Schattens vor!«

»Ich hoffe beinahe, daß sie es versuchen werden.« In seinen Augen glühte es bedrohlich; Gewitterwolken schienen in ihm aufzuziehen. »Es wartet eine Überraschung auf jeden, der versucht, *Callandor* mit Hilfe der Macht aus dem Stein zu ziehen, Moiraine. Denkt nicht erst daran, es zur Sicherheit in die Burg zu bringen. Ich kann keine Falle aufbauen, die den einen entwischen läßt und den anderen nicht. Die Macht löst die Falle aus und spannt sie später wieder. Ich gebe ja *Callandor* keineswegs für immer auf. Nur bis ich …« Er atmete tief durch. »*Callandor* bleibt hier, bis ich zurückkehre und es mir wieder hole. Dadurch, daß es sich hier befindet und sie daran erinnert, wer ich bin und was ich bin, stellt es sicher, daß ich ohne Heer wiederkommen kann. Eine Art von Zufluchtsort mit Leuten wie Alteima und Sunamon, um mich zu Hause willkommen zu heißen. Falls Alteima die Gerechtigkeit überlebt, die ihr Mann und Estanda walten lassen werden, und falls Sunamon die meine überlebt. Licht, was für ein ekelhaftes Durcheinander.«

Konnte oder wollte er die Falle nicht zwischen Freund und Feind unterscheiden lassen? Sie war entschlossen, seine Fähigkeiten nicht mehr zu unterschätzen. *Callandor* gehörte in die Burg, wenn er das Schwert nicht so benützen wollte, wie es sein sollte, und zwar so lange, bis er es brauchte. »Nur bis …« Was? Er hätte beinahe etwas anderes gesagt, als ›bis ich zurückkehre‹. Aber was?

»Und wo geht Ihr hin? Oder wollt Ihr das geheimhalten?« Sie schwor sich insgeheim, ihn nicht mehr entkommen zu lassen, ihn irgendwie umzustimmen, falls er zu den Zwei Flüssen wollte, doch dann überraschte er sie.

»Kein Geheimnis, Moiraine. Weder vor Euch, noch

vor Egwene.« Er blickte Egwene an und sagte nur ein Wort: »Rhuidean.«

Das Mädchen riß die Augen auf und schien derartig überrascht, als höre sie den Namen zum erstenmal. Doch was das betraf, war Moiraine kaum weniger überrascht. Unter den Aiel machte sich Gemurmel breit, aber als sie zurückblickte, schritten sie mit steinernen Gesichtern weiter. Sie hätte sie am liebsten weggeschickt, aber ihren Befehlen gehorchten sie nicht und sie wollte Rand nicht darum bitten. Es würde ihr nicht helfen, ihn um einen Gefallen zu bitten, vor allem, weil es gut sein konnte, daß er ablehnte.

»Ihr seid doch kein Clanhäuptling bei den Aiel, Rand«, sagte sie mit fester Stimme, »und müßt auch keiner werden. Euer Kampf findet auf dieser Seite der Drachenmauer statt. Außer … Ist das eine der Antworten, die Ihr im *Ter'Angreal* erhalten habt? Cairhien und Callandor und Rhuidean? Ich sagte Euch doch, daß diese Antworten möglicherweise verschlüsselt sind. Sie mißzuverstehen könnte fatale Folgen haben. Nicht nur für Euch.«

»Ihr müßt mir eben vertrauen, Moiraine. Ich habe Euch so oft vertrauen müssen.« Sein Gesicht hätte ohne weiteres das eines Aiel sein können, so wenig Regung zeigte es.

»So werde ich Euch für den Augenblick vertrauen. Wartet aber nicht damit, meinen Rat zu suchen, bis es zu spät ist.« Ich werde Euch nicht dem Schatten überlassen. Ich habe schon zu lange daran gearbeitet, um das zu gestatten. Was auch sein muß, ich werde es unternehmen.

KAPITEL 22

Aus dem Stein

Es war eine seltsame Prozession, die Rand da aus dem Stein nach Osten führte. Weiße Wolken verdeckten die Mittagssonne, und eine leichte Brise wehte über die Stadt. Auf seinen Befehl hin war der Abmarsch nicht öffentlich bekannt gegeben worden. Es hatte auch keine offizielle Proklamation gegeben, doch Gerüchte breiteten sich schnell aus. Die Bürger hielten in ihrer Arbeit inne und rannten zu den Punkten in der Stadt, von denen aus man die beste Sicht hatte. Die Aiel marschierten durch die Stadt und aus der Stadt hinaus. Menschen, die sie bei ihrer Ankunft nicht bemerkt hatten, die kaum glauben konnten, daß sie sich tatsächlich im Stein befanden, standen in immer größerer Zahl an den Straßen, an den Fenstern, kletterten auf die Ziegeldächer, saßen auf dem einen oder anderen Dachfirst und auf den Mauervorsprüngen von Häusern. Erstauntes Stimmengewirr erklang, wo man die Aiel zählte. Diese paar Hundert konnten doch unmöglich den Stein erobert haben! Das Drachenbanner flatterte immer noch über der Festung. Dort mußten sich bestimmt noch Tausende von Aiel befinden. Und der Lord Drache.

Rand ritt in Hemdsärmeln, sicher, daß ihn keiner der Umstehenden für jemanden Besonderes halten werde. Ein Ausländer, reich genug, um zu reiten – und das auf einem wunderbaren Apfelschimmelhengst von bester tairenischer Zucht –, ein reicher Mann also, der in sehr eigenartiger Gesellschaft ausritt, aber eben nicht mehr als das. Er war nicht einmal der Anführer dieser seltsamen Gruppe; dieser Rang stand sicherlich Lan oder Moiraine zu, obwohl sie ein wenig hinter ihm ritten, direkt vor den Aiel. Das beeindruckte Gemurmel, das seinen Ritt begleitete, wurde der Aiel wegen hinter ihm überall lauter, wo sie durchkamen. Es konnte sogar sein, daß diese Tairener ihn für einen Knappen hielten, der das Pferd seines Herrn ritt. Nun, das doch wohl nicht, da er ja ganz vorn ritt. Aber es war überhaupt ein schöner Tag. Nicht so drückend, sondern lediglich warm. Niemand erwartete von ihm, Gerechtigkeit zu üben oder einen Staat zu regieren. Er genoß einfach, als einer unter vielen mitreiten zu können, und er genoß die angenehme Brise. Eine Weile lang vergaß er sogar das leichte Brennen seiner Reiher-Brandzeichen auf den Handflächen, wenn sie sich am Zügel rieben. *Noch ein bißchen länger,* dachte er. *Ein bißchen länger.*

»Rand«, sagte Egwene, »glaubst du wirklich, es war gut, die Aiel all jene Dinge mitnehmen zu lassen?« Er blickte zurück, als sie ihre graue Stute an seine Seite trieb. Von irgendwoher hatte sie sich ein dunkelgrünes Kleid mit einem engen Hosenrock besorgt, und ein grünes Samtband hielt ihre Haare zu einem Pferdeschwanz gebunden.

Moiraine und Lan ritten ein Dutzend Schritt hinter ihnen, sie auf ihrer weißen Stute, in ein langes, blauseidenes Reitkleid gehüllt, das einen grünen Schrägstreifen aufwies, das dunkle Haar in einem goldenen Netz gefangen, und er auf seinem mächtigen schwarzen Streitroß, angetan mit dem farbverändernden Umhang eines Behüters, der ihm möglicherweise genauso viele Ooohs und Aaahs einbrachte wie den Aiel. Als der Umhang im Wind flatterte, flossen Grün und Braun und Grau darüber hinweg. Wenn er unbeweglich herunterhing, paßte er seine Farbe irgendwie dem an, was sich jeweils dahinter befand, so daß dem Auge vorgegaukelt wurde, es könne durch Lan und sein

Reittier hindurchblicken. Es war unangenehm hinzusehen.

Auch Mat war dabei, hing zusammengesackt und resigniert in seinem Sattel und hielt sich fern von der Aes Sedai und dem Behüter. Er hatte einen unauffälligen braunen Wallach ausgewählt, ein Tier, das er Pips nannte. Man brauchte ein gutes Auge und Pferdeverstand, um den kräftigen Brustkorb und die starken Fesseln zu erkennen, die andeuteten, daß der Wallach mit der breiten Nase durchaus mit Rands Hengst oder auch dem von Lan in puncto Schnelligkeit und Ausdauer mithalten konnte. Mats Entschluß mitzukommen hatte die anderen überrascht. Rand wußte immer noch nicht, warum er mitkam. Vielleicht aus Freundschaft, vielleicht aber auch nicht. Mat verhielt sich manchmal recht eigenartig.

»Hat dir deine Freundin Aviendha nichts von ›dem Fünftel‹ erklärt?« fragte er.

»Sie hat etwas erwähnt, aber… Rand, du glaubst doch nicht, daß sie auch Sachen… mitgenommen hat?«

Hinter Moiraine und Lan, hinter Mat und hinter Rhuarc, der an ihrer Spitze schritt, marschierten die Aiel in zwei langen Reihen außen neben schwer beladenen Packeseln, immer vier nebeneinander in einer Reihe. Wenn die Aiel eine der Festungen ihrer verfeindeten Clans in der Wüste einnahmen, dann verlangte die Sitte – Rand verstand auch nicht genau, warum –, daß sie als Beute genau ein Fünftel von allem mitnahmen, ausgenommen Lebensmittel. Sie hatten keinen Grund, den Stein auszunehmen. Allerdings enthielten die Lasten der Maulesel nicht einmal den fünften Teil eines Fünftels der Schätze des Steins. Rhuarc meinte, die Gier habe schon mehr Menschen umgebracht als Stahl. Die Tragkörbe waren nur leicht beladen. Obenauf lagen zusammengerollte Teppiche und Wandbehänge. Vor ihnen lag ein möglicherweise schwerer

Übergang über das Rückgrat der Welt und dann ein noch viel beschwerlicherer Weg durch die Wüste.

Wann sage ich es ihnen? fragte er sich. *Bald, es muß bald geschehen.* Moiraine würde es zweifellos für wagemutig halten, einen kühnen Streich. Vielleicht stimmte sie sogar zu. Vielleicht. Sie glaubte, nun seinen ganzen Plan zu kennen und machte kein Hehl aus ihrer Mißbilligung. Ohne Zweifel wollte sie, daß er es schnell hinter sich brachte. Aber die Aiel ... *Und wenn sie sich weigern? Nun, wenn sie sich sperren, dann sollen sie. Ich muß es tun.* Was das Fünftel betraf ... Er glaubte nicht, daß es möglich gewesen wäre, die Aiel davon abzuhalten, etwas mitzunehmen, und er hatte es gar nicht versucht. Sie hatten sich eine Belohnung verdient, und er hatte nicht vor, den tairenischen Lords zu helfen, einen Besitz zu wahren, den sie über Jahrhunderte hinweg ihren Untertanen geraubt hatten. »Ich habe gesehen, wie sie Rhuarc eine silberne Schüssel zeigte«, sagte er zu Egwene. »Es hat in ihrem Sack geklappert, als sie die Schüssel hineinsteckte. Da war noch mehr Silber drin, oder auch Gold. Mißbilligst du das?«

»Nein.« Sie zog das Wort in die Länge, um ein wenig Zweifel anzudeuten, aber dann klang ihre Stimme wieder fester. »Ich hatte einfach nicht daran gedacht ... Die Tairener hätten nicht nur ein Fünftel mitgenommen, wäre die Lage umgekehrt gewesen. Sie hätten alles weggekarrt, was nicht festgenagelt war, und sie hätten noch Karren gestohlen, um alles wegzutransportieren. Nur weil sich die Sitten unterscheiden, heißt das nicht, daß einer recht hat und der andere nicht, Rand. Das solltest du doch wissen.«

Er lachte leise. Das war fast wie in alten Zeiten. Er wollte ihr erklären, warum sie unrecht hatte, und sie nahm plötzlich seine Position ein und gab ihm seine eigene noch nicht ausgesprochene Begründung zu verstehen. Sein Hengst tänzelte ein wenig. Er hatte wohl seine heitere Stimmung mitempfunden. Er tätschelte den Hals des Apfelschimmels. Ein guter Tag.

»Das ist ein schönes Pferd«, sagte sie. »Wie hast du ihn genannt?«

»Jeade'en«, sagte er vorsichtig, und etwas von seiner guten Laune ging verloren. Er schämte sich ein wenig des Namens und der Gründe, aus denen er ihn so genannt hatte. Eines seiner Lieblingsbücher war immer schon *Die Reisen des Jain Fernstreicher* gewesen, und dieser große Reisende hatte sein Pferd Jeade'en genannt – der ›Heimkehrer‹, in der Alten Sprache – denn das Tier war immer in der Lage gewesen, wieder nach Hause zurückzufinden. Es war ein schöner Gedanke, daß Jeade'en auch ihn eines Tages nach Hause zurücktragen könne. Schön, aber unwahrscheinlich, und er wollte nicht, daß irgend jemand den Grund seiner Namensgebung erfuhr. Jungenhafte Launen hatten jetzt in seinem Leben keinen Platz mehr. Es gab überhaupt keinen Platz mehr, außer eben für das, was er tun mußte.

»Ein schöner Name«, sagte sie abwesend. Er wußte, auch sie hatte das Buch gelesen, und erwartete fast, daß sie den Namen erkannte, aber sie schien über etwas anderem zu brüten. Sie kaute die ganze Zeit auf ihrer Unterlippe.

Er beließ es bei dem Schweigen. Die letzten Ausläufer der Stadt machten dem bebauten Land und vereinzelten Bauernhöfen Platz. Nicht einmal ein Congar oder ein Coplin, Leute von den Zwei Flüssen, die berüchtigt waren für ihre Faulheit – unter anderem – würden ihre Höfe derart herunterkommen lassen, wie es diese groben Steinhäuser waren. Die Wände standen schief, als würden sie jeden Moment über den davor scharrenden Hühnern zusammenbrechen. Windschiefe Scheunen wurden von Lorbeerbäumen und Gewürzsträuchern gerade noch am Einstürzen gehindert. Durch die Dächer mit ihren gesprungenen und teilweise fehlenden Ziegeln regnete es bestimmt herein. Ziegen meckerten einsam in Steinpferchen, die aussahen, als habe man diesen Morgen erst die Steine einfach aufgeschüttet. Barfüßige Männer und Frauen hackten gebückt und mit traurig hängenden Schultern in Feldern herum, die nicht einmal Zäune oder Begrenzungshecken aufwiesen. Sie blickten gar nicht auf, als die Prozession vorbeikam. Das leise Zwitschern von Rotschnäbeln und Drosseln im Gebüsch reichte nicht, um die bedrückende Atmosphäre aufzulockern.

Ich muß etwas gegen diese Armut unternehmen. Ich ... Nein, nicht jetzt. Zuerst kommen noch wichtigere Dinge. Ich habe für sie getan, was ich in diesen wenigen Wochen tun konnte. Jetzt kann ich weiter nichts mehr machen. Er bemühte sich, die heruntergekommenen Höfe nicht erst zu betrachten. Stand es um die Olivenplantagen im Süden genauso schlecht? Die Menschen, die dort arbeiteten, besaßen nicht einmal eigenes Land – es gehörte alles den Hochlords. *Nein. Die Brise. Schön, wie sie die Macht der Hitze bricht. Ich werde sie noch ein wenig länger genießen können. Jetzt muß ich es ihnen bald sagen.*

»Rand«, sagte Egwene mit einemmal, »ich möchte mit dir reden.« Ihrem Gesichtsausdruck nach zu schließen, war es etwas Ernstes. Diese großen, dunklen Augen, die unverwandt auf ihn gerichtet waren, glänzten auf die gleiche Art wie die Nynaeves, wenn sie ihm einen Vortrag halten wollte. »Ich will mit dir über Elayne sprechen.«

»Was ist mit ihr?« fragte er mißtrauisch. Er berührte seinen Beutel, in dem zwei Briefe von ihr hinter einem kleinen, harten Gegenstand steckten. Wären sie nicht beide in der gleichen eleganten Handschrift geschrieben, hätte er nicht glauben können, daß sie von derselben Frau stammten. Und das nach all den Küssen und Zärtlichkeiten. Die Hochlords waren leichter zu verstehen als die Frauen.

»Warum hast du sie so einfach gehen lassen?«

Er blickte sie fragend an. »Sie wollte doch gehen. Ich hätte sie festbinden müssen, um sie aufzuhalten. Außerdem ist sie selbst in Tanchico noch sicherer als in meiner und Mats Umgebung, falls wir, wie Moiraine sagt, diese Blasen des Bösen anlocken. Du wärst bei ihnen auch sicherer.«

»Das habe ich überhaupt nicht gemeint. Natürlich wollte sie gehen. Und du hattest auch kein Recht, sie aufzuhalten. Aber warum hast du ihr nie gesagt, daß du dir wünscht, sie würde bleiben?«

»Sie wollte doch gehen«, wiederholte er, und dann wuchs seine Verwirrung, denn sie rollte mit den Augen, als rede er baren Unsinn. Wenn er kein Recht hatte, Elayne aufzuhalten, und sie ja gehen wollte, warum sollte er sie dann zum Bleiben zu überreden versuchen? Und dann war sie ja auch sicherer als bei ihm, wenn sie ging.

Moiraine sagte gleich hinter ihm: »Seid Ihr bereit, mir das nächste Geheimnis zu eröffnen? Es ist ja klar, daß Ihr mir etwas verschwiegen habt. Wenigstens könnte ich es Euch rechtzeitig sagen, falls Ihr uns über eine Klippe führt.«

Rand seufzte. Er hatte überhört, daß sie und Lan herangeritten waren. Und auch Mat, obwohl der noch Abstand zu der Aes Sedai und dem Behüter hielt. Mats Gesicht zeigte die vielfältigsten Gefühle – Zweifel und Zögern und grimmige Entschlossenheit wechselten sich darauf ab, besonders, wenn er zu Moiraine hinüberblickte. Er sah sie nie direkt an; immer nur aus dem Augenwinkel. »Bist du sicher, daß du mitkommen willst, Mat?« fragte Rand.

Mat zuckte die Achseln und grinste, allerdings nicht sehr selbstbewußt. »Wer möchte denn schon eine Chance verpassen, dieses verfluchte Rhuidean kennenzulernen?« Egwene zog die Augenbrauen hoch. »Ach, verzeiht mir die unhöflichen Worte, *Aes Sedai*. Ich habe von dir schon schlimmere gehört und aus weniger triftigen Gründen, möchte ich wetten.« Egwene sah ihn verärgert an, aber die roten Flecken auf ihren Wangen zeugten davon, daß sie sich getroffen fühlte.

»Seid froh, daß Mat hier ist«, sagte Moiraine mit kühler und mißbilligender Stimme zu Rand. »Ihr habt einen schweren Fehler begangen, daß Ihr Perrin weggehen ließt und das auch noch vor mir verbargt. Die Welt ruht auf Euren Schultern, und beide müssen Euch unterstützen, sonst fallt Ihr und die Welt mit Euch.« Mat zuckte zusammen und Rand hatte das Gefühl, daß der Freund beinahe seinen Wallach hätte wenden lassen und davongeritten wäre.

»Ich kenne meine Pflicht«, sagte er zu ihr. *Und ich kenne mein Schicksal,* dachte er, doch das sprach er nicht aus. Er wollte nicht um Sympathie betteln. »Einer von uns mußte zurück, Moiraine, und Perrin wollte das übernehmen. Ihr seid gewillt, alles sausen zu lassen, um die Welt zu retten. Ich... ich tue, was ich tun muß.« Der Behüter nickte, sagte aber nichts dazu. Lan wollte vor anderen keine Meinungsverschiedenheit mit Moiraine austragen.

»Und das nächste Geheimnis?« fragte sie nachdrücklich. Sie würde nicht aufgeben, bis sie es herausgefunden hatte, und er hatte keinen Grund, es noch länger geheimzuhalten. Jedenfalls nicht diesen Teil.

»Portalsteine«, sagte er schlicht. »Falls wir Glück haben.«

»O Licht«, stöhnte Mat. »Verdammtes, flammendes Licht! Verzieh nicht so dein Gesicht, Egwene. Glück? Ist einmal nicht genug, Rand? Du hast uns damals beinahe umgebracht, weißt du noch? Nein, schlimmer als nur umgebracht. Ich würde lieber zurückreiten zu einem dieser Bauernhöfe und darum bitten, den Rest meines Lebens Schweine hüten zu dürfen.«

»Du kannst deiner eigenen Wege gehen, wenn du willst, Mat«, sagte Rand zu ihm. Moiraines ruhiger Gesichtsausdruck war eine Maske, die ihre Wut verbarg, doch er ignorierte ihren eisigen Blick, der versuchte, ihn am Weitersprechen zu hindern. Selbst Lan schaute drein, als sei er nicht mit seinen Worten einverstanden, obwohl er dabei sein Gesicht kaum verzog. Dem Behüter ging Pflichterfüllung über alles andere. Rand würde seine Pflicht tun, aber seine Freunde ... Er mochte es nicht, andere Menschen zu etwas zu zwingen, und schon gar nicht seine Freunde. Das wenigstens konnte er vermeiden. »Du hast keinen Grund, mit in die Wüste zu gehen.«

»O doch, habe ich. Zumindest ... Ach, seng mich doch! Ich habe ein Leben zu verschenken, oder? Warum dann nicht auf diese Art?« Mat lachte nervös und ein bißchen wild. »Verfluchte Portalsteine! Licht!«

Rand runzelte die Stirn. Alle sagten, sie erwarteten, daß er auf die Dauer wahnsinnig würde, aber im Moment schien Mat kurz davor zu stehen.

Egwene blinzelte Mat besorgt an, aber dann beugte sie sich zu Rand herüber. »Rand, Verin Sedai hat mir ein wenig über die Portalsteine erzählt. Sie berichtete mir auch von der ... Reise, die du unternommen hast. Hast du wirklich das gleiche wieder vor?«

»Ich muß es wagen, Egwene.« Er mußte schnell handeln, und es gab keinen schnelleren Weg als den durch die Portalsteine, Überreste eines Zeitalters noch vor dem der Legenden. Selbst die Aes Sedai im Zeitalter der Legenden hatten sie nicht verstanden, wie es schien. Aber es gab eben keinen schnelleren Weg. Falls sie so funktionierten, wie er hoffte.

Moiraine hatte geduldig ihrer Unterhaltung gelauscht; besonders dem, was Mat gesagt hatte, obwohl Rand nicht wußte, warum. Nun sagte sie: »Verin hat mir auch von Eurer Reise durch die Portalsteine erzählt. Das waren nur wenige Menschen und Pferde, nicht Hunderte, und wenn Ihr auch nicht gerade jeden umzubringen versucht habt, wie Mat meinte, war es doch eine Erfahrung, die keiner wiederholen möchte.

Und es ist ja auch nicht so ausgegangen, wie Ihr erwartet hattet. Dazu war eine große Menge der Macht notwendig, beinahe genug, um Euch am Ende doch noch umzubringen, wie Verin berichtete. Selbst, wenn Ihr die meisten der Aiel zurücklaßt: Wollt Ihr das riskieren?«

»Ich muß«, antwortete er. Dabei fühlte er nach seiner Gürteltasche und dem kleinen, harten Umriß vor den Briefen, doch sie fuhr fort, als habe er nichts gesagt: »Seid Ihr überhaupt sicher, daß es in der Wüste einen Portalstein gibt? Verin weiß bestimmt mehr darüber als ich, aber ich habe noch nie von einem gehört. Und falls es einen gibt, wird uns der dann näher an Rhuidean heranbringen, als wir uns jetzt befinden?«

»Etwa vor sechshundert Jahren«, erzählte er ihr daraufhin, »hat ein Händler versucht, einen Blick auf Rhuidean zu erhaschen.« Zu jeder anderen Zeit wäre es ihm ein Vergnügen gewesen, zur Abwechslung einmal ihr einen Vortrag zu halten. Aber nicht heute. Es gab zuviel, was er nicht wußte. »Dieser Bursche hat offensichtlich nichts davon zu Gesicht bekommen. Er behauptete, eine goldene Stadt hoch oben in den Wolken gesehen zu haben, die über die Berge hinwegtrieb.«

»Es gibt keine Städte in der Wüste«, sagte Lan, »weder in den Wolken, noch auf der Erde. Ich habe gegen die Aiel gekämpft. Sie haben keine Städte.«

Egwene nickte. »Aviendha hat mir erzählt, daß sie noch nie eine Stadt gesehen habe, bevor sie die Wüste verließ.«

»Vielleicht«, sagte Rand. »Aber der Händler sah auch etwas aus dem Abhang eines dieser Berge herausragen. Einen Portalstein. Er hat ihn genau beschrieben. Es gibt nichts, was genauso aussähe wie ein Portalstein. Als ich dem Bibliothekar im Stein einen beschrieb …« Was er nicht erwähnte, war, daß er dem Mann natürlich nicht auf die Nase gebunden hatte, worauf er hinauswollte. »… hat er es erkannt, obwohl er nicht wußte, was es war, und dann hat er mir gleich vier davon auf einer alten Karte von Tear gezeigt …«

»Vier?« Moiraines Stimme klang überrascht. »Alle in Tear? Portalsteine findet man doch nicht so häufig.«

»Vier«, sagte Rand eindeutig. Der knochige alte Bibliothekar war sicher gewesen. Er hatte sogar ein zerfleddertes und vergilbtes Manuskript ausgegraben, in dem von Bemühungen die Rede war, die ›unbekannten Artefakte eines früheren Zeitalters‹ in die Große Sammlung einzugliedern und herzutransportieren. Jeder Versuch war jedoch fehlgeschlagen, und schließlich hatten es die Tairener aufgegeben. Das war die Bestätigung für Rand: Portalsteine konnte man nicht verlegen. »Einer befindet sich keine Stunde Ritt von unserem jetzigen Standpunkt entfernt«, fuhr er fort. »Die Aiel gestatteten dem Händler, wieder abzureisen, da er ja nur ein Kaufmann war. Mit einem seiner Maultiere und soviel Wasser, wie er auf seinem Rücken schleppen konnte. Irgendwie kam er bis zu einem *Stedding* im Rückgrat der Welt, wo er einen Mann namens Soran Milo traf, der ein Buch mit dem Titel *Die Mörder mit den Schwarzen Schleiern* schrieb. Der Bibliothekar brachte mir ein ziemlich zerfleddertes Exemplar, als ich ihn um Bücher über die Aiel bat. Milo hat sich offenbar ganz auf Aiel verlassen, die zum Handeln in das *Stedding* kamen, und er schrieb so ziemlich nur Falsches, wie Rhuarc meinte, aber ein Portalstein ist so unverwechselbar, daß es sich um nichts anderes als einen solchen handeln kann.« Er hatte weitere Karten und Manuskripte studiert, Dutzende, angeblich, um über Tear und dessen Geschichte mehr zu erfahren, und hatte sich des Landes kundig gemacht. Bis vor wenigen Minuten hatte niemand auch nur ahnen können, was er vorhatte.

Moiraine schnaubte, und ihre weiße Stute Aldieb tänzelte nervös ein paar Schritte weiter. Sie spürte die Nervosität ihrer Reiterin. »Eine angebliche Geschichte, die ein angeblicher Händler angeblich erzählte, und die von einer goldenen Stadt berichtete, die in den Wolken schwebte. Hat Rhuarc diesen Portalstein jemals gesehen? Er war doch wirklich in Rhuidean. Und selbst wenn dieser Händler tatsächlich in die Wüste zog und einen Portalstein sah, kann das ja wohl überall gewesen sein. Ein Mann, der seine Geschichte erzählt, schmückt sie gewöhnlich reichlich aus. Eine Stadt, die in den Wolken schwebte?«

»Woher wißt Ihr, daß es sie nicht gibt?« fragte er. Rhuarc hatte über all die falschen Einzelheiten gelacht, von denen Milo berichtete, aber er hatte nichts über Rhuidean sagen wollen. Der Aielmann hatte sich sogar geweigert, Teile des Buchs zu beurteilen, in denen es angeblich um Rhuidean ging. ›Rhuidean im Lande der Jenn Aiel, des Clans, den es nicht gibt‹, und das war dann schon so ziemlich alles, was Rhuarc dazu zu sagen hatte. Über Rhuidean sprach man nicht.

Der Aes Sedai paßte seine leichthin gesprochene Bemerkung gar nicht, doch das war ihm gleich. Sie hatte schon zu viele Geheimnisse für sich behalten und ihn gezwungen, ihr blind zu vertrauen und zu folgen. Jetzt war sie an der Reihe. Sie mußte lernen, daß er keine Marionette war. *Ich akzeptiere ihren Rat, wenn ich ihn für richtig halte, aber ich tanze nicht mehr nach der Pfeife Tar Valons.* Er würde nach eigener Fasson sterben.

Egwene trieb ihr graues Pferd näher an seines heran, bis sie beinahe Knie an Knie mit ihm ritt. »Rand, willst du wirklich unsere Leben riskieren, dieser… dieser Möglichkeit wegen? Rhuarc hat dir nichts erzählt, oder? Wenn ich Aviendha nach Rhuidean frage, macht sie den Mund zu, und es ist nichts mehr aus ihr herauszubringen.« Mat sah aus, als sei ihm schlecht.

Rand verzog das Gesicht nicht und ließ sich nichts von seiner augenblicklichen Scham anmerken. Er hatte seine Freunde nicht ängstigen wollen. »Es gibt dort einen Portalstein«, beharrte er. Er rieb erneut über den harten Umriß in seinem Beutel. Es mußte funktionieren.

Die Landkarten des Bibliothekars waren alt gewesen, aber auf gewisse Weise war das hilfreich. Als man diese Karten zeichnete, waren auf dem Steppenland, das sie durchritten, Wälder gewachsen, aber heute waren nur wenige Bäume übrig, weit verstreute und zerzauste Grüppchen von weißen Eichen und Kiefern und Jungfernhaar, und hohe, einzelnstehende Bäume, die er nicht kannte, mit dünnen, verkrüppelt wirkenden Stämmen. Er konnte die Form des Landes gut ausmachen. Die Hügel wurden jetzt von dem hohen Gras kaum noch verborgen.

Auf den Landkarten hatten zwei gekrümmte Bergrücken, einer knapp hinter dem anderen, auf eine Gruppe runder Hügel gezeigt, wo sich der Portalstein befand. Falls die Karten genau waren. Falls der Bibliothekar wirklich nach seinen Beschreibungen die Portalsteine erkannt hatte, und falls das Zeichen des grünen Diamanten wirklich uralte Ruinen bedeutete, wie er behauptet hatte. *Warum sollte er lügen? Ich bin viel zu mißtrauisch. Nein. Ich muß schon mißtrauisch sein. So vertrauensvoll und kalt wie eine Viper.* Es paßte ihm aber gar nicht.

Im Norden konnte er gerade noch völlig von Bäumen freie Hügel erkennen, auf denen sich Umrisse bewegten. Das mußten Pferde sein. Die Herden der Hochlords, die dort auf dem Gebiet des früheren Ogierhains grasten. Er hoffte, daß Perrin und Loial sicher davongekommen waren. *Hilf ihnen, Perrin,* dachte er. *Hilf ihnen irgendwie, denn ich kann es nicht.*

Der Ogierhain bedeutete, daß die gekrümmt verlaufenden Bergrücken nahe sein mußten, und bald entdeckte er sie auch ein wenig weiter südlich, wie zwei Pfeile, einer innerhalb des anderen, mit ein paar Bäumen obenauf, die eine dünne Linie am Horizont zogen. Dahinter sah er eine Gruppe von niedrigen, runden Hügeln, die sich gegenseitig verdeckten. Mehr Hügel als auf der alten Karte. Zu viele, denn die ganze Fläche umschloß weniger als eine Quadratmeile. Wenn sie nicht mit der Karte übereinstimmten – auf welchem stand dann der Portalstein?

»Es sind doch viele Aiel dabei«, sagte Lan ruhig, »und sie haben scharfe Augen.«

Mit einem dankbaren Nicken zog Rand an Jeade'ens Zügeln und ließ sich zurückfallen, um das Problem mit Rhuarc durchzusprechen. Er beschrieb ihm lediglich den Portalstein, ohne zu sagen, worum es sich handelte, denn dazu war noch genug Zeit, wenn sie ihn einmal gefunden hatten. Er konnte Geheimnisse mittlerweile gut für sich behalten. Rhuarc hatte wahrscheinlich sowieso keine Ahnung, was ein Portalstein war. Das wußten nur wenige außer den Aes Sedai. Er hatte auch nichts davon gewußt, bis es ihm jemand erklärt hatte.

Als er neben dem Apfelschimmelhengst herschritt, runzelte der Aielmann leicht die Stirn. Bei den meisten Männern wäre daraus eine besorgte Miene geworden, doch er zeigte ansonsten keine Regung und nickte bloß. »Wir können dieses Ding finden.« Er erhob seine Stimme. *»Aehtan Dor! Far Aldazar Din! Duadhe Mahdi'in! Far Dareis Mai! Seia Doon! Sha'mad Conde!«*

Als er sie so rief, traten Mitglieder dieser Kriegergemeinschaften vor, bis ein gutes Viertel der Aiel ihn und Rand umstand. Rote Schilde. Brüder der Adler. Wassersucher. Töchter des Speers. Schwarzaugen. Donnergänger.

Rand suchte nach Egwenes Freundin Aviendha, einer großen, hübschen Frau mit einem verschleierten Blick, die selten lächelte. Töchter hatten seine Tür bewacht, aber er glaubte nicht, daß er sie schon einmal gesehen habe, bevor sich die Aiel versammelten, um den Stein zu verlassen. Sie erwiderte seinen Blick, stolz wie ein grünäugiger Habicht, doch dann warf sie den Kopf hoch und wandte ihre Aufmerksamkeit dem Clanhäuptling zu.

Nun, ich wollte ja wieder ein ganz gewöhnlicher Mensch sein, dachte er mit einem Anflug von Reue. Dieses Gefühl gaben ihm die Aiel. Selbst dem Clanhäuptling brachten sie nur respektvolles Zuhören dar und nichts von der ausgefeilten Unterwürfigkeit, die ein Lord von seinen Untergebenen verlangt hätte. Ihr Gehorsam war der von Gleichgestellten. Er konnte sich selbst gegenüber kaum mehr erwarten.

Rhuarc gab mit wenigen Worten seine Anweisungen, und die lauschenden Aiel schwärmten nacheinander zu dieser Hügelgruppe aus. Sie liefen mit leichten Schritten. Ein paar zogen ihre Schleier vor die Gesichter für den Fall der Fälle. Der Rest wartete, stand herum oder hockte sich neben die beladenen Maulesel.

Sie repräsentierten beinahe jeden der Clans, außer natürlich den der Jenn Aiel. Rand wurde nicht schlau daraus, ob die Jenn nun wirklich existierten oder nicht. Beides konnte der Fall sein, da die Aiel sie gelegentlich, wenn auch nicht häufig, erwähnten. Es waren hier sogar Clans vertreten, die Blutfehden miteinander austrugen, und andere, die sich oft gegenseitig bekämpften. Soviel hatte er über sie erfahren. Nicht zum erstenmal fragte er sich, was sie bisher zusammengehalten hatte. Hatte es lediglich mit ihren Prophezeiungen vom Fall des Steins zu tun und ihrer Suche nach dem, Der Mit Der Morgendämmerung Kommt?

»Mehr als das«, sagte Rhuarc, und Rand wurde bewußt, daß er seine Frage laut ausgesprochen hatte. »Die Prophezeiung brachte uns über die Drachenmauer, und der Name, den man nicht ausspricht, lockte uns zum Stein von Tear.« Der Name, den er meinte, war ›Das Volk des Drachen‹, eine geheime Bezeichnung für die Aiel. Nur Clanhäuptlinge und

Weise Frauen kannten sie und gebrauchten sie selten und ausschließlich untereinander. »Was den Rest angeht? Nun, natürlich darf keiner das Blut eines anderen aus der gleichen Gemeinschaft vergießen, aber Shaarad und Goshien, Taardad und Nakai und Shaido miteinander zu vermischen … Selbst ich hätte vielleicht den Tanz der Speere mit den Shaido getanzt, wenn nicht die Weisen Frauen jeden einen Wassereid hätten schwören lassen, der die Drachenmauer überquert, daß er auf dieser Seite der Berge alle anderen Aiel wie einen Bruder oder eine Schwester aus der gleichen Gemeinschaft behandeln werde. Selbst die hinterhältigen Shaido …« Er zuckte leicht die Achseln. »Seht Ihr? Es ist nicht leicht, nicht einmal für mich.«

»Diese Shaido sind Eure Feinde?« Rand stolperte etwas über den Namen. Im Stein hatte man die Aiel nur nach Gemeinschaften aufgeteilt und nicht nach Clans.

»Wir haben Blutfehden vermieden«, sagte Rhuarc, »aber die Taardad und die Shaido haben sich noch niemals freundlich gegenübergestanden. Die Septimen überfallen sich manchmal gegenseitig und stehlen Ziegen oder Rinder. Aber die Eide haben uns alle zurückgehalten, trotz dreier Blutfehden und einem Dutzend alter Gründe, aus denen sich die Clans oder Septimen gegenseitig hassen. Und nun hilft es uns, daß wir in Richtung Rhuidean ziehen, obwohl uns einige schon früher verlassen werden. Niemand darf das Blut eines Aiel vergießen, der nach Rhuidean zieht oder von dort her kommt.« Der Aielmann blickte mit völlig ausdruckslosem Gesicht zu Rand auf. »Vielleicht wird bald keiner von uns mehr das Blut des anderen vergießen.« Es war unmöglich, festzustellen, ob er diese Aussicht als angenehm betrachtete oder nicht.

Eine der Töchter des Speers stand auf einem Hügel, winkte mit beiden Armen und stieß eine Art klagendes Heulen aus, das weithin hallte.

»Sie haben Eure Steinsäule gefunden, wie es scheint«, sagte Rhuarc. Moiraine straffte ihre Zügel und sah Rand ruhig an, als der an ihr vorbeiritt und Jeade'en mit den Fersen zum Galopp antrieb. Egwene lenkte ihre Stute zu Mat hin, beugte sich aus dem Sattel, ergriff mit einer Hand Mats Sattelhorn und unterhielt sich leise mit ihm. Sie schien sich zu bemühen, ihn dazu zu bringen, daß er ihr etwas verriet oder etwas zugab, und seinen Gesten nach war Mat entweder vollkommen unschuldig, oder er log wie gedruckt.

Rand sprang aus dem Sattel und kletterte hastig den sanften Abhang hinauf, um nachzusehen, was die Tochter – es war übrigens Aviendha – halb im Boden versunken und von dem hohen Gras verdeckt aufgefunden hatte. Es war eine verwitterte, graue Steinsäule, mindestens drei Spannen lang und einen Schritt dick. Fremdartige Symbole bedeckten jeden freiliegenden Fleck, immer umgeben von einer schmalen Reihe von Zeichen, die er für Schrift hielt. Doch hätte er auch die Sprache verstanden, falls es eine war, dann war doch die Schrift, sofern es Schrift war, bis zur Unleserlichkeit verwittert. Die Symbole konnte er ein wenig besser ausmachen. Zumindest einige davon; viele konnten auch durch Regen und Wind in den Stein gegraben worden sein.

Er riß büschelweise Gras aus, um besser sehen zu können, und blickte zu Aviendha auf. Sie hatte die Schufa um ihre Schultern gelegt, das kurzgeschnittene rötliche Haar entblößt und betrachtete ihn mit einem harten Gesichtsausdruck. »Ihr mögt mich nicht«, sagte er. »Warum?« Er mußte ein bestimmtes Zeichen finden, das einzige, das er kannte.

»Euch mögen?« fragte sie. »Ihr seid wahrscheinlich der, Der Mit Der Morgendämmerung Kommt, ein Mann des Schicksals. Wer könnte Euresgleichen mögen oder nicht? Außerdem seid Ihr frei, trotz Eures

Gesichts ein Feuchtländer und geht doch der Ehre wegen nach Rhuidean, während ich …«

»Während Ihr was?« wollte er wissen, als sie schwieg. Er suchte an der Säule entlang und schob sich so langsam den Hang hinauf. Wo befand es sich? Zwei parallele Wellenlinien, die von einem eigenartigen Schnörkel geschnitten wurden. *Licht, wenn es unter der Erde liegt, brauchen wir vielleicht Stunden, um sie herumzuwuchten.* Plötzlich lachte er. Keine Stunden. Er konnte die Macht benützen und dieses Ding damit hochheben. Oder Moiraine oder Egwene konnten das besorgen. Ein Portalstein widerstand vielleicht Bemühungen, ihn wegzuschaffen, aber so weit konnte man ihn bestimmt bewegen. Doch die Macht würde ihm nicht helfen, die Wellenlinien zu finden. Er konnte das nur erreichen, wenn er den Stein entlangtastete.

Statt einer Antwort hockte sich die Aielfrau nieder und legte den Kurzspeer über ihre Knie. »Ihr habt Elayne schlecht behandelt. Es wäre mir ja gleich, aber Elayne ist beinahe eine Schwester für Egwene, die wiederum meine Freundin ist. Doch Egwene mag Euch immer noch, also will ich es ihr zuliebe versuchen.«

Er suchte weiter die dicke Säule ab und schüttelte dabei den Kopf. Wieder Elayne. Manchmal glaubte er, alle Frauen gehörten einer Gilde an, so wie die Handwerker in der Stadt. Mache bei einer einen falschen Schritt, und die nächsten zehn, die du triffst, wissen Bescheid und mißbilligen deine Handlung.

Seine Finger hielten inne und kehrten zu dem Fleck zurück, den er gerade untersucht hatte. Der Stein war so verwittert, daß er fast nichts feststellen konnte, und doch war er sicher, es handle sich um die Wellenlinien. Sie waren das Symbol für einen Portalstein auf der Toman-Halbinsel und nicht in der Wüste, doch sie befanden sich genau an der Basis des Dings, als das noch aufrecht gestanden hatte. Die Symbole an der Spitze hatten für Welten gestanden, die ganz unten für Portalsteine. Wenn er ein Symbol von oben und eines von unten benützte, konnte er wahrscheinlich zu einem bestimmten Portalstein auf einer bestimmten Welt reisen. Wenn er nur eines von unten benützte, konnte er den entsprechenden Portalstein in dieser Welt erreichen. Zum Beispiel den in der Nähe von Rhuidean. Falls er dessen Zeichen kannte. Jetzt brauchte er Glück. Jetzt mußte sich die Formkraft des *Ta'veren* auf das Schicksal bewähren.

Eine Hand faßte über seine Schulter, und Rhuarc sagte mit zögernder Stimme: »Die zwei werden in alten Schriften immer für Rhuidean benützt. Vor langer Zeit hat man noch nicht einmal den Namen geschrieben.« Er fuhr zwei Dreiecke nach, die jeweils etwas wie gespaltene Blitze einschlossen. Der eine zeigte nach links, der andere nach rechts.

»Wißt Ihr, was das hier ist?« fragte Rand. Der Aielmann wandte den Kopf ab. »Seng mich, Rhuarc, ich muß das wissen. Ich weiß, daß Ihr nicht darüber sprechen wollt, aber ihr müßt es mir sagen. Los schon, Rhuarc. Habt Ihr so etwas jemals schon gesehen?«

Der andere Mann atmete tief durch, bevor er schließlich antwortete: »Ich habe das gleiche schon einmal gesehen.« Jedes Wort kam, als müsse er es herauszwingen. »Wenn ein Mann nach Rhuidean geht, dann warten Weise Frauen und Clanmitglieder am Abhang des Chaendaer in der Nähe eines Steines wie diesem hier.« Aviendha stand auf und schritt steif davon. Rhuarc blickte ihr nach und runzelte die Stirn. »Mehr weiß ich nicht darüber, Rand al'Thor. Falls doch, soll ich nie wieder Schatten finden.«

Rand fuhr die unlesbare Schrift, die beide Dreiecke umgab, mit der Fingerspitze nach. Welches von beiden? Nur eines würde ihn dorthin bringen, wo er hinwollte. Das zweite brachte ihn womöglich auf die andere Seite der Welt oder zum Grund des Ozeans.

Der Rest der Aiel hatte sich mit ihren Packeseln am

Fuß des Hügels versammelt. Moiraine und die anderen stiegen nun ab und kamen den sanft geneigten Abhang hoch, die Pferde am Zügel hinter sich. Mat hielt neben denen seines braunen Wallachs auch die von Jeade'en und hielt den Hengst möglichst weit entfernt von Lans Mandarb. Die beiden Hengste beäugten einander wild, jetzt, da sie ihre Reiter los waren.

»Du weißt wirklich nicht, was du da tust, oder?« protestierte Egwene. »Moiraine, haltet ihn doch zurück. Wir können auch nach Rhuidean reiten. Warum laßt Ihr ihn weitermachen? Warum sagt Ihr nichts?«

»Was würdet Ihr denn vorschlagen, das ich tun soll?« fragte die Aes Sedai trocken. »Ich kann ihn wohl kaum am Ohr packen und wegziehen. Es könnte sein, daß wir nun bald erleben werden, wie nützlich das Träumen wirklich ist.«

»Träumen?« fragte Egwene in scharfem Ton. »Was hat das Träumen mit dem hier zu tun?«

»Würdet Ihr beiden bitte ruhig sein?« Rand gab sich Mühe, die Worte geduldig klingen zu lassen. »Ich versuche, mich zu entscheiden.« Egwene starrte ihn verärgert an, während Moiraine überhaupt keine Gefühlsregung zeigte. Doch sie sah konzentriert zu.

»Müssen wir es wirklich so machen?« fragte Mat noch einmal. »Was hast du gegen das Reiten?« Rand sah ihn nur an und darauf zuckte er bedrückt die Achseln. »Ach, seng mich. Wenn du versuchst, dich zu entscheiden ...« Er nahm die Zügel beider Pferde in die eine Hand und holte mit der anderen eine Münze aus der Manteltasche, eine Goldmark aus Tar Valon. Er seufzte: »Es ist natürlich die gleiche Münze. Wie könnte es auch anders sein.« Er ließ die Münze über seine Fingerrücken rollen. »Ich ... ich habe manchmal Glück, Rand. Laß mein Glück entscheiden. Kopf – das Dreieck, das auf deine rechte Seite zeigt. Flamme – die andere Richtung. Was meinst du?«

»Das ist doch einfach lächerlich«, begann Egwene, doch Moiraine brachte sie durch eine kurze Berührung ihres Arms zum Schweigen.

Rand nickte. »Warum nicht?« Egwene knurrte etwas in sich hinein. Alles, was er verstand, waren die Worte ›Männer‹ und ›kleine Jungen‹, aber es klang nicht wie ein Kompliment.

Die Münze flog von Mats Daumen aus in die Luft. Sie glänzte matt im Sonnenschein. Auf dem höchsten Punkt der Flugkurve schnappte Mat sie sich und klatschte sie auf den anderen Handrücken. Dann zögerte er. »Es ist schon verflucht leichtsinnig, sich auf einen Münzwurf zu verlassen, Rand.«

Rand legte seine Hand auf eines der Symbole, ohne dabei hinzuschauen. »Dieses«, sagte er. »Du hast dieses hier gewählt.«

Mat spähte die Münze an und blinzelte überrascht. »Du hast recht. Woher weißt du das?«

»Früher oder später muß das auch bei mir so funktionieren.« Keiner von ihnen verstand ihn, das konnte er spüren, aber es spielte auch keine Rolle. Er hob die Hand und sah das Zeichen an, das Mat und er erwählt hatten. Das Dreieck zeigte nach links. Die Sonne war bereits ein Stück des Zenits. Er mußte alles richtig machen. Ein Fehler, und sie würden Zeit verlieren, anstatt sie zu gewinnen. Das wäre das schlimmste Ergebnis. Hoffentlich.

Er stand auf, kramte in seinem Beutel herum und zog den harten Gegenstand heraus, eine kleine, dunkelgrüne, glänzende Steinplastik, die genau in seine Hand paßte und einen Mann mit rundem Gesicht und rundem Körper zeigte, der mit übergeschlagenen Beinen und einem Schwert auf den Knien dasaß. Er rieb mit dem Daumen über den kahlen Kopf der Figur. »Alle sollen sich hier auf engem Raum versammeln. Rhuarc, laß sie die Tiere auch alle heraufbringen. Jeder muß sich so nahe bei mir befinden wie möglich.«

»Warum?« fragte der Aielmann.

»Wir gehen nach Rhuidean.« Rand stellte die kleine Figur auf seine Handfläche und bückte sich, um den Portalstein zu berühren. »Nach Rhuidean. Jetzt gleich.«

Rhuarc warf ihm einen langen, ausdruckslosen Blick zu, richtete sich dann auf und rief die anderen Aiel.

Moiraine trat einen Schritt näher heran. »Was ist das?« fragte sie neugierig. »Ein *Angreal*«, sagte Rand und drehte ihn auf seiner Hand um. »Einer, der nur bei Männern funktioniert. Ich fand ihn in der Großen Sammlung, als ich nach dieser Tür suchte. Des Schwertes wegen habe ich ihn aufgehoben, und dann wußte ich Bescheid. Falls Ihr euch also gefragt habe, wo ich die Macht hernehme, um uns alle – die Aiel, die Packtiere, jeden und alles – durchzutransportieren, dann habt Ihr hier die Antwort.«

»Rand«, sagte Egwene ängstlich, »ich bin ja sicher, daß du glaubst, das Richtige zu tun, aber bist du dir selbst sicher? Glaubst du wirklich, der *Angreal* sei stark genug? Ich weiß noch nicht einmal, ob es wirklich einer ist. Ich glaube dir, wenn du das sagst, aber die *Angreal* unterscheiden sich gewaltig. Jedenfalls diejenigen, die wir Frauen benützen. Manche sind erheblich stärker als andere, und Größe genau wie Form sagen dabei gar nichts.«

»Natürlich bin ich sicher«, log er. Er hatte keine Möglichkeit gehabt, seine Kraft zu überprüfen, jedenfalls nicht, was diese enormen Energiemengen betraf, ohne halb Tear wissen zu lassen, daß er etwas vorhatte. Doch er glaubte schon, daß es ausreichen werde. Und so klein, wie der *Angreal* war, würde ihn niemand im Stein vermissen, wenn man nicht gerade in der Sammlung Inventur machte. Ziemlich unwahrscheinlich.

»Ihr laßt *Callandor* zurück und bringt das hier dafür mit«, murmelte Moiraine. »Ihr scheint doch einiges vom Gebrauch der Portalsteine zu verstehen. Mehr, als ich geglaubt hätte.«

»Verin hat mir einiges beigebracht«, sagte er. Das stimmte, aber es war Lanfear gewesen, die ihm zuerst alles erklärt hatte. Er hatte sie damals als Selene gekannt, doch von all dem wollte er Moiraine genausowenig berichten wie von Lanfears Angebot, ihm zu helfen. Die Aes Sedai hatte die Neuigkeit, daß Lanfear aufgetaucht sei, selbst an ihrem normalen Verhalten gemessen etwas zu ruhig aufgenommen. Und sie hatte diesen abschätzenden Blick im Auge, als sehe sie ihn im Geist auf einer Waagschale.

»Seid vorsichtig, Rand al'Thor«, sagte sie mit dieser eisigen und doch melodiösen Stimme. »Jeder *Ta'veren* verändert das Muster auf die eine oder andere Art, aber ein *Ta'veren* von Eurer Macht könnte das Gewebe des Zeitalters für alle Ewigkeit zerreißen.«

Er wünschte, er kenne ihre Gedanken. Er wünschte auch, er wisse, was *sie* plante.

Die Aiel kamen mit ihren Mauleseln den Abhang herauf und bedeckten den ganzen Gipfel, als sie sich um ihn und den Portalstein versammelten. Sie standen Schulter an Schulter. Nur Moiraine und Egwene standen ein wenig abseits. Rhuarc nickte ihm zu, als wolle er sagen: Es ist soweit, nun liegt es in Eurer Hand.

Er nahm den glänzend grünen *Angreal* fest in die Hand. Der Gedanke kam ihm, den Aiel zu befehlen, ihre Packtiere zurückzulassen, aber er wußte nicht, ob er sie wirklich dazu bringen konnte, und wollte auch mit allen dort ankommen, allen das Gefühl geben, er habe seine Sache gut gemacht. In der Wüste könnte ihr Wohlwollen von entscheidender Bedeutung sein. Sie beobachteten ihn mit unbeeindruckten Gesichtern. Einige hatten ihre Gesichter allerdings verschleiert. Mat rollte nervös die Goldmark aus Tar Valon über seinen Handrücken und zwischen den Fingern hindurch, und Egwene stand der Schweiß auf der Stirn. Die beiden waren jedoch die einzigen, denen man die Angst anmerkte. Es hatte keinen Sinn, noch länger zu warten. Er mußte einfach schneller handeln, als ihm jeder zutraute.

Er hüllte sich ins Nichts ein und faßte nach der Wahren Quelle. Dieses kränklich flackernde Licht war auch wieder da, gleich hinter seiner Schulter. Die Macht erfüllte ihn, der Atem des Lebens, ein Wind, der Eichen entwurzeln konnte, eine Sommerbrise, die den Duft von Blüten mit sich brachte, den fauligen Gestank eines Misthaufens. Er schwebte im Leeren, hielt das blitzdurchzuckte Dreieck vor sich und faßte durch den *Angreal* hindurch. Tief sog er aus dem tobenden Strom *Saidins*. Er mußte alle mitbringen. Es mußte einfach gehen. Er hielt das Symbol fest, sog die Eine Macht in sich auf, ließ nicht los, bis er glaubte, platzen zu müssen. Und dann noch ein wenig. Und noch mehr.

Die Welt verschwand von einem Augenblick zum anderen.

VORBEMERKUNG ZUR DATIERUNG

Der Tomanische Kalender (von Toma dur Ahmid entworfen) wurde ungefähr zwei Jahrhunderte nach dem Tod des letzten männlichen Aes Sedai eingeführt. Er zählte die Jahre Nach der Zerstörung der Welt (NZ). Da aber die Jahre der Zerstörung und die darauf folgenden Jahre über fast totales Chaos herrschte und dieser Kalender erst gut hundert Jahre nach dem Ende der Zerstörung eingeführt wurde, hat man seinen Beginn völlig willkürlich gewählt. Am Ende der Trolloc-Kriege waren so viele Aufzeichnungen vernichtet worden, daß man sich stritt, in welchem Jahr der alten Zeitrechnung man sich überhaupt befand. Tiam von Gazar schlug die Einführung eines neuen Kalenders vor, der am Ende dieser Kriege einsetzte und die (scheinbare) Erlösung der Welt von der Bedrohung der Trollocs feierte. In diesem zweiten Kalender erschien jedes Jahr als sogenanntes Freies Jahr (FJ). Innerhalb der zwanzig auf das Kriegsende folgenden Jahre fand der Gazarenische Kalender weitgehend Anerkennung. Artur Falkenflügel bemühte sich, einen neuen Kalender durchzusetzen, der auf seiner Reichsgründung basierte (VG = Von der Gründung an), aber dieser Versuch ist heute nur noch den Historikern bekannt. Nach weitreichender Zerstörung, Tod und Aufruhr während des Hundertjährigen Krieges entstand ein vierter Kalender durch Uren din Jubai Fliegende Möwe, einen Gelehrten der Meerleute, und wurde von dem Panarchen Farede von Tarabon weiterverbreitet. Dieser Farede-Kalender zählt die Jahre der Neuen Ära (NÄ) von dem willkürlich angenommenen Ende des Hundertjährigen Kriegs an und ist während der geschilderten Ereignisse in Gebrauch.

A'dam (aidam): ein Gerät der Seanchan, mit dessen Hilfe man Frauen kontrollieren kann, die die Macht lenken. Er besteht aus einem Halsband und einem Armreif, die durch eine Leine miteinander verbunden sind. Alles besteht aus einem silbrigen Metall. Auf eine Frau, die mit der Einen Macht nichts anfangen kann, hat er keinen Einfluß (*siehe auch: Damane,* Seanchan, *Sul'dam*).

Adelin: eine Frau der Jindo-Septime der Taardad Aiel. Eine Tochter des Speers, die zum Stein von Tear kam.

Aes Sedai (Aies Sehdai): Träger der Einen Macht. Seit der Zeit des Wahnsinns sind alle überlebenden Aes Sedai Frauen. Man mißtraut ihnen und fürchtet, ja haßt sie. Viele geben ihnen die Schuld an der Zerstörung der Welt und allgemein glaubt man, sie mischten sich in die Angelegenheiten ganzer Staaten ein. Gleichzeitig aber findet man nur wenige Herrscher ohne Aes-Sedai-Berater, selbst in Ländern, wo schon die Existenz einer solchen Verbindung geheimgehalten werden muß. Nach einigen Jahren, in denen sie die Macht gebrauchen, beginnen die Aes Sedai, alterslos zu wirken, so daß auch eine Aes Sedai, die bereits Großmutter sein könnte, keine Alterserscheinungen zeigt, außer vielleicht ein paar grauen Haaren (*siehe auch:* Ajah; Amyrlin-Sitz).

Aiel (Aiiehl): die Bewohner der Aiel-Wüste. Gelten als wild und zäh. Man nennt sie auch Aielmänner. Vor dem Töten verschleiern sie ihre Gesichter. Das führte zu der Redensart: ›Er benimmt sich wie ein Aiel mit schwarzem Schleier‹, um einen gewalttätigen Menschen zu beschreiben. Sie nehmen kein Schwert in die Hand, sind aber tödliche Krieger, ob mit Waffen oder nur mit bloßen Händen. Während sie in die Schlacht ziehen, spielen ihre Spielleute Tanzmelodien auf. Die Aielmänner benützen für die Schlacht das Wort ›der Tanz‹ und ›der Tanz der Speere‹ (*siehe auch:* Aiel-Kriegergemeinschaften; Aiel-Wüste).

Aielkrieg (976–78 NÄ): Als König Laman von Cairhien den *Avendoraldera* fällte, überquerten mehrere Clans der Aiel das Rückgrat der Welt. Sie eroberten und brandschatzten die Hauptstadt Cairhien und viele andere kleine und große Städte im Land. Der Konflikt weitete sich schnell nach Andor und Tear aus. Im allgemeinen glaubt man, die Aiel seien in der Schlacht, an der Leuchtenden Mauer vor Tar Valon endgültig besiegt worden, aber in Wirklichkeit fiel König Laman in dieser Schlacht und die Aiel, die damit ihr Ziel erreicht hatten, kehrten über das Rückgrat der Welt in ihre Heimat zurück (*siehe auch: Avendoraldera,* Cairhien).

Aiel-Kriegergemeinschaften: Alle Aiel-Krieger sind Mitglieder einer der Kriegergemeinschaften. Es gibt z. B. die Steinsoldaten, die Roten Schilde oder die Töchter des Speers. Jede Gemeinschaft hat eigene Gebräuche und manchmal auch ganz bestimmte Pflichten. Zum Beispiel fungieren die Roten Schilde als Polizei. Steinsoldaten schwören oftmals, sich nicht zurückzuziehen, wenn einmal eine Schlacht begonnen hat. Um diesen Eid zu erfüllen, sterben sie, wenn nötig, bis auf den letzten Mann. Die Clans der Aiel bekämpfen sich auch gelegentlich untereinander, aber Mitglieder der gleichen Gemeinschaft kämpfen nicht gegeneinander, selbst wenn ihre Clans im Krieg miteinander liegen. So gibt es jederzeit, sogar während einer offenen kriegerischen Auseinandersetzung, Kontakt zwischen den Clans (*siehe auch:* Aiel-Wüste, *Far Dareis Mai*).

Aiel-Wüste: das rauhe, zerrissene und fast wasserlose

Gebiet östlich des Rückgrats der Welt. Nur wenige Außenseiter wagen sich dorthin, nicht nur, weil es für jemanden, der nicht dort geboren wurde, fast unmöglich ist, Wasser zu finden, sondern auch, weil die Aiel sich im ständigen Kriegszustand mit allen anderen Völkern befinden und keine Fremden mögen. Nur fahrende Händler, Gaukler und die Tuatha'an dürfen sich in die Wüste begeben, und sogar ihnen gegenüber sind die Kontakte eingeschränkt. Es sind keine Landkarten der Wüste bekannt.

Aile Jafar (Ajel Jahfar): eine Inselgruppe des Meervolks ungefähr westlich von Tarabon.

Aile Somera: eine Inselgruppe des Meervolks ungefähr westlich der Toman-Halbinsel.

Ajah: Gesellschaftsgruppen unter den Aes Sedai. Jede Aes Sedai gehört einer solchen Gruppe an. Sie unterscheiden sich durch ihre Farben: Blaue Ajah, Rote Ajah, Weiße Ajah, Grüne Ajah, Braune Ajah, Gelbe Ajah und Graue Ajah. Jede Gruppe folgt ihrer eigenen Auslegung in bezug auf die Anwendung der Einen Macht und die Existenz der Aes Sedai. Zum Beispiel setzen die Roten Ajah all ihre Kraft dazu ein, Männer zu finden und zu beeinflussen, die versuchen, die Macht auszuüben. Eine Braune Ajah andererseits leugnet alle Verbindung zur Außenwelt und verschreibt sich ganz der Suche nach Wissen. Die Weißen Ajah meiden soweit wie möglich die Welt und das weltliche Wissen und widmen sich Fragen der Philosophie und Wahrheitsfindung. Die Grünen Ajah (die man während der Trolloc-Kriege auch Kampf-Ajah nannte) stehen bereit, jeden neuen Schattenlord zu bekämpfen, wenn Tarmon Gai'don naht. Es gibt Gerüchte über eine Schwarze Ajah, die dem Dunklen König dient.

Alanna Mosvani: eine Aes Sedai der Grünen Ajah.

al'Meara, Nynaeve (Almehra, Nainiev): eine Frau aus

Emondsfeld im Distrikt der Zwei Flüsse in Andor. Sie gehört jetzt zu den Aufgenommenen.

Alte Sprache, die: die vorherrschende Sprache während des Zeitalters der Legenden. Man erwartet im allgemeinen von Adligen und anderen gebildeten Menschen, daß sie diese Sprache erlernt haben. Die meisten aber kennen nur ein paar Worte. Eine Übersetzung stößt oft auf Schwierigkeiten, da sehr häufig Wörter oder Ausdrucksweisen mit vielschichtigen, subtilen Bedeutungen vorkommen.

al'Thor, Rand: ein junger Mann aus Emondsfeld, ein Ta'veren, der einst Schäfer war und nun zum Wiedergeborenen Drachen ausgerufen wurde.

al'Thor, Tam: ein Bauer und Schäfer von den Zwei Flüssen. Als junger Mann zog er aus, um Soldat zu werden. Er kehrte später mit seiner Frau (Kari, mittlerweile verstorben) und einem Kind (Rand) zurück nach Emondsfeld.

Alteima: eine Hochlady aus Tear. Sie ist sehr ehrgeizig und um die Gesundheit ihres Mannes besorgt.

al'Vere, Egwene (Alwier, Egwain): eine junge Frau aus Emondsfeld, die in der Ausbildung zur Aes Sedai steht und mittlerweile zur Aufgenommenen erhoben wurde.

Alviarin: eine Aes Sedai von den Weißen Ajah.

Amyrlin-Sitz, der: (1.) Titel der Führerin der Aes Sedai. Auf Lebenszeit vom Turmrat, dem höchsten Gremium des Aes Sedai, gewählt; dieser besteht aus je drei Abgeordneten (Sitzende genannt, wie z. B. in ›Sitzende der Grünen‹ ...) der sieben Ajahs. Der Amyrlin-Sitz hat, jedenfalls theoretisch, unter den Aes Sedai beinahe uneingeschränkte Macht. Er hat in etwa den Rang einer Königin. Etwas weniger formell ist die Bezeichnung: die Amyrlin. (2.) Thron der Führerin der Aes Sedai.

Amys: die Weise Frau der Kaltfelsenfestung. Sie ist eine Traumgängerin, eine Aiel der Neun-Täler-Septime der Taardad Aiel. Verheiratet mit Rhuarc, Schwesterfrau der Lian, der Dachherrin der Kaltfelsenfestung, und Schwestermutter der Aviendha.

Angreal: ein Überbleibsel aus dem Zeitalter der Legenden. Es erlaubt einer Person, die die Eine Macht lenken kann, einen stärkeren Energiefluß zu meistern, als das sonst ohne Hilfe und ohne Lebensgefahr möglich ist. Einige wurden zur Benützung durch Frauen hergestellt, andere für Männer. Gerüchte über *Angreal,* die von beiden Geschlechtern benützt werden können, wurden nie bestätigt. Es ist heute nicht mehr bekannt, wie sie angefertigt wurden. Es existieren nur noch sehr wenige (*siehe auch: sa'Angreal, ter'Angreal*).

Arad Doman: Land und Nation am Aryth-Meer. Im Augenblick durch einen Bürgerkrieg und gleichzeitig ausgetragene Kriege gegen die Anhänger des Wiedergeborenen Drachen und gegen Tarabon zerrissen. Die meisten Kaufleute der Domani sind Frauen. Es gibt eine Redensart: ›Laß einen Mann mit einer Domani feilschen.‹ Sie steht für eine äußerst törichte Handlungsweise. Domani-Frauen sind berühmt und berüchtigt für ihre Schönheit, Verführungskunst und für ihre skandalös-offenherzige Kleidung.

Aram: ein gut aussehender junger Mann der Tuatha'an.

Atha'an Miere: siehe Meervolk, Meerleute.

Aufgenommene: junge Frauen in der Ausbildung zur Aes Sedai, die eine bestimmte Stufe erreicht und einige Prüfungen bestanden haben. Normalerweise braucht man ca. fünf bis zehn Jahre, um von der Novizin zur Aufgenommenen erhoben zu werden. Die Aufgenommenen sind in ihrer Bewegungsfreiheit weniger eingeschränkt als die Novizinnen, und es ist ihnen innerhalb bestimmter Grenzen sogar erlaubt, eigene Studiengebiete zu wählen. Eine Aufgenommene hat das Recht, einen Großen Schlangenring zu tragen, aber nur am dritten Finger ihrer linken Hand. Wenn eine Aufgenommene zur Aes Sedai erhoben wird, wählt sie ihre Ajah, erhält das Recht, deren Stola zu tragen, und darf den Ring an jedem Finger oder auch gar nicht tragen, je nachdem, was die Umstände von ihr verlangen.

Avendesora: in der alten Sprache der Baum des Lebens. Wird in vielen Geschichten und Legenden erwähnt, die ihn an ganz unterschiedlichen Orten ansiedeln.

Avendoraldera: ein in Cairhien aus einem *Avendesora*-Keim gezogener Baum. Der Keimling war ein Geschenk der Aiel im Jahre 566 NÄ. Es gibt aber keinen zuverlässigen Bericht über eine Verbindung zwischen den Aiel und *Avendesora* (*siehe auch:* Aielkrieg).

Aviendha (Awi-enda): eine Frau aus dem Bitteres-Wasser-Clan der Taardad Aiel; eine *Far Dareis Mai* – also eine Tochter des Speers.

Aybara, Perrin: ein junger Mann aus Emondsfeld, der früher Gehilfe eines Hufschmieds war. Er ist *ta'veren* (*siehe auch: Ta'veren*).

Ba'alzamon: in der Trolloc-Sprache ›Herz der Dunkelheit‹. Es wird fälschlich angenommen, dies sei der Trolloc-Name für den Dunklen König (*siehe auch:* Dunkler König; Trollocs).

Bain: eine Frau der Schwarzfelsen-Septime der Shaarad Aiel; eine Tochter des Speers.

Bair: Weise Frau der Haido-Septime der Shaarad Aiel; eine Traumgängerin.

Behüter: ein Krieger, der einer Aes Sedai zugeschworen ist. Das geschieht mit Hilfe der Einen Macht, und er gewinnt dadurch Fähigkeiten wie schnelles Heilen von Wunden, er kann lange Zeiträume ohne Wasser, Nahrung und Schlaf auskommen und den Einfluß des Dunklen Königs auf größere Entfernung spüren. Solange er am Leben ist, weiß die mit ihm verbundene Aes Sedai, daß er lebt, auch wenn er noch so weit entfernt ist, und sollte er sterben, dann weiß sie den genauen Zeitpunkt und auch den Grund seines Todes. Allerdings weiß sie nicht, wie weit von ihr entfernt er sich befindet oder in welcher Richtung. Die meisten Ajahs gestatten einer Aes Sedai den Bund mit nur einem Behüter. Die Roten Ajah allerdings lehnen die Behüter für sich selbst ganz ab, während die Grünen Ajah eine Verbindung mit so vielen Behütern gestatten, wie die Aes Sedai es wünscht. An sich muß der Behüter der Verbindung freiwillig zur Verfügung stehen, es gab jedoch auch Fälle, in denen der Krieger dazu gezwungen wurde. Welche Vorteile die Aes Sedai aus der Verbindung ziehen, wird von ihnen als streng gehütetes Geheimnis behandelt (*siehe auch:* Aes Sedai).

Berelain sur Paendrag: die Erste von Mayene, Gesegnete des Lichts, Verteidiger der Wogen, Hochsitz des Hauses Paeron. Eine schöne und willensstarke junge Frau und eine geschickte Herrscherin. Sie bekommt gewöhnlich, was sie will, was es sie auch koste, und sie hält immer ihr Wort (*siehe auch:* Mayene).

Birgitte: legendäre Heldin, sowohl ihrer Schönheit wegen wie auch ihres Mutes und ihres Geschicks als Bogenschütze halber berühmt. Sie trug einen silbernen Bogen, und ihre silbernen Pfeile verfehlten nie ihr Ziel. Eine aus der Gruppe von Helden, die herbeigerufen werden, wenn das Horn von Valere geblasen wird. Sie wird immer in Verbindung mit dem heldenhaften Schwertkämpfer Gaidal Cain genannt (*siehe auch:* Cain, Gaidal; Horn von Valere).

Bornhald, Dain: ein Hauptmann der Kinder des Lichts.

Byar, Jaret: ein Offizier der Kinder des Lichts.

Cadin'sor: Uniform der Aielsoldaten: Mantel und Hose in Braun und Grau, so daß sie sich kaum von

Felsen oder Schatten abheben. Dazu gehören weiche, bis zum Knie hoch geschnürte Stiefel. In der Alten Sprache ›Arbeitskleidung‹.

Caemlyn: Die Hauptstadt von Andor.

Cain, Gaidal: Legendärer heldenhafter Schwertkämpfer, immer in Verbindung mit Birgitte erwähnt. Er soll genauso gut ausgesehen haben, wie sie schön war. Man sagte ihm nach, er sei unbesiegbar, solange seine Füße auf Heimaterde stehen. Einer der durch das Horn von Valere zurückgerufenen Helden (*siehe auch:* Birgitte; Horn von Valere).

Cairhien: sowohl eine Nation am Rückgrat der Welt wie auch die Hauptstadt dieser Nation. Die Stadt wurde im Aielkrieg (976–978 NÄ) wie so viele andere Städte und Dörfer niedergebrannt und geplündert. Als Folge wurde sehr viel Agrarland in der Nähe des Rückgrats der Welt aufgegeben, so daß seither große Mengen Getreide importiert werden müssen. Auf den Mord an König Galldrian (998 NÄ) folgten ein Bürgerkrieg unter den Adelshäusern um die Nachfolge auf dem Sonnenthron, die Unterbrechung der Lebensmittellieferungen und eine Hungersnot. Im Wappen führt Cairhien eine goldene Sonne mit vielen Strahlen, die sich vom unteren Rand eines himmelblauen Feldes erhebt.

Callandor: ›Das Schwert, das kein Schwert ist‹ oder ›Das unberührbare Schwert‹. Ein Kristallschwert, das im Stein von Tear aufbewahrt wurde in einem Raum, der den Namen ›Herz des Steins‹ trägt. Es ist ein äußerst mächtiger *Sa'Angreal,* der von einem Mann benützt werden muß. Keine Hand kann es berühren, außer der des Wiedergeborenen Drachen. Den Prophezeiungen des Drachen nach war eines der wichtigsten Zeichen für die erfolgte Wiedergeburt des Drachen und das Nahen von Tarmon Gai'don, daß der Drache den Stein von Tear einnahm und *Callandor* in seinen Besitz brachte (*siehe* *auch:* Wiedergeborener Drache; *Sa'Angreal;* Stein von Tear).

Carridin, Jaichim: ein Inquisitor der Hand des Lichts, also ein hoher Offizier der Kinder des Lichts.

Cauthon, Abell: ein Bauer von den Zwei Flüssen, Vater des Matrim Cauthon. Frau: Natti. Töchter: Eldrin und Bodewhin, Bode genannt.

Cauthon, Matrim (Mat): ein junger Mann aus Emondsfeldain den Zwei Flüssen. Er ist *ta'veren.*

Chaendaer (Kayendär): ein Berg in der Aiel-Wüste über dem Tal von Rhuidean (*siehe auch:* Aielwüste; Rhuidean).

Chiad: eine Frau der Steinfluß-Septime der Goshien Aiel, die eine Blutfehde mit den Shaarad Aiel austragen; eine Tochter des Speers.

Chronik, Behüter der: Unter den Aes Sedai ist dies die Stellvertreterin des Amyrlin-Sitzes. Sie fungiert auch als deren Sekretärin. Sie wird von der Vollversammlung auf Lebenszeit gewählt und kommt gewöhnlich aus der gleichen Ajah wie die Amyrlin (*siehe auch:* Amyrlin-Sitz; Ajah).

Congar, Daise: Eine Frau von den Zwei Flüssen, jetzt Seherin von Emondsfeld. Ehemann: Wit.

Couladin: ein ehrgeiziger Mann aus der Domai-Septime der Shaido Aiel. Seine Kriegergemeinschaft heißt *Seia Doon,* die Schwarzen Augen.

Cuendillar: eine unzerstörbare Substanz, die im Zeitalter der Legenden erschaffen wurde. Jede Energie, die darauf angewandt wird, sie zu zerstören, wird absorbiert und macht sie nur noch stärker. Auch als Herzstein bekannt.

dämpfen (einer Dämpfung unterziehen): Wenn ein Mensch die Anlage zeigt, die Eine Macht zu beherrschen, müssen die Aes Sedai seine Kräfte ›dämpfen‹, also komplett unterdrücken, da er sonst wahnsinnig wird, vom Verderben der *Saidin* bzw. *Saidar* getroffen, und möglicherweise schreckliches Unheil mit seinen Kräften anrichten wird. Ein Mensch, der einer Dämpfung unterzogen wurde, kann die Eine Macht immer noch spüren, sie aber nicht mehr benützen. Wenn vor der Dämpfung eines Mannes der beginnende Wahnsinn eingesetzt hat, kann er durch den Akt der Dämpfung aufgehalten, jedoch nicht geheilt werden. Hat die Dämpfung früh genug stattgefunden, kann das Leben des Mannes gerettet werden. Dämpfungen bei Frauen sind so selten gewesen, daß man von den Novizinnen der Weißen Burg verlangt, die Namen und Verbrechen aller auswendig zu lernen, die jemals diesem Akt unterzogen wurden. Die Aes Sedai dürfen eine Frau nur dann einer Dämpfung unterziehen, wenn diese in einem Gerichtsverfahren eines Verbrechens überführt wurde. Eine unbeabsichtigte oder durch einen Unfall herbeigeführte Dämpfung wird auch als ›Ausbrennen‹ bezeichnet.

Damane: in der Alten Sprache: ›die Gefesselten‹. Frauen, die die Eine Macht lenken können, werden mit Hilfe eines *A'dam* unter Kontrolle gehalten und von den Seanchan zu verschiedenen Zwecken benutzt, vor allem als Wunderwaffen im Krieg. Im ganzen Reich von Seanchan werden jedes Jahr junge Frauen geprüft, bis hin zu dem Alter, in dem sich die Gabe, die Macht gebrauchen zu können, in jedem Fall bereits gezeigt hätte. Genauso wie junge Männer mit diesem Talent (die hingerichtet werden), werden die *Damane* aus den Familienbüchern und allen Bürgerlisten des Reichs gestrichen. Sie hören auf, als eigenständige Menschen zu existieren. Frauen, die dieses Talent besitzen, aber noch nicht zu *Damane* gemacht wurden, nennt man *Marath'Damane,* ›die gefesselt werden müssen‹ (*Siehe auch: A'dam;* Seanchan; *Sul'dam*).

Damodred, Lord Galadedrid: der einzige Sohn von Taringail Damodred und Tigraine; Halbbruder von

Elayne und Gawyn. Im Wappen führt er ein geflügeltes, silbernes Schwert, das nach unten zeigt.

Diener, Saal der: Im Zeitalter der Legenden war dies der große Versammlungsraum aller Aes Sedai.

din Jubai Wilde Winde, Coine (dihn Jubai Koehn): eine Frau der Atha'an Miere, der Meerleute; Segelherrin des Klippers *Wogentänzer.* Schwester der Jorin.

din Jubai Weiße Schwinge, Jorin: eine Frau der Atha'an Miere, der Meerleute; Windsucherin des Klippers *Wogentänzer.* Schwester der Coine.

Domon, Bayle: in Illian geborener Schiffskapitän, einst Gefangener der Seanchan, jetzt erfolgreich als Schmuggler zwischen den von Kriegen zerrissenen Nationen Tarabon und Arad Doman. Er sammelt Altertümer und ist ein Mann, der immer seine Schulden bezahlt.

Drache, der: Ehrenbezeichnung für Lews Therin Telamon während des Schattenkriegs. Als der Wahnsinn alle männlichen Aes Sedai befiel, tötete Lews Therin alle Personen, die etwas von seinem Blut in sich trugen, und jede Person, die er liebte. So bezeichnete man ihn anschließend als Brudermörder (*siehe auch:* Hundert Gefährten; Wiedergeborener Drache, Prophezeiungen des Drachen).

Drache, falscher: Manchmal behaupten Männer, der Wiedergeborene Drache zu sein, und manch einer davon gewinnt so viele Anhänger, daß eine Armee notwendig ist, um ihn zu besiegen. Einige davon haben schon Kriege begonnen, in die viele Nationen verwickelt wurden. In den letzten Jahrhunderten waren die meisten falschen Drachen nicht in der Lage, die Eine Macht richtig anzuwenden, aber es gab doch ein paar, die das konnten. Alle jedoch verschwanden entweder, oder wurden gefangen oder getötet, ohne eine der Prophezeiungen erfüllen zu können, die sich um die Wiedergeburt des Drachen ranken. Diese Männer nennt man falsche Drachen. Unter jenen, die die Eine Macht lenken konnten, waren Raolin Dunkelbann (335–36 NZ), Yurian Steinbogen (ca. 1300–1308 NZ), Davian (FJ 351), Guaire Amalasan (FJ 939–43) und Logain (997 NÄ) (*siehe auch:* Wiedergeborener Drache; Krieg des Zweiten Drachen).

Dunkler König: gebräuchlichste Bezeichnung, in allen Ländern verwendet, für Shai'tan: die Quelle des Bösen, Antithese des Schöpfers. Im Augenblick der Schöpfung wurde er vom Schöpfer in ein Verlies am Shayol Ghul gesperrt. Ein Versuch, ihn aus diesem Kerker zu befreien, führte zum Schattenkrieg, dem Verderben der *Saidin,* der Zerstörung der Welt und dem Ende des Zeitalters der Legenden.

Dunklen König nennen, den: Wenn man den wirklichen Namen des Dunklen Königs erwähnt (Shai'tan), zieht man seine Aufmerksamkeit auf sich, was unweigerlich dazu führt, daß man Pech hat oder schlimmstenfalls eine Katastrophe erlebt. Aus diesem Grund werden viele Euphemismen verwendet, wie z.B. der Dunkle König, der Vater der Lügen, der Sichtblender, der Herr der Gräber, der Schäfer der Nacht, Herzensbann, Herzfang, Grasbrenner und Blattverderber. Jemand, der das Pech anzuziehen scheint, ›nennt den Dunklen König‹.

Egeanin: Kapitän eines Seanchan-Schiffes in geheimer Mission.

Eide, Drei: die Eide, die eine Aufgenommene ablegen muß, um zur Aes Sedai erhoben zu werden. Sie werden gesprochen, während die Aufgenommene eine Eidesrute in der Hand hält. Das ist ein *Ter'Angreal,* der sie an die Eide bindet. Sie muß schwören, daß sie (1) kein unwahres Wort ausspricht, (2) keine Waffe herstellt, mit der Menschen andere Menschen töten können, und (3) daß sie niemals die Eine Macht als Waffe verwendet, außer gegen Abkömmlinge des Schattens oder um ihr Leben oder das ihres Behüters oder einer anderen Aes Sedai in höchster Not zu verteidigen. Diese Eide waren früher nicht zwingend vorgeschrieben, doch nach verschiedenen Geschehnissen vor und nach der Zerstörung hielt man sie für notwendig. Der zweite Eid war ursprünglich der erste und kam als Reaktion auf den Krieg um die Macht. Der erste Eid wird wörtlich eingehalten, aber oft geschickt umgangen, indem man eben nur einen Teil der Wahrheit ausspricht. Man glaubt allgemein, daß der zweite und dritte nicht zu umgehen sind.

Eine Macht, die: die Kraft aus der Wahren Quelle. Die große Mehrheit der Menschen ist absolut unfähig zu lernen, wie man die Eine Macht anwendet. Eine sehr geringe Anzahl von Menschen kann die Anwendung erlernen, und noch weniger besitzen diese Fähigkeit von Geburt an. Diese wenigen müssen ihren Gebrauch nicht lernen, denn sie werden die Wahre Quelle berühren und die Eine Macht benützen, ob sie wollen oder nicht, vielleicht sogar, ohne zu merken, was sie tun. Diese angeborene Fähigkeit taucht meist zuerst während der Pubertät auf. Wenn man dann nicht die Kontrolle darüber erlernt – durch Lehrer oder auch ganz allein (äußerst schwierig, die Erfolgsquote liegt bei eins zu vier) –, ist die Folge der sichere Tod. Seit der Zeit des Wahns hat kein Mann gelernt, die Eine Macht kontrolliert anzuwenden, ohne dabei auf die Dauer auf schreckliche Art dem Wahnsinn zu verfallen. Selbst wenn er in gewissem Maß die Kontrolle erlangt hat, stirbt er an einer Verfallskrankheit, bei der er lebendigen Leibs verfault. Auch diese Krankheit wird, genau wie der Wahnsinn, von dem Verderben hervorgerufen, das der Dunkle König über die *Saidin* brachte (*siehe auch:* Zeit des Wahns, die Wahre Quelle).

Elaida: eine Aes Sedai von den Roten Ajah; vormals

Ratgeberin der Königin Morgase von Andor. Sie kann manchmal die Zukunft vorhersagen.

Elayne: Königin Morgases Tochter, die Tochter-Erbin des Throns von Andor. Sie befindet sich in der Ausbildung zur Aes Sedai und gehört mittlerweile zu den Aufgenommenen. Sie führt im Wappen eine goldene Lilie.

Fäule: *siehe* Große Fäule.

Faile (Faiehl): in der Alten Sprache: ›Falke‹. Der Name wurde von Zarine Baschere angenommen, einer jungen Frau aus Saldaea.

Falkenflügel, Artur: ein legendärer König (Artur Paendrag Tanreall, 943–994 FJ), der alle Länder westlich des Rückgrats der Welt und einige von jenseits der Aiel-Wüste einte. Er sandte sogar eine Armee über das Aryth-Meer, doch verlor man bei seinem Tod, der den Hundertjährigen Krieg auslöste, jeden Kontakt mit diesen Soldaten. Er führte einen fliegenden goldenen Falken im Wappen (*siehe auch:* Hundertjähriger Krieg).

Far Dareis Mai: wörtlich ›Töchter des Speers‹. Eine von mehreren Kriegergemeinschaften der Aiel. Anders als bei den übrigen werden ausschließlich Frauen aufgenommen. Sollte sie heiraten, darf eine Frau nicht Mitglied bleiben. Während einer Schwangerschaft darf ein Mitglied nicht kämpfen. Jedes Kind eines Mitglieds wird von einer anderen Frau aufgezogen, so daß niemand mehr weiß, wer die wirkliche Mutter war. (›Du darfst keinem Manne angehören, und kein Mann oder Kind darf dir angehören. Der Speer ist dein Liebhaber, dein Kind und dein Leben.‹) Diese Kinder sind hoch angesehen, denn es wurde prophezeit, daß ein Kind einer Tochter des Speers die Clans vereinen und zu der Bedeutung zurückführen wird, die sie im Zeitalter der Legenden besaßen (*siehe auch:* Aiel-Kriegergemeinschaften).

Flamme von Tar Valon: das Symbol für Tar Valon und die Aes Sedai. Die stilisierte Darstellung einer Flamme: eine weiße, nach oben gerichtete Träne.

Fünf Mächte, die: Das sind die Stränge der Einen Macht, und jede Person, die die Eine Macht anwenden kann, wird einige dieser Stränge besser als die anderen handhaben können. Diese Stränge nennt man nach den Dingen, die man durch ihre Anwendung beeinflussen kann: Erde, Luft, Feuer, Wasser, Geist – die Fünf Mächte. Wer die Eine Macht anwenden kann, beherrscht gewöhnlich einen oder zwei dieser Stränge besonders gut und hat Schwächen in der Anwendung der übrigen. Einige wenige beherrschen auch drei davon, aber seit dem Zeitalter der Legenden gab es niemand mehr, der alle fünf in gleichem Maße beherrschte. Und auch dann war das eine große Seltenheit. Das Maß, in dem diese Stränge beherrscht werden und Anwendung finden, ist individuell ganz verschieden; einzelne dieser Personen sind sehr viel stärker als die anderen. Wenn man bestimmte Handlungen mit Hilfe der Einen Macht vollbringen will, muß man einen oder mehrere bestimmte Stränge beherrschen. Wenn man beispielsweise ein Feuer entzünden oder beeinflussen will, braucht man den Feuer-Strang; will man das Wetter ändern, muß man die Bereiche Luft und Wasser beherrschen, während man für Heilungen Wasser und Geist benutzen muß. Während Männer und Frauen in gleichem Maße den Geist beherrschten, war das Talent in bezug auf Erde und/oder Feuer besonders oft bei Männern ausgeprägt und das für Wasser und/oder Luft bei Frauen. Es gab Ausnahmen, aber trotzdem betrachtete man Erde und Feuer als die männlichen Mächte, Luft und Wasser als die weiblichen.

Gaidin: wörtlich ›Bruder der Schlacht‹. Ein Titel, den

die Aes Sedai den Behütern verleihen (*siehe auch:* Behüter).

Galad: *siehe* Damodred, Lord Galadedrid.

Gaukler: fahrende Märchenerzähler, Musikanten, Jongleure, Akrobaten und Alleinunterhalter. Ihr Abzeichen ist die aus bunten Flicken zusammengesetzte Kleidung. Sie besuchen vor allem Dörfer und Kleinstädte, da in den größeren Städten schon zuviel andere Unterhaltung geboten wird.

Gaul: ein Aiel aus der Imran-Septime der Shaarad, die eine Blutfehde mit den Goshien austragen. Ein *Shae'en M'taal,* also ein Steinsoldat.

Gawyn: Sohn der Königin Morgase, Bruder von Elayne, der bei Elaynes Thronbesteigung Erster Prinz des Schwertes wird. Er führt einen weißen Keiler im Wappen.

Gewichtseinheiten: 10 Unzen = 1 Pfund; 10 Pfund = 1 Stein; 10 Steine = 1 Zentner; 10 Zentner = 1 Tonne.

Gelb, Floran: ein früherer Seemann, der allen Grund hat, Bayle Domon zu meiden.

Grauer Mann: jemand, der freiwillig seine oder ihre Seele dem Schatten geopfert hat und ihm nun als Attentäter dient. Graue Männer sehen so unauffällig aus, daß man sie sehen kann, ohne sie wahrzunehmen. Die große Mehrheit der Grauen Männer sind tatsächlich Männer, aber es gibt darunter auch einige Frauen. Sie werden auch die ›Seelenlosen‹ genannt.

Grenzlande: die an die Große Fäule angrenzenden Nationen: Saldaea, Arafel, Kandor und Schienar.

Grimme, der alte: *siehe* Dunkler König, Wilde Jagd.

Große Fäule: eine Region im hohen Norden, die durch den Dunklen König vollständig verdorben wurde. Sie stellt eine Zuflucht für Trollocs, Myrddraal und andere Kreaturen des Dunklen Königs dar.

Großer Herr der Dunkelheit: Diese Bezeichnung verwenden die Schattenfreunde für den Dunklen

König. Sie behaupten, es sei Blasphemie, seinen wirklichen Namen zu benützen.

Große Jagd nach dem Horn, die: ein Zyklus von Erzählungen über die legendäre Suche nach dem Horn von Valere in den Jahren zwischen dem Ende der Trolloc-Kriege und dem Beginn des Hundertjährigen Kriegs. Um sie vollständig zu erzählen, benötigt man viele Tage (*siehe auch:* Horn von Valere).

Große Schlange: ein Symbol für die Zeit und die Ewigkeit, das schon uralt war, bevor das Zeitalter der Legenden begann. Es zeigt eine Schlange, die ihren eigenen Schwanz verschlingt. Man verleiht einen Ring in der Form der Großen Schlange an Frauen, die unter den Aes Sedai zu Aufgenommenen erhoben werden.

Haid: Flächenmaß zur Vermessung von Land; etwa 100 x 100 Schritte.

Hochlords von Tear: Die Hochlords von Tear regieren als Rat diesen Staat, der weder König noch Königin aufweist. Ihre Anzahl steht nicht fest. Im Laufe der Jahre hat es Zeiten gegeben, wo nur sechs Hochlords regierten, aber auch zwanzig kamen bereits vor. Man darf sie nicht mit den Landherren verwechseln, niedrigeren Adeligen in den ländlichen Bezirken Tears.

Horn von Valere: das legendäre Ziel der Großen Jagd nach dem Horn. Man nimmt an, das Horn könne tote Helden zum Leben erwecken, damit sie gegen den Schatten kämpfen. Eine neue Jagd nach dem Horn wurde ausgerufen, und die Jäger haben in Illian ihren Jägereid abgelegt.

Hundert Gefährten: hundert männliche Aes Sedai, ausgewählt aus den mächtigsten des Zeitalters der Legenden, die – von Lews Therin Telamon geführt – den letzten Angriff durchführten und den Schattenkrieg beendeten, indem sie den Dunklen König erneut in seinen Kerker sperrten und diesen versiegelten. Der Gegenangriff verdarb die *Saidin;* die Hundert Gefährten verfielen dem Wahnsinn und begannen die Zerstörung der Welt (*siehe auch:* Zeit des Wahns, Zerstörung der Welt, Wahre Quelle, Eine Macht).

Hundertjähriger Krieg: eine Reihe sich überschneidender Kriege, geprägt von sich ständig verändernden Bündnissen, ausgelöst durch den Tod von Artur Falkenflügel und die darauf folgenden Auseinandersetzungen um seine Nachfolge. Er dauerte von 994 FJ bis 1117 FJ. Der Krieg entvölkerte weite Landstriche zwischen dem Aryth-Meer und der Aiel-Wüste, zwischen dem Meer der Stürme und der Großen Fäule. Die Zerstörungen waren so schwerwiegend, daß über diese Zeit nur noch fragmentarische Berichte vorliegen. Das Reich Artur Falkenflügels zerfiel, und die heutigen Staaten bildeten sich heraus (*siehe auch:* Falkenflügel, Artur.

Illian: ein großer Hafen am Meer der Stürme, Hauptstadt der gleichnamigen Nation. Im Wappen von Illian findet man neun goldene Bienen auf dunkelgrünem Feld.

Isendre: eine schöne, geheimnisvolle Frau, die durch die Aielwüste reist.

Kadere, Hadnan: Ein fahrender Händler im Gebiet der Aiel-Wüste. Ein Mann, der zu verkaufen versteht, sofern der Preis stimmt.

Kaf: ein Getränk der Seanchan, das schwarz gebraut und dampfend heiß getrunken wird. Es wird gelegentlich, aber keineswegs immer gesüßt. Ein anregendes Getränk.

Keille Shaogi: *siehe* Shaogi, Keille.

Kinder des Lichts: eine Gemeinschaft von Asketen, die sich den Sieg über den Dunklen König und die Vernichtung aller Schattenfreunde zum Ziel gesetzt hat. Die Gemeinschaft wurde während des Hundertjährigen Kriegs von Lothair Mantelar gegründet, um gegen die ansteigende Zahl der Schattenfreunde als Prediger anzugehen. Während des Kriegs entwickelte sich daraus eine vollständige militärische Organisation, extrem streng ideologisch ausgerichtet und fest im Glauben, nur sie dienten der absoluten Wahrheit und dem Recht. Sie hassen die Aes Sedai und halten sie sowie alle, die sie unterstützen oder sich mit ihnen befreunden, für Schattenfreunde. Sie werden geringschätzig Weißmäntel genannt. Im Wappen führen sie eine goldene Sonne mit Strahlen auf weißem Feld.

Krieg des Zweiten Drachen: der Krieg der Jahre 939–943 FJ gegen den falschen Drachen Guaire Amalasan. Während dieses Kriegs erlangte ein junger König namens Artur Tanreall Paendrag, später als Artur Falkenflügel bekannt, großen Ruhm.

Krieg um die Macht: *siehe* Schattenkrieg.

Längenmaße: 10 Finger = 3 Hände = 1 Fuß; 3 Fuß = 1 Schritt; 2 Schritte = 1 Spanne; 1000 Spannen = 1 Meile.

Lan; al'Lan Mandragoran: ein Behüter, der Moiraine zugeschworen wurde. Ungekrönter König von Malkier, Dai Shan (Kriegsherr) und der letzte Überlebende Lord von Malkier (*siehe auch:* Behüter, Moiraine, Malkier).

Lanfear: in der Alten Sprache ›Tochter der Nacht‹. Eine der Verlorenen, vielleicht sogar die mächtigste neben Ishamael. Im Gegensatz zu den anderen Verlorenen wählte sie ihren Namen selbst. Man sagt von ihr, sie habe Lews Therin Telamon geliebt und seine Frau Ilyena gehaßt (*siehe auch:* Verlorene; Drache).

Laras: Herrin der Küche in der Weißen Burg, dem Zentrum der Macht der Aes Sedai in Tar Valon. Eine Frau von überraschend großem Wissen und einer schockierenden Vergangenheit.

Leane: eine Aes Sedai der Blauen Ajah und Behüterin der Chronik (*siehe auch:* Chronik, Behüter der).

Lews Therin Telamon; Lews Therin Brudermörder: *siehe* Drache.

Liandrin: eine Aes Sedai der Roten Ajah aus Tarabon. Mittlerweile wurde bekannt, daß sie in Wirklichkeit eine Schwarze Ajah ist.

Lini: Kindermädchen der Lady Elayne in ihrer Kindheit. Davor war sie bereits Erzieherin ihrer Mutter Morgase.

Logain: ein Mann, der einst behauptete, der Wiedergeborene Drache zu sein, und der jetzt nach einer Dämpfung als Gefangener in der Weißen Burg in Tar Valon lebt.

Loial, Sohn des Arent, Sohn des Halan: ein Ogier aus dem Stedding Schangtai. Er möchte ein Buch über den Wiedergeborenen Drachen schreiben.

Luhhan, Haral: ein Schmied aus Emondsfeld im Gebiet der Zwei Flüsse und Mitglied des dortigen Rats der Gemeinde. Seine Frau Alsbet ist Mitglied der Versammlung der Frauen.

Malkier: eine Nation, einst eins der Grenzlande, mittlerweile Teil der Großen Fäule. Im Wappen führte Malkier einen fliegenden goldenen Kranich.

Manetheren: eine der Zehn Nationen, die den Zweiten Pakt schlossen; Hauptstadt des gleichnamigen Staates. Sowohl die Stadt wie auch die Nation wurden in den Trolloc-Kriegen vollständig zerstört (*siehe auch:* Trolloc-Kriege).

Mayene (Mai-jehn): Stadtstaat am Meer der Stürme, der seinen Reichtum und seine Unabhängigkeit der Kenntnis verdankt, die Ölfischschwärme aufspüren zu können. Ihre wirtschaftliche Bedeutung kommt der der Olivenplantagen von Tear, Illian und Tarabon gleich. Ölfisch und Oliven liefern nahezu alles Öl für Lampen. Die augenblickliche Herrscherin von Mayene ist Berelain. Ihr Titel lautet: die Erste von Mayene. Die Herrscher von Mayene führen ihre Abstammung auf Artur Falkenflügel zurück. Das Wappen von Mayene zeigt einen fliegenden goldenen Falken.

Meerleute, Meervolk: genauer: Atha'an Miere, das Volk des Meeres. Geheimnisumwitterte Bewohner der Inseln im Aryth-Meer und im Meer der Stürme. Sie verbringen wenig Zeit auf diesen Inseln und leben statt dessen meist auf ihren Schiffen. Sie beherrschen den Seehandel fast vollständig.

Meile: *siehe* Längenmaße

Melaine (Mehlein): Weise Frau der Jhirad-Septime der Goshien Aiel. Eine Traumgängerin.

Merrilin, Thom: ein ziemlich vielschichtiger Gaukler, einst Geliebter von Königin Morgase.

Min: eine junge Frau mit der Fähigkeit, die Aura der sie umgebenden Menschen erkennen und auf ihre Zukunft schließen zu können.

Moiraine (Moarän): eine Aes Sedai der Blauen Ajah. Sie stammt aus dem Hause Damodred, aber nicht aus der direkten Linie der Thronfolger. Sie wuchs im Königlichen Palast von Cairhien auf.

Morgase (Morgeis): Von der Gnade des Lichts, Königin von Andor, Verteidigerin des Lichts, Beschützerin des Volkes, Hochsitz des Hauses Trakand. Im Wappen führt sie drei goldene Schlüssel. Das Wappen des Hauses Trakand zeigt einen silbernen Grundpfeiler.

Muster eines Zeitalters: Das Rad der Zeit verwebt die Stränge menschlichen Lebens zum Muster eines Zeitalters, das die Substanz der Realität dieser Zeit bildet; auch als Zeitengewebe bekannt (*siehe auch: Ta'veren*).

Myrddraal: Kreaturen des Dunklen Königs, Kommandanten der Trolloc-Heere. Nachkommen von Trollocs, bei denen das Erbe der menschlichen Vorfahren wieder stärker hervortritt, die man benutzt hat, um die Trollocs zu erschaffen. Trotzdem deutlich vom Bösen dieser Rasse gezeichnet. Sie sehen äußerlich wie Menschen aus, haben aber keine Augen. Sie können jedoch im Hellen wie im Dunkeln wie Adler sehen. Sie haben gewisse, vom Dunklen König stammende Kräfte, darunter die Fähigkeit, mit einem Blick ihr Opfer vor Angst zu lähmen. Wo Schatten sind, können sie hineinschlüpfen und sind nahezu unsichtbar. Eine ihrer wenigen bekannten Schwächen besteht darin, daß sie Schwierigkeiten haben, fließendes Wasser zu überqueren. Man kennt sie unter vielen Namen in den verschiedenen Ländern, z. B. als Halbmenschen, die Augenlosen, Schattenmänner, Lurk und die Blassen.

Natael, Jasin: ein Gaukler, der die Aiel-Wüste bereist.

Niall, Pedron: Lordhauptmann und Kommandeur der Kinder des Lichts (*siehe auch:* Kinder des Lichts).

Ogier: (1.) Eine nichtmenschliche Rasse. Typisch für Ogier sind ihre Größe (männliche Ogier werden im Durchschnitt zehn Fuß groß), ihre breiten, rüsselartigen Nasen und die langen, mit Haarbüscheln bewachsenen Ohren. Sie wohnen in Gebieten, die sie *Stedding* nennen. Nach der Zerstörung der Welt (von den Ogiern das Exil genannt) waren sie aus diesen *Stedding* vertrieben, und das führte zu einer als ›das Sehnen‹ bezeichneten Erscheinung: Ein Ogier, der sich zu lange außerhalb seines *Stedding* aufhält, erkrankt und stirbt schließlich. Sie sind weithin bekannt als extrem gute Steinbaumeister, die fast alle großen Städte der Menschen nach der Zerstörung erbauten. Sie selbst betrachten diese Kunst allerdings nur als etwas, das sie während des Exils erlernten und das nicht so wichtig ist, wie das Pflegen der Bäume in einem *Stedding,* besonders der hochaufragenden Großen Bäume. Außer zu ihrer Arbeit als Steinbaumeister verlassen sie ihr *Stedding* nur selten und wollen wenig mit der Menschheit zu tun haben. Man weiß unter den

Menschen nur sehr wenig über sie, und viele halten die Ogier sogar für bloße Legenden. Obwohl sie als unkriegerisch gelten und nur sehr schwer aufzuregen sind, heißt es in einigen alten Berichten, sie hätten während der Trolloc-Kriege Seite an Seite mit den Menschen gekämpft. Dort werden sie als mörderische Feinde bezeichnet. Im großen und ganzen sind sie ungemein wissensdurstig, und ihre Bücher und Berichte enthalten oftmals Informationen, die bei den Menschen längst verlorengegangen sind. Die normale Lebenserwartung eines Ogiers ist etwa drei- oder viermal so hoch wie bei Menschen. (2.) Jedes Individuum dieser nichtmenschlichen Rasse (*siehe auch:* Zerstörung der Welt; *Stedding;* Baumsänger).

Ordeith (or-dies): in der Alten Sprache ›Wurmholz‹. Dieser Name wurde von einem Mann angenommen, der den kommandierenden Lordhauptmann der Kinder des Lichts, Pedron Niall, berät.

Prophezeiungen des Drachen: ein im *Karaethon-Zyklus* enthaltener, wenig bekannter und selten erwähnter Text, der voraussagt, daß der Dunkle König wieder befreit wird und über die Welt kommt. Lews Therin Telamon, der Drache, Zerstörer der Welt, wird wiedergeboren, um Tarmon Gai'don, die Letzte Schlacht, gegen den Schatten zu schlagen (*siehe auch:* Drache).

Rad der Zeit: Die Zeit stellt man sich als ein Rad mit sieben Speichen vor – jede Speiche steht für ein Zeitalter. Wie sich das Rad dreht, so folgt Zeitalter auf Zeitalter. Jedes hinterläßt Erinnerungen, die zu Legenden verblassen, zu bloßen Mythen werden und schließlich vergessen sind, wenn dieses Zeitalter wiederkehrt. Das Muster eines Zeitalters wird bei jeder Wiederkehr leicht verändert, doch auch wenn die Änderungen einschneidender Natur sein sollten, bleibt es doch das gleiche Zeitalter.

Rendra: eine Frau aus Tarabon, Wirtin im Drei-Pflaumen-Hof in Tanchico.

Rhuarc: ein Aiel, der Häuptling des Taardad-Clans.

Rhuidean: ein Ort in der Aiel-Wüste, an den jeder Mann gehen muß, der Clanhäuptling werden will, und jede Frau, die als Weise Frau arbeiten will. Männer können sich nur ein einziges Mal dorthin begeben, Frauen zweimal. Nur einer von drei Männern überlebt die Reise nach Rhuidean. Bei den Frauen ist die Zahl der Überlebenden für beide Besuche wesentlich höher. Die Lage Rhuideans wird von den Aiel streng geheimgehalten. Ein Nicht-Aiel, der das Tal von Rhuidean betritt, ist eigentlich damit bereits zum Tode verurteilt. Einige wenige Bevorzugte jedoch (wie Händler oder Gaukler) werden manchmal nur nackt ausgezogen, bekommen Wasserbeutel und dürfen, wenn sie das schaffen, allein durch die Wüste zurückwandern.

Rückgrat der Welt: eine hohe Bergkette, über die nur wenige Pässe führen. Sie trennt die Aiel-Wüste von den westlichen Ländern.

Sa'angreal: ein extrem seltenes Objekt, das es einem Menschen erlaubt, die Eine Macht in viel stärkerem Maße als sonst möglich zu benützen. Ein *Sa'angreal* ist ähnlich, doch ungleich stärker als ein *Angreal.* Die Menge an Energie, die mit Hilfe eines *sa'Angreals* eingesetzt werden kann, verhält sich zu der eines *Angreals* wie die mit dessen Hilfe einsetzbare Energie zu der, die man ganz ohne irgendwelche Hilfe beherrschen kann. Relikte des Zeitalters der Legenden. Es ist nicht mehr bekannt, wie sie angefertigt wurden. Es gibt nur noch eine Handvoll davon, weit weniger sogar als *Angreale.*

Sanche, Siuan (Santschei, Swahn): eine Aes Sedai, die früher der Blauen Ajah angehörte. Im Jahre 985 NÄ zum Amyrlin-Sitz erhoben. Sie war die Tochter eines Fischers aus Tear und wurde vor dem zweiten Sonnenuntergang, nachdem man entdeckt hatte, daß sie die Fähigkeit besaß, per Schiff nach Tar Valon geschickt. So verlangt es das Gesetz von Tear.

Saidar, Saidin: *siehe* Wahre Quelle.

Sa'sara: ein anrüchiger Tanz aus Saldaea, der von einigen Königinnen dieses Landes bereits verboten wurde, was aber keinerlei Erfolg zeitigte. In der Geschichte Saldaeas wird von drei Kriegen, zwei Aufständen, unzähligen Bündnissen und Fehden zwischen den Adelsgeschlechtern und einer großen Zahl von Duellen berichtet, die alle von Frauen ausgelöst wurden, die den Sa'sara tanzten. Ein Aufstand wurde angeblich dadurch beendet, daß eine besiegte Königin für den General der Siegermächte den Sa'sara tanzte, woraufhin dieser sie heiratete und wieder auf den Thron setzte. Diese Geschichte findet sich allerdings nicht in den offiziellen Geschichtsbüchern und wurde von jeder Königin Saldaeas verleugnet.

Schattenfreunde: die Anhänger des Dunklen Königs. Sie glauben, große Macht und andere Belohnungen zu empfangen, wenn er aus seinem Kerker befreit wird.

Schattenkrieg: auch als der Krieg um die Macht bekannt; mit ihm endet das Zeitalter der Legenden. Er begann kurz nach dem Versuch, den Dunklen König zu befreien, und erfaßte bald schon die ganze Welt. In einer Welt, die selbst die Erinnerung an den Krieg vergessen hatte, wurde nun der Krieg in all seinen Formen wiederentdeckt. Er war besonders schrecklich, wo die Macht des Dunklen Königs die Welt berührte, und auch die Eine Macht wurde als Waffe verwendet. Der Krieg wurde beendet, als der Dunkle König wieder in seinen Kerker verbannt werden konnte (*siehe auch:* Hundert Gefährten, Drache).

Schattenlords: diejenigen Männer und Frauen, die der Einen Macht dienten, aber während der Trolloc-

Kriege zum Schatten überliefen und dann die Trolloc-Heere kommandierten. Weniger Gebildete verwechseln sie mit den Verlorenen.

Seana: Weise Frau der Schwarzklippen-Septime der Nakai Aiel. Eine Traumgängerin.

Seanchan (Schantschan): (1.) Nachkommen der Armeemitglieder, die Artur Falkenflügel über das Aryth-Meer sandte und die zurückgekehrt sind, um das Land ihrer Vorfahren wieder in Besitz zu nehmen. (2.) Das Land, aus dem die Seanchaner kommen..

Seherin: eine Frau, die in den Frauenzirkel ihres Dorfs berufen wird, weil sie die Fähigkeit des Heilens besitzt, das Wetter vorhersagen kann und auch sonst als kluge Frau anerkannt wird. Ihre Position fordert großes Verantwortungsbewußtsein und verleiht ihr viel Autorität. Allgemein wird sie dem Bürgermeister gleichgestellt, in manchen Dörfern steht sie sogar über ihm. Im Gegensatz zum Bürgermeister wird sie auf Lebenszeit erwählt. Es ist äußerst selten, daß eine Seherin vor ihrem Tod aus ihrem Amt entfernt wird. Ihre Auseinandersetzungen mit dem Bürgermeister sind auch zur Tradition geworden. Je nach dem Land wird sie auch als Führerin, Heilerin, Weise Frau, Sucherin oder einfach als Weise bezeichne (*siehe auch:* Frauenzirkel).

Seelenloser: *siehe* Grauer Mann.

Sevanna: Eine Frau der Domai-Septime der Shaido Aiel; Witwe des Suladric, des Clanhäuptlings der Shaido, und Dachherrin der Comarda-Festung, bis ein neuer Clanhäuptling feststeht.

Shaogi, Keille: eine Händlerin, die die Aiel-Wüste bereist; eine Frau mit äußerst ehrgeizigen Plänen.

Shayol Ghul: ein Berg im Versengten Land; dort befindet sich der Kerker, in dem der Dunkle König gefangengehalten wird.

Spanne: *siehe* Längenmaße.

Stedding: eine Ogier-Enklave. Viele *Stedding* sind seit der Zerstörung der Welt verlassen worden. In Erzählungen und Legenden werden sie als Zufluchtsstätte bezeichnet, und das aus gutem Grund. Auf eine heute nicht mehr bekannte Weise wurden sie abgeschirmt, so daß in ihrem Bereich kein Aes Sedai die Eine Macht anwenden kann und nicht einmal eine Spur der Wahren Quelle wahrnimmt. Versuche, von außerhalb eines *Stedding* mit Hilfe der Einen Macht im Inneren einzugreifen, bleiben erfolglos. Kein Trolloc wird ohne Not ein *Stedding* betreten, und selbst ein Myrddraal betritt es nur, wenn er dazu gezwungen ist, und auch dann nur zögernd und mit größter Abscheu. Sogar echte Schattenfreunde fühlen sich in einem *Stedding* nicht wohl.

Stein von Tear: die mächtige Festung über der Stadt Tear. Man sagt, sie sei die erste Festung gewesen, die nach der Zeit des Wahns gebaut wurde. Manche behaupten sogar, sie sei *während* der Zeit des Wahns und mit Hilfe der Einen Macht erbaut worden. Sie wurde unzählige Male angegriffen und belagert, ist aber niemals gefallen. Der Stein wird zweimal in den Prophezeiungen des Drachen erwähnt. Zum einen steht darin, daß die Festung nur dann fallen werde, wenn das Heer des Drachen kommt. An einer anderen Stelle steht, die Festung werde erst dann fallen, wenn die Hand des Drachen das Unberührbare Schwert *Callandor* führt. Manche glauben, daß davon die Abneigung der Hochlords der Einen Macht gegenüber und auch das Gesetz der Tairen herrührt, das den Gebrauch der Macht verbietet. Trotz dieser Antipathie enthält der Stein eine Sammlung von *An'greal* und *Ter'Angreal*, die beinahe derjenigen in der Weißen Burg gleichkommt. Es gibt Leute, die behaupten, die Sammlung sei nur deshalb angelegt worden, um den überragenden Glanz von *Callandor* zu mindern.

Sul'dam: wörtlich ›Trägerin der Leine‹. Bezeichnung der Seanchan für eine Frau mit der Fähigkeit, *Damane,* Frauen, die die Eine Macht benützen können, zu beherrschen und mit Hilfe eines *A'dam* unter Kontrolle zu halten. Junge Frauen werden von den Seanchan im gleichen Alter und zur gleichen Zeit auf diese Fähigkeit hin überprüft wie die *Damane* selbst. Eine relativ ehrenvolle Position in der Seanchan-Gesellschaft. Man findet viel mehr *Sul'dam* als *Damane* (*siehe auch: A'dam; Damane;* Seanchan).

Sursa: dünne, paarweise benützte Stäbchen, die in Arad Doman anstelle von Gabeln verwendet werden. Manche behaupten, die Schwierigkeiten und die benötigte Zeit, mit den *Sursa* zu essen, hätten zu der allseits bekannten Durchhaltefähigkeit der Kaufleute aus Arad Doman geführt, andere wiederum meinen, der Frustration beim Essen mit den *Sursa* entspringe das gefürchtete aufbrausende Temperament der Domani.

Talente: Fähigkeiten, die Eine Macht auf ganz spezifische Weise zu gebrauchen. Das naturgemäß populärste Talent ist das des Heilens. Manche sind verlorengegangen, wie z. B. das Reisen, eine Fähigkeit, sich von einem Ort zu einem anderen zu bewegen, ohne den Zwischenraum durchqueren zu müssen. Andere wie z. B. das Vorhersagen (die Fähigkeit, zukünftige Ereignisse zumindest auf allgemeinere Art und Weise vorhersehen zu können) sind mittlerweile selten oder beinahe verschwunden. Ein weiteres Talent, das man seit langem für verloren hielt, ist das Träumen. Unter anderem lassen sich hier die Träume des Träumers so deuten, daß sie eine genauere Vorhersage der Zukunft erlauben. Manche Träumer hatten die Fähigkeit, *Tel'aran'rhiod,* die Welt der Träume, zu erreichen und sogar in die Träume anderer Menschen einzudringen. Die letzte bekannte Träumerin war Corianin Nedeal, die im Jahre

526 NÄ starb, doch nur wenige wissen, daß es jetzt eine neue gibt.

Ta'maral'ailen: in der Alten Sprache ›Schicksalsgewebe‹. Eine einschneidende Änderung im Muster eines Zeitalters, die von einer oder mehreren Personen ausgeht, die *ta'veren* sind (*siehe auch:* Muster eines Zeitalters, *ta'veren*).

Tarabon: Land und Nation am Aryth-Meer. Hauptstadt: Tanchico. Einst eine große Handelsmacht und Quelle von Teppichen, Farbstoffen und Feuerwerkskörpern, die von der Gilde der Feuerwerker hergestellt werden. Jetzt von einem Bürgerkrieg und gleichzeitigen kriegerischen Auseinandersetzungen mit Arad Doman und den Anhängern des Wiedergeborenen Drachen zerrissen.

Tarmon Gai'don: die Letzte Schlacht (*siehe auch:* Drachen, Prophezeiungen des; Horn von Valere).

Ta'veren: eine Person im Zentrum des Gewebes von Lebenssträngen aus ihrer Umgebung, möglicherweise sogar *aller* Lebensstränge, die vom Rad der Zeit zu einem Schicksalsgewebe zusammengefügt wurden (*siehe auch:* Muster eines Zeitalters).

Tear: Ein großer Hafen und ein Staat am Meer der Stürme. Das Wappen von Tear zeigt drei weiße Halbmonde auf rot- und goldgemustertem Feld. siehe auch: Stein von Tear.

Telamon, Lews Therin: *siehe auch* Drache.

Tel'aran'rhiod: in der Alten Sprache ›die unsichtbare Welt‹, oder ›die Welt der Träume‹. Eine Welt, die man in Träumen manchmal sehen kann. Nach den Angaben der Alten durchdringt und umgibt sie alle möglichen Welten. Im Gegensatz zu anderen Träumen ist das in ihr real, was dort mit lebendigen Dingen geschieht. Wenn man also dort eine Wunde empfängt, ist diese beim Erwachen immer noch vorhanden, und einer, der dort stirbt, erwacht nie mehr.

Ter'Angreal: jedes einer Anzahl von Überbleibseln aus

dem Zeitalter der Legenden, die die Eine Macht verwenden. Im Gegensatz zu *Angreal* und *Sa'Angreal* wurde jeder *Ter'Angreal* zu einem ganz bestimmten Zweck hergestellt. Z. B. macht einer jeden Eid, der in ihm geschworen wird, zu etwas endgültig Bindendem. Einige werden von den Aes Sedai benützt, aber über ihre ursprüngliche Anwendung ist kaum etwas bekannt. Einige töten sogar oder zerstören die Fähigkeit einer Frau, die sie benützt, die Eine Macht zu lenken (*siehe auch: Angreal; Sa'Angreal*).

Tochter-Erbin: Titel der Erbin des Throns von Andor. Die älteste Tochter der Königin folgt ihrer Mutter auf den Thron. Sollte keine Tochter geboren oder am Leben sein, geht der Thron an die nächste Blutsverwandte der Königin.

Tochter der Nacht: *siehe* Lanfear.

Torean: einer der Hochlords von Tear. Ein Mann, der etwas anstrebt, was er weder durch seinen enormen Reichtum noch durch sein Aussehen erreichen kann.

Träumer: *siehe* Talente

Traumgänger: Bezeichnung der Aiel für eine Frau, die *Tel'aran'rhiod* aus eigenem Willen erreichen kann.

Trolloc-Kriege: eine Reihe von Kriegen, die etwa gegen 1000 NZ begannen und sich über mehr als 300 Jahre hinzogen. Trolloc-Heere verwüsteten die Welt. Schließlich aber wurden die Trollocs entweder getötet oder in die Große Fäule zurückgetrieben. Mehrere Staaten wurden im Rahmen dieser Kriege ausgelöscht oder entvölkert. Alle Aufzeichnungen aus dieser Zeit sind fragmentarisch.

Trollocs: Kreaturen des Dunklen Königs, die er während des Schattenkriegs erschuf. Sie sind körperlich sehr groß und extrem bösartig. Sie stellen eine hybride Kreuzung zwischen Tier und Mensch dar und töten aus purer Mordlust. Nur diejenigen, die selbst von den Trollocs gefürchtet werden, können diesen trauen. Trollocs sind schlau, hinterhältig und verräterisch. Sie essen alles, auch jede Art von Fleisch, das von Menschen und anderen Trollocs eingeschlossen. Da sie zum Teil von Menschen abstammen, sind sie zum Geschlechtsverkehr mit Menschen imstande, doch die meisten einer solchen Verbindung entspringenden Kinder werden entweder tot geboren oder sind kaum lebensfähig. Die Trollocs leben in stammesähnlichen Horden. Die wichtigsten davon heißen: Ahf'frait, Al'ghol, Bhan'sheen, Dha'vol, Dhai'mon, Dhjin'nen, Ghar'ghael, Ghob'hlin, Gho'hlem, Ghraem'lan, Ko'bal und Kno'mon.

Tuatha'an: ein Nomadenvolk, auch als die Kesselflicker oder das Fahrende Volk bekannt. Sie wohnen in buntbemalten Wagen und folgen einer total pazifistischen Weltanschauung, die sie den Weg des Blattes nennen. Die von den Kesselflickern reparierten Gegenstände sind häufig besser als vorher. Sie gehören zu den wenigen, die unbehelligt durch die Aiel-Wüste ziehen können, denn die Aiel meiden jeden Kontakt mit ihnen.

Verin Mathwin: Eine Aes Sedai der Braunen Ajah.

Verlorene: Name für die dreizehn der mächtigsten Aes Sedai, die es jemals gab, die während des Schattenkriegs zum Dunklen König überliefen, weil er ihnen dafür die Unsterblichkeit versprach. Sowohl Legenden wie auch fragmentarische Berichte stimmen darin überein, daß sie zusammen mit dem Dunklen König eingekerkert wurden, als dessen Gefängnis wiederversiegelt wurde. Ihre Namen werden heute noch benützt, um Kinder zu erschrecken. Es waren: Aginor, Asmodean, Balthamel, Be'lal, Demandred, Graendal, Ishamael, Lanfear, Mesaana, Moghedien, Rahvin, Sammael und Semirhage.

Wahre Quelle, die: die treibende Kraft des Universums, die das Rad der Zeit antreibt. Sie teilt sich in eine männliche (Saidin) und eine weibliche Hälfte (Saidar), die gleichzeitig miteinander und gegeneinander arbeiten. Nur ein Mann kann von Saidin Energie beziehen und nur eine Frau von Saidar. Seit dem Beginn der Zeit des Wahns ist Saidin von der Hand des Dunklen Königs gezeichnet (*siehe auch*: Eine Macht, die).

Wahrheitssucher: eine Polizei- und Spionageorganisation des Kaiserlichen Throns der Seanchan. Obwohl die meisten ihrer Angehörigen der kaiserlichen Familie gehören, besitzen sie weitreichende Machtbefugnisse. Selbst einer vom Blute (ein Seanchan-Adeliger) kann verhaftet werden, wenn er die Fragen eines Wahrheitssuchers nicht beantwortet oder eine Zusammenarbeit verweigert. Ob das der Fall ist, bestimmen die Wahrheitssucher selbst. Nur die Kaiserin hat das Recht, ihre Entscheidungen in Frage zu stellen.

Weißmäntel: *siehe:* Kinder des Lichts.

Weise Frau: Unter den Aiel werden Frauen von den Weisen Frauen zu dieser Berufung ausgewählt und angelernt. Sie erlernen die Heilkunst, Kräuterkunde und anderes, ähnlich wie die Seherinnen. Gewöhnlich gibt es in jeder Septimenfestung oder bei jedem Clan eine Weise Frau. Manchen von ihnen sagt man wundersame Heilkräfte nach, und sie vollbringen auch andere Dinge, die als Wunder angesehen werden. Sie besitzen große Autorität und Verantwortung sowie großen Einfluß auf die Septimen und die Clanhäuptlinge, obwohl diese Männer sie oft beschuldigen, daß sie sich ständig einmischten.

Wiedergeborener Drache: Nach der Prophezeiung und der Legende wird der Drache dann wiedergeboren werden, wenn die Menschheit in größter Not ist und er die Welt retten muß. Das ist nichts, worauf sich die Menschen freuen, denn die Prophezeiung sagt, daß die Wiedergeburt des Drachen zu einer neuen Zerstörung der Welt führen wird, und außerdem erschrecken die Menschen beim Gedanken an

Lews Therin Brudermörder, den Drachen, auch wenn er schon mehr als dreitausend Jahre tot ist (*siehe auch:* Drache, Drache, falscher).

Wilde: Eine Frau, die allein gelernt hat, die Eine Macht zu lenken, und die ihre Krise überlebte, was nur etwa einer von vieren gelingt. Solche Frauen wehren sich gewöhnlich gegen die Erkenntnis, daß sie die Macht tatsächlich benützen, doch durchbricht man diese Sperre, dann gehören die Wilden später oft zu den mächtigsten Aes Sedai. Die Bezeichnung ›Wilde‹ wird häufig abwertend verwendet.

Zeit des Wahns: die Jahre, nachdem der Gegenschlag des Dunklen Königs die männliche Hälfte der Wahren Quelle verdarb und die männlichen Aes Sedai dem Wahnsinn verfielen und die Welt zerstörten. Die genaue Dauer dieser Periode ist unbekannt, aber es wird angenommen, sie habe beinahe hundert Jahre gedauert. Sie war erst vollständig beendet, als der letzte männliche Aes Sedai starb (*siehe auch:* Hundert Gefährten; Wahre Quelle; Eine Macht; Zerstörung der Welt).

Zeitalter der Legenden: das Zeitalter, welches von dem Krieg des Schattens und der Zerstörung der Welt beendet wurde. Eine Zeit, in der die Aes Sedai Wunder vollbringen konnten, von denen man heute nur träumen kann (*siehe auch:* Rad der Zeit, Zerstörung der Welt; Schattenkrieg).

Zeitgewebe: andere Bezeichnung für das Muster (*siehe auch:* Muster eines Zeitalters).

Zerstörung der Welt: Als Lews Therin Telamon und die Hundert Gefährten das Gefängnis des Dunklen Königs wieder versiegelten, fiel durch den Gegenangriff ein Schatten auf die Saidin. Schließlich verfiel jeder männliche Aes Sedai auf schreckliche Art dem Wahnsinn. In ihrem Wahn veränderten diese Männer, die die Eine Macht in einem heute unvorstellbaren Maße beherrschten, die Oberfläche der Erde.

Sie riefen furchtbare Erdbeben hervor, Gebirgszüge wurden eingeebnet, neue Berge erhoben sich, wo sich Meere befunden hatten, entstand Festland, und an anderen Stellen drang der Ozean in bewohnte Länder ein. Viele Teile der Welt wurden vollständig entvölkert und die Überlebenden wie Staub vom Wind verstreut. Diese Zerstörung wird in Geschichten, Legenden und Geschichtsbüchern als die Zerstörung der Welt bezeichnet (*siehe auch:* Zeit des Wahns; Hundert Gefährten).

Zweifler: Ein Orden innerhalb der Gemeinschaft der Kinder des Lichts. Sie sehen ihre Aufgabe darin, die Wahrheit im Wortstreit zu finden und Schattenfreunde zu erkennen. Ihre Suche nach der Wahrheit und dem Licht, so wie sie die Dinge sehen, wird noch eifriger betrieben, als das bei den Kindern des Lichts allgemein üblich ist. Ihre normale Befragungsmethode ist die Folter, wobei sie der Auffassung sind, daß sie selbst die Wahrheit bereits kennen und ihre Opfer nur dazu bringen müssen, sie zu gestehen. Die Zweifler bezeichnen sich als die Hand des Lichts und verhalten sich gelegentlich so, als seien sie völlig unabhängig von den Kindern und dem Rat der Gesalbten, der die Gemeinschaft leitet. Das Oberhaupt der Zweifler ist der Hochinquisitor, der einen Sitz im Rat der Gesalbten hat. Ihr Wappen ist ein blutroter Hirtenstab.

SERIE PIPER

Robert Jordan

Drohende Schatten

Das Rad der Zeit 1. Aus dem Amerikanischen von Uwe Luserke. 511 Seiten. Serie Piper

Der junge Rand al'Thor muß mit ansehen, wie eine Horde Trollocs seine Familie und sein Heimatdorf auslöscht. Nur knapp entgeht er selbst den Häschern des Dunklen Königs. Zusammen mit der magiebegabten Moiraine reist Rand in die große Inselstadt Tar Varlon – und erkennt dort, daß sein Schicksal mit dem seiner Welt eng verbunden ist ... »Drohende Schatten« ist der Auftakt zu Robert Jordans weltberühmtem und millionenfach verkauftem Fantasy-Zyklus.

»Jordans Werk erinnert in seiner Dichte und Wärme an Tolkien.«
Publishers Weekly

05/1733/01/L

Robert Jordan

Der Sturm bricht los

Das Rad der Zeit 9. Aus dem Amerikanischen von Uwe Luserke. 556 Seiten. Serie Piper

Über das Gebiet der Zwei Flüsse bricht die Hölle herein: Trollocs, die brutalen Häscher des Dunklen Königs, erobern das Land. Zugleich hat eine fanatische Sekte ein Heer entsandt, um den König, die Aes Sedai und alle Schattenfreunde zu vernichten. Eine verheerende Schlacht entbrennt, in der es nur noch eine Hoffnung gibt: Rand al'Thor, der Wiedergeborene Drache, und seine Gefährten müssen sich zwischen die Fronten begeben ...

»Ein wunderbares Epos.«
Sunday Times

05/1738/01/R

Robert Jordan

Zwielicht

Das Rad der Zeit 10. Aus dem Amerikanischen von Uwe Luserke. 524 Seiten. Serie Piper

Rhand al'Thor, der Wiedergeborene Drache, steht in der Wüstenstadt Rhuidean vor einer schier unlösbaren Aufgabe – er muß die verfeindeten Clans der Aielkrieger vereinen, um einen Widerstand gegen die Häscher des Dunklen Königs zu formieren. Rand ernennt den mächtigsten Schattenzauberer zu seinem Berater. Doch das Spiel ist gefährlich, und das Rad der Zeit dreht sich unentwegt einem finsteren Zeitalter entgegen …

»Robert Jordan ist ein begnadeter Erzähler.«
Anne McCaffrey

05/1734/01/L

Robert Jordan

Die Herrschaft der Seanchaner

Das Rad der Zeit 25. Aus dem Amerikanischen von Andreas Decker. 348 Seiten. Serie Piper

Mat Cauthon, der treue Gefährte des Wiedergeborenen Drachen, gerät in Ebou Dar in größte Gefahr: Die Invasoren aus Seanchan festigen durch fortwährende Kämpfe ihre Herrschaft und bauen ihre Stellungen immer weiter aus. Mat muss fliehen. Doch er ist der Geliebte der Königin, die ihn nicht gehen lassen will. Und die Hochlady Tuon, die Tochter der Neun Monde, steht mit ihren Heeren schon vor den Toren der Stadt …

»Jordans Werk erinnert in seiner Dichte und Wärme an Tolkien.«
Publishers Weekly

05/1735/01/R